穿越地平线

崔济哲 / 著

作家出版社

图书在版编目（CIP）数据

穿越地平线 / 崔济哲著 . -- 北京：作家出版社，2024.11.
-- ISBN 978-7-5212-3015-4

Ⅰ. I267

中国国家版本馆 CIP 数据核字第 2024GZ1426 号

穿越地平线

作　　者： 崔济哲
责任编辑： 赵　莹
装帧设计： 意匠文化 · 丁奔亮
出版发行： 作家出版社有限公司
社　　址： 北京农展馆南里 10 号　　**邮　　编：** 100125
电话传真： 86-10-65067186（发行中心）
86-10-65004079（总编室）
E-mail: zuojia@zuojia.net.cn
http: //www.zuojiachubanshe.com
印　　刷： 唐山嘉德印刷有限公司
成品尺寸： 152×230
字　　数： 342 千
印　　张： 25.5
版　　次： 2024 年 11 月第 1 版
印　　次： 2024 年 11 月第 1 次印刷
ISBN 978-7-5212-3015-4
定　　价： 58.00 元

目 录

第三辑

序

序在书前，却成于书后，古今未见成书之前先写序的，序难写。一些大家写序文也是笔重如铅，“吟安一个字，捻断数茎须”。因为序写得再好，读者也是一目十行；写得不好，读者急着要看“真货”，一翻而过，看都不看。

天下堪称经典的好文章浩如烟海，却很难见到一篇叫人拍案叫绝的序。王羲之的《兰亭集序》写得好，被誉为天下奇宝，实因其字号称“天下第一行书”，乃旷世珍宝，文以字美。1600 多年间，看过《兰亭集序》的人以千万计，但看过《兰亭集》的人却寥若晨星；看过《兰亭集序》的人中，真正研读过序文的人又凤毛麟角。中国历史上著名的书法家、文学家黄庭坚数百次地观赏临摹该序，常常达到废寝忘食、如入魔道之境界。他千百次地赞美王羲之的字，却未曾见过黄庭坚赞美其文。2010 年 6 月 3 日，黄庭坚抄写的魏征的《砥柱铭》拍得 4.368 亿元，平均每个字 70 多万元。20 世纪初中国台湾出版的一本临摹王羲之的《兰亭集序》，从唐至民国，选其最得王羲之神韵的七十二幅汇集出版，序言只有四个字：“静观，入神”。

序言难写。

当年有人请辜鸿铭先生写序，辜先生久拖未写，那位先生也是位权贵之人，就请人先把润笔的银子奉上，即为催序。辜先生看在推荐人的面子上，提笔写下 4 字：“此书无序”，退回酬银。那位先生对着退回的 4 字好生纳闷，辜先生乃大手笔，许是银两轻，又加倍奉上，辜先生也真绝，又题 4 个字：“序在书中”。至此传下辜先生不给人写序的故事。

著名戏剧家阳翰笙曾请茅盾先生为其小说《地泉》写序，茅盾不肯写，阳翰笙当面求之，没想到茅盾当面说：“实在让我写绝无好话。你的书是用革命公式写的，要我写序，我只有毫不留情地去批判它。”阳先生学问大，气度也大，也当面说：“批判的序也是序。”阳翰笙看到茅盾先生的“批判的序”未改一字，嘱托一定要放在书首。有朋友来买书请阳翰笙题字，阳先生必说：“序在前，请先看序。”弄得茅盾很是不好意思，连声叹曰：“雅量，真是雅量！”把序写成如此，茅盾开此先风。

序之难写，还难在有一万名观众就有一万个哈姆雷特，有一万个兵马俑就有一万个不同的兵马俑的故事，因为“不幸的家庭各有各的不幸”，就是幸福的家庭也各有各的幸福。如果要给《红楼梦》写序，正应了鲁迅先生的名言：“经学家看见《易》，道学家看见淫，才子看见缠绵，革命家看见排满，流言家看见宫闱秘史……”杨慎写的《临江仙·滚滚长江东逝水》堪称《三国演义》之序，且是古今最佳之序，传播最广之序，画龙点睛之妙皆在其中，唯有杨慎，也只能由杨慎才能写出这篇序。《状元词曲罪臣诗》正收录在此书之中，就书之序文，天下唯此为大。

序之难写还在于怎样把握，怎样拿捏。为人作序，为尊者所言，为亲者所述，为友者所赞，为学者所歌，为权者所善，为己者所鼓呼。无可讳言，序也有广告的性质。“老王卖瓜，自卖自夸”是一条为实践所证明的真理，以美国纽约时报广场为首的世界十大广告平台，每天滚动播出的上万条产品“序”，无一不是“老王卖瓜，自卖自夸”，从未见过时报广场上的大广告牌作过“自我批评”。奥运会、世界杯足球赛观众都着急看比赛，但作为开幕式的“序”不能少，且必须增光添彩，据我所知，当我们获得 2008 年北京夏季奥运会举办权后，就先组织 4 个开幕式筹备组，各拿方案作“序”，集中全国的高手，群策群力，结果是“十上九下”才定下最后的方案。“序”难“写”，但规律只有一条：“老王卖瓜，自卖自夸”。

自夸也有很多种，形式千变万化，万变不离其宗。借名人自夸也是序文的一种。

陈建功比我长一岁，是中国作协原副主席，著名作家，他上北大前，曾在京西下过煤窑，我在山西下过煤矿，都当过“窑黑子”。他曾写道：“诚挚和冷静，可以说是崔济哲散文征服我们的魅力所在。过去的岁月沉淀下来的泥和沙，在这位作家笔下凝聚成一种诚挚、冷静的生活态度及叙事原则。从‘小我’的生活视域走向‘大我’的境界，用散文来构建社会和历史的大风景。真诚饱满的情感、广博深刻的见识、敏锐的人生观察、宽厚的生活态度和平实朴素的表达，都是阅历带给崔济哲的恩惠，也使他的散文世界既个性充盈又洋溢着家国之思、民族之情。”

贾平凹比我小两岁，是中国作协原副主席，曾在西安他宿舍中，畅谈秦砖汉瓦。他写给我的是：“济哲先生的散文写得很综合，有文学的，有文化的，更有世态沧桑和人生感悟的。他的散文写得很厚实，有些还厚重，但读着却清新、清澈，就是综合得好，用那个成语去说，叫融会贯通。济哲先生的文章读过就能记住，有些还放不下，还迫着你再去读，能够再读的文章就是好文章。”

阎晶明比我小 11 岁，是中国作协原副主席，他说：“崔济哲是新闻人，同时也是散文家，他读书多，见识广，其散文从来不拘一格一类，行文亦无定规定式，颇得散文文体真谛。”我认为他是中国研究鲁迅最有造诣的大家。若有不明处，请问晶明兄。

熊召政比我小三岁，成名成家很早，头衔甚多，是湖北省文联主席，对佛教研究深，有一手好字，曾请他为我的书题写过书名。我称之：“抬手能讲佛，张口能诵经。”他说：“对济哲先生散文的印象，是关注身边的人事却不拘泥于这些事，对时代与世情，既有新闻工作者的敏锐，又有文人的忧患，且行文没有拿腔拿调，总以平实为本。他有一股不可遏制地写纯粹文章的冲动，尝试与自然对话，与历史对话。用平常心来写作，从气质上说，是去了雕琢，从品格上说，就去了矫饰。”

阿来比我小 10 岁，中国作协副主席，和他喝酒未见他醉过，可能和民族有关，他是藏族，不会跑就会喝酒。酒有多深，文采一定比酒深。阿来说我的散文：“涉猎之广，钩沉之深，远超我的想象。读文章就是读人；经历，学问，情感，思想。读这些文字让你看到一个沉静的读书人，一个读得完、读得杂、读得深的读书人，一个读后有所思、有所得的读书人。”

穆涛比我小一轮还多，一位卓越的散文家，中国散文协会副会长。我曾言两句：“才华横溢，风华正茂。”他说：“散文写作，要内涵人生的重量，要往‘厚’里写，仅发现生活的美是单薄的。济哲先生的散文不仅写出了这种厚，且又从中跳出来，从容也达观。这是我从济哲先生文章中受益最深的地方。”

麦家比我小一轮多，中国作协副主席，他说：“崔先生是个逆行者，文法有点弯，读感却是蛮好。我读崔先生的文章是一口气停不下来，有股子诚实又汹涌的劲，虎虎劈着，让人只看到力量，忘掉技术。好文章都像山河一样蛮野，崔先生是个像山河一样自然博硕的人，文如其人。”麦家不喝酒，是品茶高手。

写序，尤其是给自己写序，一定要酒后，酒壮尿人胆。写完才明白过来，今夜是清明之夜，就想起苏轼那首《望江南·超然台作》：“春未老，风细柳斜斜。试上超然台上看，半壕春水一城花。烟雨暗千家。寒食后，酒醒却咨嗟。休对故人思故国，且将新火试新茶。诗酒趁年华。”虽然这天京城并未“烟雨暗千家”，但“诗酒趁年华”，再斟满一杯，举酒再诵一遍：“春未老，风细柳斜斜……”

于甲辰年清明之夜

第一辑

寻找古文化

上

文化衍生了文明，滋润了人类，启蒙了思想，充实了生命；如果说直立行走使人类开阔了眼界，丰富了大脑；那么文化使人类离开了愚昧、混沌，彻底告别了动物，真正走向了人类。文化堪称人类的幽灵。

追溯人类演变的路途，可以为寻找人类遥远的文化奠定方向，文化是人类打制的，它只属于人类；人类的诞生，预示着文化的即将诞生，那个幽灵迟早会伴随着人类的发展而降临，而游荡。

大约距今600万年，人类与黑猩猩分开，各行其道，彻底分道扬镳。距今400多万年，人类已经直立行走，不再上树，开始制造工具，工具也从简单的砍砸石器，发展到石刀石斧直至弓箭，发射毒箭，射程越来越远，工具制造技术越来越复杂，工具使用能力越来越强，人类自此时已高出万物。距今50万年左右，人类开始使用火，人类的文化似乎随火而生，岩洞中的那些石刻文化，都有火的见证。距今30万年前后，人类开始有了语言能力。大约在7万年前，人类有了艺术品，距今1万年左右，人类迈进了新石器时代，有了农业、畜牧业、手工业，掌握了冶炼技术，文化成为人类生活和发展的精神世界，成为人类追求更加美好生活的“引领者”，成为人类丰富思想、开阔眼界的“先行者”。人类之所以为人就是因为有了文化的内核，在生存发展过程中，文化成为人类固有的基因，文化在人类发展中越来越举足轻重；

人类的生存依赖于文化，文化促进了人类的生存和发展，没有文化，难以为人；人就是拥有文化的动物，只有人，才能拥有文化，才配有文化；600 万年的演化，始终围绕着文化进化、演化，直到精神世界的形成。

寻找人类远古的文化，就是在探索人类的发展过程；寻找人类自己的远古文化，就像人类探索天空、海洋、地球、宇宙，和探索一切未知世界一样艰难，因为毕竟是消失了 7 万年、10万年，乃至30万年、50 万年了。许多远古时期的文化遗迹早已灰飞烟灭，早已石沉大海，早已魂断九霄，在岁月和大自然的重压之下，文化却并未窒息……

一支国际考古队经过数年艰辛努力，锲而不舍，终于在欧洲西班牙北部阿斯图里亚斯发现了旧石器时期人类居住过的几个山洞，极其难能可贵的是他们在穴居的洞壁上留下了一批壁画，据科学测定，它们是 4.1 万年前人类留下的文化制作，这很可能是在欧洲发现的最早的人类文化创作遗留下的文化遗迹。岩壁上被喷上了涂色，有暗红色、浅棕色、灰黑色、棕黄色、黑青色，在岩壁涂有奔跑的马、受伤的牛、狂吠的犬、闲散的羊，还有一些半遮半露的野兽、半隐半现的怪眼；4.1 万多年前，穴居的先人们就是这样生活，这样创造生活。4 万多年前的先人们已经懂得并有意识地把眼见心想的通过图画表现出来，通过艺术的手段再现出来，文化伴随他们，他们才能迎着困难生活下去，才能按着人类的思想去向往生活，创造生活，迎接崭新的生活。4 万多年前的先人们能把颜色喷涂在岩壁上，就有可能绘画在身上、脸上，那也是 4 万多年前人类对美的追求，对美的向往。文化在无声地召唤。

难道人类的文化传承是穿越时空的？是超物质的？无独有偶，在中国宁夏银川，分布于贺兰山东麓 27 个山口和山前洪积扇荒漠草原上的上万幅岩画，恰恰是 4 万多年前水洞沟人的文化遗产，是目前中国发现的最早的晚期智人的真实生活写照。贺兰山太阳神岩画，那么写意，那么夸张，那么形象，又那么真实，4 万多年前的人类祖先就是这样把自己融于大自然之中，把自己的希望寄托在万灵之神的太阳，那张人脸，圆瞪的一双大眼，正在呐喊、正在歌唱的大嘴，背景是光芒四射的阳光，在晚期智人的眼中，太阳神也是人。这种太阳神的形象在南美秘鲁、墨西哥的岩画中都出现过，且都十分相似，晚期智人的眼中只有一个太阳，一个光芒四射的太阳，一个人与神共有的太阳。人类对文化的反映，对文化信息的收集和提炼，难道是有一种超力量的感应？从宁夏贺兰山岩画到内蒙古岩画，再到环太平洋沿岸的岩画；从河西走廊的祁连山到青海的刚察哈龙沟岩画，再到天山以北的岩画，直至远在非洲、欧洲的岩画，都有一脉相传的文化脉络，古老的人类文化的源头究竟在何方？

1940 年，在法国西南部道尔多尼州乡村的 4 个孩子带着狗在田野中追逐野兔，正在必得之际，野兔和狗瞬间消失，踪迹皆无。孩子们这才发现猎狗把野兔追急了，野兔为了活命则拼死求生，跑进一个诡秘神奇的山洞之中，他们随之追到这个从外面看仅仅是一个不大的小洞口，里面却是洞洞相联、宽阔高大的岩洞，他们竟然揭示了一个巨大的文化课题，揭示了拉斯科洞穴的远古代的壁画。这简直就是一个史前的文化殿堂，在长达数十米的岩石洞穴中，有 1500 多幅岩刻和 600 多幅绘画，使用的有红、黄、棕、蓝、黑等多种颜色，岩壁上的彩绘，有的是用多种颜色配制而成。据专家考证，这些壁画已有 1.5 万多年的历史，洞顶画有 65 头大型动物的形象，是一个 1.5 万多年前的野生动物世界，是原始人对当时生活环境的真实写生，太难得了！65 头大型动物，有 2 米到 3 米高的野马、野牛、鹿、狼，其中最大的动物高 5 米以上，像侏罗纪时代的恐龙。这些动物有的在奔跑，有的在嘶叫，有的在观望，有的在进食，还有的在打闹，皆自由自在，自然生态，一幅史前的自然写生。最为精彩的是，岩画上有一只被标枪刺中的野牛，鲜血涌出，腹下流出大量肠子，似乎是生命的最后时刻，但垂死的野牛并未倒卧，而是疯一样地冲向投掷标枪的人，而那个伪装成“鸟人”的猎人，正是 5000 年乃至 2 万年前的人类的先人。这也太精彩了，太让人振奋了，这难道是人类最早的自我写生？难怪被誉为“史前的卢浮宫”。有些文化现象至今难以解释。在拉斯科洞穴的岩画中，有一匹中国蒙古马，难道这匹中国马在 1.5 万多年以前就横跨欧亚大陆，从蒙古草原跑到法国平原上了？

彩陶的出现，是人类对文化、文明和精神世界的追求。最早的彩陶是用于祭祀和崇拜神灵的仪式上，表明人类的文明程度已经达到了一个崭新的高度。江西万年仙人洞遗址出土的绳纹彩陶罐，据说是世界上最早的彩陶器，有专家考证，中国的陶器制造史可能有 2 万年之久。而欧洲的探险队，曾在非洲撒哈拉大沙漠的腹地——这块被称为世界三大荒芜之地的死亡之地，发现了陶片。据考证，它们可能是人类 3 万年前用过的陶器。难道撒哈拉大沙漠 3 万年之前真的有人居住吗？撒哈拉大沙漠中也有文化。

世界之大，文化之源，还有让人瞠目结舌的古老文化现象。2020 年在印度尼西亚加里曼丹东部的一处洞穴中有了一处震惊世界的发现。那是一具 20 岁就死去的人的化石，他的年代和年龄是根据其遗骸处的沉积物和其骨骼中的一颗牙齿进行科学考证确定的。关键是这个生活在人类旧石器时代的人，距今已经 3.1 万年，三万一千岁，他的左腿是做过截肢手术的，左下腿是被齐齐截去的，据科学家考证，他的左腿是在去世前 6 到 9 年被截肢的。研究人员至今仍未搞清楚，3.1 万年前人们是如何做到控制手术出血和避免感染的？被截肢的人的伤口随后竟然奇迹般地愈合了，令科学家百思不得其解。截肢的骨面被切割得十分整齐，那个时代的人是用什么工具完成的这一伟大的手术的？

公元前 9 世纪古希腊著名的盲诗人荷马把迈锡尼歌颂得如同世界的天堂，那么繁荣、富强，甚至连房屋的台阶都是黄金铸成的。我的感觉，除去诗人的浪漫，迈锡尼人的确富有和奢华，他们拥有黄金，就像先秦时代我们的祖先拥有青铜器一样。迈锡尼的黄金时代、黄金文化，几乎等同我们的青铜器时代、青铜器文化。在迈锡尼曾出土过一个硕大的公牛头，威风凛凛，霸气十足。它那一对纯黄金制作的犄角，又弯又尖，金光闪闪，煞是威风可爱。牛头中央嵌有一朵怒放的大金花，仿佛光芒万丈的金太阳；花瓣一层层，花蕊一束束，盛开在牛头上。《荷马史诗》中描述的一个双柄金杯，也确有实物，这尊金杯的杯把手上，站着两只相向而立的鸽子，我认为是最早出现在艺术珍品中的和平鸽，一对黄金的和平鸽，企盼和平，难怪荷马曾把迈锡尼称为“多金的迈锡尼”，荷马真的见过黄金的世界，黄金的迈锡尼？

迈锡尼的世界还是一个文化的世界，艺术的世界。曾出土过一幅十分精美的壁画，一群猎狗正在追捕一只拼命逃跑的野猪。这幅壁画不但画工十分精细，艺术风格十分突出，色彩也十分艳丽，生动逼真，栩栩如生，再现了 2.5 万多年前的生活片段。到哪儿去寻找远古的文化源头？

世界上著名的裸女雕像《维伦多夫的纳维斯》，是纳维斯雕塑中最古老的一尊，现收藏于奥地利的维也纳自然历史博物馆，系该馆的镇馆之宝。这座雕塑高 11.1 厘米，由一块非本地的带有红赭色彩的石灰石雕刻而成，考古结果表明：其年代大约在公元前 2.5 万年，是至今为止世界上根据人体做成的最古老的雕塑，且采用夸张的艺术手法，为突出女人身体的性感，特地把女性特征部分都作了极度夸张的表现。崇拜和仰慕女性的生育，让她看起来像一块肥沃的土地，必定会迎来硕果丰收。这种夸张的艺术手法给人深刻的印象，大约公元前 2.5 万年前的先人们能如此驾轻就熟地驾驭夸张的艺术手法，并能把它熟练地运用到雕刻艺术上，实在令人吃惊；与此同时，在同一雕塑上，又极度抽象和弱化了维纳斯身体的其他部位，四肢做得格外短小，手臂曲放于乳房前，雕像的头部有意为头饰所环绕，减小了头和脸的影响，只起到一个陪衬和烘托的作用，目的是强调和突出维纳斯的性，强调和突出那个年代女人最值得崇拜和骄傲自豪的是生育。人类这种几近纯粹的文化艺术手法的运用，到底起源于何时？

美国有线电视新闻网发表的一篇文章，引起了世界文化界、艺术界的高度关注。原题是：“在中国发现的 1.35 万年前的微型鸟雕像改变了史前艺术的格局”。这尊雕像是在河南许昌灵井考古遗址被发现的。它是用石器将被烧过的动物骨头手工雕刻而成。这尊鸟雕不大，长度为19.2毫米，宽5.1毫米，高12.5毫米，它有一个超大的鸟尾，几乎占身体的一半，那是为了找平衡，使鸟雕能平稳地蹲立在那里，似乎在1.35万年前，人类的祖先就已经掌握了物体平衡的最初原理。

法国波尔多犬学学者弗朗西斯科·德埃里克撰文说："这表明该地区的雕刻至少始于1.35万年以前，填补了这一广大地区艺术起源的认知真空。"将中国艺术中鸟类的表现提前了8500多年。

这尊史前的鸟雕不同于西欧和西伯利亚发现的其他文物，这将成为中国雕塑的起源追溯至旧石器时代的重要依据。不断的发现，让人类的远古文化扑朔迷离。

在土耳其东南部，有座被当地人称为"圣地"的哥贝克力山丘，没有人知道它为何被称为"圣地"，也没有人知道是从哪一代开始这座神奇的山丘被称为"圣地"的。它太古老、太悠久、太神奇了。现在很多当地老人还有拜祭"圣地"的传统，当地百岁以上的老人颇多，似乎是人生的规律，越来越多的人都自觉地崇拜"圣地"，越崇拜"圣地"越能健康长寿，"圣地"在人们心目中越发显圣，越发神秘。

1994年，德国海德堡大学的专家走进这一"圣地"，他们在随后的考古活动中，发现了古老的哥贝克力石阵、哥贝克力石群建筑、哥贝克力石雕石刻，进而发现，那个"圣地"竟然是一座古老的石头城，一座恢宏博大，气势宏伟，建筑奇特的祭祀圣殿——哥贝克力神殿！经过科学测定，这竟然是一座1.2万年前的石头建筑，是已发现的人类第一座"神殿"，也是人类告别旧石器时代、迈向新石器时代的最权威、最有代表性的标志之一。哥贝克力神殿似乎在向世界，也在向历史和人类无声地宣布，新石器时代已如旭日东升，霞光灿烂，哥贝克力神殿就是人类的宣言。

哥贝克力神殿是一座巨大的圆形神殿，其圆形布局有些像北京天坛的祈年殿，但哥贝克力神殿更宏伟，更神秘，更有气势。它由内外两道高大石墙护卫，走过巨大的石门，通过长长的厚重的甬道，才能步入神圣的大殿。大殿围绕着巨大的石碑布局，最高的石碑之上竟然呈现“T”字形，高矗的石碑之上又横立着一块石碑，仿佛是飞来石，石碑高 5 米多，重达 11 吨，1.2 万年前的先人们是如何打造这一人间奇迹的？石碑的四周，雕刻着人的手脚，雕刻着奔跑的人、行走的人、躺卧的人，似乎人与人都不相同，各有各的姿势，各有各的体态；穿着不同的怪异的服装，佩戴奇特的装饰，各具风采。更多的雕刻是与人共生的各种动物——狮子、牛、马、骆驼、狐狸、野猪、狼、蛇、鹰甚至蝎子。难能可贵的是，这些动物都自由自在，逍遥自得，或跑，或行，或飞，或爬，来也自在，去也逍遥，似乎生也不难，死亦不愁。那些散落在四旁的经过细心打磨过的巨石，有的高耸，有的斜卧，有的重叠，有的断裂，有的直立，有的深埋，有的方方正正，有的刻满各种各样的诡秘神奇的图案、符号、图腾、标志，有专家研究，那可能是新旧石器交替时期人类曾经使用过的文字。哥贝克力神殿中，处处皆文化，它本身就是一座最古老的石器建筑，石碑、石柱、石梁、石板……神秘的哥贝克力神殿。最早埋入地下的哥贝克力石阵是在 1.4 万年前建造的，太遥远了，太古老了，它比英国索尔兹伯里石阵要早 6000 至 7000 年，比古埃及金字塔早 4000 多年，在哥贝克力石阵石雕上的人类早期文字的雏形，要比现知人类最早的文字早 6000 至 7000 年。在哥贝克力神殿中的石碑可达 10 多吨重，史前的人类是怎么开凿的？怎样竖起来的？那个时期任何金属工具都没有，又怎样在那些坚固强硬的石头上雕刻出一幅幅逼真的画面的？哥贝克力神殿很可能是人类史前灿烂文化的集大成者，是史前人类智慧的结晶，是史前人类的宗教的圣殿。哥贝克力神殿见证了 1.4 万年前的宗教文化，难道在遥远的 1.4 万年以前，人类的宗教文化就已经发达到如此地步？ 1.4 万年过去了，人类对自己史前文化的神秘和高深至今作不出回答。

公元前 2000 年，古希腊文明正如日中天，照亮整个爱琴海，希腊半岛和地中海。在科诺索斯开始出现宫殿建筑，这种宫殿并不是东方观念中的“平方宫殿”，四合院格局，而是平地起高楼，危楼高耸，宏伟高大。现在经考古队发现的米诺斯迷宫，是在公元前 1700 多年前建筑的，但考古发掘证实，在米诺斯迷宫之前，已有大型宫殿建成，但因战火被焚毁，几经灾难，又几经重建，那段历史也是曲折而血腥的，文化的发展似乎都是在曲折和困苦中前行。想起中国清朝赵翼的两句诗："国家不幸诗家幸，赋到沧桑句便工。"20 世纪初，英国科学家发掘了这座王宫，考察证明，这座距今 3800 多年的大型宫殿，出乎人们意料地恢宏雄伟，壮观美丽；占地竟达 2.2 万平方米，米诺斯王宫有 5 层楼高，有 1000 多间房间，房间奇异地相互贯通，楼上有楼，房房相通；每个房间都有不同的功能、不同的装修、不同的结构，既有宽阔的大殿，华丽高贵的国王、王后的不同寝室，又有侍者、侍卫的居所，储藏物品的仓库，音乐舞蹈的欢乐大厅，斗牛嬉戏的表演场所，1000 多间房间，至少有 900 多种用途。

国王办公的大殿叫"双面斧厅"，双面斧是米诺斯王国神圣的象征，国徽一般的图腾，是其政治权力和宗教仪式上最重要的标志，因此在国王议政大殿双面斧大厅中，陈列着一把巨大的双面斧。双面斧代表着国家、国王、法律、权力，因为文化的根本不同，在东方，在中国，在皇宫的议事大殿中只有龙的图腾，龙的存在。龙即代表皇帝、皇权、紫禁城，高于一切，统治一切。而在双面斧大殿之中，米诺斯王国王座背后正中是把双面斧；在大殿的四面墙上，绘有彩色的凤鸟头、海豹身、狮爪等吉祥物，在米诺斯文化中，这些动物都是神圣的，吉祥的，化险为夷的，是附了神气的，听候国王差遣的。米诺斯王宫里几乎每一间房间、每一堵墙壁，都绘满了彩色的图画，从王子、贵妇，到百姓、官员，到士兵、将军；从各种走兽、飞禽，到各种鲜花、树木；甚至绘有一套套华丽的服装，尽显米诺斯王国的文化。"米诺斯迷宫"简直就是一座 4000 年前的博物馆，无论是前人还是后人，都会在这座历史的迷宫中转向，迷恋其中。

人类最初使用的文字都是象形的，通过画图的方式来描述事物。见树则画树，见山则画山，见人则画人，见兽则画兽，文化是对人类的启蒙。随着人类思维能力、表达能力的提高，对文化的追求，文化素质的提高，文字表达的水平随之提高，人类不再满足于画图表达，文化展现的人际社会，要求人类从象形文字走向更复杂，更善于表达，更易于表达精神、生活和文化的高级文字系统，比如中国的表意文字、西方的字母文字等。这是人类发展之必然，也是文化发展使然。这已经到了公元前19世纪至前18世纪了，距今天4000多年，大约相当于华夏第一个王朝夏王朝的初期，考古学家发现了那个时代古希腊克里特人发明的文字：线形文字。

这种线形文字完全不同于象形文字，它更抽象、更缜密、更理性。发现这种古线形文字，源于发现的数百块小小的泥板，这是一种用尼罗河畔的胶泥做成的泥板块，手掌大小，上面刻着一些奇怪神秘的符号，考古专家对此产生了巨大的疑问，4000多年前的先人们绝不是在做游戏，似乎是在用这些刻下符号的泥板传递某种文化信息。他们很快就收集到1000多块这样的泥板，古代文字的疑问也随之而出。它们就像中国商周时期的甲骨文，中国人是把文字用利器刻在龟甲或兽骨之上，那也可能是中国最早的文字之一。而这种泥板文可能更复杂，更神秘。与甲骨文相比，泥板文成文更容易，书写更方便，正是这种线形文字，促进发展成为音节文字，最后发展成为以拼音为基础的字母文字。现代西方的许多文字都可以追溯到拉丁文，而拉丁文又脱胎于古希腊文字，古希腊的字母文字最初来源于两河文化的西亚腓尼基，语言学专家认为，最早的字母文字就是受到克里特音节文字的影响而逐渐形成的。文字的文化脉络是漫长而复杂的，直到今天，线形文字中的最早系统被科学家称为线形文字A，仍然未被破解，足见其深奥和诡秘，足见其文化密码的复杂和诡道。斯芬克司人面兽身像之谜，人是什么？文化又是什么？这是永恒的文化难题，从斯芬克司神话时代之谜直到当代诺贝尔奖获得者，始终在不断接受“之谜”的挑战。他们破解了无数数学、物理、化学，海洋、地球、太空，原子、粒子、中子难题，在一道道文化难题面前却无功而返，始终找不到破解文化难题的密码和钥匙。文化比科学要古老几十万年甚至上百万年，要用现代的科学技术破译古老的文化密码，犹如人类当初面对恩尼格码一样，科学技术无止境，文化亦然，可能更神秘，更无间道。

世界四大文明古国是四大文化古国，古巴比伦、古埃及、古印度、中国，值得炫耀和记入文明古国档案的全是文化，似乎也只有文化，除去那些古代文化，似乎一无所有，大江东去。文化成就了四大文明古国，文化造就了它们，文化辉煌了它们；没有文化，这个世界还在混沌之中，人类还在愚昧和迷茫之中。玛雅人信仰太阳，许多宗教崇拜太阳，人类之初共同崇拜、共同信仰的就是太阳。文化犹如太阳，照到哪里哪里亮。

在巴黎卢浮宫博物馆亚洲展览馆中，陈列着一块黑色的玄武岩石柱，高 2.25 米，上周长 1.65 米，底部周长 1.90 米，远看极像中国的一道直立的石碑，它像一位历经沧桑的岁月老人，默默地、静静地立在那里，夕阳透过大玻璃窗照过来，它竟然反射出金属的光芒。这不是一块普通的黑色玄武岩，在它的上面用楔形文字雕刻着古巴比伦王国于公元前 1776 年颁布的世界现存的第一部比较完整的成文的法典。古巴比伦王国是世界四大文明古国中第一个颁布法典、要依法治国的文明古国。这部法典被称为“古巴比伦国汉穆拉比法典”，由序言、正文、结语三部分组成。正文中包括 282 条法律，对刑事、民事、贸易、婚姻、继承、审判等法律制度都作出了详细规定，并把它公布于世，便于执行，便于监督。这是公元前 18 世纪至前 17 世纪古巴比伦王国多么深邃的文化，多么睿智的智慧，多么先进的思想，从前光知道古巴比伦有世界七大奇迹之一。

1947 年夏天，一个阿拉伯人因为寻找走失的羊只来到死海西北角岸边，他登上基伯昆兰原野的一个陡崖，无意中进入一个山洞，发现藏有许多羊皮卷和莎草纸撰写的文献，就像王道士在中国敦煌莫高窟无意中发现的藏经洞一样。“死海古卷”被发现了。这些古卷经专家考证，应该是公元前 2 世纪到公元前 1 世纪写下的，大部分是以希伯来文书写在羊皮上，少数用阿拉伯语写成。据说古卷的内容非常丰富，有《希伯来圣经》一百多卷经书，包括许多圣经注释、圣经评论，还有许多非圣经文献。现藏于以色列博物馆，是研究基督教、伊斯兰教、犹太教的重要文献，也是研究中东耶路撒冷社会和文化重要的第一手材料。直到现在，“死海古卷”中的许多疑难问题，仍未能解答出来。文化之题，其深如海。

1492 年哥伦布发现新大陆，他认为那就是他心目中的印度，他的船就泊在印度洋，他看见的土著人就是印第安人，那些让他的水手们拼命亲吻的土地就是印度，伟大、富庶、神奇、辽阔的印度新大陆。

都 15 世纪了，印度这个文明古国还是那么神秘，一块处女地的新大陆，为什么文化的劲风在这个古老的文化大国渐吹渐弱，渐远渐逝？印度的古老文化何在？印度的古代文化绝非哥伦布想象的那么简单，探索人类的古代文化，必须像哥伦布和继他之后的葡萄牙人达·伽马一样，去体验和了解博大精深、精美绝伦的古印度文化。

印度古文化最鼎盛时期大约始于公元前 2600 年，要早于中国古文化鼎盛时期至少 500 年至 800 年；印度古文化大约在公元前 1900 年走向衰落，而远在它的东北方的中国夏王朝兴起在公元前 21 世纪，亡于公元前 17 世纪；两个古老大国的兴衰竟然如此一致，细看其文化的条码和色泽，内涵和外延，竟然也有许多相同之处。所不同的是印度古文化的衰落是如日落西山，仿佛不再光明，仿佛发生了文化的断裂，似乎戛然而止；而中国的文化方兴未艾，夏王朝之后，迎来了更加有文化、更加繁荣、更加强大、更加多彩的商周，迎来了全世界最杰出、最灿烂，也最辉煌的青铜器文化时期。

印度古文化最有代表性的是哈拉帕和摩亨佐·达罗遗址的发现。哈拉帕位于今巴基斯坦旁遮普省拉维河流域的一座城市，是印度河文明的起点，其文化起源于公元前 7000 年，印度次大陆北部地区，繁荣于公元前 2500 年，大街宏衢，小巷纵横，兴隆繁华，人气鼎盛，街道有 10 米左右宽，车水马龙，街巷两旁有数千座房屋，鳞次栉比；街市热闹，人头攒动，摩肩接踵；房屋多为二层甚至三层以上的楼房，气派宏大，让人瞠目结舌的是几乎家家都有水井、浴室、水冲式厕所和下水道，住房的下水道与街巷的下水道排水系统相通相连，将污水排出城外。这座摩亨佐·达罗的古城西区，竟然建在 10 余米的人工平台上，周围是高 10 余米的城墙，城内有大厅、大浴池、粮仓等公共建筑。在摩亨佐·达罗城市遗址的卫城中还发现了一个大浴池遗迹，一排排长长的走廊和众多的房间包围着一个巨大的水池，水池长 12 米，宽 7 米，深 2.5 米，涂抹了厚厚的沥青，表面是由烧制的雕花砖砌成，周围分布着水井和排水沟。考古和发掘遗址证明，这就是公元前 2600 多年的古印度城市，毋庸质疑，在那一历史时期，印度的文化水平、文明程度，是独一无二的，是独领风骚的，坦率地说，我们在清王朝时期，京城尚未有这么完善的排水设施，尚未有那样的公共浴池。当然即使是今天的印度，众多的城镇也远远达不到这个水平，只能望洋兴叹。

如此辉煌、如此伟大的印度文化，印度河文明，在持续照耀了 1000 多年后，就突然消失了，消失得无影无踪，仿佛一切皆海市蜃楼，一切皆梦中幻境。文化的长河真的可以如同流入沙漠中的季节河？

三毛一句爱情诗，却道出了文化的踪迹，文化的现象，文化的奇妙，“天上飘来一粒沙，从此形成撒哈拉”。文化现象说不清就因为它不像科学那么单纯，那么规律，那么可掌控；文化的基因更复杂，更多序，更多元，甚至无规律，无底色，无条码。文化有时真像流沙、沙丘、沙漠，比美国国土面积还大的撒哈拉沙漠 3 亿年前竟然是一片浩瀚的大海。文化又像宇宙，无限量，无边际，无所不容，无所不包。我曾在太平洋的深夜，仰望天空；在海拔 5000 米的羊卓雍错，守着那一池深蓝的湖水直到深夜，去看那湖水中的星星。那就是文化，那就是文化的天堂，文化的世界；整个夜空，整个世界，仿佛整个宇宙，繁星闪耀，璀璨耀眼，嵌满整个夜空；一万个星星，就发出一万道不同的光芒；一万个星星就能组成一万个图案，形成一万种变化；原来文化的万景是印在那时那刻的夜空上……

下

人类在一百多年前就面临三大课题——农业的起源，人类的起源，国家的起源，一百多年后仍未能交出一份满意的答卷，此题无解，难倒天下，皆因世界之大，历史之长，变化无穷，去日之远，往事之繁，历史没有见证人。唯一能知晓三大课题之解的当是文化，文化方为解题人。当人类开始站立远眺之时，天圆地方，水清树绿，万物竞自由；砍石为器，燃火为食，天地间走来直立人；人与非人的根本区别，在文化；三大课题恒有一解，根在文化。远古的文化，文化的起源。老子言："道生一，一生二，二生三，三生万物。"道为本，道为文化，方为老子的本意，道之根本在文化。比《道德经》早一千多年的《易经》，那时还没有文字，《易经》的表达全在图画，文字的表述皆为后人所记；犹如《论语》，成文皆为孔子弟子或再传弟子，根据口口相传而文。没有文字，文化早已跃然于世，人类可以没有文字，但无时无日不可无文化。《易经》表达的依然是文化的昭示，文化的变化，文化的魅力。"太极生两仪，两仪生四象，四象生八卦。"除有文化，岂有它哉？

到了春秋时代，孔子是中国文化的集大成者，是文化之圣，文化之贤。孔圣人的文化之观，就是孔学之道，孔孟之道；中国文化万论难离孔子之道、之学、之说，纵贯中华历史，肥田沃土，几乎无一中华人不是从这个文化观中走出来的。儒家思想，孔子之道，孔子之学的文化教育，世世代代，从胎儿教育开始，有教无类，敬长孝老，百善孝为先；勤俭持家，宽和待人，忠厚老实；精忠报国，国家兴亡，匹夫有责；车胤囊萤，悬梁刺股，十年寒窗，铁杵磨成针；富贵不能淫，贫贱不能移，威武不能屈；修身齐家治国平天下，己所不欲勿施于人。中国文化像山像水，像云像雨，无时不在光照，无日不在滋润，一方水土养一方人，实则一方文化养一方人。自幼看连环画就知“撼山易，撼岳家军难”。长大方知，撼岳家军非难事，秦桧二指就能撼动，一掌就能推倒。真正难撼动的，是文化。“五四”运动未能撼动中国传统文化，批林批孔未能批动中国传统文化。数千年天翻地覆，岿然不动的只有文化。“大江东去，浪淘尽，千古风流人物。”只能是文化淘尽英雄，文化造就英雄。没有东临碣石，以观沧海，岂能记得往事越千年，魏武挥鞭？

在《论语》中，子贡言：“文武之道，未坠于地，在人。”子贡所说的“文武之道”与“文武之道，一张一弛也”，非一道之论。子贡所言为中国传统文化，子贡言之，文化并未失传，文化并未坠地，亦不可能消逝。文化息息相通，血脉相传。国可破，家可失，人可亡，日月可无天，但文化仍在。子贡说了一个真理。孔子在春秋末期，礼崩乐坏，国之不国，世之乱世，礼之非礼，似乎文化将要断流，传统将要失落，孔子也彷徨，也慌张，也迷茫。孔子是把希望和明天寄托在文化之上，寄托在传统礼乐之中。子贡言，文化没有坠落，传统没有消亡，它还在世上，它就在人身上，子贡要说的是传统文化自在人心之中。子贡言：“贤者识其大者，不贤者识其小者，莫不有文武之道焉。夫子焉不学？而亦何常师之有？”子贡应该是中国春秋时代的一位辩证唯物主义者，懂得哲学。一个旧的世界，一个旧的国家，一个旧的社会可以被打碎、破坏、重建，但文化不会，也不可能随之而亡，随之而死。这是文化的根本，从哲学上讲，是不以人的意志为转移的。中国人的孝道、恕道、礼道，仁者爱人，仁、义、礼、智、信，中庸之道，早已是中国人的文化细胞、生存细胞、生长细胞，有生命在，它就会生长。世世代代人的人生观、世界观、价值观、苦乐观，皆建立在中国传统的文化观上。读李密的《陈情表》不哭者谓之不孝，读诸葛亮的《出师表》不动情者谓之不忠，这就是中国的传统文化。其坚如磐石，其泛如四海。《中庸》言：“道不远人。”“人能弘道，非道弘人。”梁启超先生有言，一部“二十四史”，就是一部“相斫史”。百代兴亡朝复暮，江风吹倒前朝树。秦皇汉武，唐宗宋祖，一代天骄，引无数英雄竞折腰，逝者如斯夫。“二十五史”整整排列成一堵墙，它不似长城，却胜似长城，一代代金戈铁马，一朝朝王道霸道，一辈辈子孙后代，一年年大道成河，沧海桑田，一具具系着金缕玉衣的白骨，一曲曲九曲肠断的悲歌，呱呱坠地的亢叫，迎风而立的青春；九层之台，起于累土，与天地兮同寿，与日月兮齐光，“二十五史”是一部文化史，英雄可折腰，可断戟沉沙，可胜王败寇，其兴也勃焉，其亡也忽焉。但中华文化却如大河滔滔，奔腾东去。《诗经》是中国古老文化的结晶，读中国文化，不读《诗经》不能知其然，不能领其神韵。《诗经》为孔子所编，是孔子精心从数百可能数千首民间诗歌中编辑出三百多首，想必孔子曾感动得涕泪衣裳，激动得击节高吟，太精彩了！所以其名为经，中国文化讲究引典为经，一旦为经，皆为上堂进殿的经典，犹如男人称旦，一旦称旦必有风雨，如周公旦、潘光旦、穆旦，等等。

经孔子编辑的《诗经》绝大部分是公元前五百多年前的诗，有的很可能是和古希腊伟大的盲诗人荷马同年代的先祖诗人，“诗无邪”，皆心灵的吟诵，皆感情的奔放，皆真挚的歌颂，皆无瑕的内心展示。“关关雎鸠，在河之洲。窈窕淑女，君子好逑。”三千年以来，还有比《关雎》更有诗情画意的吗？还有比“关关雎鸠”影响更大，更让人赞美的吗？这就是文化，中国古老的文化，数千年不腐不朽，不锈不蚀，反而灿灿熠熠，光芒四射。世界四大文明古国是文化古国，中国是唯一一个不曾泯灭的文化古国，恰恰是因为华夏文化不灭，华夏文化代代相传，那就是中华文化独有的魅力，是中华文化独具的环境。

汉乐府《上邪》：“上邪，我欲与君相知，长命无绝衰。山无陵，江水为竭。冬雷震震，夏雨雪。天地合，乃敢与君绝。”现在读也令人泪飞潸然。中华文化的穿透力，虽越万年犹如眼前。从未间歇，从未停滞，从未断流。七千年前的仰韶文化，五千年前的三皇五帝，三千年前的诸子百家，秦城汉关，唐诗宋词，诗词歌赋，经历了多少年代，多少朝代，中华文化始终盘根错节在大河上下，大江南北，始终茁壮成长，魄力异常。文化是民族的属性，是人民的代表，是生灵的智慧。

中国文化代表人之一当数屈原。屈原是中国第一位大诗人，全文化元素的文化人。2300 多年来，中国人代代相传自发地纪念他，不是因为他官居三闾大夫，而是因为他是一位爱国忠君的伟大诗人，一位中国文化人的典范。建功伟业，数千古风流人物中并无他，恰恰相反，屈原是位悲剧人物，没有人能理解他，体谅他，帮助他，拯救他，再无一国一家，一亲一故，一官半职。人不逼天逼，天不绝情绝，留给他的出路只有一条，投江自尽，殉国自杀。他是中国文化的独立者、独行者，独立于天地之间，独行于历史之中。现在能让 14 亿多人在同一天祭祀一位 2300 多年前因殉国而投江自尽的人，天下绝无第二。他让中国文化发扬光大。李白曾感叹“屈原词赋悬日月，楚王台榭空山丘”。莫说楚王台榭，“雨打风吹何处是，汉殿秦宫”。只有楚文化，先秦文化，屈原、楚辞、中国文化，数千年不死，数千年传承，数千年光辉。

在先秦诸子百家中，庄子独树一帜，他和老子还不同，虽老庄同流。老子曾仕途，半身为官半身民，最后才脱去官袍归去兮。但庄子不同，庄子和其他诸子皆不同，不仕不图，不名不利，不追不慕。庄子不但一穷到底，而且从不想仕、想富、想脱贫。庄子只与文化同流同列，他是先秦百家中最有代表性的文化人，在中华文化中独树一帜，前无古人。

孔孟之道，老庄哲学。老子比庄子更哲学，更理论，更缜密，也更隐讳。其《道德经》更像一篇深奥的哲学论文，他更像几乎与他同时代的古希腊的大哲学家柏拉图。庄子比老子更文化，更艺术，更批判，更理想，也更富于想象。他的文化元素和艺术细胞也更繁盛，更活跃，也更幻想，更前卫。《逍遥游》更像一篇三千年后的科幻天地，更像一篇未来世界的前瞻 5D。庄子的寓言比之伊索寓言，都是公元前的文学大师，文化大家，庄子的寓言更深刻，更隐秘，更幽默，更辛辣，更尖锐，也更洒脱，更飘逸，更文化，更文人。俯仰天地，纵横捭阖，神气十足，韵味十足。随心所欲，信手拈来，言在气场之内，理在道德之中。就其文化风格，庄子更像古希腊时期的亚里士多德。

庄子讲过“盗亦有道”的寓言。跖为大盗，其盗有道。手下盗问他成为大盗有何门道？跖言：“在屋外就知屋内有多少财富，就是圣；第一个冲进去抢即为勇；最后一个撤离的就是义；判断能不能进去的就是智；分配均匀的就是仁。此五者不备者不能为大盗。”庄子太有文化了，他只用一篇小小的、短短的、一读即懂、一看即通的寓言，就幽默洒脱地讲透了儒家文化，孔子道德的整个系统核心。庄子的文化观让人战栗。庄子有《秋水》：“井蛙不可以语于海者，拘于虚也；夏虫不可以语于冰者，笃于时也；曲士不可以语于道者，束于教也。”庄子入木三分，一语道出真谛，庄子有文化，庄子有学问。

读书有文化，不读书也不见得没有文化，文化是基因，是传承，是血脉，是社会、家庭、环境的滋养。

唐朝诗人章碣有首名诗《焚书坑》：“竹帛烟销帝业虚，关河空锁祖龙居。坑灰未冷山东乱，刘项原来不读书。”刘项可能不读书，但刘项的确又是文化人，深得中华文化之熏陶，普天之下，莫非文化之地，莫非文化之教焉？刘邦称帝一统天下，得胜归故乡，酒酣情烈，情致高昂，并无文人谋士策划，而是一口酒气三千丈，仰天高歌《大风歌》：“大风起兮云飞扬，威加海内兮归故乡，安得猛士兮守四方！”真文化大作，真高歌豪情，真抒心神怡，真百感交加！谁敢言其流氓无文化？《大风歌》乃文化的别出心裁，文化无定式，文化不用证明，不用读遍“四书五经”方为文化，文化不等于腐儒。

再听项羽的《垓下歌》：“力拔山兮气盖世。时不利兮骓不逝。骓不逝兮可奈何！虞兮虞兮奈若何！”国之已亡，王之不王，军已无军，连姬也将别。生死存亡，万般无奈，悔之何悔，痛之何用？死在眼前，别在帐前，阴阳两界之际，悲歌一曲《垓下歌》。这是一首悲歌、壮歌、情歌，心中的唯一的歌，是一曲地地道道的文化之歌，唱响数千年，至今思项羽，不肯过江东，是怕听这首《垓下歌》，《霸王别姬》唱红整个文化界、艺术界，唱遍大江南北，千家万户唱的正是这首《垓下歌》，敢言项羽不读书？敢言项羽无文化？

战国五大刺客之首荆轲，中外之大侠，其情其义，其勇其胆，其视死如归，让人热血沸腾，激动不已。荆轲亦文化之士，文化之使，怀文化之豪情，溢文化之修养。试举司马迁《荆轲刺秦王》一章数句："至易水之上，既祖，取道。高渐离击筑，荆轲和而歌，为变徵之声，士皆垂泪涕泣。"又前而歌曰："风萧萧兮易水寒，壮士一去兮不复还！"复为慷慨羽声，士皆瞋目，发尽上指冠，荆轲遂就车而去，终已不顾。荆轲身上尽为文化，其一举一动、一歌一词尽皆为文化。春秋至战国，七百余年，一身是胆，视死如归，肝脑涂地的侠客众矣，但像荆轲如此胆烈血热、豪气万丈的刺客，司马迁敬佩之情也难以自抑；司马迁笔下的荆轲也是一位文化大侠，江湖文化之豪情、之刚毅、之超然、之感怀、之洒脱、之无畏、之侠情壮志，三千年不息。文化的基因渗透着中国人脚下的每一寸黄土，不仅仅是哪儿的黄土不埋人，也是哪儿的黄土没文化！历史讲水能载舟亦能覆舟，就文明社会的繁衍，是文化能载舟亦能覆舟。文化可以铸造道德，建设道德社会，文化被覆灭、被颠倒、被糟蹋，那社会就会被野蛮、被强暴、被专制、被倾覆。

华夏五千年文明史就是文化史，推动人类前进的，历史发展的，是人民，也是文化，是文化的力量在推动文明的发展，是文化的特殊魅力在引导文明社会的前进。文化是土壤，才有了文明社会的河流、山川、草原、森林，才会幻想出亚当、夏娃、伊甸园，才演绎出多少恩恩怨怨、情情爱爱，才结晶出宗教、信仰、神话、传说、祭祀、祈祷。钱穆先生说得对，中国传统文化是什么？就是我们中国人。每一个中国人身上都浸有中国文化基因，文化基因就在我们每个人心中。没有哪个时代，没有哪个人能脱离这种传统文化的基因教育，它就像空气、水一样，可能我们感觉不到，但它无时无刻不存在，不在影响着我们。人之所以为人，主要原因之一是人有文化；没有文化，就不可能发展成为人，这是人类的第一属性。华夏文化源远流长，博大精深，云横九派，九九归宗，先秦文化仅仅是万紫千红中的一朵，是在那个时间段中的集中表现。春秋战国之前，夏商周之前，三皇五帝之前，炎黄子孙，所到之处，处处有文化。仅举一例，现藏于国家博物馆的镇馆之宝，是已发现的最早的西周青铜器，曾被评为世界十大发现之一。其出土面世也是偶然天作，不期而遇。1976 年 3 月，陕西西安市临潼县零口镇几位农民在田边打井，无意中挖出一个深洞，又深又细还有一种幽幽的怪气。考古专家闻讯赶到，发现此乃西周时期的窑藏，共出土了 151 件西周时期的青铜器，其中就有这件利簋。

簋从商代就开始流行，礼制为天子九鼎八簋。这只西周簋两目狰狞恐怖，因为它的周围布满了雕饰兽面纹、饕餮纹，浑绕在一起，张牙舞爪，凝重古怪，再加上锈迹斑斑，外表初看缺少商、春秋时代青铜器的美感。但它却是一件珍宝、国宝。因为在其腹底铸有 4 行 32 字的铭文，它真实地记录了周武王在牧野一战击溃商纣王大军、确立周王朝 800 年的最重要的一战。并且把牧野一战确定在公元前 1046 年，为夏、商、周断代提供了最重要的依据。文华昭昭，历史不灭。

华夏文明不息，是文化不息，世界四大文明古国中，中华文化最突出、最伟大也最有特色的是文化，即如长江水，大江东去，九曲黄河，但绝不会因一山一壑、一石一湾而断流、回流。文化大潮，潮起潮落，绝不会潮息潮没。

中国历史上，秦始皇焚书坑儒是最大的文化逆流，秦始皇以法律的形式规定以吏为师，禁止百姓收藏图书，迫害学者，围剿文化，一些文化经典虽然没能保留下来，但经典文化却口口相传，并没有被湮没。仅仅过了 40 多年，汉惠帝就废除了百姓不能收藏图书的法令，鼓励文化传播。即使在秦始皇焚书坑儒禁止文化传播期间，文化也未断绝。山东济南人伏生把《尚书》藏于夹墙之内，使这部中国第一部史书得以保存。“野火烧不尽，春风吹又生”讲得深刻，说的不是野草，是文化。

一百多年前，瑞典人安特生在河南渑池县仰韶村发现了“仰韶文化”，即7000年前的彩陶文化。我们的先祖们烧制的彩陶器皿，不但造型精彩绝伦，奇妙巧然，而且在器皿上文有图案。在陶器上绘有水波、山川、飞云、花草、游鱼、走兽等多种几何图案，彩陶分棕红的、褐红的、鹅黄的、浅棕的，上面用墨绘的图画，7000多年过去了，依然那么鲜艳，那么形象，那么逼真，那么文化。尤其是彩陶上绘画的线条已然十分老练，运用已然十分自如，这也意味着7000多年前，执掌仰韶文化的先民们已经开始运用笔、墨等文化工具，也表明新石器时期的先民对文化的渴求与探索。有些陶器被制作成扁壶形、圆锥形、瓶形、罐形、盆形、鱼形、鸟形，甚至配有双耳提孔，足见我们的先祖们多么智慧，多么勤劳，多么先进，又多么有文化。仰韶文化之后，又发现了河姆渡文化、良渚文化、大地湾文化、马家窑文化、齐家文化、二里头文化、龙山文化、红山文化、陶寺文化、玉石文化、漆器文化，之后又有青铜器文化、甲骨文文化、丝绸文化、瓷器文化等等，炎黄子孙的历史，几乎就是文化书写的历史。仅举一例：在浙江浦江的上山文化遗址，出土了一万年前的水稻，是被驯化的“农业稻”，距今已有一万多年之久，堪称万岁稻。世界上真能称得上“万岁”的，上山人种植的上山稻称得上万岁，因为据考证，上山人生活在这片土地上，有1.2万年左右，创造了上山文化，迈进了新石器时代，走进了新纪元，也是我国“南稻北粟”之端。农业在这种“二元”格局下开始快速发展。文化的诞生正是伴随着农业发展而起步，而发展，而丰富，而多彩。在上山文化的彩陶中，已然出现了各种图腾与卦符，像花？像树？像鸟？像兽？像太阳？像月亮？像梦中的神？像幻中的仙？它们也可能是表达一种语言的文字，是文学的“先民”，在上山文化中已经出现了“田”字符号，文化的种种因素，骤然形成一种文化气场，文学呼之欲出。

在上山文化中还有一件精美的椭圆肚细高颈的陶瓶，经专家研究证明，它的确是一件储酒用品，是8000多年前的远古酒瓶。酒的产生是一道文化大题，为什么在那么早的时期，就会出现酒？这是一道百年难解之题：农业的动力究竟是什么？是为了生产更多的粮食，为吃而做，还是属于一种文化的召唤？制作一种特殊的粮食食品，比如酒，作为人与人，甚至人与神、人与祖先、人与文化的中介，很可能基于这种文化的需求，孕育了酿酒文化与巫术文化。之所以为百年之题，是因为它需要不断的实物和科学来验证。上山文化就是百年之题的一种解。讲文化的博大精深和源远流长绝非形容和夸张。

文化的百年难解之题，还在于它在不断地被发现，不断地被证明，不断地被迷茫，不断地被推翻。数学上的恒有一解，解释不通文化之题，寻找远古的文化，查寻远古的文化元素和基因，恐怕还要百年来解。

2020年，仅仅就在两年前，发现一处20万年前的人类文化遗迹。那是处于冰河时代的孩子们，在青藏高原海拔数千米的地方，在温泉旁的软泥中嬉戏，他们发现自己踩在软泥中的脚印非常有趣，小脚丫很好玩，印出来很好看。他们就有意识地小心翼翼地互相比对地在软泥上印下自己的脚印、手印。那是两个天真的孩子，他们玩完就走了，这一走就永不回头，这一走就是20万年，孩子的艺术创作，被后来的泉水沉积掩盖并保存下来，20万年不灭，被称为“岩面艺术”，相比西班牙的卡斯蒂略岩洞中的手印、苏拉威西西南部的手印，至少要早10多万年，而美国好莱坞星光大道名人手印始于公元1958年，文化是有传承的，有基因的，20万年都挡不住文化的穿越。而在西藏发现的“岩面艺术”这一古老的文化遗址，是在海拔高于4000米的地方，文化的穿超不仅仅20万年无阻，海拔4000米的雪峰亦无阻，谁来破解文化的难题？

考证古文字

一、发现蝎子王国的“蝎文”

夕阳把埃及尼罗河涂上了一层耀眼的金光，非洲夏日的干风把扬起的沙粒吹向太阳，在尼罗河上撒下了一道琥珀色的薄纱，德国考古专家冈特·德赖尔和他的助手无心欣赏这尼罗河上壮丽的美景，他们正专心致志地发掘可能是公元前40世纪的古老王国的古墓。

1988年的夏天特别干旱，但尼罗河河水却汹涌澎湃。这是一处距离埃及首都开罗以南近500公里的古墓葬，很长时间这位德国专家都叫不上它的名字，河比多斯。用中国古老的堪舆术目测，此墓风水不错，北有海，南有山，西有河，东有沙，这里真有6000多年前的王国？真的能找到6000多年前的王者？在遥远的东方，古老华夏最古老的禹夏王朝，应该是公元前21世纪。谁能证明古埃及这个公元前40世纪王朝的存在？约100年前的1898年，在上埃及的希拉孔波利斯发掘出来的古埃及文明时期的文物，其中有一块雕刻着十分清晰、非常生动人物的泥石板，让世界都感到震惊。那是一块叫“纳尔迈小石板”的雕刻艺术品，上面有一个头戴王冠的头像，头像上有一只扬起弯钩尾巴的威武蝎子。据说古埃及时，有一位国王曾经统一了古埃及，这位国王之名为蝎子，就是“纳尔迈小石板”上的那只蝎子，他的王国也被称为“蝎子王国”。他们崇拜蝎子，因为蝎子是塞尔凯特女神的化身，它被许多法老视为保护神，有蝎子女神的帮助才会无往而不胜。

古埃及分为两部分，长期互相对峙，上埃及称为白埃及，下埃及为红埃及，据说最早尼罗河并不是清尼罗河、浊尼罗河，而是红尼罗河、白尼罗河。蝎子王国统一古埃及后，以蝎子加冕的王冠就是一半红、一半白，象征双冠王，统一的王，蝎子王。

蝎子王陵的发掘已接近尾声，似乎再也找不出能证明蝎子王朝存在的更有力的证据。罔特·德赖尔望着身后渐行渐远的尼罗河鹳群，似乎有无限的感慨和情怀，这位几乎把毕生精力都献给埃及考古事业的德国人没有学过中国文学，他不知道中国唐朝有位大诗人叫李白，李白有句诗曰：“今人不见古时月，今月曾经照古人。”也就在他随意地往右一瞥，他突然发现有一只非洲雄狮的琥珀色眼睛在盯着他，让他情不自禁地打了个寒战。

他发现了人类的伟大，人类最早期的文字，最值得炫耀和记入史册的创造——公元前40世纪之前的文字，6000多年前古埃及蝎子王朝使用的文字。

那像非洲大草原雄狮眼睛的是一片象牙打磨的薄片，在尼罗河的落日中显得格外圆润细嫩，悠久的岁月使这种非洲象牙变成琥珀色，光泽格外亲和滋润。一片又一片，一共出土了整整150多片，大小形状都极像中国明朝出入宫中使用的腰牌，当然要稍微小一些，薄一些，可贵的是它不是正方形的，而是有一个小把，仿佛是中国蒲扇的扇把，在扇把的根部钻有一个小孔。经科学家考证，那是系绳的钻孔，它系上绳，可以把象牙牌系在物体甚至挂在人的胸前、腕上、腰间，罔特·德赖尔兴奋得脸如夕阳落日，他会指给你看那象牙牌上的文字，那不是划痕，更不是图案，而是古埃及最早的文字。

后经科学家和德国考古专业机构测定，这150多片象牙片上划下的，确定是人类发现的最早的文字。在罔特·德赖尔的德国考古团队发现这些象牙片之前，似有定论，人类最早的文字出现在美索不达米亚，应属于两河文化，在伊拉克、叙利亚一带。但科学家最终认为古埃及蝎子王国的文字是独立于美索不达米亚的，是在非洲独立发明的，它比曾在古埃及流行的楔形文字还要早，还要成熟，还要完善，比美索不达米亚最早的文字早大约 200 年。破译的蝎子王国的象牙板文字，有的是法律，有的用来标明物体的产权归属，有的是说明身份的标志。可以想象公元前 40 世纪时古埃及蝎子王国的文明程度。

当蝎子王国统一了被割裂为白、红两个王朝的国家以后，幅员的扩大，疆界的延伸，民众的增加，国家需要有效的治理，犹如古老东方秦始皇统一中国以后的帝国，它需要全国统一的文字，因此秦始皇立即着手统一文字；也正像西夏王朝的建立，它从建国治国出发，自己创造了西夏文字。蝎子王国既可能对过去白红两国存留的文字进行统一和完善，也可能像西夏王朝一样，独立创造“蝎文”。

我曾在开罗博物馆看过一张蝎子女神的画像，下着红色长裤，上着黄色紧身衣，胳膊上套有成串的黑色珍珠臂环、手环，头上系着红色发带，王冠上有巨大的蝎子，手执魔法权杖，在杖首有一只硕大的蝎子，高高扬起带刺的尾巴，两只有些夸张的前螯大张着，充满了神气霸气。非常遗憾，去伦敦没有去过波特里博物馆，那些在河比多斯蝎子国王陵中发现的刻有人类最古老文字的象牙片就珍藏在那里。

遥远的东方出了位黄帝，黄帝手下有位史官称仓颉，据说是公元前 17 世纪的人和事，是仓颉发明了华夏最早的文字，在他的老家还为仓颉造了一个很高很大的墓冢，东西两门有副对联写得精彩：“画卦再开文字祖，结绳新创鸟虫书。”胡适先生笑言那不过是神话故事，古老的中国和古老的希腊一样，会造神，神会创造一切。

二、发现古玛里王国文字

20 世纪 30 年代初，这支法国考古队是从希腊的克里特岛东渡地中海，从大马士革一边勘察，一边考古，终于到达幼发拉底河西岸的古老城市玛里。玛里在叙利亚境内，现在正炮火连天，它是 6000 年前幼发拉底河、底格里斯河“两河文化”的重要一站，玛里的名字就很奇怪，没有人知道它要表达什么，更没有人知道它为什么叫玛里，因为它是根据“两河文化”时期的一种很独特也很古怪的文字的读音译成的，5000 年没有人能破译它。法国人就因为它古老、它神秘、它无解，才千里迢迢地找到它。

这支法国考古队十分专业老到，他们从希腊的迈锡尼考察到克里特岛的扎克罗斯，又从上埃及的阿玛尔纳考察到下埃及的孟菲斯。他们不信，在黄沙之下还是黄沙，在青石之下还是青石。他们曾开玩笑说，非洲的秃鹫能嗅到 3000 米之外腐尸的气味，他们能嗅到 3000 年前古墓的味道。他们终于有了创世纪的发现，却是在不经意之中的发现。原来他们在工作之余的闲逛中发现有一个孩子拿着几块刻有图案也可能是文字的泥板，这胜过了在沙漠中找到了清泉。他们顺着这一线索不断寻找，不断搜集，不断挖掘，竟然挖掘出两万多块刻有文字的泥板。震惊整个世界。

泥板是用当地一种黏土拍打做成，上面刻满文字，然后经过晾晒烘干成形。泥板上刻的是一种叫古阿卡德语的文字，它记述着公元前 1750 年前玛里王国的“国家记录”，王国的政令、法律、王宫中发生的事情、国王的活动甚至“语录”。这仿佛是中国甲骨文最早记载的商、周王朝的活动内容，所不同的是我们的先人是把文字刻在龟甲、兽骨甚至人的天灵盖骨上，而玛里王朝人却直接把文字刻在了泥板上。这也是从公元前 40 世纪古埃及蝎子王国把文字刻在象牙板上，经过两千多年的文化推演，终于把文字刻在了泥板上；正像我们的先人也经过一千多年的探索，终于把文字刻在细长的竹简或木椟上，并且把它们用牛皮绳串联起来，形成书籍。先人值得喊万岁。

大约在公元前 1477 年，相当于华夏的商王朝，在毗邻地中海，位于下埃及尼罗河三角洲的古城里，当时的法老要求修建一座带有精美壁画的宏伟殿堂，他们采用的绘画方法似乎是东方古国包括古印度都没有的，称为“湿壁画法”，将颜料绘制在尚未干燥的石膏上，使色彩和墙壁融为一体。关键是在这幅壁画的左侧有数排文字，这就是法国考古队发掘出的泥板上的文字，正是依靠这满满一墙图文并茂的对照，才艰难地破译了古阿卡德语。

让后人瞠目结舌的是，在石泥板上记载着玛里王国的一条法律，这就是有名的《汉穆拉比法典》，这条法律对违法、犯法、绳之以法都作了规定，似乎在公元前 17 世纪，幼发拉底河畔的玛里王国就已经开始“依法治国”，这可能是世界乃至人类最早的法律。而那位汉谟拉比正是在公元前 1800 年之前统治两河地区的“太阳”，被称为“光芒普照苏美尔和阿卡德的巴比伦太阳”，也因此用苏美尔楔形文字写成法律的《汉穆拉比法典》，汉谟拉比不愧为“巴比伦的太阳”，据今 3800 多年前竟出台一部法典，让后人难以置信，直到 1901 年考古发掘出原物方让整个世界信服。公元 1 世纪希伯来语的《圣经》就从《汉穆拉比法典》中引用的“以眼还眼，以牙还牙”逐渐成为世之真言。

亚瑟·埃文斯爵士是 20 世纪杰出的考古学家。“米诺斯文明”正是由这位近乎传奇的考古学家“考”出来的。

从大约公元前 3000 年起直到公元前 1200 年，米诺斯人在古希腊的克里特岛建立了高度的文明和先进的文化，虽然在公元前 2000 年被从古希腊半岛入侵的迈锡尼人所取代，但米诺斯人建立的文明，尤其是米诺斯文化依然又延续了整整 800 年才悄然退出历史舞台。亚瑟·埃文斯终于悄然上场，他要揭开将近 5000 年前的“米诺斯文明”的面纱。

一切都是悄然而至，一切似乎都是偶然而遇。有人言之，考古就是幸运，走遍万水千山，方知此山不是山，此地就是山。

亚瑟·埃文斯有意无意地在雅典的地摊市场上溜达。卖者无心，买者有意。这位英国爵士眼前一亮，他看见一个很不起眼的“乳石”，他蹲下，拿起，先用手感觉，再反复地打量。小贩甚至想白送给他，不愿再和他“磨牙”，这种“乳石”几乎和其他小石头没有什么区别，说下大天来也卖不出一块面包的钱。这种“乳石”英文名称为 milkstone，是一种专给刚生过孩子或即将生育的妇女佩戴的佩饰，其意为神会通过这块石佩给母亲或即将成为母亲的女人以乳汁，故称

"乳石"。而埃文斯一眼看中的是小"乳石"上竟然刻着他从来没有见过的"符号"，他反复比较，反复查看，他认为那应该是一种文字，上面很可能写的是一句辟邪的咒语甚至是一首诗。他买下了市场上出售的所有带有刻痕符号的"乳石"。正是这些小小的不起眼的"乳石"，引导埃文斯一步步走向"米诺斯文明"，他甚至把整个遗址都买下来，系统发掘，专业考证。他和他的考古团队发现了"米诺斯文明"时期的王宫遗址，这就是著名的古希腊克诺索斯宫殿遗址。该宫殿始建于大约公元前2100年至公元前1800年，几经扩建，占地近1.3万多平方米，建有石制阶梯回廊和天井，围绕着1200平方米的中心院落向四个方向扩展，上下竟然分为5层，共有1000多间房间。克诺索斯宫的王宫档案库也被发掘出，里面保存着2000多块黏土泥板，是用古埃及的一种特殊黏土制成后干燥成形，其状如苇叶，细长而苗条，和之前发现的刻有文字的泥板不同，不但泥板的形状不同，而且刻在上面的文字也不同，世界上没有一个人认识这种奇特古怪的文字。这就是线形文字，它是一种意音文字，同时包括专门表示音节以及专门表达声音、物体或抽象概念的表意符号，通常是由左向右书写。

埃文斯有英国贵族绅士的派头，衣冠楚楚，举手投足文质彬彬，谈吐行文张弛有道，即使在考古发掘现场也有条不紊，有一股皇家学者的气场。他的发现如石破天惊，震惊整个学术界，从而引起了20世纪初对古希腊文化遗址的考古热潮，新的发现层出不穷，到目前为止，这种泥板档案已发现几万块之多。这些文字完全不同于其他地区发现的文字，似乎是"石头缝中蹦出来的"，被命名为线形文字A，直到今日，这种古怪而神奇的文字尚未被破译。没有破译不了的密码，只有破译不了的文字。古代文化的博大深奥，只能用已知世界的科学去探索未知世界的哲学和规律，只能是由表及里的渐行，在中国，契丹文时至今日也未被破译。

三、神秘的楔形文字

在伊朗西部克尔曼沙赫省以西 20 公里，有座贝希斯敦山，在山崖之上，有一块巨大的浮雕，离地面 60 多米，上面雕刻着一组神秘的石雕，一群排成一行的人似乎在毕恭毕敬地朝拜一位尊者，尊者身后还有执弓举剑的侍者，他们的上面还雕刻着一幅诡谲和神奇的图腾。上下左右都一丝不苟地篆刻着一行行似文似字、似图似咒的“天书”。是什么人刻的？为什么要“登天离地”地刻在半山山崖之上？刻的是什么？什么年代刻的？那些人物都是谁？那些符号又是什么？它想表达什么？诉说什么？标榜什么？没有人能回答！连贝希斯敦山都一直沉默着，等待着。这就是著名的贝希斯敦铭文。

后经人考证：长须戴王冠、身披大袍、手拄长弓的尊者为阿契美尼德帝国大流士一世，他脚踩在一名俘虏的胸上，背后两名武装侍者执弓舞剑，而他前面站立的 10 个人，双手都被紧束身后，脖子上还系着捆绳，应是俘虏。国王上面的图腾是神的形象。这是一幅完整的写实雕刻，正是古波斯帝国时期大流士一世时代所雕。

大流士一世是古波斯帝国的伟大君主，他继位以后，对内团结一致，对外南征北战，打败了割据一方的分裂势力，统一了波斯帝国，实行种种养民善政政策，使波斯帝国不断强大起来。大流士一世建立大一统的波斯帝国后，踌躇满志，开始全国巡视。当有一天巡视到贝希斯敦时，他望见蓝天白云之下，黄沙碧海相衬，萌发了要在此地刻石流芳的想法。他自称为万王之王，万国之王，被尊为铁血大帝，让世世代代都能铭记他打江山的不易，江山要世代相传。三千年以后，大流士一世的“颂辞”真正传给世界上的是一位年轻、英俊、勤奋、好学的英国军官，25 岁的罗林森。

1835 年，罗林森被派往波斯担任军事顾问。这位年轻的陆军军官有一身的学问，读过许多古希腊、古罗马的历史和文学，且自学了波斯语、印地语、阿拉伯语，对古波斯语中的楔形文字有浓厚的兴趣。

在罗林森之前，“贝希斯敦铭文”就被发现了。但从未有一个人能攀登上去，作一系统的、全面的研究，60 多米高如刀切斧剁一样的石壁，鬼神尚叹，但却没有难倒罗林森。这位年轻的军官曾是运动健将，也是攀岩的高手，他多次冒着生命危险攀上悬崖峭壁去临摹那些“天书”，即“贝希斯敦铭文”，他认为那就是他一直在追求探索的古波斯的楔形文字。最后，他还指挥一名当地青年，爬上了最高、最平滑、最难接近的那部分，绑上吊绳悬在空中，用中国人拓碑的办法，逐字逐行把石壁上刻的铭文都用墨汁拓在纸上。

刻有 3 种文字的“天书”，终于昭示于世，终于可以拿到研究室研究这种充满“鬼意神旨”的文字了。其实，在罗林森之前 200 多年，有位叫彼得罗 · 瓦勒的意大利学者已经在孜孜不倦地探索古波斯楔形文字。彼得罗真有股学者的认真劲，为了探索这种“无踪无影”的古文字，他走遍了两河流域，即幼发拉底河与底格里斯河之间的土地，因为他认为波斯文明应出自两河文化。他不但认出巴比伦遗址，而且还临摹了 5 个世上无人知晓的文字。功夫不负有心人。这种离奇古怪的古文字其字形呈上宽下窄的楔形，因形得名，被称为“楔形文字”。这种楔形文字是由楔状的图形组成，就像中国方块字是用线条组成一样，但其组合、变化、朝向、大小、宽窄、顿挫都似有规律又似无定式，变幻莫测，神奇诡秘。彼得罗 · 瓦勒也是文字的天才，他最终破解了第一步，楔形文字的书写是由左向右的。

50 年后的一位英国学者，终于钻研出楔形文字不仅仅是形状如楔子，还有其状如方尖碑状、三角形、金字塔形，这些形状的文字经过神秘地设计，按照一套甚至多套诡秘的程序，神奇而巧妙地组合，形成一种特有的文字。这位名叫托马斯 · 赫伯特的文字研究家还发表了一份有三行楔形文字的复制品，他研究的结果是这种楔形文字是由单词或单节组成。他研究的第二个结果是楔形文字是由左向右读的，并确认是古波斯人的语言。楔形文字是由古波斯人创造的。

罗林森作为英国陆军军官，在军事上没有任何建树，可谓轻如鸿毛，但他经过十几年的刻苦研究，终于在 1844 年独立破译了“贝希斯敦铭文”的全文。那是一篇旨在让后人铭记的波斯帝国的荣誉，记述了大流士一世这位“众王之王”镇压国内“高墨达暴动”的胜利，浮雕上那位地位显赫、趾高气昂、不可一世的“大人物”正是波斯国王大流士一世的“光辉形象”，从而揭示了古波斯楔形文字的秘密。贝希斯敦铭文三种楔形文字中最难破译的是一种被称为“埃兰语”的楔形文字，古波斯楔形文字有 40 个字母，而埃兰语楔形文字的字符超过 100 个，这意味着它是一种音节文字。我想破译它可能比 20 世纪 30 年代破译德国的恩尼格玛密码还难。罗林森在破译古波斯楔形文字上，可谓功不可没，重如泰山。

在英国牛津阿什莫林博物馆，有一块高 20 厘米、长 9.1 厘米的黏土石板，那上面刻满了一行行密密麻麻的苏美尔语楔形文字，被称为苏美尔王表，刻于公元前 2004 年前后，记述了公元前 3200 年到公元前 1800 年的苏美尔历代统治王朝的时间表，那么久远之前的历史记录，该有多么珍贵，多么难得！不知该称为发现的伟大还是伟大的发现。

四、发现罗塞塔碑“天书”

1798 年 5 月，拿破仑作为总司令，指挥法国远洋舰队浩浩荡荡，远征非洲。数百艘战舰、数千门大炮、十几万饱经战火的士兵，仅仅用 15 个月就征服了埃及。北非沙漠的烈日灼烤着这个骑在高头大马上的“小白脸”，波拿巴高傲地乜斜着狮身人面像，眯起双眼久久地注视着沙漠边缘上的金字塔。亚历山大大帝征服过这里，恺撒大帝征服过这里，那该是这些古埃及石头雕像诞生 2000 年以后；又经过 2000 年，波拿巴·拿破仑终于来到这里。中国有名金语：500 年必有王者兴。波拿巴微笑了，他要沿着亚历山大的征途前进，直到拿下印度。为此他已准备好了 10 万只骆驼。

波拿巴比亚历山大、恺撒想得更长远、更科学，亚历山大、恺撒

“只识弯弓射大雕”，而拿破仑的远征军中却聚集着整整一船科学家、文学家、工程师、画家、天文学家、医生以及成百箱的科研设备和各种书籍。这些专家都是波拿巴亲自挑选的，每类专家都必须作好自己的科研和学术计划，远征非洲和东方的历史使命在拿破仑看来绝不仅仅是武力的征服，他用在科技上、文化上的时间甚至超过用在军事上的时间。在用餐后，他喜欢召开的竟然是“科学院会议”。没有见过的波拿巴，没有见过的洲际远征。在卢克索的卡纳克神庙有一堵全世界独一无二的“神墙”，是一页写满神的旨意的“天书”，满墙刻着各式各样、神奇莫测的“图案”，没有人能看懂，没有人能明白，神究竟要表达什么！在这堵墙前面，耸立着一尊高高的方尖碑，让人疑惑和不解的是，几十米高的方尖碑上也刻满了“天书”。拿破仑像察看军事地图一样那么认真、那么仔细地反复看，他竟然什么也看不懂，懵然无悟；他曾想把它们作为战利品带回法国研究，直觉告诉他，那该是一种古埃及文字；他不但要做埃及的征服者，还想当古文字的拓荒者。拿破仑的野心世人皆知，可惜，上帝这次没降惠于他。直到一个世纪后，才由法国学者商博良在前人的基础上破解了“天书”，那是古埃及象形文字。它是由表音字母、表意文字共同合成的，拥有一千多个单独的文字图形。文字复杂到这种程度，的确让后人恐惧。

拿破仑失败了，他和古文字失之交臂。强大的英国舰队围攻上来了。拿破仑万万没有想到，真正成为伟大和不朽的，竟然是他的不经意，正应了中国人说的“失之东隅，收之桑榆”。

为防御英国军队，法军在埃及地中海沿岸一个名叫罗塞塔的地方修筑防御工事。无意之中，士兵们挖掘出一截刻满古怪文字的青灰色残碑。如果这块残碑被用在防御工事上，让英国舰队舰炮一阵狂轰变为碎片，那么古埃及的文字可能至今无法破译，就像古蝎子王国的“蝎文”一样，恐怕会成为永世之谜。“你错过了上帝的垂恩，上帝将不再会顾怜于你”，拿破仑虔信，那位叫夏伯里的小军官就是上帝之手。他在战壕里发现了那块罗塞塔残碑，细细揩净后，蹲在碑前饶有兴趣地观察着。残碑的两面都是像“天书”一样奇怪异常的图形，虽然他一个图形也辨认不出来，但直觉告诉他，这上面雕刻的很可能是古埃及的文字。毕竟夏伯里受过法国正统教育，读过许多书，他认为这块被法国士兵称为“丑石”的罗塞塔残碑，很可能成为破译古埃及文字的钥匙。就文化而言，夏伯里的发现，一点也不逊色于哥伦布发现新大陆。

拿破仑的预感要比夏伯里更深刻、更直接，他认为罗塞塔残碑将是他征服整个埃及乃至整个非洲的最大收获，它可能是上帝赐予他的宝贝。但强大的英国舰队更无敌。他们终于从法国舰队手中夺得罗塞塔碑，并据为大英帝国所有，成为大英帝国博物馆的镇馆之宝。又经过近 30 年的研究探索，罗塞塔碑正面的文字终于得到了破译。破译古埃及象形文字的最大难点是它违背了象形文字的规律，文字的创造是逆规律而生的。罗塞塔碑刻有 1419 个古埃及象形文字，486 个古希腊的古文字，最上面刻的是古埃及象形文字的圣书体。上帝拯救了文字。包括那些残存的古埃及文字的莎草纸书，也都得到了破译，原来古埃及的文明程度远远超出了后世人的想象，真有那种船过好望角时的感觉。

拿破仑呆呆地站在厄尔巴岛的海边上，他似乎知道了罗塞塔碑的消息，知道了罗塞塔碑正堂堂皇皇地陈列在大英帝国博物馆的橱窗中，全世界数以千万的人都去瞻仰它，不知不觉两颗混浊的寒泪流下面颊……

五、发现甲骨文

100 年以后，遥远的东方也发现了一种古老的文字——甲骨文。甲骨文一般是用利器直接刻在甲骨之上，有的是用墨或朱砂写上再刻。甲骨文起源很早，人们似乎并没有找见它的源头，据说伏羲在黄河边行走，突然看见河中浮出一只巨龟，龟背上有奇文，这就是甲骨文的起源。伏羲受到龟甲文的启发发明了《易经》,《易经》六十四卦对中国文化产生了深远的影响，而源头也在甲骨文。

根据科学的考证，甲骨文的发明，大约是在公元前17世纪商朝的前中期，但后来便神秘地消失了，甲骨文逐渐为金文所取代，商周时期青铜器上的铸文大都是金文。金文以后又有小篆，到公元前221年秦统一中国后又统一文字，实行了李斯发明的秦小篆。甲骨文似乎离现实的社会越行越远，最后消逝得无影无踪，中国到底有没有甲骨文？

甲骨文的发现更侥幸、更传奇、更戏剧。

清光绪年间京城有位大学问家、金石家、文字学大家，此人名叫王懿荣，时任大清王朝国子监祭酒，后来又兼任过京城团练大臣。

1899年，王祭酒生病，家人抓来中药，王祭酒亦懂些中医药学。王对照药方查看抓来的中药，完全是在病中闲而无事，发现药中有一味“龙骨”竟有人为的划痕，随手再拿一片亦有。王乃金石大家，无意中碰到其瘙痒之处，他拿起细看，果然非同凡响，不禁心中怦然一动，药虽未煎，但病已自去，立即吩咐人去药店把所有“龙骨”悉数抓来。王祭酒手持放大镜，精神百倍，但觉前额两穴间微微有凉汗。“梦里寻他千百度，蓦然回首，那人却在，灯火阑珊处”，这正是消逝了三千多年的中国古文字甲骨文。犹如石破天惊，王懿荣因此有“甲骨文之父”之称。中国现代考古学奠基人李济先生就把王懿荣称为“中国古文字这个新学科的达尔文”。

王祭酒一共收集了1500块甲骨文。1900年八国联军攻破北京城，王懿荣先吞金，吞金未死又投井，其后人因家道败落不得不出售家中所藏甲骨文。当时有人言，“洛阳纸贵”言其虚，甲骨文贵是真贵。出“龙骨”之地正是河南安阳，甲骨文应是商王朝盘庚到殷纣王灭亡的273年间的产物，当为中国已发现的最早、最权威、最珍贵、最完整的古文字。

对甲骨文的发掘也神乎其神，似乎真有“上帝之手”，那看不见却能感觉到的命运之神的关照。

1936年6月12日，在殷墟第127坑发掘现场，几位专家都灰头土脸，汗流浃背，收获无几，人人都有些灰心丧气。就在大家准备收工回营之际，最后一挖竟然出现了一块整块的甲骨文龟甲，真如久旱春雨，专家立马精神起来。当时挖掘条件非常差，坑又开挖得很小，跪式作业，土里刨挖，个个汗水伴黄土，活似土地爷，但他们终于出土了 17096 片龟片甲骨文，其中整片整版的龟片甲骨文有 320 版，真可谓开天辟地。据统计，甲骨文字数共有 3500 多个字，其中破译的约有 1500 个，未破译的大多数是地名、神名，有的仅仅出现过一次，甲骨文学的路还长……

中国的古文字是多彩的，而真正认识这些奇妙的文字又是充满神秘和偶然的，称其命运使然当呼之然也。

1000 多年前，中国西北曾有一个一度很强大的民族叫党项族，可谓勤劳勇敢，彪悍智慧，他们建立了自己的夏国，历史上称西夏，西夏一度十分强大，创造了自己国家的文字——西夏文字。但西夏王国兴起 189 年后，那个民族、那个国家和西夏文字都神秘地消逝了，似乎在一朝一夕之间就消逝得无踪无影。

但西夏的文明、西夏的文字一直被专家们苦苦地追寻着。虽然后来也陆续发现了许多西夏文字的残片，但无人能破译这种古怪的文字。西夏文字几乎被列入“死文字”序列之中。

1804 年，一位官场不得志的史学家回老家闲住，此公叫张澍，其老家在甘肃武威县。他闲而无事，清心寡欲地溜达，发现有一座寺院清应寺，踱步而入，见寺院中有一亭，四周皆被砖石砌死，心生好奇，一亭非要砌死？其中必有秘密。问寺院僧人，无人能知，猜疑愈重。他让人打开封砖探寻仔细，但寺院僧人大恐，言之寺院有交代，此物不可动，因此几百年无人敢动。张澍反复做工作，并许之以金钱，修缮寺院，这才得以打开亭子的封砖，并未见妖魔鬼怪，亦未见奇观异景，只是在亭子的中央立有一通碑，此石碑名为感通塔碑。此碑的石质、造型亦无异别，关键是碑文。张澍是专家内行，反复阅之三遍，不禁击掌大悦，仿佛高中状元一般。原来这块石碑上详细记载了寺院在西夏王朝时期重修的过程，最关键是碑的正面刻的是一种没有人认识的古怪文字——西夏文字。而碑的反面刻着和西夏文相对应的汉字。这通石碑就成为解读西夏文字的“密电码”。张澍有言，苍天赋我，我绝不负苍天，立即整理、研究、出版。

文字世界里还有多少未知？多少偶然？多少必然？多少使然？

六、发现神秘古文字

当甲骨文的发现震撼整个文字世界、改写华夏的文明史时，山东大汶口龙山文化中的文字、江浙良渚文化中的文字、陕西半坡仰韶文化中的文字都那么孤傲无解，有些远古的华夏文字可能恒无一解，未知世界太深奥了，文字的未知世界可能就像我们在宇宙中仅仅认识了太阳系的一些表象。1984 年 11 月 14 日，在山西临汾陶寺遗址极偶然地出土了一片陶片，这片极不起眼的破陶片上有一个红色的印迹，经专家确认那是一个字，其形像“文”，这就是著名的“毛笔朱书扁壶”，它的发现把中国文字的发明提前了至少 4000 多年，中华文明到底出现过多少种语言？多少种文字？在河南舞阳贾湖遗址出土的一批刻符，距今在 8000 年左右，有学者认为，贾湖刻符就是早期文字，甚至有专家在《科学》网站进行了论证，认为贾湖刻符中 21 个刻符已经破译了 11 个。

山东邹平丁公龙山文化遗址发现的陶文，陶片上的刻字已经不是单个的文字，而是 5 行 11 个字。这些文字的起源都深如大海，至少包括两个系统——东方的彝文字系统、西方的夏文字系统，它们是平等的还是关联的？是交叉的还是包容的？

在内蒙古科尔沁草原上有座石头山，其状如卧牛，因石山不大，称“牛犊山”。2003 年发现一座辽代大型古墓，在主墓室两边的墙上有壁画，在壁画旁边竟然有文字，谁也不认识的文字。后据专家考证，这些文字可能是已经神秘消逝了 700 多年的契丹文，至今没有被破译。

1965年12月的一个傍晚，当考古人员小心翼翼地打开湖北江陵望山楚墓墓主人内棺时，人们愕然发现，在内棺尸首骨架左侧，有一把装在黑色漆木剑鞘内的青铜剑，拔剑而出，其剑蓝光幽幽，剑身上纵横交错着神秘美丽的黑色菱形花纹，精美异常，这就是后来扬名中外的国宝——越王勾践剑。

此剑为春秋时期历史上大名鼎鼎的越王勾践之剑，被称为“天下第一剑”“青铜剑之王”。何以断定？关键在剑身正面有两行鸟篆铭文，一共有8个字，这种古文字，史称“鸟虫书”，经过近一年的反复研究，最终得以破译，“越王鸠浅，自作用剑”。而文中的鸠浅，经过专家深解，确定为勾践。但又提出了数道未解之题，这种“鸟虫书”是篆书的变体，篆书的变体有几种？为何形成变体？

在陕西神木石峁遗址皇城台，距今4300年左右，使用500年后被神奇地弃用而荒芜了。其面积竟达400万平方米，几乎相当于天安门广场的100倍，被称为“石破天惊”的考古发现之一。在其护城的城基上，发现有刻在石块同一面上的符号，人面、神像、动物、鸟类等，其长度达3米。专家们认为那可能是一种未知的文字，很可能是甲骨文之前的更古老的文字，那究竟是一种什么文字？

十几年前，世界上只有两位学者真正懂龟兹国语言，一位是中国的季羡林，一位是日本语言学专家，现在这两位专家都走了，难道若干年后，龟兹国语言又变成了无人能解的古文字！

在北京故宫博物院珍藏着秦石鼓，那是秦时代制作的10块馒头状的大石头，其形状趋于鼓形，称石鼓，它们是在唐贞观年间在凤翔县被发现，至今已快1400年。经郭沫若考证，石鼓为秦襄公八年，公元前770年所制，上面刻有古文字，即“石鼓文”。这10面刻有诗文的秦时石鼓，在宋徽宗、清乾隆时都以国宝相待，围绕这10面石鼓，有多少学问？多少文化？多少历史？多少疑问？现在这10面石鼓上的石鼓文仅仅剩下310余字矣……

随着发现的已知世界在不断扩大，没有被发现的未知世界到底是缩小了？还是扩大了？

魂之归兮

一

中国古人追求事死如事生，是认为人死灵魂不灭，灵魂是从阳界进入到阴界，阴界也是一个大千世界。屈原的《离骚》《天问》《九歌》，都是对灵魂的探索，他对人世间的一切不再抱有任何希望，他在期望另一个世界的光明。“路漫漫其修远兮，吾将上下而求索”，是屈原对灵魂的寄托。“身既死兮神以灵，魂魄毅兮为鬼雄。”屈原不但是中国第一位大诗人，也是探索未知世界、追求灵魂、寄情鬼神的探索者。

如何保护灵魂，附着灵魂，让灵魂在阴间自由生活，让灵魂在阴间步入“天堂”，人死如灯灭，但也在瞬间点燃另一世界的长明灯，似乎是3000年间的一个永久的课题。魂之何归？魂之何在？3000多年人们似乎认定人的灵魂寄托在人的身体之中。人亡，灵魂尚在；人的身体一旦死亡了，消失了，化为一抔黄土了，那他的灵魂就会在瞬间化为游魂、鬼魂、孤魂。如何保护好人的尸体，是灵魂再生的关键，是灵魂安于天堂的必然。厚葬、殉葬、深葬、安葬，都是对灵魂的承诺，对灵魂的寄托，让灵魂安息，让灵魂欣然作乐起舞，才有屈原的《九歌·山鬼》。

灵魂的最早附着物就是玉。玉是人类最早的贡品，人类把一切最崇高、最尊贵、最美好都寄托在玉上。5000年前也可能更早，人类就懂得琢玉，把人最美好的寄托和祝愿都千琢万磨于玉器之中。死后灵魂离不开玉，首先是死后的尸体必须有玉的保护，玉能使肉体不腐不化；玉在，肉体就在；玉是肉体的保护神，肉体在，灵魂才在。

1986 年，在浙江余杭反山王陵出土了一件“玉琮王”，这件 5000 多年前的反山王墓的“守护神”，体积巨大，雕琢精美，高 8.8 厘米，外径 17.1—17.6 厘米，玉琮中间的孔径 4.9 厘米，重约 6.5 千克。称其为“王”，是因为它是迄今为止所发现的最大的玉琮。这位“守护神”呈矮方柱形，有些像 6000 年后皇宫大殿的柱础，造型复杂，寓意深邃，有 8 组神人纹，16 组鸟人纹，8 组完整的神鸟纹，饰纹中间有云雷纹、水波纹。这些雕饰在“守护神”上的图纹说明什么？表现什么？是什么图腾？是什么语言？是祈祷？是祭祀？是占卜？是庆典？它究竟要表现 6000 多年前良渚古国的什么寄托？这尊“保护神”极有可能代表着良渚古国人对神、灵、鬼、天、地、魂的认识，代表古良渚人对灵魂归兮的探索，对阴间世界的研究。在“玉琮王”上雕饰的一位极像“外星人”的神人，分成两部分——上半部分是一个戴着华丽羽冠的“外星人”，双眼绽开，龇牙咧嘴；而下半部分则是一个怪兽的脸，双目圆瞪，张着大口，一幅 3000 年后才在青铜器上出现的饕餮饰纹、尖利的双爪伸在前面。把一个“守护神”分在两个空间、两个世界、两个极限中表现，这难道就是 6000 年前我们的先祖们对灵魂归兮的探索？这难道是表现拥有无限神力的巫师？灵魂最终要附着在巫师身上？这也是在 6000 年前墓葬中有巫师殉葬的原因。6000 年前我们的先祖们对灵魂的探索，正未有穷期，正像我们今天对宇宙暗物质对星球运转产生作用的探索一样。

湖北天门对石家河古城的发掘，发现罕见的史前大型祭祀场所，发现了 240 余件史前玉器，其中竟有虎座双鹰玉饰、连体双人头玉饰、神目虎头像等等，都是“阳间”没有的，是我们的先人根据幻想创作出来的，比如像玉制的双头人，两头有眼无耳，有嘴无鼻，两颗奇怪的人头以脖子相连，这分明是一种想象中的灵魂转世，灵魂附体。6000 年前的人认为灵魂不死的表象就应该是这样的。

石家河古城还发现了9座陶棺葬。这证实6000年前的古人，千方百计在设计如何保存住人的肉体，留住灵魂，使灵魂安息就要为灵魂创造一个难以离去的环境，6000年前的陶棺可能是世上最牢固、最永久的灵魂住处。那里陪葬的玉器，说明6000年前的古人认为玉才是陪伴肉体安息、永垂不朽的法宝。因此死去的人，头要枕玉，口要含玉，手要握玉，面要盖玉，身要配玉，脚要踏玉，连肛门都要以玉塞之，两耳有玉栓、玉听；左有玉圭尺，右有玉琮王，腰有玉饰。

在三门峡原西周时期虢国遗址出土过一件"玉覆面"，把死者的整个面目都覆盖起来，不露分毫，"玉覆面"由58块玉片组成，做工十分精细考究，尤其是眉、眼、鼻、嘴、耳，既生动又传神。这和远隔万水千山、时跨3000年的古埃及法老图坦卡蒙的黄金面具有异曲同工之处。两者都想借助外力来永葆生存，永世不变，生命和灵魂同在，永垂不朽。

2007年，安徽含山县凌家滩一座5300多年前的古墓被发掘。发掘埋葬的部落首领虽已化为腐土，但让人震惊的是，左手处10个玉镯子，右手处也有10个，两手共戴有20个玉镯子；其身下则是白花花的玉钺，一共发现有300多件玉器。帝王将相相信人死灵魂在，人死是由阳世转入阴间，阳世要为阴间修行，最直接的就是要保存肉体不灭。因此他们死后要口含玉蝉，双手握玉珠，头枕玉枕，面罩玉覆面，腰有宝玉相伴，脚有宝玉相垫，肛门有玉塞，生殖器有玉罩，左右两边置放有象征权力和身份的玉钺、玉戈、玉剑，胸前挂有玉佩，天庭上盖有刻符的玉牌，身下铺有玉璧、玉佩、玉环、玉饰，玉有多长寿，肉体就有多永久，灵魂就有多自由。

史书上已有"玉棺"的记载，为了灵魂的安息，要穷天下之力，尽天下之智，"玉棺"似乎是必然，但人们一直认为"玉棺"是在棺材之外贴满玉片。直到江苏盱眙县马坝镇大云山汉墓的发掘，世人才知"玉棺"的玉片不是贴在棺材之外，而是贴在棺内，这样的"玉屋"可以更直接地保护肉体，更直接地伴随灵魂。玉器可以滋润肉体，肉体可以承载灵魂，玉器在，则肉体在；肉体在，则人不死，灵魂永在。这才是古人对玉的崇拜、信任、迷信、顶礼膜拜！玉也是古人对灵魂归兮的探索。

1992年，在山西临汾曲沃出土的西周时期晋侯夫人随葬的一组玉佩，也证明了这一点。这组覆盖在晋侯夫人身上的玉佩全长约158厘米，从这位夫人的颈下，一直覆盖到脚面，共有204件珍贵的宝玉；其中最神奇的是有两条怪龙纹佩玉，怪龙一端为人头，另一端为龙头，还长有怪怪的翼翅。对此没有专家能解释，一位对《易经》有深入研究的老先生发言，这是一种远古的灵魂再现，是古人对灵魂的信仰和崇拜。

科学家认为，我们现在对灵魂的认识几乎等同于对宇宙的认识，6000年以前的先人们对灵魂的认识已然比我们认识暗物质、黑洞、生命的形成要成熟和高明得多。

二

金缕玉衣呼之欲出。金缕玉衣是中国玉文化和墓葬文化的结合，是中国古人创造性的发展。让肉体在金缕玉衣中永存，让灵魂得以安息，让灵魂相伴肉体永垂不朽，得以灵魂出窍，得以来生转世，这是中国古人梦寐以求的“仙境”，事死事生的追求，也是阴阳两界的超脱。

1968年3月，一支施工队在河北满城陵山打山洞时，正巧打在西汉王朝中山国靖王刘胜的陵墓耳室上方，2000多年前的中山王陵被发现了。考古界有句名言：“汉陵墓十墓百盗。”是说东西两汉的王陵大墓，几乎无墓不被盗，有的大墓常常被盗数十次，而这座中山王陵竟然能“百死逃一生”，得以完整地保存下来，并非“安然无恙”。2000多年间，至少有数十拨盗墓贼光顾过，其中不乏数十人的团伙，从汉王朝一直到明清，盗墓贼一拨刚走，一拨又来，把整个陵山打钻得遍体鳞伤，但陵山山体坚固，整座陵山是一个完整的玄武岩山体，坚不可摧，它让历朝历代的盗墓贼饮恨而归，中山王陵墓得以岿然不动，刘胜得以长眠不醒，灵魂得以安息自然。就在中山王陵中，发现2000年前中山王刘胜身上穿戴的一套完整的金缕玉衣，也是中国历史上第一次发现完整的金缕玉衣。穿在中山王刘胜身上的这件金缕玉衣，全长1.88米，用2498片玉片和约1100克金丝穿缝而成，把刘胜包裹得从头到脚，丝毫不露，变成一个完完全全的玉人。汉朝人想用这种玉裹人的办法，让肉体彻底隔绝阳世，在玉体中得以永生，让灵魂有一安息的载体。

有多少汉时王侯披挂上金缕玉衣走进阴间无法统计，只因为盗墓贼不认这套玉文化和墓葬文化的巅峰之作，他们只认金缕，不认玉衣，一双双罪恶的手拆去金丝，散落了一地玉片。据记载，1946年9月，在河北邯郸郎村的西汉象氏侯刘安意墓被盗，墓中出土了许多大小不一、形状不一、薄厚不一的玉片。玉片一面抛光，一面原版，四角处都有细小穿孔，出土时玉片散落在尸体旁边。据记载当时没有人意识到这些小玉片的价值，后来就散失了。盗墓者把这种用金丝连缀而成的玉衣从死者身上扒下来，把金丝抽出，把玉片扔掉，因为这些玉片并不值钱，金丝盗回去熔化成金条，然后出售变现。1955年江苏徐州睢宁县的九女墩汉墓也出土了这类玉片有299片，才引起考古界的重视，据收集，这类玉片几乎在被盗汉朝大墓都出现过，说明汉王朝帝王下葬身着“金缕玉衣”是一种等级标志，也是汉时墓葬文化的一种，更是对人死后肉体存亡的认识和对死后人的灵魂何在的一种探索。

屈原的《山鬼》是《楚辞·九歌》的名篇，表面看是祭祀山神之歌，其实是屈原对鬼神的向往，对灵魂归兮的探索和追求，是对阴间世界的寄情和歌颂。屈原相信，他死后会重生，会在阴间与灵魂共存，那将是一个张扬正义、爱情、自由、公正的世界。他愿意到汨罗江中张扬自己的灵魂。

2009年10月到2010年1月，湖北省文物考古研究所对荆门一座楚国晚期的古墓进行了抢救性发掘，这座大墓的主人正是楚怀王在位时的最高军事长官，根据屈原在《离骚》中的诗“摄提贞于孟陬兮，惟庚寅吾以降”推测，屈原正是那个年代的人。这座大墓出土了一副巨大的彩棺，其棺上的彩绘简直就是一幅楚国末期的“清明上河图”。

彩图上九垒高筑，车马出行，宾客欢宴，歌舞升平。行者皆宽袍锦带，有佩剑驾车的，有观景诵歌的；高台楼阁，美酒佳肴，欢歌笑语；楚风盛行，楚歌高奏，虽在漆黑的阴界，却无一不是阳界的极乐世界。冥冥世界中，楚语吴歌中，亦有琅琅读书声。1942 年在湖南长沙一个叫子弹库的地方，盗墓贼盗挖一座古墓，发现有一个竹编的盒子，里面装的是帛书。盗墓贼翻腾过，弃之一旁，但被一位在当地当牧师的美国人发现了，带回美国，现存于华盛顿，由赛克基金会保存。这件帛书之所以珍贵，书写的正是屈原时期的楚国文字。楚国文字很难懂，留传下来的也很稀少，是难得的珍品，对研究屈原的思想和其追随的信仰都有助力。以后再出土的帛书，如山东临沂银雀山一号汉墓、长沙马王堆三号汉墓、湖北云梦睡虎地 11 号汉墓都有大量秦代竹简出土，但都为秦人所书，其文字亦非楚文字，难道至此楚文字绝版？再不见屈原所书文字？难道这就是屈原所向往、一往情深的魂之归兮处？“屈原辞赋悬日月，楚王台榭空山丘”。

灵魂深处，竟然是一个音乐的天堂，金石之音，八佾之乐，编钟、编磬合奏，数十人身着美丽的丝绸宽袍起舞，岂止天上有，地下也有。1978 年 3 月，在湖北随县东团坡出土的战国时期的曾侯乙编钟，被纽约大学麦克伦教授称为世界第八大奇迹。曾侯乙编钟拥有各种乐钟 65 件，构件 65 副，演奏工具 8 件，分为上中下三层，最大的钟高 132.3 厘米，最小的钟高 20.4 厘米。这样庞大的乐队，需要多少乐工？需要多少歌舞者？需要多大的宫殿，方知不是“不知天上宫阙，今夕是何年”？而是不知地下世界，今夕是何年？

虽然楚国末路已现，屈原已对楚国彻底丧失信心，但他寻找的灵魂归处，依然是太平世界、大千世界、歌舞升平、鸟语花香，依然是楚风、楚辞、楚颂，再无阴谋奸佞，弄权舞弊。屈原去了，“存仿佛而不见兮，心踊跃其若汤”，去追寻那个灵魂复生的世界。

三

从先秦到两汉，随着物质、文化的创造发展，人们对生命、对灵魂、对死亡、对阴间的探索和追求更深邃、复杂和迫切，对神灵的崇拜和迷信更加真挚和虔诚，对未知世界的理解也更加虚幻和执迷。秦始皇先是倾其所有，统一六国；继而又寻找长生不老之术，不惜举国之力，四海探求，《史记》中用七个字表述：“求仙人不死之药。”无情的现实让其清醒，这位 1.98 米的高大男子终于明白了世上一条真理，他能左右历史，但无力撼动生死。这也使其成为中国历史上事死如事生、追求厚葬和灵魂再生的先驱者。《史记·秦始皇本纪》中记载：“天下徒送诣七十余万人。”从其初即位，就“穿治郦山”，打造陵墓 39 年，至死尚未彻底完工。在秦始皇之前 2300 多年，古埃及法老胡夫是世界上第一位探索死后灵魂归兮的伟大开拓者，他征用 10 万民工，历时 20 年终于建成高达 146 米的胡夫金字塔，把自己的肉体和灵魂安葬于此。令人匪夷所思的是，在胡夫金字塔 400 米处，有一座巨大的石头雕刻的狮身人面像，其高达 20 米，长 57 米，两只狮爪长 15 米，它头戴“奈姆斯”皇冠，前额有眼镜蛇浮雕。它因何而建？为何如此怪异？是幻想中的守护神，还是趴伏在天堂与地狱门槛前的镇墓兽，还是法老胡夫对灵魂的解释？直到今天，“斯芬克司”狮身人面像仍然是世界之谜。胡夫和秦始皇都是墓葬的集大成者，都是探索人死后灵魂的拓荒人，都是把幻想、幻觉、理想、梦想变为现实的大家。

秦始皇不愧为千古一帝，他要打造一个九泉之下的全新的前所未有的地下帝国。《史记》中的描绘：“穿三泉，下铜而致椁。”秦始皇的皇陵在地下到底挖多深？似无准确数字，《史记》中讲“穿三泉”即打出地下水，直接挖到三泉之下，已近九泉，然后把熔化的铜水浇铸在三泉之下，然后再起地宫。

把秦宫殿及百官俑都搬到地下阴间，“奇器、珍怪徙臧满之”。秦始皇追求来世，不惜一切人力物力，他的想象力也大大超前，“以水银为百川江河大海，机相灌输，上具天文，下具地理”。这简直就是一个阴间的大千世界。这还不够，秦始皇要把黑暗的地下世界变成光明的阴间世界，“以人鱼膏为烛，度不灭者久之”。

中国自有朝以来，帝王将相都全心全意地关心一个问题，怎么能在死后永存？灵魂永在？原来以为“黄肠题凑”是在汉朝起始的专利，秦一号大墓的出土，证实至少在秦景公下葬时就开始使用“黄肠题凑”。考古队员在抢救性发掘被盗古墓时，只要发现是“黄肠题凑”墓葬，就可以判定此墓葬乃先秦或汉室大墓，墓主人非王即侯。“黄肠”指墓葬中棺椁之外的排列成一个甚至几个回字状的柏木阵，是为保护棺椁安全的排阵，像一排排威武的卫兵；入选这个柏木阵必须是黄心的柏木，且必须是数百年乃至千年以上的柏木，因为只有这样的柏树，才能打造出高 2.2 米左右、截面的直径在 1.2 尺以上的“题凑”，每根“题凑”重 300 公斤以上，可谓“刀枪不入”。这样的黄心柏木一根紧挨一根，一排排一列列，排成“回”字形，柏木的截面端头“黄心”一律向内，故曰“题凑”。像秦景公的一号大墓，共用 680 多根黄心柏木，至少要 300 立方米的黄心柏木林，一座王侯大墓，需把一片生长千百年的柏树林砍伐殆尽。至东汉时，世上再无黄心的成材柏树，更不见成片的柏树林。1979 年在江苏高邮市天山镇发掘的天山汉墓，其木梓面积比湖南马王堆要大 18 倍，所用的“黄肠题凑”足够一片一眼望不到边的原始黄心柏木森林，其中绝大部分有几百年树龄，一部分竟是有千年甚至数千年的黄心柏树王。杜甫《蜀相》诗中吟：“丞相祠堂何处寻？锦官城外柏森森。”据专家推断，当年杜甫所见那森森的柏树不过一二百年的柏树。因为在三国时期，蜀中早已不见千年的柏树。我曾经参观过天山汉墓，走到“黄肠题凑”中间，还能闻到一阵阵幽幽的柏木香。据说它防蛀、防腐、防潮、防霉，专家领我去看最里面排成一排的有 2000 年以上树龄的黄心古柏树，我默默看着那些高大的、雄伟的，又极其无辜的、默默无声的“黄肠”，数了数有 22 根，心痛不已，几欲泪奔，如果活到今天都是 5000 年以上的柏树王了！据统计，已知的两汉王侯大墓中，有 20 多座有“黄肠题凑”，一座王侯墓一片原始柏树林。东汉皇帝刘秀的孙子被封为任城王，其墓中是五重棺椁，可谓隆重。下葬的方式等同于西汉皇陵，“黄肠题凑”是绝不可缺乏的，但他的“黄肠题凑”已然只能是“石题凑墙”，不得不用砖石替代“黄肠题凑”的柏木，因为到东汉中后期，天下再无成材的黄心柏木。莫说千年古柏，百年柏树已然绝迹。据国家绿色环委会摸底调查，当今全国范围内仅存 5 棵 5000 年的古柏，那 5 棵 5000 年的古柏正是从先秦开始实行“黄肠题凑”的墓葬中侥幸幸存者，岂不悲哉！

对死亡的恐惧，对灵魂的寄托，对生命再生的渴望，导致对九泉之下黑暗世界的探索。东汉历时不过 195 年，竟然有 190 年举国之力忙着修皇陵。新皇帝登基，临朝的第一件大事竟然是动用全国的智慧，在全国范围内寻找灵魂安息的风水宝地，不惜踏遍万水千山，动用一切人力物力。据《晋书·索綝传》记载：“汉天子即位一年而为陵，天下贡赋三分之，一供宗庙，一供宾客，一充山陵。”国家三分之一的财政税收都要用在修建陵墓上，且年年如此，国之一号工程，天经地义，义不容辞；国之大事，大不过为陵。事死甚于事生，重于事生，重于国计民生，厚葬之风日甚。

豫东大平原东端永城外有座芒砀山，刘邦曾在此山斩白蛇起义，方有大汉王朝，被称为汉室龙脉。山不高，海拔不过 150 米，方圆不过 14 平方公里。据说王气四溢，江山如画，此山竟然有西汉梁孝王刘武陵等 20 多座大型汉墓。

汉代的帝王陵墓大都高起封土，帝王陵墓的封土越来越高，这也是安慰亡灵的标志，高封土代表着在阳世的高风亮节，功高盖世，高德高位，与天齐高，预示着回归阴间的地位、权力、品德，如汉武帝的茂陵封土高达 46.5 米，高高隆起的封土，代表人世间一座高入云天的功德碑。江苏盱眙县大云山汉墓，其陵园面积将近 25 万平方米，比汉代一般县城还大，其残存的大墓封土高 150 多米，有 50 层楼房那么高。专家考证，这位江都王刘非的大墓刚刚封土时可能高达 200 多米，比古埃及闻名世界的胡夫大金字塔还高出几十米。

东西两汉 400 余年，最有作为、为帝时间最久的当数汉武帝刘彻，汉武帝花在修陵墓上的人力比秦始皇有过之而无不及。秦始皇修皇陵动用 70 万犯人，修建了 37 年，而 100 年以后，汉武帝修其茂陵动用的人力，按汉武帝时期的人口计算已远远超过了 70 万人，可能超过百万修陵大军，且整整修了 53 年。茂陵该是座怎样的地下宫殿？怎样的地下大千世界？据专家断言，茂陵的规模和陪葬珍宝应远多于秦始皇陵。据《汉书·贡禹传》记载：“武帝弃天下，霍光专事，妄多藏金钱财物，鸟兽钱鳖牛马虎豹生禽，凡百九十物，尽瘗藏之。”

汉武帝绝没想到，茂陵在历史上竟然没能熬过西汉时期。西汉末年，赤眉军兴起，攻入长安，历史记载：“赤眉贪财物，复出大掠，……发掘诸陵，取其宝货，遂污辱吕后尸。凡贼所发，有玉匣殓者率皆如生，故赤眉得多行淫秽。”（《后汉书·刘盆子传》）这是史书上记载的关于金缕玉衣的真实情况，引文中所言“玉匣殓者率皆如生”，即凡穿戴上金缕玉衣的尸体保存都极好，才使赤眉军进行尸奸，“多行淫秽”。

吕后的尸体在 200 年后仍然能让赤眉军生邪念，可见金缕玉衣确实厉害，对尸体的保护作用可见一斑。再看茂陵中的汉武帝，《西京杂记》中有记载，说茂陵葬礼格外隆重讲究，是两汉中最高级别的葬礼，汉高祖也不在话下，采用的是五棺二椁，“黄肠题凑”，其“黄肠题凑”的规模一言难尽。据专家估测，茂陵所用“黄肠”当在近千立方米，汉武帝后，中国再无成片的天然柏树林，茂陵的“黄肠题凑”中该有多少千年乃至数千年的柏树王？呜呼哀哉！《西京杂记》中还第一次特别仔细地描述了金缕玉衣：“汉帝送死皆珠襦玉匣，匣形如铠甲，连以金缕。”为汉武帝殉葬的“后宫”绝非一人，“五棺”之内应为十数人，皆金缕玉衣，因为当时并未有此称谓，称之为“珠襦玉匣”；“金缕玉衣”是 1968 年郭沫若下到河北满城中山王大墓中，看到中山王刘胜穿戴的金缕玉匣衣才取名为“金缕玉衣”。十几位“后宫”皆身着金缕玉衣活生生走向死亡，走向阴间，中国历史上只此一陵——汉武帝刘彻的茂陵。梓宫内，汉武帝口含蝉玉，身着金缕玉匣，“匣上皆镂为蛟龙鸾凤龟麟之象，世谓为蛟龙玉匣”。

到目前为止，中国发现的所有金缕玉衣，包括残片，没有一件一片能比得上茂陵刘彻穿戴过的那套，匣上皆镂有“蛟龙鸾凤龟麟之象”。汉武帝至死认为，有这套天下第一的金缕玉衣，其魂归兮，安息永世。

梁孝王为亡灵想得更周到。汉代皇陵下葬，夫妻同陵不同穴，规矩雷打不动。梁孝王刘武就在与皇后墓的中间，在地下打通一条通道，其名曰“黄泉道”，男女幽灵相聚有道，灵魂的安息亦有情有爱。最难得的是在梁孝王王后的陵墓顶部竟然有一幅穹顶大型壁画，它比1508年米开朗琪罗在西斯廷教堂的大型穹顶绘画《创世纪》要早1600多年。这幅壁画画的一条7米多长的巨龙，腾云驾雾，龙爪闪电，口吐紫烟，龙须倒卷，舌卷玄武，朱雀白虎相侍。分明是2000多年前对灵魂的祈祷，对来世的祝福。

在山西阳泉发现一座元代大德十年的古墓，这座700多年前的古墓神奇在它主墓室的四周皆有壁画，并用墨书写下奇门遁甲中的八卦与九星之名，其所指的方向标明就是人亡后人的灵魂归去的方向。在墓室的穹顶上还用三足金乌和神兔捣药来象征日月和北斗七星等星座，那高居之上的就是遥远的神秘的不可测的星海，那就是灵魂汇集的太空，就是古人认为的人的灵魂的所归之处。先人们对灵魂的探索真是锲而不舍。

四

帝王将相如此，民间百姓亦如此，对亡灵的追悼，对灵魂的归兮，对来世的期望，对阴间的祈祷，3000多年乃至更遥远，人类几乎没有一天不在对灵魂进行探索。所有的送葬入土，“白事”的风俗规矩，无一不彰显着对灵魂的崇敬，对亡灵的恐惧、驯服，对阴间的乞求想象，对九泉之下魂归何去的祈祷祝福。“身既死兮神以灵，魂魄毅兮为鬼雄”，屈原先知先觉。“白事”谓之丧事，何为白？因之灵魂之处，归去阴间，九泉之下，漆黑无亮，故头戴白，身穿白，足蹬白，腰系白，手执白，为给亡灵送行，以白相送，照其远行。停柩七日，葬乐前行，举白幡，舞鬼符，撒纸钱，挂白灯，都是千百年民间对灵魂的认识，纸扎的车马，纸糊的童男童女，纸裱的七仙八怪，一个个白花扎成的花圈，白纸写成的挽联，所有见红、见彩的一律罩以白色，人们虔信，亡灵顺白而行，灵魂循白而去，送灵须白光照耀。人亡之后，第一件“白事”就是设置灵堂，亡灵之地，灵魂之堂，灵堂上下，一片缟素，灵魂是在满天雪白中远行。和尚的诵经，道士的作符，都是为灵魂超度。在坟墓前把一切祭祀仪仗焚之，是随亡魂而去。据说火光中有灵魂踱着鬼步。人死的当夜，孝子贤孙要手执“鬼火灯”，一步一喊，一步一号，尖泣、战栗、恐怖，那是在向亡灵告慰，是送魂、唱魂、安魂、别魂，让灵魂远行，让灵魂安息。“头七”大祭，“三七”再祭，“七七”遥祭，都是送灵魂远行，忌日要烧纸送钱，冬季要烧纸送寒衣，清明要“三牲”祭祀，为祖坟培土除草，洒酒坟前，献上花圈挽联，鸣鞭炮报平安。讲究的还要唱三天大戏，搭三丈长的席棚，吃三天流水席。这一切的一切都是对灵魂的超度。佛教中也有地藏菩萨，道教中也追求永生永存，羽化而登仙。中国自有文化以来，上下求索的就是对灵魂的认识，就是探索灵魂的归兮，灵魂的世界。灵魂何在？灵魂何归？灵魂就在瞬间？灵魂就在梦幻中？顿悟中？沉寂中？黑暗中？灵魂就在太空中？就在九泉下？就在生命消逝那时那刻？屈原在2300多年前就为灵魂而歌：“与天地兮同寿，与日月兮齐光。”“沧浪之水清兮，可以濯我缨，沧浪之水浊兮，可以濯我足。”是表白我屈原乎？非也，是颂之我灵魂矣！

现代科学家也在研究人的灵魂，人究竟有没有灵魂？采用一切现代科技手段研究，就像研究地球的生命，“黑洞”的产生，“暗物质”的作用，科学家飞到三万米的高空，在星球之外去捕捉灵魂的信息，未知世界中的已知的世界太渺小了，连爱因斯坦晚年都信仰上帝。灵魂无时无刻不在，就像大千世界，就像电闪雷鸣，就像生生死死，就像灾灾祸祸；几千年来，自有人类那天始，就始终不渝地研究探索的一个永恒的主题——魂之归兮，归之何兮。

礼之经络

一

“礼”始于何时，似无定论。专家推测，“礼”源于原始社会晚期，随着奴隶社会的到来，以物易物，“礼”之盛行，所谓“来而不往，非礼也”。原始社会、奴隶社会并无任何记载，有“礼”无“礼”皆为他人之说，即使有“礼”，此“礼”非彼“礼”；此“礼”是“礼”之初，就像人之初，但亦有人之初性本善还是性本恶之说。礼之初，更多的是礼貌、礼节，并无礼仪。制礼作乐，始自周公旦，自周有礼，自周有乐，“礼乐文明”之后，才演绎“礼仪之邦”。周公旦是礼乐文明的启始开世之祖。在漫漫历史长河之中，显示中华文明独特的精神气质，引领风骚，独唱大风。

几千年间，“礼”的外延不断扩大，内容不断丰富，对“礼”的注释不断创新，对“礼”的研究不断深入，这都是因为在漫长的封建社会中，唯“礼”使之发展，也唯“礼”才使之巩固，其宗旨“三纲五常”，尊卑有序，贵贱有等，内外有别，亲疏有分，使社会构成以“礼”为核心的运转体系。“‘礼’者，分也”“刑不上大夫，礼不下庶人”“礼者，贵贱有等，长幼有差，贫富轻重皆有称”。这样的社会，人人对号入座，人人安分守己，以礼相待。以礼待人，以礼对己，岂非君子国？理想国？孔子追求的是一个有条不紊、上下有序、有礼、有爱、有仁、有义的和谐社会，是孔子礼教治国的本意。把“礼”变为一种安民立国的思想，变为安分守己的意识，“礼”之功莫若其大也。孔子为何看重周礼？殷周以来的礼仪，已经形成了一种比较严密的上下有差别、等级有次第的社会格局。比如在祭品的太牢、少牢之别，乐舞的八佾、六佾之差，葬礼的九鼎、七鼎，祭礼的郊祭、庙祭之规。孔子在《论语·颜渊》中讲：“出门如见大宾，使民如承大祭。”见大宾见官员要恭恭敬敬，有礼在前，讲礼为重；承大祭则心怀敬畏之心，要严格遵守规矩，办理大事要小心翼翼，谨谨慎慎，既不能忘乎所以，也不能出规违纪。表里如一，礼仪为先。恪守秩序，循规蹈矩。当孔子得知季氏以八佾舞于庭，非常气愤，孔子认为臣子越礼必有野心，不臣之心是祸国殃民的灾星。孔子认为周礼破不得，周礼不破、不乱，天下大吉，万民平安。孔子宣扬的仁、义、礼、智、信，就是对周礼的拓深和发展，孔子终生追求的政治目标就是“克己复礼”，唯此为大。不但要克己，亦要克人。鲁国大夫少正卯，就是位革新派，他要改造周礼，推陈出新，另行一套，孔子不容，认为少正卯是个野心家、阴谋家，心术不正、乱国之人，杀少正卯毫不犹豫，且言卯有“五该杀”。捍卫周礼，孔子责无旁贷。

《左传》中记载：“礼，经国家，定社稷，序民人，利后嗣也。”孔子在《论语》中讲得最坦率，最直白，也最真挚，最有水平，“克己复礼为仁。一日克己复礼，天下归仁焉”。

周礼即有“吉礼、凶礼、军礼、宾礼、嘉礼”。所谓天下之大，尽收周礼。“礼”是上层建筑与意识形态的综合载体，涉及制度建设、道德观念、行为方式、价值取向等等社会方面。没有周公旦的开创和建设，中华民族的文明，中国封建社会的建设可能还要在黑暗中摸索很长时期。我认为周公旦对封建社会的贡献，应犹如顾拜旦对奥林匹克运动的贡献。只是孔子的光辉光照灼目，让周公旦委屈了。周礼养育了一代又一代人，奠定下一级又一级的封建社会的基石，周礼在西周、东周时是时代的主流，主旋律、主题歌，现在看起来不可思议的事情那时却是天经地义的，顺理成章的。比如宋襄公的泓水之战，被戏称

“蠢猪似的仁义道德”。宋襄公蠢到什么地步？“君子不重伤，不禽二毛。古之为军也，不以阻隘也。寡人虽亡国之余，不鼓不成行”。用我们现在的价值取向看宋襄公，的确是愚蠢到家；但在2500年前，周礼倡导的教育之下，宋襄公的道德取向和价值取向都乃天经地义毋庸置疑的，周礼能把一国之君、自称为春秋之霸的诸侯教育成后世千夫共指的“蠢猪”式的仁义之士，可见当初周礼之力量，周礼之教义，周礼之成功。《荀子》中也讲：“礼起于何也？有欲有求，有争，争则乱，乱则穷，先王故制礼义以分之，人无礼则不生，事无礼则不成，国家无礼则不宁。”“故礼，上事天，下事地，尊先祖而隆君师。”

封建社会初级阶段的迅速发展，即得益于周礼的不断进化，不断完善，不断释放其“礼”之功能。孔子说得透彻：“礼者何也？即事之治也。君子有其事必有其治。”“为政先礼，礼其政之本欤。”“人无礼则不生，事无礼则不成，国家无礼则不宁。”中国封建社会的核心其实就是一个字——礼，而“礼”的核心恰恰是等级的礼仪，等级的制度，“礼”把封建社会的社会基础筑牢筑实，构建了一整套牢固坚实的壁垒森严的等级制度。

二

没有规矩不成方圆，没有礼教焉成社会？孔子在《论语·雍也》中就曾发出痛心的感慨：“觚不觚，觚哉，觚哉！”封建社会的基础，核心全在“礼”，无“礼”则无封建社会的进步，亦无封建社会的发展，更无封建社会的稳定。所以孔子曰：“克己复礼。”“非礼勿视，非礼勿听，非礼勿言，非礼勿动。”“礼”的规矩无处不在，无事不管，无时不看。周公旦比秦始皇想得更深、更远、更广。秦始皇是想让其子子孙孙都为皇帝，自他始，传之万万代。而周公旦制周礼作周乐，是想让他创立的那个社会更稳定，更礼仪，更巩固，更长久，周礼的基本功能在于建构社会的秩序，维系社会的运行，“礼者，贵贱有等，长幼有差，贫富轻重皆有称”。孔子是中国最重要的教育家，而周公旦则是中国最重要的政治家。20世纪初在潘光旦的学生中曾流传着一个小段子，说凡是名字带旦的男人都了不得，民以食为天，男人以旦为尊。举例就举周公旦、顾拜旦、撒旦、穆旦、潘光旦，至此，再无人敢称旦。

“礼”是对人的约束、管理，首先是对己的教育、克己。君君、臣臣、父父、子子，谁也不能越雷池一步。“礼”是封建社会治国理政的理论基础，亦是人伦关系维持的基石。《左传》说“礼，经国家，定社稷，序民人，利后嗣者也”，所以到孔子，孔子一生都在推行“克己复礼为仁，一日克己复礼，天下归仁”。“礼”对于国家、对于社会、对于家庭，对于人与人的关系，唯孔子看得最透，洞察最明，说得最精辟，最经典，最哲学，也最能经得住历史的检验。

《荀子》言：“礼起于何也？有欲有求，有争，争则乱，乱则穷，先王故制礼以分之，人无礼则不生，事无礼则不成，国家无礼则不宁。”“故礼上事天，下事地，尊先强祖而隆君师。”荀子，大师也，理论分析透彻有层次，言之凿凿，情之切切，语之亲亲。

仅以乘车为例。《尚书》中记载：“天子驾六马，诸侯驾四，大夫三，士二，庶人一。”违反此规是要追究责任的，僭越不仅要杀头，且要夷族。

《周礼》中描绘得更细，称古代帝王所乘车分为王路、全路、象路、革路、木路，此种分法是因为车上的装饰不同，车饰为玉、铜、象牙或骨饰、皮革和木质，何时乘何车都有严格规定。“礼”不可乱，亦不能乱；车的大小、高低，亦有严格规定，包括驶手的穿戴、使用的工具都有严格规定。《晋书·舆服志》曰：“以云母饰车，谓之云母车。臣下不得乘，时赐王公尔。”《晋书》记载，惠帝自邺还洛，殿中官属备云母辇及云母车奉迎。据考证，天子御马仅马之饰件就达九百多件。御马成神马，到了西汉，车以车盖的颜色、装饰来区别等级、尊卑，皇室多用羽盖，为“翠羽盖黄裹”，即外面用翠绿色的鸟羽加以装饰，里面用黄色的绸缎。什么级别的官员，享受什么待遇的王侯，就配备什么样的车乘。车乘的颜色是不同的，装饰也是不相同的，一驾车辆疾驰而过，从其颜色和装饰立马就能判断是什么级别的官员，什么待遇的王侯出巡，绝不会有差。秦始皇称帝出巡，车队不但旌旗蔽日，且副车成阵，前后警卫车极多，气势极大，才引发刘邦观后叹曰：“大丈夫当如是也！”也才使张良请来的刺客，把120斤重的铁锥误中副车。《史记》中未曾作细致的描述，但从秦兵马俑出土的情况推测，秦始皇乘车出行，除其警卫部队外，车辆的使用、车辆的装饰、车辆的标志皆天下第一，似乎也是空前绝后的。

三

“普天之下，莫非王土，率土之滨，莫非王臣。”君臣之别是“礼”之内核，绝不能“礼崩乐坏”。故周礼所定，其规至细，“天子九鼎八簋，诸侯七鼎六簋，卿大夫五鼎四簋，士三鼎二簋，摆错一鼎一簋，轻则免官流放，重则杀头灭族”。钟鸣鼎食是有严格规定的。《后汉书》记载天子旌旗坠有12个缨穗，“十有二斿，画日月升龙”。而一般诸侯是旌旗九穗，旗上绘有低头俯冲的金龙。再到明朝，龙也分三等，皇帝专用的是五爪龙，王爷用的是四爪龙，而被封为侯的只能绘三爪龙。

秦始皇登基为千古一帝，头上戴的是帝冕，垂有12道流苏，王侯只能依次递减。

皇帝的自我官称为“朕”，据野史称赵匡胤陈桥兵变后，张了几次嘴，始终呼不出“朕”来，可见规矩之大、纪律之严、法律之重。

服装的“礼”仪更重、更庄严，也更森严。自唐开始，黄为皇帝专用，天子所用，天下再无人能用，用则僭越，其罪大焉。按其官职大小，其官服分紫、红、绿、青，花团锦簇，别有情趣。

到了宋代，黄为帝色已然承天启运，天经地义，见到黄色如见皇帝，拜黄如拜皇。

后周王朝的开国皇帝郭威就是依靠“黄色崇拜”，搞起兵变，当时军中无黄袍，政变的军人扯下军中的杏黄旗裹在郭威身上，三军伏地，狂呼万岁，郭威因此成为皇帝。无独有偶，仅仅过去不到10年，原郭威手下大将赵匡胤也是利用“黄色崇拜”，搞陈桥兵变，这次兵变比郭威时的兵变搞得更具阴谋，更讲策略，更有计划。政变之时，兵变士兵拿出事先准备好的黄袍披在赵匡胤的身上，众将士俱伏地高呼“吾皇万岁”。新的一朝皇帝诞生了。也就从此黄与皇同等，黄即皇家专用，延至清王朝，皇帝为示皇恩，把一件黄绸子做成的马褂赏给臣下，那可是天大的恩典，见黄马褂如见皇帝，不管谁穿着，你都得跪。大清王朝的礼仪更加繁缛，君臣相见得三拜九叩，拜是五体投地，叩是以头磕地。皇帝如天地，胜似父母。以至于由马嘎尔尼率领的英国使团就因为不拜不叩，几乎和乾隆皇帝闹翻，清王朝也因此错过了一个难得的历史机遇。直到1912年中华民国成立，才以庄严的法律形式废除了延续千年的跪拜礼仪。

四

东汉应劭《汉官仪》：“天子出，车驾次第谓之卤，兵卫以甲盾居外为前导，皆谓之簿，故曰卤簿。”

皇帝的气派大，天子之仪，顶天立地，惊天动地。“卤簿”除了负责皇帝的安全，还负责马车、乐器、旗、扇、伞、盖、拂尘、服饰以及动物等仪仗用品。皇帝出行，仪仗铺天盖地。《新唐书》曾记载唐代皇帝的“大驾卤簿”之气势，领路是所巡县令，紧跟着司徒、尚书，一片五彩官服，旗帜如林，伞盖高擎；然后禁军紧随，先是高头骏马虎头贲士48骑，继而一队连一队，一行衔一行；铁军卫士24人，御马卫队24匹，刀枪鲜明，面色狰狞，皆张扬得不可一世；视天子大，视天下小。唐朝仪仗多，仪式繁，气势如虹。出行皇帝两侧左右亲卫都是穿的锦衣花带，都配置长枪短剑，队中有乐队，乐队又分吹的、奏的、喊的、唱的，车驾齐整，阵仗宏大，旌旗招展，鼓乐齐鸣，可谓惊天动地。以皇帝乘坐的玉辂为中心，前后对称各配 12 个仪仗队。仪仗队之外还有动物相随，有大象、牛、马等。北宋太宗年间，宋太宗前往南郊拜祭天地时共有五千多人，车辇六十一乘，马近三千匹，牛三十六头，大象六只，各种乐器一千七百余件，兵杖一千五百四十八件。可谓阵容强大，彰显皇帝之威之尊。

封建礼教讲究“避讳”。“礼”之所在，是要避免把君王和尊者的姓名直白地道出，否则就有罪，甚至可获大罪重刑。《左传·桓公六年》中记载：“周人以讳事神，名，终将讳之。”规矩大了，《公羊传》中明确：“春秋为尊者讳，为亲者讳，为贤者讳。”秦始皇因其生在赵国取名为政，做了皇帝以后，天下政、正皆要避讳，不能直呼，正月就在那时被称为端月。违讳，法律伺候。西汉时期汉光帝名为刘秀，因此世间只有“茂才”再无秀才。汉明帝叫刘庄，竟然把《庄子》一书改为《严子》。更为可笑的是吕后名雉，刘邦当皇帝以后，天下再无雉，如遇见雉，一律写为“野鸡”，由此判断西汉时，野鸡无后来行文中“娼妓”之意。此事连孔子亦难违礼，孔子名丘，只有孔子可言丘，世上无丘，即使姓丘，也正式改为姓邱也。

五代十国时期曾出了一位政治高客，其名曰冯道。冯道先后侍奉过十个君主，每朝天子他总是臣，哪朝天子都离不开的臣。“历任四朝”，“三为中书”，连皇帝让他三分，都不敢直呼其名，都有所“避讳”。当年有位先生为冯道讲解老子的《道德经》，为避冯道之讳，把“道”改为“不敢说”。老子《道德经》开篇首章“道可道，非常道”，被他讲成“‘不敢说’可‘不敢说’，非常‘不敢说’”。一位其名唤李导的人去见冯道，冯道不悦，曰：“吾名道，当朝太师，尔何许人，敢妄称道?”眼看就是一场杀身之祸，没想到李导也非等闲之辈，亦“滚刀肉”，朗声答道：“太师之道无寸也，小子之导乃带寸之导。”

“礼”亦能杀人。

清王朝乾隆时期第一佞臣和珅，在嘉庆皇帝当政后，仅四天就被法办，抄家下狱，被判当斩的二十大罪状中第十三条就是用金丝楠木在自己府中盖殿堂，只“僭侈逾制”这一条就当斩和珅。因为金丝楠木在清王朝是皇家专用木材，他人用则为僭越，轻则削职发配，重则杀头夷族。

清雍正年间的权臣大将军年羹尧，从权力的顶峰一直跌到罪恶的深渊，罗列他死罪四十条，其中有一条就是他睡女人要翻牌子，要模仿皇帝，殊不知道，皇帝做得，别人做不得，大将军亦然，僭越的罪名，罪不可赦，非死不行。血染的“礼”，杀人的规矩。

活在世上有“礼”可循，死也得有“礼”数。生死乱不得。就是包公判案杀人也是三把铡刀，等级分别。龙头铡是专铡皇族的，别人想死在龙头铡下也是妄想；虎头铡是专铡其他官员和权贵的；狗头铡才是铡平头百姓的。有史记载，杀纣王时“以黄钺斩纣头”，而当斩纣王的妻妾时，则改用黑色的钺。

五

孔子一生痛恨的“礼崩乐坏”，说到底就是造反有理，其理论基础千头万绪，归根结底就是一句话：“帝王将相宁有种乎？”

《左传》有道，鲁宣公三年，楚庄王三年不鸣一鸣惊人，三年不飞一飞冲天，挥军直达周天子脚下，把周天子吓得寝食不安，“定王使王孙满劳楚子，楚子问鼎之大小轻重焉”。问鼎中原，《左传》不敢把楚庄王写成王，它守礼循礼，因此只说是楚子，楚庄王“枪杆子”在握，他也想享天下做天子。楚庄王之心，天下皆知。而秦国秦武王干脆去举雍州鼎，据云其鼎重千斤，秦武王哪里真有举鼎之力，他举鼎是示威，告之天下，秦国也要问鼎。

礼崩乐坏，土崩瓦解。到公元前720年之后的东周时期，诸侯列强再也不把天子之尊放在眼里，把天子之威加威于己，而是“老子天下第一”，什么礼不礼的！谁怕谁？礼再也奈何不了吾！郑庄公竟然敢和周天子周桓王兵戎相见，列军于阵前，真刀真枪见尊卑。郑庄公手下的大将祝聃驰战车向前，一箭射中周桓王，险些要了周天子的命。什么君王、臣子，君叫臣死，臣不得不死。周公旦亡矣。周桓王够幸运的了，周礼余威尚在。郑庄王毕竟还是派人载酒载食去安慰周桓王，表示了自己的歉意，总算给了周天子一些面子。

周桓王与三国时期的魏国皇帝曹髦相比“礼仪”多了，曹髦遇上了“司马昭之心，路人皆知”的司马昭。司马昭心狠手辣，派手下武将干脆在大庭广众之地，众目睽睽之下，皇庭之内，一戟就把皇帝刺了个穿透，直接挑下辇来。

中国历史上第一个敢亲手下毒毒死在位皇帝的是西汉王莽，王莽也是中国历史上第一个依靠宫廷政变登基的皇帝。在王莽眼中，汉平帝就是一个挡着他当皇帝的路石，一脚踢开就是了。君臣不再有定分，翻手为云，覆手为雨。曹操有句名言：“宁让天下人负我，我不负天下人。”绝口不提三纲五常。他亦坦言：“非我不知天下有几人称帝几人称王。”挟天子以令诸侯。在曹操看来什么礼？什么仁？什么朝纲？政权第一，政治第一。天子不过是一摆设。伏皇后被连拖带拽地抓到汉献帝面前，伏皇后哭诉已经怀孕，可否等把腹中皇子生出来再处死？没想到如狼似虎的武士根本没把皇帝放在眼中，拖出去一根白绫就要了伏皇后和腹中胎儿两条人命，而可怜无奈的汉献帝只敢笑着送行，说他也不知何日去死。一手灭了大唐，毁了长安城的朱温，视大唐皇帝唐昭宗如粪土，想怎么糟蹋就怎么糟蹋，一丁点都不含糊，派人把唐昭宗连同他的皇后、妃子、昭仪等，还有后宫的宫女、太监一个不留统统杀光，血染皇宫；这还不算完，又下令把唐昭宗封在外面的九个儿子都召回来，名曰宴请，入席后，朱温一声令下，刀斧手齐上，把九位皇子统统杀光，挖个大土坑，埋了完事，他登基做皇帝。

东魏时期的权臣高澄根本不管什么礼数、礼仪，甚至连礼貌也不顾，既野蛮又粗鲁，依仗有权有势，视皇帝不如一条狗。有一日，高澄与皇帝饮酒，孝静皇帝推辞几次终于不敢再推，因为他看到高澄脸色由晴转阴。天子吃饭要看臣子的脸色，周公旦、孔子是绝对想不到的。高澄果然厉害，果然霸道，对皇帝莫说礼仪，连客气一下都免了，而是把斟得满满的一大斛酒直接送到孝静皇帝的鼻子下，下命令似的斥道："喝了它！不饮不行，推辞不行，喝也得喝，不喝也得喝！"孝静皇帝被逼无奈，恨不能找条地缝钻进去，只以"朕"开头说了句牢骚话，准备豁出性命灌下那一大斛酒。没想到高澄大怒，当着那么多人臣指着孝静皇帝的鼻子大骂："朕、朕？你敢在老子面前充大？"高澄感到自己的权威受到挑战，连这么个皇帝都敢跟自己发牢骚，不听话，怒不可遏，竟然下令让陪酒的大臣"殴帝三拳"。真乃颠倒了的"礼仪"，什么君叫臣死，臣不得不死；而是臣让君亡，君必亡，必不得好死。这是对"礼"的颠覆和造反。"礼"已无路可走，只能躲在历史的角落里哭泣。

但纵观中国封建社会三千年间，一直是在"礼"与"非礼"，"克己复礼"与"造反有理"的斗争中不断发展，不断完善，不断巩固，不断健全。一个旧王朝的覆灭不是说明"礼"的灭亡，因为一个新的、更强大、更兴旺、更有朝气的王朝的建立恰恰是"礼"的复兴，是"礼"的再生。中国的封建社会没有哪一个王朝能离开"礼"，"礼仪"。"礼"的思想是整个三千年封建社会的理论基础和社会础石，即使是破坏力、造反力、毁坏力那么大的朱温建立的后梁王朝也不过是区区16年，不足弹指一挥间；高欢建立的北齐王朝折腾得翻天覆地，从头算到尾25年。魏晋南北朝之后就是历史上更加强大、更加统一、更加"礼仪"的大一统王朝隋王朝和唐王朝，而五代十国以后，朝纲大乱，礼之不存，民不聊生，国破混战。中国历史上最繁荣，最富足，科技发达，人民生活最富足的"礼仪之邦"宋王朝崭新地崛起。"礼"不但未被折磨折腾而亡，反而在新旧王朝的更迭中更加深入人心，更加完善自己。宋之礼教，是中国礼教的一个高峰，宋之理学是春秋"礼"学的深化和发展。孔子言之"礼崩乐坏"，即使是在春秋时期，也是礼崩而未毁，乐坏而未亡。直至1912年民国建立，宣告中国封建社会灭亡，但“礼”并未随着封建制度而亡，帝制不存，而礼仪犹在，甚至尤甚。

以发展的眼光看，中华文明，中华文化，中国的社会都沿着“礼”在发展，在繁衍，在进化，在不断更新创新，但其指导思想和理论基础当推“周礼”，周公旦堪称伟大！

论 剑

上 论

剑有多长？比《二十四史》长，也比《二十四史》早；剑有多威？王者之尊严，百刃之王，以小博大，胜者为王；剑有多神？项庄舞剑，意在沛公，一剑定天下，一剑失天下，一剑方有汉：“吾以布衣，提三尺剑取天下，岂非天命乎”；剑有多冷？冷剑寒天下，项王自刎乌江，“八千弟子渡江而西，今无一人还，纵江东父兄怜而王我，我何面目见江东父老？遂拔剑自刎”，血溅乌江；剑有多少情？曹雪芹知道，尤三姐深爱柳湘莲，当柳公子误听误信要来退婚时，尤三姐把柳湘莲留下的订婚物鸳鸯剑抽出，一剑封喉，成全爱情，滴不尽的剑锋血。

1978 年在甘肃临夏出土了一把青铜刀。据专家考证，那是一把公元前 3000 年左右的青铜刀，它看上去那么简单、平常，甚至粗糙、丑陋，长不过 12.5 厘米，宽 2.4 厘米，刀身刀柄成一体。就是这把十分不起眼的青铜刀，却是中国冶金铸造历史的见证，是中国最早的金属刀，也是中国青铜剑的祖先，证明在中国，刀在前，剑在后。但这把刀不是杀人刀，不是护身刀，亦不是指挥刀，而是一把切菜刀，它是用来切割肉的刀，地道的厨刀。到商王朝后期称这类短刀为“匕”，专用来切割煮熟的肉，和甘肃临夏齐家文化遗址出土的那把古老的厨刀不同的是，商王朝后期的“厨刀”铸造得更讲究，更实用，刀柄上已有兽头的装饰，刀背上刻有花纹。而在两河文化，则证明剑在前，刀在后。在古巴比伦曾出土一把青铜剑，剑身笔直，剑锋尖锐，剑面有凸棱，双刃长柄，应该是一把重剑，剑身短且厚，便于搏杀，是一把杀人剑，是把好剑。专家测定，它应该是公元前3500年左右的。美索不达米亚人是先铸剑后铸刀。

中国第一把青铜剑出于何时？似无定论。但从出土的青铜剑看，早在商周时期，青铜短剑就已出现。由于受限于青铜和冶炼的锻造技术，那个时期的青铜剑都是短剑，长约30多厘米，已从刀脱胎而为剑。剑身直立，两面开刃，剑骨隆起，剑锋犀利。到西周早期出土的青铜剑，已经十分讲究剑的剑身锻造，成流线状，剑锋尖而有刃；尤其注重剑柄的装饰，根据从北京昌平白浮出土的西周早期的三把青铜剑来看，其剑柄几乎和剑身等长，剑柄上铸有鹰首、马首、绳状花纹，有专家认为从这些青铜剑剑柄文化看，这体现了早期北方草原文化。而到战国早期出土的青铜剑，其剑身明显加长，已经是40到50多厘米的长剑，且剑柄上再无鹰首、马首之装饰，专家判断，此时的青铜剑已与草原文化的短剑迥然不同。

中国青铜剑最著名的是春秋时代的越王勾践剑。一剑成名，一剑成史，一剑成文化。

1965年隆冬，在湖北江陵望山楚墓地的发掘工作还在继续。12月12日的一个傍晚，当考古专家小心翼翼地将墓主人的内棺打开，专家们愕然发现，在内棺尸首骨架左侧，有一把装在黑色漆木剑鞘内的青铜剑，当专家把剑从剑鞘内抽出的一瞬间，伴随着竟然是一道明光闪闪的寒光，在场的所有人皆被惊呆。细看这把青铜剑，长55.7厘米，柄长8.4厘米，剑宽4.6厘米。剑首，即剑柄的最末端是外翻卷作圆箍形，内铸有极其精细的11道同心圆圈，圆箍最细的地方犹如一根头发丝细，剑把的末端就做得如此考究、精细，工艺做得如此精密、工巧，可见此剑称“十年磨一剑”绝非虚言。剑柄上缠着丝绳并刻有三道戒箍。剑格即剑柄和剑身的隔断处，也称护手，有绿松石。一派珠光宝气，剑身上纵横交错着神秘而秀美的黑色菱形花纹，抽剑齐眉，一阵阵幽幽的蓝光，一阵阵隐隐的寒气，这把青铜剑堪称“宝剑”，气场不小。

和两河文化时期的青铜剑相比，中国青铜剑更讲究，也更追求外观的流畅、线条、装饰，至春秋时期，中国青铜剑更是身份、权力、地位的象征和标志；而古希腊、古罗马时期的青铜剑则更讲究实用、锋利，追求格斗、厮杀的效果，偏重宽剑、重剑、长剑柄，是赤裸裸的武器，杀人剑。数千人的对阵，数百把青铜剑对搏，搏的是剑重、剑长、剑锐。而春秋乃至西周时代，中国两军相战，武器是矛、戈、斧、戟，是把青铜器铸造的这些兵器捆绑在长长的木柄上厮杀，剑是三军之帅之护身符，是指挥军队进退的标志。至数千年后，才引发出“尚方宝剑”，那剑已完全脱离武器的血腥，而是权力的代表。

这把青铜剑剑身上刻有两行鸟篆铭文，共有 8 个字。在剑上刻字，始于中国，这也是中国剑的特别之处，是中国剑文化独特的一章。“东洋”有刀无剑，“西洋”有剑无文。中国剑文化也博大精深。

这把青铜剑上刻的 8 个“鸟虫书”是篆书的变体，经专家们鉴定，这 8 个“鸟虫书”为：越王勾践，自作用剑。越王勾践，春秋五霸之一，曾经历过卧薪尝胆的艰苦奋斗，在中国几乎家喻户晓。蒲松龄曾有一副自勉的名对，几乎传遍天下：“有志者事竟成，破釜沉舟，百二秦关终属楚；苦心人天不负，卧薪尝胆，三千越甲可吞吴。”这把勾践剑在地下埋藏了 2000 多年，出土时剑身竟然不见一丝锈迹，依然寒光闪闪，冷气逼人，锋利无比，一剑镇四方，周围人都感到一种杀气。后据专家们对勾践剑进行测试，在桌上平铺 20 多层纸，用勾践剑轻轻一划，这 20 多张纸竟然被它轻松划破。勾践剑享有“天下第一剑”“青铜剑之王”美誉。

据传此剑为干将、莫邪所铸，干将、莫邪为楚王铸剑，三年铸造剑不成，眼看铸剑期限已到，莫邪一跃而起，跳入铸剑炉，终于铸就雄雌两把神剑。鲁迅曾为此作文《铸剑》。我曾去浙江莫干山专程走访过干将莫邪铸剑处，集世间之精华，集天地之灵气，那剑铸得“肉试则断牛马，金试则截盘匜”。连鲁迅也被折服，古希腊达摩克利斯剑可能没有，但中国的越王勾践剑确实存在，中国剑文化比中国剑还犀利。

中国的剑文化灿烂辉煌。越王勾践的“冤家对头”吴王夫差也有数把青铜剑，其中一把于1976年在河南出土。剑身上铸有铭文两行共十个字：攻敔（吴）王夫差自乍（作）其元用。这把吴王夫差剑出土时亦寒光四射，锋利无比，剑刃之处泛起幽幽蓝光。正是这把吴王夫差剑，《史记》上言之谓“属镂”之剑，被送到伍子胥面前，伍子胥伏剑而死之前，留有一句气壮山河的亡命言：“抉吾眼置之吴东门，以观越之灭吴也。”王者之剑在春秋时代就是司命，也唯剑能制裁王者。“其后四年，越复伐吴，吴师败”，越灭吴，吴王夫差手执“吴王夫差剑”，临自刎前也留下一句临终之言：“吾无面以见子胥也！”无独有偶，越王勾践称霸后，认为大夫文种“子教寡人伐吴七术，寡人用其三而败吴，其四在子，子为我从先王试之”。乃赐大夫文种越王勾践剑。大夫文种遂伏剑而亡，从此也留下“飞鸟尽，良弓藏；狡兔死，走狗烹；敌国灭，谋臣亡”。夫差剑、勾践剑，剑剑滴血，剑剑有亡灵，剑剑见证兴亡史。

1976年，在河南还出土了一把吴王余昧剑，这把青铜剑剑脊两侧铸有铭文75个字，分成两行，是目前所见到的青铜剑中铭文最多的一柄，其铭文讲述了三位吴国王，即寿梦王、余祭王、余昧王，以及三位吴王所经历的三场战争，即伐麻之战、御楚之战、御越之战。它是书写中国剑文化的重要一章，也是研究春秋时代吴国历史的重要见证。从春秋五霸到战国七雄，剑逐渐走向政治的高端，它代表着王权、霸权、军权、政权，王佩剑，剑指天下；夺权政权，王者以剑示天下；巩固政权，王者以剑号令天下。“五霸”的肋下，都佩挂着天下第一剑。剑与王者同行，从生到死，从登基加冕，到死亡，皆有剑相伴。2016年，河南信阳发现一座战国时期的楚国王者大墓，墓主棺椁完好，又重又厚，被称为“铁木”。经2500多年，棺木完完整整，打开棺木以后，发现在墓主人骨骸旁，放有一把青铜剑，拔出剑鞘，剑竟然丝毫未锈，剑身剑刃，锋光闪闪，寒气四射。剑刃上有清晰的蓝色淬光印。帝王至死，有剑相随，方能安寝，这已是春秋末期到战国时期大墓墓葬常见的“剑随帝王行”。

中 论

司马迁的刺客列传把中国剑文化推向另一个高峰。

曹沫劫齐桓公。齐桓公，春秋五霸之首，在大庭广众之下，在盟坛之上，区区一个曹沫，竟然敢持一短剑，以死威逼齐桓公“割鲁侵地”，一把短剑，竟然索回鲁国三战皆负、三战尽失国土，剑之威力，胜似三军耳！再后有专诸刺杀吴王僚，推翻吴王僚的政权，而他用的是“鱼肠剑”，即把一把又短又窄的短剑藏在做好的鱼肚中，把鱼端到吴王僚面前。趁吴王僚不备，专诸抽出鱼肚中的短剑，一剑刺死吴王僚，完成了一场“宫廷政变”。百余年后，有聂政刺韩相侠累。司马迁写道：聂政凭一人一剑，直冲韩国相府，侠累正端坐于府上，相府上下“持兵戟而卫侍者甚众”。聂政冲上台阶，舞剑纷飞，竟然连劈带刺直接杀上府上，一剑刺死韩相侠累，然后又“击杀者数十人”。聂政真乃剑客，一剑敢杀入重兵把守的相府，杀了相国侠累，又转身力杀数十人，除聂政剑法高超，其手中之青铜剑能如此斩杀，可见其剑铸造之高超，可以推测，其剑锋、剑刃不但过火，极可能多次淬火，方有其勇。

公元前 227 年，发生了一件惊天地泣鬼神的大事，也把中国剑文化推向了高峰，那就是荆轲刺秦王。一人持一剑要改写历史，一剑杀一人要扭转历史。司马迁写得精彩，让人如临其境。从此也留下了中国剑文化特有的一章：图穷匕首见。匕首即青铜短剑。从历史记载上看，毒剑似从荆轲“提一匕首入不测之强秦”始。为了能杀死秦王，燕太子丹求天下之利匕首，又“使工以药淬之”，即以毒药浸泡剑，据有专家解释，是先将青铜剑加热烧红，然后以毒药漫浸。太子丹心狠手辣，他检验此剑是否毒的办法是用活人试剑，“血濡缕，人无不立死者”。沾剑即亡，见血立死。在刺杀秦王的生死之搏中有两点值得“论剑”。之一，荆轲右手持短剑绕柱追秦王，秦王环柱而走，秦王自登基为王，虽只13岁，但时时佩长剑，剑不离身，信仰以剑统一天下，以剑治理天下。这时秦王嬴政在生死关头当然不忘操剑在手，但剑长，剑鞘坚，“故不可立拔”。这才生出“王负剑”。把肋下的佩剑背负于肩，才把长剑拔出剑鞘，握在手中。秦嬴政的佩剑到底有多长，以至于身高1.98米的秦王拔不出剑来，据史籍记载，孔子身高9尺6寸，秦汉时，一尺相当于23厘米，故孔子身高应在2.2米左右，孔子的身高想必司马迁不会大意，《史记》中不会含糊；而嬴政更是，他是中国历史上第一位一统天下的皇帝，其身高比孔子矮上一尺左右，图穷匕首见时，秦王正当年，拔腰间一把一米左右的剑应该顺手就能拔出，不存在“剑长”的难题，那么佩在秦王腰间的长剑到底有多长？春秋时期，越王勾践和吴王夫差的佩剑都长不过60厘米，剑身不过45厘米，这样的剑以秦王1.98米的身高，其长臂一挥即可拔出，那就说明战国时期的青铜剑到秦统一六国之际又有了长足的发展，其剑很可能超出1.5米。这个推测得到了证实。

在秦始皇兵马俑二号俑坑兵器库中发现了19把青铜剑，19把青铜剑是一个型号，一个制式，说明这19把青铜剑是秦军配备同一个级别的军官的。其剑长86厘米，比越王勾践剑长30.4厘米，且剑有8个棱面，其剑与剑的棱面误差不超过一根头发丝的直径，剑身光亮平滑，棱角细线分明，刃部磨纹细腻，开刃锋利无比。稍稍拭去剑上的黄土，阳光下灿灿如耀，熠熠如闪，依旧寒光四射，一层杀气。秦嬴政手下的军官佩剑尚如此，何况秦王？据科学家测定，那19把出土的制式青铜剑上都有一层10微米厚的铬盐化合物，这一发现曾惊动过世界，因为这种铬盐化合物的处理办法是现代工艺，是德国率先在1937年才研制成功的，美国直到1950年才发明并申请了专利，那么秦始皇时代的青铜剑上为什么会有铬盐化合物？这是一道令科学家至今尚未解开的难题，但它却以事实证明，青铜剑在秦始皇时代完全有可能铸造成一米二三那样长度的剑。公元前500年的越王勾践剑，其长度没能超过60厘米，到公元前220年的秦始皇剑，其长度已达1.2至1.3米，这说明中国青铜剑制造发展之神速。《史记》中记载秦王剑长一时事急拔不出，其佩剑应在一米三左右。在战国末期，秦王之剑应该是当时青铜剑中铸造最长、最锋利、最能杀人的王剑。但即便如此，以秦王的身高，其两臂张开应与身高成一比一，一米多长的右臂，从腰间拔出一米多的佩剑是没有任何困难的，那秦王之急之难在何处？据考证，秦王之佩剑并非挂在腰间，腰间之佩剑将军也，而王之佩剑则佩于肋下，肋下之间竖挂，威风、威武、威严，但不利于实战，故才有拔不出剑来的千钧一发时刻，故才有“王负剑”，把剑从肋下推到背后一试，方能拔剑在手。秦王之剑果然厉害，未见越王勾践剑、吴王夫差剑有此等凶残。秦王一旦操剑在手，再不环柱而逃，而是迎面向荆轲，以剑击荆轲，一剑，仅一剑“断其左股”，一剑就砍断荆轲左大腿，莫说2000多年前的青铜剑，就是今日之钢刀又如何？秦王恨之入骨，“复击轲，轲被八创”，几乎被剁成八块。一页悲壮的中国青铜剑文化。

中国剑文化另一页则是“长铁归未乎！食无鱼”。《战国策》中记载，冯谖已经穷到居无所、食无餐的地步，但长剑却依然在身，剑不离左右，这是战国时期一个士的追求和信仰，寄食门客，一无所有，但剑却不离不弃，绝不“杨志卖刀”。满腔牢骚，一腔热血，唯有诉之长剑。冯谖是真正懂剑的人。春秋战国时期，中国的剑文化与士文化相依相联，诸子百家中有许多大家都身配长剑，剑不离身，比如孔子。他并不是要以剑杀人，以剑立世，他追求和提倡的是仁爱，但他笃信中国剑文化。有一种士的精神寄托于剑。屈原有浓厚的剑情操和剑文化，他追求“带长剑兮挟秦弓，首身离兮心不惩”。

《史记》中记载淮阴侯韩信，家贫，生不逢时，怀才不遇，“常从人寄食饮”。蹭吃蹭喝，屡遭白眼，但依然带剑而行，对剑情有独钟，寄志于剑，唯剑相伴。有一屠夫无事生非，见韩信乃一流浪汉，衣食无着，却挂剑而行，就想借此污辱他，对韩信道："你这么高的身材，又常常挎长剑，如果你能拔剑杀了我，算你英雄，也无愧长剑；如果你不敢杀我，就从我胯下钻过。"司马迁说得生动："俯出胯下，蒲行。市人皆笑信，以为怯。"但不知韩信受胯下之辱时，是挂剑而蒲行，还是解剑而钻裆？是可忍，孰不可忍；士可欺，剑不可欺。

下 论

两汉时期，由于铁器的使用，青铜剑也变成"文物"，但中国剑文化依然盛行，帝王、君侯、统帅、将军无不挂剑而行，而真正作为战争的武器，剑逐渐为刀及其他兵器所取代。随着北部游牧民族的强大，其持有的强弓弯刀在冷兵器对搏中越来越凶悍。汉高祖刘邦亲率40万大军在塞北白登山与匈奴一战，几乎全军覆灭，刘邦险些被匈奴生擒。而匈奴使用的兵器正是强弓弯刀，指挥其骑兵冲锋的亦非长剑而是"鸣镝"。

到魏晋南北朝时期，是鲜卑族拓跋氏统一了中国北方，他们依靠的是肥马铁骑，大刀弯弓，他们从士兵到将军，从统帅到皇帝，都配有大刀，汉人谓之弯刀、鬼头刀，即使是北魏孝文帝进行的"汉化大改革"即"太和改革"，包括对政治、经济、文化、生活，甚至婚姻进行改革，但上殿佩剑制度未改，佩刀不佩剑，舞刀弄枪，不再是鸡鸣舞剑。刀剑相论，刀在上，剑在下。到宋时军官一律佩刀，军士一律配长刀，即长柄的大刀，剑似乎退出冷兵器战场。像《水浒传》中描写的鲁达鲁提辖、八十万禁军教头林冲统统配弯刀。杨志任殿帅府制使，挂的仍然是把刀，以至于后来，流落江湖不得不卖刀谋生，才有"杨志卖刀"，而非"卖剑"。

自张骞通西域以后，西域文化对中原文化影响越来越大。西域的弯刀烈马、强弓悍桀，深刻影响着中原的军队建设，直接改变着中原作战的传统军事思想。东汉末年，曹操率80万大军汇集赤壁要一举统一中国。那时那刻的曹孟德豪气万丈，热血沸腾，而对滚滚长江东逝水，非拔剑咏志，而是横槊赋诗。剑在变，历史在变，时代在变。

两宋时期一共 18 位皇帝，再无一位上朝佩剑，似乎天下太平，再无拔剑之事。宋之开国皇帝宋太祖赵匡胤“杯酒释兵权”，就是要统兵之帅交出腰间佩剑，刀枪入库，马放南山。

剑文化源远流长，已经是中华文化的一部分，即使在宋王朝，“醉里挑灯看剑，梦回吹角连营”。仍有铁板铜琶，高歌剑文化。李白少年习剑，25 岁“仗剑去国，辞亲远游”“拔剑四顾心茫然”。杜甫有“检书烧烛短，看剑引杯长”。但现实就像剑之寒光无情。盛唐期间，安禄山不是带剑上朝，而是挂刀上朝，唐玄宗却高枕无忧，宝剑生灰。终于引来“安史之乱”，15 万舞长刀、跨烈马、射弯弓、横长槊的“胡儿铁骑”“渔阳鼙鼓动地来”。“安史之乱”彻底动摇了大唐帝国的统治，也改变了人们对“剑”“刀”的认识，在八年平乱战争中，弯刀、长槊、硬弓、烈马是强军的标准。

1991 年，在陕西长安县南里王村窦皦墓中出土了一把“水晶缀十字铁刀”，是目前国内迄今发现的保存最完整的横刀。窦皦是唐开国功臣窦抗之子，封爵开国公，是位武将，曾任中郎将，其死后，随其下葬的是一把刀，而非剑，可见刀在唐朝的巨大影响，其将军、公爵尚武皆崇尚横刀。深受中国唐文化影响的日本，没有领略到中国剑文化的深邃和精神，浅业于“安史之乱”的刀文化，从此日本无剑，只有武士刀、倭刀。日本武士追求的剑术，只是中国剑术的皮毛，更准确的说法应该是中国剑术的日本化，是日本刀术。日本武士有一种肋刀，一尺多长，平时别在腰里，在家中供在神像下，那是他们专门剖腹自杀的专用刀，那也是日本独特的刀文化。

中国历史自隋唐以后，又有五代十国、辽、金、西夏，后来便是一代天骄成吉思汗，蒙古铁骑几乎踏遍欧亚两个大洲。成吉思汗不仅仅弯弓射大雕，其长长的弯刀更是寒光闪闪，吹毛得过，削铁如泥，杀人不见血。

中国剑文化则向文化的更深层发展，向民族气节、民族意识、民族情绪发展。剑渐渐脱离浴血斩杀的战场，脱离刀光剑影、相搏相斗的兵器，彻底走向了荣誉、政治、权力的顶峰，走向了神坛。明王朝对外作战，统兵将帅大都封有“尚方宝剑”，即皇帝给予特别生杀大权的信物，就凭上面蒙着金黄丝绸的“尚方宝剑”可以制裁，可以杀他个人头落地。只要大帐之上请“尚方宝剑”，则堂上堂下，一片严肃，一片恐怖，一片杀机，如不从命，如不接令，如不取胜，此剑即是斩首令。直到明末袁崇焕督师蓟辽，全权负责对清兵南侵的防守。袁崇焕自上任那天起，就高悬“尚方宝剑”，凭着这把“尚方宝剑”，才在前方大营中怒斩江东总兵官至都督的毛文龙。据记载，毛文龙之首的确为“尚方宝剑”所斩。毛文龙所部皆骄兵悍将，众将颇为不满。为服众将，袁崇焕令举“尚方宝剑”环营而行，果然令行禁止，满营皆服。

到民国建立，重新统一军队，高级将领被授予九狮剑，即剑鞘上铸有雄狮，狮的多少与军衔相符，据说当年给将军授九狮佩剑的正是中华民国第一任大总统袁世凯。后来蒋介石也想要以剑的精神来团结将领，巩固自己在军队中的威望和地位，在高级军官中授“中正剑”。

在联合国总部花园内，有一座高大雄伟的青铜雕塑“铸剑为犁”，是一位健壮勇猛的力士，正抡起铁锤，把一把巨大的利剑砸弯、砸碎，重新铸造成一张开垦土地、播种希望的犁。来联合国总部参观的人都要到“铸剑为犁”面前细细地端详，拍照留念。那可能是人类最美好的愿望，放弃一切战争，把一切制造战争的武器都变为创造希望和丰收的工具。铸剑为犁，多么伟大、多么殷切、多么朴实、多么情深的希望，那是人类的希望。让世界上所有的剑都变成文物，变成历史，变成“论剑”，铸剑为犁！

刺客文化

一

公元前770年，中国进入春秋时代。春秋无义战，战事频繁，动辄两国交兵，喜怒无常，政权交替，“东边日出西边雨”，“城头变换大王旗”；但春秋出故事，出大戏；也出“公子”，出奇迹；出圣人，出思想。到公元前221年，中国从春秋跨入战国时代，战国时代的核心就是“战”，《战国策》33卷绝大部分内容都讲国之战策，国与国之战，国之兴衰，其兴之勃，其亡之忽。中国历史上的“刺客”，正是在这个大背景上出现的。这个能让人激动血热，提刀上马的“刺客群”，集中体现了孟子的思想：“富贵不能淫，贫贱不能移，威武不能屈。”体现了司马迁在《史记》中记载的春秋时代著名刺客豫让的一句豪言：“士为知己者死！”先秦刺客文化的集大成者，当推司马迁。司马迁在《史记》中将刺客专列为“刺客列传”，把刺客与帝王将相并列，可见刺客身前身后的波澜壮阔，风起云涌，舍生取义，热血沸腾。想必司马迁在写作“刺客列传”时，一定热血沸腾，一定拊膺长叹，一定彻夜难眠。翻开“刺客列传”，能感到一股股涌动的热血，一阵阵浓厚的人情，扑面而来的大丈夫顶天立地的气场、喷溅四方的鲜血和冲天的血腥之气。

《史记·刺客列传》中的首位刺客即鲁国猛将曹沫。公元前660年前后，曹沫以勇力事鲁庄公，原因是鲁庄公亦好力，惺惺惜惺惺。春秋时代的勇力，空手擒虎，双手拔树，提两牛尾能倒拽。曹沫身高体壮，山东健儿，一站威风凛凛，给人一种震慑感。鲁庄公欣赏他，赞美他，信任他，委任他为鲁国将军，统领鲁之三军。鲁国当时最大的恐惧来自邻国齐国，齐国大国强国，春秋五霸之一的齐桓公正在让齐国更强更大；齐国这种压迫感是鲁国时时处处皆能感受到的，齐军动辄小试锋芒，攻城略地，让鲁国如芒在背，又怕又恨。鲁庄公常常夜不甘寐，一夜数惊。曹沫为将后，深知国之大难，君之大忧，曹沫身为大将决不能让鲁国活得那么窝窝囊囊，决不让鲁庄公活得心惊肉跳。是可忍孰不可忍！因此整军备战，枕戈待旦，终于对齐发动了三次自卫反击战。齐鲁一战，鲁国大败；整军再战，鲁国又大败；聚全国之力三战齐国，鲁国三战皆败。一战比一战打得大，一战比一战败得惨。再打下去，鲁国危矣！“鲁庄公惧”，深怕亡国，再无立锥之地，服输认输，割地赔礼，签定城下之盟。史记上记载：“乃献遂邑之地以和。”就这一行字，却有着鲁国多少生命、血泪和土地。但鲁庄公并未追究带兵将军曹沫战败之责，依然让他挂将军印，行将军事。

曹沫憋足一腔热血，准备随时倒给齐国。这奇耻大辱不雪，有何面目率三军？见鲁庄公？当齐国之君齐桓公与鲁国之君鲁庄公在齐国的柯地相会要在筑坛上订立两国和约时，曹沫作为鲁国一方的将军也登坛出席。这位鲁国将军果然神勇，手执匕首当众劫掠齐国之君，用雪亮的匕首直指齐桓公的命脉，齐国勇将力士虽众，但见齐桓公危在旦夕，处理不当，齐桓公与曹沫俱焚。“桓公左右莫敢动”，问：“子将何欲？”在此生命危在旦夕之际，曹沫早已把生死置之度外，他本来就打算以命相偿的。春秋战国刺客的一大特点就是视生命为草芥，时刻把命提在手中，绝不想生还。这也是春秋战国刺客文化的一大特点。曹沫带兵打仗三败，但两国相交却句句能胜在理上。曹沫慷慨激昂，讲得甚有哲理，估计列在两侧的两国文武也不得不服。他说，齐强鲁弱，齐以大国强国一次次侵犯欺辱鲁国，侵鲁国土，掠鲁百姓，现在齐国的军队都快要驻扎在鲁国都城之下了，公理何在？请齐桓公对此事给出态度。“在生死之际，齐桓公乃许尽归鲁之侵地”，鲁国未经一战，未动一兵，向齐国索回被侵占的国土，“曹沫三战所亡之地尽复予鲁”。鲁庄公未看错人。司马迁把曹沫列为先秦刺客的第一刺客，这其中有一个极重要的原因，就是曹沫是公元前600多年前的第一位成功的刺客，对春秋战国数百年乃至更长时期的刺客都有着深刻的影响。

380多年也是弹指一挥间，春秋时代继曹沫又一位杰出的刺客出现了，他就是蔺相如。蔺相如以完璧归赵而青史留名，一个人只身怀带“和氏璧”，入强秦，入虎口，但蔺相如大气，是位修养成功的春秋刺客。秦乃虎狼之国，以十五城换取赵国国宝和氏璧，一场简单无悬念的敲诈勒索，否则兵戎相见，赵必有大败。看蔺相如领命时的豪言壮语：“城入赵而璧留秦；城不入，臣请完璧归赵。”真刺客文化！命如鸿毛，璧重泰山。果然，蔺相如不是赵国纸上谈兵的赵括，先是对秦王一席话，字字泣血而言，句句如磐，讲述道理，当当当，一气而泄，一贯而出，最后“持璧却立”，双手执和氏璧，紧紧靠着宫殿的石柱之侧，对秦昭王玩弄骗取和氏璧的流氓招法，怒不可遏，怒发冲冠，朗声对秦王喝道：“如果不答应我的条件，臣头今与璧俱碎于柱矣！”死何足论，和氏璧亦碎矣！蔺相如完璧归赵当为春秋刺客文化中的经典一章。更精彩的是蔺相如当众劫持秦王，从实践上重复了曹沫劫齐桓公。

秦国在不断蚕食赵国，夺城略地，“先拔石城”，“后又攻赵，杀二万人”。就是在这种大兵压境、战火不断的情况下，秦国主动要求赵国友好相会于渑池。赵王惧怕秦，谈秦色变，畏秦甚矣，几次不敢接招。而武将廉颇、文臣蔺相如当廷分析形势，不得不行，怯畏也必须行。果然在渑池筑起的高坛上，当着秦赵两国大臣，秦王令赵王鼓瑟，赵王心中不愿，又不得不鼓瑟。关键是这不过是秦辱赵的一招，于是秦御史立即上前书写：“某年月日，秦王与赵王会饮，令赵王鼓瑟。”两国之交，赵国丧权辱国；秦之所为，又令赵无招以对。秦喜赵悲，秦胜赵败，秦兴赵辱。就在此刻，蔺相如挺身而出，面对面，直逼秦王："请秦王击缶。"秦王怒，他怎么能丢这个面子？恶狠狠地拒绝。再看蔺相如的刺客气质，蔺相如厉言："五步之内，相如请得以颈血溅大王矣！"你要不敲击一下瓦盆，我就和你拼命，五步之内，没人能救出你，以命搏命，蔺相如要以命相拼。秦之文臣武将都要一拥而上，把蔺相如剁成肉泥，但蔺相如也真厉害，真刺客，司马迁言："张目叱之，左右皆靡。"蔺相如乃文臣，但非书生；当以命相搏之际，则怒发上指，目眦尽裂。能让秦国文武大臣、左右侍卫"皆靡"，让秦王不得不击缶，非春秋刺客不能。当秦之群臣皆狂呼："请以赵十五城为秦王寿！"赵国群臣只有蔺相如直面秦国君臣，亦高呼："请以秦之咸阳为赵王寿。"蔺相如是继曹沫之后最成功、最大气的春秋刺客。

二

荆轲是先秦刺客中影响最大、流传最广、最壮烈、最血腥的悲剧人物，因为他刺杀的是秦王，六年后统一中国的秦始皇；也是司马迁笔下刺客文化中最经典、最动人、最艺术、最文化、最传奇的绝世之作，荆轲刺秦王的传世是因为有刺客文化的历史影响，就如"庖丁解牛"，未有庄子焉有庖丁？

荆轲是位纯粹的先秦刺客，深受曹沫劫持齐桓公的影响。在他心目中，曹沫应为一位最圆满的刺客，也是最值得刺客敬佩仰止的刺客，因为曹沫劫持的是春秋五霸之首齐桓公。一旦有机会，效仿曹沫劫齐桓公当为先秦刺客的最大心愿。曹沫在先秦刺客中是面旗帜，是座高峰。

且看荆轲刺秦王那惊心动魄、鬼泣神嚎的瞬间——图穷匕首见，长虹贯日。正是千钧一发之际，海啸山崩，历史就在荆轲手中，五指攥住历史的进程，先秦刺客中唯荆轲也！如荆轲无他念，抓起匕首，直捅秦王嬴政之胸，只在瞬息之间，刹那之间，那把匕首是燕太子丹令人用巨毒浸泡过的，沾血即亡，曾不止用一个活人试过。荆轲可能就站在了先秦刺客的最前列、最高峰。用刺客的价值观论，荆轲将是历史上最成功的刺客。但曹沫的做法潜移默化地影响了他。荆轲被剁成血人肉块，垂死之际留下的最后一言作最权威的解释："事所以不成者，以欲生劫之，必得约契以报太子也。"成也曹沫，败也曹沫。

荆轲虽死，文化尚在。司马迁笔下的荆轲不但重侠重义，肝胆照人，胆大包天，藏一匕首直入秦之大殿，而且是位文化人，音乐人，颇有修养。且看为荆轲在易水之上送行，由高渐离击筑，荆轲和而歌。为变徵之声，士皆垂泪涕泣，又前而为歌曰："风萧萧兮易水寒，壮士一去兮不复还！"复为慷慨羽声，士皆瞋目，发尽上指冠。于是荆轲就车而去，终已不顾。

短短数十字，让先秦刺客轰然走来。司马迁把荆轲写活了，写神了，羽化而登仙。司马迁把刺客文化极大地丰富繁荣起来，让后世子孙从中认识到先秦刺客的风采、风骚，看到先秦刺客背后万花筒般的社会。

既然是先秦刺客文化，也绝非太史公所言五人，因为有其产生的气候和土壤。高渐离，荆轲之友，为逃避秦之追捕，隐名埋姓，为人打工。但荆轲之念，久久不能释去。后"击筑而歌，客无不流涕"。身份暴露以后，被秦始皇召去，本应斩杀，但天下人击筑未有善于高者，秦始皇也有绝招，"乃矐其目"，弄瞎他的双眼，只让其击筑，听的人无不佩服。音乐大师，高渐离也。但高的刺客热血不冷，乃以铅灌入到筑中，等到为秦始皇击筑时，感觉秦始皇就在身旁，突然举起灌铅的筑，奋全身之力，劈向秦始皇。这一劈，足以让秦始皇毙命。从高渐离刺杀秦始皇的办法看，高亦为先秦刺客高手。当初的暴露身份，"出其装匣中筑与其善衣"，旧琴旧装，击曲为旧典，感动来客，令其传播，就是有意为之，以死一搏，挨近秦始皇，以图一击。举筑扑杀秦始皇不中，于是诛杀高渐离，高渐离大笑赴死。

屠夫朱亥，则是另一类先秦刺客。朱亥当时在魏国，屠夫也，地位低，杀猪屠牛，穷且无任何势力。其实朱亥是有意而为之，因其有真本事，有一腔抱负，心怀壮志，但苦于无人欣赏，“世莫能知”是位奇人。

战国四大公子之一的魏公子无忌，经一位70多岁的老者侯生的推荐，结识了朱亥，但朱亥行为举止依旧，我行我素，并未拿魏公子当公子敬着，也时常让身份显赫的魏公子十分尴尬。但魏公子无忌仍然待之如客，敬之如宾。

公元前257年，秦大军借长平大捷之势，兵围邯郸，赵国危在旦夕，四处求救。魏公子无忌竭力支持魏王派兵营救，最后终于由魏国大将晋鄙率十万大军前去解邯郸之围，但魏军走到半途，受到秦王的阻吓，遣人对魏王说，秦攻赵指日可下，诸侯有敢救者，待拔赵后，必移兵先击。魏王害怕，下令晋鄙驻军观望。一边秦军攻城正急，一边魏军只作壁上观。在万分危急时刻，魏公子无忌用盗得的兵符前往救赵的魏军大营，但魏将晋鄙十分老练，对魏无忌的行动深感怀疑，不肯将兵权交付。此时紧跟魏公子无忌身旁的朱亥并无一词，而是从袖子中抽出重40斤的铁锤，上前一步，只一锤就杀了晋鄙，帮助魏公子信陵君夺得兵权，打退了秦军，解了邯郸被围之困。听朱亥以命相拼，以命相报的“刺客情”，朱亥说：“臣乃市井鼓刀屠者，公子亲数存之，所以不报谢者，以为小礼无所用。今公子有急，此乃臣效命之秋也。”这就是先秦刺客的内心世界。

三

先秦刺客文化，先秦刺客与后世出现的形形色色的刺客、职业杀手最大的最根本的区别就在先秦刺客绝不为金钱地位行刺，先秦刺客皆为侠客、义士、豪侠、壮士，行刺是为义、为情、为报恩、为品格、为道德、为除恶，赤条条来，赤条条去，光明磊落，大义凛然，视死如归，一腔热血，舍生取义，不取一分一厘。

20世纪60年代，法国曾拍摄过一部典型的西方《刺客列传》，是西方刺客文学的经典。以 1969 年法国总统戴高乐遭暗杀的历史事实为背景，刻画了一位代号为“豺狼”的刺客的刺客生涯，让人感到惊心动魄。

1961 年，位于北非的阿尔及利亚是法国的海外殖民地，经过多年的争取独立、自由、民主的战争，已经使整个阿尔及利亚地覆天翻，法国政府已经阻挡不住。法国总统戴高乐准备允许阿尔及利亚独立，法国军团撤出。但当时法国雇佣军团顽固不化，还想继续霸占阿尔及尔亚，就想推倒戴高乐的主张，目标定在暗杀戴高乐。他们花了 25 万美元雇用了这位“豺狼”。因为至死，没有人知道“豺狼”的真实身份。当时的 25 万美元是一笔巨大的财富。“豺狼”用自己超人的智慧，超人的能力，经过千难万险，千钧一发，几次面临绝境，几次死里逃生，终于只身潜入巴黎。“豺狼”之前既非与戴高乐、法国政府有仇，亦非与法国海外雇佣军有恩，他甚至对阿尔及利亚的形势一点都不了解，他为之冒九死拼命的就是因那 25 万美元。那就是他唯一的也是一切的动力。

协和广场那天布满了警察，据说他们获得了蛛丝马迹，把“豺狼”的所有情况都印发给每一位警察，包括“豺狼”那双有凶光的蓝眼睛。但“豺狼”已不是“豺狼”。身披“二战”时期法军旧式军大衣，胸前挂满“二战”时获得的军章，只有一条腿，吃力地撑着双拐，多皱的脸上焦黄，豆大的汗珠不断涌下，眼睛是深黄色的，浑浊迷茫，他只能看见三米至五米远的地方，一位令人尊敬的残疾老兵，这可能是他最后一次观望协和广场了，没有人会阻止他通过警戒线。他就是“豺狼”。他把自己的腿吊在后腰上，又服用黄色炸药，使皮肤发皱，脸冒虚汗；炸药不但能杀死人，也能伪装一个人。那副双拐是经他精心制作的步枪。当他爬到四楼，通过临窗看到协和广场时，他仿佛看见了那比他还高的 25 万美元。西方职业刺客的信条只此唯一：那是一场单纯无比的商业交易。

“豺狼”瞄准戴高乐的头颅，轻轻地像抚摸宠物猫一样扳动枪机，一切都顺理成章，让子弹飞一会儿。戴高乐太高了，1.98 米的身高，献花小姑娘太矮了，1.35 米的小姑娘，当戴高乐弯腰去接花时，子弹擦着他的头皮飞过去，把协和广场地面打出一个茶杯大小的坑，那是一颗经“豺狼”加工改造过的“爆炸弹”，如果打在戴高乐头上，会炸得四分五裂。“豺狼”咒骂着压上第二颗子弹，正在此时此刻，门被暴力打开，“豺狼”的第二颗子弹打爆了第一个冲出来的警察的头，随之，他被射成蜂窝。

埋葬他时下着阴雨，墓碑上只有死亡日期，写着“这是一位丹麦人……”他们只知道这些。

这就是西方刺客列传，西方刺客文化。

东西方刺客不同，首先是文化不同，价值观念不同，是非观念不同，人生观念不同，历史不同，社会不同，世界观不同。

中国先秦的刺客追求的是“士为知己者死”，此信条即出自春秋著名的四大刺客之一豫让。

豫让也是先秦刺客文化的代表之一。

豫让是晋国执政大臣智伯的家臣。豫让当时一无所有，一贫如洗，且换了好几家为“家臣”，屡屡遭人轻视，怀才不遇，怀德不遇，空负时光，郁郁不得志，像毛遂一样，有宝铗归来乎之感。也正在此时，遇见晋之重臣智伯。犹如伯乐相马，智伯非常欣赏豫让，非常尊敬豫让，抵膝交谈，国有难事，家有难题，必首问豫让。豫让的感觉岂是言语所能表达？公元前 453 年，晋国大乱，先是智伯联合魏氏、韩氏，共同征战赵氏；后赵氏又策反魏氏、韩氏，携手灭了智氏，至此三家分晋，形成赵、魏、韩三国。智氏被赵氏灭亡，惨遭灭族，家破人亡，树倒猢狲散。赵襄子最痛恨智伯，把其头颅拿来做饮器，这在春秋时代是对人的最大污辱。只有豫让决心以死相报，以命相抵，为智伯报仇，刺杀赵襄子。他改名换姓，改头换面，伪装成一个受过刑的犯人，干最脏、最苦、最卑微下贱的活，且任劳任怨，勤勤恳恳，终于混入赵襄子宫中打扫厕所，但刺杀还是失败了。当他被审时，豫让毫不屈服，大气凛然，朗声回答："欲为智伯报仇！"赵襄子感到十分惊讶，也十分感慨，认为豫让是一位义士，什么都不图不要，只想为主人报仇，是位贤士，不忍杀他，就释放了他。

但豫让信奉"士为知己者死"，焉能不为知己者报仇？他要彻底改变自己，不惜把漆涂满全身，让全身烂得体无完肤，长满癞疮，剃光胡须眉毛，假扮成乞丐乞讨。但在乞讨途中他还是被妻子认出来了，原因是豫让在乞讨时一说话，其声音未变，妻子能听出那是豫让的声音。豫让为改变自己的声音竟然用吞炭的方式，当他再次出现在妻子面前乞讨时，妻子再也认不出他来了，他彻底毁了容，又摸清了赵襄子每天的出行路线，就藏于途中的一座桥下，准备行刺赵襄子。这座桥据传位于太原小甸赤桥村，其名就叫豫让桥，为砂石砌筑。我曾在2010年专程去看过，石桥不大，河水潺潺而过，但仍让人有一种无限的遥想和感慨，站在豫让桥上，对豫让有一种深深的历史性的敬意。

豫让终于被赵襄子的警卫部队从桥底下搜出来了。豫让虽然进行了"脱胎换骨"的改造，但赵襄子亦非凡人，他立即辨断出此人为豫让。他问豫让，智伯已亡，所有的家臣已散，亲人皆亡，并无一人再为智伯效力，你为什么这样为他报仇呢？豫让如此言："我以前臣事他人，他人待我以众人相待，我亦以众人那样报答他们。智伯不同，他待我作国士相待，故我须以国士相报。"这就是先秦刺客遵循的"士为知己者死"的人生信条。

豫让很悲哀，他知死在眼前，其哀不能为智伯报仇，他提出了一个根本不可能的近乎荒唐的要求，请赵襄子脱下一件衣服，让他象征性地刺杀一下，以完成他盟发过的誓言。据《战国策·赵策一》上记载，赵襄子满足了豫让死前的要求，"豫让拔剑三跃，呼天击之曰：吾可以报智伯矣，遂伏剑而死"。先秦的刺客文化太让人感动了。

豫让死后四十余年，又走出一位惊天地泣鬼神的刺客——聂政。

聂政，河南济源人，因杀人避祸，带着母亲和姐姐逃到齐国谋生，也以宰牲杀狗为业。聂政是位孝子，远近出名，把老母亲伺候得高高兴兴，满满意意。在这期间，韩国的一位上卿濮阳人严仲子在任上得罪了韩国国相韩傀（又名侠累），“梁子”越结越深，韩傀又是国君韩襄侯的叔父，掌握了韩国生杀大权，严仲子十分恐惧，感觉时刻都有被诬被杀的危险。他四处寻求能刺杀韩傀的刺客。有人给他推荐因避仇隐于齐国的聂政，言其侠肝义胆，勇猛无敌。严仲子立即着正装，备厚礼，高规格去拜访聂政；聂政正在屠狗，满地污垢，臭气冲天，周围皆屠夫、小贩、乞丐，严仲子丝毫不在乎，礼待聂政，请聂政上车回去一叙。但聂政并不为其动，依然磨刀霍霍，依然宰猪杀狗，依然一身污衣，满脸油污，粗声大调，不以为意，让严仲子尴尬难堪。但严仲子依旧，一次不理，两次不行，一次次高规格高礼相待，直到在聂母面前尽备酒席，讨聂母欢心，与聂政畅饮。喝到畅快之处，严仲子拿出黄金百镒为聂母祝福，想必狡猾的严仲子掌握了聂政孝母的特点，把“工作”做在根本上。但聂政懂得大道理，坚决不收，只代母亲收下严仲子的情意。《史记》上讲“严仲子固进”，非要聂政收下不可。“固”也含有一次次要送被反复拒绝，又一次次强送。聂政的态度大义而正气，讲的亦内心之言，聂政说，家中有老母，一辈子相随，现老母随他到齐，虽家贫但日子过得还很幸福，他依靠屠猪杀狗，足以使老母亲衣食无忧，不敢接受严仲子的厚礼！严仲子也对聂政讲的是真心话。他说，因为和韩相有仇怕遇害，才四处结交天下义士，以求除害灭仇。来到齐国后，听到聂政的为人做事就心甘情愿地想和聂政结交。送上百金，是想帮聂政供养老母，表示他的一些心意，岂敢有其他奢望？聂政被深深感动，对严仲子讲出自己的肺腑之言，他之所以埋名隐姓，自甘沉沦，屈辱自己，与市井屠夫为伍，就是因为有老母，就是因为要为老母养老送终，因此受多大苦、遇多大难都不能忍受。赡养老母亲，责无旁贷。老母在，他哪儿都不去，更不敢以身许人。严仲子虽被拒礼，但仍然尽到一切礼节，高兴而去。聂政真君子，坦荡而光明！大气而自重！

聂政一直在屠市谋生养母，全职孝子，仍然默默无闻，甘于低调，甘于贫困，甘于吃苦受穷，无任何张扬，即使严仲子来访，聂政依然不卑不亢，只执义士之礼。聂母幸福，因为她有这么一个通情达理的儿子，想必聂母晚年是在幸福中度过的。母亲去世后，聂政把母亲安葬，一切都做得顺理成章，完成了一个孝子应尽的一切使命。聂政将去卫国找严仲子，临行聂政有一番人生感言，也是他赴死的留言，是聂政内心世界的一次水晶般的自我剖视。聂政说，他是一个混迹于最低俗、最下等的市井之中，没有人能看得起，整天杀狗宰畜的屠户。严仲子是诸侯中的卿大夫，不远千里，不顾面子，不束缚于礼仪，尽其礼节来结交他，虽然他一次次冷漠相对，严仲子一见如故，一视如初，礼贤下士，还亲奉百金为母亲祝福，他虽然拒绝了百金，但他看到了严仲子待他之诚，待他之真，待他之恩。过去是因有老母，他不离半步，现在母亲已经去世，聂政可以“为知己者用”。这该是先秦刺客普遍遵循的一条道德标准。

聂政真大丈夫，并无送别荆轲的悲壮，只是谢绝了严仲子为他安排的车仗随员，只身一人，赴韩国相府，比之家喻户晓的关云长“单刀赴会”更传奇，更孤胆，更壮烈，更无畏。

聂政刺杀韩相侠累，并无多言。当时这位韩国相国正坐在相府大厅威风凛凛，护卫、警卫甚多，皆严阵以待。但聂政毫不惧怕，刀光剑影，血肉横飞，头颅落地，尸体狼藉。司马迁写刺杀过程仅仅用了25个字：“聂政直入，上阶刺杀侠累，左右大乱，聂政大呼，所击杀者数十人。”聂政真大侠，有“项羽之勇猛，只身一剑，一边大呼，以壮声势，一边击杀警卫数十人”。聂政好生了得。

更让人瞠目结舌的是，聂政并不想脱身，在完成了刺杀任务后，聂政不可思议地剖杀自己，彻底自我毁容，揭撕自己的面皮，毁坏自己的五官，惨不忍睹。他又自己剖腹开膛，扯出自己的肠子五脏，直至痛苦而死。一个人对自己能下如此狠手、毒手，该有多大的决心、毅力？聂政到底为什么？

果然，无人能识刺客为何人，于是便暴尸于市，悬赏千金，仍然无人接赏。这时聂政的姐姐听说后，立即正色说，此乃吾弟聂政！不顾多人劝阻，立即起身，前往韩国，到陈尸现场一看，立即辨断此人正是其弟聂政！于是伏尸大哭，其悲、其哀、其苦，感天动地，泪飞如雨，哀声难抑。不少观者亦为之所动，有人悄悄告诉她，此人是刺杀我们韩国相国侠累的罪人，政府正在悬千金寻其姓名，难道你不知道吗？难道你还敢来认他吗？难道你不怕株连吗？还不赶快逃匿消失？谁也没有想到，聂政的姐姐亦刚烈之女，有识之女，性情中女侠，其索性对众人说："此人正是河南济源人聂政，是我的亲弟弟。聂政生前之所以改名换姓，隐藏于市井之中，是因为身边有老母，有我尚未成人出嫁，为了养家孝母，忍辱负重，吃苦受罪，在所不计；现在母亲夭年下世，我已嫁人，聂政的人生任务只剩一条，就是'士固为知己者死'，知己者为严仲子，聂政为严仲子而死，死得其所，但他唯一担心的是死后会连累自己的姐姐，我怎么能因为怕受连累，而使弟弟之死不明不白呢？"一席话震惊了韩国的国人，聂政姐姐呼天喊地，痛哭不止，悲到极处，最后因过度悲哀死在聂政身边，悲哉痛哉！姐弟之情深似海，重过山，能不让人感怀涕零？

这就是先秦刺客的一个典型，不是像西方刺客一样，如同石头缝中蹦出来的，冷面、无情、无亲、无故，尤其不能讲亲情，讲孝敬双亲，热爱兄妹。这是中国先秦刺客的亲情，是先秦刺客文化亲情一章。就聂政刺的目标论，侠累不过是诸侯王国的一位相国，就刺杀过程看似乎并无悬念，并无鬼泣神嚎的情节，生死搏杀的场面，整个刺杀过程，司马迁在《史记·刺客列传》中，不过只用了52个字，却把聂政刺侠累列为刺客列传之中，司马迁感慨的是聂政的情，孝母之情，爱姊之情，真实动人，淋漓尽致地刻画出先秦刺客的感情世界，是先秦刺客文化中不可缺少的一章！

先秦刺客文化静水流深。

胡子的春秋

一

胡子不止万岁。人类诞生有 300 万年，从那时起，人类中的男人便有胡子，屈指算来，胡子该有 300 万岁。

最早把男人的胡子表现为男人的威严、气度、身份、地位和美的是苏美尔人。在 5000 多年前苏美尔人曾铸有一尊将军青铜像，威武雄壮，气度不凡。这位苏美尔将军的下巴上，有一把梳理得十分整齐的胡须。按比例推算，其胡须应在三寸左右，甚是英俊。这足以说明，诞生在两河流域的苏美尔人创造了许多人类文明，其中也创造了胡须文明。胡须自两河文明即作为地位尊严来看待。梳理胡须是庄重的、神圣的，将军或王的标准像上必须有胡须，胡须的样式是权力的代表之一，每个男人都有权留有胡子，但如何打理胡子、装饰胡子，却是苏美尔文明之一。

到古埃及时代，几乎所有法老的石雕、木乃伊都有一把似乎神圣不可侵犯的胡须。胡须是古埃及法老的必配。图坦卡蒙虽然在 19 岁就早早死去，但他留下的雕像、黄金面具都留有长长的独具特色的胡须。那胡须梳理得像辫子，条纹清晰，编织细腻，规则明显，胡子的最末端还被梳理成像微微翘起的蛇头。古埃及人把胡子看成是文明的图腾，是权力和神力的统一。古埃及经过十三代法老才完成的卡纳克神庙，庙中供奉的大神，都留有一把神气的胡须。公元前 3000 年的美索不达米亚王朝神庙出土的一尊雕像，其长长的齐胸胡须竟然像一块立在下巴及胸口的“搓板”，真不知道他是如何把胡子梳理打造成那样的。趴伏在这个神庙门前的狮身人面像，他雄伟的胡须，竟然被雕塑成方砖似的，那么凝重、敦厚，那么庄严、神气，但让人感到那不是长出来的胡须。

中国人对胡须的崇拜和尊重似乎不如头发。西汉时代有一石板刻画，刻的是荆轲刺秦王。秦王和荆轲皆无一须，皆为一张太监脸，倒是荆轲头发梳成直立，成弓形向上怒指，寓意怒发冲冠。《史记》中对秦始皇的描写：“蜂准，长目，挚鸟膺，豺声。”唯独没有说胡须。《史记》130篇从帝王将相到引车卖浆、贩夫走卒无所不有，但从未对一人描绘过其须眉如何，只在《吕不韦列传》中对嫪毐有七字一句的交代，吕不韦为把嫪毐假装成太监送进宫中，令“拔其须眉为宦者”。

有谁见过2100多年前男人的真胡子？

2017年6月，在青岛张家楼镇发掘了一座西汉末期的古墓，即县令刘赐的墓。这个公元前下葬的古墓级别并不高，但神奇之事不断出现。当考古专家打开封土之后，见棺椁竟然和新的一样。打开棺盖，谁都没想到，棺内竟然是满满一棺清水，让专家也为之一惊。清水之中，能清楚地看到墓主人口含龙珠，置身于清水之中。出土了多少文物先不提，单说这位刘赐胸前竟然飘着一把长约20厘米的大胡子，真可称美髯公！这是真真切切的人，实实在在的胡须，这可能是世界上现存最早的胡须，真让人不可思议，不敢相信。考古界有句定律：“湿千年，干千年，不湿不干就半年。”这可能得益于那满棺材的清水。

中国人对胡须的“美容”可能源于西汉的王莽。王莽改朝换代登基为帝时年仅45岁，但须发皆白，王莽要“推陈出新”，令天下遍寻染发剂，果然在称帝前焕然一新，不但头发染黑，而且须眉骤然变黑，朝中大臣皆惊愕。当了皇帝的王莽十分注重对胡须的保养美容，汉墓中出土的玉梳，就其梳齿的大小长短，间隙的空间，及其置放在男墓主人的枕边，专家判断，此为梳胡须所用。木梳梳头，竹篦篦发，玉梳梳须。

自西汉末年，美髯成为男子雄壮威武的标志之一，东汉末年，关云长以美髯公形象闪亮登场，陈寿的《三国志》虽只有4个字，但也言之甚美："羽美须髯。"《三国演义》上说得生动，关羽向曹操自表，其髯约有数百根，每秋冬约脱掉三五根，冬月多以纱囊裹之。关羽爱护其须，胜于爱护其发，以须美显示于人，难免扬扬得意。汉献帝未惊其身高九尺，面如重枣，而是惊讶其美髯，令其当殿展示其美髯，其须过腹。汉献帝当场赞美："真美髯公也！""美髯公"乃皇帝赐名。中国自有黄帝数千年，因胡须被皇帝当朝称赞，赐其"美髯公"，唯此！关羽的美髯到底有多长多美？关羽身高九尺三寸，髯长一尺八寸，把东汉末期的尺寸换算成现在的长度，关云长的胡须应长42.12厘米，差不多一尺五寸长。关羽的美髯不但飘忽起胸前，且悠然于腹下，其威威乎，真美髯公也！

《三国志》还记载过一位美髯公："方颐大口，碧眼紫髯。"此乃孙权。见过黑胡子、白胡子、花白胡子、黄胡子、灰胡子，但紫胡子的的确少见，且又是碧眼，即使欧罗巴人，绿眼睛紫胡子的也少见，孙权何方人士？怪髯公也。

《续汉书》中有记载，有位叫司马直的太守，胡须好生了得："洁白，美须髯，容貌俨然，乡间奉之如神。"靠一副洁白的美须就能走向神坛，真美髯公。

东晋时有位大诗人陶渊明，因其宅边有五棵柳树，故号"五柳先生"，其实陶公自己还有另一层意思，其有五绺黑须，飘然自如，自以为得意，常常捋起五绺须自乐。每当饮酒时必先捋胡须，每当吟诗时必先捻胡须，故也称"五绺先生"。陶渊明养须的办法是酒后常用酒湿湿胡须，其五绺黑须立时更黑、更亮、更精神。用酒养胡须，陶渊明的创造。

南朝谢灵运的胡须独具特色。谢灵运被称"中国山水诗派"第一人，他把胡须看得比命重，也是千古第一人。被宋文帝冤杀时，从容自如，对监斩官说："死无非是换个活法，只是我把这胡子养了这么多年，若被粗鄙之人一刀砍下去，岂不白白糟蹋？听说南海祇洹寺正在打造维摩诘菩萨，我平生笃信三宝，愿将这把胡子布施给该寺，装饰维摩诘菩萨，尽弟子最后一份绵薄之力。"历史作证，谢灵运的胡子最终被运到南海祇洹寺，被安在维摩诘菩萨的脸上，被寺中的和尚代代相护，因为它已经是维摩诘身体的一部分。谢灵运只活了 49 岁，而他的胡子却活了整整 370 余岁，胡子不老。

胡须是男性的标志，就像雄狮具有头项上的鬃毛。当男人被阉割以后胡须也会逐渐掉尽，成为"公公"嘴。太监无须是生理决定的，但太监中也有奇葩。据《宋史》记载，北宋的大太监童贯，他是中国历史上唯一一个被封王的太监。明朝有 10 万太监灭大明一说，明四大太监都在历史上榜上有名，但无一人有须，无一人封王。而北宋的童贯被封了广阳郡王，且"颐下生须十数"，太监竟长出十数根胡须，朝中奸臣纷纷谄媚，说他生出的胡须是龙须，他因"龙须而封王"。

中国男人的胡须，从历史上看，自唐朝之前基本都是"自然式"，无论是五绺胡、山羊胡、满脸胡、络腮胡，都是自然向下，养胡须也都是梳洗，未发现有剪吹、上蜡定型的记述。但到了唐朝就不一样了。追求胡须定型似乎成为一种时尚。唐朝阎立本画的《步辇图》，上面端坐着唐太宗，但见唐太宗的胡须是经过严格细致修饰的，上唇上的八字胡，其胡须左右成"一"字形工整撇开，至尾尖部又尖又细，稍稍向上向前撇去；左右两撇的式样，撇的角度，一模一样。可想而知，打扮这副胡须得下多大功夫？上有所好，下必甚焉。唯上，唯美，唐朝士大夫对胡须的追求可见一斑。

长安作为唐朝首都，经常有数千西域胡人常住，加之后来有伊斯兰教引进，唐朝男人的胡须可谓"百花齐放"。根据唐朝永泰公主墓出土的彩绘陶胡人头像，其胡子是锦羊尾式，典型的哈萨克、塔吉克男人的卷毛胡须。唐代懿德太子墓中出土的骑马俑，满脸络腮大胡子，其胡须被修剪得整整齐齐，不长不短，且向前向外翘起，一副英武相。

那胡须似应上过定型的黏合剂。在唐昭陵韦贵妃墓壁画中的《仪卫图》，着红袍执长剑的卫士胡须是有统一要求的，图中的八位仪卫，个个都是上唇留有又尖又细又硬的八字胡，下巴上留有一撮山羊胡。可见唐代对礼仪的要求，不但是着装、武器，对武士的胡须都有严格的标准。

“唐昭六骏”之一的飒露紫，其左侧牵马的武将军为唐初大将丘行恭，其胡须是修剪得体的八字胡，浓浓密密，又厚又稠。可以判定，丘行恭是位胡人将军。令人不解的是，王处墓中出土的两块彩绘武士浮雕，因是彩绘，这两位身高体壮、两手拄长剑的武士，一身戎装，格外鲜艳，格外精神。王处乃唐末节度使，这两块浮雕上的武将让人觉得不威武、不凶猛、不杀气的是，两张肥胖粉红的大脸上光秃秃的，嘴上无毛，一根胡须都没有，是张太监脸。无独有偶，从唐代贴的门神，一左一右，皆一身戎装的两员虎将，左为尉迟恭，右为秦叔宝，皆唐初大将，战功累累，杀人如麻，但却是一须没有的“公公脸”，是唐时民间的一种风俗，还是人们厌恶一脸横肉、满脸黑须的活阎罗似的武夫？至今费解。但敦煌唐代的彩色菩萨塑像，却明显都绘有胡须，自唐以后，才逐渐褪去。佛像、菩萨再无胡须。

也有人评价南宋石像犹如南宋小王朝，羊不犟，马不烈，虎不威，人不猛。人不猛就不猛在要么生就一张太监脸，要么三五根软须犹如胎毛一般，怎能见得威猛？怎能见得凶悍？

二

世界每两年举办一届“美髯公”国际赛事。美髯公的比赛竟有 17 个赛项，分三天举行，美髯不但是对胡须奇、美、雄的认可，而且已经形成胡须文化、胡须产业。见一位得奖的美髯公的照片，他的胡须成对称的三对触角状，极像一只章鱼张开的触角，胡子的尖端都被卷成标准的圆圈。人一走动，六条向两边奓起的卷圈的雪白胡子，上下齐舞，的确让人开眼。

在伦敦的维多利亚博物馆展示着一把奇特的勺子。这是19世纪维多利亚时代专为蓄须男士设计的汤勺，喝汤时上面的挡板会把胡子抬起来，这样汤就不会沾湿绅士的胡须。当时蓄须是达官贵人的身份象征。高级会所门童并不看你的穿戴或请柬，只看你是否留有浓密茂盛的大胡子，像马克思、恩格斯都非常尊重的费尔巴哈，他的大胡子比马、恩还茂密，还雄壮，还威风。虽然马克思在《关于费尔巴哈的提纲》批判过他的形而上学的唯心主义，但这并不影响马克思对他的尊重。费尔巴哈走到哪里，人们不但要去听他讲课，还都十分羡慕地观看他的胡须美。很多年轻人，也包括马克思就是追随费尔巴哈留起了大胡子，费尔巴哈的大胡子曾风靡一时。

那个时代欧洲的大胡子，一抓一把。欧洲画坛“印象派”代表人物莫奈，胡须雄伟得胜过恩格斯，像高更、屠格涅夫、托尔斯泰、雨果、陀思妥耶夫斯基，胡须短了，少了，都不好意思出席各种各样的论坛。像达尔文的胡须一片雪白，从腮下直泻到胸前，有飞瀑直下的感觉，即便在胡须的世界，胡子也各有千秋。

挪威现代戏剧之父易卜生的胡须是方块形的胡子，别出心裁，他把两颊的胡子任意外龇，把下巴上的胡子刻意修平，形成方形胡须，每到一地，所见之人皆大吃一惊。达·芬奇的胡须更放纵，更任性，亦独树一帜。达·芬奇的胡须讲究铺天盖地，无边无际，整个头部，除眼睛中的眸子，全部是胡须，且无论长在哪里都郁郁葱葱、朝气蓬勃，叫人担心叫人愁。美国著名诗人惠特曼的诗歌《草叶集》：“哪里有土，哪里有水，哪里就长着草。”似乎是在歌唱他的胡子，在他的脸上，只要有皮肤的地方，都统统长满极茂盛的胡须，如果眼球里有皮肤，肯定也会长出青草一样的胡须。

有“钢琴之王”之称的匈牙利人李斯特，发明元素周期表的俄国科学家门捷列夫，瑞典的科学家诺贝尔，真是一抓一大把，都有一瀑漂漂亮亮、茂盛葳蕤的大胡子。也说明他们不仅仅是优秀的科学家、艺术家，也是追求时髦、追求风流的弄潮儿。

中国近代也有四大美髯公：张之洞、丰子恺、于右任、张大千，一捧雪白的银须，威风凛凛，仪表堂堂，一派神仙风度。有戏言：中国只有这四个人可用“吹胡子瞪眼”，慷慨激昂之时，银须飘动，气场非凡。绝不像中国历史上一些不男不女的皇帝，一副“公公”相。现藏于北京故宫博物院的明穆宗画像，是临摹皇帝画的，细眉细眼，几根鼠须般的胡子，像太监嘴巴上粘上了几根胡须，让苍白的脸一衬，一点霸气、帅气、虎气、阳刚气都没有。明朝的16个皇帝，除去朱元璋、朱棣蓄有帝王胡之外，余者皆如穆宗，甚至还不如他，像明第二任皇帝朱允炆、最后一位皇帝朱由检，可能自幼长于太监之手，一副阉人相，人面皆有“公公”相。

18世纪，欧洲的“蓄须潮”起源于英国，英国绅士的蓄须热起源于印度。当英国“拿下”印度后，看见印度的爷们儿个个都蓄有一口浓密的大胡子，而英国士兵和派去的各级官员大都是“光嘴”，不留胡须。印度人觉得可笑，也觉得不服气，认为英国官员嘴上无毛，办事不牢，耻笑英国兵娃娃脸。一名年轻的英国军官半夜曾被突然出现的几名留有又浓又密又凶的印度胡子兵吓得尿了裤，在印度成为笑柄，不胫而走。英国人为在印度树立威信，于1834年发起“蓄须”运动，规定驻印度全体官兵一律蓄须。到19世纪60年代，留胡须已经成为英国军规中的一则条款。军官每天要在规定的时间内对胡须进行刷洗，涂以润滑油。当年中国人对印度人的认识，首先是从大胡子开始。印度人人都有一大捧又黑又浓又密又大的印度大胡子。印度因宗教起因，认为留有大胡子的男子比油头粉面的男子更虔诚、更可靠、更勇敢、更敢担当。没有大胡子的男人会被人嘲笑为“阴阳人”，在印度所有职业，尤其是征兵时，入选的首要条件就是看胡子，在印度上层社会几乎是一色的胡子世界。这对英国年轻人的影响极深，以至于在英国连女人也追求胡须美，有些女人使用“描须尾”在脸上绘制出各种式样的胡须，时髦在常换、常绘、常新，在交际时显摆自己的“描须”，成为时髦女郎的必备节目。有的女人为了追求胡须的自然美，自然风度，直接在脸上“植须”，长期坚持使用“生须药水”，更多的年轻女人纷纷表示不与无须男士交往，甚至不同进一间咖啡厅，一间舞厅，一个晚会，甚至公开表示誓死不嫁不留胡须的男人。英国女人爱男人的大胡子可能比爱男人本身还爱。英国女人比男人对胡须的追求还执着。

英国人对胡须的“信仰”受挫于第一次世界大战。英国参战后，当时英国的绅士和王室贵胄热血沸腾，激情满怀，纷纷走向战场，在被称为“绞肉机”的索姆河战役中，英军伤亡近50万人，其中大批英国绅士和王室贵族纷纷饮弹阵亡，其中一个原因就是祸起胡须。德国机枪手和狙击手重点射击带领步兵冲锋的大胡子军官，以致战后英国一些著名绅士家族、王室贵族几乎“断种”，成也胡须，亡也胡须。从此对胡须的崇拜也渐渐冷却。

但胡须也救过英国国王爱德华七世的命。爱德华七世要在威斯敏斯特大教堂举行加冕典礼，就在加冕大典前两周，他突然患有阑尾炎，需要手术，但这位还兼任着印度国皇帝的大胡子执意要如期加冕，认为自己能挺过去。直到最后，医生明确表示，如果他仍然坚持不做手术，那么在大典上被抬进威斯敏斯特大教堂的将是一具尸体。一句狠话才让这位爱德华七世乖乖躺在了手术台上。没想到，在手术过程中，爱德华七世出现了窒息，事情来得突然，也来得要命，幸亏那位主治医生急中生智，用力拉扯他的胡子，才使他张开嘴呼吸，才使手术正常进行，挽救了他的生命。那位医生下手术台后曾风趣地对爱德华七世说，是他的胡须救了他的命。

中国现代名人中，“洋胡子”最有知名度、最具风采、最具特色、最显仪表的当数李大钊。李大钊的八字胡须，黝黑发亮，浓密青春，梳整讲究，大八字胡左右撇，一直延伸到下颌，然后再向上翘，直至尾声。李大钊国字脸，浓眉大眼，方颌托腮，配上这副八字胡须格外有神。据说当年在北大讲课时许多学生，尤其是女学生都争睹李大钊的八字胡，然后才能安心地听讲课。李大钊，唐山乐亭人，究其家乡风俗，并无蓄“洋胡须”的风俗，李大钊何时开始蓄须并无记载。李大钊24岁曾东渡日本留学，其蓄八字胡，应和鲁迅留学日本开始蓄须一样，从他留世的唯一照片看，年轻的李大钊在留学期间已经开始蓄须，足见日本蓄须对中国留学生的影响。

日本早在20世纪初就追随欧洲的蓄须时风，日本天皇明治就留有一副浓重的德国俾斯麦式的八字胡。日本男人甚至从高中生就开始奉行蓄须养志，无论军民官商，无一不蓄须。就连商业广告，也是铺天盖地蓄须养须。在中国影响最大的日本仁丹广告，遍贴城乡，上面就是一位留着浓密八字胡的日本人，中国人称之为“日本仁丹胡”。从一些历史遗留下的照片看，在八国联军进攻北京的日本军队中的军官，日俄战争中的日本军官，几乎都留有“日本仁丹胡”，许多日本军官的八字胡须，比同一照片的俄国、德国军官还重、还凶、还猛。周家三兄弟中，周树人、周作人都是留日学习时开始蓄须，且蓄须终生。当鲁迅从日本留学回老家绍兴时，他被渡船老大认成日本人，无论鲁迅怎样解释船老大都不相信，连声说：“先生您的中国话讲得真好。”中国现代蓄洋须的四大名人是：李大钊、黎元洪、曹锟、辫帅张勋。每位名人的八字胡都出类拔萃，都光彩照人，都非一日之功，都大有文章。其中张勋复辟失败后，逃到荷兰使馆，追兵渐近，杀声四起，其下属劝他剪掉辫子换洋装，装洋人逃命。辫帅坚决不从，辫子大还是命大？辫子大！求其次，劝他剃去八字胡化装逃命，否则司命之所属。万般无奈，辫帅保其辫而去其须。逃到天津租界后，张勋如失魂落魄，无时无刻不在用手摸下巴，直到老泪潸然而下。张勋至死没有照过镜子，从不站在玻璃窗前。他曾有言，“丧吾十年阳寿矣”。

张勋行伍出身，身体一直很好，准备隆重过七十大寿，专程请来德国摄影师照寿辰照，这位德国摄影师并不知道辫帅有何忌讳，照之前，让张勋看一下自己的装扮如何，就令助手举起一面镜子让张勋看，张勋不看则已，一看竟然大哭，引起剧烈干咳，直到咳出血来，终于在70岁之前的7天夜里愤愤离开阳世。据说他在任两江总督时，有位江南名卦曾给他看过相，留下两句箴言让张勋牢记终生：“因辫而荣，因须而亡。”果不其然。

康有为的胡子也颇为传奇。康有为的胡须是“鲇鱼须”的典范，两小绺细细的胡须从嘴唇两侧勾下去，像鲇鱼须，故得此名。康有为讲究，梳理鲇鱼须是每天早晨最神圣的工作，雷打不动，即使在被清军追捕的逃亡期间，仍然须不整不上路。康有为的鲇鱼须派头也大，非见名人，康有为不捋须；非得意之时，康有为不捋须。据说康有为的鲇鱼须还有特异功能，在康有为拜见皇帝或圣人时，鲇鱼须会瑟瑟发颤，微微上扬，据他说光绪皇帝也曾为此惊讶。在海外流浪时，每当需要请出光绪皇帝颁给他的密旨，当众宣读时，其鲇鱼须就会剧烈地颤动，让现场的人无不惊讶，无不认为光绪皇帝的密旨是真的，有神灵相助。吴佩孚做五十寿时，特请康有为前往洛阳。当见到吴佩孚时，康有为的鲇鱼须竟然当众瑟瑟发颤，须尾似扬似舞，吴佩孚等皆大惊，皆大喜。康有为趁鲇鱼须颤颤扬扬之际，提笔写下一副著名寿联：“牧野鹰扬，百岁勋名才半纪；洛阳虎踞，八方风雨会中州。”

胡须的演义，胡须的春秋。

盗墓中的阴阳

一、古墓中的灿烂文化

中国古墓中的文化，可谓源远流长，没有古墓文化，先秦文化如何书写？如何证明？夏、商、周时期如何定位？如何断代？很可能会成为文化乃至历史的疑案、悬案、空白，毋庸置疑，先秦文化中的许多重大事件、历史疑点是靠古墓中的文化鉴定的。世界四大古国中，唯有华夏文化最具有连贯性、统一性，华夏文化中的古墓文化也最具有特殊性、创造性，随之而产生的盗墓文化自公元前 17 世纪的商代始至今日，一直斩而不断。魔高一尺，道高一丈，也是中华文化的月下折射。

中华先秦文化中最重要的一章当数青铜器文化，现存世登记在册的青铜器大约有三千多件，百分之百都是出自地下，几乎百分之百是经过盗墓者之手；海外流传的青铜器珍品，皆出自古墓，都经过盗墓者的盗挖。几乎所有朝代的皇陵大墓，几乎无一不被盗；所谓十墓九盗，用考古行业的话讲是十墓百盗。一座陵墓，被盗多次是经常的，秦公一号大墓——秦景公的王陵，历朝历代的盗洞竟有 247 个，我在开挖的一层大墓平台上看见各式各样、各种口径的盗洞密密麻麻，如蜂巢鼠洞，其中 138 个盗洞竟然神奇地穿过几十米高的封土，几十米深的地层，直接打在王陵的主墓室上。不可思议的是，20 世纪 60 年代，我们的考古人员为了寻找失踪的秦景公王陵，找了 10 年，几乎把《史记》上记载秦景公王陵的灵山钻了个遍，仍未找到，秦景公王陵到底“藏”在哪里了？

秦景公陵墓被发现后，又用了整整10年时间发掘，那简直就是一座地下宫殿、地下宝藏、地下活历史，2500年前的一景一物俱现。虽然经过那么多次盗墓，但仍然出土了数千件文物，尤其重要的是它填补了秦乃至2500年前西汉文化的多项空白，验证了多项学术界、理论界、历史学界争执不下的难题，纠正了多个历史伪证和错误的论题、定论，秦公一号大墓默默无言，却雄辩难驳，它就是历史。

《尚书》记言，《春秋》记事。

《尚书》是中华最早的书，其原名就叫《书》，成于公元前5世纪。《春秋》是中华第一部编年史，据说是孔子根据鲁国史料亲自编纂的。但因为历史原因、环境原因，《尚书》《春秋》都曾散失、失落，后人都曾重编、新编、改编、伪编，而现在得以纠正和认定的，也是得益于“盗墓”。盗墓流出的“竹简”“木椟”向世界公开了《尚书》《春秋》的正版、原创，让那么多年那么多“悬案”终于落地，“伪作”终于得以纠正。

1983年10月，河北省平山县有两座被盗挖的古中山国大墓经抢救性发掘，在一号大墓中出土了一块神秘的金银镶嵌的铜板地图，其长为94厘米，宽为48厘米，厚为1厘米。经专家考证，此铜板地图为战国时期中山王建行陵园的平面设计图，以图对照实际的古中山王墓，竟然是1∶500比例的测绘图。这不但是中国，也是世界测绘史上的奇迹，它比古罗马帝国的测绘地图要早600多年。

浙江浦江上山文化遗址，虽经多次破坏，但在2006年出土了一颗炭化稻米，据专家考证，此稻米已距今大约11000—8500年，且属于驯化初级阶段的原始栽培稻。换句话讲，这说明我们的祖先早在一万多年前，就已经开始种植水稻。这充分证明，浙江浦江上山就是世界稻作文明的起源地，这一发现对世界文明的发展有着极其重要的意义。

曾被列入全国十大考古发现之一的甘肃敦煌悬泉寺遗址，早在数百年前就被盗墓人多次光临过，最多一次可能有数人同时入洞作业，军阀混战，贼人横行，岂顾得上古墓被盗？直至改革开放仍有盗墓贼猖獗盗挖，可见其地下之宝之多，后不得不由国家出面进行保护性发掘，那也整整发掘了三年，出土文物达 7 万余件，其中有汉简 3.5 万枚，一时惊动世界。“悬泉寺”是两汉时期在此处设置的一处邮驿机构，出土的汉简中从皇帝的诏书、律令，使者的往来、使命，一直到工作调查，民情、民俗、民意、民生，简直就是一座档案库、史料馆，成为中国两汉历史上一份难得的历史清单，填补了数十项历史空白，也匡正了不少历史错误。难得的是，此遗址虽被盗多次，但竹简完整无损，经查，一片不缺。这就是盗墓文化的一页，盗金盗宝不盗书。

司马迁在《史记·刺客列传》最后一节中写道，荆轲之友高渐离乃世上击筑之高手。秦始皇“惜其善击筑，重赦之”，把他的眼睛熏瞎后，专令其击筑。高渐离乃以铅置筑中，“复进行近，举筑击秦皇帝”。但筑到底是一种什么乐器？无人知晓，成为悬案。1993 年，湖南长沙一处早期长沙王后“渔阳”古墓被盗，在发掘中，出土了三件保存完好的筑，从此揭开了古乐器筑的真实面貌。筑身修长，为五弦，一端为长盒状的空心共鸣箱，另一端有长长的手柄，演奏者需一手持握筑的手柄，一手拿竹片击弦。高渐离正是在其一端空心共鸣箱中灌满铅，差一点就要了秦始皇的命。

1972 年，山东临沂出土了大量汉代竹简，其中竟然有《孙子兵法》《孙膑兵法》，匡正了过去多年许多误判、误解、误谈、误写，重现中国两部兵法大典真相，可谓弥足珍贵。盗墓人见是竹书，“秋毫未犯”。此乃盗墓贼的“行规”，不能一贼十偷，一歹十恶。誉人不增其美，毁人不益其恶。

江西南昌海昏侯刘贺的墓第一个下去的，甚至第十个下去的皆江湖盗墓贼，海昏侯墓终于在第一百个盗墓贼下去以后，被政府光明正大地进行保护性开掘。仅汉竹简就出土了 5000 多枚，其中有失传 800 多年的《齐论语》，还有极为珍贵的《论语》《易经》《孝经》等堪称瑰宝的经典历史文献。最让我吃惊的是其中竟然有一套《六博棋谱》，当然盗墓贼认为竹简不值钱，因此弃而不盗，却给中华文化留下了瑰宝。

二、十墓九盗，阴阳无界

中国盗墓最大的特色是皇帝盗、州府盗、军队盗，设立机构，作为政府行为公开盗、大规模盗，盗而有名，盗而有功，盗而封赏，盗而挂印，然后才是江湖盗、“流民”盗。这和世界上也以盗墓出名的埃及有所不同，埃及的皇陵古墓多是外国考古队盗，其中有的背后还有外国政府插手支持，有的还和当地政府签下协议，堂而皇之地发掘，鬼鬼祟祟地盗挖，采用先进科技地盗墓，然后才是江湖大盗、江湖乱盗。

中国盗墓榜上有皇帝、诸侯、文臣武将、封疆大吏。榜上有名的如东吴大帝孙权、大周皇帝武则天、明朝皇帝朱由检、大清皇帝乾隆等等，皇帝盗墓当然是官方行为，政府行为，圣旨之下，其行皇皇；国之所为，其行浩浩。但盗墓榜上名声最大最蹿红的是曹操，曹操凶猛，不盗则已，盗则必名。他盗挖的是西汉景帝之弟、被封为梁孝王的刘武的墓。刘武乃刘邦嫡孙，平七国之乱立有安邦定国之大功，汉景帝曾当面允诺：“千秋万岁后传于王。”与皇帝“入则侍上同辇，出则同车射猎上林中”。刘武死后，其墓葬几乎陪空了汉景帝的半壁江山。曹孟德敢“挟天子以令诸侯”，盗墓亦要盗出名堂。曹为人做事即使再卑鄙，也要做得金光闪闪。他派大兵盗墓犹如出征，围梁孝王王陵而掘之，曹盗墓亦敢作敢为，竟然封此行动者为“发丘中郎将”“摸金校尉”，中郎将、校尉皆是东汉掌兵的实权将军，这也是中国盗墓史上唯一为盗墓者正式封官立爵，列入政府和军队序列。曹操盗墓也不凡。

呜呼哀哉，曹孟德亦不得安寝，虽设疑冢 72 座，四门齐开发葬，生前多次公开提倡要薄葬，仍未能逃出盗墓贼之法眼，绕过曹操设的重重疑障，把盗洞准确无误地打入墓道。墓葬被盗多次，所有陪葬品荡然无存，墓室被破坏得一塌糊涂，一片狼藉，尸骨四分五裂，惨不忍睹。有专家言，见过盗墓的，未曾见过似有如此深仇大恨的。自曹操始，又一次证明盗墓者终无良果，必有恶报。

比曹操更粗野、更凶残、更肆无忌惮的盗墓贼还有项羽、董卓、吕布等等，农民起义军更心狠手辣，烧宫殿，挖皇陵，黄巢占领长安后，曾率40万农民起义军气势汹汹直扑唐乾陵。唐乾陵乃唐高宗与武则天合葬墓，尽藏天下之宝。黄巢气魄大，“满城尽带黄金甲”，要盗挖就挖最大、最富、最值得挖的，40万军队可谓满山遍野，势在必得。没想到山可挖，岭可搬，乾陵岿然不动。黄巢几次亲自督战，除了黄土碎石，一无所获。

武则天厉害！乾陵凿山为墓，20多万劳力昼夜施工，山陵为之凿空穿腹，最重要的是墓道，这条秘密通道即“死道”，无人能确定它的方位，工匠是流水轮换，知情者必死。墓道全部为石条填塞，石条之间有凿凹槽，用燕尾形的细腰铁栓板嵌固，上下之间凿洞，用铁棍贯穿使石条固定不动，最后再将熔化后的铁锡矿水灌浇进去，使整个石条与山石完全融为一体，可谓固若金汤。

黄巢可谓盗墓惯贼，每到一处，有皇陵必盗，有大墓必挖。据历史记载，黄巢率农民起义军曾经疯狂盗过秦陵、汉陵、唐陵，中国历史上盗皇陵者非黄巢莫属。所盗皇陵即秦始皇陵、汉武帝陵、唐高宗李治和武则天合葬陵。

中国盗墓的一大特点是历朝历代的农民起义军似乎都把“阶级仇恨”盯在皇陵大墓上，每当攻城略地后，必然把“发红”的眼睛盯在前朝的皇陵之上，《汉书》中记载秦始皇陵的陪葬品：“石椁为游馆，人膏为灯烛，水银为江海，黄金为凫雁。珍宝之藏，机械之变，棺椁之丽，宫馆之盛，不可胜原。”《晋书·索綝传》有一段精彩对话，帝问索綝曰：“汉陵中物，何乃多耶?”索綝答曰：“汉天子即位一年而为陵，天下贡赋三分之，一供宗庙，一供宾客，一充山陵。”皇陵几乎等于国库，尽收天下财富而入其中。造反、起义、以命搏之，焉有置国库而无视之理？焉能放之于地下而不盗？要盗就公开盗，要挖就大规模地挖，破坏性、毁灭性极大。秦末农民大起义，项羽率起义军打进咸阳，为后世起义军改朝换代立下样板，一为烧宫殿，二为挖皇陵。据有关史料记载，秦始皇的骊山陵墓早已被项羽盗挖，且一把火烧毁。诚然，其罪莫大焉，罄竹难书。之后的黄巾军、绿林军、赤眉军都是盗挖皇陵的高手，且都以军队开进，明火执仗，大张旗鼓，从根本上彻底摧毁前朝的皇帝陵和高官皇族墓。

敌国入侵，民族仇恨，皇陵风水焉能保护地宫安寝？历朝历代的皇陵被盗被挖最惨、最凶、破坏得最彻底，没留下一个没被盗的，莫如北宋王朝。国破朝亡，人亡政息，前朝皇陵、大墓任人蹂躏，任人折腾，尸裂骨散，面目全非。金国大将粘罕灭了北宋，掠其二帝，摧毁整个东京，粘罕还不满足，直接发兵河南巩义，大规模、分片包干，从宋太祖皇帝陵开始，到所有陪葬的皇室大臣、皇后嫔妃墓，全都一一掘开，无一幸免。金军挖宋陵，犹如开金矿，挖宝藏，肆无忌惮，无所顾忌。把尸骨拖出棺材，剥衣搜宝，甚至破腹剁头。从未听说宋陵有完整的，宋墓未被盗的。宋朝的皇陵大墓修得也太“文雅”，平地挖深墓，官越大，财越足，墓基挖得越深，有的深达二三十米；同样，官越大，财越足，封土越高越大，犹如官越大，架子越大。盗墓贼的目标越准确，一个盗洞直打入主墓室，盗墓贼悬绳而下，竟然创造出“缒绳盗墓法”，真是惨哉悲哉。

盗墓分“冷盗”和“热盗”。

千年之盗自然归于“冷盗”，尸骨未寒被盗，则属于“热盗”。项羽盗秦陵即为“热盗”，但更“热”的应属于春秋时代吴国伍子胥盗挖楚平王陵墓，从楚平王死的公元前 516 年，到被挖开墓葬被鞭尸 300 鞭，不过 5 年矣，可称尸骨未寒。

但楚平王活着的时候就心有余悸，因为他冤杀了伍子胥父兄，此仇生不见报死后必有一报，因此，楚平王想尽一切招数反盗挖，入土深藏。

伍子胥所在的吴国，其国王夫差墓即将修好时，夫差将修建陵墓的一千多名工匠，全部集中起来，彻底灭口；楚平王亦然，办法比吴王夫差还绝。他不但把所有参加建墓的工匠，甚至包括监工的将士全部坑杀，一个不留。然后墓地不树不封，不留丁点蛛丝马迹。

为报父兄之仇，伍子胥费尽心机寻找楚平王墓，正在伍子胥急得走投无路之际，有一老汉翩然而至，他就是万里存一的修墓工匠。为了给死去的工匠报仇，他把伍子胥领到楚平王陵墓前，但当伍子胥督促士兵打开楚平王墓时，伍子胥目瞪口呆，棺椁劈开，竟然是衣冠冢。又是在那位老汉的指教下，伍子胥挖出假棺再往下挖，终于挖出真棺，这才有伍子胥一把拖出楚平王，怒目圆瞪，仇人相见，分外眼红，手执九节铜鞭，鞭尸三百，又斩其头，弃其尸骨碎片于田野。但此皆盗墓之外的情节了。真假墓的反盗法在春秋之后，仍屡有发现。

盗墓与反盗墓犹如矛与盾的关系，魔与道的较量，此消彼长，竟然延续了整整三千多年。

三、作孽无道，必然有报

何为国宝？国之珍宝，其必须具有唯一性、至高性、完整性，是华夏文明、中华文化的重要见证，舍此绝无其他。《客使图》名副其实，在陕西历史博物馆中，有国家一级文物2000多件，国宝18件，《客使图》便是其中之一，而这件国宝差一点就毁在盗墓贼手中……

章怀太子墓地位极其特殊，“章怀太子”是唐太宗和武则天的第二个儿子李贤，曾封为潞王、雍王，后封为唐太子。其人史上有名，其墓却下落不明，毋庸讳言，是盗墓贼先察先入，盗墓贼是怎样找到章怀太子墓的？又是如何盗墓成功的？无人能作答。因其墓被盗，1971年7月开始进行抢救性发掘，但当时并不知道这是谁的墓，有多大规模。直到挖开以后，方知道这是一座唐中期大墓，从3.3米宽的墓道口往下走 20 米左右，先要经过 4 个圆拱形的过廊，4 个天井，两旁都有深龛、侧室，里面摆放着数百件色彩艳丽的唐三彩陪葬品，包括镇墓兽、骑马狩猎俑、绿釉花盆等，都是珍品，可惜的是除被盗墓者盗走的，两壁 6 个侧室中的陪葬品，全部都被打碎，仿佛有深仇大恨似的。他们还有一个罪名，中华文化的破坏者，罪在不赦。什么年代被盗的？什么人盗的？仿佛一切都在黑暗之中。章怀太子墓是中唐王墓中最奢侈、最豪华、占地面积最大、地下布局最复杂的大型墓葬，墓主人李贤的身份就决定了他在墓中的陪葬品应是一座唐文化的地下宝库。在第三个天井东南角有一个长 70 厘米、宽 60 厘米的盗洞，盗墓贼就是从这里爬进来的。这座大墓原有一整套反盗墓装置，如墓道大门设有暗器，强弓硬弩，抬头门上有无数铁器，若有人盗墓开门，暗器齐发，无一生存。盗墓贼手中仿佛有一张设计图，他们准确地把盗洞直接打在三号天井上，绕开了一切机关暗道，盗此墓之贼非但老手，亦高手。

千年地下古墓阴森恐怖，在微弱闪动不已的“盗墓灯”的照耀下，阴暗潮湿，寒气逼人，尤其是在狭长的墓道两旁有五彩的壁画，狰狞凶恶的画上之物，人鬼不分，面目可憎，仿佛时时都欲破壁而出。盗墓贼皆无神论者，在他们眼中，除去主墓室的财宝，岂有它哉？怕鬼就不下地狱，盗墓贼终于摸进了主墓室。

一道天大的难题又横列在盗墓贼面前。

唐初、中期，皇室显贵，死后入葬，皇帝特许，是以石棺为椁，一般石椁重 10 吨左右，一个盗墓贼根本无可奈何于它。进入章怀太子墓的盗墓贼至少有两人。让人感到难以理解的是他们似乎在进入地下宫殿之前，就对章怀太子墓的墓葬形式有深刻的了解，他们竟然带着撬棍。这是一具硕大的墨玉色石椁，由 33 块青石板组成，椁顶的形状为庑殿式，长 4 米，宽 3 米，高 2 米，顶盖由 5 块石板组成。石椁本身就是一件精美的艺术品。盗墓贼围着巨大的石椁细心地搜寻，终于找到石椁板中最窄、最薄、最容易撬动的那块石板，用撬棍把石椁顶部最南边一块石板抬开一条刚刚能容下一个“瘦子”钻进去的缝，然后潜入石椁之中，又劈开木椁，把章怀太子身边所有的陪葬品一扫而空。

盗墓贼的本性皆贪得无厌，要财宝不要其他一切，他们甚至把后墓室与前墓室穹隆顶西壁大部分月亮和星辰的贴金全部用刮刀刮走，我们现在只能想象，在墓室之中的“天空”之中，有“满天”的星辰和月亮，无数闪耀着光芒的星星，夜夜星光灿烂；而又大又圆光照整个天地的月亮，正斜挂在彩云之间。这样伟大的艺术作品就毁在盗墓贼手中，为了星空之中的贴金和镶嵌的满天珠宝，伸出了罪恶之手。

章怀太子李贤这座巨大而豪华的地下宫殿，完全是仿照生前居所而建，设备齐全，布局完整，甬道和墓室全是用特制条砖堆砌而成，地面铺有带花纹的青方砖。

在主墓室的前厅，即章怀太子地下宫殿的会客厅，厅室的墙壁上有两墙美轮美奂、绝色绝美的艺术壁画，总面积达到400平方米，堪称天下第一古代艺术画廊，其中就有国宝《客使图》。

据专家考证，《客使图》的画稿和绘制出自唐代艺术大师阎立本、吴道子、李思训、薛稷等人之手。这些艺术大师留在壁画上的作品早已绝世，《客使图》上前往唐宫殿觐见的6位不同地区、不同国籍的使者，从服饰穿戴、头上之冠到脚下之履；从发式、手势、行步的姿势、迈步的习惯，到甩腰扭胯的风俗；从眉、须、腮、耳一动一合，一耸一立；从口之呼，眼之瞪，鼻之耸，唇之启，无不如现如出，如动如生，仿佛是摄影的全部，又犹如录像之片段，妙处实不可言。唐之艺术大师的作品摄人心魄，动人心灵，感人至深，《客使图》先不论其历史的意义，历史的真实，时代的内涵，政治事件的昭示，仅以艺术而论，国宝当之无愧。

国宝之所以能完整保存下来可能有两个原因，之一是这拨盗墓贼尚不知其贵重，如果知之为国宝，其状将惨矣；之二是当时要把这些壁画盗走，是需要大量时间和专业技能的，盗墓贼不具备，百难之中，幸存下来，其幸大焉。

李贤一生，生时命运多舛，人生坎坷，为亲所杀；死时愤然不已，怒然不止，怅然不言；死后地下不宁，尸骨不全，倍受侮辱。真是一言难尽，正如其陵墓门前对联所言：“好学越前王，天不垂怜生可悯；著书传后世，名能符实死犹荣。”呜呼哉，唏嘘哉！

四、人鬼较量，魔高道高

盗墓是贼行道中的高危道行。简而言之，玩命、赌命，脚下一绊丧命；被缉拿归案，立斩不候。即使如此，盗墓贼数千年不断，可谓视死如归，前仆后继。

唐高宗李治和武周皇帝武则天的合葬墓乾陵周围有 17 座高规格的陪葬墓，悉数被盗墓贼全部盗挖，章怀太子墓只是其中之一。永泰公主墓则是另一座高规格、超豪华的地下宫殿，虽为公主，其墓从洛阳迁来做乾陵陪墓时，其生父李显已经复位为帝，因此下旨“号墓为陵”，享受帝王之恩。因此，永泰公主的墓处处都有僭越之嫌，但永泰公主是降恩奉旨僭越，其墓中的一切几乎都远远超出了封王的规格。其墓志铭盖上有 9 个篆体大字：大唐故永泰公主志铭。楷书写成 1000 多字的志铭文一派皇皇大气、帝王之气，是乾陵 17 座陪葬陵墓中最华丽、最讲究、最奢侈的公主陵。是章怀太子墓被盗在前，还是永泰公主李仙蕙陵墓被盗在前？专家们没有给出一个明确的说法，但其在地下的遭遇几乎是相同的，盗墓贼绝不会放过永泰公主墓，他们对历史的研究似乎比我们更认真、更专业。值得在盗墓史上一提的是其盗墓口之下，散乱着一些珍珠财宝，扔着盗墓工具，其中有一把斧子很可能就是杀人凶器，因为在此有一具人的尸骨。据专家验证，此人很可能是盗墓贼中的一员，他的脑骨上有被斧子劈入的深痕。盗墓贼分赃不均，形成残杀，看谁更阴险毒辣，心狠手辣。盗墓从外到里都是黑的。

唐武惠妃石椁被盗之谜曾震惊整个考古界，直至国家文物局、国家海关总署。可谓盗墓之中的惊天大案。

武惠妃，唐玄宗宠妃也，称得上“倾城倾国”。唐玄宗世之情种也，称得上为美人生，为美人死，不知该要江山乎？要美人乎？武惠妃活得花枝招展的，活得万紫千红的，唐玄宗本想废皇后王氏，立武惠妃为正宫娘娘，但当时因玄宗初立，政局未稳，群臣反对，唐玄宗几次想让美人当娘娘，几次又不得不临风缩手，好在武惠妃非其姑祖母武则天，无甚深城府，亦无咄咄逼人之势。愈如此，玄宗更觉得美人可怜可爱，于是下令，武惠妃虽无正宫娘娘之名，但宫内一切礼仪待遇皆等同于皇后，起居出行甚至超乎皇后。唐玄宗宠爱武惠妃绝不亚于继武惠妃而来的17岁的杨玉环，不爱则已，爱则山盟海誓，水枯石烂，三千宠爱在一身，鬼神同泣。

武惠妃死了，死得也是地动山摇，唐玄宗恨不能把整个大唐江山都陪葬进去，几乎可以肯定，武惠妃敬陵中的财宝绝不会比唐玄宗的泰陵少。但敬陵何在？情况如何？多少年一直是个谜。

直到有关部门从海外获悉，唐武惠妃的石椁及敬陵中的珍贵壁画“胡人训狮”等都将在美国的一家大拍卖行拍卖。武惠妃敬陵中的石椁怎么会不远万里跑到美国的拍卖行中？要知道那副石椁重达23吨。

得到皇帝的恩典赏赐后，唐王朝王公大臣死后可以用石椁装殓，这是皇恩浩荡的一种表示，仿佛棺椁上穿上一件黄马褂，章怀太子墓和永泰公主墓中都有石棺作椁。据考证记录，中国共出土唐代石椁23座，但没有一座像敬陵中武惠妃的石椁，我在陕西博物馆瞻仰过这个从美国讨回来的艺术极品，国之重器。它是一座完完整整的青石制成的房子，一明两暗三间大房，制作得十分精致，十分完美，可谓美轮美奂，梁、檩、砖、瓦、门、窗、棂格，无不逼真；门、窗、梁、柱之上都刻着神话故事，砖、瓦、棂格之上都精心雕刻着吉祥图案；门能开，窗能启，墓葬学上叫庑殿，连庑殿柱上的盘龙翔凤都雕刻得栩栩如生，不是在阴间地下，恐其会腾云驾雾。这么一个重达23吨的石椁，是如何从15米深的地下挖出来的？又是如何跨海过洋运到美国的？这中间该有多少盗墓贼的故事？又该有多少盗墓贼的“招数”？

五、江湖乱道，法律无边

魔高乎？道高乎？

在陕西蓝田发掘出的北宋吕氏家族墓地埋有20多座吕氏家族的大墓，因吕氏乃北宋关中士大夫之首，名门望族，举世皆知。其中吕氏第二代吕大临乃金石专家，据称是中国考古鼻祖，造诣极深，深学厚德，在北宋历史上赫赫有名。吕大临研究考古，研究古墓，深知盗墓之招。为防止盗墓贼盗他自己的墓，他一反北宋时期官墓、大墓皆采用砖起墓顶，因为吕大临心中明白，盗墓贼往地下探，探到硬物砖瓦就知道地下有墓，盗挖必然，所以他就反其道而防之，采用黄土填墓，打多深皆黄土，只砖片瓦皆无，告诫盗墓贼，此处无古墓，古墓在他处；采用立式，不修墓道，竖井式葬法，挖15.5米深，先葬一墓，如遇盗墓贼，打开一看空坟空葬，必以为已被盗过就撤手放过。吕大临老奸巨猾，竟然搞成三层三墓三窟。没想到，道高一尺，魔高一丈，盗墓贼直破20多米厚土挖开三层的墓直盗主墓。真乃防不胜防。

唐朝的陵墓，除乾陵外几乎没有没被盗过的，但唐太子李弘的恭陵竟然安然如故，恭陵何以平安无事？其得益于“沙墓”，以沙作围。谁出的高招已无证可查，但恭陵得以安然，让盗墓贼望而止步的确是因沙而为。恭陵主墓室建成后，命上万民工将伊河中的细沙淘出筛细，然后用大铁锅炒干后一层层、一堆堆，在主墓室外堆满厚厚的干沙，直铺到十几米厚，只要一动，细沙就会变成流沙，水般涌过去，立即埋没盗墓贼。据说确有几拨盗墓贼盯上恭陵，但几次下手，均遇沙而止，没有谁能把盗洞打过流沙层。李弘安矣。

后传恭陵被盗，流沙阵被破，盗走的国家一级文物就达10余件，案破以后，文物追回，主犯被依法枪毙。但实际上被盗的并非唐太子李弘之陵，而是其妃子墓。阴差阳错盗了李弘妃子墓，而那个被枪毙的盗墓大贼的确是冲着恭陵而去，并有一套对付流沙墓的办法，原来此贼是江湖大盗，据说没有能难住他的陵墓。他被捕后供认，他已探明恭陵的具体位置，而且也探明恭陵因流沙墓而从未被盗，没人敢动。他说他十分感谢流沙墓，没有流沙还能把一座唐代的陵墓留给一千多年后的他？他对他的核心同伙说：知道棺材是个什么样的物件吗？六面体！流沙淹没了恭陵的几面？五面！我们就从没有流沙的一面挖过去，从恭陵底部挖进去。这需要打很深很长的盗洞，他们决定先在李弘妃子墓上试验“高科技”。这伙无法无天的江洋大盗采用定向爆炸的办法，一次爆炸竟然炸出一个牛腰粗的 6 米深的盗洞。他们没想到李太子妃子的陪葬品竟有那么多，且有不少“贵件”“瓷器”，就在他们向海外销赃之际，被公安机关一网打尽，文物追回，恭陵才得以幸免。

20 世纪 80 年代在山西临汾活跃着几拨盗墓团伙，其中最凶、最狠、最厉害的当数“郭千万”，是说其盗挖倒卖文物以千万论，故江湖上有贼名“郭千万”。临汾有曲沃，曲沃乃春秋时期“五霸”之一晋国的国都，晋国数百年，在曲沃埋葬的晋国王、公、侯不下百余位，是中国春秋文物最集中的地区之一，但遇到“郭千万”之类的盗墓团伙的疯狂盗挖，破坏极为严重，惨不忍睹，珍贵文物被破坏和遭流失海外极其严重。“郭千万”团伙盯上一座晋侯的春秋大墓，“郭千万”认为冒多大风险都值得，但这座大墓的准确位置恰恰是在一个军事禁区内，“郭千万”一遍遍探察核对，最后决定打斜洞，把盗洞挖进军事禁区，神鬼不知地盗开春秋晋侯大墓。盗洞先竖后横，长近百米，竟然直接打进晋侯大墓的墓道之中，真有些神乎其神，让人不可思议。几个盗墓“阴贼”，焉有那么大本事？

就在这次盗墓中，“郭千万”等盗得春秋时期青铜重器十数件，其中“鸟尊”堪称国宝级，是山西历史博物馆的镇馆之宝，也是山西历史博物院的标志。

我曾在徐州狮子山见过西汉楚王墓，陵墓依山为陵，凿山为藏，坐北朝南，深入山中 60 多米，建成山间陵墓。狮子山为花岗岩，岩石又坚又硬；楚王墓在山间打开一条仅能容棺木通行的石隧道，置放棺椁，封死石门；又在长几十米的墓道中置放上每块重达两三吨重的塞石 16 块，把墓道堵死。墓道宽度不过 3 米多，但盗墓贼还是在狮子山中准确地找到了楚王墓，又极其精准地找见那条“窄窄的石缝”，把盗洞像针穿眼一样，分毫不差地打进墓道。面对“铜墙铁壁”般的巨大塞石，盗墓贼有盗墓贼的智慧，他们先在一块巨大的塞石上凿出一个石环，行话“牛鼻子”，然后再把简易的辘轳拖到地下，用牵牛鼻子的办法把塞石拖出墓道，打通通往主墓室的通道。楚王墓终于被盗。最可恨的这拨盗墓贼，把楚王尸体拖出棺材，剥下他身上穿的金缕玉衣，把连接近 4000 块玉片的金丝抽去，把玉片弄得残缺不全，彻底破坏了西汉时期诸侯王入葬时的金缕玉衣。其罪恶昭昭！

800 年后，李白曾感慨伤情于大汉王朝“西风残照，汉家陵阙”，李白实未见到西风惨烈，汉陵狼藉。即使就在大唐王朝，李家陵阙又当谁悲谁叹？唐僖宗靖陵竟然被一盗再盗，一炮能炸开一个十几米深的“天洞”。隋李静训之墓，因其家族显赫，外祖父乃隋帝杨坚，厚葬，赐石棺，石棺棺顶上刻有四个大字：开者即死。焉知盗墓贼连阎王爷皆无惧，何惧咒语。墓被盗了个“翻天覆地”。

我站在保定满城汉墓面前亦有不尽的感慨。满城西汉中山王刘胜的陵墓是东西两汉仅存的三座未被盗挖过的汉墓之一。可谓万里逃一。

但中山王刘胜的墓绝非无盗墓贼惦记，绝非无盗墓贼光临。刘胜的墓道也是依山凿石而入，形成石山之中的地下宫殿，其墓道口比徐州楚王墓还细窄，仅容一棺推进。据说在二千多年期间曾有数十拨盗墓贼前来，都因找不到墓道而不得不“滚回去”，有一次，盗墓贼把探眼打到仅仅离墓道三尺远的地方，留下一排灰色的岩石洞。即使盗墓贼把探眼打入墓道可能也会碰得头破血流，无功而返，因为中山王刘胜墓道封口是由整块的大青石板作门，用铁铆钉浇铁水固定在山岩上，两块大石板中间竟然还浇铸了半尺厚的铁水，神仙也望之兴叹。郭沫若到后，无论如何打不开石板浇铸了铁水的石门，不得不动用工程兵用的 TNT 炸药，才在石门上炸开一个口子。我查看了一下当年留下的一块石夹铁的石门碎片，感慨甚深，这种厚达二尺多的石铁门，焉怕盗墓贼？每一座被盗的古墓都有一本血泪账，都有一腔控诉词；每一座没有被盗的古墓都有一本说不完的传奇故事，讲不尽的离奇传闻。

从曾侯乙墓中出土的曾侯乙编钟震惊世界，纽约大学麦克伦教授称其为古代世界的第八大奇迹。但位于湖北随县东团坡的曾侯乙墓曾不止一次被不止一拨盗墓贼光顾。盗墓贼眼中不揉沙子，没有能瞒过贼眼的。的确有盗墓贼直接把盗洞打进主墓室，但曾侯乙墓室中由于进水，水深没人，盗墓贼无法在水中作业，也无法把水抽干。当国家在 1978 年正式开挖曾侯乙墓时，两台抽水机整整抽了三天三夜，几乎可以说是墓中积水保护了曾侯乙编钟，否则国宝难寻。

在堪称伟大的马王堆汉墓挖掘中，也发现了不止一个盗洞，在填土层往下挖到 11 米深的时候，又发现了 3 个盗洞，两方一圆，古圆近方，无论是方洞，还是圆洞，洞洞皆指向主墓道、主墓室，惊起考古发掘人一身冷汗，但不知为什么都停了。有一个方洞打到离主墓室只有三米远的地方，竟然鬼使神差地停下了，另一个圆洞更悬，一直往下打，准确无误，直到离主墓室不到二米远的地方了，却突然拐弯，打偏了。在盗洞中发现两枚“开元通宝”铜钱，说明唐代就有人盗挖马王堆汉墓。真是更有早行人，专家都觉得不可思议，怎么会突然拐弯了呢？只能仰青天而祈告：苍天有灵！

六、盗墓黑心，斩断黑手

中国盗墓还有一个基本点，哪里有古墓，哪里就有盗墓，只有古墓建造者想不到的，没有盗墓贼办不到的。

深山老林，荒山野岭，哪怕是“死亡之海”也逃不出盗墓贼的贼手。

中国西域百年之前荒凉难见人烟，但古楼兰国在古楼兰城在，国在城在陵墓必在，终于引来一批一批中外勾结的盗墓贼，几乎把古楼兰城乱挖滥掘得千疮百孔，但几乎每批盗墓贼都没白辛苦，抱得宝物归，挖出的魏晋彩绘木棺和青铜器、彩陶器以驼队论。甚至在戈壁深处孔雀河古河套中，盗墓贼也盗得“小河墓地”，盗得“千年美女干尸”。他们盗佛头，盗佛经，盗古代壁画，盗文物，无所不盗，甚至盗古尸，盗头骨，盗后又把古墓破坏成一片废墟，一无是处。盗墓贼甚至把唐著名的高僧唐玄奘的墓都给盗了。

谁能想到唐玄奘生前经历那么多磨难从天竺取回经来，圆寂后还要经过那么多苦，那么多难。唐僧尚如此，遑论他人?

玄奘灵骨当年葬在白鹿原，5 年后，唐高宗李治决定建玄奘塔，选在长安杜曲之东，少陵原畔的樊川北原，并将玄奘灵骨迁葬于此。黄巢农民大起义时，攻下长安，疯狂盗挖陵墓，把玄奘的藏骨塔彻底推倒，为找宝深挖不止，把唐玄奘的遗骨乱扔乱弃，暴露在外，甚至连头骨也被打碎了。黄巢兵败退走后，佛门僧人才得以护携顶骨安葬在终南山紫阁寺。

但唐玄奘灵骨并未安葬。从唐到宋，几经风波，几经岁月，玄奘之灵骨又被迎到南京，无奈战火再起，寺院皆毁，玄奘灵骨曾一度无寻，到明朱元璋时又重建了天禧寺，建了三藏宝塔，把玄奘灵骨安放其内；谁料不过数十年，到永乐六年，该寺院三藏宝塔竟然被人焚毁；一直到 1942 年，装玄奘灵骨的石函又被日本人盗走，直到日本投降才被迫交还一部分；后直到 1972 年中日正式建交，日本才又送还了一部分灵骨。值得一提的是，在日本人于当年盗挖玄奘灵骨附近，2010 年 4 月再次出土了佛祖释迦牟尼的灵骨，是天意还是佛意？还是人意、民意？

毋庸讳言，盗墓贼亦有一大发明，也可称之伟大，此发明乃洛阳铲，为盗墓之必备工具，经千年实践，无往不胜，越千年无弃无改。据传发明人被称为“李鸭子”，为何称鸭子，无记无传，只传说此人洛阳人，亦盗墓贼，后死在盗墓行中。洛阳铲关键是铲头，用一块像八开书本大小、淬过火的钢片弯成三百度的圆形，钢片既不能太软，亦不能太硬，淬火既不能太虚，亦不能太实，完全靠经验把握好度，好的洛阳铲，一铲下去，能把地下的样土带上来。我在考古现场看过洛阳铲提出的地下土样，中规中矩的圆柱形土样，一排排立放在地头上，别有风采。的确让我想起了大庆油田当年勘探石油从地下取出的岩石采样，一个原理，洛阳铲要比勘探石油取样早近千年。

洛阳铲不但是盗墓贼最熟悉的工具，也是考古勘探队中必备之物，每一个野外考古队的帐篷里都放着成排成排的洛阳铲。在确定的考察区中，沿划定的白线一字排开，大约每 3 米一位，每人一把洛阳铲，隔 3 米往下打一铲，下铲的深浅根据地形、地质而定，打到 1.5 米至 2 米深时，左右旋转洛阳铲，提取土样，行话谓之探孔，那条白灰线谓之探沟。

取出的土样有学问。一看土色，二看土质，三看土熟土生，四看土软土硬；还要看看有无三色土、夯实土、石灰土，细查有没有灰土层、白膏泥、青膏泥，有句行话：一叶知秋，一土知情。

盗墓贼中的“老贼”、大盗、“贼精”、“贼头”，在漆黑的夜里不用眼睛看土样，就能“瞎老太太相姑爷”，一相一个准，完全靠经验、靠感觉、靠手摸、靠指搓、靠鼻子闻，下雨打雷趴在地上听。就是靠这些见首不见尾的“鬼招”“神相”，他们能神不知鬼不觉地找到隐匿几百年、上千年，甚至几千年的古墓。

中医看病讲究“望、闻、问、切”，据说有中国特色的盗墓行道中也讲究“望、闻、问、听”。望者乃看风水，查望山川河流，观其风水极地，其地心必有大墓。闻则更神，是闻其土味，古不古？生不生？净不净？有没有？能闻出味来，此谓“老贼”。鉴古画中有“半张”之说，把古画只打开半张，不用全展，只一眼就能鉴别是真品还是赝品。盗墓“老贼”抓一把墓土就能闻出下面有墓没有，古墓被盗过没有，甚至能闻出地下的古墓是干墓还是湿墓。因为盗墓行道中有行语：干千年，湿万年，不干不湿就半年。一闻能闻出地下几十米深的古墓中是干墓还是湿墓，不咋舌都不行。可能没有人相信，但近千座深埋地下的古墓，国家考古队、文物局尚不得而知，甚至找了几十年踪迹皆无，而突然有一天被盗，文物已然被贩卖海外方知，唏嘘然。问即调查研究，跋山涉水，走乡串户，访古问史，谓之踩点。问古还包括问古书、史书，翻查资料，寻找根源，像把武惠妃石棺直接盗出海外的盗墓大贼杨彬，大学毕业，古文程度甚好。破起赃物时，在他家搜出各种书籍近千本，其中不乏《易经》《周易》《史记》《春秋》《战国策》等等。听则更悬，据说在下雨打雷之际要趴在古墓之上侧耳细听，听大墓中的“鬼语”，可能是空穴之中有回音，来确定是否有古墓，有大墓。信其所言，岂非信神信鬼？

盗墓之行确有高手，高手在“黑道”。马未都讲过北京老山汉代古墓被盗一事。老山已经被有关考古单位考察过，定为无古墓之地。1999 年此地“飘”来俩人，赤手空拳，并无任何先进勘探仪器，据马未都讲，手搭凉棚，四下张望，竟然确定此处有古墓，古墓为汉墓，竟然把地下汉墓的墓穴都定位得准准的。于是两人开挖，后被在附近晨练的老大妈发现异常，报警破案。警察当然不相信，但两个盗墓贼信誓旦旦，转而要为国家做贡献，后经考古队发掘，果然是一座京城极罕见的大型汉墓。

盗墓的行道深似海。

闲话秦晋之好

秦晋之好，婚嫁之缘。洞房门前有一喜联：结秦晋之好，愿白头偕老。秦晋之好最早始于晋国君王晋献公将自己的大女儿嫁给秦国君王秦穆公，结为秦晋之好，秦国之君成为晋国君王的女婿。当然这种婚姻是大国之间的政治婚姻，是一种政治结盟的形式。但在春秋时代，礼崩乐坏，百余个诸侯国无时无刻不在互相吞并倾轧，春秋无义战；而秦晋都是当时雄踞一方的超级大国，战车逾千辆，兵甲10万以上，都具有问鼎中原的实力，都具有称霸一方的“野心”。800年以后才有“司马昭之心路人皆知”，秦晋早在公元前770年前就各有“司马昭之心”。在错综复杂的政治、军事斗争中，秦晋选择以秦晋之好来加强两个超级大国之间的关系，可见秦晋两国的政治格局、政治抱负、大局观念。

其实当时秦晋两国并不相邻。两国之间隔着丰镐——周王室的王畿地区。春秋初年，周平王惧怕“问鼎中原”的“南蛮”楚国，不得不东迁。秦国、晋国都看出这是一次“政治展示”的机会，虽然还提不到“挟天子以令诸侯”，但的确看到救天子可以称霸诸侯。晋文侯是全力相助，一派“勤王”的气度，舍己为人。此事中国第一部史书《尚书》中专门有一篇《文侯之命》有充分的记述。晋文侯名利双收。秦襄公政治上十分老到，两眼始终盯着关内、盯着晋国，看着周天子。天子东迁，天赐良机，秦襄公十分积极，要人有人，要物有物，军队护驾，高接远迎，让周天子十分感动。当时秦作为西戎，周天子并未高看，没想到关键时刻显"英雄"。秦襄公机警得近乎狡猾，他并不在乎周天子的奖赏，他向周平王要"政策"。秦国周围有"方国"10余个，用《史记·秦本纪》讲，"戎无道，侵夺我岐、丰之地"。秦与西戎那些诸侯小国和西戎民族正打得不可开交。秦依靠其强大，一步步蚕食西戎，能灭的灭，能降的降，能赶的赶，他需要"名正言顺"地统一西戎，他知道周天子无能力帮助他统一，但周天子能让他名正言顺，把侵略战争变成正义之战。秦襄公"勤王"要来的政策就是让周平王允许"秦能攻逐戎，即有其地""赐之岐以西之地"。让他们杀开一条血路，这是秦之所以强大，强大到和中原大国晋国并肩而论的根本。正是依靠周天子给予的正名，秦依靠武力，开疆拓土，奋发图强，越打越强，越"滚"越大，终于成为西域大国强国。

秦国强，是因为国君强，从公元前841年秦仲始至秦始皇共600多年，33位国君，其中绝大多数国君都怀有一颗"狼子野心"，都想把秦国做大做强，进而进军关内。与此同时，关内诸侯各国兼并弑君之风盛行，不是大战，就是内乱，国与国之间皆跟乌眼鸡一样，恨不得你吃了我，我吃了你。连强大的晋国也因内乱最终导致国乱、国弱、国衰，三家分晋，从根本上清除了秦国东进的最大障碍。春秋四大强国中，齐、楚、晋都出现过甚至连续出现过昏君、奸臣，狼狈为奸，短短十几年，甚至几年，就把一个大国、强国折腾得"底儿掉"，国家大乱，国力大衰，国破兵败，民心尽失。而秦国未出现过这般"折腾""内耗"，秦国的国君似乎都在憋着一股劲革新图强，在关中六国面前扬眉吐气，再也不受歧视，没有出过像楚平王、齐湣王那样的国君。

晋国也没闲着，晋也是周平王东迁的功臣，文献上有："我周之东迁，晋、郑焉依。"于是凭借自己的大国、强国之势，一口气兼并了晋东南一带20多个小国，也正在其时，秦晋国土开始相连，大国相依，亦有相争。晋秦之好正当此时，两强呈互相"抱团"，竞相发展态势。

秦晋在结姻缘之好时还发生过一件小故事，却青史留名。

秦穆公当政5年时，正是奋发图强，踌躇满志，又结秦晋之好，秦穆公对这桩政治婚姻做足了文章，大张旗鼓去晋国迎亲；晋献公也十分重视，张灯结彩，十里相迎，陪嫁财物礼品摆出城门十里。这也是晋献公政治上的得意之作。晋国刚刚打了一场几乎不费“一枪一弹”的大胜仗，“假途灭虢”，一举灭掉了虞国和虢国，足见晋献公的阴险和狡猾，它也成为中国有名的成语、历史故事和战争教案。晋献公把从两国缴获的财宝挑出一部分作为“娘家”的陪嫁，带到秦国去。晋献公陪嫁的礼单上有奴隶若干名，其中有一位是被俘的虞国大夫百里奚。百里奚是虞国的大夫，有治国安邦之才，但虞国国君偏偏不听他的治国良策，结果被晋献公灭国。百里奚不甘到秦国做奴隶，就在途中偷跑，被楚国活捉。秦穆公得知大惊，晋国所有陪嫁皆可不要，唯有陪嫁的百里奚非要不可。秦穆公本已准备好金银去楚国赎回百里奚，转念一想，认为这无疑是告诉楚国百里奚是人才，是件宝，楚国要起用起来，岂非弄巧成拙？遂以找回晋国陪嫁的奴隶为名去向楚国要人。楚国人看到百里奚70岁了，开价是5张黑色山羊皮“以物易物”。到了秦国后，百里奚被待若上宾，竟和秦穆公长谈三天，被拜为大夫，帮助秦穆公出台了一系列治国兴邦的政策，可见秦穆公的大智慧。

秦晋之好后，两国都有一个快速发展时期，春秋时期的看点开始从齐、楚移向秦、晋，新的政治格局又在不断变化，不断形成。

晋国的晋献公开始“折腾”。按文献记载，周代诸侯可娶九女，但“同姓不婚”。“寡人有疾，寡人好色。”此言正中晋献公下怀。他根本无视“同姓不婚”，娶姬姓贾国之女，之后越甚，凡看上眼的美女，即娶回来。在征伐陕西临潼一带的骊山之戎时，平骊戎，掠回骊姬姐妹。晋献公乃一国之君，娶过多少女人，史料并无清晰记载。但其众妻生下的儿子却为晋国埋下了“折腾”的根源，给晋国带来了多年难以愈合的伤口。晋献公一死，内乱、国乱即始，晋国被“折腾”得朝纲大乱。太子申生自缢身亡，众儿子相互残杀，各种势力相互搏杀，国乱在即。此时秦穆公看准时机，以亲家身份，派军队把流亡在梁国的晋国三公子武装护送回国，即位成为晋惠公。秦穆公虽然是晋国的女婿，但政治目的十分明确，护送三公子回国登基的基本条件之一就是把黄河之外的五城割让给秦国，秦晋以黄河为界，晋国不再在秦国城下有疆土。但晋惠公的确不够政治，当上国君以后，不再兑现承诺。没想到又逢晋国大旱，不得不向秦国借粮度荒。秦穆公老到，不断“秦晋之好”，运粮船队自秦都雍城沿渭河而下，将粮食运至晋国，秦国做得大气。没想到第二年秦国遭大旱，向晋国借粮，晋惠公不借，秦国上下皆义愤填膺，发动了“韩原之战”。晋惠公以为他兵精粮足，想一举打过黄河去，没想到秦军更厉害，所向披靡，打得晋军溃不成军，连国君晋惠公也被俘虏。秦晋之好变为秦晋之仇、之恨。但秦穆公知道晋是大国也，岂是一战能胜，一战能定？加之晋惠公同父异母的姐姐正是秦穆公的夫人，姐姐绝不能眼看着弟弟被姐夫斩杀，于是拼死相救，最后秦穆公才把晋惠公释放回国。晋惠公是沾了秦晋之好的大光。晋国并未安稳下来，“折腾”不断——又是秦穆公护送在外流浪的公子重耳回国即位，这便是晋文公，春秋五霸之一。秦穆公也遵循“秦晋之好”，晋文公的儿子娶了秦国女子为妻，称为秦穆嬴，秦晋互相通婚，这种亲戚关系为两个大国相互往来、和平共处奠定了一定的基础。这也是两国历史上关系最好的时期，“秦晋之好”也成为历史佳话。

第二辑

论中国酒道

一

名可名，非常名；道可道，非常道。诸子百家，老子不老，黄老之术，数千年绵延不断。在世界哲学著作中，老子的《道德经》堪比耶稣的《圣经》。不知被称为德国哲学之父的黑格尔是否读过《道德经》？在先秦文学中，最具特色、最有文学因素的是庄子的《逍遥游》，之后2000多年无人再能“逍遥游”。庄子的思想性、艺术性、文学性和文化修养，在先秦139位大家中，独领风骚，再无来者。老庄之论，黄老之术，纵横捭阖，谈天说地，博古论道，从微观世界论宏观世界，以千古不变议夏虫冬雪。大千世界，鸿毛之飘，唯独不论酒，似乎酒不入论。《道德经》分上下两篇81章，5284个字，唯独无“酒”字，须知到老子时代，甲骨文已经流行了1500年，大道越河矣，甲骨文中“酒”字的刻写多达10余种，老子未见？老子不饮？“上善若水”，岂非要论酒之宗乎？庄子写一屠夫杀牛能成经典好文，让人击掌称绝；须知至庄子论，中国酿造酒已然数千年；春秋战国时期，酿酒坊已不少见，庄子即使穷不可得，难道闻而不觉？视而不见？弱水三千，只取一瓢饮。难道真闻不见《逍遥游》中有酒气？一粒沙中看世界，半瓢酒中叹人生，庄子常常处于一种“物我两忘”之态，岂非酒后醉中之态？惠子曰：“子非鱼，安知鱼之乐？”庄子曰：“子非我，安知我不知鱼之乐？”庄子醉，惠子亦醉。

河南仰韶村遗址发现了5000多年的发酵酒及丝茧，说明至少5000年前，黄河中下游的先民们已经开始酿酒和养蚕缫丝，庄子长叹，一叹三千年，穿云破雾，过岁月，翻历史，夜读灯下品，方知皆有酒气豪气。酒可酒，非常酒。

孔子弟子及再传弟子编写的《论语》，后人称“半部论语治天下”，《论语》论天下，治天下；论道德，治人心；孔孟之道影响铸造了几百辈子中国人的思想和道德观念，形成了几百辈子中国人的人生观、价值观、世界观；没有跳出三界、不在五行中的中国人，生于三观之中，死于三观之内。撼山易，撼《论语》难；撼孔孟之道难；即使是“五四”运动，称千钧霹雳，亦难撼之。令人不解的是，孔子饮酒，亦豪饮，《史记》中司马迁称孔子能“饮百觚”，后世人称孔子为“饮宗”——喝酒的祖宗。“百觚”莫论酒，“上善若水”能饮否？孔子与老子、庄子、荀子、墨子不同，与“百家”不同，敢饮且敢言，饮而不醉，饮亦不能忘礼，饮亦不忘仁。“觚不觚，觚哉？”“言不得为觚也。”但《论语》20章，章章皆论仁爱遵礼，篇篇谈仁义礼智信，无论居庙堂之高，还是处江湖之远，只字未提酒，春秋战国文化中重要一章是酒文化。孔子在路边见两小儿辩日，还饶有兴趣地下车参与，虚心接受两小儿的尖锐批评，难道孔子及其弟子们真的没有看见城郭中的酒旗？没有望见树下的饮者？没有闻见风中的酒香？孔子绝不可能视而不见，闻而不为心动。那不仅仅是“水为之”，当为一股已经积蓄千年滚滚而来的文化大潮。

《诗经》是中国诗之祖，诗之经。正是孔子编译而成，“诗三百无邪”，既如此，为何无诗唱酒歌？无诗酒中吟？不信民间无酒物，始信孔子有别情。尤其是“国风”，皆汇民间百姓之诗歌，焉能无酒无饮无醉？奇怪的不是一家两家，诸子百家，似乎皆“寺中之家”，不闻不问人间事，非也！人皆凡人，诸子百家亦然，焉能闻所未闻，见所未见！然先秦时期，社会动荡，政治多变，政权正值“城头变换大王旗”；也正值社会渴望进步，王权急待扩张，政权急需巩固，都在千方百计地呼唤能改变一切，能富国强兵，能图强称霸的人才。王权招揽人才，政权渴望人才，才会出现“高筑黄金台”，千金购得死马回；才会出现“一夜封侯”“一策封侯”；才会出现头悬梁、锥刺股，挂六国相印。诸子百家皆忙于立功、立德、立言，皆奔波钻研于治国平天下，焉顾其他？即使醉中惊醒，也是被功名惊醒，为赴国难惊醒，惊醒“黄粱梦”；醒时不为酒醉，醉后不为酒醒。焉能顾上“深夜明朝卖杏花”？有人云：百家争鸣实为两家，一家为名，一家为利。没有为酒者，岂不悲哉？老子是伟大的哲学家，名可名，非常名。在先秦诸子百家之前五千年，华夏民族已开始酿造酒矣，在世界各地各民族中当为行在其前，酿酒是一个民族文化先进的标志，也标志着一个民族的文明程度，是华夏民族的骄傲，荣哉誉哉！幸然福然！中国酒文化与华夏文明同步，要早于现已发现的仰韶文化、河姆渡文化、良渚文化、龙山文化、甲骨文化、简竹文化、青铜器文化等等。有的要早数千年。这些文化都曾辉煌灿烂，都曾光芒四射，但似乎在一夜之间，都被岁月的积尘和历史的流沙无情地掩埋在皇天后土之下，再无光芒，再无辉煌，再无声息，再无踪影，“一抔黄土掩风流”。但 8000 年间只有酒，只有酒文化，依然破石穿山，九曲不断，涓流不竭，近万年不死，成为中华文明的见证人，成为中华文化唯一的“万岁文化”“不朽文化”。

何以敢言酒文化为万年文化？一棵站立的中华文化长青之树？上山遗址在浙江浦江桥头镇，科学家经过科学鉴定，在上山遗址出土的水稻种子的炭化体乃“万年稻”。在 9000 多年前的上山桥头，稻米的驯化率已达到 80%，上山的农业文明应为中华农业的“革命人”，是中华文明的领路人、开拓者。距今 1 万多年，人类迈进新石器时代，走进新纪元，最显著的标志就是“农业革命”，可能称为极其伟大！那是因为它改变了整个人类发展的进程，促使人类文明的发展进入了一个快行道，一个崭新的平台。

二

在上山文化遗址中出土了一件精美的椭圆肚、细高颈的陶瓶，经研究和科学鉴定，这个模样有些古怪的陶瓶是储酒用品，这在仰韶文化的彩陶器中尚未发现，这是一个“万年酒瓶”：这件实物证明1万年前左右的上山人，经过“农业革命”之后，又迎来了一场悄然而至的“产业革命”——酿酒业的出现。酒文化几乎比我们最早的史书《尚书》上记载的各种文化现象，还要早几千年。上山先人可能是人类最早享受酒的先祖们。上山酒很可能是中国最早的酒。据专家推测，上山酒的酿酒原料有水稻、薏米、块茎植物。“农业革命”胜利的最大成果之一是世界开始有了酿酒产业。为什么在这么早期会有“产业革命”，会出现酿酒呢？一道永恒求解的难题横亘在人类面前：农业的动力到底是什么？农业革命到底为了什么？生产出更多的粮食仅仅是为了让更多人吃饱？酒从它一问世就不是为让人能吃饱，酒的作用似乎更高尚、更神圣、更高贵。酿造酒是人类更高的智慧，更丰富的思想，更高于生活的追求，更超胜生命的使然。上山的第一陶瓶酒也不是给上山人喝的，是敬神的，敬天地的，敬祖先的，是祈祷用酒，祭祀用酒，敬拜用酒。酒是人与神，人与天，人与祖先的中介，正因为如此，这场“革命”才倍显神圣和隆重。是巫术催生了酒的革命，还是酿酒神话了巫术？似乎又是一道难解的古题。有一点似乎可以肯定，酿酒促进了陶器文化的发展。酒的多种用途直接要求不同式样、不同容量的陶器。酒，繁荣和发展了新石器时代人类的文化行为；酒，使人类的精神世界更复杂，使早期人类的祭祀活动和巫师文化更神秘，更多彩，更有文化性。

2015年2月，由中国科学院自然科学史研究所评选出的中国古代重要科技发明创造，共85项，其中“含有酒精饮料的酿造”以年代久远论应为第三位，距今8000余年；第一位的是“水稻栽培”，距今至少已万年；第二位“猪的驯化”，距今已经8500多年，前三项都与上山文化展现的“农业革命”有关。8000 多年前，中华的祖先已经懂得酿酒，这在全世界也是独一无二的。说明 1 万至 8000 年前中华文化的丰富何其富有朝气，中华先祖的文化程度和科技含量已远远走在人类的前面。

公元前 21 世纪，中国第一个封建王朝夏王朝的夏墟遗址——二里头出土的陶制品、青铜器制品中，以酒器、食器最为精美，其中酒器为最盛，不但有注酒的盉，而且有温酒的鬶。大禹的子孙，不但喝酒，且喝酒有品位，有讲究，有规格；酒要烈，要温。青铜的酒器已有觚、壶、尊，在今天有记载的夏王朝，除了后人传说中的神话，似乎只有酒文化、与酒相关的陶文化和青铜文化。一百多年的考古发掘，一次次证明，留到今日的夏王朝实物，只有残存的陶片和青铜酒器，问日月无声。连那古老的甲骨文上，也不曾留下夏王朝的只言片语，哪怕一个文字。寂寞、孤独、神秘的中华历史上的第一王朝夏王朝究竟在哪里？从公元前 21 世纪到公元前 17 世纪，漫漫历史 500 年，中华民族第一个泱泱王朝，第一个大一统王国，怎么就神鬼不觉地消失了呢？以至于 20 世纪 30 年代，以胡适、傅斯年、顾颉刚等一批北大、清华的教授开始怀疑中国历史上有没有夏王朝！随着河南洛阳偃师二里头夏墟遗址的发掘，中华五千年的文化源头终于露出了她深藏的秘密，陶器和青铜器的出土，无言地向世界证明夏王朝的文明，夏王朝的文化，夏王朝的先进。

那是一尊被专家考证测定过的夏王朝青铜酒器，其名曰“夏王朝乳钉纹青铜爵”。这尊夏爵，在如今之世界，当属唯一；它傲然屹立于上海博物馆珍宝库中，傲视天下，也傲视历史；迄今为止，只有它能证明极其遥远的夏王朝。这尊乳钉纹青铜器爵，长流尖尾，束腰细足。“流”即夏爵酒流入口之处，夏爵古老古朴，但却极其讲究，不是端起来就饮，像后世的酒杯酒碗，无论何处皆可饮；夏爵不同，只能在“流”口处饮酒，夏爵与商、周、春秋之爵不同，其“流”尖长，端起来恰入口中，且造型极美，半月形，像迎风舞动的长袖；尾就是与流对称的倒酒进爵的地方，礼仪何其多，讲究何其大。想起孔子曾感叹："觚不觚，觚哉？"难道孔子见过1600多年前的夏爵？

这尊夏爵真美，真漂亮，真艺术，大雅之中见科学，它显示的是夏王朝的灿灿文化。让夏之后的每位华夏子孙都骄傲，都自豪。三足鼎立，使这尊夏爵像临堂而立的先生。夏王举爵，诸侯举爵，士大夫举爵，那是多么隆重而庄严的场面，多么高雅而显赫的氛围。夏之敬酒，敬神、敬天地、敬祖先，每敬都要高举夏爵，对天、对太阳、对群山，深深弯腰，面对黄土地，两手捧爵，把爵之酒轻轻洒成一条线。谁能想到，这种祭祀天地祖上的仪式，自夏始传衍数千年，这就是中华文化，绵绵不息，传而光大。爵由此贡为朝堂之上，故为"封爵"，传之"封官进爵"；三千年之后，欧洲才开始封爵位，始有爵士，其爵之源，概在此夏爵。可惜胡适、傅斯年未见。岂不悲乎！

三

中华五千年文明史，历朝历代，王朝寿命较长的商王朝，500多年泱泱大国，文化大国，文明古国。商王朝是华夏民族第一个驾车王朝，车载王国，比欧洲从马到车整整早了1500多年；商王朝是甲骨文最时兴、最流行、最通用的王朝。甲骨文有商文殷文之称，有殷商王朝"大事记""日记"之称，殷墟出土的甲骨文表明，自商朝中央开始建立"档案"，使用"公文"。朝廷议事大事皆由文字记录，应始于商朝。殷墟遗址，出土的甲骨文总共有10万片之多，那是3500年前，中国社会、政治、军事、历史、地理、文化、精神、婚姻、习俗方方面面最真实的第一手资料，世无第二，它比《尚书》《史记》更真实、更具体、更形象，可称十万甲骨文，澄清佐证了多少历史的悬案，三千年的怀疑，五千年的谬误。十万甲骨文，片片珍贵，字字如珠！这笔伟大的文化遗产，岂不幸乎？中国在世界最称奇称盛的青铜器，殷商时就达到了世界之巅，历史之巅。中国博物馆已有数千家，家家皆有镇馆之宝，未见有“镇国之宝”，现藏于国家博物馆的商王朝司母戊鼎被颂为“镇国之宝”，此青铜器威武，足镇一国一朝。鼎重如山，巍峨岿哉，雄伟壮哉，神圣不可侵犯。高 133 厘米，宽 76 厘米，重达 875 公斤。四足方口两竖耳，看看司母戊大方鼎上的精美纹饰，能领略到灿烂辉煌的殷商文化，惊讶于殷商人的精神世界和文明程度。你伫足一个小时，可能什么也没看懂，但那 3500 多年前的文化气场，足以让人凡而不俗，惊至灵魂。中国人习俗称“十八辈祖宗”，而铸造这座供祭祀的司母戊鼎当为一百八十辈祖宗的杰作。仅看这座方鼎的纹饰，从鼎口鼎沿，到鼎边鼎足，铸满了诡秘神奇的饰纹。即使是专家，考证出来的也只是饕餮纹和虎噬纹。商人的文化之渊何其深?

饕餮之怪，百怪之首；其怪有首无身，又有面无头；饕餮百变，变而无形，有时会生长出弯角，一对叶形耳；有时会变为弓形身，身又分叉；眼睛会传神，却呈“臣”字状；两大鼻孔，鼻孔向前，嘴中有獠牙，獠牙龇在唇外。饕餮有时会有七眼八嘴六獠牙，那是商人凭智慧想象和臆造出来的镇邪辟邪之兽，商人太聪明，太智慧，太丰富，太有想象力了。3500 年后，我们能否创造出这种“变形金刚”? 殷商时，巫师、占卜、祈祷、祭祀、装饰、雕塑、铸造甚至墓葬，空前活跃，空前繁荣，他们都需要一个载体青铜器，他们都需要一个祭物，这就是酒。

殷商在历史上影响最大的似乎是商纣王创建的酒池肉林，犹如秦始皇焚书坑儒，留有骂名。商纣王在鹿台举火自焚，与商王朝共亡，其悲其烈，一点都不比霸王别姬差，但霸王别姬唱了千年，纣王自焚被骂了几千秋，直到今日仍被钉在耻辱柱上。悲莫悲兮!

就拿酒池肉林之罪论。商纣王是第一位解放酒，让酒从神坛、祭坛走向人间，走向千家万户的人。殷商王朝，国富民安，人民生活殷实富裕，直接导致酒的大解放，以饮酒为乐、为荣、为贵、为时尚，官宦大户人家，几乎天天酒宴，酒盛甚哉，酒风强劲，比之唐宋更盛。因条件所差，殷商只有甲骨文，没有像唐宋那样留存下那么多酒歌、酒赋、酒诗、酒词。酒的解放，又直接导致了酒的酿造水平的提高，因为人喝酒一定比神喝酒的口味要求更高，一定会加大酒的生产、改良，提高酒的质量。在 3500 年前能酿出一池酒，足见商之酿酒术能与殷之制造青铜术比翼齐飞。从历史的教训看，商亡也得出一条“国殇”：水可载舟亦可覆舟，上善若水；酒可富国亦可亡国，酒的魅力，酒的文化。乐莫乐兮！

商王朝 31 个王中，武丁王为第 23 个王，此王有番作为，南征北战，治国理政，甲骨文有记载，史称“武丁中兴”。武丁王有一妻，其名曰“妇好”，甲骨文中曾几十次提及“妇好”，可见此人之重要。1976 年位于殷墟遗址的妇好墓被考古发掘，这是殷墟唯一保存完好的商代王室墓葬，妇好墓没有被盗，其乃万幸大幸！它完完整整地保存了满满一座殷商大墓的文化，几乎是半部殷商王朝发展史、文化史。出土文物达 1928 件，其中仅青铜器就有 468 件，据有关专家称，其重量足足有 5 吨，殷商王朝时期的青铜冶炼技术已经高超和卓越到何种地步了！它应用的范模法和失蜡法，已经达到炉火纯青的地步，三千年后，殷商的后人依然在延用这一技术，实在让人惭愧。

仅举妇好墓中出土的一件青铜酒器“鸮尊”。鸮，就是猫头鹰，几千年尊容未改，青铜打造，栩栩如生，炯炯有神，神采奕奕；高昂首，冠高耸；“臣”字目，目光炯炯；尖耳直立，钩喙扬起；双翅并拢，双爪抓地，粗壮有力；通体有蝉纹，两翼前竟然还各盘一条长蛇；尊盖位于鸮之首后，盖提上立一幼鸮，活灵活现，栩栩如生。随妇好墓下葬的青铜器鸮尊无言地证实，鸮在殷商时期乃吉鸟、福鸟、神鸟。它比其他任何鸟都先飞入王室，飞入殿堂，飞入祭祀文化的行列。百鸟鸮为尊。在甲骨文中，商王朝的商字，就是一张形象的、艺术的鸮脸。鸮何其至尊！妇好墓所有出土青铜酒器中，鸮是唯一出现的鸟尊，只有鸮最尊贵，最高雅，最神圣，也最吉祥，才有鸮尊。这座鸮尊是妇好的最爱，从酒到尊，独尊鸮尊。妇好墓中出土大量酒器，虎纹青铜尊、商皿方罍、兽面纹觥等等，数十件酒器，它们跟随妇好到了阴间世界，说明妇好在阳间世界亦爱它们；妇好不但饮酒，恐怕还喜饮，嗜酒，每有大事、喜事、战事，都要饮酒。说明在殷商时期，女人也可饮酒，公开饮酒，饮酒可能为一美德。上行下效，上有好者，必成风气；女人饮酒已成习俗，已是女德，这在过去讲史之中未有此言。仿佛女子饮酒大为不敬，大有失德，大可检点。酒非男人专权，亦非男人所垄断，殷商已有定论，妇好已有先行。

在妇好墓中出土的青铜钺和虎纹青铜钺，分别重 8.5 公斤和 9 公斤，钺既是上阵之兵器，亦是军中之权杖。妇好不但上阵横钺驰车，而且统率三军，行军百里，一举击溃进犯边界的敌国，擒拿敌国首领，大获全胜。岂止巾帼不让须眉？女统帅，女将领，妇好要比大众所知的花木兰整整早 1700 年，且是统领三军，以现在人口比例算，应统军百万，且无须女扮男装；本将是女帅，既爱红装，更爱武装；照样勇冠三军，照样斩将夺城。殷商前卫先进至此，让后人自愧不如。

自殷商始，祭祀盛酒的青铜器皆尊称、敬称为“尊”，最有名的就是“四羊方尊”，在中国青铜器十大国宝排列第二，第一就是司母戊鼎。尊从此延伸至尊贵、尊敬、尊严、尊长、至尊、上尊、尊姓、令尊，尊因酒贵，大步走向神坛。

酒可酒，岂止酒？嗟乎！

四

唐代杜牧有《阿房宫赋》，文之最后有一句警世通言：“秦人不暇自哀，而后人哀之；后人哀之而不鉴之，亦使后人而复哀后人也。”

殷商亡而周兴。周哀之殷商，得出一条教训，刻骨铭心，商非亡于政，亦非亡于战，实亡于酒。酒是妖魔、灾难，亡商者，酒也！于是全国禁酒，有饮者、酿者，必苛以重刑。周的哀鉴可谓深刻，一禁三朝，三朝不开酒禁。要酒还是要国？亡酒还是亡国？酒可酒，亦非酒。此举为国之大事，《尚书》中有记载。

亡国痛，痛不过三朝。

西周是第一个全国禁酒的朝代。从历史上看，酒只怕宗教，不怕帝王。从现在出土的西周青铜器看，西周酒器已然超越殷商。酒器不仅为饮器，亦兼任祭器、礼器。仅举一件国宝级，也是中国首批禁止出国的酒器、祭器、礼器——何尊。何尊是西周早期、三朝之时的杰作。尊依然承商，盛酒的器皿。言其又为祭器、礼器，是因为其尊内底部铸有铭文 12 行，122 个字，其中“宅兹中国”为中国一词最早的记载，亦是出没于酒中，酒中望“中国”。

周之禁酒以完败为止。唐代诗人白居易有诗：“野火烧不尽，春风吹又生。”白居易不禁酒，常常喝得东倒西歪。酒的生命力绝不小于野草。当年鲁迅先生写《野草集》时，执烟把酒。先生一生独爱酒，从不偏言禁酒，致使临到阴阳关隘，亦见不得、听不得言戒酒。西周却全国禁酒，并把禁酒写入周之大法。但“春风吹又生”“酒风吹倒前朝树”。

中国历史上有个不饮酒的皇帝是东汉的开国皇帝刘秀，但刘秀不禁酒，打江山时，每临大战，每逢胜利，都要亲自以酒慰劳三军。历史上有人讨论过武则天喝不喝酒，能喝多少酒，但却无人考证刘秀为什么不喝酒。刘秀建立东汉后，酿酒发展很快，酿酒技术得到了很大提高，就像东汉发明了造纸术，有人考证是在东汉，中国发明了蒸馏白酒。

秦始皇是中国第一位皇帝，荡平六国，建立大一统的帝国，始皇帝对酒的态度，酒可酒？据司马迁的《史记》记载，秦始皇登泰山封禅，祭祀用的是“金酒”。何为金酒？金色的酒也！酒呈金黄色。秦始皇作为千古一帝，此时此刻登泰山，岂止小天下？岂是曹孟德横槊大江之上，视天下为己任能相比？往事越千年矣。秦始皇只能用金酒。金酒为何物所酿？云：粟、菽、黄米。以为黄米、小米、黄豆酿出来的酒必为黄色，必是“金酒”，此谬误竟然数千年不败，以致电影《红高粱》中用红高粱酿出了红色的高粱酒。红高粱酿出的酒只能是白色或称无色的酒，中国人自唐始直称酒为“白酒”，自宋则直呼“高粱白”。莫言甚不懂酒，张艺谋亦然，不知酒色何来，马克思懂酒。马克思的家乡在酒乡，在德国莱茵河畔的特里尔。特里尔是酒乡，遍地都是葡萄，一望无际，正像我们曾经唱的“松花江上”“满山遍野的大豆高粱”。马克思在《资本论》第十三章论述“生产时间”时，就用葡萄酒来说明。马克思说：“资本处于生产过程中的全部时间并不必然是劳动时间。”讲葡萄酒装桶入窖后，劳动时间停止了，但资本仍处在“生产过程中”，因为它在酒窖中放一百年，它的资本就会疯狂涨若干倍。马克思懂酒，也极爱饮酒，酒量也颇大，常常因为想要喝酒而无酒不得不求助于恩格斯。马克思就知道红葡萄酒和白葡萄酒的区别，和他家产出的“雷司令”的区别，绝非红葡萄就酿出红葡萄酒，白葡萄就酿出白葡萄酒。难道紫葡萄就酿出紫酒？蓝葡萄就酿出蓝酒？绿葡萄就酿出绿酒？《史记》没有给出答案。

秦始皇懂酒，喜酒，对酒文化有创新，估计酒量可以和孔子相媲美。《史记》可证：秦始皇统一天下后，“分天下以为三十六郡，郡置守、尉、监，更名民曰‘黔首’，大酺”。秦始皇不愧是天下第一皇帝，确有行政管理能力，乃天才，总理型人物。司马迁言之“大酺”何意？就是举行全国大宴，普天之下，皆狂饮，举国庆祝，国泰民安。普天同庆，饮的什么酒？饮了多少酒？醉倒多少人？醉杀多少马？春秋战国至秦都有杀牲畜以祭祀苍天、祭祀祖上之礼。先把牲畜灌酒至醉，大醉后方杀。《史记》未有明确记载。但这么大规模，普天同庆、同饮、同醉，似秦前未有，秦后亦未见。《史记》中有记载的是“始皇置酒咸阳，博士七十前来为寿”。可以肯定，喝寿酒，集众博士相欢，始自秦始皇，始皇帝对酒文化有贡献。始皇帝不但继承、捍卫和发展了酒文化，而且也把酒文化提高到一个崭新的阶段。

五

孔子云：言无文，其行不远。酒亦然，酒无文，其行难远。中国的酒，其行不远，其行难远，甚至其行之艰，渐行渐近，行之艰，不在乎酒也，而在乎文也。

殷商时期，食分两餐，分大小两顿，大顿亦称大餐，有肉有黄米饭，亦有酒。酒风成习，每餐必饮，每日必有酒。商乃泱泱大国，周国有数十方国，皆为“贡方”，从商都回去，皆拉回酒罐、酒缸；殷商之时，中国酒凭国威走四方。到秦始皇时，酒随军行，秦国军队直下南粤，直下黔贵，中国酒作为官酒，凭军威走四方。再以后，到西汉采用娄敬的“嫁女”政策，何谈军威国威？即使到了汉武帝，举国之力，打了20年硬仗，建立了丝绸之路，但中国酒仍然是难出嘉峪关，西域三十六国，基本滴酒不沾。中国酒仍未出秦之疆界，何谈远行？即使“劈手斩得小楼兰”，楼兰亡国，全国斋戒，不饮中国酒。西域之风，千年未变，宁饮葡萄酒，不醉高粱白。中国酒远行之难，堪比长征路。倒是到了唐王朝，西域的葡萄酒浩浩荡荡开进嘉峪关来，“葡萄美酒夜光杯”，都是丝绸之路的产物。这难道是一种文化的自固？像方块文字的封闭？否则如何解释这种文化现象？到大唐贞观盛世，莫说佛教几乎成为唐之国教，伊斯兰教、基督教，甚至东正教都开始在长安立点建堂传教，影响越来越广，信徒越来越多。但中国自己诞生的“中国教”道教，自东汉诞生后，影响力却一直在小圈圈里打转，北不过草原，南不过中原，西不过祁连山，东不过山海关。呜呼哀哉！难道在“言无文，其行不远”之外？孔子是儒家，法家的李悝、韩非子是否会讲，军无威，其行不远？欧洲葡萄酒是行之最远的酒，几乎遍布全球。它比中国酒整整晚了4000多年。在中国酒尚未被欧洲所知的年代，欧洲酒已经登陆中国，且一波更比一波澎湃。

世界葡萄酒之源并非在法国，法兰西当年不但“滴酒不沾”，而且连葡萄也不多见。葡萄酒能横行于欧洲，一靠战争，二靠文化。寻根溯源，欧洲葡萄酒之源在意大利。公元前6世纪，古罗马的葡萄酒酿造技术已经相当高超，葡萄酒在古罗马的普及率相当高，几乎“无处不酒旗”，尤其在军队，将士们更是将其随身携带。在中国是兵马未动，粮草先行；在古罗马是兵行马行，军行酒行。葡萄酒是军队须臾不可或缺的战备物资。能不能打大仗、恶仗、胜仗，关键看酒备得如何。葡萄酒已经成为古罗马重要的经济支柱。那个年代古罗马城乡，葡萄园铺天盖地，一望无边。罗马军团打到哪里，就把葡萄酒带到哪里；占领哪里就在哪里推广种植葡萄，开办酿酒厂坊。法国酿酒业起于此，其兴亦根于此。1500 年过去了，法国葡萄酒或为世界之最，欧洲葡萄酒名传全球。

公元 1492 年 10 月 12 日，哥伦布几乎在九死一生的绝望中，发现了“新大陆”，他们从船舱里抱来了红葡萄酒，是庆祝他们发现了“新大陆”，还是庆祝他们死而复生？但他们无意中发现上帝赐予的鲜红的血液足以迷倒那些印第安人。他们用这些红葡萄酒可以换取印第安人的钻石、宝石、黄金、象牙、香料，想换什么就可以换什么。印第安人以为那是“神灵赋予的神水”，无价之宝。欧洲殖民者似乎从上帝那里得到启示，他们不但从欧洲运来大批红葡萄酒，而且运来了葡萄籽、葡萄秧。100 年后，南美洲平原上的葡萄园茂盛得超过了北美洲的牧草和棉花；200 年后，南美洲的葡萄酒开始闻名于世；300 年后，南美洲的葡萄酒开始出口欧洲；500 年以后，智利、阿根廷、巴西的红葡萄酒已是世界闻名，开始大规模地向中国出口。现在在北京、上海、广州等几十座中国大城市中，几乎所有出售葡萄酒的商店、超市、酒吧、饭店，没有不出售智利、阿根廷、巴西葡萄酒的，南美酒文化几乎要淹没古老的中国酒板块。有史料证明，第一个发现“新大陆”、第一个登上南美洲大陆的是中国人，但中国人却似乎没有留下任何“雪泥鸿爪”，蛛丝马迹。秘鲁是高粱和玉米的发源地，500 多年过去了，中国白酒没有因为此地有高粱而生根，开花结果。南美洲 13 个国家，没有一国饮中国白酒，没有一个国家的商店、酒吧、超市出售中国白酒，在整个南美洲除了华人圈子、中国驻地使领馆，要找到一瓶中国白酒——茅台、汾酒，真难如大海捞针。因为走遍 13 个国家，问当地人，皆不知那些古怪的东西究竟为何物。中国酒已经到了有危机感的时刻了，中国酒文化已经到了不进则退的地步了。讲一件令人悲哀的事情，当中国贵州茅台酒厂董事长兼总经理于2020年访问智利时，曾出现多次尴尬的场面，没有人认识中国茅台酒，不知道此为何物，更让人难堪的是在接待的酒会上，服务生不会开茅台酒瓶，像“秀才遇兵”，最后不得不由中国人走向前亲自做示范。所有人喝了一口茅台酒以后，几乎立即吐舌瞪眼，以为吃错了药，喝错了汤，仿佛上海人、广东人喝了一口老北京的热豆汁。2016年在杭州召开G20峰会，到场的全是国家元首、显赫人物，为招待他们和他们的随员、代表团，上的都是最地道、最纯正的茅台酒等陈年中国老酒，令人遗憾和感慨的是几乎所有来宾对中国白酒未动一下，未饮一口。

葡萄酒远行的原因之二是靠文化。公元1世纪，相当于我们的东汉时期，耶稣创建了基督教，基督教的传播很快也很广，与我们那个时期创建的“道教”似乎不可同日而语，基督教已是世界第一大宗教，信徒数以亿计。葡萄酒刚一开始进入教堂时，是因为信徒们要对上帝忏悔，坦承自己的罪过，恳求上帝宽恕。而在忏悔和祈祷中，教会传过一个托盘，其上有一小杯葡萄酒、一小块面包，据说那杯红酒代表耶稣的血，而那片面包代表他的肉，喝了上帝那杯酒，咽下那片面包，就代表上帝宽恕了他的罪过，一切从善开始。葡萄酒从现实走向教堂，又从教堂走向世界。罪有多深，酒有多深；爱有多真，酒有多真；路有多远，酒就能行多远。

公式是永恒的，A + B就等于B + A，绝对不会出现意外，只有一万，绝不会出现万一。

一部“二十五史”，就是一部“相斫史”“战争史”。有记载的3500多年战乱不断，兵戎相见。冷兵器时代，一次坑杀降卒40万，一次能屠城十日，但未见对“文化”有此热心，有此“壮举”。战争是战争，文化是文化，秀才遇见兵，有理说不清。战争不会带来葡萄酒，战争只会带来鲜血和骷髅。我国战争和欧洲战争的最大区别就是“窝里斗”，国内打；战争的范围不是越来越大，横跨欧亚非大陆，横跨大西洋，而是越打越小，问鼎中原。唯一一场横跨欧亚大洲的大战，一代天骄，成吉思汗，只识弯弓射大雕。蒙古铁骑给欧洲带去了中国四大发明的火药，却未使中国文化远行一步。只识弯弓，不识文化，军队战无不胜，生产、文化却日益萎缩，中国白酒非但未流远，非但未传播，未借蒙古铁骑的军威横行霸道于欧洲，却犹如黄叶遇秋风，几乎退出中原以外的所有地区。军队向前进，白酒缩一寸。公元前 325 年，相当于中国的战国时代，亚历山大从欧洲一直打到亚洲，一举荡平印度，也给印度这个独立的地理板块带去了古希腊、古罗马的文化之风。毋庸讳言，印度文化的第一次解放正是亚历山大的战争。罗马的建筑风格、文化理念、美术雕塑，都为印度带来了深远的影响，如犍陀罗的雕塑美术艺术，是亚洲大陆第一个吸纳了古希腊、古罗马的文化和艺术基因，犍陀罗的雕塑成为整个东方文化艺术王冠上的一颗钻石，对中国佛像雕塑产生了极其重大的影响。当年中原的石像雕塑家都要不远万里去犍陀罗朝拜学习，正像一千多年后，中国的雕塑美术家都要跨山越海去欧洲学习一样。犍陀罗现在还有亚历山大的石像，虽然它已经归属巴基斯坦，但印度仍以它为骄傲。成吉思汗比亚历山大小 1500 多岁，但大元王朝却背公式而行。A + B 不等于 B + A。

中国的战争可能是世界上最残酷的战争之一，中国战争最具有战争特色的是内战，是破坏生产力，破坏社会结构，造成家破人亡，民不聊生，赤地千里。每一次战争都是一次历史的大倒退。唐乃大唐、盛唐，唐之风，激荡千里，文化之风吹遍中国文明史；唐之酒风更盛，直接影响整个大唐的社会风气；唐以盛而名，盛又以酒而盛。酒可酒，非常酒。一个内乱，内战，竟然又一次验证了老子的哲学思想：道可道，非常道。安史之乱，8 年内战，使几乎形成盛世无敌的唐王朝、唐盛世，烟消云散，灰飞烟灭，倒退数百年，落得一片白茫茫大地真干净。唐朝在盛世之期国土面积 1250 万平方公里，人口 8 千多万；当时全世界人口才 2 亿多；安史之乱后，8 年舌舔刀锋的内战，国土面积损失一半，人口仅剩 4 千多万。长安曾是全世界最繁华、最鼎盛的大都市，人口100多万，长安城内有70个外交使团，30多座宗教场所，3万多名留学生。城里吃的有阿拉伯面食，喝的有欧洲法国、罗马、地中海葡萄酒，看病有罗马医术，拜占庭的金币和波斯王朝的银币在长安城通兑通用。歌舞升平，富贵人家，酒溢诗扬，伯伦不归，处处有“李太白”。内战后长安人口不足万人，长安一片瓦砾、焦土、饿殍、白骨，何处再觅李白？何处再有“烹羊宰牛且为乐，会须一饮三百杯”？人且无食，甚至易子而食，何能论酒？酒枯池干矣。中国的酒文化遭到毁灭性的打击，受到扼喉般绞杀。

此非孤例。

金灭北宋，也是一场内战，金极其野蛮地强盗般地禽兽般地蹂躏、掠夺、摧残、毁灭了宋之京城汴梁城。汴梁有多辉煌，多雄伟，多繁华，多气派，一切的语言都比不上那幅画——《清明上河图》，张择端花了三年苦功，画得五米长卷。后人方知，伟大一词是用来形容一千多年前北宋首都汴梁的，汴梁堪称千年之前的世界城市之巅峰，让世界仰视，让天下敬慕。仅汴河大桥之下就有各式酒楼30多间，商船涌动，人流如织，车水马龙，繁华鼎盛。“靖康耻，犹未雪。臣子恨，何时灭？”难怪岳飞有此长啸。金灭北宋，野蛮地毁灭了一切，哪来的那么大的仇恨？哪来的那么多凶残？毁灭了历史，毁灭了文化，毁灭了文明，毁灭了一切。苍天不容，苍天都不忍直视。金灭北宋时，开封天降大雪，大雪昼夜不停，雪深数尺，其寒无比，天地为之一冻，数日不出朝阳，数夜无星无光。随之汴河无水，桥塌路毁。常有乌鸦数千夜鸣。

北宋时，汴京刚刚有“新酒”——蒸馏酒，这也是一项世界酿造业的新技术。金灭宋，彻夜毁灭东京后，百业凋零，蒸馏酒如石沉大海，再无人提起。自金灭宋，中国再无百花齐放，心情舒畅，民主自由，繁荣昌盛之时；再无李白之诗之酒：“人生得意须尽欢，莫使金樽空对月”；再无苏轼、柳永、辛弃疾；再无“醉里挑灯看剑”；再无“忍把浮名，换了浅斟低唱”；再无酒之豪气、大气、英雄气；也再无酒文化……

六

蒲公英，儿时吹过，飞啊飞，飞到哪里就在哪里安家。中国酒没有蒲公英的魅力，没有蒲公英的行为，不如蒲公英英雄。把酒论蒲公英。

公元1405年，中国明王朝派全权代表郑和率2万人的庞大船队七下南洋，于1412年到达非洲东海岸，登陆肯尼亚。

那个年代的非洲大陆是纯粹的非洲，原生态的非洲，一尘未染的非洲；人类起源于非洲，现代人最早在非洲演化。五色环中，黑色的一环才是第一环，然后才走向欧洲，走向亚洲，又经过白令陆桥走向北美洲。非洲数万年都寂静无声，这里的黎明静悄悄。正是郑和率领2万人，浩浩荡荡，开天辟地，是人类第一批数万人来到非洲这块神秘、富饶、广袤大陆的“外星人”。要知道880年以后，哥伦布才九死一生，莽莽撞撞、稀里糊涂地发现了“新大陆”。中国人醒得真早。风景早晨独好。用五百年后流行在中国的一句名言形容最贴切：广阔天地，大有作为。但郑和带着他几乎相当于当年十几个非洲部落的庞大队伍，悄然而至，又悄然而走。至此想起西晋时期钟会与嵇康一段留在历史上的对话。嵇康问钟会：“见何见而来？闻何闻而行？”钟会说：“见所见而来，闻所闻而行。”六百多年后，我去肯尼亚仔细考察过郑和一行的足迹，考察过郑和留下的中国元素、中国文化，却如秋雁过寒江。

1963年，距郑和到达肯尼亚551年后，中肯正式建立外交关系。中国大使馆在肯尼亚举行大型庆祝会，会上中国大使馆拿出中国最著名的中国酒以示庆祝，但参加庆祝会的肯尼亚朋友竟然全部蒙了，不知中国酒为何物。肯尼亚外交部拿出法国葡萄酒、香槟酒，全场一片欢呼。令人深思的是当时法国葡萄酒供不应求，喝得翻天覆地；散场后，中国使馆的人发现带去的中国酒一瓶未动，人们滴酒未沾，令人产生一丝悲苦。法国人比中国人晚到非洲足足四百年。直到今天，许许多多肯尼亚人，仍旧只认法国葡萄酒，不认中国任何酒。中国酒何以远行？

我到过南非，看过南非的葡萄园，也去过南非的葡萄酒厂，喝过十几种南非出产的红、白葡萄酒，真有一种恍若身处法国波尔多的感觉。欧洲人是什么时候到达南非的？什么时代开创的开普敦？大约在公元1650年，荷兰人和法国人是“见所见而留，闻所闻而建”。葡萄酒远行，行之甚远，人有多远，酒有多远；苏轼有权“把酒问青天，不知天上宫阙，今夕是何年”；他们有权把酒论蒲公英，飞到哪里，就在哪里生根、开花、结果，变成一片片蒲公英。

澳大利亚和美国旧金山也有蒲公英，那蒲公英花开得像中国的荷花，蒲公英飞起来像三月的桃花。

澳大利亚的葡萄酒世界有名，每年也向中国大量出口，但只百十年历史，比之“若问酒家何处有，牧童遥指杏花村”的中国。那时候澳大利亚不知葡萄为何物，更不知人间竟有葡萄酒。现在在澳大利亚的超市中，有让人眼花缭乱的葡萄酒，转一上午看不过来，大有“刘姥姥进大观园”之叹，但唯独没有中国酒，中国白酒。据不完全统计，中国各种各样的有名有姓的酒三千多种，也有酱香、浓香之说。但在澳洲，在澳洲的酒乡、酒镇、酒超市，也难寻一瓶中国白酒，蓦然回首，那人却在，中国人开的专销中国货的小百货店中。

澳大利亚榜上有名的葡萄酒厂有40多家，其中也有华人开的，曾经问过他们，为什么不开一座中国白酒厂？为什么不能像当年欧洲人来澳洲后种葡萄一样种高粱？张艺谋为拍《红高粱》可以在高密种三百亩红高粱，我们为什么不能在澳大利亚种上三万亩红高粱酿中国高粱酒？五千年中国文化之伟力，乾隆五十三年澳大利亚才刚刚建国，其到底有多少文化的辐射力？有多少酒文化的魅力？他讲了一句让中国人痛定思痛的话。他在澳50多年，华人的圈子不是越画越大，而是越画越小；华人的文化越来越像春天的雨，毛毛雨，干打雷不下雨，雷阵雨，雨过地皮没全湿。酒文化的发力，并非只图一时的热闹，像闹酒一样；酒文化有文化的规律，绝非要一回龙灯，表演一次狮子滚绣球，举行一次草地酒会就有文化了。酒非水，亦非气，把中国国内最知名的白酒的广告放到美国纽约时报广场最大的广告屏幕上，自豪霸占了多少个夜晚，花了多少万美元，岂不让人笑掉大牙？至少华人圈里皆嗤之以鼻，皆羞以启齿，皆置之无知无聊，美国纽约和很多其他州，都有法律，严禁出售含有酒精的饮料，谁敢喝53度的烧酒？还讲喝了也不醉，醉了也不晕，晕了也不吐。讲得还信誓旦旦，不能把酒文化的拓展、中国酒的远行，理解为一款商业广告。一位杏花落满头的老华人说，他是一个中国白酒的崇拜者，虽老而不改。酒文化承祖而袭，但毕竟时代不同了，环境不同了，气场不同了，说到底是文化不同了。讲一句顺口溜，可能能说明一些问题："一辈子饮，二辈子品，三辈子不饮也不品。"你说酒文化远行，能行多远，行之不远非言之无文，孔老先生毕竟终生未离开生他养他的地方。对上一句顺口溜的解释依然是一句顺口溜："一辈子土，二辈子洋，三辈子不认爹和娘。"怎么认识你的中华酒文化？没有什么能扛住文化的改造，那才叫脱胎换骨的改造。道可道，非常道；酒可酒，非常酒。悲虽悲矣，但也真真切切。

中国白酒行之多远待论，冲出没冲出国门待查，但"洋酒"——外国葡萄酒、威士忌、马爹利、雷司令，却如入无人之境，斩关夺隘，横扫市场，一发不可收拾，最红、最火、最暴利时期做外国酒远行中国的"二毛子"就有50多万人。真乃浩浩荡荡的千军万马。一度中国白酒大有一溃千里、溃不成军之势。中国白酒真像中国男足？

七

泰山有块顶天立地的石刻，上面刻着"五岳独尊"，谓之五岳者，乃天下也；天下独尊，以此祭苍天，祭后土；能谓之"天下独尊"的非中国酒无他尊。

八千年酿酒史，五千年酒文明，三千年酒文化，五洲独尊，天下独尊。酒与道齐名，与道齐飞。古今中外有多少酒宴？唯秦末改朝换代时的“鸿门宴”史上留名，且千古绝唱。霸王别姬，也是一杯别情酒，一杯断魂酒，一杯生死酒。不知天下还有哪场酒宴，哪出断魂酒能胜过它们，天下独尊？

曹操大江之上把酒横槊，狂傲古今：“山不厌高，海不厌深，周公吐哺，天下归心。”曹操借酒为歌，醉歌醉诗《短歌行》赢得生前身后名。曹孟德当为“五岳独尊”。

苏轼之醉，在江中饮，在舟中醉，才留下千古绝唱《赤壁赋》，那真是一席喜饮，一场狂醉。从小醉低吟，中醉高诵，大醉长啸，“不知东方之既白”。大江之上堪称独尊。

世人皆知赵匡胤陈桥兵变，黄袍加身，搞阴谋诡计，搞“宫廷政变”，却不知赵大官人之醉，之佯醉。中国的酒，中国的醉，只要和政治联手，和阴谋挂钩，则血溅酒席，刀光剑影，以摔杯为号，刀斧手拥上，剁为肉酱。这种“夺命酒”“断头酒”，朝朝代代，酒不醉人酒杀人。赵匡胤不愧是酒文化的高手，高手在皇帝，杯酒释兵权。

召集天下的统兵将帅皆是掌握重兵的军阀，曾阴谋造就陈桥兵变，黄袍加身。解除这些军阀的兵权似乎只有一个办法，再唱一出“鸿门宴”，以摔杯为号，帐下刀斧手呼啸而上，乱刀将其剁为肉酱，血溅酒宴，人头祭酒。赵匡胤提千钧若拈鸿毛，一杯水酒，竟然尽释兵权，兵马未动，天下未乱，生灵亦未涂炭。借《周易》中一句名言：“书不尽言，言不尽意。”为酒不尽言，醉不尽意。一切尽在酒中醉里。

秦皇汉武、唐宗宋祖皆为文化之高手，一代天骄成吉思汗亦酒之能人。酒能壮屃人胆，酒更能平添英雄之威。

五代时期，后梁开国皇帝朱温阴险毒辣，杯酒灭大唐。他把唐昭宗及其 6 个封为王的皇子及唐昭宗最信任的 30 多位大臣，召到自家后花园，赏酒聚会，每人背后皆立有关中大汉数人，凶神恶煞，杀气腾腾，负责倒酒；必须连喝连干，喝不干喝不了则强喝硬灌，直到每个人皆被灌得酩酊大醉。然后从皇帝到皇子，从皇子到诸王，从诸王到大臣，酒后醉后皆一刀。大唐曾经那么昌盛！似烈火烹油一般繁荣强大的唐王朝，被朱温彻底消灭。当这些血淋淋、肢残体碎的尸体从朱温身边拖走时，朱温竟然淡定地微笑着连饮三杯酒，以示以礼相送。朱温把酒文化糟蹋到了极致。

南朝刘宋王朝开国皇帝刘裕，曾“金戈铁马，气吞万里如虎”。他也是南朝东晋重点培养、大胆使用的军事奇才，才使当年“寄奴”变为三军之帅；南征北战，攻无不克，战无不胜，收复洛阳、长安两都，官拜相国、宋王，享有“九锡”之仪。刘裕要篡权夺政建立刘宋王朝，就要杀了东晋末代皇帝晋恭帝司马德文。不知他出于何心理，命令部下须醉杀晋恭帝，似乎是要让这位皇帝在酒醉中无痛苦地死去。于是其手下以车载美酒前去，没想到这位司马皇帝是天生的好酒量，一罐一罐，一坛一坛，喝得几乎从嘴中冒出，仍不酒醉。来杀司马皇帝的杀手们一等再等，晋恭帝就是不醉，又不敢违背刘裕的“醉杀”圣旨，无奈找一又大又厚的棉被，称其酒醉需睡，便以厚被闷之，直至闷死。神奇的是司马德文喝了几乎整整一车酒，却至死不醉，至死不吐，酒醉人不解，知醉即死，死而不醉，亦酒文化之附页。

酒文化是大众文化，民俗文化。“斯是陋室，惟吾德馨”，民众最爱，也最有戏。无酒不成席，无酒也不成戏。《水浒传》中把民间的酒文化说得无以复加，编成戏文三百多出，一直唱到今天。记得听讲《水浒传》武松大醉，醉过景阳冈，醉卧孔家庄，醉打蒋门神，醉打宋公明。武松会醉，一醉方能两臂生出无穷的力量，才能生出精彩绝伦的戏。也问过什么酒能使武松那么醉？又那么不醉？那么说醉就醉，说醒就醒？醉则烂醉矣，但烂醉不如泥，酒醉心不醉；酒不但壮㞞人胆，亦壮英雄胆，醉酒杀人夜，风高放火天；酒色财气，酒为首，酒为魁；没有酒岂能生出潘金莲的风流？西门庆的德行？王婆娘的骚动？那就是酒文化。

八

新瓶装旧酒，此意深刻。从近三十年看，全国酒类，旧瓶装旧酒的屈指可数；一瓶旧酒，改头换面，皆有新装十数件，甚至几十件。曾走进一座老酒展厅，琳琅满目，光怪陆离，一瓶老酒竟有二百多种包装，让人目不暇接，瞠目结舌。大小瓶装，从二两一小瓶的一直排列到 20 斤一大罐的；瓶状各式各样，只有你想不到的，没有他做不出的；仅以外形做成老虎的瓶装酒为例，各种各样的猛虎就有 70 多种，原来虎有百态，尽在酒中。十二生肖，计有数百种生肖酒。新瓶之新，在于创意新，见过各种瓷酒瓶，仿古钧、汝、官窑，仿磁州窑、龙泉窑、古窑、建窑、越窑、德化窑，没有配不上窑的酒，只有配不上酒的窑。造型也越来越古怪，越来越奇特，越来越超然，越来越离奇，越来越古朴，越来越古董。从西装到马褂，从旗袍到大襟，从官服到龙袍，从七彩到八卦。说不尽的中国酒文化。其实那山还是那山，那水也还是那水，那酒也还是那酒。悟空有七十二变，但悟空还是悟空，关键是能不能保住金身不变。拔一根猴毛，真能变出无数酒？我曾在法国波尔多见到数款路易十四时代的葡萄酒，令我惊讶的是 360 多年过去了，那些“古老”得近乎“古董”的葡萄酒，仍然和现在的酒瓶、酒标一模一样，让人一眼就能认出。360 多年过去了，风雅依然，尊态依然；依然行不改名，坐不改姓；依然不改头换面，俏装打扮；依然一身绅士气。真有一股厚德载物的君子气。此非中国的酒文化。

讲一个和酒文化无关的真实故事，但却能醒酒。世人皆知，火药是中国古代四大发明之一，实际上是宋朝时的科技发明。之后火药在应用和继续发展上却自我晕蒙，如酒醉至深，找不到东西南北。而在 1825 年，也就是在 800 年以后，英国的化学家歇夫列里经过多次试验后，发现了黑色火药的化学反应方程式。根据这一方程式，英国人不但开始用机器生产黑色火药，而且重新配制了硝、硫、炭的比例，制作出了枪用发射火药，炮用发射火药。我们酒醉了 800 年，800 年不醒。

英国人来用机械生产，科学配比，精确工艺，终于制成“坚船利炮”。而黑色火药的发明国，却如夜入坟地，走的是“鬼打墙”，黑色火药的制作，再不研究，再不测定，再无科学，800 年既无黑色火药制作的公式，又无科学的分析，精确的配比，完全靠玄学指导，靠“大师”、经验、传统，根本没有任何科学技术标准，直至故弄玄虚，自我垄断。据说那个年代制作的黑色炸药，装神弄鬼，随意性极大，硝的配比竟高达 80%，还要在生产黑色火药时“作法”，跳大神，装神弄鬼，往原料中加盐、糖、萝卜、牛油，甚至要搅拌烧酒，让人不可思议，难以相信。在“鸦片战争”中，中国军队的虎门要塞大炮就用的这种黑色火药，岂有不败？焉能不败？以致英国军队在缴获大批中国守军的黑色火药后，往往直接销毁，或者干脆直接投入海中，认为是“废物”“垃圾”。鲁迅说话可能尖刻，但却不失真实。鲁迅讲：“外国用火药制造了子弹御敌，中国却用它做爆竹敬神；外国用罗盘针航海，中国却用它来看风水；外国用鸦片医病，中国却拿它当饭吃。同一样东西，中外用法之不同有如此。”这难道是文化使然？文化的过错？

酒不能长醉，但愿长醉不愿醒即是病态，长醉不醒则误国、误民、误事、误人生。

世上无长醉不醒的人，确有装醉不醒的人。那也是中国酒文化。海纳百川，何况文化？不懂装懂，不服装服，不信装信，固然可悲可气，但不醉装醉，必有文章。真醉令人厌之，假醉才有戏，才能行之远矣。京戏中有一出名戏《蒋干盗书》，蒋干是没醉装醉，醉中有戏；周瑜亦无醉大醉，醉中施计。两个假醉装醉的人，却演出了一场真醉烂醉的戏，唱遍神州，唱传岁月。

李白未长醉，杜甫未真醉，白居易未曾醉；陆放翁是真醉了，小风才掠面，酒醒醉不成；王右军是八分醉，醉中所为，醒后再不可为；苏东坡是八分醉里，七分醉外，只恐夜深花睡去，故烧高烛照红妆。辛弃疾是醉里挑灯谈酒，谈酒之时五分醉；李后主醉中无歌，歌中无酒，“垂泪对宫娥”，长醉不得，短醉亦不得；韦庄之醉，出“花”则醒，入花则醉，“骑马倚斜桥，满楼红袖招”；柳永的醉是浅醉，说酒是酒，说醉是醉，“烟花巷陌，依约丹青屏障”；曹雪芹醒时不是醉，梦乡才是醉；施耐庵是真想醉，常常醉不成；王实甫一人不醉，而醉倒众人；蒲松龄得志方醉，失意不醉，一生又未曾得意；倒是罗贯中半醒半醉，铜锤铁杵，醉乡难寻；还是现代人醉后吐真言，郁达夫酒气、豪气、丈夫气，“曾因酒醉鞭名马，生怕情多累美人”。傅抱石，当代大画家，1959 年人民大会堂建成，与关山月为其绘巨幅山水画以补壁，即现在挂在二楼正堂的《江山如此多娇》。傅抱石作画讲究左手执酒，右手提笔，边喝边画。傅十分懂得酒文化。有一方非常著名的白底朱文闲章：“往往醉后”，他最喜欢的一副对联：“左壁观图，右壁想史；有酒学仙，无酒学佛。”好生了得。

酒与酒不同，醉与醉不同，半醉半醒，亦醉亦酒亦不同。有一万个观众，就有一万个哈姆雷特；有一万个人喝酒，就有一万个人酒醉，酒不醉人人自醉。世界上的能饮者饮一生而终生不醉，饮 5200 多瓶酒，应合 6.5 万多斤酒，且从未因酒而醉，此丘吉尔也！

九

一方水土养一方人，实乃一方文化养一方人。文化的影响既形同虚设，无声无息，又千钧霹雳，万方雷霆，如四季转换，年轮更新。生死离别，朝晖夕阴，江湖之上，庙堂之中，潜移默化，何处无文化。三千年河东，三千年河西；三千年桑田，三千年大海，没有任何力量能阻挡住文化的产生，文化的裂变。何止仅仅美人迟暮，英雄末路，江郎才尽。何止“载酒问学”？何止“把酒论剑”？岂止大儒才有朱熹所赞“傲风霆，阅古今之气”？小民亦可“雪卧深山君子气，林中月下美人来”，亦可“偶有文章三杯酒，不用板弦醉西皮”。何处不文化？人生即文化，生死即文化，江湖即文化，庙堂即文化。何以重泰山？何以轻鸿毛？讲佛远在西天，但也立地成佛。庄子言：松柏知止，冬夏青青，温不增华，寒不改叶，其言为哲学，更为文化；“流水不腐，户枢不蠹”，讲的是理念，也是文化。吴健雄因证明“守恒定律不是永恒的，是左右不对称的”而获得诺贝尔物理学奖，她讲的是科学，更是文化。文化的力量。

文化的影响和裂变不是玄而又玄的事。

中国的酒文化比中国的茶文化要早三千五百年，但中国的茶文化要比中国的酒文化走出去至少早三千年。当欧洲人热衷品尝中国茶时，没有多少“洋人”认识中国白酒为何物。见识过中国白酒的“洋人”也普遍认为那是一种魔术液体，是一种中国人在做巫术时的道具。

过了一百年，又过了一百年，又过了一百年。美国国务卿基辛格在他的回忆录中是这样记载中国白酒的：中国国务院总理周恩来在国宴上请他喝茅台酒。基辛格感觉那怎么会是酒呢？是“烈性”的爆炸，那是需要勇气才能喝的。需要什么勇气才敢去喝茅台酒？基辛格没有明言，至少需要破釜沉舟，需要不怕牺牲，需要敢玩命。第一个喝茅台酒的人比第一个吃螃蟹的人还需要勇气？尼克松说了一个他听来的故事：因为喝多了茅台酒，餐后点燃一支香烟，就会引起自我爆炸。周恩来微笑着用火柴点燃了餐桌上酒杯中的茅台酒，蓝色的火焰顿时噗的一声就真的烧起来。这反而佐证了基辛格和尼克松的观念，中国白酒绝非饮品，而是古老的东方的一种宗教或民俗的“圣水”。基辛格不知道这种一点即燃的茅台酒，坐在他旁边的周恩来曾经一气喝过一百多杯。这就是文化的不同，文化属性的不同，被文化改造的不同。基辛格和尼克松言其为“圣水”亦不错，在中国要能喝上这种能燃起蓝色火焰的茅台酒，没有点办法是想都别想的。

几年前，周恩来就曾遇到过这种情况。1963年，周恩来率中国代表团访问非洲十国，非洲人民热情洋溢，激情澎湃，载歌载舞，举办了一个又一个的欢迎大会，中国代表团也举行了一个又一个的答谢酒宴。无论在哪一国，中国代表团摆在酒宴上的中国茅台等中国名酒，都一瓶未动，甚至一杯未动，最后都收藏在大使馆内，以至于40

年后，当国内代表团到访时，大使馆还用那批已经属于珍品的茅台酒招待他们，不过要加上一句：“这是周恩来总理当年留下的，你们有福！”40年后，非洲62个国家和地区中，绝大多数依然只认法国葡萄酒、白兰地、干邑，即使中国全心全意帮助的坦桑尼亚、赞比亚也一样。中国的酒文化还有很长的路要走。

想起巴尔扎克，终生爱喝咖啡，也爱喝茶，包括中国茶。在喝茶和咖啡时，巴尔扎克习惯地要加白兰地，但绝不加中国白酒，其实巴尔扎克在小说中写到过中国白酒，但他认为那只是一种根本提不上台面的低级饮料。巴尔扎克不屑一顾。文化、酒文化都有着一种顽强坚韧的地域性、独立性、排他性、顽固性，尤其是酒文化，它还带有特殊性、口感性、遗传性、历史性，甚至生理性。即使脱胎换骨地改造，也难以改变它。

中国人喝酒追求酒的香，香型、香味、香的口感。如酱香型、清香型、浓香型、米香型、凤香型、药香型、豉香型、特香型等等，没有几个人能一口数出多少种香型。喝清香型白酒的中国人，可能终生不喝一口酱香型白酒，不碰一下米香型白酒；喝惯二锅头、老白干、高粱白烧酒的，从不喝茅台酒，因为感觉茅台酒有股说不出来的味道，有人干脆说有一股浓浓的“六六六”味道。而“五环”中的“四环”，对葡萄酒的认同几乎是一个标准、一个口味、一种香型，那就是果香；讲究开瓶就有一股香香甜甜的葡萄酒香味，即使是两三百年的陈酒，也是一种极新鲜的水果香味。因此他们认为中国烧酒那种奇怪的味道，不是正经的香味，而是一种刺激口腔的味道，是一种霉变产生的。其实中国烧酒的香型很重要的因素是发酵用的麦曲子和发酵的方式方法决定的。中国白酒要走向世界，让“五环”中的“四环”都能接受，过“香型关”亦不是件容易的事。

马克思、恩格斯都是有很浓重的酒文化的人。马克思、恩格斯除去研究学问外，共同的爱好有两点：之一是爱须，追求和喜爱大胡子，都以有一口美髯而骄傲，而自豪；之二就是爱好喝酒，相逢相聚必相饮，且也常有大醉之时。马克思在流浪他乡、最穷困和艰难的时候，常常怀念的是他家乡的比诺葡萄酒。马克思、恩格斯的通信中，有 400 多处谈及葡萄酒，有时会说得津津乐道，兴奋不已。马克思和恩格斯都是伟大的革命导师，但他们也是平凡的人，他们在喝酒时表现得那么亲切、热情、豪爽、平常，让人敬佩。马克思和恩格斯都对葡萄酒有很深的认识，熟知造酒业，造诣不浅，所以在他们的著作中，有时候会引用葡萄酒为例子，深入浅出，一言中的。马克思在给他亲家公弗朗斯瓦·法拉格的信中说："衷心感谢您寄来的葡萄酒，我出身于葡萄酒产区，自己也是葡萄园主，所以能恰当鉴赏和评价葡萄酒。我和路德（马丁·路德）一样，甚至认为，不喜欢葡萄酒的人，永远不会有出息。"马克思对酒文化有研究。

恩格斯喝酒比马克思讲究。恩格斯对生活幸福的理解非常单一——饮 1848 年的波尔多酒、饮"沙托－马尔高"即波尔多玛歌酒庄的酒。玛歌酒庄是当时，也是现在，是法国波尔多，也是全世界最著名的五大葡萄酒庄之一。恩格斯晚年住在英国伦敦西北区一幢单元式三层楼里，关键是有藏酒窖，恩格斯常召集人开各种会议，会后必有酒席，名酒管醉，恩格斯酒兴大开，亦常常下厨配菜。

恩格斯常常给马克思寄酒，我看过酒单，有 20 多种，大部分是法国名酒，以波尔多、勃艮第名酒庄的酒为多。去德国的中国人，有机会、有可能都要去一下马克思的老家特里尔市，那里的葡萄酒醉人。临别很多中国人都要买几瓶印有马克思大胡子头像的黑比诺葡萄酒，每瓶 7.5 欧元，这并不违背马克思的情谊，他在给朋友的书信中，不止一次地推荐过家乡的黑比诺葡萄酒和雷司令酒。

我在德国时，有位德国朋友送给我两瓶"绿妖"，高度数葡萄酒，因呈微绿色，劲极大，故称"绿妖"。说当年"泰坦尼克号"船长和大副就因为喝了"绿妖"，才醉蒙蒙中错误指挥，导致游轮撞上冰山，德国酒也厉害！"绿妖"名气大振，供不应求。有的游轮上还特意在餐厅里打出字幕，不供应"绿妖"，但下船时，可让你带走它！但当我回赠他一瓶中国茅台酒时，他竟然不知所措，不知为何物，竟然误认为是中国瓷器，一件摆饰。中国酒文化究竟还有多长的长征路?

当你站在滚滚的黄河边，望着黄河之水天上来，奔流到海不复回，怎么会想到黄河之水会断流，一断再断，从黄河入海口一直断到济南城下，亲眼看过黄河河道中尘土飞扬，拖拉机、马车畅行。1999 年从黄河入海口，一直断流到济南竟达 226 天，才会深感老子就是老子，“道可道，非常道”。老子讲的“道”中，包含着一条大道，该是文化之道。焉有“常道”?古巴比伦人建造的“空中花园”，现在只有漫漫黄沙；雄伟壮丽的古埃及金字塔，形单影只地守着戈壁的落日；一粒沙，吹来撒哈拉，一个“黑洞”能轻易“吞下”相当于 10 万个太阳的恒星；一颗从树上掉下来的苹果，催化了牛顿的三大定律。“王侯将相宁有种乎?”老子真能看破一万年?老子讲的“道”中，包含一条大道就该是文化之道，后又研究“酒道”方知，酒可酒，非常酒，酒文化亦然。据古埃及泥板刻字记载，公元前 4000 年前，古巴比伦人就开始喝葡萄酒、啤酒，酿酒业已很发达，每有庆祝必大开酒宴，喝得山呼海啸。让人惊讶的是夏季天热，他们愣从冰窖中拖出冰来镇酒。那个时候幼发拉底河、底格里斯河的君王们已经“葡萄美酒夜光杯”了。但曾几何时，纸迷金醉，歌舞升平，只落得白茫茫一片大地真干净。一江无水，枯城无人，何处觅得当年酒?再悟孔子所云:“逝者如斯夫，不舍昼夜。”孔老夫子是讲黄河之水，也是在讲包含着中华文化之长河啊!

饮者的留白

一、载酒问字，扬雄“穷醉”

扬雄似乎名气不大，知其者寥寥。在中国文学史的留白处应有一行小批：西汉著名的辞赋家、文学家，世界第一位研究方言的语言学家，古训诂学的开拓大家，西汉大儒。他虽与辞赋大家司马相如合称“扬马”，但司马相如名声大矣。“扬马”虽然皆家贫好学，自幼聪慧，极有天赋，皆少年天才，两人又都有些口吃讷言，都才华横溢，饱读诗书，每有灵感，常有大作，但司马相如更有“才像”，一表人才，帅气出众，又能无师自通，触类旁通，凭借文学和音乐的才华，与卓文君以琴传情，演绎出载入青史的爱情佳话。越剧、粤曲、昆曲、京剧等等，十几种戏曲都有司马相如与卓文君的爱情故事。《凤求凰》曾风靡一时，大红大紫。相比之下，扬雄则黯淡多了。也有说扬雄其名远逊杨志，载酒问字，还不如杨志卖刀。孔子有言：“道不同不相为谋。”

刘禹锡在遭贬时曾写下 81 个字的《陋室铭》，读过扬雄《甘泉赋》的人可能寥若晨星，读过乃至背诵过刘禹锡《陋室铭》的人，可能繁若群星，数以千计万计。刘禹锡与白居易合称“刘白”，与韦应物、白居易合称“三杰”，乃唐代大文学家，哲学家，有“诗豪”之称，“二王八司马”中的一司马，与另一司马柳宗元同时被贬。刘禹锡的《乌衣巷》更是家喻户晓，有口皆碑。刘禹锡才高志远，恃才傲物，从不阿谀一人，从不崇拜一人，但独对扬雄例外。

《陋室铭》开篇即明言："山不在高，有仙则名。水不在深，有龙则灵。"何为仙？何为龙？刘禹锡答道："南阳诸葛庐，西蜀子云亭。"是诸葛亮啊，是扬雄啊。"西蜀子云亭"说的正是大名鼎鼎的西蜀扬雄。以诸葛亮、扬雄喻之仙，喻之龙。在刘禹锡眼中，遍数天下英雄，唯诸葛孔明与扬子云也。评价何其高哉！高山仰止。自幼读过《三字经》，却不知《三字经》中竟有扬子云，一读一诵就滑过去了，"五子者，有荀扬，文中子，及老庄"。《三字经》的普及率不会低，鲁迅小时候坐在"三味书屋"中梅花鹿墙画下的课桌前，也有声有调地朗诵《三字经》，背诵不下来是要被戒尺打手心的；有多少人知道五人之中有扬雄？《三字经》中的"五子者"即荀子、扬雄、王通、老子、庄子，扬雄何其了得！至少在鲁迅那个年代，但凡识字读书者未有不先背诵《三字经》者，也未有不知扬雄者也！

《甘泉赋》是扬雄代表作之一，他把汉赋那种特有的恢宏气势，华彩辞章，无拘无束的联想，信手拈来的比喻，浑然生成一气，然后一挥而就，让人心灵震动。初读时会像不善饮者饮酒，有口辣之感，难咽之感，甚至有些佶屈聱牙之困，毕竟是两千多年前的华章赋文，但深读下去，就会有瀑布出山之感，春来融雪之觉。会读出其中的哲学理念，雄辩之锋，那正是扬雄之风。在《甘泉赋》中，他极力描写出甘泉宫之豪华，真乃天上宫阙，人间仙境。"翠玉树之青葱兮，璧马犀之瞵瑞。金人仡仡其承锺虡兮，嵌岩岩其龙鳞。扬光曜之燎烛兮，垂景炎之炘炘。"唐之孟浩然曰："谁能为扬雄，一鉴甘泉赋。"李白也由衷而赞："因学扬子云，献赋甘泉宫。"何见李白曾如此颂一学者？左思在《三都赋》中有：相如赋上林而引"卢橘夏熟"，扬雄赋甘泉而陈"玉树青葱"。

西汉末年，内忧外患，政权摇摇欲坠，而汉成帝一方面昏庸无能，另一方面又穷奢极欲，腐败至极。扬雄无职无权，政治上无能无力，作赋以抒忧述谏，对汉成帝的铺张奢侈提出批评，曾作《长杨赋》，希望汉成帝能看到危机，看到风险，节俭守成，再立汉威。相传《长杨赋》问世后，天下震动，朝野传诵，无人不赞。扬雄为写此赋，呕心沥血，煞费苦心，披肝沥胆；写时数日不动，废寝忘食；刚一写罢，立时栽倒，大病一场，昏昏然三天三夜，几乎丧命；历时三个月，方得痊愈。扬雄倾其心血生命矣！

扬雄命苦，幼时家贫，又有些口讷，读书"一根筋""死读书"，心无旁骛，琴棋书画皆不好不通，与风流倜傥、多才多艺的司马相如相比，恍若世外之人。讲扬雄命苦，先是青年丧父、丧母，又丧妻、丧子。尤其是9岁的儿子扬乌，聪明好学，天赋极强，深得扬雄喜爱，引以为豪，却不想发奇病夭折，让扬雄几度欲绝。

扬雄一生逢四帝，正是西汉末年，昏庸腐败，暗无天日。扬雄家事如此，国事亦如此，早已心灰意冷，不再对朝廷寄予任何希望的扬雄晚年在天禄阁潜心著书，研究玄学，研究易经，研究方言，研究天文学，甚至数学，两耳不闻楼外事，也因此成就他，使其成为"西汉末年最著名的辞赋家"。因《方言》《训纂》被后世称为"世界上研究方言第一人"，被公论为"百科全书式奇才"，其《太玄》充满哲理思辨的意味，博得"西道孔子"之名。扬雄唯一的嗜好就是饮酒，小酌则有小兴，大饮则有大兴，对残月流星独自一人饮，对月晕风润长思长饮，有佳句诗文必饮，有思乡思亲则长饮。扬雄似乎把一腔心血独付清酒，独寄托给酒醉。据记载，扬雄饮酒讲究"长饮"，"长饮"在西汉东汉时乃饮酒之习俗，即一碗酒斟满，长饮即长长而饮，一饮而尽；也有说长饮，即长时间地饮，从月升起一直饮到月西落。扬雄不但善饮，且能饮，端起则一饮而尽；亦善长饮，饮则饮至启明星东升。有人来请教，则先饮后教，边饮边教，"有教无类"，前提是有酒，故有"载酒问字"一说；亦有人解释，扬雄嗜酒有瘾，且酒量极大，畅怀长饮，常以坛论，酒后尚酣时，才论学问，才解疑释惑；饮酒论道，"载酒问字"成为扬雄论玄讲道的敲门砖，酒越长饮，论越深远。未曾闻扬雄酩酊大醉，大闹天禄阁。恰恰因之长饮，当王莽派兵上天禄阁书楼抓捕扬雄时，扬雄人借酒势，竟然由楼上飘然而下，逢凶化吉，从此“扬雄投阁”成为典故。

苏轼被贬到海南儋州以后，把自己的草屋命名为“载酒堂”。一位在西汉，一位在北宋，跨越时代，穿越千年，这也是心灵的召唤，文化的呼应，酒的魅力。

扬雄晚年的人生乐趣就在饮酒，只要听见门前有车马之声，则喜悦之情尽出，“载酒问字”，又有长饮乎？

扬雄晚年无妻、无子、无依、无靠，凄凄惨惨戚戚，幸亏有其学生侯芭照料。侯芭真令人敬佩，不但陪同老师走完人生之路，还为其建坟，守丧三年。呜呼哀哉！公元 18 年，扬雄悄然而逝，却久久睁眼不合。是侯芭帮其合上双目，扬雄方才去矣。

二、君子之罪，何罪之有？

魏晋南北朝是最值得把酒夜读的一段历史。400 年风云，500 多场战争，70 多场政变，35 个此起彼落的王朝，真乃风起云涌，波澜壮阔；无限风光，又无限波诡云谲；心惊肉跳，胆寒魄散；一时繁华无穷，纸迷金醉；一时又刀光剑影，血肉模糊，掷杯为号，剁成肉酱。令人一身白毛冷汗。酒不醉人，人亦不敢醉；读到好处，饮到兴头。酒醉人不醉，人醉心不醉。魏晋人物，几度风骚，几度神韵，倜傥于天地间，风流于春秋时，风采卓硕，文采焕然，大气凛然，岂可一世？魏晋风骨，别出心裁，我行我素，傲视千秋；魏晋雅士，独往独来，个性张扬，恣意放纵，放浪不羁，视天下不过竹林；又不能卒读，不能醉，不敢醉，仿佛远远近近皆有眼睛，一排排贼光闪闪的眼睛，在偷窥，在监视，在侦察；有汩汩之声传来，竟是滚烫的热血，纵然醉酒亦被惊醒。

魏晋南北朝贤士、雅士，如夜空繁星，但如竹林七贤，出了这么一个贤士集体的可谓凤毛麟角。他们的清谈玄学，鄙视权贵，漠视世俗；傲视陈规，无视生死，逆风而立；既不求于官，亦不求于世，更无意求于仕。我的人生我做主，饮是人生，闲是人生；醉是人生，疯亦是人生。不入俗流，自为清流。竹风清爽，竹林自在。魏晋之时河南焦作山阳古城一带，到处是翠绿的竹林，苏东坡曾感慨："宁可食无肉，不可居无竹。"是个该出贤士的地方。

阮籍一摇三晃，自满自得地从竹林中走来。含在嘴中的竹叶，吹着一曲鸟鸣唱春的小调，细看隋唐时期留下的砖刻。阮籍是位留着长须的胖汉，柳叶眼，蒲叶脸。就是这位阮籍曾喟然长叹："时无英雄，使竖子成名！"天下何人还敢有此啸？有虎啸深山之感。想起谢灵运这位大才子、大文豪，中国山水诗鼻祖，亦有狂言："天下才共一石，曹子建独得八斗。我得一斗，自古及今共用一斗。"也是深山闻虎啸。但谢灵运终因"呼啸"被罗织罪名，不过49岁，被弃市斩首。阮籍胆大，何惧之有，也有人言此乃醉语，醉后不知惧。阮籍酒量大，堪比曹子建之才，能饮八斗，在竹林七贤中，仅此比不得刘伶。刘伶见酒如命，嗜酒如命，酒比命大；每饮必醉，必大醉，必烂醉。常常乘鹿车，携一罐酒，使人荷锸而随之，左右顾盼，其妻劝止，而这位竹林七贤之一的刘伶，竟然仰天大笑，笑对众人，又笑对妻子，直言："死又何惧？死便埋我！"以命赌酒，视死如归。那气势，那壮志，阮籍不如也。阮籍非常理解刘伶这种病态的饮，变态的醉，疯狂的面对人生，否则非刘伶之醉，乃身首异处，直至株连亲朋。宁可醉死，不可当众弃市。

阮籍，典型的魏晋大雅，魏晋名贤，魏晋怪才。文人之术，无所不通，无所不精，琴棋书画皆有专长。曾经一古宅，闻有琴声，静听良久，夜半叩门，弦上手谈，竟至天明。曾入一古寺，与一老僧长谈经律论三藏之学，数日方才出庙，出庙已瘫软，被人相背而回。真没想到，阮籍竟然能习武，且确有武艺，竹林七贤中之唯一。

阮籍之心，深不可测，思想深邃，醉时酩酊大醉，烂醉如泥，数日不醒，天翻地覆；醒时又稀奇古怪，别出心裁，似中魔中邪，如入旁门左道。阮籍之怪绝非做给别人看的，是一种思想的发泄。他擅长清谈玄学，常常九玄之外，八卦之上，不知其所云，亦不知其所指。“道可道，非常道；名可名，非常名。”阮籍谈佛讲道，又似在佛庙之中，又似在道观之内，但尚未谈完，已枕竹而眠。阮籍醉矣。

阮籍之哭，之大哭、痛哭，声震竹林，七贤中的唯一，在外人看来哭之无缘无故，不知为何竟然长哭不止，声泪俱下，悲从心发，一悲而不可收，放声大哭。

阮籍经常坐着牛车往前走，去哪儿？干什么？阮籍不闹不问，随牛而行。走到无路之时，牛停车住，阮籍突然放声大哭，其悲乎、痛乎、难乎，哭得悲从中来，直到号啕大哭。哭罢牛又走，车又行，再到无路可行之处，阮籍又哭，又放声大哭，纵情悲哭，声泪俱下，悲不可耐，痛不可言，他行在荒野之旷，并无人相待，但他哭他的，他是为己哭，哭给自己，其苦谁知？难道自己哭就是天下知？春秋知？阮籍的哲学思想当为魏晋之先。

阮籍有些行为古怪，且有些吊诡，神神秘秘，且鬼且仙。有时在竹林，有时在荒野，有时在溪边，有时在醉后，阮籍都会发出一种高亢雄起的“长啸”，有时尖厉，有时激扬，有时亢奋，有时低沉，有时婉转悠扬，有时深沉宏广；从胸膛，从喉咙，从腹中发出，那不是唱，不是歌，仅仅是一种古怪原始的发音。一种无字无语的呼啸。

仿佛那是一种向大自然的倾诉，向天地间的发泄，“长啸”之后，直接醉倒在地，人事不省，生死不知。言其吊诡是说阮籍去苏门山上走访一位称为苏门先生的孙登高人，此人亦半人半仙。两人相见，并无正常礼节，并无一言一语，阮籍对着苏门先生“长啸”，几遍“长啸”后，发现孙登真乃高士，竟然在打坐中入定，阮籍感到很圆满了，就兴高采烈地自啸自乐地下山了。当他走到苏门山下时，忽然听到另一种“长啸”之声自山上传来，“啸”声穿山越岭，穿林过溪，那么清晰，那么婉转，那么深沉，那么厚重。他站在一块高高的岩石上，静静地细听着，那正是苏门先生孙登在回答他。

让我想起狼啸，人类至今也没有完全破译它，也不可能破译它。

阮籍有才，有奇才，司马昭心中明白，委任阮籍为东平太守，即日由洛阳上任。这就留下李白两句诗：“阮籍为太守，骑驴上东平。”从洛阳到东平 1000 多里路，且不乏林间小路，崎岖山路，阮籍骑驴上太守任，何论轻车简从？1700 多年再未有闻。倒是后世迁客骚人，骑驴弄影，也多是苦难困顿。说杜甫骑驴“迎旦东风骑蹇驴，旋呵冻手暖髯须”。杜甫自己也曾说：“骑驴三十载，旅食京华春。”凄凄惨惨。苏东坡说孟浩然骑驴：“雪中骑驴孟浩然，皱眉吟诗肩耸山。”陆游自题：“细雨骑驴入剑门。”

不知阮籍是饮前所为，还是醉后所为，或是为激怒于司马氏？他竟然向司马昭要官，弃文就武，要做北军步兵校尉，没想到司马昭非但不恼，反而大度，让他从军做校尉。《晋书》上并未记载阮籍这次去北军上任是否骑驴，但却记载他急匆匆而去上任竟是因为北军之中有一名厨，仓库中藏有老酒 300 斛。阮籍到北军从不过问军旅之事，从不操练军旅之兵，大事不管，军事不闻，小事亦不问；每日必问酒，必饮酒；饮则必痛饮，长饮，必酩酊大醉，终日不醒。

阮籍的醉不同于阮咸的醉，阮咸是为醉不惜一切，不拘小节甘为酒徒、酒鬼，大瓮盛酒，长饮直灌，恨不能一头入瓮，其醉如人溺水，非“醉死”，乃“淹死”，能因为酒瓮摔破和猪一起趴在地上抢酒喝，一种酒病至深的病态醉。刘伶之醉也是深醉，但是一种“雅醉”，醉而不闹，醉而不乱；人生似乎只有一种追求就是醉，醉里乾坤大，一醉方休，再无烦恼再无愁。不让他醉都不行，醉则酩酊大醉；醉不畏死，何惧之有？

竹林七贤中唯有向秀不醉，向秀饮酒少有豪饮、赌饮、长饮，《晋书》讲“不善饮”，可能酒量不大，因此只找嵇康对饮。嵇康饮酒有度，极少饮醉，《晋书》从未记载嵇康大醉，醉得人事不省，像阮籍、刘伶、阮咸一样酩酊大醉，烂醉如泥。嵇康、向秀喝到酒兴上，绝不再喝，弃酒而去打铁，一个拉风箱，一个抡大锤。凡嵇康、向秀，又拉起风箱生起火来，叮叮当当打起铁来，则刚刚饮过酒。最让人难以琢磨的是山涛，山涛善饮，亦善长饮，却无人能使其醉，在竹林中从未有过大醉。有一次司马氏派员找山涛，问及山涛能喝多少酒，山涛回能饮八斗。司马昭令取一巨瓮酒，令山涛长饮，山涛饮到一定程度则放下酒瓮，不再饮。问之，言八斗矣。实测果然八斗，山涛厉害。山涛因向司马氏推荐嵇康为官，嵇康大怨，作《与山巨源绝交书》，使许多人皆对山涛很鄙夷。据说当山涛看到这封绝交文时，曾经一连饮数个八斗，终一醉方休。嵇康被冤杀 20 多年，山涛不避风险，始终想念嵇康，又把嵇康的儿子嵇绍举荐为官，对嵇绍说："为君思久矣。天地四时，犹有消息，而况人乎！"山涛值得敬佩！

阮籍醉酒也讲政治，当司马昭想和阮籍结成儿女亲家时，阮籍深知这桩政治婚姻的危险性，他的最好的朋友就是因为是曹操的曾孙女婿，被冤杀。但皇亲又不能硬拒，阮籍便一醉不起，醉得昏天黑地，人事不省，莫说议亲事。提亲的大臣何时来，阮籍都在醉中，都辨不清人，说不清话，直到僵尸般瘫卧，最终"唱成""借酒拒亲"。阮籍的醉是醉里有文章，是其醉亦是非醉，是非醉确是其醉，醉得一塌糊涂。

嵇康不愿糊涂地醉，终导致清醒地去死。他和向秀饮后不醉，打铁消遣，正在此时，司马"红人"钟会来访。嵇康从骨子里藐视钟会，见钟会从洛阳大张旗鼓地前来，迎也不迎，理也不理，拉风箱的拉风箱，打铁的打铁。让钟会灰头土脸地带队回府，嵇康仍不依不饶，问："见何见而来，闻何闻而去？"钟恨之入骨又无奈至极，答："见所见而来，闻所闻而去。"埋下了杀身之祸。临刑，有 3000 多名太学生集体向朝廷请愿，请求赦免嵇康；3000 多名太学生长跪，集体要拜嵇康为师。那场面该有多大？那情景该有多么惊心动魄？司马昭之心，太学生不知。嵇康必死，岂能赦免？放虎归山？走向刑场，嵇康不愧大丈夫，身高七尺八寸，仪表堂堂，土木形骸，不自藻饰，从容不迫，神态自然，索琴弹奏《广陵散》，慨然长叹："世间从此，再无《广陵散》！"《广陵散》追命而去。从《晋书》所看，嵇康似乎终生未醉，他不像竹林其他贤士，因酒避祸，因醉免得血灾；嵇康坚信人生，何以醉而避之？嵇康不醉，格外清醒，竟把儿子嵇绍托付给山涛，他曾经愤恨至极，痛恨至极，《与山巨源绝交书》字字句句都是仇，都是恨！但他这一托付却独具慧眼，独具慧心。嵇康虽死，其后昌盛。后人云："嵇康之死，罪在不醉；嵇康明智，智在不醉。"呜呼！

三、把酒问青天，苏轼"文醉"

"明月几时有？把酒问青天。不知天上宫阙，今夕是何年。我欲乘风归去，又恐琼楼玉宇，高处不胜寒。起舞弄清影，何似在人间？"那天正逢丙辰中秋，苏轼守月长饮，思亲畅饮，通宵达旦，不知东方既白。苏轼自己亦言"大醉"。醉且大醉，想必翻江倒海，想必欢歌畅诵，想必杯盏往复，想必放浪形骸。苏轼之醉，醉在酒里，醉在情里。苏轼一生，诗酒相伴，直至终老，自言"大醉"时不多，虽然一生相伴唯有酒。苦亦酒，乐亦酒；顺亦酒，逆亦酒；悲亦酒，喜亦酒；进亦酒，退亦酒；出得冤狱唯有无言只有酒，一贬再贬直至海南儋州亦有酒。居庙堂之高不离酒，处江湖之远亦不离酒。酒是苏轼的影子，亦是苏轼的喜爱，更是苏轼的心灵。何以解忧？不仅仅是解忧，洞察苏轼的精神世界、生活世界，都离不开酒。苏轼一生作一千多首诗词，篇篇皆有酒兴，留下八百多封书信，封封皆酒前酒后所写。留传下来的书画皆为趁酒兴而发，借酒力而作，苏轼非饮酒图醉，苏轼的酒里融进了他的感情世界，人生感慨，生活千万。苏轼的酒里能折射出他的"三观"。

苏轼成名早，每有文章惊天下，并非虚言，每一落笔则"流俗翕然乎相传诵"；在徐州登燕子楼所作《永遇乐》，刚一完成就"哄传于城中"，洛阳纸贵；相见必说"明月如霜，好风如水，清景无限"。当苏轼连遭迫害，又大难不死，从海南归来，乘船沿水道北上，正值酷热暑天，热不可耐，苏轼在病中袒露半臂坐在船上，运河两岸成千上万人皆闻讯赶来，争看苏轼，一睹心中的偶像，竟让苏轼不无惊恐地对一旁说："莫要杀苏轼否？"最深得平民大众爱戴的柳三变，"忍把浮名，换了浅斟低唱"，亦未见有如此"红"！亦未见李白、杜甫、白居易曾有此"热"！《宋史·苏轼传》上讲："轼二十年间，再莅杭，有德于民，家有画像，饮食必祝，又作生祠以报。"简直匪夷所思。有言"政声人去后"，苏轼乃失意之官，蒙冤入狱之官，连遭连贬之官，离死仅一步之遥之官，官已如鸿毛之轻，人亦如垂危之翁，却还能让杭州的百姓感恩之深，爱戴之厚，热爱之忱，拥护之真；自发、真情、自愿，由衷给一个还活在世上的"逆行之人"做生祠，何朝何代，何年何月之有乎？苏轼曾在要离开杭州时，作《临江仙·送钱穆父》，送的是友人，言之抒发的是自己。"惆怅孤帆连夜发，送行淡月微云。尊前不用翠眉颦。人生如逆旅，我亦是行人。"

苏轼在《自题金山画像》中总结自己的一生，直率、坦白、尽言："心似已灰之木，身如不系之舟。问汝平生功业，黄州惠州儋州。"这三州是他三次遭陷、三次遭贬、人生三大挫折之地，这三州在他看来当为他人生之三大炼狱，重塑了他的人生，造就了他的功业，铸就了他的心灵。正是在这被贬、被流放，被"改造"的黄、惠、儋三州，苏轼完成了他一生的"三大著作"，这三部书共十七卷，包含《书传》三卷，《论语说》五卷，《易传》九卷。苏轼曾慷而慨之地讲，留下这三部书，其死而无憾。这十七卷书是苏轼呕心沥血的传世之作，穷其一生之思想、心志、研究、考证、学问，七年三州，不知苏轼醉过几次？大醉过几回？酒是不可或缺的，东坡之醉是一场心旷神怡之醉，挥洒风流之醉，得意旷达之醉，豪放深情之醉。

苏轼也做过官，做过大官，官在三品，为官即为民，是朝野公认的能臣才子。他在密州为太守，曾亲率军剿匪，荡平多年为害地方的匪患。治军严格，军纪严明，害百姓如同害己害国，国法不容，军法不容，苏轼不容。"酒酣胸胆尚开张，鬓微霜，又何妨？持节云中，何日遣冯唐？会挽雕弓如满月，西北望，射天狼。"苏轼文人将军，史上罕见之儒将军，更显八面威风。中国历史上首座官办医院就是苏轼在杭州所创，探索官府要为人民群众办事之路；在徐州，他又率人开发煤矿，兴办炼铁业，探索官府要为人民群众兴业之路。苏轼上任，首先清理运河。京杭大运河与钱塘江交汇，城内运河多有淤泥，每四五年官府都要治理清淤，但清出的淤泥就堆放在城中，直堆到百姓家门口，又臭又脏，老百姓苦不堪言。苏轼几经实地勘察，把钱塘江的混水先引入人口稀少的茅山地区，待淤泥沉淀下来，水清水净了，再引入杭州市里，杭州百姓无不拍手称道。他在杭州太守任上，为了免除民众饥荒，抓住机会策划屯粮发放，避免了一场民众饥荒挨饿的危机。杭州人民为什么那么怀念苏轼？苏轼任杭州太守之前，杭州城中老百姓吃水难，吃的竟是苦水、咸水，苏轼新建两座水库，采用陶瓷输水管道，让杭州老百姓家家户户都有新鲜的淡水吃，老百姓能不挂他的像？他又清理西湖，当年西湖被野草遮蔽，淤泥成灾，如不治理，西湖无湖；苏轼带领杭州百姓大兴整治去淤，又把清理出来的大量淤泥和杂草在西湖筑得一道长堤，留给西湖，留给后世，成为西湖一道靓丽的风景线，冠之为“苏堤”。苏轼在杭州为民有口皆碑，且家喻户晓，烧香敬苏，修建苏轼祠堂，人心自有明镜，中国历史上有名的大诗人、大书画家、大学问家，不胜其数，但像苏轼如此为民，如此为官，如此让民高赞的似乎唯东坡也。就在公元 1079 年，苏轼 42 岁，突然因“乌台诗案”，被在太守衙门当众“锁拿进京”，这是北宋历史上第一桩文字狱，苏轼蒙冤遭诬关进大狱整整 130 天。据说其案称“乌台诗案”，是因为苏轼“反诗案”在御史台受审，而御史台中有一棵 300 年大柏树，常有乌鸦数百只栖居其上，每有冤案，数百只乌鸦会鼓噪而鸣，叫得天地不宁。苏轼被冤捕会审之日，御史台上空竟然下来数千只乌鸦，遮天蔽日，又齐落于御史台大柏树之上，苏轼被押解出审之时，数百上千只乌鸦对青天长鸣，其声之大，令人色变，两股战战。人民心中有杆秤。

苏轼出狱被发配到黄州，真是两袖清风，一无所有。抡锄做农民，

"插队"东坡，自食其力。东坡就是东面向阳的一块50亩大的荒地，苏轼身体力行，面朝黄土背朝天地如农民般生活，自喻"东坡居士"，从此"苏东坡"响遍大江南北。真正在农村"插过队"、靠种地养活一家老小的中国诗人中，不知苏东坡是不是唯一？

尽管苏东坡命运多舛，坎坷无尽，从高坡滑下深谷，但苏东坡豪放之情，云水之襟，旷达之胸，慷慨之述，仍然恣意妄为，绝未因小人陷害、挫折蒙冤而屈服放弃，而收敛蜷息。该饮则饮，该醉则醉；该聚则聚，该诵则诵；诵明月之诗，歌窈窕之章；浩浩乎如冯虚御风，而不知其所止；飘飘乎如遗世独立，羽化而登仙。这就是出冤狱三年的苏轼，正如后人所言："风月不死，先生不亡也。"

公元1082年，正是苏东坡出狱三年，元丰五年，仲夏之夜，苏东坡和同乡道士杨世昌，行舟江面之上，长江之水，波凌顷顷，清风徐来，水波不兴。但见"月出于东山之上，徘徊于斗牛之间，白露横江，水光接天。纵一苇之所如，凌万顷之茫然"。苏东坡怎能不为之动？怎能不为之情？怎能无思古之幽情？怎能无痛饮之醉哉？写下《前赤壁赋》三个月后，又写下《后赤壁赋》。苏轼真乃大文豪、大思想家，虽遭免、遭狱、遭贬、遭难，但始终不为所动，初衷不改，未被压弯腰，损其志，反而使其眼界更广博，思考更深邃，对历史、现实、信仰、生活，体会得更深远，更厚重，更坚韧，更深刻。宋之唐庚有语："东坡《赤壁》二赋，一洗万古，欲仿佛其一语，毕世不可得也。"谢枋得说："非超然之才，绝伦之识，不能为也。"

《赤壁赋》古今成定论，千古绝唱，前后二赋也奠定了苏轼在中国文学史上的地位。记得当年有一学生去考文学院，并无多言，把苏轼前后《赤壁赋》当当当，一字不差，有声有色背诵一遍，先生皆曰，其余不考，录取。

苏东坡曾亲笔书写的《前赤壁赋》现藏于台北故宫博物院，天下唯一，堪称国宝，绢本，纵57厘米，横251厘米。此帖原有36字缺失，为文徵明补写。苏东坡是为其友人傅尧所书专送，可见苏东坡本人亦钟爱此赋，以此为宝。写于北宋元丰六年即1083年，此卷为楷书，织字矮扁而紧密，笔墨丰润而沉厚，原本皇宫所藏，后转移至我国台湾。

苏轼在宋代四大书法家“苏黄米蔡”中排名第一，排行第二的黄庭坚曾在《山谷集》中说：“本朝善书者，自当推（苏）为第一。”而黄庭坚的《砥柱铭》曾拍得4.368亿元，苏轼水墨画也好生了得，在宋代书画中独居高枝，他的《木石图》曾拍得4.636亿港币，旷世之才，真苏东坡也！每有兴趣，每有得意，每有会友忘形，必有长饮，必得大醉，此乃苏东坡也！“客喜而笑，洗盏更酌。”一饮再饮，一醉再醉；“肴核既尽，杯盘狼藉。相与枕藉乎舟中，不知东方之既白。”苏轼之饮之醉，是文人雅士之饮之醉，饮得也斯文君子，醉得也深沉自我。其饮其醉与醉翁不同，欧阳修与苏轼、韩愈、柳宗元合称“千古文章四大家”，欧阳修又是苏轼之先生，但饮酒不同，醉酒亦不同，欧阳修自喻：“醉翁之意不在酒，在乎山水之间也。”苏东坡非然，在《后赤壁赋》中曾长叹：“有客无酒，有酒无肴，月白风清，如此良夜何！”“于是携酒与鱼，复游于赤壁之下。”苏轼为山水而去，为赤壁而游，但东坡之意仍在酒，仍在肴，美酒佳肴。江流有声，断岸千尺。山高月小，水落石出。

以文论，苏轼与欧阳修并称“苏欧”；以书法论，苏轼与黄庭坚并称“苏黄”；以词论，苏轼与辛弃疾并称“苏辛”。苏轼“大江东去”，辛弃疾“铁板铜琶”。但“苏辛”饮酒醉酒不同。苏饮酒是文人雅士“长饮”，饮一夜不知天之既白。而辛弃疾则是“醉里且贪欢笑，要愁哪得工夫”，辛弃疾是壮士饮酒，铁血男儿，提刀上马，血气方刚，铜板铁弦。饮酒，如同出征；醉酒，如同纵马疆场。苏轼是文人之饮，士大夫之醉。醉也是如同高歌凯旋曲，如同月落日出，绝不会“醉里挑灯看剑”，只可能“回首向来萧瑟处，归去，也无风雨也无晴”。但他也有不饮不醉的追求：“宁可食无肉，不可居无竹。”这就是苏轼。

四、“痞子”醉酒，斯人酒醉

斯人醉酒最有代表性的并不是李白、杜甫，亦非苏轼、辛弃疾，东晋陶渊明五柳先生是也。五柳先生是文醉，斯人“穷醉”，有些像曹雪芹先生，赊来的酒狂醉不得，烂醉不起。生即为自己作传的古人不多，五柳先生有自传，知己莫过于己，言：“家贫，嗜酒，不能常得。环堵萧然，不蔽风日，短褐穿结，单瓢屡空。”陶渊明和苏东坡不同，苏轼去东坡之地，种地养家，但家境不贫，更不愁酒肉。再困难尚有“东坡肉”“东坡羹”，扶得东坡烂醉归；未有家贫无酒，家徒四壁，不蔽风口。而陶渊明不同，他是真正的农民，还是贫下中农。嗜酒却不得酒，其苦何深？即使有酒，也是自家酿的土酒来，“何以称我情？浊酒且自陶”。自酿的浊酒，饮时须用“头巾”过滤，要“烂醉”，酩酊大醉也难。

陶渊明号五柳先生，欧阳修称其为“两晋无文章惟《归去来兮》而已”。最真挚的莫过于苏东坡，东坡在《与苏辙书》中言：“吾与诗人，无所甚好，独好渊明之诗。渊明作诗不多，然其诗质而实绮，癯而实腴，自曹、刘、鲍、谢、李、杜，诸人，皆莫过也。”天下多少诗人，苏东坡皆不崇拜。唯独好渊明之诗，不但佩服他的诗文，而且还敬佩他的气节。朱光潜称，陶渊明在中国诗人中能和他齐肩比拟的，前有屈原，后只有杜甫。陶渊明的《归去来兮》，每读至醉，不料其号并无深奥，亦无典故，只是门前有五树，五棵柳树，故称五柳先生。五柳先生真地道，纯粹的农民，但又一想也不尽然，老子有言：大直若屈，大巧若拙，大辩若讷，大赢若绌。五柳先生也直白：“故老赠余酒，乃言饮得仙，试酌百情远，重觞忽忘天。”陶渊明爱酒，是真爱酒。爱在心中，爱在情理，绝非把酒看成发泄之物，郁闷之物，身外之物。陶渊明能在酒后、醉后写出《饮酒》20首。古今中外，只此一人。陶渊明饮酒讲究斯文、雅静、文学、孤独。只有五柳先生能有那么一种饮酒醉酒的追求，有那么一种心境。“结庐在人境，而无车马喧。问君何能尔，心远地自偏。采菊东篱下，悠然见南山。山气日夕佳，飞鸟相与还。此中有真意，欲辨已忘言。”这种醉酒的感叹、体现、交融是那么细腻，那么自然，那么感怀，成为千古名篇。“采菊东篱下，悠然见南山”，多少人追求的境界，多少人向往的世界，唯五柳先生也！怎能让人不佩服？怎能让人不敬仰？唯饮者、善饮者、嗜饮者，何止亿计？唯五柳先生有此感发出！

五柳先生之饮、之醉能进入到有酒无酒、似醉非醉的境界。“一觞虽独尽，杯尽壶自倾，日入群动息，归鸟趋林鸣。”陶渊明酒喝得那么消遣，那么自由，那么随意，又那么挥洒自如，即使醉也不闹酒，不借醉发飙，借醉牢骚，借醉发泄，借醉云山雾罩。陶渊明的酒风似无人可比，他常常默默独酌，自斟自饮，对一花一草，一鸟一树，远离喧闹，远离车马，“采菊东篱下，悠然见南山”“问君何能尔，心远地自偏”，真神仙也，真仙境也；真可谓饮酒也，真可谓酒文化也。即使有友人相聚，饮酒至醉，也要礼之相待，绝无借酒撒野发疯。醉分“痞子”之醉、雅士君子之醉，五柳先生醉时，有言相告：“我醉欲眠卿可去。”世间酒醉万态，有陶渊明之醉否？

陶渊明曾在彭泽县做过80多天的县令，估计解决温饱和“性嗜酒，家贫不能常得”，是不成问题了；但进入官场后，五柳先生本性不变，秉性不改，不为官累，正赶上有督邮前来视察，搞得像敬佛敬神一般，陶渊明实难如此迎奉，“解印绶归田”“不为五斗米折腰”。难怪苏东坡佩服他的气节。中国士人嶙峋傲骨，至今敲瘦骨，犹自带铜声。士林高风，斯人懿范，先生之风，山高水长。五柳先生最终贫困交加而离开人世。陶渊明曾在《挽歌》中说：“亲戚或余悲，他人亦已歌。死去何所道，托体同山阿。”想必五柳先生至死未能得斯人一醉。

拜读过《论“痞子”运动》，加上引号的痞子，被理解为敢于革命、敢于造反的农民或流民，像“逼上梁山”也是一场“痞子”运动，这场“痞子运动”中有一个特点，是一百零八位被逼上梁山的造反好汉，无论男女，亦无论文武，无论如何上的“梁山”，都会饮、善饮、嗜饮，大碗喝酒，大块吃肉，似乎是梁山社会的最明确、最理想、最醉人的标志。其中喝酒醉酒最有个性、最有风格，最值得大书特书的要数武松；喝酒醉酒后最能折腾、最有戏的也是武松。

武松有“四醉”：醉过景阳冈，醉打蒋门神，醉入孔家庄，醉打宋公明。武松醉有醉话，醉有醉态，醉有醉拳，醉有醉戏；每逢杀人必饮酒，不信武松不酒醉，不饮不醉就不是武松。

对于武松，成也是醉，败也是醉。正是酒醉使他完成了由“公务员”到“痞子”的转变。武松滴酒未饮时自述：小弟在清河县因酒后醉了，与本处机密相争，一时间怒起。只一拳打得厮昏沉，小弟只道他死了，流落江湖。这个“蝶”变，只醉后一拳。武松是痞子醉酒中最典型的酒后闹，酒后大闹，直闹上梁山。醉也成其武松。武松醉过景阳冈，端的写得好。武松威风凛凛，霸气冲天。赤手空拳，徒手打死吊睛白额大虫，醉后打出一世功名。在梁山一百零八好汉中唯武松最了解、最能把握自己的酒量，知道自己何时能醉，能不醉，能佯醉，能大醉。当武松走进“三碗不过冈”的小酒店时，无论店小二怎么说“透瓶香”“出门倒”时，武松的态度，果然好汉：“只管筛来！”三碗醉不倒武松，虽然进酒店喝第一口就叫道：“这酒好生有气力！”说明此乡间土法酿的土酒第一口感就是辣、涩、苦，“有气力”专指此酒上头。北宋时期，善饮者皆追求上头，不上头的酒不是好酒。苏轼、辛弃疾等皆有喝卯时酒的习惯，天不亮即起床，起床第一件事即饮酒，为了“上头”好再睡“回龙觉”，因为北宋的皇帝都喜爱上头酒，讲究喝早酒，“上头”后再睡，故称“回龙觉”。上有所好，下必甚焉。检验好酒的唯一标准就是“上头”。武松喝的这种“出门倒”只是“筛来”，不是倒来、盛来、端来，是句术语，酒要“筛”是因为用近乎原始的方法酿造的谷物酒，上面会浮着一层薄薄的谷壳。“筛”尽谷壳方为清。武松十分自信，也有十分把握，因此要求店小二只管“筛”来。一直“筛”到十八碗。好生了得！十八碗劣质土烧酒，武松却不醉，甚至毫无醉态，出店前未忘结账，未和店小二叫板，更未大闹“三碗不过冈”，临出店没忘提上哨棒，背上包袱，戴上毡帽。出店门并未踉踉跄跄找错方向，一头撞在南墙上，而是经直奔景阳冈，不用小二扶得醉人回。有人论证，李白能喝多少酒，却无人论证武松能喝多少酒。十八碗酒才刚喝得稍有醉意，或云恰到好处，离武松一拳差点打死人之醉还差十八里路。武松自己能喝醉自己，别人要灌醉武松，犹如蜀道难。

武松不醉，醉不过冈，则世上无景阳冈打虎；武松真要循规蹈矩，三碗不过冈，和众人相聚过景阳冈，则无缘见虎，成不了打虎英雄；就不会有后面的醉打蒋门神、血溅鸳鸯楼；可能入不得江湖，上不了梁山，但十八碗豪饮成就了武松。

武松的可敬、可畏、可爱，还在于他的真实，十八碗酒后也不狂吹、也不粉饰自己；英雄也有胆虚时，酒助尿人胆，也助英雄胆；十八碗大酒，也仅顶到破庙前，看到官府告示，得知真有虎时，不是明知真有虎，偏上虎山行，而是想“打马回营”，原路返回，再返“三碗不过冈”。犹豫一下，权衡一下，才心一横，借着上涌的酒劲，越过景阳冈，引出惊天动地的一章。中国老虎有多少？只有二虎有名：一为景阳冈武松打虎，二为杨子荣打虎上山。

武松醉过景阳冈，也说明酒壮尿人胆，亦助英雄胆。没有十八碗酒垫底，武松岂敢上得景阳冈？岂能在景阳冈演绎出打虎壮举？判断《水浒传》的作者施耐庵见过真老虎，写得活灵活现，仿佛他正趴在那棵被哨棒打断了枝条的老树上，一阵狂风呼啸，只听得乱树背后扑的一声响，跳出一只吊睛白额大虫来。武松见了，叫声：“呵呀！”从青石上翻下来。那大虫又饥又渴，把两只爪在地上略按一按，纵身往上一扑，从半空里撺下来；武松被那一惊，酒都作冷汗出了。

武松醉过景阳冈，留下一道悬而未解的酒题，十八碗酒到底有多少酒？当年修改样板戏《智取威虎山》时，就曾遇到过这道酒题。杨子荣上威虎山后曾有一段西皮唱腔：“我一连灌他十八碗，滦平他醉成泥一摊。”后感到土匪太英雄化，喝十八碗，才把滦平灌醉，查“十八碗酒”的来历，其出处就在《水浒传》“景阳冈武松打虎”一章中，滦平焉能与打虎英雄相提并论？因此改为“我一连灌他八碗”。演出后，仍有反映，再查曲波原著，原著中说得明白，因为当时山民自家酿的野果子、野葡萄酒酒精度很低，灌少了也灌不醉土匪；但仍通不过，改成最后的版本就是。但武松豪气不减，虽然三碗不过冈，他仍然畅饮十八碗。

武松还有一醉，醉打蒋门神。最精彩的就是“无三不过望”。“望”乃北宋时期，酒店挑出来的酒幌子，酒店的招牌。武松答应施恩靠武力夺回失去的酒店快活林，但有一个先决条件，即“无三不过望”，每路过一个酒店，满饮三碗酒再前往，否则不过。武松好生厉害。施恩心算一下，走到快活林要路过十二三家酒店，要喝三十五六碗酒，而且要换大碗，倒满酒，临到快活林，岂不酒醉瘫软，莫说打，站亦难。但武松那话讲得豪言壮语，喝一碗酒就有一分力气，喝十碗酒，晃一晃，两臂就有十分气力，武松的酒话也醉人。三十五六碗酒，该有多少斤酒？何以解忧，唯有杜康。曹操的《短歌行》似无与伦比，但曹操时代的酒岂能和北宋时代的酒比？看看《清明上河图》中的酒楼、酒店、酒旗、酒望，知道中国白酒从东汉到北宋已经进步到了何种程度了？武松的酒量岂是曹孟德所比？三国时期唯一能和武松比酒的当数刘表，而恰恰是刘表最让曹孟德惹不起！《三国志》中曹操曾感叹：“生子当如孙仲谋，若刘景升儿子，豚犬耳。”就饮酒醉酒而言，曹孟德、孙仲谋皆“豚犬”，远不及刘景升；只有刘表可以和武松媲美，有一拼。三国中讲，荆州牧刘表好酒，喝酒分三爵，大曰伯雅，次曰中雅，小曰季雅，“推杯论盏”以“雅”分高低。据考证，大杯伯雅一杯盛酒七升，合二斤八两；中雅能盛二斤四两；最小的季雅杯也能倒二斤酒。以伯雅杯喝酒，未见刘表大醉，谁要当席醉倒，刘表令用针刺，直至清醒再喝。刘表当称三国第一饮者，第一醉翁。

武松拳打蒋门神，一说是因酒制胜，一说是借酒使力。有说武松有“四不如”：变化不如西门庆，跳跃不如飞蜈蚣，计谋不如宋公明，拳术不如蒋门神。从金眼彪施恩让蒋门神几乎打残，彻底打怕，可以看出蒋门神的手脚；武松是作过调查研究的，武松是非常有心计的，绝非梁山好汉中的其他人能比，比如武松杀潘金莲、西门庆，擒王婆，每一步都有精心的安排，条理清晰，环环相扣，滴水不漏，武松杀人的心计，比同其兄武大郎卖炊饼的生意经。

武松一踏进快活林就小醉装大醉，醉得东倒西歪，一脚高一脚低，腰来胯不来。所以快活林的店小二跑去给蒋门神报信，说店中有一醉汉闹事，蒋门神毫无戒备。他看见武松东倒西歪，醉汉也；借酒闹事，三拳两脚完事；没想到正中武松下怀，既借酒使力，又借醉制胜，打出一套“醉八仙”拳，《水浒传》中写得淋漓尽致。

梁山好汉中，喝酒、醉酒最有个性的最放任潇洒的当数鲁智深。花和尚鲁智深饮酒醉酒都没有那么多心机，更无视什么清规戒律。由我喝，由他醉；喝成啥样是啥样，醉成啥样非我管。鲁智深倒拔垂杨柳，只因酒后垂柳树上有乌鸦鼓噪，“泼皮们”的意思非常合理，搬个梯子，爬上树，撵走便罢。鲁智深不干，他围着那棵上面有乌鸦窝的垂柳树转了两圈，乘着酒劲，脱掉外衣，左手向下搂住树干，右手把住树的上半截，腰往上一挺，一使力，竟然将那棵垂杨树连根拔起。这就是鲁智深的个性、脾气。

鲁智深在五台山，一口气把抢的一桶酒喝下去，这回似乎彻底醉了，大闹五台山。醉前鲁智深尚有些顾虑，有长老在寺院，但酒后，何虑之有？天地崩，云水怒，二三百僧人何惧？指东打西，打得寺内一片狼藉，僧人头破血流，东倒西歪。一怒之下竟然把寺庙哼哈二将打得支离破碎，管他什么金刚！管他什么山神！醉后的鲁智深傲视一切，清规戒律为乌有。有人言，醉不由己，鲁智深则是醉后由己，随性而起，任己而为。当然，梁山喝酒喝出风格、醉出个性的还能排出一列，像黑旋风李逵、赤发鬼刘唐、鼓上蚤时迁、阮小二、阮小七等等，梁山好汉被逼上梁山，必有一场大醉；大鱼大肉，大碗喝酒，不醉不休，一醉方休。这是梁上好汉的一种理想追求，一种追求平等自由的体现。醉无贵贱之分，醉无尊卑之别。梁山的“乌托邦”式的社会追求就体现在一个字上：醉！

酒杯掷处

一、灌夫骂酒，数百颗人头落地

古今醉酒使性，对酒当歌，闹酒骂座的“醉翁”，何以胜数？然如灌夫一场酒，一场醉，闹得人头掷处，家亡族灭的，似无再多。灌夫一醉，惊天动地，朝野震动。因何而醉？醉当何罪？

灌夫生活的西汉初期，正是风起云涌，又是波诡云谲的时代。刘邦以诡诈血腥的手段灭掉异姓王以后，又大封同姓王，在封他二哥刘仲儿子刘濞为吴王后，怎么看，怎么觉得刘濞有反相，又不能收回成命，“业已拜，因拊其背，告曰：汉后五十年东南有乱者，岂若邪？然天下同姓为一家也，慎无反？”称其波诡云谲一点不过分。五十年后，东南果然大乱，吴楚七国叛乱，刘濞果然反了。五十年前的一语定天下，言之正中。灌夫正生活在这一风云突变，天下大乱，似乎要改朝换代的时代。灌夫和另外一位皇家外戚窦婴，俱率兵平叛，立下战功，是汉王朝稳定的大功臣，灌夫被委任为将军，窦婴被封为魏其侯，皆风云人物；汉景帝时代的“权臣”，又有窦太后撑腰，可谓台上一呼，台下百应，差一点就做了当朝丞相，掌管天下。窦婴之府，灌夫之门，门庭若市，人们争相拜访，窦婴和灌夫的感觉甚好，日日如在醉中，正如《史记》中所言：“沾沾自喜耳。”灌夫匹夫也，他不懂没有不散的席，没有不醒的酒。景帝之后是武帝，窦太后之后是王太后，不但皇帝换了，连皇太后也变了。一朝天子一朝臣，一朝太后也是一朝臣。

尤其是幼帝登基，汉武帝十六岁为帝，其年尚轻，王太后时刻盯着朝中大权，往前看有前朝的窦太后，再往前看有吕后为朝。王太后的权力欲，一点不比窦太后少，她一扭脸，彻底冷了前朝权贵，江风吹倒前朝树，她把自己的兄弟田蚡一把扶上丞相的高台。政局的变化比江湖上的变化更快更凶险，灌夫不懂。过去相交、相知、相厚的官员再不登门，过去三天一小聚、五天一大醉的交往相庆不再重复，门可罗雀，甚至相避唯恐不及。灌夫恨之入骨。不独有灌夫，前有战国廉颇为例，廉颇被免官失势，“故客尽去”，乃复用为将，客又复至，廉颇气恼，怒斥他们，其中有一客会说，其言：“君何见之晚也？夫天下以市道交，君有势，我则从君，君无势则去，此固其理也，有何怨乎？”可惜无客以此理说服灌夫，灌夫满腹牢骚，仇恨入心，可惜无客相劝。灌夫行伍出身，嗜酒如命，得意时狂饮，闲闷时大醉，本系军阀一介匹夫，从不顾及后果，骄横成性，酒后横行，醉后肆无忌惮，我行我素，文景两朝，也是一霸。尤其在窦婴封侯得势之时，更目空一切，有恃无恐，从未大看过田蚡一眼。只和魏其侯窦婴过命相待，当年窦太后权力熏天，时时也想一手把握朝政大权，就向孝景帝多次推荐窦婴任丞相，掌管朝政，幸亏景帝有些政治眼光，《史记》中讲孝景帝曰：“太后岂以为臣有爱，不相魏其？魏其者，沾沾自喜耳，多易。难以为相，持重。”汉景帝没让窦婴做丞相，原因不止这一条，但魏其仍然“沾沾自喜”，招摇过市，我行我素，自喻舍我其谁？魏其侯何曾了得？风光无限，“孝景帝每朝议大事，条侯、魏其侯诸列侯莫敢与亢礼”。汉景帝每次朝廷讨论军政大事，诸位列侯没有敢与他平起平坐的。“诸游士宾客争归魏其侯。”争相礼拜，可谓从者如云，宾客如雨，“门前仆从雄似虎，陌上旌旗去似龙”。正是在这个时刻，田蚡去投靠巴结魏其侯，魏其侯窦婴怎么能看得起一个小小的田蚡呢？正眼都不看一眼，只招来了“白眼”，正如民间所言：热脸贴上冷屁股。司马迁有一句极精彩的语言：“往来侍酒魏其，跪起如子姓。”在旁边伺候魏其侯喝酒，不但不能如宾客至，待宾客饮，而是小心翼翼地跪着，“如子姓”，像孙子似的。何等无颜，何等卑微，何等下贱。田蚡是个非常有心计的人，为人沉着、阴险、狡诈，锱铢必较，睚眦必报；田蚡在魏其侯及其宾客面前“跪起如子姓”的教训和屈辱，田蚡刻骨铭心；加之魏其侯视其如草芥，未能得到一官半职。做“子姓”时可以韬光养晦，一旦得志，必报此仇此恨。

时过境迁，咸鱼翻身。田蚡不但小人得志，且宏图大志，不但被封为武安侯，连其弟田胜也被封为周阳侯。等到窦太后一死，王太后霸道，说一不二，田蚡上任丞相，新贵名震朝野。田蚡虽然个矮面丑，但贪财好色，野心极大，骄奢淫逸，无所顾忌，因为他是王太后同母异父的兄弟，一言可生死，一言可富贵，炙手可热。《史记·魏其侯武安侯列传》中说：“武安由此滋骄，治宅甲诸第，田园极膏腴，而市买郡县器物相属于道。前堂罗钟鼓，立曲旃；后房妇女以百数。诸侯奉金玉狗马玩好，不可胜数。”胜过钟鸣鼎食，烈火烹油，竟然一副帝王之相。再看魏其侯，落架的凤凰，无权无势，既不得景帝信任，又受到同僚的排挤打压，世态炎凉，落得孤家寡人。饮酒只能自家喝闷酒，醉酒只能自饮自醉。这时候只有一个人不避险恶，不避是非，不趋名利，终日相陪，此人正是将军灌夫。

灌夫有个性，不但嗜酒成性，豪饮，而且纵酒生事，借酒撒疯。将军也不是白来的，吴楚反叛时，国家危急，灌夫率一千人随父出征，父亲战死在沙场，血淋淋的尸体拉回来；按西汉法令，父子一起参军，有一个为国牺牲了，生者可以随同灵柩回家去。灌夫不从，奋臂高呼：“愿取吴王若将军头，以报杀父之仇！”灌夫绝非懦夫！阵前浴血杀敌是需要一腔热血和赤胆忠心的。当时灌夫“披甲持戟”，身先士卒，召集部属准备与敌拼死一战，但“及出壁门，莫敢前”，等一出营门，看到对面吴楚大军戒备森严，刀枪林立，杀气腾腾，众部属俱胆寒，吓得再不敢向前一步。灌夫一腔热血，毫不胆寒，仅带二十几人，径直向吴军大营冲杀，“至吴将麾下，所杀伤数十人”。灌夫想直冲吴军指挥旗下，斩首吴军大将，挫其锐气，但吴军过多，蜂拥而上，不得已退回汉营中，所率人员只有一个骑兵相随，灌夫战袍铠甲皆为鲜血，身受重伤十数处，几乎丧命。即使如此，灌夫仍不下战场，伤口稍有好转，就再三要求，率兵再闯吴营。灌夫真男儿，真将军！平叛战争后，灌夫因战功被授予中郎将。灌夫亦为酒徒，嗜酒醉深，常因酒醉无法无天，被免官数次，但因其会带兵打仗，到汉武帝登基时，调灌夫为淮阳太守，既带兵又理政，汉武帝登基的第一年又调入京城任太仆。唐初王勃曾感慨："冯唐易老，李广难封。"以灌夫而言，其封必然。但灌夫嗜酒，嗜酒又无底线，不饮难熬，饮则必醉，醉则必闹，闹则大闹，管什么三山五岳，管什么七荤八素，一场大醉后，拳脚相加，几乎将长乐宫卫尉打残。免职调离，最后落得无官一身轻，只与酒相伴。但灌夫为人仗义，不以炎凉待人，无论魏其侯如何，一直相处相敬，未闻与魏其侯喝醉酒，醉酒后闹酒。

公元前130年夏，时任丞相的武安侯田蚡要娶燕王之女，王太后专门下诏"召列侯、宗室皆往贺"。大操大办，荣耀朝野，各路显贵无不登场，魏其侯、灌夫也在其中。田蚡光彩照人，群星捧月，皆尽赞美阿谀之词，皆尽巴结恭维之举。每当田蚡敬酒之时，所有宾客皆行"避席之礼"。西汉时期是席地而坐，一块席子即位子，当田蚡来敬酒时，宾客恭敬至极从席上站起来，立于席子旁边，双手擎盏，高举过头，称"不敢当"。田蚡得意，一副踌躇满志，"一览众山小"的表情。而当魏其侯来敬酒时，宾客半起半坐，不尊不敬，敷衍了事，"余半膝席"。灌夫看见，心中甚是不快，许多人在魏其侯当权时恨不能趴下做狗，而如今却悖礼不敬。此时灌夫因心中不平已经半饮半醉，史书中从未记载灌夫能饮多少酒，其为性情中人，郁闷之中更易酒醉，更易发泄。轮他去敬酒时，正值其酒气、怒气上涌，当他走到临汝侯前敬酒，临汝侯见是灌夫敬酒，根本不当回事，既不避席，亦不回礼，反而和临席之人聊得正欢。灌夫大怒，觉得临汝侯算什么东西！过去前恭后敬的"马屁精"，如今小人得志，竟然如此无礼放肆，目中无人，灌夫眼中不揉沙子，怒而当众大骂，毫不留情，揭发临汝侯种种卑劣的小人之举。灌夫本乃一武夫，气愤之下，言词既犀利亦粗野，绝无好词，以至田蚡不得不上前劝阻，灌夫丝毫不给田蚡面子，灌夫闹得一些宾客纷纷离席而去，喜宴几乎不欢而散。田蚡大怒，即令人抓捕灌夫下大狱。田蚡制造冤假错案，绝不手软，上纲上线绝不客气，直接下令："我是奉诏召集列侯宗室相聚，灌夫骂座不敬，是违诏。"立即抓捕灌夫家族之人，皆得弃市罪。田蚡不可谓不狠，闹酒骂座，杀你个株连家族。想起安刘家之天下的周勃，蒙冤出狱后的感慨："吾尝将百万军，然安知狱吏之贵乎？"田蚡知"狱吏之贵乎"，生死皆在"狱吏"，他索性借魏其侯为灌夫鸣冤叫屈之际，以"汉景帝遗诏之冤案"办理。田蚡心黑手辣，就此灌夫酒后骂座，醉闹喜宴，杀灌夫全家、全族，斩首魏其侯，一时间，鲜血四溅，人头滚滚，一场酒醉，一场酒骂，一场血腥的屠杀，一场旷世的冤案。呜呼，其罪在酒？的确是因酒而发，因醉而骂。

二、煮酒论英雄，曹孟德醉酒

300年过后曹操煮酒论英雄。酒后的曹操指点江山，纵横捭阖，视天下如在掌中，视英雄如草芥；一眼大江南北，数十年江山已定，数十位王者头颅落地，旌旗如祭幡。曹孟德酒后有其言。

难怪刘玄德心生疑窦，生一身冷汗，哪有如此请客，派出百万军中能取上将之首的许褚、张辽提兵去请刘玄德酌酒。比500年前的鸿门宴来势还凶猛，言之把心提到嗓子眼，双手攥起两把汗并不为过。刘备是"卧底"，是在除曹匡汉的帝诏上签过字画过押的，与曹操誓不两立，至此"潜伏"在自家菜园种菜，以为韬晦之计，连其结义的兄弟关羽、张飞亦不理解，深被其蔽，想必刘备好生得意。只待时机一到，内应外合，一举拿下曹操，刘备要登堂入室。一见曹操，想不到曹孟德开口一言："在家做得大事！"吓得刘备面如土色，如果喝过酒，也尽化为冷汗淋淋，刘备在气势上已输曹操多矣。

想不到曹设酒宴竟如此简单。一盘，盘中置青梅，一樽煮酒，似乎别无他置，喝酒就是喝酒，开怀就是畅饮。畅饮之中便是畅谈。刘备借酒小心翼翼地把大江南北的英雄一一细数，勾画出一幅东汉末年的政治军事诸强图。曹刘喝了多少酒，无定论，但曹显出大政治家、大军事家的胸怀气度，把握天下于股掌之中。曹操对英雄的定义：“大英雄者，胸怀大志，腹有良谋，有包藏宇宙之机，吞吐天下之志者也。”不知是借酒而言还是以酒为言，一指装呆作傻、自以为隐藏很深的刘备，“今天下英雄，惟使君与操耳！”曹操这句政治定语，在曹操生前30年、死后20年都让实践一次次得到证明，刘备畅饮的“煮酒”立时化为一身白毛冷汗，英雄面前装不得孙子，惊吓之下，手中筷子竟霍然落地。罗贯中会借势，正值此时，大雨将至，雷声大作，再看刘备，酒化作白毛汗出了，立时清醒，巧借闻雷掩饰。罗贯中那四句诗赞得漂亮：“勉从虎穴暂趋身，说破英雄惊杀人。巧借闻雷来掩饰，随机应变信如神。”把一个阴谋者、潜伏者装饰成一位英雄，“天下英雄，惟使君与操耳！”一言中的，入木何止三分？英雄惜英雄，两位英雄，酒都喝得正好，该喝的青梅煮酒喝了，该说的话说了，该敲打的敲打了，勿谓言之不预。曹操借酒话说真话，让刘备知晓，酒后吐真言。曹操厉害，曹操也曾“说破英雄惊杀人”，当曹为魏王时，匈奴有使者来，曹认为手下的崔琰身高体大，威武有加，让崔会匈奴来使，自己扮作卫士握刀立于一侧。事毕，曹私下请匈奴使者喝酒，酒喝得畅快，匈奴使者酒后吐真言，言魏王仪表堂堂，果然不凡，但真正的英雄当为那位侧立握刀之人，曹心中大惊，未等酒醒，便把那位匈奴使者暗杀掉了。“说破英雄惊杀人”，曹操也！

这不是曹操第一次煮酒论英雄，嗜酒乃曹之本性；曹孟德遇战必饮，遇情必醉；既不装情，亦不避醉；成不归功于酒，败不归罪于醉；铁板铜弦是男儿，醉卧沙场亦为男儿。曹操的《短歌行》，是男儿热血沧桑之绝唱。曹操第一次是和桥玄论英雄。桥玄何许人？当曹操尚未成，桥玄已然为峰。桥玄与曹操可谓忘年之交，桥玄精通玄学、易经、儒教，博学而深奥，亦为政治家，能在曹操“世人未之奇也”之时，名不见经传、刀未开锋之时，就得到桥玄的赏识。曹操当时不过二十几岁，竟然得到桥玄那样的赏识，为何？查遍史料，似无有详记，只在《世说新语》中记载：“天下将乱，非命世之才不能济也，能安之者，其在君乎？”又将曹操推荐给许劭。正是这位桥玄，不遗余力地鼓吹曹操，令曹名声大振，有了出仕率众的资本。桥玄曰：“吾见天下名士多矣，未有若君者也；君善自持。吾老矣，愿以妻子为托。”桥玄说得那么斩钉截铁，那么动情之深，甚至将妻子相托，桥玄的目光真有些像《史记·高祖本纪》中吕公看刘邦。鬼神之求却为实践所检验。桥玄已垂垂老矣，把曹操推荐给许劭。许劭也有鬼神之求，且结交甚广，不但朝廷之上甚至江湖之中皆有挚友。但许劭并不买账，“曹操微时，常卑辞厚礼，求为己目。劭鄙其人而不肯对”。如何对？英雄何论？有说曹“胁劭”，有说曹“以酒见心”，曹操嗜酒，很会掌握酒与醉的关系，把握大醉与非醉的尺度。许劭离席之前留赠一句名言：“君清平之奸贼，乱世之英雄。”曹操大悦，长饮而不醉，少有的不醉。建安六年，官渡大战，曹操以少击多，彻底击垮了六倍于己的袁军，曹操彻夜狂醉，胜利之酒，竟难得一醉。

曹操北定袁部残余，平定乌桓凯旋。北方平定，此时此刻曹操终成气候，率得胜之旅，浩浩荡荡，旌旗蔽日，战马嘶鸣，文臣武将，无敌于天下。过碣石，感慨万千，先有《观沧海》，再有《龟虽寿》，让后人感到其跃马扬鞭，弯弓大刀，热血激荡，男儿胸怀，大丈夫胆略：“老骥伏枥，志在千里；烈士暮年，壮心不已。”1700多年以后，毛泽东曾在北戴河写下《浪淘沙·北戴河》，其中“东临碣石有遗篇”。

建安四年（199年），曹操与刘备煮酒论英雄，那时遍地英雄，遍地旌旗，何知几人为王？几人为帝？仅仅八个春秋，曹操平定了中国北方大部分地区，当年的英雄不是血染沙场，就是白骨生烟，“古今将相今何在？荒冢一堆草没了”。八年前青梅煮酒时的预言，一一兑现，足见曹操的政治远见，即使存世之一二英雄，也已玩于股掌之上。“惟使君与操耳。”“刘使君正处于风雨飘摇之际，能不能过大关、定江山，尚且待论；在曹操看来，亦不过探手可取。数风流人物，唯曹是耳。北至乌桓，东至沧海，西至甘州，南至长江。曹操提八十万大军，挟不动一兵安取荆州之威，屯兵于长江北岸，英雄气概，丈夫襟怀，热血男儿，所向披靡。曹孟德立于大船之首，望长江之阔，观江如观海，那时候滚滚长江至三江口，江面足有120多里宽；曹操大宴群臣，心潮澎湃，热血沸腾，统一中国，即可在望。”周公吐哺，天下归心，怎不让曹操慨当以慷？怎不让曹操对酒当歌？横槊于大江之上，人生几何？怎不让曹操大醉？怎不让曹操狷狂？怎不让曹操以酒奠长江？醉且大醉之后，又满饮三爵，怎不让曹操一世英雄？临江横槊，醉吟《短歌行》非曹孟德不行！曹孟德一生多佯醉、假醉，但那刻心如火烧，酒助火势，真醉大醉矣，失手一槊竟将扬州刺史刘馥刺死。次日，曹操酒醒，懊悔不矣。曹操假醉、佯醉、微醉出奇谋，出奇计，但真醉，大醉，烂醉，必有大败，必大伤其神。赤壁大醉后，曹操似乎无大醒，昏招败招屡屡，终招赤壁大败。英雄饮恨。

曹操酒醉，酩酊大醉，烂醉于女色，以致已经归降归顺的张绣部哗变，招致丧失帐前勇将典韦、长子曹昂、侄子曹安民及宛城兵败，损兵折将。酒可助英雄，亦可败英雄。曹操能喝多少酒？似无准确记载。曹操在青年时代尊敬的一位大儒，其名郑玄，字康成，曾与曹操论酒。东汉末年，因尚无茶，师生友人相见，必得一饮，相见唯相饮，就是饮酒，犹如后来相见敬茶。酒是魏晋时期的必饮品，东汉末年出了那么多饮君子，皆因此习有关。曹操曾写《董卓歌谣》，在《三国志》中题为《董逃歌词》，其中就有“郑康成行酒，伏地气绝”。曹操后来鄙视郑玄原因可能有两条，之一郑玄当年小看曹操，未能像桥玄一样看长远，看气质，看政治，看胸怀；之二郑玄晚年投靠袁绍，虽然有说是被袁绍之子用车拉入袁绍大营的，但终有晚节不保之嫌，故曹操曾言：“伏地气绝。”郑玄饮酒了得，曾一次与三百人行酒，每人敬一杯，三百人三百杯，喝下来不醉，郑玄乃酒翁。曹操曾与郑玄把酒论酒，曹操酒量应亦相当，但在《三国志》中多处都有记载曹操酒醉，且大醉，酩酊大醉，众人扶得烂醉归，估计也是郑玄小瞧曹操的原因。

郑玄虽光炫耀目，但岁月无情，像深秋一柄落叶，悄然而逝，落入秦皇岛外的一片汪洋之中；当年他藐视的曹操却东临碣石有遗篇，那苍褐色的碣石可能还要屹立千百年……

三、酒醉皇帝的血腥

两百年后，轮到契丹族人论酒。

契丹族人凭着弯弓烈马，膀大腰圆，烈酒攻心，东征北伐，一碗烈酒，一串人头，载得富贵归，抱得美人回。短短三年血战，建都平城，立国为魏，北魏王朝辉煌灿烂，如日东升。夕阳终归西下，那么强大鼎盛、充满朝气活力的北魏王朝，终于分化为东魏西魏，就像远在欧洲的罗马帝国，那么强大，那么不可一世，终于分裂成东罗马和西罗马。东魏仅仅相安不到 16 年，便被生生扼死，改朝换代，建立起北齐王朝。

东魏王朝的短命，是因为其开拓者高欢，逼走北魏皇帝孝武帝，立一傀儡皇帝为孝景帝，迁都邺城，史称东魏。东魏立国一共 16 年，而高欢把持朝野大权也整整 16 年；皇帝捏在他手中，一玩具耳。高欢的霸业轨迹，与南朝刘宋王朝的开国皇帝刘裕相似，皆起于苦难之中，辛弃疾讲述刘裕："斜阳草树，寻常巷陌，人道寄奴曾住。"刘裕，"寄奴"也，从奴隶到皇帝，"金戈铁马，气吞万里如虎"。高欢起于行伍，从士兵干起，依靠勇敢多智，侠行仗义，团结和聚拢数千名将士，高欢笼络军心的办法之一就是喝大酒，不怕醉；每逢大战，必先有诺言："胜则必醉，一醉方休。"高欢所在的军队，皆北方少数游牧民族，皆能饮能醉，阵前喝得敢死酒，阵后喝成得胜醉。高欢酒量过人，数百将士同饮，未见其醉；打仗又一马当先，身先士卒；布阵又通晓兵法，有谋有计；势力不断扩大，成为北魏末期举足轻重的“曹孟德”。高欢更甚于曹操。曹操挟天子以令诸侯，高欢何用挟？高欢只许孝静皇帝老老实实，不许皇帝乱说乱动，连皇帝的玉玺国印都掌握在高欢手中。高欢把东魏的国都立在河北的邺城，而自己的王府定在山西的晋阳。东魏王朝所有文武大臣上朝，皆在晋阳，国之政治、军事大事，兴师动众，调兵遣将，合纵连横，皆定在晋阳。诸侯大臣的升迁荣辱皆在高欢一人。而处在邺城的东魏皇帝殿上，孤家寡人，冷若冰霜，既无一臣朝拜，亦无一事上奏。此亦孝静帝所求，这位东魏的末代皇帝深知，如问一人一事，皆有人头落地之灾，焉有帝王之尊？曹操和高欢，对酒对醉却有不同，曹操喜则酒，功则酒，文思赋咏必有酒，且有酒必酣饮，必大醉；而高欢自掌握东魏大权之后，一改酒风酒气。喜怒不再行于酒，再大的喜讯，再大的功绩，再盛大的场合，饮酒不过三爵。三爵不饮酒，从未醉酒。可见高欢内心小心谨慎的一方面，但他和曹操都共有“野心”。曹操想平定全中国，建立大一统的帝国；高欢亦有“野心”，恨不能一战定天下，拿下西魏，恢复北魏王朝时的繁盛，继而“气吞万里如虎”，一举荡平全中国。高欢先后五次兴兵大战西魏，战争一次比一次残酷，一次比一次血腥，一次比一次规模更大，最著名的一次就是“玉壁大战”，即在山西临汾的“玉壁”之地。东西两魏之间的这一次生死大战，双方都是竭尽全力，无所不用，数千数万人肉搏，身为大丞相的高欢，亲自坐镇，亲自披挂上阵，但决定战争胜负因素何止一宗？久战不胜，久攻不克，死伤惨重，谣言四起，高欢在前线，一病不起；军心不稳，此时在三军之前，行令代兵、击鼓上阵的便是高欢之子高洋。高洋得其父遗传，好酒好勇，凶残狡诈，作战勇敢，敢入死地，敢以少击多，以弱胜强，以杀人不眨眼闻名，周围有一群悍将谋臣，官拜散骑常侍、骠骑大将军。“玉壁”决战，东魏战败，战场尸体堆积如山，正是高洋令军士挖一巨大深坑，将七万余尸体一层层排放整齐，集体掩埋。1400 多年后，这座超级万人坑被无意中发掘时，那些成堆成排、数也数不尽的白骨，仍令人心碎。为了稳住军心，高欢强撑病体，在三军之前设广帐，集三军将帅共聚。羌鼓锣号齐奏，高欢令大将斛律金长啸高歌，唱的正是传了千百年的那首《敕勒歌》:“敕勒川，阴山下，天似穹庐，笼盖四野。天苍苍，野茫茫，风吹草地见牛羊。”高欢情不自禁，站立而歌，三军将士皆引颈高歌，一遍又一遍，高欢不禁热泪滚滚，众将士无不有悲音。而其中长啸痛哭者高洋是也。只那一夜高洋滴酒未沾，一直僵坐在大帐之外，望星空也不语，直到东方既白，高欢昏厥。

高洋有些像司马昭的儿子司马炎，司马昭之心，路人皆知，但司马昭有其心，未有其行，未改朝换代；是其子司马炎上台后，凶神恶煞，逼魏元帝曹奂禅让。历史竟如此相像，高欢之心，无人不知，高欢之为，无所不为，但他像司马昭一样，引而不发，留待高洋。高洋身兼大将军，大丞相，又加封齐王，享有九锡，高洋不是高欢，绝无“周公吐哺，天下归心”一说，他要的是皇位，面南称帝，硬逼着东魏皇帝孝静帝禅位，高洋登基称帝，改朝换代，史称北齐。高洋把高欢、高澄、他叔、他伯皆追封为皇帝，他这才心安理得地当起北齐王朝的开国皇帝来。高洋有股狠劲，翻开北齐历史的前三页，全是辉煌和政绩。励精图治，大胆改革，减少冗官，整顿政务，严惩贪官，肃清吏治。新国、新朝、新气象、新天地，北齐像从太行山升起的一轮朝阳，不但国之上下都感到朝气蓬勃，气象更新，就是西魏和周边的邻国也感到一种咄咄逼人的气势。高洋被称为“一代英雄”，称为“英雄天子”，北齐扬眉吐气了十几年。

天天是歌功颂德，天天是歌舞升平，高洋先为天下太平、治国有功所陶醉，最终为美酒彻底醉倒。高洋喝大酒有基因，有传统，当了皇帝更有气场，有环境，又莺歌燕舞，天下太平，似乎普天之下，唯他唯美，唯尊，唯是。大好时光，江山待我。今日不饮，不放开饮，更待何时？史书没有记载，高洋酒量到底有多大，但记载这位北齐开国皇帝每饮必把所有人喝倒，彻底喝醉不可。高阳喝酒是真喝，真灌，仿佛不喝得昏天黑地，不过瘾；不让众臣众将喝得“地覆天翻”不显诚意，不足以畅饮。未几，高洋就嗜酒如命，嗜酒如生，把人生的全部都放在喝酒上，最让满朝文武大臣、后宫美女姬妾心惊肉跳的是高皇帝“闹酒”，醉酒后大闹。皇帝闹酒，闹得无法无天，中国历史上尚未见像高洋这位北齐文宣皇帝那样闹酒的，方知酒是撒旦，方知凡人醉酒、闹酒可笑可恨。皇帝大醉大闹，那就是一场灾难。孔夫子言“苛政猛于虎”，但绝不会猛于皇帝醉后闹酒。高洋酒醉以后，最残酷、最血腥、最丧失人性的是以杀人为乐，以喋血助兴，以狂虐杀人解酒。醉后的一个必然的节目就是怎样杀人，怎样杀人才能刺激人。据说高洋喝醉的标志之一，是眼睛会像饿虎一样泛出琥珀色。醉酒后高洋杀人无任何标准、任何原则，看谁不顺眼，或想起什么人来，就拿下杀掉，其手段极其残酷，闻所未闻。当庭当着陪酒的文武大臣，把人活活肢解、剥皮、剜眼、割舌、掏心、大开膛、剁四肢，而且一律使用木匠之具；受刑人垂死挣扎，拼命哭号，痛苦万分，惨不忍睹；别人都吓得全身战栗，毛骨悚然，一头一背的白毛汗，甚至当场晕厥，吓得魂不附体；高洋却高兴得如小儿过年，又叫、又跳、又欢、又笑，喜从心来。就是在酒席中的大臣，高洋稍一不对眼，或想起过去的某言某事，立即将其拉到大堂之上，砍头跺脚，开膛取心；更变态、失去人性的是，作为皇帝的高洋，常常亲自动手，乐在血溅满脸的瞬间，乐在受刑人极度痛苦、极度悲惨绝望时发出的哀鸣和嘶叫。

高洋酒醉后脑神经和中枢神经完全失控，进入一种病态的兴奋，黑白不分，六亲不认。有一次酒醉之后，他无缘无故，毫无征兆，突然对自己的岳母开弓就是一箭，一箭把老太太的两腮穿透。他仍不解恨，又一脚踹倒老人，举起鞭子，把老太太狠命狂抽了 100 多鞭子，别人谁敢劝？有一次，他看见自己的亲娘娄太后正在宫中小榻上闲坐，在不饮不醉时还懂得孝敬亲娘，但酒醉、大醉以后，竟然摇摇晃晃走过去。谁也不知道他要干什么！他亲娘亦不知他要干什么！他一言不发，双手把自己的亲娘连同坐榻一起，高高举起又摔出去，险些将亲娘摔死，人混至此，恐撒旦不能！

高洋醉后闹酒的丑闻，近乎灭绝人性，惨绝人寰，可以说罄竹难书，但高洋大醉烂醉后却亦有“绝活”！当他喝得酩酊大醉时，常常心血来潮，那时那刻，不用人搀扶，健步登上皇宫中的大殿，在大殿屋脊上，竟能疾步如飞，驰骋自如，如履平地。据史籍记载，北齐皇宫大殿“三台构木，高二十七丈，两栋相距二百余尺”，谁能相信，烂醉如泥的高洋，平地走尚不稳，趺趺撞撞，三摇两晃，在高高的屋脊上，竟能跑来跑去，还时不时做出不少高难度的动作，让站在下面仰首观望的群臣太监，既提心吊胆，又希望他一脚踏空摔下来摔死。但神奇的是每次高洋醉后，上殿跃脊，从未失足。中国皇帝中，大醉烂醉后，在高空无任何保护地玩“高空杂技”的高洋堪称一绝。

高洋死于醉，醉中，一醉不醒，时年 34 岁，正值英年。

北齐并未因高洋闹酒而垮台，被颠覆、被入侵。高洋创建的北齐王朝的疆土、地域、边镇都得到不断地扩展，军事实力不断加强，曾北击柔然、突厥，南征萧梁、淮南，确有“气吞万里如虎”之势。北齐的雕塑、绘画、建筑、诗歌，都对后世产生过巨大影响。究其原因，高洋犯醉闹酒时，仍是“窝里折腾窝里闹”，闹酒未出皇城。北齐年间并未像东魏时期穷兵黩武，连年征战，东魏高欢掌权 16 年，竟发动各种战争 40 余次，动辄数万、十数万、数十万人马，倾全国之力，每战无论胜负，死伤惨重，国穷民苦，苦不堪言。高洋建北齐后，国内不再赋税徭役无边，不再连年征战不息。文臣武将，转入恨酒，北齐有个奇怪的现象：满朝文武大臣，皇亲国戚，公子王孙，皇后嫔妃，一直到侍卫太监，无一不恨酒，恨酒入骨，全国上下，见酒如见鬼，恨酒如恨妖，一人酒醉，则众人群殴；一人酒醉，则众叛亲离。高洋死后 18 年，北齐被北周所灭，北齐自高洋以后的五位皇帝，皆滴酒不沾。呜呼！

听　瓷

一

老子有言："味无味。"要在无味中品出有味，在无形中看出有形，在无声中听出有声。

据说鉴真大和尚在尚未失明时，常在月朗星稀、万籁寂静时对一古瓷静坐。弟子不明，常问无解。后鉴真失明后曾言："佛在天，其言能闻，其经能诵；弟子一言一行，佛皆能闻能见；声不在声，观不在观，皆在心。"

观瓷，听瓷。

中国制陶有近两万年历史，陶器是整个新石器时代的文明标志，文化符号。陶器为食而生，以食为天。一万年以后，才有了彩陶。彩陶的追求首先是美，一种文明的美，文化的美，精神的美，神圣的美。中国的美学自彩陶始。彩陶是为祭祀、礼仪而生，是人类文明的一大进步，从唯物开始走向唯心。把心中最美好、最神圣、最崇高、最有代表性的"心灵"，献给神，献给天地，献给祖先。又过了一万年，中国瓷器登上庙堂之高，大雅之堂，那是中华文明的使然，是中华文化的昭然，一万年不久，积蓄的是中华文化的精髓。中国的原始瓷在商代应已有发展，西周原始瓷上的图案已从商王朝的图形纹、绳纹发展到方格纹、弦纹，原始瓷鼎盛于战国时期，器型多以礼器、祭器为多，在衢州发掘出土的西周原始瓷器，制型多样，不但有厚胎厚釉，亦有厚胎薄釉。瓷器正成为中国特有的文化特色，文化奇葩，魅力无穷，无可比拟。

公元前 138 年，张骞通西域，开拓了“丝绸之路”，中国瓷器开始走向中亚，走向欧洲，丝绸之路也是一条“中国瓷器之路”。2007 年，中国在南海打捞的“南海一号”沉船，是满满一船宋代瓷器，价值超过了 3 万亿元人民币，这说明“海上丝绸之路”首先是一条“中国瓷器之路”。800 多年木船沉海，竟然不腐不烂，据说就是因为有船上的“国宝”镇着，不信不行！到了宋王朝时，中国的瓷器制品、制瓷工艺才真心开花结果，绽放出千年奇迹，达到历史的巅峰时期。宋瓷已然出神入化、变幻无穷、神鬼莫测，既有大气浩然、物自天成之作，又有鬼斧神工、如梦如幻、可望而不可即之神奇；又经过一千年，世界已进入电子时代，原子时代，互联网时代，高科技时代，但却没有一件能与宋瓷相比。可能再过一万年，宋瓷仍然高耸于艺术世界，傲视于文化领域，仍然难以走下艺术高堂的神坛。

宋徽宗可能是中国历史上最不称职的皇帝，言“宋徽宗诸事皆能，独不能为君耳”！能为君者又如何？长不过三五十年，短不过花开花落，而独宋徽宗，千年论瓷不能忘，不敢忘，千年之内似乎再无一个比宋徽宗更懂瓷器的中国人，唯天下，唯赵佶君王也。

宋徽宗不但懂瓷，引领中国瓷器的制作和发展，而且身体力行，如其作画，《听琴图》《文会图》《瑞鹤图》，如其创作的书法“瘦金体”，有瘦劲奇崛之妙，如斩铁断金，笔法犀利，自成一体，独立春秋，被誉为“无言的诗，无图的画，无声的乐，无形的舞”，独树一帜。宋徽宗最值得后人赞赏感叹的是他对中国制瓷的推动，舍其则无今日之宋瓷稀世珍品，宋瓷绝达不到当日之水平。讲一句绝对的话，世界上可以没有宋徽宗的画，没有宋徽宗的字，但绝不能没有宋徽宗的瓷，舍此，可能不能谓之 China。

宋徽宗会听瓷。

宋徽宗时代仅有短短的 20 年，20 年造就了宋瓷辉煌于世，造就了宋瓷不朽的巅峰时代，生产出一批空前绝后的中国瓷器的珍品、极品、绝品，天不假年，苍天无情，靖康之年，徽钦二帝被掠，开封被毁于一旦，一连数日大雪不止，宋史记载：“大雪，平地深数尺，冻栗堕止。”从此宋之五大官窑，再无生机，尤其是钧瓷、汝瓷，自“靖康之耻”，能工巧匠，一哄而散，巧夺天工的宋瓷再无灵气神韵，听其无声，望其无神。

宋徽宗时期的钧窑、汝窑，神圣得像皇家祭场。从选土、拌料、作胎、入窑，层层把关，层层细选。民间有言，堪比皇帝选秀女。每道关口皆有“大师傅”镇守，“大师傅”皆有绝活，只此一位，再无他人。烧窑的火候最难把握，全在经验，窑口大师傅喝一口清水，往窑口一喷，但见水雾顿起，雾有多大，多厚，多重，有几重颜色，几道彩，鬼使神差，即使如此，也有一窑瓷器烧不成一件成品，让启窑的师傅们心如刀绞，如丧考妣。宋窑真品的神奇就在于“窑变”，入窑一色，出窑万彩。古人对钧瓷窑变有一句十分形象的诗句：“夕阳紫翠忽成岚。”最著名的是一个名叫“三潭印月”的钧窑，天青釉窑变玫瑰紫斑，其釉色朦朦胧胧，飘飘逸逸，似水墨丹青，像鲜荷出清水。同施一种釉，在1300摄氏度高温之下，竟然窑变万千，无规律、无准则，甚至无科学，说变就变，千变万化，千奇百怪，色彩变幻像星星眨眼，巧夺天工，大器天成。钧、汝窑上的师傅人人信神，人人敬佛。“钧瓷无双，窑变无对。”釉变窑变，千变万化，还因为其釉中使用玛瑙，将玛瑙细研成粉，化作釉。但使用什么样的玛瑙？使用多少玛瑙？如何配方？如何上釉？皆在大师傅一人。艺之传承亦为天知地知，亦为中国瓷文化的内涵。

在宋徽宗之前，中国瓷多以鲜红、翠绿、金黄色为主调，唐三彩是集大成者，但到徽宗时期不同。宋徽宗信奉仙道，追求恬静、自然、大气、内敛、和悦，讲究天蓝色、天青色、淡绿色、浅湖色，瓷釉要求有一种淡雅之气，静力持稳，气质高洁，天然凝重，浑然一体。要让徽宗入眼不容易。现在看真正徽宗时期官窑的汝瓷、钧瓷，初看是温温青蓝色，再看则有氤氲的翠绿色在其中，久望细看则能看出有淡淡的粉色光泽，称为“徽宗色”。很多高瓷作假，最难最难作的就是这层“徽宗色”。

最让世人称绝的是钧瓷的“开片”。“开片”指宋瓷瓷器上的一片片不规律的裂片，像初春大河刚刚要解冻的河面。神奇诡秘的是，距宋徽宗时期已快千年，千年已逝，但钧瓷却“开片”不止，一千年开片，一千年不止。无人能解释这种宋瓷的奇迹。徽宗时期钧瓷开片只开裂胎不裂釉。据说“开片”之声，其声甚妙，妙似天音。须在天极静，神极凝，心极平，气极匀时，方能领略一二。这就是听瓷。据说当年宋徽宗最得意之享，就是在万籁之夜，静坐于钧瓷大器之前，静听钧瓷开片之声。每每听瓷之后，宋徽宗甚是得意，情难自抑，颇有得道得仙之感。宋徽宗信奉道教，他认为别人听不见，唯他能听瓷，是因为他入仙入神入道了，方能听见瓷之歌，仙之声，神之语。

更多的北宋瓷器是不开片的。

宋徽宗时期，汝窑曾出窑一批无纹无开片青瓷，也美、也俏、也庄重、也大方、也高雅，徽宗也爱。这种瓷器全世界尚存仅 90 件，其中台北故宫博物院珍藏有 21 件，27 件珍藏于北京故宫博物院，日本大阪市立美术馆还藏有 6 件。亲眼看过宋徽宗时期汝窑官窑的无纹无开片青瓷的人可能不会多。看过，堪称福气，福分，值得显耀。有一件现存于台北故宫博物院的无纹水仙盆，正是其 21 件中有代表性的。这个出自徽宗时期汝窑官窑的青瓷水仙盆，浑然一体，自然天成，整个盆全无一丝一毫的接缝处，盆底和盆帮天作合成，圆润丰满。

这个水仙盆的底座也十分别致，十分艺术。其座上雕刻着极细致的图案，又精心地用金粉勾勒，形成金图金花。座上还有一个小巧玲珑的抽屉，拉开可见其中有一装帧极精良讲究的书画小册，原来是清乾隆皇帝平时模仿古代名人的书画袖珍册。可见这件水仙盆从开封宋王朝的皇宫中流传出后，又经过多少曲折，经历有多少故事，又回到了清王朝的皇宫之中，得到了乾隆皇帝的极度喜爱。此件北宋宋徽宗时期的青瓷当为无价之宝。只举一例佐证，2017 年 10 月，北宋时期的“汝窑天青洗子”就拍出 2.94 亿港元，那仅仅是一个像小醋碟一样的洗子。20 世纪 30 年代末，位于河南禹县的北宋徽宗时期的钧窑窑址被发现。一时间大量外国人、中国古董商人、宋瓷收藏家，纷纷从四面八方，从国内海外涌向禹县。窑经历近千年，绝无一件完整的瓷器，他们都是为抢碎片而去，所谓“家有万贯，不值钧瓷一片”，绝非虚言夸大。也有把钧瓷残片打磨装饰后，镶在腰带上，绝胜金镶玉、玉镶珠。20 世纪 90 年代，在美国拍卖过一只直径 8 厘米的汝窑北宋小瓷碟，三寸小盘，难登餐桌之上。就这么个“小不点”瓷盘，还有先天不足，出窑残品，小碟有些变形，在出窑渣土中埋藏若干年，无人理会，后被人认出，金玉满堂，卖出了 154 万美元。当年在洛阳龙门石窟被盗卖到美国去的北魏大型石刻浮雕《帝后礼佛图》，卖价是 4 万美元。唐太宗李世民昭陵墓前著名的大型石刻浮雕，唐六骏中的二骏“飒露紫”和“拳毛䯄”流失海外，最后被美国宾夕法尼亚大学博物馆以 12.5 万美元收购。令人不得不服的是，世界上有那么多著名的拍卖行，从未收购、拍卖过任何一件北宋徽宗时期的汝窑、钧窑、哥窑的官窑瓷器，纵有千万黄金，难购得汝、钧窑瓷器极品一件！

瓷器的发明，体现了中国人完成了一个民族对火与泥土的再认识、再创造的伟大创举。其意义一点都不亚于今天人类太空行。瓷器改变了我们的生活，丰富了我们的文化，增强了民族意识，文化修养，审美观念，是一个伟大不朽的里程碑。中国人引以为豪的魏晋风度、盛唐浪漫、大宋理学都与瓷器息息相关，更不用说青瓷对世界瓷器的引领。

在瓷这门独特的艺术领域中，西方人士对泥土和火的认识能力及对美学的想象力中，缺乏中国先人对那种结合的发现与追慕，这也是中国发明瓷的美学观、人文观、世界观，从这个意义上讲，世界称中国为 China 是一种神秘的尊称。

日本是中国瓷文化最早受化的国家之一，日本有许多中国瓷器博物馆和私人收藏家。安宅英是一位日本顶级中国瓷器收藏家。他收藏的中国宋代瓷器中不乏绝品、国宝，其中有一件吉州窑木叶盏。

唐宋时期，吉州乃中国禅宗寺院最密集的地区，吉州窑的产生和发展直接受到了禅宗的影响，瓷中有佛，佛在瓷中。禅师们按照禅宗哲学与美学，指导吉州窑为寺院生产法事道具。木叶盏之类的瓷器正是在这种宗教背景下产生的，极少在寺院外流传，似乎是禅宗佛家的专用。据说当年寺院对使用木叶盏饮茶有许多规矩，其中之一在饮茶前要合十闭目，要诵经，要听瓷、听佛、听经，能心领神会瓷中有佛，瓷在说话。

木叶盏是一种茶盏。黑里黑面，那种黑有一种特别的宁静感，深沉感，静谧感，茶盏中贴着一叶似乎是无意飘零的落叶，贴在盏壁上；叶片舒展，叶脉十分清晰，细到极致，密到极致，清晰可辨。一片刚刚还在半空中的落叶，却巧巧地飘落进盏内，贴在盏壁上。那五彩的秋叶在黝黑的盏壁上一衬，那么古老、苍劲，落叶上的暗黄仿佛数千年前凝固的琥珀，叶梗凸立着，透着一种古老的岁月感。当茶水沏进盏中的时候，在冷色调中会透出一股股暖色，这是木叶盏独有的，天下唯一的，飘叶也随之呈现在更有层次感的青蓝色的基调中。被誉为“木叶盏之王”，现藏于日本大阪市立东洋陶瓷美术馆中。在日本一家佛教禅宗寺院中，珍藏着一对中国南宋时期的“天目茶盏”，是宋代黑釉建盏。宋人讲究“斗茶”，斗茶看茶之变化，茶入天目盏，漆黑之中竟是沉静深蓝，诡秘神奇，凝重深邃，变幻不定。让人有一种莫名的敬畏，疑之为神奇。日本高僧形容禅宗的修行时讲“盏中宇宙”，让人有无穷无尽的宇宙感，让人感到佛就在其中，佛就在心中。谓之“天下名器”，从来没有人用之饮茶，只供观之、听之、拜之。

二

在大英博物馆里有许多中国瓷器的稀世珍品，有不少堪称中国

“国宝”。在中国馆中，最使我驻足静观、大饱眼福的是中国明清时期的各种瓷器。其中最吸引我的当数元代青花瓷器，其中有的已是当代绝品，可称“天下第一瓶”，或“天下独一瓶”。公元2005年7月12日，在伦敦佳士得拍卖行一件元代青花大罐，拍出2.3亿多元人民币的天价。这件元代青花瓷大罐被命名为“鬼谷子下山元代青花大罐”。在中国青花瓷中，尚未见有拍过这种高28厘米、直径33厘米、重5公斤左右的元青花。需要说明的是这件元青花并非是官窑制品，却能一枝独秀。称其为“天下第一罐”恐怕不为过。

公元2006年在湖北钟祥市郢靖王墓的发掘中，在主墓室王和王后灵柩前各有一个“招魂瓶”，因为在发掘这位明朝封王墓时，自始至终几乎没有任何重大发现，也没有什么值得记入史册的文物。就在考古人员极度失望的时候，却出土了这么一对元代青花四爱图梅瓶，瓶高38.7厘米，口径6.4厘米，底径13厘米，关键还是一对，极其难能可贵。因被置放在主墓室，主墓室无塌无陷，这对宝瓶纹丝未动，原模原样，上面很可能还印有明代人的指纹。

这对元青花四爱图梅瓶，瓶身肩部饰有凤穿牡丹，腹部饰有青花“四爱图”，即王羲之爱兰、陶渊明爱菊、周敦颐爱莲、林和靖爱梅。这对宝瓶当场就被专家定为国宝，湖北省博物馆的镇馆之宝，享受这种超规格待遇的瓷器，似乎这对元代青花四爱图瓶是第一例。

到大英博物馆的中国人，大都要去中国馆看中国明清两代最杰出、最高雅、最珍贵也最难得的青花瓷器，皆两代皇宫御用的，堪称件件皆国之重器，无价之宝。其中最突出的、最经典的、最名贵的、在世界上名气最大的仍然是一对元青花瓶。这是一对元青花云龙纹的象耳瓶，珍藏在大英博物馆的93号展厅中。

这对元青花象耳瓶高约60厘米，是一对大展瓶，最宽处直径20厘米，上下窄，腹部圆，两耳是两个大象头，挺牙垂鼻，其鼻正好做瓶之把手，故名象耳瓶。瓶上龙游白云，摆头摇尾，腾云驾雾。这对元青花象耳瓶可称“横空出世”“天下独尊”，可以“醉倒”世界，独领风骚；白釉泛青，色彩清朗艳丽，典雅高贵，卓尔不群，一摆一放，满厅满室，独树一帜。

据说这对象耳瓶是元至正十一年（1351 年）农历四月，由一位叫张文进的男子，把这一对花瓶和一尊香炉一并供奉给现在江西省婺源县的一间道观中，以祈求全家平安。这位持瓶者的身份如何？背景如何？这对象耳瓶是如何传到他手中的？他又为什么要舍此瓶而祈保平安？这其中该有多少故事？有多少传奇？又有多少恩恩怨怨？是是非非？皆不得而知，那尊同时献出的香炉从此下落不明。这对珍贵的象耳瓶，又经过多少周折，多少艰难，多少传奇，才终于被英国大收藏家大维德爵士所收藏。从此这对“国宝”永别中国，开始了它海外的历程，历满天下，誉满天下。那位大维德爵士可谓“富可敌国”“国不敌他”，他收藏的中国瓷器有 1700 多件，几乎件件是珍宝，件件贵不可言，件件都有一段九曲回肠的传奇故事。他收集的中国瓷器的珍品，从晋到清，几乎代代都有，其中大量明清时代的宫廷珍品、稀世珍宝，包括传世珍宝珐琅彩瓷器和极为稀少的宋代汝窑瓷器，据说现在全世界公认的宋代汝窑瓷器才 70 多件，而大维德爵士收藏的就有 17 件。在大维德眼中，最珍贵、最稀有、最宝贝的是那一对元代象耳大瓷瓶。言其“捧在手里怕摔了，含在嘴里怕化了”不为过分，其重如泰山。世界有些国家级的大博物馆要求借展，也从来不外借一对，只能借展一只。不怕一万，就怕万一，有警世恒言——金不换。这对元代象耳大瓷瓶岂止金不换？什么东西都能保险，只有这对元青花象耳瓶不能保险。就是单只出借，也非易事，保安、保险、保障措施复杂到严格苛刻，严格到复杂刁难。即使是单只出行，也必须乘头等舱，必须置放在一只特制的箱子中，有专人时刻看护。那只特制的箱子特别到什么程度？从一万多米的高空掷下，里面放的玻璃杯不破不裂，比飞机载的黑匣子要求还高。飞机着陆后，必须先让它安全出舱，平安下机后，乘客才许离开座位。比英国首相的规格还高，谱儿还大。有一次要借展到美国，美国竟然派了两个荷枪实弹的美国大兵为其做贴身保镖，任何人都不得靠近，那也仅仅是一只元青花象耳瓶矣。大英博物馆中的这对元代青花象耳瓶，真乃百闻不如一见，高山仰止，独步天下，一见方知何为大千世界。

中国瓷器成为世界的奢侈品，整整长达一千年，天下千年无敌手，一花独开，中国瓷独尊，你可能不知道何为东方，但你不可能不知道中国瓷器。直到 1699 年，一个汉名叫殷弘绪的法国传教士来到景德镇，这位法国人有恒心，有定力，整整在窑前窑后偷师偷艺七年，终于学会了制造中国瓷器，也改写了历史。

三

马未都先生是中国瓷文化的大家。他曾非常自豪地讲过，1993 年，他去日本，日本一位瓷器收藏家请他去家中喝茶。所有的程序，所有的排场，所有的讲究，马先生都泰然待之，见之多矣。但当一位身着和服的仆人，端着黑漆描金的托盘上茶时，托盘上只有一个小小的茶杯，却使马先生眼前一亮，那竟是一只明成化年间官窑出品的成化斗彩鸡缸杯。马先生说，他自认为是见过些世面的人，与名人品茶亦多矣，但此次却把他震住了。可谓“激动的心，颤抖的手”，用马先生的话说：“我端着这杯茶，小心翼翼地尝了一口，我觉得这是我平生喝的最贵的茶。”这才叫“醉翁之意不在酒”，在乎茶杯也。

这种成化斗彩鸡缸杯 1993 年在香港拍卖是 500 多万港币，行内专家称，现在应在千万元以上。真正的成化斗彩鸡缸杯都深藏于各国各大博物馆，或大收藏家手中，“见杯如见君”，真正亲眼看过的人寥若晨星，真正端起的人更是闻所未闻，而马先生竟用此杯喝过茶，当应自豪。现在北京故宫博物院珍藏着一对明成化鸡缸杯，要想亲见一面，其难如蜀道；想手持耳，则难如上青天。

明成化年间既无“中兴”，更无“盛世”，留于后世的几乎都是昏庸无能，政治腐败，民生凋蔽。明朝第八位皇帝明宪宗朱见深执政 23

年，所用年号只有一个——成化，称成化皇帝。成化皇帝留在历史上最大的话题似乎是爱恋比自己大 17 岁的万贵妃，且一爱终生，终生不渝，“三千宠爱在一身”。但谁能想到，因为万贵妃钟爱斗彩瓷器，珍爱斗彩鸡缸杯，竟使得“成化”的年号名垂青史，成化斗彩鸡缸杯成为中国瓷文化的重要一页，成为中国名瓷收藏的珍宝。明王朝 16 位皇帝二十几个年号，还能记起哪年哪号？

其实就在明朝，成化斗彩已然名扬天下，天子尊，皇室尊，士大夫尊，天下尊。据明史记载：“神宗尚食，御前有成杯一双，值钱十万。”到万历皇帝，御前摆一对斗彩成化杯，足以壮尊，足以提威，足以拔份。似乎帝食前不摆上一对斗彩鸡缸杯，还能摆什么？想起 300 年后，慈禧皇太后“尚食”，是讲究把十条城隍庙中的供案拼接起来，摆上一百多种佳肴，一盘只吃一箸，一汤只饮一口，摆的也是排场，讲究的也是威严，但总让人感到像山寨的酋长，称王称霸的“土皇帝”。当时一对成化斗彩鸡缸杯值钱十万，有人还真核算过，大约相当于千万元，要胜似慈禧几百桌餐费。其事悠悠，其时亦悠悠。当然成化斗彩瓷器并非只有鸡缸杯，像珍藏于北京故宫博物院的斗彩海兽罐、斗彩海马罐、斗彩葡萄纹高足杯，都是著名的稀世宝瓷。成化斗彩鸡缸杯的釉画是一个和谐、亲密、友爱的鸡家庭，五彩的大公鸡正在引颈长啼，像在呼朋引伴，又像在向天高歌；而温和漂亮的母鸡正在寻找小虫喂食几只小鸡，小鸡正闹，玩得正热闹开心；母鸡正引导三只小鸡在啄食一只爬动的蜈蚣，母子和睦，全家幸福，情趣盎然，生动形象。背后是五颜六色的鲜花野枝，奇石鲜草，一片和睦，一片自然，一片幸福。

在北京故宫博物院，还有一件明成化年间的斗彩瓷器，亦为国宝，国家一级文物，属于镇馆之宝。那便是明成化斗彩三秋杯。

这件国宝是孙瀛洲先生捐赠给国家的，孙先生是中国著名的陶瓷收藏家、鉴定家、科学家，他将自己收藏的 3000 多件珍贵文物捐赠给国家。其中有 25 件为国家一级文物，明成化斗彩三秋杯便是其中之一。

20 世纪 30 年代，孙先生花费了 40 根金条买下了这件明成化斗彩三秋杯。40 根金条在当时是个什么价位？鲁迅先生曾在那时用了一根金条就买下位于北京市西城区阜成门内宫门口二条胡同的一座四合院，这件三秋杯大致相当于北京二环内独家独院的 20 套四合院，可见其价值。

成化斗彩三秋杯，全世界仅北京故宫博物院有一对。世界仅存，唯有此杯，当属瓷中之魁。

明成化瓷器，釉下青花与釉上五彩相结合，不仅保持了青花典雅的特色，而且增加了五彩浓重华丽的色调，互相衬托，彼此映照，绚丽之彩自然而出。“斗彩青花”亦有“彩瓷之冠”的美称。再看那“三秋杯”，釉色青中泛灰，又透白，胎薄如蝉翼，杯上绘两组斗彩山石花卉图，花上翩翩飞舞的蝴蝶，看那飞舞之中的蝴蝶翅膀上的流彩，即姹紫彩，其特点是色浓但无光，为成化彩独有。那双彩蝶，飞得那么动人，那么俊俏，欲飞欲舞，须足毕现，栩栩如生。三秋杯描绘的是秋天庭院或花园中的秋景，秋历时三月，故有“三秋杯”之称。

孙瀛洲先生晚年就在北京故宫博物院上班，总穿着一身又旧又老式的工作装，挤公共汽车去上下班，老先生终生无悔无怨，无停无歇。他每天都忙碌着为北京故宫博物院一万多件瓷器做鉴定。老先生让人由衷地敬佩，虚怀若谷，心重如山，国家之重，重过一切。要知道当年为拿出 40 根金条去收购那件成化斗彩三秋杯，他倾囊而出，直到变卖家产，但在捐给国家时，孙先生毅然决然，大气凛然，只是在头一天夜里，孙瀛洲先生一夜未睡，和成化斗彩三秋杯默默地坐了一夜，似乎在倾听那件成化斗彩三秋杯诉说在孙家几十年的幸遇。老先生不让掌灯，室内一片银纱般的月光，他睁大眼睛，静静地侧耳细听，听那三秋杯的心里话。听瓷，孙先生听得真真的，中国瓷除了开片之声，还有瓷之心语。

孙瀛洲先生讲过，中国的瓷器学问大了，像一本看不完的书，又像是翻开就合不上的书……

说　茶

一、吃茶去

柏林禅寺是座古寺，言之为东汉末年起寺，应该是中国最古老的禅寺。1936 年，梁思成专门赶赴柏林禅寺考证，他骑在毛驴上曾双手合十地说："吃茶去！"

柏林禅寺在唐代是一处规模宏大的观音院，前殿后堂，朝晖夕阴，香烟氤氲，经声阵阵。从谂禅师德高望重，远近寺院的僧人都来柏林寺修行。有僧远途而来，请教从谂禅师佛道。从谂禅师问道："此前来此间否？"僧答："未至。"师曰："吃茶去！"又有一僧跋涉千里而至，从谂禅师亦问："之前来此间否？"僧答道："来过！"从谂依然答道："吃茶去！"后院主不明白，没到此吃茶去，到此亦吃茶去，此理何在？为何只是吃茶去？从谂禅师唤其至，其不解而问其中奥秘，从谂禅师依然那句，一字未改："吃茶去！"观音院曾多次被毁，但从谂禅师的教诲"吃茶去！"却代代相传。茶里有修炼，茶里有文章，茶里有佛事，茶里有禅音。梁思成说"吃茶去"有学问，虽然当他站在被毁坏得几乎成废墟的古老寺院前心情久久不能平复，扭头回身亦言之：吃茶去……

据说佛教传入中国后，直到禅宗的诞生才完成了佛教的中国化，而禅宗的确立，也是茶入佛教的祖始。

禅宗讲究修身养性，心性本净，即心即佛；禅宗认为茶能养神修身，茶能安心静性，茶能益思助忆，茶能淡定归一。因此茶逐渐成为佛门必修课，“吃茶去”成为佛家修身养性、清净本性的修行法，也是佛教中国化的一个最重要的标志。进佛门，朝拜后，静坐于堂前殿后，慢慢饮一杯寺中之茶，确实有一种丹田淡定、五脏清爽之感。佛中茶，僧人所敬茶，不可不吃，常吃常新。从谂禅师的“吃茶去”充满哲理，三个字却是一篇满满的哲学文章。赵朴初先生曾感叹“吃茶去”：“七碗受至味，一壶得真趣。空持百千偈，不如吃茶去。”再看启功先生的“吃茶去”：“今古形殊义不差，古称荼苦近称茶。赵州法语吃茶去，三字千金百世夸。”如果还体会不到“吃茶去”的含义、韵味、道理、哲学，那就二话别说，“吃茶去”。

“吃茶去”也有讲究。

五台山是佛教圣地，是青黄两教合一的佛山，可能相隔一堵墙，左为青庙，右为黄庙。进寺院吃茶亦有别。进红教即青庙，汉传佛教寺院，和尚请你吃茶一定是青茶、绿茶；进黄庙藏传佛教寺院，喇嘛请你吃茶一定是红茶，岩茶。

据说苏轼曾因“吃茶”有感，自题一副对联。上联：“坐，请坐，请上座。”下联：“茶，敬茶，敬香茶。”言苏轼有一次游完莫干山，曾到半山腰的一座寺庙小憩。和尚见其衣着简朴，是来讨茶叨扰的，就冷冰冰地只说一个字：“坐！”又吩咐：“茶！”苏轼入座后，并不嫌弃，与和尚交谈。和尚感到来人谈吐不凡，讲佛竟然也头头是道，马上请苏轼入大殿进后堂，摆下椅子请苏轼：“请坐！”又吩咐：“敬茶！”待他得知来者便是苏子瞻时赶忙起身，把苏轼请到一间静雅的客厅，恭敬有加地说：“请上座！”又吩咐：“敬香茶！”这才引出苏轼的一副高对。能修炼成“吃茶去”也需要几十年的佛家功夫。后来踏访莫干山这座老寺，方知也冤枉这位老僧。莫干山当殿老僧亦有“面壁十年”之功，绝非世态炎凉之人。见客匆忙入寺，一眼能定“乾坤”：人乏苦累干渴，此时只需坐，甚至坐也不坐，只需茶水，饮且痛饮、连饮、长饮，饮完即行，生计所迫；无暇端于上座，慢斟、静闻、细品、赏香，苏轼虽衣着平常，但与众不同，四平八稳，不急不躁，坐是端坐；饮是慢饮，细流入口；端茶是双手，放杯是轻放；观其茶后有言，茶后有暇，茶后有教，故引而入室，再奉新茶。老和尚言之有理，佛门深似海。

二、喝茶有学问

中国人喝茶讲究。

讲究喝春茶明前茶，清明前采的茶，刚刚绿、刚刚嫩的茶尖、茶芽，“小荷才露尖尖角”，采的就是才露出的尖尖嫩嫩的茶芽。明前茶后即谷雨茶，据行家言，谷雨茶色香味与明前茶并无大异，但明前茶口感更香醇，舌底会油然生出一种滑润清香来，让人感到一种“吹面不寒杨柳风”的爽快。这得有多深的茶功夫？

中国人喝茶还要讲究茶树、茶叶、茶山、茶坡、茶滩。是山前的茶还是坡后的茶？是半山的茶还是阴坡的茶？是沟里的茶还是坡上的茶？是 20 年的茶树，还是 50 年的茶树？是龙井茶还是碧螺春、白茶、毛峰、云雾、猴魁？这些都是每年尚未开春，太平洋的暖湿气流由杭州湾直接吹向它们，它们得天地之精华，得天独厚；正像每年由大西洋上吹来的带有酸性的海风，恰巧在法国波尔多的葡萄坐果落浆时吹来，让吉隆河两岸盛产适合酿酒的葡萄受益，得有天时地利，果自天成。

中国人喝茶最讲究水。上善若水，茶亦然。什么水煮什么茶，须珠联璧合。唐之宰相李德裕，茶之高人，茶之功夫无人能比。有一友人去江南，李托他带回长江之水，以供烹茶共饮。不料此人一时忙碌，竟然忘记，临归才记起宰相之托，然此时所乘之船已然渡江，无奈之中在江边灌了两罐江水带回来。原本以为，一江之水何别之有？万万没有想到，李德裕烹好茶一品，立时对来人言：汝取之江水绝非江之中流之水，请勿瞒我。其人惊呆良久，许久不能言语。李德裕品茶堪称“伟大”。

《红楼梦》中妙玉是位烹茶品茶的茶中高人。她烹茶讲究用活水、雨水、露水、雪水，最高雅、最提味、最难得的是用梅花上落的雪水烹茶，也谓古今一绝。“女儿翠袖诗怀冷，公子金貂酒力轻。却喜侍儿知试茗，扫将新雪及时烹。”那是贾宝玉的诗，虽然“公子金貂酒力轻”，但深谙饮茶之道，“扫将新雪及时烹”。贾公子饮茶、烹茶讲究活水，活水能把八分茶泡出十分味来。好茶须好水。

西湖龙井，绿茶清茶中的极品，以色绿、香郁、味甘、形美誉之“四绝”。素有“一方水土养一方茶”之说，茶是靠养出来的。在茶田四周种植香樟，茶田之间插种桂树，春日香樟花的清幽，秋日桂花的馥郁，无时无刻不在浸润着茶树上的每一枝，每一叶。正宗龙井茶，茶形似碗钉，色翠似糙米，滋甘似鲜醇，回味似兰香。嗅之，清香幽幽，淡雅恬静，茶香是慢香，茶鲜似润液。呷一口，香能入口贯鼻，赏心悦目。红花再好，须绿叶相衬。龙井茶的产区，恰在九溪十八涧的源头，溪溪有灵气，涧涧有神韵。即使如此，此处出的龙井茶亦各有千秋。讲究喝龙井茶的人都知道“狮、龙、云、虎，狮为首”。是说这四大宝山之中狮峰上的龙井最地道，最有韵，也最神奇。但狮峰龙井也要虎跑泉的水烹，方可谓天下一绝，龙井茶，虎跑水缺一不可。

欧阳修有句名言：“醉翁之意不在酒，在乎山水之间也。”其实秉实而论，是饮茶更在乎山水之间也，更在乎环境气场，也更追求雅静、清素、淡然、天景，更在乎气质、文化、修养、高雅，人际的相欢是茶场的要素，心有灵犀是茶场的道德。酒尚酣时，热血男儿，拔剑击贼，上马杀敌，血溅四方。四两酒可以放倒英雄汉，一壶酒能使白娘子现形，醉里挑灯看剑，气吞万里如虎。而茶非然，茶出清淡，出智慧，出淡定，出修身，出气韵，出思想，出精神。一杯清茶谈天说地，谈玄说黄，纵论三山五岳，清谈三皇五帝，非茶不能，非茶不可。茶可助思，茶可论道。

喝茶最讲究茶场。有七分茶三分场，直到后来竟然有茶翁直言：三分茶七分场，无名场岂有名茶？

“满陇桂雨”是座名茶场，言其有名，因众多名人都曾不远数百里甚至千里到此一饮。像胡适、徐志摩、梁启超、郁达夫、巴金等。其实满陇不过是西湖南岸的一个小村落，夹峙于南高峰与白鹤峰之间，天时地利，要风得风，要雨行雨，要雾起雾。一条石板路沿山势逶迤而下。自然美，美尽自然。这地方稀奇称妙的是满山满坡，满沟满洼，房前屋后，溪边路房，村里村外，村头村尾，一水的桂树。桂树成荫，桂树成林，桂树成景，桂树成香。相传南朝梁朝时，此处有古寺，僧人种下桂树，渐渐成为当地一景，再渐渐成为当地一产业。桂树自由自在地生长，到唐时已蔚为大观，千树万树一片桂树，每逢金秋时节，秋风才起，桂树已然琼枝玉蕊，珠英吐芳，万树桂花竞相开放，满陇一片桂花香。桂花的香，香和香不同，一树丹桂一树彤，一片金桂一片黄，一树银桂又是一树白，丹桂、金桂、银桂的花香争相飘荡，整个满陇尽是桂花香，让人痴迷让人醉。那时候，杭州有“绝艳三雪”一说：“西溪的芦花，名之秋雪；灵峰的梅花，名之香雪；而满陇的桂花，名之金雪。”在这种茶场细品这虎跑水泡的龙井茶，何为神仙？

三、道可道，是茶道

中国的饮茶史要比造酒史迟五千年，因为根据中国科学院公布的一项科研成果，在新石器时代初期，8000 多年前，中国已开始有含酒精的饮料。而《尚书》《春秋》《史记》都未记载茶史，至今出土的先秦文物中，不见有茶具，在出土的所有的青铜器中有几千件青铜酒器，没有一件是茶器。老子、孔子没有茶福，诸子百家无一家知茶味。中国茶在唐朝有《茶经》，中国茶真正走入社会，应该在南朝，茶随禅宗入寺院。“南朝四百八十寺，多少楼台烟雨中。”寺中有茶，楼中有茶，烟雨中有茶。到唐朝时，茶之兴旺，茶之普及，茶之魅力，几乎让大唐王朝折服。唐之兴盛与茶之普及有关，在唐王朝茶叶作为商品，开始在全国征税，成为国家重要的税源之一。唐时饮茶和我们今天不同。

唐时先把茶采下，炒熟，晾干，做成茶饼；饮用时，再用力将茶饼撬开，用特制的茶碾碾碎成末，还要用专用的茶筛一遍遍过筛，然后才能冲水，在泡茶之前还要适量加入盐。当年法门寺地宫出土了一套唐时饮茶的茶具，那是唐僖宗皇帝敬奉给释迦牟尼的贡品，玲珑剔透，工艺巧妙，从茶刀、茶磨，到茶杵、茶筛一应俱全，是大唐宫廷茶具，天下只此一件，弥足珍贵，亦为唐代饮茶须加盐之佐证。中国人那时讲究在茶中加少许盐，且把茶碾成粉，冲成汤，至宋时仍未变，宫廷及士大夫仍然喝茶加盐。宋时黄庭坚的一首《品令・茶词》写得字字生香，方知酒醉人，茶亦醉人。唐时贡品中茶居上品。上有所好，下必甚焉，可见唐之茶风之盛。盛宴之上，必有茶宴；君子之交，必有敬茶。茶的又一个疑问来了，《全唐诗》一共收有 48900 余首唐诗，直接咏酒的诗有 6800 多首，出现了数位名留青史的大诗人，几乎都是酒仙、酒圣，为何没有一位茶仙、茶圣？没有一首像宋代黄庭坚那样单独咏茶颂茶的诗呢？唐代出了中国乃至世界最早、最完整、最全面的《茶经》，被誉为茶之百科全书，陆羽乃中国饮茶第一人。为何不见唐之茶文化？难道李白、杜甫、白居易、王维、孟浩然都不饮茶？“烹羊宰牛且为乐，会须一饮三百杯。”一杯茶都不饮？一首诗都不作？唐诗像酒，宋词像茶。读唐诗如烈酒激荡，热血澎湃，激情四溢，翻三山登五岳；读宋词则如深夜观星，夜读春秋，君子舞剑，贤士抚琴，从来佳茗似美人。也高歌猛进，也沙场擂鼓，但终将功名换得浅斟低唱。

茶到宋代，已然列为开门七件事，柴、米、油、盐、酱、醋、茶，民以食为天，前六件事均为食，茶已然为“半边天”矣！宁可一日无食，不可一日无茶。《清明上河图》中有多家酒楼酒坊，亦有 30 多家茶馆茶庄。茶已然“随风潜入夜，润物细无声”，进门第一礼，是沏茶待客。都说一方水土养一方人，其实一方文化养一方饮茶人。老北京人什么时候喜爱上茉莉花茶似乎无准确考证，至少从大清王朝开始，老北京人就好这口茶。茉莉花茶也讲究，把江浙一带的龙井、毛峰、云雾、芽尖、碧螺春，明前采来，炒干晾制，陶罐竹篓，从大运河一直到通惠河。等到茉莉花一开，采花女背着竹篓下田，专采那些含苞待放的茉莉花，打春的茉莉花娇嫩鲜艳，白如玉，光如雪，香如桂。要把绿茶和茉莉花有序揉合为一体，做茶的师傅推门一嗅，就知道花香不够要加花，茶香不够要加茶；然后才是摘花女，把和茶相伴相亲的茉莉花拣出去，把经过窨制的茶剔出来。但茉莉花茶庄都有一箩一箩的茉莉花，有的饮茶人专好茉莉花味，往往在沏好的茉莉花茶上漂一两朵盛开的茉莉花。那时代，从京城通州到朝阳门内外，一街两溜俱是茶庄，茶庄招牌上都有一朵、一簇含苞待放的茉莉花。据说当年慈禧老佛爷最好茉莉花茶，八旗王爷贝勒、功勋大臣皆以喝茉莉花茶为尊。京城的好恶全看宫里。楚王好细腰，宫中多饿死；齐王好紫衣，国中无异色；老佛爷好茉莉花茶，街头巷尾，馆内馆外，皆以喝茉莉花茶为尊。

皆言：侯门深似海，茶亦然。进侯门先入点门廊，请进门房后先沏一碗清茶，稍候，专人去通报；再请入月亮门外的客厅，另沏一碗香茶；待进大厅，才再沏一碗茉莉花茶，三茶品过，主人恰好入厅，讲究。如果客人打开茶碗，碗中有一朵盛开的茉莉花，表明主人心情大悦，客来添喜，礼节。客人要告辞，并无一言，只是示意将茶盖碗放置在一旁，主人便会“端茶”送客，规矩。老北京的茶文化不止这一处。老北京的浴池大澡堂就有北京茶文化。早晨皮包水，下午水包皮。老北京人讲究泡澡，泡出一身透汗后，往床上一躺，热毛巾擦背，此处要有一声叫板：“茶来——”，回应：“一壶茉莉花茶，两个焦圈，一方绿豆糕，两块脆皮点心。”这是讲究人家。打开碗盖，要一眼看见一朵漂在绿茵茵茶水上的茉莉花，花开四展，香气扑鼻。这时候如果有人清唱“一马离开西凉界”，纯正的余派老生，讲究人家会喊碰头彩，叫好，并对服务生说送一壶茉莉花茶，服务生会朗声唱道：“56床送余派老生一壶茉莉花茶。”大澡堂赏茶并非真端上一壶茶送去，而是送上一包澡堂自己包装好的茉莉花茶。正所谓：“几回酒醉唱孤家，一马西凉未饮茶。”那不成，茉莉花茶伺候，北京爷。

茉莉花茶彻底唱响老北京的老胡同，大杂院。那年代一壶茉莉花茶能使大杂院一院的老少爷们、半胡同的“膀爷”，“侃”到月朗星稀。茉莉花茶聚众，还因为那时候北京夏天太热，小屋蒸笼似的，人口太挤，挤得没处待，就摇着芭蕉扇，光着板脊梁，趿拉着硬板鞋，端着大茶缸，天南海北侃起来。北京的侃爷曾经出过大名，没有不知道的，天子脚下，洞察一切，没有什么不敢侃的。其实那壶茉莉花茶，就是一壶茶叶末，茶叶店卖的“下脚料”，但北京爷好面子，不说茶叶末，只喊一壶高末，配有茉莉花。壶中的确有一朵盛开的茉莉花，那是主人自己加进去的，茉莉花也是自家花盆栽种的，摘下的花小心翼翼地保存着，喝剩下的茶叶末又被放到花盆中养着茉莉花，这就是北京人的花茶缘，茉莉花茶。

四、茶可茶，是砖茶

20 世纪 60 年代末到山西农村插队，领略晋西北的饮茶，可以推测，晋西北乃至整个三晋，饮茶习俗自宋时代，一千多年基本未变，极可能是杨家将镇守三关时候大宋王朝的将士们传承下来的。不到山西喝茶不知道，山西两百年前真正富甲一方、富可敌国、富贵天下的不是煤老板，和煤几乎不沾边；是茶老板，几乎都与贩茶有关。曹家、渠家、李家、乔家、常家，家家大院都有茶文化，无茶不发家。云南、福建、湖南的岩茶、红茶、黑茶，制成砖茶，像北京修故宫铺地的“金砖”，一公斤一块，茶马古道运的正是这些砖茶，千里迢迢，不远万里，穿越半个中国，一直贩运到蒙古、俄罗斯，一百年后，俄罗斯人、蒙古人一时一刻都离不开山西茶砖，所谓金砖银砖都不如茶砖。随着一驮驮茶砖北上，随着一阵阵驼铃，换回一驮驮真金白银。就像丝绸之路上西运的丝绸，把罗马帝国的黄金吸取得不得不禁止中国丝绸输入。山西商人厉害！山西茶砖厉害！山西商人不倒腾山西煤，翻山越岭，把一驮煤运到北京宣武门外，城外交割才半吊钱，累瘸了骆驼累病了马。山西人有言：茶子才贩煤。

20世纪60年代，晋西北农村待客，是待贵客、尊客、亲家客，才隆重地打开柜门拿出茶砖，一层层剥去几层纸，始见茶砖，其色、香、味全无，其“面目”亦似京剧中的“黑头”。不见不知，要把茶砖破碎成片，是要用切菜刀一刀一刀地劈，一刀一刀地剁，一刀一刀地剥。不知茶砖是用什么办法才能制成“金砖”一样结实的。把刀解下来的茶叶先用清水过一下，就放到吊子中煮，名副其实的烹茶煮茶。所谓吊子就是砂锅，一直煮到水翻滚，但并不着急端下来，而是耸起鼻子深深地嗅，直到闻见一股股、一阵阵茶香，才把吊子取下来，把白瓷碗排齐一溜，把茶水轻轻倒入碗中，有白瓷碗封底，茶是玛瑙色，倒满以后，茶的颜色会从碗底升起一种暖色，会溢起一种炒熟的芝麻的香甜味。煮熟的砖茶讲究喝熟的，乡亲们喝起来会呼呼有声，让我想起老北京人喝豆汁来。我曾经受过一次贵宾的招待，第一碗热茶喝完以后，倒上第二碗热茶，这时主人从橱窗中拿出一个小瓷罐，打开以后，很小心地捡出几片干花放在茶碗中，原来是当年的枣花和去年的槐花，枣花泡开后，又小又巧呈奶黄色，而槐花则飘飘扬扬，呈嫩玉色，这时候主人才示意端起来“喝茶”，那茶有一种特殊的香味，甜味，别有滋味。又想起宋代黄庭坚的《品令·茶词》：“凤舞团团饼。恨分破，教孤令。金渠体净，只轮慢碾，玉尘光莹。汤响松风，早减了二分酒病。味浓香永。醉乡路，成佳境。恰如灯下，故人万里，归来对影。口不能言，心下快活自省。”岂不称妙？黄庭坚不但是品茶高手，也实实在在是煮茶的行家，又破、又分、又碾，想起晋西北农村的煮砖茶，那其中该有多厚重的文化！

打板就唱说京剧

京剧国粹也，屈指四大徽班进京，不过两百来年，京剧却后来居上。一声“二黄”，一声“西皮”；一句“京白”，一道“水袖”；一领“青衣”，一簇“花旦”；一张“花脸”，一副“丑行”；唱念做打，红遍京城。上至皇宫王府，下至平民百姓，无人不会几段京剧，京腔京味；家事、国事、天下事，几乎事事离不开京戏。唱进故宫颐和园，唱进“堂会”四合院。每逢大事，必请京戏，两百年终成定律。

京剧是国粹，一千多种地方戏历史可能都比它长，但戏台都没有比它大的。北京城有三大戏台，台台威风，台台霸道，台台让人仰视。颐和园内号称大清国第一戏台的德和园大戏楼，不愧称大戏楼，高三层，层层有戏、有台，设有绞车，可“上天入地”，升仙下凡，飞檐走壁，出神入化。三层楼之间有天井通连，底层还设有水井、水池，下龙宫去四海皆可入景。自德和园大戏楼修成以后，慈禧皇太后看戏必临德和园。总是亲点“角儿”，亲点戏。梨园有句话：红不红，上没上过德和楼？其余二楼分别是故宫中的畅音阁大戏楼，承德避暑山庄的清音阁大戏楼。京城有句老话：考状元难，三大楼听戏更难。自打徽班进京后，代代皇帝皆戏迷，皆“高票”，能坐在龙口打板定弦，能扎起“背靠”粉墨登场。王爷、贝勒中“票友”“高票”比比皆是，听戏、唱戏成为一种时尚雅好，甚至连“八大胡同”也讲究“唱两句二黄，搓四圈麻将”，无戏不开颜，无唱不京白。京城的繁华之地皆有戏园子，皆有戏班子，皆有红戏子，无处不管弦，无地不“二黄”。也唱红了一批声贯梨园的大家——“同光十三绝”“四大须生”“四大名旦”“四大净丑”“四大武生”等等。也形成众多流派，名家纷呈，百花齐放。唱红的戏目有百余出，一出《霸王别姬》唱红两百年，有戏迷看过一百遍，百看不厌，看一遍“醉”一遍。什么酒醉都有酒醒时，唯戏醉无醒。

光知道康熙皇帝六下江南，谁知皇帝是戏迷，也曾十下戏园，当年北京城民间也有四大名园，广和戏楼、华乐戏楼、广德戏楼、中和戏楼，康熙皇帝不但在广和戏楼看戏，而且还为广和戏楼题写一副对联：“日月灯，江海油，风雷鼓板，天地间一番戏场；尧舜旦，文武末，莽操丑净，古今来许多角色。”梅兰芳第一次登台就在广和戏楼，扮《长生殿》中的织女，扮相俊美，嗓音圆润，从此出道。也有人言：广和园走出梅兰芳。

京剧为国粹，当然是也。全中国乃至全世界可能没有哪个戏种有那么多出戏。京剧有三千剧目。梨园有句老话：唐三千，宋八百，演不完的三列国（即三国戏）。谭元寿曾言其曾祖谭鑫培会唱三百多出戏。谭鑫培，中国京剧大师，谭派唱腔创始人，同光十三绝之一。最叫座的是：程长庚的《群英会》，杨月楼的《四郎探母》，谭鑫培的《恶虎村》，朱莲芬的《玉簪记》。谭鑫培还是中国第一部京剧电影《定军山》的主演。铜锤花脸的名家袁世海曾言，要成为名角儿，怎么也得会一百多出戏。

京剧分四大“行当”：生、旦、净、丑。讲究四大功夫：唱、念、做、打。小时候进戏园子看戏，最怕的是老生戏，挂着“髯口”捋着胡子一步三摇，边说边唱，站着唱，走着唱。最怕老先生坐下唱，一唱能把满戏园子的小孩一起唱困了，唱睡了。直到掌声、叫好声迭起，方睁眼一瞧，谢幕，散场，方知刚才一出唱的是“捉放曹”。戴青纱帽、挂花白胡子、着素长衫的那位就是大名鼎鼎的马连良。

马连良是四大须生中的头牌，唱腔讲究沉稳、细腻、含蓄、清淡、甜脆，娓娓动听，余音阵阵，醉人心腑。

谭鑫培是京剧老生的元老，祖师爷。谭鑫培唱红、唱亮、唱出谭派时，马连良还未出生，后世的“四大须生”余叔岩、马连良、言菊朋、高庆奎都学过谭派的戏。“四大须生”几经演变，马连良、谭富英、杨宝森、奚啸伯就是谭派的继承人。

谭鑫培当年有多厉害？慈禧是京戏“高票”，听戏就听“谭老板”。有一次，慈禧心情大悦，叫上亲王、官员们在颐和园听戏，亲王们、官员们都到了，“戏班子”“名角儿”都齐了，就差“谭老板”，催令一道连一道，就是不见谭老板。无奈，庆亲王亲自出马去请，谭老板真不是“拿糖”，而是怕斩。原来谭老板有烟瘾，且烟瘾越来越重，怕进了园子撑不住劲，在颐和园抽大烟是要砍头的，要戏还是要命？谭鑫培急得如同热锅上的蚂蚁。庆王爷一到，一得知，二话没说，拉上谭老板就走。他对谭说，只要唱得老佛爷高兴了，别说抽一口，你就是抽十口都成。果然，一进园子庆王爷先小跑着去禀告老佛爷，谁知道老佛爷恩上开恩，不是这次，以后进园子，登德和园大戏楼特许谭鑫培抽大烟。据说那天谭老板的戏唱得昆明湖的水都翻浪花。也传下，谭老板的一出戏，能改变大清的王法铁律。

谭鑫培时代尚无几大须生一说，但他创立的谭派应是梨园第一派，他与汪桂芬、孙菊仙并称“三杰”。

谭鑫培功夫了得，唱腔了得，做功了得，能唱文亦能唱武，唱做俱佳，是1900年前后最负盛名的老生，有“伶界大王”之美誉。在北京城有“满城学叫天儿”，“叫天儿”也是对谭老板的美称，除他再无一人能叫天。梁启超为谭鑫培墓前题一挽联：“四海一人谭鑫培，声名卅载轰如雷。”谭老板好生了得。当时皇城之内，从官到民，从商到兵，几乎无人不会谭腔；皇宫之内，从太监到宫女，从皇帝皇子皇孙到皇后皇太后，没人不会唱老生，没人不爱听谭老板唱戏。有谭老板一出戏，宫内半年吟说。谭老板之后，四海之内，似乎再无一人。

四大须生，马连良名气最大。当年唱《群英会》可谓“名角儿”荟萃，马连良、叶盛兰、裘盛戎、谭富英、袁世海，皆“英雄”，皆梨园“唱红”，每位角儿一出场都是一片“抬头彩”，真正发自内心的经久不息的掌声、喝彩声，整个戏园子皆山呼海啸，热闹非凡。有时“角儿”还没出场，面儿还没露，叫好之声鹊起，掌声火爆。这在其他戏剧中绝无仅有。《群英会》中军对着台口有一句戏词：“请鲁大夫进帐！”扮演鲁肃的谭富英并未急着上台亮相，而是在幕后先响脆脆地应上一声，人并未动，台下已然腾起一片叫好声，紧跟着是一片掌声。等到“鲁肃”走到台口，唤：“有请诸葛先生”，扮演诸葛亮的马连良也是在后台高声应诺一声长调，人未出台，园内已然一片喧哗，叫彩之声，一波高过一波，观众甚至站立等候马连良上场，马连良一亮相，全场掌声热烈，几欲“炸园”，这就是中国京剧文化。

马连良马老板一生唱过一百八十多出戏，唱红、唱彩、唱出名的有近一百出戏，马连良是马派唱腔的创始人，京剧中的四大须生。曾分三期，分别让戏迷、票友民主测评过三次，入选的都是高手名角儿，三期之中，唯马连良期期皆中，马老板厉害，艺高冲天。马派唱腔讲究清新潇洒，流畅舒展，深沉委婉，酣畅甜润；念白，京腔京味浓正，顿挫分明、抑扬有致，韵味十足。追求声外有神，声落神不散；身段动作也绝，与唱念和谐融为一体，让人看着那么舒畅和谐，充满感情；招招式式皆见功夫，飘逸、帅气、大方，表演得恰到好处，手、眼、身、步结合得准确严谨，凝重自然，绝非一日之功。

马连良有年三伏天在北京老戏园子演《南天门》，那时老戏园子无空调。一开始，台下观众直冒汗，老北京夏天酷暑难挨，《南天门》是一出冬天的戏，演的是老汉怎么给冻死了。一场戏下来，最热的是台上，没见马连良流汗，台下观众也渐渐不觉得燥热，反而感到一阵阵寒意由心底升起。演到最后，剧中人把外衣也脱了，冻得浑身直打哆嗦，喘气呼上来都好似一团团寒气，观众随着马连良的感觉走，完全入戏，但觉数九寒天，后背前胸皆有阵阵寒气，这就是马连良的功夫。

马连良也是个苦娃，七岁踏进科班门槛，冬练三九，夏练三伏，天不亮就练功吊嗓，天黑又掌灯练背戏文，背错一字一顿鞭，脚抬不高，腿架不上，棍棒伺候，绝不含糊，吊嗓不把护城河的苇叶喊颤不开饭。马连良二十多年如一日，一心扑在舞台上摸爬滚打，心无旁骛。马连良的名剧《十道本》中的褚遂良，是一个以做功为主的角色，直到 1955 年演出时，马连良还能把褚遂良上疏的十道奏本一字不差地表达出来，可见当年下过多大的功夫，据说为苦练台词，连邻家保姆都听到烂熟的地步。说不尽的马先生。马连良在梨园不再称“马老板”，只称“马先生”，尊敬之意不言而发。马先生有派！在北京中山公园音乐堂上演《秦香莲》时，阵容豪华，裘盛戎扮演包拯，张君秋扮演秦香莲，谭富英扮演陈世美，马连良则扮演退休老丞相王延龄。这个顺序是按戏中人物的戏份排列的，马连良排后，是因为戏份少，但到戏完谢幕时，四位主演最初是并排鼓掌鞠躬，等第二次谢幕时，张君秋已退去，第三次谢幕时，裘盛戎退去，再后来谭富英也退场，舞台中心只有在戏中最不重要的“王延龄”了，马连良一遍遍谢幕。

有位老戏迷、老票友这样感慨人生：“这辈子活得不冤，看过十几遍梅兰芳、马连良的戏，而且回回都坐在前排看，值了！死而无憾！”老北京戏迷的人生观、价值观，了不得！

小时候看戏最喜欢看，看不够，能看上瘾，不用睡觉熬着的是武打戏。“武生”是生角中除“老生”“小生”之外的角色。“小生”顾名思义，后生也。戏台上年轻英俊、多情多义的“后生”，戏也唱得中情中意，人也扮得流光溢彩，像《玉堂春》中的王金龙，《西厢记》中的张生，《群英会》《三气周瑜》《蒋干盗书》中的周瑜周公瑾，《辕门射戟》《白门楼》中的吕布，都演得漂亮，如周瑜，一身白衣白甲白盔白马白枪，唱则行云流水，舞则出神入化，打则眼花缭乱。但和“武生”相比，文得太浓，文得太秀，文得太彬彬有礼。打也是点到为止，三下五上，不像打仗，更像做操。那时候觉得武生戏过瘾、来劲、有看头，像《长坂坡》中的赵云、《挑滑车》中的高宠、《两将军》中的马超，著名武生杨小楼在梨园有“活赵云”美称，武生名角儿盖叫天有“活武松”颂号。武生上场前可谓紧锣密鼓，小锣筛得人心紧，一出场，皆鲜甲明盔，背颈部插有四面三角形彩旗，术语叫“靠旗”，威风凛凛，人一动，旗飘扬，头戴金盔或银翎，手持兵器，一个亮相，穿四寸厚戏靴，要踢过头顶，实在让人羡慕，实在叫人爱戴。鹞子翻身，凌空倒踢，金鸡独立，一跃而起，功夫不能不让人喝彩。

武生中盖叫天当属魁首，功夫了得，旱地拔葱，凌空打旋，“倒踢紫金冠”，演武松天下一绝。武戏中有一出名戏《狮子楼》，武松在狮子楼怒杀西门庆，号称“活武松”的盖叫天演绝了。1934 年在上海演这出《狮子楼》，盖叫天纵身从戏台叠摞起两丈多高的狮子楼上翻身而下，翻跃在半空之中，突然发现演西门庆的演员还躺在地下，如果飞身踏在这位演员身上，非死即残；万急之中，紧急闪身，落地后摔断右腿，断骨直接从戏靴子中戳出来，盖叫天凭着惊人的毅力，竟然站立起来，手持钢刀，金鸡独立亮了相，才示意落幕。然后紧急住院接骨，100 天后打开石膏一看，竟然把骨头接歪了。如果出院，盖叫天就再也不能上舞台了，只有重接断骨，怎么重接？断骨再接，盖叫天二话没说，把刚接好的腿放到椅背上，一掌击下去，打得再度骨折。只为一个字：戏！

京剧看角儿，看京剧看功夫，京剧百看不厌，就因为功夫深如海重如山。“京剧之父”乃推程长庚，称“京剧鼻祖”，数典不能忘祖。同光十三绝排在前位。四大徽班进京，程长庚是三庆班主，是四大徽班中三大徽班的总管。当年四大徽班进京到京城“打工”，凭的是功夫，一声京腔惊得皇城内外睡眼大睁。程长庚追求的是一句唱腔就要“拿住”整个戏园子，无论楼上楼下，程长庚一唱，讲究鸦雀无声，讲究众目齐瞪，讲究牵着人入戏，讲究一步一重天。自程长庚以后，梨园方有“老板”一称，道光年间，台上台下，台里台外，恭敬程长庚，皆毕恭毕敬称之“老板”，以后京剧唱红了，皆呼之“老板”。程老板的唱腔讲究大江大河，一泻千里，无遮无拦，奔腾向前，涛声震天，余音回荡。程老板在唱《文昭关》中的伍子胥时，一声高腔，整个剧场数百人皆不约而同，大惊起立，继而才是叫好声、喝彩声、一浪高过一浪的掌声。

小时候在吉祥剧院看过一场《三岔口》，那精神抖擞的，那摩拳擦掌的，那跃跃欲试的，那着急冒火的，戏未散，两手已攥出两把汗。那时候不太懂京剧唱腔，什么西皮流水，什么二黄散板，什么顶板、挫板、导板、跺板，什么反二黄、慢三眼、反西皮、四平调，所以尤其怕老生，也怕老旦，咿咿呀呀，没完没了，想起那句：洋鬼子看戏，傻眼。我们自己看戏，也有不少傻眼的。但《三岔口》不同，全戏只一个字“打”！打出天地，打出文章，打出艺术，打出京戏，无唱无念无跺板，无扭捏；直接刀对刀，刃碰刃，拼杀！看着真神奇，真奥妙，真艺术，真过瘾！明明是大白天，面对面，眼瞪眼，却打得台上台下都觉得是深夜，漆黑一团，伸手不见五指；刀刀相见，只差一分一毫，就血溅四下；却分明让人觉得是在黑暗中瞎打，台下人人捏把汗；台上却不相见，不见丝丝毫毫危险；明明只有一张不大的方桌，却杀得厅堂处处有刀光剑影，真神奇，真奥妙，真意想不到，怎么会在光灿灿、亮堂堂、毛发毕现的台上，竟然能打出一片漆黑，脸贴脸谁都不见，人挨人擦身而过，虽在尺寸之间，却看不见，摸不着，杀不了，却分明是在真找、真摸、真砍、真杀，朗朗乾坤之下，谁都相信，台上是伸手不见五指的黑夜。京剧的魔力！

京剧中把女性角色统称“旦”。为何称旦？京剧中何时称旦的？亦无人考证，同光十三绝中旦角为五人，在人数和知名度上均逊于男性角色。一百多年后，旦渐红渐爆，渐香渐名，才有六大名旦、四大名旦、八大花旦，旦的光彩似乎红过生、净、丑。

旦又分青衣、花旦、武旦、刀马旦、花衫、老旦、彩旦。饰演大家闺秀和有身份的女角色，称为“正旦”，也称“青衣”或“青衫”，大多数为贤妻良母、贞洁烈女、名门闺秀，如《秦香莲》中的秦香莲、《宇宙锋》中的赵艳荣、《六月雪》中的窦娥、《生死恨》中的韩玉娘等。花旦和正旦有所不同，更倾向于青年女性，短衣短裙，表演更趋活泼、敏捷、伶俐，讲究京韵京腔的京白，像《红娘》中的红娘、《拾玉镯》中的孙玉姣、《翠屏山》中的潘巧云、《坐楼杀惜》中的阎惜姣。花旦虽不像青衣那样重唱功，但讲究眼神飞波溢彩，腰扭得蝴蝶飞，脚下灵如水上漂。四大名旦之一的荀慧生就非常喜欢红娘这个角色，亲自改剧本，把以崔莺莺为主角的青衣戏《西厢记》改编成红娘为主角的花旦戏《红娘》，把红娘演活了，演飞了，也演绝了，成为荀派名戏，再无人超越。

中国京剧，前一百年唱红的是生，后一百年唱红的是旦，1931 年由《戏剧月报》发起的，由观众投票参评的四大名旦揭晓，按得分顺序是梅兰芳、程砚秋、荀慧生、尚小云。这四大名旦几乎家喻户晓，没看过他们演的戏，也熟悉他们；没听过他们的唱腔，也会唱几段。但很少有人知道，这四大名旦都曾跟着一位老师学过戏，他们是师兄弟。他们的老师就是号称“通天教主”的王瑶卿。王瑶卿以前就是唱旦角儿的名家，青衣、花旦、刀马旦、老旦都唱过，后因嗓子“云遮月”，即变声，就离开舞台，专事培养、教育京剧演员，四大名旦先后都投师门下。屈指梨园天下，似再无二师，王瑶卿可笑傲天下，无愧于国粹二字。讲四大名旦，王瑶卿王先生最有资格。

过去人言之“一纸定终身”，王瑶卿则为“一字定终生”。知徒莫过于师，王瑶卿先生只用一个字就活灵灵点出四大名旦的艺术特点，同唱一出戏，同登一个台，同扮一个相，一字区别开这四大名旦，四大名旦皆首肯，天下之奇事，非王瑶卿焉有他人？王瑶卿的高鉴：梅兰芳的“相”，程砚秋的“唱”，尚小云的“棒”，荀慧生的“浪”。

梅兰芳台上一站，亭亭玉立，雍容华贵，端庄秀美，落落大方。有人评论，梅相如《红楼梦》中的宝钗，自带三分贵人气。《贵妃醉酒》不是别人不能演，而是别人不敢演，《贵妃醉酒》中的“玉石栏杆”“鸳鸯戏水”，舞台上空空，皆在梅兰芳的“相”上，通过他的身段、手势、眼神、步法，演出唐宫的奢华，贵妃的任性，酒后的柔情。梅兰芳的唱腔“六字传情”：脆、亮、甜、润、宽、圆，梅兰芳的身段和谐自然，风姿绰约，富有节奏感；舞时飘飘然，行时欣欣然，一举一动，一舞一站皆自自然然，出水芙蓉；又透出大家闺秀、雍容华贵，一股凌然而上的君子气。梅兰芳仅兰花指就能表演出 30 多种手法。仅舞就有剑舞、扇舞、羽舞、绸带舞、翠盘舞、花镰舞、出浴舞、清风舞、梅花舞、醉酒舞，梅兰芳的舞台艺术岂是几个字就能表述的?

《霸王别姬》是出老戏，自 1922 年梅兰芳在上海演出引起轰动，一戏惊上海，闲暇不说梅虞姬，再无话题摆龙门。以后演虞姬的名角亦多矣，包括四大名旦中的尚小云，但《霸王别姬》终是梅派戏的代表作，说梅派戏离不开《霸王别姬》。当年在上海演时，梅还是新手，但演得实在漂亮，实在成功，与他合作的是杨小楼，已然大名鼎鼎，山呼海啸过梨园，但竟然出现“离场”的现象，让杨大师着实为难，着实下不了台。原来《霸王别姬》中梅兰芳扮的虞姬自刎以后，观众纷纷悲而痛之，悲伤不禁，悄然离场，让杨小楼几度尴尬。之后，杨小楼不再演《霸王别姬》，接他扮演霸王的是金少山，金少山是霸王戏中演霸王演得最霸气的，号称“金霸王”。霸王戏难唱，要求唱、念、做、打“齐活”，最难的是要唱出霸王气，扮出霸王相，显出霸王形，一招一式都是活脱脱的西楚霸王，尤其要和梅兰芳扮的虞姬配上，演得天衣无缝，实乃天作!

梅兰芳天资好，天赋高，但功夫也下得大，男人扮青衣是靠功夫养成的。十冬腊月，梅兰芳在洋灰地上泼水成冰，在脚下拴上木制的“三寸金莲”，模仿女人走路，在冰上一圈一圈地转，一步一步地体味。一个男人，一直到 60 多岁，都在台上扮演少女，演得那么逼真，那么动人，那么美妙，那么惟妙惟肖，40 多年不下舞台，非有一身过硬的功夫不行！四大名旦，个个都下过一番苦功夫!

中国京剧是中国国粹，必有中国国情，必然是天下独一无二。比如自四大徽班进京一百多年，京剧舞台上只有男演员演戏，绝无一女人登台，即使是旦角儿，青衣花旦、刀马旦，四大名旦，四小名旦也绝无一人是女儿身，都是名副其实的男人。一百多年后，始有坤角登台演出，但绝非男女同台演，台上是“女儿国”，坤角扮一切，一切皆坤身。女演员要挂须扎靠，要蹬靴勾脸，就像京剧伊始，台上分不清也不相信旦角皆男人，百年后戏台出现反相，亦分不清生角竟然是女儿身。尤其是净丑，演包公、霸王、张飞、李逵的竟然是青春少女。其实那个时代，戏园子里也有严格的男女之大防，前五六十年，进剧场看戏的清一色的男人，封建势力大如天，完全剥夺女人进戏园娱乐的权利；后五六十年，在剧场的包间里会有身份不凡的女观众，也要“垂帘听戏”；再后五十年，从上层官商大家开“堂会”始，方有女客听戏，直到民国才完全放开。在京剧中也就出现了“坤生一百年”。到20世纪40年代末50年代初，中华人民共和国成立前后，京剧界崛起一批优秀的女老生，一时真可以和男老生分庭抗礼。有的女老生甚至兼有谭鑫培、余叔岩两派老生的唱腔，有的既能唱青衣、花旦、刀马旦，又能挂须登台唱老生，扮包公出神入化，演《文昭关》扮伍子胥的女老生一腔谭派唱腔：“一轮明月照窗前，愁人心中似箭穿，实指望到吴国借兵回转，谁知昭关有阻拦。”出名的女老生有杨菊芬、徐东明、王则昭、李慧芬、张文涓、梅葆玥，被称为女旦“六大须生”。女须生中最著名的当数孟小冬，梨园誉称“冬皇”。“冬皇”在坤生角中成绩最大，名气最大，声望最大，最红最亮也最曲折。

孟小冬天生的“戏料”，天赋极高，梨园世家，4岁就随父吊嗓练功，9岁就拜师，学的就是老生，因为孟小冬一上戏，扮相俊美又不带女相，嗓音是一般女老生难及的宽厚沉稳。13岁再拜高师，1925年从上海唱到北京，戏码也高大上，是百余年来传唱不衰的《四郎探母》，当年在北京京剧舞台上可谓群英荟萃，百花齐放，百家争鸣，正是中国京剧的黄金时代。梅、尚、程、荀四大名旦正红，余叔岩、言菊朋、高庆奎、马连良四大须生正值盛年，而年仅17岁的孟小冬竟在北京京剧界一炮而红，足见其天赋、天资、功夫、技艺。孟小冬再演《四郎探母》，已非昨天，更非上海，亦非之前的搭档。这次登台与孟小冬配戏的是四大名旦之首，“伶界天骄”梅兰芳。男女主角正是由他们反相出演，生旦合作，孟小冬扮男主角杨四郎，梅兰芳扮女主角辽国公主。演出成功成为梨园人人趋热的热点新闻，争说争议，梅孟双佳，许多戏迷深深为之倾倒，甚至风靡，甚至不可抑制。称孟小冬为老生行的“皇帝”，甚至直呼“吾皇万岁”，“冬皇”美名不胫而走，风靡整个戏界，几乎成为孟小冬的“官称”。

戏里戏外，古今中外皆有因戏得情，戏中有情，人亦有情。就“冬皇”而言，自《四郎探母》始，孟小冬与梅兰芳纠缠的情情爱爱、恩恩怨怨也成为戏外之戏。

一年以后，1926 年下半年，为当时一位政要过半百生日，梅、孟二位均到场，有人提议，梅乃四大名旦之首，孟乃须生中“冬皇”，请二位合演《游龙戏凤》，梅演凤姐，孟扮皇帝，那场戏唱得珠联璧合，天衣无缝，如神仙下凡，如梦游故国，如游龙戏凤，如醉如痴。看戏的皆“高票”，都被感动得激动不已。“此曲只应天上有，人间能得几回闻？”

1927 年正月二十四，梅、孟二人喜结良缘，但因为梅兰芳家中已有妻子福芝芳，不能把孟小冬娶回家中，只好另择家外之家。四年的婚姻，酸甜苦辣，谁解其中味？孟小冬和梅兰芳分手时曾留下一段话，从此再也不和梅相见，她直言：“请你放心，我不要你的钱，我今后要么不唱戏，再唱戏不会比你差；今后要么不嫁人，再嫁人也绝不会比你差！”“冬皇”真有个性，其威如皇也！

经过一段苦闷之后，六年闭门谢客，吃素念佛，后随广大戏迷之邀，也应自己多年的夙愿，拜余叔岩为师。余叔岩曾排四大须生之首，是继谭鑫培之后最杰出卓越的老生，创余派唱腔，在老生中独具一格，光辉灿灿，求师拜师者如云，但余叔岩从不言收徒，余叔岩认为孟小冬扮相、嗓音、气质、神韵乃至艺术追求都与自己相似，也是几经犹豫，几经反复，几经考虑，才于 1938 年 10 月，允孟小冬与李少春一起正式拜师，使二人得以立雪余门。孟小冬也是余叔岩关门弟子，唯一一位女弟子。余叔岩教徒弟规矩大，从来就是点到为止，懂不懂、会不会、学着没有，全不管；练不练、行不行，全在徒弟。其实余叔岩是稳坐中军帐，运筹帷幄，徒弟的所作所为皆在心中，如掌上观纹。在入师五年间，孟小冬每晚 8 时准到余叔岩的“范秀轩”学戏，风雨无阻，雷打不动，学戏那股认真劲没人能比。余叔岩最看重他的徒弟李少春，常亲力亲为亲教。常常在旁边“列席旁听”的孟小冬一点不比李少春少下功夫，认真钻研，认真体会，认真琢磨，像《战太平》《定军山》这样繁难的戏，都是师父亲教李少春时在旁边学的。余叔岩渐渐感到，孟小冬学戏不但有韧劲，更有一种灵气。他看出来，得其真谛者，孟小冬也。余叔岩身体日渐虚弱，大烟瘾也日渐加重，后来终于侧于烟榻，教学生“说戏”再不能“下场”手把手教，只能以大烟盘子当黑板，在烟盘子上指指点点，比比画画，拿烟扦子、烟枪当教鞭，嘴里打着锣鼓点，口中念念有词，那些皆为中国老生之真经，余派老生之真谛，一般人听上去、看上去不但会一头雾水，而且觉得好笑。但孟小冬却心有灵犀，一点就透，三言两语，胜过千军万马；一戳一比画，胜过千百页教科书。孟小冬心领神会，如旱苗得雨，受益匪浅。有时余叔岩说话唱词气不连贯，就让孟小冬“复原”，孟小冬还能举一反三，把师父教的精髓体会至深，竟使余叔岩高兴得从烟榻上起身，要比画台步、身段。孟小冬不负自己，更不负师父，终成余派唯一传人。

1943 年，久病的余叔岩因膀胱癌在北平故世。孟小冬极度痛苦，心灰意冷，为师守丧三年，谢绝舞台，隐居不出，直到抗战胜利后，才与程砚秋在广播电台合作一出《武家坡》。孟小冬真正登台亮相是 1947 年杜月笙六十大寿，在上海组织盛大的“祝寿赈灾义演”，连唱十天大戏。据说这是梨园戏剧界公认的“大盛会”，所有名角、名伶悉数到场，那戏唱得翻江倒海，气吞万里如虎。很多戏迷不惜坐火车、飞机赶来听戏，一时万紫千红，一时群英荟萃，一时高朋满座，一时八面来风。

京剧剧场有条规矩，其名曰“大轴”戏，把最好的、最唱红的演员和最精彩的戏安排在最后，谓之“大轴”，有的演员演了一辈子“帽戏”，捞不着演一场“大轴”，“帽戏”就是戏园子刚开园唱的戏。“祝寿赈灾义演”十天的“大轴”，八天安排的是梅戏，梅兰芳亲自登台唱，唱的都是梅派最拿手、最有代表性的戏。另外两场“大轴”则安排“冬皇”孟小冬，两场戏都是《搜孤救孤》，这也是“冬皇”演艺生涯中最完美的巅峰之作。一出余派名剧被孟小冬唱得几近完美无瑕，台下观众皆大家，“四大须生”之首的马连良也坐在其中，但梅兰芳没到，知者皆无言。孟小冬在台湾曾收过一位徒弟，征得孟小冬同意，把她唱的十二出余派名剧予以录音，特供徒弟学习，那时孟小冬只在余叔岩最后一位琴师王瑞芝操琴之下才唱，这十二出戏的录音已十分珍贵。1951年，酷爱京剧，亦为“高票”的张大千自印度游后返香港，张与孟因戏关系甚厚，孟小冬死后，葬在台北山佳佛教公墓，墓碑上“杜母孟太夫人墓”即由张大千题写。到香港后，张大千专程去拜访孟小冬，其间，便由王瑞芝操琴，孟小冬为大家演唱了余叔岩的名戏《武家坡》一段：“一马离了西凉界……”在座的十余人皆有无穷感慨涌上心头……那是孟小冬最后一次当众演唱，“冬皇”之声至此绝矣……后来孟小冬在台湾最后见记者表明：“年纪大了，身体也不好，我不会再演出了。”故台湾报纸曾有“余派雅歌，广陵散已将成为绝调”。惜哉，痛哉！

梨园有句老话，戏有多长，话有多长；戏有多多，话有多多。梨园故事多。

除四大名旦外，还有四小名旦。同四大名旦一样，四小名旦亦皆男旦演员，即李世芳、张君秋、毛世来、宋德珠。李、张、毛、宋曾在《白蛇传》中各自演一折自己最擅长、最拿手的戏，一个戏台，四套锣鼓班子，打板就唱，可让戏迷、票友直呼盛事，直呼过瘾。宋演《金山寺》，毛演《断桥》，李演《产子·合钵》，张演《祭塔》。京戏里有戏，不愧是国粹。之后，也选出四大坤旦，也曾唱得红花翠叶，感动得戏迷泪洒梨园。

京剧讲究“一哭二笑三白四唱”，“唱念做打”。念的分量不轻，也有“千斤念白四两唱”一说，足见“京白”的分量。京剧念白，主要是京腔、京味、京调、京韵，念在白上，提在神上，一语点白千斤。有了念白，戏里才能添彩，其难也在于是“白说”，无遮无拦。和唱不同，唱有“家伙”伴奏，高一声、低半度，乐器一响就遮过去了，但“京白”不同，鸦雀无声，专听京韵的京白，莫说一个字，字字都是墨落白纸上。如《铁弓缘》戏中女儿同小生比武，挨了小生一记耳光，母亲问女儿：“脸怎么红啦?”女儿回答：“我喝了点早酒。”母亲又问：“怎么半个脸儿红啦?”女儿回答：“我喝了半杯。”京白京韵，念起来实在精彩提神。《法门寺》中的太监贾桂顶着“小花脸”出场，一举一动，一唱一念，都让人觉得可笑可叹，可圈可点。当刘瑾让太监贾桂坐下说，贾桂有一句精彩异常的道白：“奴才站惯了，不想坐。”

贾桂也因此派生出“跪族”。那句道白值千金。现代京剧《智取威虎山》也有一句传之甚广的道白：“天王盖地虎，宝塔镇河妖。”“脸为什么红了？精神焕发。怎么又黄啦？防冷涂的蜡。”虽是“黑话”，但京白道得实在漂亮。一语扛千金。

生、旦、净、末、丑，净排行三。净角俗称花脸、黑头，一登场，一亮相，甚是威风，甚是阳刚，甚是伟岸，让人击节叫好。

大花脸、大黑头离不开大胡子“髯口”，花脸登台，亮相，摆“髯口”，那齐胸的大胡子，个个美髯公，红、白、黑、黄、花七色大胡子，角儿未开口，身份已表明，透着那么英武、豪迈、大丈夫之气直贯天棚，像包公戏中的包相爷，一身黑蟒袍、一顶黑官冠、一副黑脸膛，一口过胸的黑色“大髯口”，一身正气，自然而出，何人不叫好！

《文昭关》伍子胥三次换“髯口”，伍员那时那刻的心情、处境，不用一唱一腔，一词一语，皆在“髯口”上表现得淋漓尽致。“髯口”出戏，“髯口”出彩，“髯口”出神。在仇敌追杀之中，一通鼓敲过，伍子胥出场挂的是黑色“髯口”；再敲更鼓，伍子胥再出场，其须已然愁成灰色“髯口”；三通鼓敲过，五更时分，伍子胥再从帐中出台，这次他已经换了一副雪白雪白的“髯口”。伍子胥过昭关，一夜愁白头，天下何人不知？

脸谱是京剧的看家特色，生、旦、净、末、丑，行行离不开脸谱，一张脸能勾画出人物的灵魂、性格、身份、命运，舞台灯光之下，七彩放光的一张张“大花脸”，不由人不觉得他可敬、可爱、可亲、可畏、可憎、可恼、可愤、可唾、可骂、可揍！一身的正气，一脸的威严；一身的彪悍，一脸的忠勇；一身的虎气，一脸的坚强；一生的磊落，一脸的大气；一身的正气，一脸的光明。一定格，一“起霸”，一身的邪恶，一脸的奸佞。一抬头，一亮相，由不得人不喝彩，由不得人不叫好。脸谱难勾，脸谱有讲究、有学问、有文章、有戏！脸谱是中国文化的经典。领你去后台，掀帘一瞧，满后台的人都在勾脸，戏就要上演了，“场面”都已出场，司琴试弦，司鼓试槌，司笛试音。

梨园有句老话：“大谱七十二，小谱一百单八。”脸谱是远看颜色近看谱。流出梨园变成政治俗语的话叫“粉墨登场”。梨园讲化妆，不仅仅是行头扎靠，化妆其妆在脸上，文章“画”在脸上。

据说戏曲中的脸谱最早始于唐代，出自唐玄宗李隆基。李隆基才子也，能打鼓亦能唱曲，全行、全能、全活，登台唱戏，天子之所爱，但又不能是天子之威。皇天之下不乏智者，便以妆掩天子之面，以一小块白玉片儿遮面，年年代代，脸谱逐渐形成。最早的脸谱应该是羌戏，京剧应该是后来居上。阎肃老先生生前曾写过一段《说唱脸谱》，京腔京调京韵京白，唱起来真有京剧味儿。“蓝脸的窦尔敦盗御马；红脸的关公战长沙；黄脸的典韦，白脸的曹操，黑脸的张飞，叫喳喳……”有些脸谱勾画得五花八门，怎么看怎么可爱，怎么看怎么出彩，怎么看怎么艺术！花脸竟然把西楚霸王双眼化成“哭相”“哭眼”，预示霸王乃悲剧英雄，自刎乌江，霸王别姬；包公包相爷大黑脸，额中有一洁白的月牙，表示其官廉正。包公戏多，戏不同，脸谱上白月牙都不同，“三铡一打”（《铡包勉》《铡驸马》《铡判官》《打龙袍》）中包公额上的白月牙都不尽一样，有的格外大，有的格外弯，有的格外亮。《杨家将》中的孟良，大花脸蓝额头上愣画着一个鲜红鲜红的红葫芦，格外显眼，一望便知，孟爷醉也，嗜酒必误事。杨七郎额头上画着一个繁体字的“虎”，似猛虎下山，真乃虎将！三国戏中姜维的脸谱也“彩”得艺术，正脑门上画着个阴阳八卦图，寓意姜维岂可小觑？有鬼神莫测之能也。曹操是一张白脸，青白青白的，再无其他二色，且细目，细眉，眉心多纹，眉目抓心，以示满腹奸诈，多疑多鬼，白脸配长长的漆黑“髯口”，也不失英雄本色。在《长坂坡》中，曹操与众八将一人一色，各不相重，满台皆是大花脸，各有风采，光彩照人。《八大锤》也是“八大锤”一起登台，“大闹朱仙镇”，四张大花脸各放异彩，四副齐胸的各色“髯口”，煞是威风，四副各有风格的“扎靠”，各自的“起霸”，踢靴。四寸多高的戏靴一起踢起，雪白雪白的靴底，四色不同的靴帮，四副“架子花脸”的大嗓，一起高呼，一起呐喊，一起动作，一起开打，煞是威风，煞是阳刚，神采奕奕，满堂叫彩！

在京剧脸谱中，似乎只有一个被称为“无双脸”，为霸王专用，那就是楚霸王。所有的霸王戏，只有一位霸王，只有一个脸谱，绝不能修改，绝不能变色添色，霸王就是霸王！其他脸谱变化莫测，以眉毛为例，有画成树叶的、云纹的、宝剑的，甚至飞蛾、卧蚕、蝙蝠、螳螂、火焰、雪山等等，充满了丰富的理想、象征与喻示。脸谱变化无穷，但又基本守恒，丑到极致便是美，恶到极致便是忠，勇中有谋，谋中有凶，凶中有义，义中有情。脸谱学问深。

京剧中无论老生、小生、武生，都穿戏靴，四寸厚的靴底，初穿者确有踩高跷的感觉，提不起腿，迈不开步，一走三晃，摇摇晃晃，左右摇动才不会摔倒，登台再走，才有“台步”的感觉，渐渐竟然迈出老生戏步，俨然有老生出帐之感，方能进一步感到京剧的玄妙。

旦角的水袖天下独一无二，一收一甩，一抖一摆，一扭一抛，一缠一绕，无处不俊，无处不美、不神、不韵、不秀，似仙也似神，似魂也似妖。两袖生风，两袖神飞，两袖如花如蝶，如风如仙，让人看花了眼，看傻了眼，看呆了眼，看怔了眼，看迷了眼。水袖的艺术，水袖的造型，水袖的魅力。《白蛇传》中白素贞初见许仙，两情相爱，以水袖传情，那水袖撒得飘逸、飞舞，轻盈、多情，美得让人痴迷，美得让人折服，方知水袖能如此传情；后因法海搅局，两情相悦，白素贞千难万险再见许仙时，那一甩水袖，甩得又抖又颤，又直又硬，充满着爱后的伤感，毁情的悲愤，此时此刻情人爱人已为仇人恨人，千情万爱、千心万意都化为悲苦绝情的一袖。那水袖甩得，非下过大功夫、身怀真功夫而不能表达，真乃此处无声胜有声，水袖的艺术魅力可见一斑。

京剧的魅力还在于其写意、写神、写韵、写灵，和所有的“洋戏”都不同，不靠复杂、惊险、离奇、悬念、高科技“拿人”。京剧像中国的国画、书法、写意、泼墨，皆神来之笔，更着神来之意，都在不言之中，都在意识之中，都在神会之中，都在功夫之中，都在传统之中。那么简单，却有那么深的含义，那么神奇的韵味。如京剧中的打鼓，一通鼓表示一更天，二通鼓表示二更天，三通鼓敲罢，宋押司已下斩楼。不用大段文字说明，白话解释，场上场下都明白，言之“心领神会”，“洋鬼子看戏傻眼”也在此。

无论千军万马，百万雄师，戏台上就那么四个“龙套”，称之为“四旗”，分左右一站，表示兵马已到。《空城计》，司马懿十五万大军兵至城下，杀气腾腾，虎狼之师，也只有“四旗”左右一站，但戏园之中几乎人人两股战战，心悬一线，皆为诸葛亮担忧，空城之下，岂有完卵？诸葛亮危矣！京剧艺术的力量！

京剧中多豪华的宴会，就是满汉全席，也是两人对坐，一壶酒，两盏杯，且壶是空壶，杯是空杯，杯来盏去，那才是点到为止，但无人不认为是酒也，醉也；席也，宴也！即使关公上阵，斩颜良诛文丑，胯下赤兔马，千里走单骑，关二爷也不过手中提一根五彩的“马鞭”，没有一个人挑眼，没有一个人不认为那根“马鞭”即关公胯下神骑赤兔马。《千里送京娘》，一出好戏，行千里在戏中也只晃晃马鞭就到了，没有人挑眼说马未行千里，京娘未被远送。神不神？中国文化之魔力。

《赤壁之战》从头至尾未见一江一水，八十三万大军开战，战火连天，就那几员武将、“四旗”忙里忙外，没有人不认为正在赤壁大战。京剧中两旗相夹就是辇，就是轿；两桌相叠就是关，就是隘；两人相斗，就是千军万马交战；两椅相隔就是城里城外；扔剑倒地就是死，一枷相铐就是监。《打渔杀家》既无鱼也无水无船，但所有戏都在船上，都在水上，观众都漂在河上。《白蛇传》水漫金山寺，大水汹涌，海水波涛，浪恶波险，水怪大战，台上不见一滴水，没淹一寸地，但台上台下分明都在水中搏斗，都“自觉”地深入水中，浮于水上，备感大水四方来。鬼戏《李慧娘》满戏台“鬼”舞，没有人不认为那就是李慧娘的魂，那就是李慧娘的屈死鬼，也没有人不认为那就是李慧娘，不是阴间鬼，但见鬼不见人，见人如见鬼。

一出京剧永远达不到票房数十亿的“盛况”，但那京剧的文化、艺术、历史、传统，岂是票房能数？得无异乎？

东长安街上有座“长安大戏院”，落叶秋风，华灯初上，大戏院《铡美案》正唱得如火如荼。袁世海扮的包公一句：“包龙图打坐在开封府……”何止绕梁三日？再过一百年，那戏、那腔、那调、那唱依然：“包龙图打坐在开封府，尊你声驸马爷莫要认你，曾记得端午日朝贺天子，我与你在朝房曾把话提，说起了招赘事神色不定，我料你在原郡定有前妻……”两百年了，那花腔唱腔似乎板眼未变……

札记六章

——状元词曲罪臣诗

杨升庵恐怕知之者不多。但提起“滚滚长江东逝水，浪花淘尽英雄。是非成败转头空。青山依旧在，几度夕阳红”，恐怕无人不知。据说《三国演义》这首开场词，流行度可以和当年“我们走在大路上”相比。此词《临江仙》即为明代大侠杨升庵所作，称其大侠意在大家之上也，著书四百余种，何止等身？诗词近三千首，被史家称为“古来著书最富第一人”。他不仅经史、诗文造诣深邃，在天文、地理、语言、戏曲、书画、医学、金石、博物诸方面均有建树，特别在哲学、文学、史学方面，“拔戟自成一队”独树一帜，堪称大侠。人才难得。当然苦难的经历也颇多。国家不幸诗家幸，诗家不幸文章幸。不禁令人感慨万千，唏嘘涕下。

杨升庵豪门世家，其父好生了得，历仕弘治、正德、嘉靖三朝，当了十八年宰辅，要不是明朱元璋取消了宰相一职，三朝宰相非他莫属，三朝三代波谲云诡，变幻莫测，常常无风三尺浪，他却能任凭风浪起，稳坐钓鱼船。

杨升庵就生活在这么一个烈火烹油、钟鸣鼎食之家。杨升庵并未像《红楼梦》中的贾宝玉、薛蟠，也未像《水浒传》中的高衙内、西门庆，而是一心一意读书作学问；七八岁时诗词歌赋开口即来，朗朗上口；十一二岁提笔作文，倚马可待；十五六岁和翰林院的翰林们讨论学问，研究文章得失；二十四岁以一甲第一名高中进士，后任翰林院修撰和经筵讲官，常有高论妙文，赞誉之声不绝于耳。青年时代的杨升庵可谓春风得意马蹄疾。没有人不看好杨家这位高才，仕途畅顺，飞黄腾达，指日可待。

天有不测风云，殊不知祸从天降，杨升庵从此一落千丈，备受凌辱，遭廷杖，蒙冤屈，被恶贬。祸起明世宗嘉靖皇帝的“大礼议”之争，真是一根毫毛能吊起九头牛，因为那根毫毛是嘉靖皇帝腰间的毛。朱厚熜能当上皇帝，他自己也未曾想到，他是明武宗朱厚照的堂弟，就因为他那个堂哥放着皇帝不好好当，纵欲身亡于“豹房”；身后无嗣，按照《皇明祖训》“兄终弟及”，他这个堂弟继承大统，成为明世宗嘉靖皇帝。当了皇帝，朱厚熜也想光宗耀祖，让他亲生的爹娘也辉煌起来，也当一回皇帝、皇后，就准备封自己的亲爹为兴献皇帝。但按明朝规制所定，非嫡系之宗藩入继大统，即成为前任君主之后嗣，不再是亲生父亲之子，只能称叔。嘉靖皇帝也是明朝出名的昏君，但他对皇权的认识却一点不糊涂，他认为天下都是皇帝的，“普天之下，莫非王土，率土之滨，莫非王臣”。何况我爹是皇帝之爹，必是皇帝。但朝内大臣却分成两派，一派“承认皇统”，一派“尊奉家系”，闹得水火不相容。嘉靖皇帝大怒，自己的亲爹自己不能认，自己是皇帝自己做不得主，把反对派统统拉出去当廷杖打，直打得血肉横飞，鬼哭狼嚎，当场就打死七位大臣。但反对派仍然“赤胆忠心”捍卫皇统，又联合群臣，撞撼宫门，大哭大闹，哭喊之声震动朝廷。嘉靖皇帝恼羞成怒，暴跳如雷，几欲拼命，而杨升庵就是领头哭闹劝阻的大臣之一。

杨升庵也真血性，被廷杖几次打得昏死，几次气息奄奄，只要还有一口气，就让下人抬到宫门前继续死谏，至死不退。人言杨升庵父子“作文父不如子，作官子不如父”。皇帝一手遮天，他的手就是天。杨升庵好歹捡回一条命，被流放到云南永昌卫。几十年艰难漫长的流放生活，终于把杨升庵改造成脱胎换骨又一人。才有了那么多极其深刻的诗词，看破历史，看穿政治，看透皇帝，也看见岁月何留，英雄何去。“滚滚长江东逝水，浪花淘尽英雄。是非成败转头空。”“一壶浊酒喜相逢，古今多少事，都付笑谈中。”杨升庵作过一首《西江月》写得也沧桑，也世故，也悲凉，也透彻。“青史几行名姓，北邙无数荒丘。前人田地后人收，说甚龙争虎斗。”

杨升庵不如他爹，看不透皇家官家，看不明白皇权政权。想当初汉武帝时，司马迁只不过为李陵说了句公道话，违背了汉武帝的旨意，差一点人头落地，缴上罚金才免得一死，却被一刀阉去男根，让司马迁几度生死。幸喜《史记》救了他一命。

司马昭不是皇帝胜似皇帝。《三国志·魏书·三少帝纪》：“小同诣司马文王，文王有密疏，未之屏也，如厕还，谓之曰：卿见吾疏乎？对曰：否！文王犹豫而鸩之。”就那一眼，看没看还不知道，司马昭就“鸩之”，毒死郑小同，郑乃东汉经学大师郑玄的孙子，那也不行！杨升庵没活明白，你凭什么敢和皇帝叫板？你凭什么敢大闹宫门？你凭什么敢让皇帝把亲爹叫成叔叔？把亲娘叫成婶子？换上司马昭，焉能让你活过三更去？

即使如此，嘉靖皇帝仍对杨升庵耿耿于怀，《明史》记载：“每问慎作何状，阁臣以老病对，乃稍解。慎闻之，益纵酒自放。”杨升庵在朝中人缘不错，做官做事都让人敬佩，才有阁臣以老病对，让皇帝放过他。想起苏轼当年被一贬再贬，贬到惠州，朝中权臣仍忌恨于他，问其遭贬之后如何。被小人趁机上谗言，言其有诗，过得悠哉乐哉，神仙般哉。“白头萧散满霜风，小阁藤床寄病容。报道先生春睡美，道人轻打五更钟。”这还了得？再贬海南儋州！在宋时，贬至海南儋州犹如被判死缓，熬着等死吧！今日杨升庵已不是昨日在朝廷做官的杨升庵，老子飘荡去，屈罪一身领。于是“纵酒自放”再不对皇帝抱一丝一毫的幻想。好在杨升庵大学问家，学富五车，为人正派，做官秉直，深受人尊敬。每到一地，无论官民，识与不识尽皆高迎，载酒从游，就学问道者，远近皆是，摩肩接踵。杨升庵为了防止嘉靖皇帝对他进一步政治迫害，从此不问国事，不问政事，终日饮酒，放浪形骸，自甘堕落。据记载，杨升庵当年被贬泸州时，醉中以胡粉扑面，做双丫髻插花，满头尽是野山花；由门生抬着，诸多妓女捧觞侍侧，他做花中之魁，游行四方，且行且乐，疯疯癫癫，作神作妖。

杨升庵的冤案最终得以平反，但他已死去七年有余。他的祠堂在四川新都，新都多桂花，其祠在桂湖，环湖满眼皆桂树，一年四季有桂花香。汪曾祺先生曾去杨祠有诗作：“桂湖老桂发新枝，湖上升庵旧有祠。一种风流谁得似，状元词曲罪臣诗。”

说起桂花，杨祠桂湖何止千百棵，金秋时节，琼枝捧蕊，金桂、银桂、丹桂，一树丹桂一树红，一树金桂一树金，一树银桂一树银；桂花落花，竟是纷纷扬扬，飘飘洒洒，一场豪华的“桂雨”。落一身“桂雨”，沾一身福气，一朵桂花一两金，一朵桂花一两银，想起《红楼梦》中薛蟠娶的恶老婆夏桂花，白白玷污了桂花之名，但她家真富真豪，有几十顷的好地专种桂花，人称“桂花夏家”。秋天去夏家，逛那几十顷的桂树林园当是一种享受。

札记六章

——南张北溥故事多

读过《红楼梦》的人据说有三亿人，研究过《红楼梦》的人有三百万人。开读不说《红楼梦》，读尽诗书也枉然。《红楼梦》最珍贵的本子叫《脂砚斋评石头记》，不知多少人考证过有没有脂砚？脂砚何在？一百多年曾有两百多种结果，都是风来雨不来。脂砚的确有，是张伯驹先生法眼鉴定，考证出来的，红学界一致信服。脂砚系明末名妓薛素素所有，质地细腻，略有脂晕，上有篆文“红颜素心”。此宝砚收藏于吉林博物院。

西晋初年陆机真迹《平复帖》，其价值远在东晋三王之上，即王羲之、王献之、王珣。在“三希堂”藏有王羲之的《快雪时晴帖》，王献之的《中秋帖》，王珣的《伯远帖》，乾隆命之为“三希”，但皆在《平复帖》之下。这幅《平复帖》一直为乾隆母亲孝圣宪皇太后所收藏，所以未登录在《石渠宝笈》之中。张伯驹得知《平复帖》现身江湖后，这位干瘦的男人，才称得起男子汉大丈夫，敢担当，卖房卖产凑足了100两黄金把陆机的《平复帖》买下，1956年无偿捐给国家。

《平复帖》笔法全是篆草隶书，九行，84个字，笔走龙蛇，不见起止之迹，被历代书法家称为“神品”。溥儒就曾反复临摹，也深得其中韵味。

溥儒是道光皇帝的曾孙，恭亲王之后。八旗子弟并非一水的纨绔子弟，败家玩意儿。

溥儒，大家也，多才多艺，与张大千有“南张北溥”之誉。

当年北京琉璃厂有人喊一声“溥爷来啦”，全琉璃厂家家开大门，撩帘子，沏香茶，盼着溥爷能进去看看，转转，坐坐，那可就蓬荜生辉了。想当初齐白石初来北京，是夹着自己的画卷，溜墙根，进铺子，画是放在橱窗外，墙根下，用老北京一句损人的刻薄话叫“论堆撮”。溥爷好生了得！

讲一件趣闻。溥儒曾在教室教画，有一次三个成年学生因白天要打工，晚上听课时竟在课堂上睡着了，溥爷很不高兴。第二天画了一幅《三睡图》，上面画着一个人牵着一匹马，树上还落有一只鸟，但这一人一马一鸟都睡着了，溥儒指着那三个在课堂上睡觉的学生说：“这就是你们三个！”没想到这张《三睡图》竟成宝贝，求收藏者皆大家，后被台北故宫博物院收藏，成为一张极珍贵的名画。

1933 年，“南张北溥”相见。溥儒并无多言，先打开自己的藏画箱，让张大千自己随便选，张大千先挑了一张无背景的骆驼。随后，两人坐在大书案两头，每人旁边放着一些册页纸，各人运笔在手，随之飞舞，随意着画，或一树一石，或一花一鸟，然后把半成品推给对方，而对方或添加两笔，或题跋其上，再推回去。两三个小时两人完成了几十幅画。启功先生当时目睹了那个场面，用启功先生的话说，有些惊心动魄，又有些心悦诚服。真乃大家见大家，神仙相遇。

1946 年，李宗仁在北平任行辕主任。在中南海怀仁堂一次请了十位文化大家，有齐白石、徐悲鸿、傅抱石、溥儒、张大千等。“南张北溥”再聚首，酒后仍意犹未尽，索性摆开笔墨，每人随意画一物，有松、鹤、花、石等，齐白石又在牡丹上加了一只蝴蝶，也只两三笔即告成功。大家散后，郭德洁嫌齐白石那只蝴蝶画得过于简单，又加了两笔，遂留下一段“名家献技，美人总成”的佳话。这幅不可多得的“大画”，据说是由溥儒收藏起来，其画无价。曾亮展过一次，殿堂生辉，如日中天。以后再无下落。

“南张”有故事。

张大千有祖传的王羲之的《曹娥碑帖》。张母病重时，把大千唤至病榻前，老太太病虽重，但心中自有一本账，明镜一般，她不放心自己的儿子，因为她知道儿子嗜赌，久赌无赢家，久赢无孝儿，询问咱家的传家之宝何在？张大千惶恐至极，无言可答，虽系寒冬，热汗淋面。原来王羲之的名帖早已被他赌输了。张大千赌是豪赌，一掷千金，敢把王羲之的名帖押上可见其赌局之大。这幅名帖自赌局始，有无数人探寻，早已不知下落。张大千孝子，深怕母亲会气恨从殁，自己将终生负疚，后悔不迭。据张后来说连剁手寻死的心都有。恰逢叶恭绰和王秋斋来访，张痛苦万分，述及《曹娥碑帖》一事，几欲以头击墙。没想到叶恭绰指着自己说："这个帖，在吾手中！"大千喜至极，几欲栽倒，表示愿以重金购回。叶恭绰慨然答道："这是什么话？我一生热爱古人名迹，但从不因物丧志。既然这幅碑帖是大千祖传遗物，而太夫人又在病笃之中，意欲一睹为快，拿去就是了。"叶恭绰真大侠、大家、大仁，真可交之友。叶恭绰掷地有声："我愿将《曹娥碑帖》完璧归还，再不要说偿还原值或以物易物之言！"敬佩叶恭绰。

据说张大千曾"打虎上山"。1916 年，17 岁时在重庆读中学。放暑假途中遇土匪绑票，上山后，土匪让他写信回家拿钱赎票。一匪首读过两年私塾，见他写的家书竟然如此漂亮，大惊，呼之："这娃儿字写得好，不如留他做个笔墨师爷罢了！"鬼使神差，"南张"竟然做了土匪账房中的师爷。古今中外曾出身"绿林"的著名画家中，"南张"算第一个。

张大千也仗义。齐白石看不起张大千，原因是张大千曾经作过"伪画"，就是仿过前人的画作，作过"假画"卖钱。但张大千以制作"赝品"为趣。一次张大千参加石涛画展，"南张"有些得意地指出，展出的画作有些正是他摹的。他还在自己制造的"赝品"中暗藏下好玩的题字，留下揭开真相的线索。因为几乎所有的人都认为绝不可能是"赝品"。终于在"南张"去世 40 年后，他 1947 年的"赝品"仿王希孟《千里江山图》在香港苏富比春拍现场，以 4700 万美元成交，比王希孟《千里江山图》还贵出若干倍。张大千画作拍卖总价，当然包括那些“赝品”，已经高出凡·高、班克西等艺术大家。这位活得极度潇洒的风流才子，一身道袍，头戴道冠，雪白雪白的连鬓大胡须齐胸飘扬。当年在一些场合，张大千常常避开齐白石，避免尴尬。50年代初，中国境内的书画市场尚未恢复，一些大家的书画极便宜，齐白石的“假虾”几乎和真虾一个价。齐白石无奈之中，给在国外的张大千写信，想在国外卖几张画以图生计，张大千阅后并无二话，立即从香港给齐白石汇来一笔港币，让齐白石先生着实感动。“南张”有胸怀。

齐白石“被困”只在瞬间，齐白石的画瞬间就“飞黄腾达”，超过“南张北溥”。仅举一例。鸡年之时，齐白石作一幅《大吉图》，画面上有七只鸡正在田野中觅食，或低头啄食，或相互对观，或伸颈远眺，形神兼备。七只鸡，一窝鸡成交价为3416万元，平均每只小鸡近500万元。但齐白石也未忘张大千，张大千在巴西修建了一处中国园林，逍遥自在，齐白石几次要去张大千园林中小住，但都未能成行，也成了齐白石先生一件终生憾事。

札记六章

——鲁迅是不是北京人

鲁迅该称北京人。因为大先生在京城住了14年，又终老在北京。鲁迅最喜欢逛北京琉璃厂，《鲁迅日记》中记载，鲁迅去过琉璃厂480次之多，老北京人中有多少人逛过玻璃厂？多少人逛过480次？大先生自称是闲逛，北京人称“溜达”，但很少空手而归，买书、购帖、看画、刻章，往店里一站，透着一身的文化。能入鲁迅法眼的东西皆为“好玩意儿”，《鲁迅日记》中大先生亲记购得图书、碑帖3800多册。鲁迅极少买字画，只看不说不问不评价。据说有位行家，拿出密藏的一幅五代时期僧人大画家巨然的《松风图》请大先生过目，鲁迅看过留下一句：“非是巨然应是仇英。”后证实此幅山水果然出自明画家仇英之笔。大先生收藏的是碑拓，《鲁迅日记》中记载，鲁迅仅抄录古碑一项，就达790种，近2000张。鲁迅自日本留学回国后，一直“闷”在绍兴古庙里研究古经，抄录古碑拓，常常废寝忘食。直到钱玄同请他为《新青年》写文章，鲁迅才放下手中的碑拓，写出了他第一篇惊世之作《狂人日记》。自此以后，转入文坛，但旧爱不舍，仍然情钟碑拓。

说大先生是北京人有考证，逛完琉璃厂，会溜达着去附近的杨梅竹斜街上的东升平浴池洗澡理发。东升平浴池最讲究搓背，一水的扬州师傅，讲究搓得红透、顺美、昏昏欲睡，每一个毛孔都要搓到搓透。大先生喜欢进这家澡堂。鲁迅先生的头型是典型的北京“板寸”，不长不厚，不背不直。“板寸”讲究齐刷刷，一溜平，透着那么精神，鲁迅自进京就是地道的北京“板寸”。

鲁迅喝酒倒不十分挑剔，这和其大弟周作人不同，二先生是非日本清酒不饮，且要以日本生鱼片佐酒。大先生不同，凡杯中之物，来者不拒，甚至多多益善，鲁迅当年搓完澡，理完发，就溜达着进鸿兴楼、泰丰楼、广和居、便宜坊、致美斋。有名有号的酒楼进过的就有60多家，兴致来了，随走随进，小店小铺也不挑不拣，一张方桌，四碟酒菜，先茶后酒。鲁迅饮酒喜“烈酒”，到京城后，除绍兴老酒，有一次大先生喝大了，出广和居酒楼，居然骑着骡子，逛菜市口，逛宣武门。大先生醉矣。据《鲁迅日记》中写道：“饮酒一巨碗而归。”其醉也分“大醉”“微醉”“颇醉”，似乎无醉的时候不多。

鲁迅在老家最爱绍兴黄酒。绍兴黄酒乃中国酒源头之一，千百年提纯，据称有“鉴湖水”之柔，“会稽山”之刚，水的外形，刚的内质，外柔内刚，入口温醇甘甜，后劲大，“秋后算账”，绍兴方言：“后翻浪”。没有准确文字记载，鲁迅多大开始饮酒，亦无记载多大喝的“处女醉”，但周家有饮酒的传统，三辈子皆酒翁，且酒量颇大；日日饮酒，绝不空过；常以大碗饮，一饮而尽，没有三五个人休想放倒周郎。

很少有人研究鲁迅抽什么烟？喝什么酒？请客上酒楼下饭庄一次要多大花销？鲁迅从未囊中羞涩。

为大先生算一笔账。

1912年—1927年鲁迅一直在政府和大学任职，俸酬极高，月薪300大洋；还在北大、女师大等高等院校兼职，每月还有不菲的稿酬。其弟周建人曾回忆：“这比当年一般职员的收入要高出十几倍。”举一例说明，鲁迅与周作人分家后，购得阜成门内西三条房屋，现为鲁迅故居，共费400元，相当于他一个月的收入，恐怕还用不了。因为鲁迅的兼职收入和稿费包括版税都是很高的。老舍1918年师范毕业后，在教育界任职，月薪不过100多元，已让很多人羡慕。当时一块钱约合一千个铜板，15个铜板就可以吃顿饱饭，30个铜板就能坐下要两个酒菜喝一壶酒。一百多块钱，相当于十余万枚铜板，当时老舍先生自我感觉良好，挺胸昂首，吾乃阔佬。鲁迅 1926 年去厦门大学任教，月薪高达 400 块大洋，一个月挣北京一座四合院。后来因北新书局没有能全部支付他稿费而与之打官司，在律师协调下，先收回 548.5 元稿费，书局还欠他二万余元。老舍何谈？鲁迅绝对阔佬。

鲁迅有一幅字："放下屠刀，立地成佛。放下佛经，立地杀人。"写在 20 厘米宽、24 厘米长的尺幅上，四句偈语，连署名在内共 18 个字，拍出 304.75 万元，相当于一个字约 17 万元。当然那是在鲁迅去世 79 年之后的事了。

归根结底，鲁迅是绍兴人。老北京人谁不会几句"西皮""二黄"？谁没听过马连良、梅兰芳几段唱腔，就连"骆驼祥子"二两烧酒下肚，也要"白话白话"梨园里的戏外戏。连当年驻北京的外国使馆的大使参赞，几乎没有一个没进过戏园子的，别说"洋鬼子看戏——傻眼"，真有打板就唱一腔纯正的马派老生，字正腔圆。当年李鸿章"考察"驻华外交官是不是中国通，就派人在戏园子里盯着，凡是到戏园子里听戏，手打着板，脚跟着弦，头跟着晃，这样的"洋鬼子"一定要格外小心。

鲁迅在北京 14 年从未进过戏园子，从未听过一出戏，从未哼过一句"西皮流水"，从未出席过戏曲圈中的集会，喝过他们一杯酒。大先生岂是北京人？

鲁迅对京剧有一种"天然"的反感。1922 年 12 月，鲁迅在《小说月报》第十三卷十二号上发表的《社戏》中，毫不掩饰地说，20 年间"只看过两回中国戏"，鲁迅把京剧称为中国戏，这两回"中国戏"，就把大先生看腻了，看烦了，用北京话说看呛了。鲁迅形容说："台上咚咚喤喤地敲打，红红绿绿地晃荡。""看小旦唱，看老旦唱，看花旦唱，看不知什么角色唱；看老生唱，看一大班人乱打，看两三个人主打"，总之是"咚咚喤喤之灾"，实在"使我省悟到在这里（指戏台下）不适于存在"。一出京戏，让大先生忍无可忍，是可忍，孰不可忍。大先生痛心地说："这一夜，就是我对于中国戏告了别的一夜，此后再没有想到他。即使我偶尔经过戏园，我也莫不相关，精神上早已一在天之南，一在天之北了。”大先生对京戏可谓厌恶之极，痛心疾首。鲁迅说：“前几天，我无意之中看到一本日本文的书，可惜忘了书名和著者，总之是关于中国戏的，其中一篇大意是说，中国戏是大敲、大叫、大跳，使看客头昏脑眩，很不适应剧场……我当时觉得这正是说了在我意中而未曾想到的话。”鲁迅是把京剧看得不值一看，他认为京剧是“玩把戏”的“百纳体”，“毫无美学价值”可言；看京戏就是受罪，听京戏不如干些别的，不如抽烟、喝酒、会朋友、说文学、讲艺术。哪怕是闲坐，无聊地打瞌睡，也比在戏园子里听戏好。据鲁迅的好友郁达夫在《回忆录》中讲：“在上海时候，我有一次谈到茅盾、田汉诸君想改良京剧。不料他根本不赞成。”鲁迅以他特有的幽默说：“以京剧来救国？那就是我们救国啊啊啊了，这样行吗？”对于人们一致推崇的京剧表演中的“象征艺术”，鲁迅也表示反对，认为“脸谱和手势”是代数，何尝是象征？他带有几分轻蔑地说：“除了白鼻梁表示丑角，花脸表示强人，执鞭表示骑马，推手表示开门之外，哪里还有什么说不出，做不出的意义？”鲁迅认为：“京剧中的脸谱，并非象征手法，它不过是一种赘疣，无须扶持它的存在。”鲁迅对京剧的评论带有成见和误读，鲁迅不懂京剧，这样说对大先生可能有些不恭敬，鲁迅毕竟不是北京人，他更喜欢绍兴地方戏，从小就看《社戏》，有一股浓浓的乡音。

札记六章

——《史记》的坎坷历程

司马迁为写《史记》忍辱负重，呕心沥血，46岁完成《史记》最后一篇“匈奴列传”。《史记》，记载了自古代传说中的黄帝时代，至汉武帝元狩元年共3000多年的历史。与《前汉书》《后汉书》《三国志》合称“四史”。鲁迅说“史家之绝唱，无韵之离骚”。但如何使《史记》流传于世，司马迁费尽心血，他了解汉武帝的为人，更深知此书必然惹来另一场“杀身之祸”；司马迁的父亲司马谈就因为汉武帝的迫害被生生气死。公元前140年至公元前110年，司马谈担任太史令，但汉武帝泰山封禅时，有意不让司马谈去，这本是太史令分内的大事。司马谈备感耻辱，由此“发愤且卒”，临死前，“执迁手泣”仍然咽不下这口气，至死没闭眼。但要公开发行，又不能不报汉武帝，“抚长剑兮玉珥”。遂古之初，谁传道之。他决定将这套52万多字的《史记》让女儿再抄写一份，他将女儿抄写的这份“副本”留在长安，适时呈报汉武帝审查，而将其原稿秘密送往女儿的婆家珍藏。在《史记·太史公自序》中，司马迁称之为“藏之名山”，就是华山脚下。果然不出司马迁所料，进呈给汉武帝的《史记》副本如泥牛入海，再无音讯，无人知其下落。司马迁苦苦等待，终于没能等到《史记》见天日的那一天，在遗憾之中，至死难闭双眼。

真正使《史记》名传青史、流芳百世的是司马迁的外孙杨恽。

杨恽自幼聪慧好学，天赋极好，跟随母亲熟读外公的《史记》，读的是司马迁的原稿。有说这孩子能整章整章地背诵其中的文章，常常令其母惊讶。其母即司马英，常常与其次子杨恽谈论《史记》中记载的人和事，有时竟达到废寝忘食的地步。如何让天下人都能看到《史记》，也是母子二人常常探讨的大事。天不灭《史记》，苍天有眼，司马迁亡灵不远，谁又能想到苍天神灵给《史记》的机会，竟然是一场告密，却换来了《史记》如日东升，灿烂辉煌，让子孙后代，代代享受雨露阳光。

公元前 66 年，汉宣帝地节四年，霍氏集团企图阴谋推翻汉宣帝另立他人。霍氏 60 年权倾朝野，甚至掌握皇帝的废立。但此事被杨恽探知，杨恽也深得霍氏家族的信任。杨恽深明大义，随即密报侍中金安上，金安上乃汉宣帝最信任的近臣，金安上立即密报汉宣帝，汉宣帝果断采取措施，一举粉碎霍氏集团，把霍氏家族灭族。汉宣帝没有像刘贺那样仅仅当了 27 天皇帝就被霍光撵下皇帝宝座，很大程度上得益于杨恽的告密。杨恽被封为平通侯，食邑博阳。谁说“冯唐易老，李广难封”？正因为杨恽得到汉宣帝的信任与重用，又被加封为中郎将，掌握兵权，既掌握“笔杆子”，又掌握“枪杆子”。杨恽不忘初心，牢记《史记》，他终于有机会完成外祖父和母亲的殷殷期望，直接上书汉宣帝，《史记》终于日出东方，东方既白。而此时司马迁已过世 20 余年，至此司马迁先生可瞑目矣。

札记六章

——焚书之罪，罪莫大焉

下荆州，走江陵，临江而立，竟有股楚地沧桑尽入眼之感。江陵知名度并不高，考十者恐九不知。我没细算过，在江陵立国建都的大小王国不会比北京少。楚庄王在公元前689年就把楚国国都建在了江陵，这位三年不鸣，一鸣惊人的“楚霸王”，就是在此称霸天下，为春秋五霸之一，此后20代楚王皆据此为都，翻翻历史，共411年。在中国都城雄踞400多年的似乎不多。眼望长江，楚庄王时，那滚滚长江，滔滔大河，其势如虹，其浪滔天，其水无涯。据史料推则，那时的江面足有40公里宽，江陵之福。

我来江陵是作文悼焚书的。

在中国一提焚书则千夫共指秦始皇，焚书坑儒，然秦之焚书是索“罪书”而焚，认为对其政权能构成威胁的书籍皆焚之，共焚多少书，史上并无细计，后人追索，焚书亦有限。尤其是秦暴政只十数载，二世而亡，秦亡汉兴，文化再兴，文人倍增，汉又征集儒家经典，要独尊儒术，有些人就依靠记忆把秦时一些失传、失散、被毁、被焚的经典文章背诵下来，书写成章，从这个意义上讲，幸亏秦早亡。也极敬佩古人的读书精神，默记数篇，传流青史。当然因为记忆不同，所看书籍不同，就有了后世的多种版本，如《尚书》就有两个版本，《诗经》有三个版本，《论语》《春秋》都有不同的版本。后世很多专家经过考证，也对其中的篇章的真伪提出疑义。那个时代，尚未发明纸，也没有印刷术，文章都是刻在竹简上，然后再用丝绳串起为籍，写书难，编书也难，藏书亦难。秦始皇当年据说每日要看120多斤重的竹简，何况那些文章要一笔一刀地刻在竹简上呢？说那个年代没有一本是完全相同的书，其实不假。那个年代出一本书何其难也？真乃一笔一画皆辛苦，一竹一简皆学问，来之不易，集之艰辛。哪部书没有一个令人感动的故事？哪部书没有一个令人激奋的传奇？到西汉末年，国家已然征集到藏书有3000多部。这3000多部著作皆西汉之前的经典，也是中国文化的精粹。

中华民族多灾多难，也体现在文化上，表现在对待书籍上。西汉末年，王莽篡政引起国之大乱，军阀重开战。中国的国乱、战乱也有一突出的标志，那就是杀过来、烧过去，烧宫殿、烧图书，毁文化、败文明。西汉两百多年收集、编纂的图书又遭大难，其难绝不亚于秦始皇焚书坑儒，而后又是东汉末年，黄巾暴乱，杀得人仰马翻，烧得一片白地，三国战争不断，人口从秦时的两千多万众，锐减至七百多万，生灵涂炭，赤地千里，焉能顾及图书？五胡十六国，魏晋南北朝，几乎无朝不乱，无朝不打不烧。中国的书籍真是身遭百难，难难难逃。

到梁武帝、梁元帝时期，难得父子两代皇帝都爱读书，也都极爱藏书，自古皇帝未见好德如好色者，而梁朝武帝、元帝的确好书胜过好色。到梁元帝时，已收集天下图书14万部，几乎都是中国文化之瑰宝，很多图书乃天下珍品，世之孤本、善本，是中国文化中的无价之宝。那么多的图书，估计藏书楼就不止一座，煌煌哉，巍巍哉。没想到公元554年，西魏攻破南梁，兵入江陵，梁元帝的皇帝梦、读书梦，皆成白日梦，国破家亡，梁元帝却把一切归罪于书籍，他说自己读书万卷，还落如此下场，读书何用？要书何用？这位昏君竟然一把火把国家的藏书统统烧了。悲哉乎？悲乎！痛乎！惜乎！

望长江水，望江陵城，心祭那些化为青烟的图书。苦难多艰的中国文化。

故事讲完了，从江陵回来总觉得心重如铅。书是人类文明的结晶，热爱生活、追求光明、向往文明，享受文化就首先要爱书、爱读书。没有书，就没有历史、没有文化、没有文明，就只有沙漠。这也是我读书的一点心得。

札记六章

——其蝎大如琵琶

庄子有言："井蛙不可以语于海者，拘于虚也；夏虫不可以语于冰者，笃于时也；曲士不可以语于道者，束于教也。"这是庄子的哲学。不读书焉知过去五百年？焉知未来五百年？

《三国志》上说，曹丕做太子时请文学大家相聚，曹丕显摆，那时尚青愣，命夫人甄氏出拜，坐中名人咸伏，莫敢仰视，恐三魂飞五魄散，而刘桢独平视，视若不见。太祖闻之，乃收刘桢。刘桢乃魏晋名士，学富五车，出堂入殿，每有奇文，曹丕亦不敢小看。怎么能说"收"就"收"呢？曹操恨刘桢入骨，曹操的心胸也太狭窄了吧？人家不以为你儿媳为美，无动于衷，你就整人家，杀人家。此非英雄之举，此非曹操所为，英雄也有变态时。

一千五百年漫漫长夜，在蒲松龄看来，不过青灯照壁，有秋虫鸣啁："洛城刘仲堪，少钝而淫于典籍，恒杜门攻苦，不与世通。"洛城的刘仲堪，正是被曹操冤杀的魏晋名士刘桢的后世子孙，难得这位刘郎两耳不闻窗外事，闭门谢客，不与世通，只闷在家中攻读典籍。刘家都是谈书人。一日正读，刘郎突然闻见满室生香，且奇香异然，正在迷茫猜疑之际，就听见有佩玉相击碰撞发出的奇声妙乐。用蒲老的语言讲，"顾之，有美人入"。世界真奇妙。仙女下凡，"簪珥光彩，从者皆宫女"。刘郎何曾见过如此仙女世界？惊得拜伏于地下，微微颤抖，不知福依祸兮，祸依福兮！美女倒异常温柔，通情达理，然亦有不解，竟然开口问道："子何前倨而后恭也？"问刘郎你为什么之前在曹丕酒宴上如此高傲，眼都不看一下，现在又行如此大礼呢？刘郎惶恐，忙说："何处天仙未曾拜识，前此几时有侮？"

一千五百年前的一桩冤案，难怪刘郎又是晕蒙又是恐惧，断片难接，时空难穿。还是甄氏，把一千五百年前的事情对眼前的刘郎细细说来。甄氏绝非无情无义之人，诚心挚意地对刘郎说："当日以妾故罗罪，心实不忍，今日之会，亦聊从报情痴也。"一千五百年前的情，一千五百年后定，妾情可谓痴也。刘桢没白受冤。

《聊斋》真能聊，真敢聊。

《聊斋》也真吓人。我刚到山西农村插队时，住的是一间农村闲置的老屋，半夜突闻房上顶棚中有窸窸窣窣之声，一会儿窸窣之声就在头顶，一会儿又瑟瑟而去，沙沙之声又到炕尾，仿佛整个天棚上有妖在作法。联想起三寸多长的蜈蚣爬过沙地的恐怖之声，大如牛蹄子的八脚毛蜘蛛爬过窗户纸的吓人之声，想起暴雨前成千上万的黄蚂蚁爬树的沙沙之声，突然想起蒲老在《聊斋》中讲过的瘆人故事。一座古寺中，偶然住进路过的一位军士，半夜突然听见屋顶天棚上有窸窸窣窣之声，由远及近，直响到他的头顶，感到头疼似裂，魂不附体，急逃出古寺。待天明，领数军人将老屋围住，细听，果然有响处，且俱感头昏，抱以湿柴燃烟熏之，良久，见有一巨蝎缓缓爬出，其大如琵琶。是夜，一夜未合眼总觉得天棚之上有巨蝎，但觉两股战战，冷汗津津，头昏目眩，方知《聊斋》这种书看不得，尤其不能细想，旁门左道，出神入化。也有人读《聊斋》作诗："少读聊斋听说书，长经世故渐生疏。老来尝尽风霜味，始信人间有鬼狐。"

与庄子梦聊五记

——庄子解牛不用刀

庄子，古之大家也。能把杀牛这么血腥残忍的事写成一首令人向往的交响乐，编成一幕诗情画意的诗歌颂，先秦百家，唯庄子一家。“手之所触，肩之所倚，足之所履，膝之所踦，砉（huò）然向然，奏刀騞（huō）然，莫不中音。合于《桑林》之舞，乃中《经首》之会。”

自庄子以来，被宰杀的牛何止万亿只？作“庖丁解牛”者又何止千万人？有一人能见庄子“庖丁解牛”之神奇？庄子能把一场血淋淋的屠杀，视如观戏听诗，从中悟出庄式哲学，古今中外3000年再无之二。不是被宰杀的牛少，杀牛的人少，是天地之间唯有庄子，庄子唯一，方知庄子杀牛不用刀。否则杀不出这个效果，杀不出那场音乐，杀不出那场舞蹈，杀不出那场哲学。

比“解牛”更厉害，更稀奇，要富有传奇色彩的是解杀蓝鳍金枪鱼。

蓝鳍金枪鱼是一种非常有特点的鱼类，游得出奇地快，每小时游60至80公里，最快可达每小时160至180公里，子弹在水里也“游”不了那么快。金枪鱼的神奇还在于它终生不停地游，一刻不停地游，永远不知疲倦地游，数百只百十公斤的金枪鱼在海中呼啸而来，又呼啸而去，连成群的虎头鲨都退避三舍。这是因为金枪鱼的鳃不会自己一张一合地呼吸，它要依靠水流来呼吸，如果不游，水不快速从它鳃上冲击而过，它就会停止呼吸，窒息而死。金枪鱼没有一条是“老”死的，当它游得不够快、游不动时，过滤的空气不再进入它的呼吸系统，它就会被“淹死”。能被淹死的鱼，就指金枪鱼。

蓝鳍金枪鱼可能是世界上最贵的食用鱼，一条一百公斤重的蓝鳍金枪鱼价值十几万元，最贵的要上千万元，曾有一条556斤的蓝鳍金枪鱼以3.33亿日元成交，当时折合人民币1637万元，一两鱼肉开价就是约3000元。

蓝鳍金枪鱼在海中高速游时，鱼鳍会在水中立起，划出一条细细的蓝线，也有的说是鱼鳍就是深蓝色的，总之，很漂亮。蓝鳍金枪鱼被打捞上来以后，要争分夺秒，一拖上案台，"庖丁"手执利刃，刀不长，不厚，亦不宽，不重，看似平常，提刀一望，却寒光闪闪，冷气飕飕；但见刀光一闪，一刀又一刀，两刀在鱼头上划一个圆，仿佛点到为止，一划而过；谁知将鱼身往后一拖，硕大的鱼头，齐齐整整已完好无损地切下。刀不血刃。"庖丁"并未有丝毫停滞，一道刀光，顺蓝鳍金枪鱼的鱼脊轻轻而过，则鱼鳍已然悄然而落，又一道寒光，恰在鱼尾的衔接处，一刀两断，断其尾。

解杀蓝鳍金枪鱼有讲究，从鱼一入船，则绝不能翻身，因为鱼身重量会挤压鱼的肌肉结构，影响鱼香；蓝鳍金枪鱼的背、腹、鱼身两侧的价格都不同，朝上的鱼肉最鲜，最嫩，味道最美，最有讲究。每一个部位的区分线不会宽于一厘米，刀要正巧走在其中，偏一分则太重，浅一分则不透。手起刀落，一刀直下，从胸腔直接切到下尾。再翻开肚腔，刀锋逆行，把这条蓝鳍金枪鱼切割成两半，然后按部位一刀一刀分切，刀快肉嫩，真如切割豆腐。蓝鳍金枪鱼肉特有的细细的水波纹清晰可见，部位不同，颜色就不同，颜色不同，光泽就不同，花纹也不同，如前腹部切出的肉块，其色如胭脂，娇红细腻，鲜嫩异常，再用细刀切成小块，直接送上餐桌，其味之鲜，岂是语言能表其一？

解杀蓝鳍金枪鱼，一气呵成，气贯如虹，如水银泄地，让人看着那么紧张，那么凝神，刀刀如神，又刀刀如戏，直到全部解完，方让人长出一口气，感到内衣已被汗洇。

韩愈所言："千里马常有，而伯乐不常有。"宰杀之事常有，而庄子不常有。

庄子言下的“庖丁”，19 年未磨换过“屠刀”，而解蓝鳍金枪鱼的操刀手，每年都要“涵养”“屠刀”两次，一次要保养一个月，刚刚保养过的“屠刀”，讲究刀刃有寒光，迎面能感到有股杀气，有阵阵让人心寒的阴气。在六层厚牛皮上轻轻划过，六层牛皮齐刷刷地被割断，直径一尺的非洲硬木，一刀斩去，一刀两断，无一丝一缕相连。竟如同刀切豆腐，庄子不在，其在何言？

与庄子梦聊五记

——庄子没见过的“庖丁”

庄子一篇《庖丁解牛》红遍2000多年，让天下见识了“庖丁”宰牛。但庄子笔下的“庖丁”是神仙屠夫，能把血淋淋的宰杀描绘成轻歌曼舞，让人看得如醉如痴，竟然忘记血肉横飞、肢解体碎。但现实中的庖丁远非庄子所述的“庖丁”，庄子不忍见，让把血腥的场面删去。

“庖丁”解骆驼是一场悲剧、苦剧、惨剧、血腥剧。卡塔尔世界杯开幕式后，在贵宾厅推出一道最隆重的大菜“烤骆驼”，让每位贵宾都看得目瞪口呆，吃得满口留香。但宰杀骆驼着实残酷，着实血腥。

骆驼极聪明。当把骆驼牵来准备上屠场时，骆驼已心知肚明，难逃一死，它会高高抬起头，向着青天高泣，其声似老牛哞鸣，拖着长长的哀鸣，“庖丁”靠近它时，它不再作丝毫反抗，却无言地流下两行泪珠，嘴角、鼻孔都泛起一片白白的黏液。这时候骆驼会情不自禁地前腿突然蜷起，倒地有声，跪倒在地，而“庖丁”会用蘸过水的手轻轻抚摸骆驼的前胸，在骆驼的脖子和两前腿之上有一片又软又细的驼毛，而下一秒，骆驼会突然闭上眼，闭上嘴，连鼻子间的白沫也不再吐，“庖丁”此时会把屠刀扬起，对准那片驼毛。庄子没想到“庖丁”如此血腥，这绝不是他见过的解牛的“庖丁”。

当200多公斤的大鱿鱼被强力拖上甲板时，它的10只粗大有力的须手向四周拼命挣扎，它一次次想逃脱，重新入海，这是它生命的最后一刻。它两只又大又圆的眼，每只有两公斤重，那一双眼急速地翻转着，不时变出吓人的颜色。巨大的鱿鱼身体像微缩型的潜水艇，又粗又直，又光又滑，光闪闪地泛着紫红色的微光；如果是在月光下，大鱿鱼的身体还会变色，像变色龙一样。

200多公斤重的大鱿鱼其力大如牛，“庖丁”不敢有丝毫怠慢，冲上去，二尺长的利刃，生切鱿鱼头，两人才能合抱过来的鱿鱼头被生劈下来，鱿鱼无骨，刀锋直切鱿鱼腑，开膛破腹，将还在挣扎中的大鱿鱼腹中的雪白雪白的鱿鱼骨生割活剥下来。

印度“庖丁”与庄子所述“庖丁”风格截然相反，绝不讲究19载不换刀，印度大胡子“庖丁”，其屠刀又重又厚，既无闪闪寒光，更无刀带杀气，极像中国樵夫进山砍柴用的柴刀。“庖丁”是靠拼实力，拼力气，一般解大鱼、解羊，全靠用刀劈、剁、砍，甚至用锯。恒河中有一种巨型河鱼，大的二三百斤，凶猛异常，贪婪异常，凡入水者，没有它不吃的；被打捞上来以后，往往要三五个壮汉方能摁住，常常把渔夫咬伤甚至咬残。唯一的办法就是解之要快。印度“庖丁”并不讲究任何形式，直接挥刀而上，抡圆了就砍，猛砍猛剁，生生把怪模怪状的大鱼头剁下来。印度“庖丁”也不太讲究刀法，“以无厚入有间”，剁下的鱼肉会溅满一围裙。然后再按两尺远的距离分解成段，有时用一种利斧劈斩鱼脊骨，如再劈斩不断就直接上铁锯，因为鱼太大，只能分段出售；买主需要加工时，再一刀一刀细解。虽然也血腥，也残忍，但看到印度大胡子“庖丁”汗如雨下，两边围观者不断喝彩，也不觉得有多残酷。

“庖丁”这个职业严肃，寡笑，中国民间称之为“操刀鬼”。但印度“庖丁”不同，常常在微笑中完成血腥的操作，也是一种修养。印度有一种巨螺叫椰子螺，体大如足球，状如椰子，据说味道亦有椰子的香味。印度“庖丁”端坐案台前，助手把椰子螺放在台上，但见一脸甜笑的大胡子，手起刀落，将椰子螺螺壳平斩；椰子螺被一把拉出螺壳，痛苦不堪，惊慌失措，扭曲龟缩，拼命挣扎；大胡子笑容可掬，一刀将其尾部剁下，极熟练，极利落，顺手把螺肚子剖开，用刀刃把内脏清除，就在椰子螺还在抽搐痉挛之中，三刀两块，把切好的椰子螺盛放在托盘之中，讲究块块椰子螺都在动，全程皆在微笑中，中国人谓之“笑面虎”。但印度庖丁绝非装出的假笑，据说和当地一种宗教有关。

柬埔寨“庖丁”更凶猛，不论刀法，只论力气。其刀非刀，类似中国《水浒传》中李逵的板斧。当地有一种黄皮圆体的大鱼，黄貂鱼，200多斤，在水中十分霸道，厉害的是其尾部生有一根二三米长的尾巴，又硬又尖又灵活，关键是还长满又粗又尖又硬的刺，一尾巴甩在人身上，轻则重伤，重则人亡。鱼一从网中捕出，两三条大汉即刻扑上，用厚毡布死死摁住其尾巴，这时的“庖丁”手舞一柄巨斧，抡圆了直取黄貂鱼的鱼尾，斧重刃利，但黄貂鱼的鱼尾甚硬甚坚，数斧之下，血肉横飞，终将黄貂鱼斩尾，众人方长呼一口气，之后才把黄貂鱼肢解切块。整个过程都让围观者提心吊胆，甚为紧张，据说曾出过人命，一巨型黄貂鱼曾一尾“鞭”死一名“庖丁”。

不知道有多少人吃过鲎，但我第一眼看到鲎时就怀疑鲁迅所言“第一个吃螃蟹的人一定是英雄”的论断，应该是第一个吃鲎的人，鲁迅肯定没吃过甚至可能没见过鲎。

鲎长得太诡秘了，也太狰狞了，一副装甲大盖，还拖着一根长长的有尖刺的尾巴。把鲎翻过来，它的腹腔装备到“牙齿”，两排六只长满带刺的触角，四周全是又长又尖的硬壳刺，有些隐藏在腹腔下的“暗手”，当它感受到腹部被触及时会突然伸出来反抗，据说“暗手”上的刺是有毒的，至今没有弄清楚它到底有多少只爪？多少张嘴？鲎口中有一排尖利的牙齿，两边还有毒牙。“庖丁”却无所畏惧，依然笑容可掬，像在表演一台魔术。他把鲎翻过去，让其露出真实面目，在极恐怖、极狰狞、极复杂的身体上，极熟练地，几乎没有丝毫犹豫地用一种尖锐的弯钩利刃，迅速划开它的心脏部位，然后再倒扣在一个小口大肚的容器之上。鲎拼命挣扎，它极端痛苦，它想死里逃生，“庖丁”用手死死摁住，方知是在“取血”。原来鲎的血是蓝色的，不知道地球上还有哪些动物的血也是蓝色的？而鲎这种蓝色的血液正是人类制取一种药物的必需品，鲎的命运就这么决定了。似乎像有的中国人饲养的一种黑熊，为流取胆汁而圈养，定期就割一刀，流那么小半碗熊胆汁。

据说，被放过蓝血的鲎即使不杀它们，其中三分之二的鲎也会痛苦地死去。剩下的三分之一也会病伤，因为它们身体里再也产生不出来足够的蓝血，只能产生半蓝半红的混血。

如果有人要买鲎作海鲜食之，“庖丁”会微笑地收下钱，依然会微笑着举起利刀，对着鲎腹劈刃而下。

“庖丁”和食鲎的人都不知道，死于他们刀下的鲎比恐龙还古老，有 4 亿多年的历史。鲎是见证了恐龙时代恐龙灭绝的活化石，它侥幸地活下来了。它既不是蟹类，也不是甲壳类动物，而是属于节肢动物，谁让它的肉那么鲜嫩，谁让它的血是蓝色的呢？

达尔文说过，弱肉强食，进化得越彻底，也就会越残酷。庄子若见过放过蓝血的鲎被“解”的痛苦，相信他会后悔作“庖丁解牛”。

与庄子梦聊五记

——枕着骷髅做梦

庄子比老子浪漫，比孔子幽默，比墨子机警，比孟子识趣；隔壁猜物，隔墙取牛，对空使力，对鬼作法；敲着骷髅问语，枕着骷髅睡觉，诸子百家，独此一家。

庄子到楚国去，途中见一骷髅，孤零零置于路旁，两眼黑洞，却又似有光；嘴不见唇，却又似要开口。庄子并不惧，庄子是唯物论者、无神论者，于是使用马鞭子敲打那具骷髅，庄子要与骷髅对话。阴阳对话。

庄子的对话，仰天俯地，询阴问阳，时时透出一种“物我两忘”的境界，喜怒笑骂皆成文章，抑扬顿挫皆为美学。庄子当为诸子百家文学、美学品质最高的人。庄子的“无为而治”充满治世育人的高深哲学，庄子的穿越力、想象力、寓言化能力是其他学派望尘莫及的，庄子的梦游脱俗见奇，他要与骷骸对话。

与骷髅对话不需要礼节、程序，庄子直言：“夫子贪生失理，而为此乎?”你是因为贪生而忘记伦理，忘记做人的道德，而死而至此?还是因为国家灭亡，惨遭杀戮，才至于此?还是做了其他无理无德无耻之事才至此乎?

庄子之问并无大道理，与骷髅对话直截了当，与屈原的问天不同，屈原问天是寄情国家、人民、正义、道德，问天问到 170 多问。庄子问“阴”，无一问是“天问”，他只问人间之事，人情之理，问从阳到阴的原因，问骷髅之为的根本；像路人询问盲者，又像判官在问小鬼，像涛声拍打礁石。骷髅无语，光有黑乎乎的一双大眼眶子，一个圆乎乎黑洞洞的大嘴。庄子白问，庄子白急，骷髅无言，骷髅不为之所动。白骨森森，直面庄子，任敲任打，任问无答。

庄子一路山水一路尘，又无人无村无驿站，楚之地何其荒凉？难道真是秦楚之战？庄子无惧无畏，身边无人，只有这个不知何时何人遗留下的骷髅。庄子英难，竟敢枕白骨骷髅而安然入梦。似乎之前无人议过庄子大胆，神鬼魔妖皆不怕，再未见有荒野偏僻之地，敢孤身一人头枕骷髅而眠者。武松打虎，将猛虎打死，气力用尽，枕死虎而栖；从古至今，未闻荒郊野坡枕骷髅而睡。古今皆言庄子是哲学家、文学家、思想家，未曾有言庄子为彻底的唯物主义家。

庄子不但坦坦然枕骷髅而眠，而且须臾入睡，且睡得竟然有梦寻来。

在枕骷髅入梦之前，庄子还做过一个梦，且名气更大。原来庄子曾经做过一个梦，梦见自己变成了一只蝴蝶，自由自在，快快乐乐，翩翩起舞，无拘无束。“栩栩然蝴蝶也。”欣欣然绝非人也，因此那时那刻，庄子也糊涂了，也真的忘乎所以了，吾非吾，吾非庄周；吾是吾，吾乃蝴蝶。正做得美梦，一个激灵，梦醒矣，望天还是天，看地还是地，观山依然巍巍，观水依然潺潺。庄子也蒙顿了，到底是庄子梦见蝴蝶了，还是蝴蝶梦见庄周了？难道庄周与蝴蝶分则两异，合则为一？庄子在做梦还是在讲哲学？

自庄子之后，托梦的、解梦的、圆梦的、残梦的人不少。

“梦里不知身是客，一晌贪欢”，那是亡国之君的残梦；苏轼式的春梦“夜来幽梦忽还乡，小轩窗，正梳妆”；白居易曾感叹“泪尽罗巾梦不成”，梦也非想梦即梦。果然不凡，梦与梦不同。

睡到半夜，庄子忽然听见枕下的骷髅说话了，旷野荒原，夜半更深，也唯有庄子不怕，谁不觉得脊背森森，两股战战？

骷髅缓缓道来，它说：“你白天对我说的话我都听明白了，但你问的一切，以我看来皆不入调，‘皆生人之累也’。阳间人世之言之烦之累，皆在你身，你苦、你累、你烦、你恼、你困、你疲、你险、你怒，俱因你在世上。死了死了，一死百了。死后的境界，你知道吗？子欲闻死之说乎？”庄子曰：“然。”庄子洗耳恭听。骷髅的话讲得半阴半阳，但抑扬顿挫，掷地有声。骷髅言：“人一死，阳间称之干净。死，无君于上，无臣于下，亦无四时之事，从然天地为春秋。原来死的境界依然是那么自由自在，再也无需等级、礼仪、拘束、制约、揣测、仰奉、屈辱、委心、劳心、劳力、奔波、苦乏，死的最高境界是‘从然天地为春秋’，那该是一个理想天堂，自主自由的天地。哪有那么多人间的烦恼安危之事。就是人世间的帝王，‘虽南面而王，乐不能过也’。帝王如何？普天之下莫非王土，率土之滨莫非王臣。亦不过如此，怎么能比得上死人之乐哉？”骷髅讲得振振有词：“那是你没看见帝王之累、之惑、之困、之险、之危。”庄子不信，认为骷髅绝非由衷之言，便推心置腹地对他讲：“假如我让司命之神再恢复你的形体，让你长出骨肉肌肤，使你还阳，回到你的父母、妻儿、乡邻、朋友那里，‘子欲之乎？’再给你一次生命，再给你一次做人的机会，你还能像现在这样去想去做吗？”“子欲之乎”四个字蕴含着庄子的哲学思想，是环境决定一切，还是理念指导一切？是亲身亲历，还是站着说话不腰疼？庄子着实将了骷髅一军，且看君意如何？你是“南面王”，还是甘做死人？骷髅听后，朗声答道：“吾安能弃南面王乐，而复为人间之劳乎？”我现在比南面王都乐得其中，怎么可能重回人世间去再劳苦呢？骷髅成精矣。

与庄子梦聊五记

——庄子未见过真杀牛

夜读庄子，每读必有得。

庄子的书在诸子百家中读起来最有滋味，最有嚼头，最有神韵，也最有节奏。诸子百家无一家能与庄子比幽默，比雅静，比气质。庄子是中国先秦文化集大成者。庄子与老子有难解之缘，老庄思想，黄老之术，但庄子比老子更讲究诗情画意，更讲究用文学的手法描述哲学，用哲学的理念表述文学的思维。读庄子的寓言，一会儿笑，一会儿怒，一会儿情不禁拍案叫绝，一会儿又不由得抚案长思，始信人间有奇人。“北冥有鱼，其名为鲲，鲲之大，不知其几千里也；化而为鸟，其名为鹏，鹏之背，不知其几千里也。”难道庄子真的知道地球之小，小到只有太阳的一百三十万分之一？否则庄子怎么会想象那么非凡的鲲，那么巨大的鹏？庄子可谓仰天俯地，从微观世界中看到了大千世界，从宏观世界中看到了万物无穷。庄子的境界“物我两忘”是诸子百家中独有的。“子非鱼，安知鱼之乐；子非我，安知我不知鱼之乐。”庄子有意思。和老子《道德经》中表现的哲学手法浑然不同。庄子讲“盗亦有道”。“道可道，非常道。”是老子之论。盗亦有道乎？庄子庄严道之：“有！”一大盗名跖，其徒询何以成为大盗？跖有言：“在屋外就知道屋内有多少财富，其为圣；第一个冲进去为勇；最后一个离去为义；判断能不能进去为智；分配均匀为仁；五者齐备方为大盗。”庄子太有文化了，太有思想了，太不可思议了，两千多年间的国内外黑社会一言论定。两千多年的黑社会没能超出庄子的设计。美国黑社会电影《教父》中谈到黑社会老大，愣没超出庄子所言！

庄子有篇名作《庖丁解牛》，两千多年来至少有1亿人读过，有数百万人读过数遍；庄子把杀牛写成一场舞，一场剧，一场戏，一场灵魂与现实的对话，一场哲学与理念的较量，一场直面与变态的升华。有言：有一万个观众就有一万个哈姆雷特，难道有一个观众就没有一万个哈姆雷特？鲁迅说《红楼梦》：“经学家看见《易》，道学家看见淫，才子看见缠绵，革命家看见排满，流言家看见宫闱秘事。”要庄子说红楼不是梦，黄粱才是梦，南柯才是梦，梦里不知身是客，庄子也会流泪，庄子就坐在台下。我断定，庄子见过那位神奇的庖丁，细细听过这位操刀19年、“所解数千牛矣”的庖丁讲述他杀牛的故事，但庄子没有见过真正杀牛；就像司马迁没有亲临“鸿门宴”，没有见过“霸王别姬”；罗贯中并未参与“赤壁大战”，他甚至根本未见过赤壁，世上本无“借东风”“空城计”“失街亭”“斩马谡”。因为庄子在“庖丁解牛”中无一景，无一笔写过被解之牛。

我是1968年冬去晋西北农村插队的。1970年冬赶上生产队要宰杀队上一只老黄牛。这只老黄牛从互助组、合作社、高级社、人民公社，一路走来，勤勤恳恳，任劳任怨；如今垂垂老矣，再不是孺子牛，献了青春献终身，杀牛在当时农村是件“惊天动地”的大事。杀了老黄牛每户都能分到一块极其珍贵的牛肉。场院中挤满了乡亲们。

老黄牛被牵来了，全队男女老少的心情真应了刘邦得知韩信被杀时的心情：“且喜且怜之。”老饲养员默默地牵着它。“庖丁”也来了，正在默默地蹲在地上抽着旱烟袋，眼前摆着一个小竹篮，上面蒙着一块油布。并无多言，也无客气。“庖丁”揭开油布，从中取出一卷细细的牛皮绳，挽成四个皮圈放在地上，让老牛四蹄踏进去。老黄牛仿佛明白那就是黄泉路，说什么也不踏进去。老饲养员双手抱一只腿，抬起放下，抬起放下，直到四只腿都套进这四个牛皮绳的扣中。“庖丁”沉稳地走过来，手上执一利刃；老黄牛惧之，突然昂首，哞哞惨叫不休。当“庖丁”一使劲把牛皮绳收紧、把牛的四条腿收紧到一束时，老黄牛有些站立不稳了，它挣扎着惨叫着，泪眼望着四周的人，伸直了牛脖子，使劲摇晃着牛头。“庖丁”弯腰用肩使劲一顶，老黄牛便轰然倒地，它不再惨叫了，突然大滴大滴地流起泪来，混黄的眼泪一串串流下，把牛脸下的黄土地都打湿了，老饲养员掉着泪走了，他喂了这头老黄牛整整25年。以后我再也不敢看杀牛的。我断定，庄子没有见过真的杀牛的。

与庄子梦聊五记

——庄子与阿基米德

风马牛不相及。

其实也相及，没有割断的文化，没有不进化的人类。

庄子，思想大家，且其每有奇想，往往飘逸飞扬，洒脱玄妙，超凡脱俗，半是痴语半是梦，半是神仙半是妖。一件凡事、俗事、常见之事，到庄子那儿，则飞黄腾达，脱胎换骨，几欲成仙。天下谁没见过钓鱼？庄子见的竟是“任公子为大钩巨缁，五十犗以为饵，蹲乎会稽，投竿东海，旦旦而钓，期年不得鱼”。见天下之钓，其鱼饵为五十犗乎？五十犗，即50头阉割过的大牛。即使在太平洋中钓大白鲨，未曾闻用整头阉牛做饵？即使在一亿年前侏罗纪的霸王龙，也一口吞不下一只阉牛一样大的动物，用50头阉牛做钓饵，庄子是怎么想到的？庄子也认，虽“蹲乎在会稽，投竿于东海，但一年也钓不上鱼”。庄子是思想大家，险些创造出一种宗教信仰，他并不在意50只阉牛如何做饵，用什么样的大钩巨缁，那该是一种什么质地的钓鱼竿？这根鱼竿有多粗多长？怎样把这个亘古未有、来世亦无的大鱼饵投入东海？需要多少钓手？这就联想到阿基米德。

阿基米德是古希腊杰出的物理学家、数学家、静力学和流体力学的奠基人，这些恐怕庄子必须装聋作哑，正像他自己所言：“井蛙不可以语于海者，拘于虚也；夏虫不可以语于冰者，笃于时也；曲士不可以语于者道，束于教也。”

在阿基米德出生的第二年，公元前286年庄子病逝。阿基米德在科学上的最大贡献，几乎举世皆知：杠杆原理、浮力定律。阿基米德有一句狂言，也是一句名言，类似庄子《逍遥游》中的“梦话”：“给我一个支点，我能把地球撬起。”阿基米德和庄子一样，并未说出支点何在？杠杆何在？需要多长多粗多重？什么质地的杠杆？由谁、用什么力量来撬动地球？要知道地球重达60万亿亿吨。这简直像现代人说宇宙间的“黑洞”，有多大，多深，多黑，多大的磁力，多强的辐射。但庄子却说出了钓出大鱼的情景：“已而大鱼食之，牵巨钩，陷没而下，骛扬而奋鬐，白波若山，海水震荡，声侔鬼神，燀赫千里。”难道庄子真的在东海的会稽岸上见过世界上最大的蓝鲸？

阿基米德没有幻想撬起地球的结果，他在洗澡时却悟出了浮力定律。澡盆中满满的水因阿基米德洗澡溢出来，难道还有什么原理？阿基米德和庄子的思维背向而驰，这就是阿基米德定律，成为人类的一大科学定律，直到今天，直到明天，甚至直到永远。就是这位公元前200年的先人，为保卫舒拉古城不被古罗马军队攻陷，发明了在城头上用镜子聚光产生热点，聚焦在古罗马远征军的军舰上，结果使古罗马的舰队被照射，被点燃，舰队被焚毁。他还发明了蒸汽大炮，这绝非痴人说梦，庄生梦蝶，他发明的蒸汽大炮架在墙城上，能把实心的铁球发射到150英尺以外，可以击穿古罗马战舰的船体。就因为拥有阿基米德蒸汽大炮，古希腊人成功地击退了古罗马舰队的入侵。第一次在战场上显示出科技之力战胜野蛮之力，武器的发明成为战争的必胜因素。后美国专家依照阿基米德制造的蒸汽大炮的原理，进行复制，结果令世人惊骇，阿基米德的蒸汽大炮不但能把5磅重的实心镁球发射到200英尺之外，还成功地摧毁了一艘木船。阿基米德建立了流动静力学，发现了阿基米德比重原理。他还将数学、机械学的研究结合起来，发明了多种超越时代的机械，他首次提出了计算圆周率的科学方法，研究了形状复杂的几何图形的面积和体积的计算公式，在计算圆面积和螺线所围面积时使用的方法已接近现代的微积分。如果把阿基米德平移到中国，列席在同时代的诸子百家之中，他当属别类、奇人，应该和庄子站在同行，又真有些风马牛不相及。他属诸子百家之一。非常不幸的是，公元前 221 年，正是庄子死后 65 年，阿基米德正在试验室研究画在沙盘中的几何图形，兴之专注，情之专一，忘了一切，以至于对闯入的古罗马士兵视而不见，对执刀在手的士兵们的询问不理不答，结果被乱刀杀死。真应了中国一句俗语：秀才遇到兵。

阿基米德的思维与庄子的思维不同。阿基米德是由形象思维迅速转为抽象思维，而庄子的思维始终由形象思维深入到思维形象。阿基米德终于找到了撬动地球的支点，那就是一系列的定理、原理；撬动地球的杠杆，那就是科学、科技。在阿基米德身后 2000 年，有无数按压撬动地球的杠杆的“巨手”，他们的开端似乎都是始自形象思维，形象启发。瓦特发现放在火炉上的茶壶，水开了就会把壶盖顶起来，从而发明了蒸汽机；伽利略看见教堂天顶上吊灯的摆动有一定的规律，就用自己的脉搏作检验，发现了在地球引力下，摆的这种来回往复运动具有等时性；牛顿躺在草地上，看见苹果从树上掉下来，他觉得很好玩，换一个思维就是苹果为什么不从树上掉上去呢？深入研究之下，牛顿发现了万有引力，发明了牛顿三大定律。在阿基米德的身后，有长长的一排排、一列列科学家、物理学家、数学家、力学家……他们几乎都是从形象思维开始，但再也没有和庄子及庄子身后的思想家、哲学家、文学家相交会、相融合。

庄子除了没见过兵，似乎见过世上一切人，从王侯将相到引车卖浆，从达官贵人到乞丐盲流，直至一切变态人。庄子冷眼观看世态炎凉，品味百态心理，直到看穿、看透、看破。庄子真应该创造一种宗教，几乎在同一个年代，印度的释迦牟尼看破“红尘”创造了佛教，看穿了人间之疾苦，庄子观察人世之态何止“生老病死”？庄子寓言就是一部人世间的“百科全书”，寓言的创始人乃庄子，庄子把一件类似“苹果从树上掉下来”“蒸汽把壶盖顶起来”这样的形象小事，能讲成一本哲学大书，讲成一本理论大书，讲成一本言情大书，把寓言讲成理论，自庄子再不见后人。在先秦诸子百家中，似乎再无一家有庄子深刻、敦厚、幽默、豁达；纵观诸子百家中，更无一家是阿基米德。庄子的思想、理论、认识影响中国两千多年，似乎再无人能跳出庄子的思维，中国无阿基米德出现，也仅仅是因为庄子的影响力太大，巨树之下只有青草？庄子的《逍遥游》没能找到垂钓东海的巨竿、巨钩、巨缁，何人在钓？庄子出的题目似乎没人能解，而阿基米德的撬动地球的支点、杠杆，甚至力点都已找到，但阿基米德死于非命，庄子寿终正寝，病死在宋国蒙城。

随笔六篇

——俯首甘为磨下驴

《世说新语》中说："王仲宣好驴鸣，既葬，文帝临其丧，顾语同游曰：'王好驴鸣，可各作一声以送之。'"众人一起作驴鸣。王仲宣，即王粲，"建安七子"之一，当时是三曹即曹操、曹植、曹丕之后的文学一流大家。在故人墓前带头学驴叫以送友人，曹丕敢担当，敢破俗立新。曹丕比曹操敢做敢为，曹操挟天子以令诸侯，曹丕要改天换地，改朝换代。绝不似司马昭，天下皆知司马昭之心，他却掩耳盗铃，只做偷鸡摸狗的阴谋家、伪善人。纵观"二十四史"，没有哪位皇帝能比魏文帝，在故人的坟前敢学驴叫。这也说明曹丕懂王粲，王粲懂毛驴，驴是最有人性的，最懂人世间的事，因此最能任劳任怨。王粲一定能从驴叫中听出驴的喜怒哀乐，悲欢离合；王粲正是通过学驴叫来和驴交流，一阵驴鸣就是一个动人的故事，一声驴叫就是一场悲欢离合。清代有位学者，其名戴名世，骑驴走遍大半个中国，从北京一直骑驴走到浙江雁荡山。对驴弹琴，驴亦知亦懂，亦喜亦悲，亦引颈长鸣，引得周围村庄的驴皆长呼高叫，声声不绝。后被小人诬告其著作《南山集》有反清内容，使其身陷"文字狱"，被处腰斩。传他被杀时，远近所有毛驴皆大叫三天，驴鸣震天，驴鸣不止，为其鸣冤。

驴通人意，也最有文化。

王安石晚年不坐轿，不骑马，独独骑驴，骑上小毛驴，让驴随意走；不打不吆，不紧不慢；驴停人停，驴欢人乐；每逢毛驴高叫，王安石必笑；每当王安石触景生情，高声吟诗，毛驴亦伸长脖子大叫，似能听懂。王安石曾对驴诵诗。

杜甫和驴感情更深，他自述："骑驴三十载，旅食京华春。"还有哪位诗人骑驴骑过 30 年？杜甫可谓"驴背上的诗人"。杜甫通驴意，毛驴也懂杜甫。宋人曾给杜甫画像："迎旦东风骑蹇驴，旋呵冻手暖髯须。"苦是苦，想杜甫亦有苦有乐，没有毛驴做伴，苦日子更苦，何处觅知音？南宋牧溪画的《杜甫骑驴图》纵 89.3 厘米，横 31.3 厘米，现藏于日本福冈市美术馆。

懂驴的何止杜工部？陆游有诗为证："衣上征尘杂酒痕，远游无处不销魂。此身合是诗人未？细雨骑驴入剑门。"

苏东坡描绘孟浩然骑驴："又不见雪中骑驴孟浩然，皱眉吟诗肩耸山。"有没有好诗，须有两个条件，一是大雪，二是骑驴。驴是诗的催生。

任伯年 1885 年曾画过一幅《驴背敲诗图》，纵 35.6 厘米，横 35 厘米。画的是以苦吟著名的贾岛骑在驴背上正在琢磨那句名诗："鸟宿池边树，僧敲月下门。"是推门好，还是敲门更有诗意？任伯年画的贾岛骑的小黑毛驴格外可怜，又小又瘦，"郊寒岛瘦"，孟郊寒，贾岛瘦，毛驴焉能又肥又壮？正是这头不入法眼的小毛驴，驮着贾岛冲撞了韩愈韩吏部的高头大马，小毛驴竟仰天长鸣。谁敢挡了我毛驴的路？我是毛驴我怕谁？毛驴无畏，何惧高官？

被称为"诗鬼"的李贺，之为"鬼"是因为行为和其诗一样，常出怪句奇章，有惊人之作，也有惊人之为。从不骑马坐轿，只骑一"瘦驴"，又小又瘦又可怜的灰毛驴，肩背一锦囊，随驴走，随驴看，每有驴鸣必有好诗。遇有好诗就在驴背上记下，放入锦囊之中，李贺不是锦囊妙计，而是锦囊妙诗。

苏轼心情坏透了，一路曲折，一路颠沛，人生无常，苏轼应学庄子。乌台诗案，折其阳寿至少十年，大喜大悲看清自己，大起大落看清朋友。"老僧已死成新塔，坏壁无由见旧题。往日崎岖还记否？路长人困蹇驴嘶。"瘸腿老驴饱经风霜，其嘶其鸣，分明是告诉苏子瞻，苍茫之中寻小路，崎岖山路无人陪，有驴骑。外国人也一样，堂吉诃德的仆人桑丘就骑着一头瘦毛驴。至今敲瘦骨，犹自带铜声。

毛驴从何时就遭人类的鄙视？污水从头而泼。“黔驴技穷”，华南虎没有技穷？夷三族矣！卸磨杀驴，驴任劳任怨，死也死在卸磨之后；驴非牛，知道一卸磨就被杀，却无一泪外流。生也随他，死也随他，三条驴腿也能闹革命。懒驴上磨屎尿多，难道勤快的人无屎无尿？人不是在讲“轻装上阵”吗？老马识途，其实是老驴识途。一出老戏《包公审驴》可证。

讲农村人家大富大贵是骡马成群，与驴无关；大骡子大马，与毛驴无关；讲愚钝“耳朵里塞上驴毛了”；赛马斗牛风光显赫，都与驴无关；最有成就感的“拍马屁”，也非驴屁股。也有实事求是的，骑驴看唱本，其内涵有二：一是驴懂戏，知道何处行何处停；二是骑驴胜似坐轿，在驴背上看唱本能不颠不晃，一字不漏，这也是民间为何小媳妇走娘家都要骑驴。

再拿胡适说骑驴，足见骑驴之高雅。胡适去苏州登门拜访杨绛的父亲杨荫杭，然后由杨绛的两位姑姑和一位女校长陪同胡适骑驴游苏州城墙。胡适当年以“洋派”著称，“洋博士”“洋教授”，西装笔挺，“海归”首屈一指。北大最著名的教授之一，选择骑驴游，胡适不乘车、不坐轿、不骑马，偏偏要骑驴，你非胡适，焉能想到胡适要骑驴？

据说外国有一哲学命题：布利丹的驴子。是说一头毛驴在两捆青草中间左右平衡，左右选择，最终被活活饿死在中间。不知道为什么选择毛驴唱主角？为什么不是布利丹的骆驼？布利丹的山羊？布利丹的兔子？布利丹的黄牛？难道布利丹的毛驴真的懂得布利丹的哲学？

早在罗马帝国时期，罗马人聪明，他们发现了毛驴的新用途，毛驴娇贵起来。原来罗马帝国的贵族妇女讲究养颜，发明用驴奶美容，既科学又见效。把浸透了驴奶的面包片贴在脸上，像两千年后的护肤面膜，果然青春，果然光彩。古罗马暴君尼禄的皇后外出时，要带上

400 多头母驴同行，以便早晚供她在驴奶中沐浴。古罗马的皇室贵族往往家养成百上千头毛驴，贵妇人相见话题之一是谁家的毛驴奶好。谁敢让毛驴拉磨？谁敢卸磨杀驴？谁敢说懒驴上套不拉就尿？谁敢说天上的龙肉地下的驴肉？那必须拉到罗马斗兽场去和狮子、老虎生死搏斗。

随笔六篇

——闲话挽联

挽联要写好不容易，是要硬功夫的，十几个字、几十个字要把一个人的一生都写出来，还要饱含自己的感情，盖棺之论，直抒己见，阴阳两世。已无顾忌，惜哉痛哉，爱哉恨哉。挽联才叫掷地有声，字字千钧，胸有千言，白纸三尺，笔重如铅，难写。

袁世凯是位历史上的“大人物”。“是非成败转头空”，光后人给他写的传记、评论有数百万字，袁世凯名副其实的著作等身。袁死后，挽联挂满公祭大堂。后人评价，写的最让人口服心服的是杨度那副。杨度可称“学富五车，才高八斗”，湖南才子，曾是袁世凯的座上客、高参，也是袁称帝的积极拥护者，上蹿下跳，是“筹安六君子”之一。杨度那副挽联是：上联“共和误中国，中国不误共和；千载而还，再评此狱”；下联“明公负洪宪，洪宪不负明公；九原可作，三复斯言”。孙中山去世后，杨度也是题了一副挽联：上联“英雄做事无他，只坚忍一心，能成世界能成我”；下联“自古成功有几，正疮痍满目，半哭苍生半哭公”。哪副更为上，众说不一。

鲁迅去世后，挽联如雪。从祭奠大厅中一直挂到胡同口，看挽联、抄挽联的人从白天看到夜晚，不少人提灯夜观，成为一景。其中“高联”灿如群星。有人言：看一遍胜读十年书。著名文学家、大散文家唐弢那副挽联写得让人称绝。“痛不哭、苦不哭、屈辱不哭，今年诚何年，四个月前流过两行泪，又谁料，这番重为先生湿；言可传、行可传、牙眼可传。斯老真大老，三十载来打出一条路，待吩咐，此责端赖后死肩。”话都是白话。如述心语，情皆真情，再无可替。让人知心，让人感动。

鲁迅的日本友人，佐藤村夫敬送的挽联：“有名作，有群众，有青年，先生未死；不做官，不爱钱，不变节，是我良师。”佐藤可谓知鲁迅。另一位外国人悼鲁迅挽联写得也让人称赞：“译著尚未成功，惊闻陨星，中国何人领呐喊；先生已经作古，痛忆旧雨，文坛从此感彷徨。”此为美国作家斯诺挽联。

为鲁迅抬棺的16位文学大家巴金、胡风、萧军、张天翼、陈白尘等都敬有一副挽联，据说由抬棺人聂绀弩编辑成册。蔡元培可谓鲁迅的知己，也是鲁迅的伯乐。其挽联写得高风亮节，一字顶万言，一语含千情：“著作最谨严，非徒中国小说史；遗言犹沉痛，莫作空头文学家。”蔡元培写过多副名对，挽联尤其写得让人心悲心痛，感慨万千，竟再无一言。蔡元培挽徐志摩：“谈话是诗，举动是诗，毕生行径都是诗，诗的意味渗透了，随遇自有乐土；乘船可死，驱车可死，斗室生卧也可死，死于飞机偶然者，不必视为畏途。”徐志摩，现代最著名的诗人之一，一首《再别康桥》名扬四方。徐志摩飞机失事后，送挽联的人结队而行。灵堂前的挽联一直挂出大厅，悼念的人群挤满大厅，人们久久不去，皆抬头仰望那一副副挽联。公举蔡元培先生的这副最好。也公认陆小曼的挽联最动情：“多少前尘成噩梦，五载哀欢，匆匆永诀，天道复奚论，欲死未能因母老；万千别恨向谁言，一身愁病，渺渺离魂，人间应不久，遗文编就达君心。”

同是著名诗人的萧三送冯雪峰的一副挽联写得也肝胆照人：“尊崇一个忠诚正直的人；鄙视所有阴险毒辣的鬼。”挽联挂在角落中，但观者却排队而来。

邓拓平反追悼会上，据说有三千人送了挽联。1979年9月5日，北京八宝山革命公墓礼堂尽是皑皑白雪，一片素洁，挽联是心声的呼唤，是情怀的寄托。最推崇的是廖沫沙的一副挽联，字字滴血，声声有泪，何堪回首，苦难岁月。廖沫沙是文学大家，这副挽联是他悼邓拓的一首七律挽诗。全诗如下："岂有文章倾社稷，从来佞幸覆乾坤。巫咸遍地逢冤狱，上帝遥天不忍闻。海瑞罢官成惨剧，燕山吐凤发悲音。毛锥三管遭横祸，我欲招魂何处寻。"

有人称张伯驹是中国历史上一大奇人，中国民间第一收藏人。有说北京故宫博物院收藏的珍品，有一半是张伯驹捐赠的。其中有隋代展子虔的《游春图》、晋代陆机的《平复帖》、唐代李白的《上阳台帖》、宋徽宗的《雪江归棹图》等等。为防《游春图》流失海外，张伯驹建议北京故宫博物院收购，但北京故宫博物院收购不起，情急之下，张伯驹几乎卖掉一切，从豪门巨富、家产万贯，变卖得一穷二白，债台高筑，终于留住了《游春图》。最后无偿捐给北京故宫博物院。张伯驹和张学良、袁克文、溥侗并称"民国四公子"。琴棋书画皆高手，在行中被称道。如京戏，亦为"高票"。曾登台唱《失空斩》，被梨园称为绝唱。张伯驹演诸葛亮。且看为他配戏的，余叔岩饰王平，杨小楼扮马谡，王凤卿饰赵云，程继光唱马岱，陈香云饰司马懿，钱宝森扮张郃。那阵容空前绝后，张伯驹得意非凡，作诗一首，传之甚广："羽扇纶巾饰卧龙，帐前四将镇威风。惊人一曲空城计，直到高天尺五峰。"

张伯驹为同为"民国四公子"的袁克文题挽联，让人称绝。袁克文是袁世凯的二公子，袁克文和其兄袁克定截然不同。他反对袁世凯称帝，曾有一首诗流传，最后两句："绝怜高处多风雨，莫到琼楼最上层。"袁克文不愧为"四公子"之一。民国初年，曾领命携60万元巨款去上海办报。仅仅一个月，竟花得几乎分文不存，报馆还不见踪迹。让段祺瑞目瞪口呆，百思不得其解。房未购一间，老婆未娶一个，衣未添一身，他是怎么花出去的这笔钱？袁克文写挽联亦是高手。孙中山病逝，袁克文代表其父送上一挽联："埏隧近明帝故陵，自有江南供俎豆；史迁作霸王本纪，不教成败论英雄。"在送给孙中山的三千挽联中，袁克文的这副最为惹眼，别具风格，别有格局，且袁克文写得一手好字，帅哥帅字，不愧为民国大才子。袁克文去世，张伯驹亲自题写一副挽联挂在灵堂："天涯落拓，故国荒凉，有酒且高歌，谁怜旧日王孙，新亭泣泪；芳草凄迷，斜阳黯淡，逢春复伤逝，忍对无边风月，如此江山。"袁克文的亲家，文学大家、也曾做过《大公报》记者的方地山也为亲家致两副挽联，写得也深刻，也真实，也真有感情，真的无奈。其一是："聪明一世，糊涂一时，无可奈何惟有死；生在天堂，能入地狱，为三太息欲无言。"其二是："才华横溢君薄命；一世英明是鬼雄。"

胡适先生让人敬佩，其著作等身，其评论传记亦等身。研究胡适吃胡适饭的人排长列矣。但胡适在台北去世，又逢 1962 年，故当时不闻有挽联，偶见几副对联权作挽联敬。"与先生见过几面，觉得您和易近人，平凡不失伟大；教后辈遇事求证，不管他权位齐天，信赖要靠证据。"平淡的语言，平和的交谈，却不失大家气度，胡适先生风雅犹存。蒋介石有一挽联敬胡适："新文化中旧道德的楷模，旧伦理中新思想的师表。"评价也算公允高尚。北大校友曾联名为胡适送上挽联："大胆假设，老师没有死啊；小心求证，我们还是哭了。"北大师生有同感，和胡适先生相交，有沐浴春风之感。

闲话挽联不能不说左宗棠为曾国藩写的挽联。当曾国藩死时，左宗棠正在西北新疆为国而战。派其儿子左孝威拿上 400 两银子，去湘江相迎，并送上左的挽联。曾、左之间的恩恩怨怨牵扯着多少是是非非，为国为政，为官为民，岂是一副挽联能说清的？人已逝，何言之？而左宗棠这副挽联让国人无不赞许，无不敬佩，成为晚清四大名联之一。上联："谋国之忠，知人之明，自愧不如元辅。"下联："同心若金，攻错若石，相期无负平生。"挽联的最后署名："晚生左宗棠"。这副挽联曾令我久久难眠，以至揮泪。左宗棠何许人也？为收复新疆抬棺出战，为报国命可以不要，左宗棠向谁低下过高贵的头？一腔热血，满腹自信。而曾国藩亦然，对治国理政、内政外交，左与曾有时是各执一词，互不相让，封疆大吏，各抒己见。但这副挽联中，左宗棠深刻反思自己，反思人生，也反思历史。一股股思绪涌来，回顾和曾国藩的交往，竟然自愧不如，不如在何？“谋国之忠，知人之明，自愧不如元辅。”政治上的两大要素，我左宗棠自愧不如元辅你啊！反思、反省、反躬多么深刻啊，一躬鞠下去，发自内心的惭愧，让人感动。左宗棠的胸怀气度，下联讲得更实在。“同心若金，攻错若石，相期无负平生。”左宗棠说的字字都是心腹话，兄弟相处，同心若金，心心相印。但无论谁有错，都“攻错若石”，批评绝不讲情面。指正绝不讲策略，而是直来直去，像石头一样直接掩过去。为的是“相期不负平生”，绝不能辜负我们这一生。最让人激动的是，挽联署名是“晚生左宗棠”，所以我说左帅低下他那高贵的头。左宗棠平生并未当过曾国藩的学生。但这次，左宗棠通过这副挽联，向世人称他是曾国藩的晚生，佩服左宗棠。

时光悠悠，后来在参加追悼会时发现，送花圈的越来越多，送挽联的越来越少，送的花圈越来越大，很多还都是鲜花做成的。送的挽联似乎只有 4 个字“永垂不朽”。总觉得西行路上寂寞人远行好孤独，无一言一语相伴，是世人生前好友、送葬人的遗憾。

2000 年 6 月 15 日，新华社社长郭超人病逝。追悼会上，万悲皆苦，众人泣泪。我悄悄地把我写的一副挽联送上，看见它挂在追悼大厅的一个角落里。听着有人在轻声念诵，不觉潸然泪下，上联是：“总社分社，一片热心扶后进。”下联是：“风里雨里，两行热泪哭先生。”

得知冯健先生去世后，连夜写了一副挽联送去，心情久久不能平静。冯健 97 岁才走，该是“喜丧”，但总觉得老先生音容尚在，见我总是关怀备至，不顾九旬高龄，身体又不好，坚持为我的新书写序，字字如春雨，如十月的风。愿我的挽联伴冯健先生一路远行，且行且相随。上联是：“百年征程欠三载。”下联是：“一夕陨落冷千山。”

随笔六篇

——孔子是何人，何人是孔子？

孔子尊容，几乎成为千年悬案。孔子被誉为“大成至圣先师”“万世师表”，至高无上，让天下人顶礼膜拜。两千五百多年，孔子无人不晓，无处不在，但孔子到底长什么样？

在北京国博北门前有一尊高大、雄伟、有气魄的青铜孔子雕像，这可能是国人最熟悉的孔子形象。双手交叉相揖，上身微微前倾；谦诚地微笑，慈祥地注目，敦厚的五官；巍峨庄重，神圣不可侵犯；又谦虚和蔼，洗耳恭听。宽大的衣袖直垂过膝，肥大的衣袍庄严肃穆；头戴布巾，腰配长剑。九米五的雕塑，巍巍乎，重如泰山；正襟庄立，俨如神乎！天下无仲尼，万古长夜，甚哉伟哉！这是当代最著名的青铜雕塑艺术家吴为山花了整整一年工夫才完成的，孔子在此！舍此非孔子。世人是怎样认定孔子之尊的？吴为山肯定参考过孔子家乡曲阜大殿中的孔子画像，那是明代人绘画的孔子像，天庭饱满，地阁方圆，浓眉大眼，齐胸的美髯，“靠山”的双耳。明朝的孔子形象已被亿万中国人所接受。但后来发现宋时碑刻中有孔子画像，与明朝画像似像似通，难道明版亦是摹版？后见到唐代吴道子画的《孔子行教图》拓片，但见孔子神采奕奕，身高体壮，方脸大须，圆眼浓眉，两耳直立，额宽大平坦，慈中有威，善中有严。着一宽大衣袍，其袖又肥又大，衣能盖脚，宽带松系，一领布巾。这可能是现存最早的孔子形象。又是出自吴道子之手，似有根有源。直到 1989 年，中国人民邮政在孔子诞生 2540 年发行纪念邮票时，仍以吴道子的孔子像为蓝本。

孔子真的长得就像吴道子画的那样吗？

司马迁在《史记·孔子世家》中只有6个字描绘孔子的长相：“生而首上圩顶。”孔子头上“圩顶”的怪相，可能与其为“野合而生”有关，即严重发育不良；“圩顶”即头顶低而四周高，俗语称之为“愣子头”，孔子因其头而得名丘。司马迁并未描述他的五官如何，只是说孔子“长九尺有六寸，人皆谓之‘长人’而异之”。有人计算过，孔子身高为9尺6寸，应为两米六，比姚明还高半个头。唐朝的吴道子画孔子像，西汉之前似无出处。后人皆把孔子像造得“巍巍乎似泰山”，加之过于肥大的衣袍，令人看不出孔子高大的身材，孔子和其弟子们的相聚，应是鹤立鸡群。但其袖宽大过膝似在《史记》中有出处，鲁定公十年，齐鲁两国君王相见，齐以大凌鲁，请鲁定公为齐奏乐，孔子气愤，“趋而进，历阶而登，不尽一等，举袂而言”。“举袂”即奋而甩袖，“举”即把袖甩之又高又远，可见其袖之长之阔。

孔子到底长什么样？《史记》未记，《汉书》未有，《后汉书》《三国志》均未描绘。孔子长相是个谜，千古之谜。

西汉第九位皇帝，仅仅做了27天皇帝的汉废帝刘贺，后废为海昏侯，他的墓的挖掘，为这道千古谜题，作出了一道难得的诠释，也可能就是答案。

在刘贺墓中出土了一面穿衣镜，这是现出土的公元前的唯一一面穿衣镜，在镜后有《衣镜赋》，其中有极其难得、史上唯一可见的孔子画像，这是历史最早的孔子像，距孔子生活的年代有五百年。这幅画，孔子与其五名弟子似乎在探讨什么。关键是在公元前，西汉初年，孔子的形象是：白净脸，额头前突，脸型非国字脸而是狭长清癯，双目不大，眉不浓不长，面有清须，而非后世所传满脸长髯，浓密及胸。而是三绺胡须，俗语称之“山羊胡”。身材瘦而高长，并不魁梧雄壮，倒十分像位旧时代的乡间先生。呜呼，这是对孔子形象的彻底颠覆！这可是两千年前的先人们对孔子的描绘，难道一个清癯瘦弱，似乎有病缠身，一脸病容的孔子就不能是“万世师表”了吗？

随笔六篇

——长城的历史思考

中国长城建于何时？第一块长城砖从何处垒起？围绕长城，先人们留下无数未解的难题。题难在于无文字记载。修建长城应始于三家分晋以后，赵、燕尤其当先。因为他们紧邻匈奴，是北纬38度分界线首当地区，游牧民族强大了要纵马南侵，掳夺人口，抢夺资源。赵、燕、韩既要南防中原入侵，又要北防北夷骚扰，南北两面作战，不是这三个刚刚独立成国的诸侯国能受得了的，这时候，在赵国出了一位战略家，他建议修长城以防北夷。但没有人理解他。战略分歧在是“战”还是“防”？赵武灵王不同意建长城，他倡导把钱花在军队改革建设上，提倡“胡服骑射”，以战御夷。像一百年以后，汉武帝不再沿用“和亲”政策，不再修建长城，实行战略转移，采用“人不犯我，我不犯人；人若犯我，我必诛之”，汉军的誓言：“虽远必诛。”打得匈奴丢盔弃甲，屡战屡败，望风而逃，残兵败将远遁东欧。何用长城？匈奴作为一个民族从此不敢东望，不敢重返中国。从此再也没有曾经强大到几次兵临帝都，几次要改朝换代，几次要和大汉王朝分庭抗礼，险些活捉大汉高祖皇帝的匈奴民族。匈奴不是惧长城，而是让卫青、霍去病、李广率领几十万汉军彻底打怕，彻底打服，远走高飞，另谋出路。

秦始皇是大规模修建长城的始作俑者。《史记》有文，是因为秦始皇相信“以鬼神事”的卢生之言：“亡秦者胡也。”秦始皇坚信“胡”之害，于是“使将军蒙恬发兵三十万人北击胡，略取河南地”。秦军击胡是因为怕胡亡秦。秦始皇的战略选择是防，因此选择修长城。早在左丘明《齐桓公伐楚》一文中就有这种战略思想的苗头，其中讲道："君若以力，楚国方城以为城，汉水以为池，虽众无所用之！"秦始皇将大军修筑长城，也有筑城以示国之疆土之意。故无论崇山峻岭，人马不通、鸟兽不行的地方，也要修上长城，它的实际意义就在划地为疆，划地为城。因此并无多少驻军，故秦国内陈胜吴广斩木为兵起义，虽有驰道相通，亦无兵可调。长城应是空城。

也有专家考证，长城是农耕文明与游牧文明的一条分界线，年降水量在四百毫米的一条标志线，秦长城恰恰是和那时的这条分界线高度相吻合。长城长，长4万多里，世界上没有哪一条军事防御工事会拉出4万里，那该耗费了多少财力、物力、人力、国力？长城从来不具有军事防御作用，根本抵御不住外来侵略，这极有可能从修建伊始就不是以军事目的修建的，它更像一划界工程，长城中有名的"箭扣长城"，长达1141米，完全修建于崇山峻岭中，不具备任何军事作用，在险峰断崖上的长城，有些地段笔直呈直立九十度。500年后，空手游客都不敢翻越，何况负重手执军械的军队？像当今世界的"柏林墙"、美国在与墨西哥边界上花700多亿美元修建的"隔离墙"等都不具备军事防御作用，而只是一堵划界高墙。

中国历史上真正把长城当作军事防御设施的，是明朝。大张旗鼓，举全国之力，大修已经残破了一千多年的长城，因为北方的鞑靼人、瓦剌人，已经公开越过长城，直下京城，把皇帝都抢掳而去。万里长城没有挡住瓦剌人的一骑一卒。明王朝16个皇帝，几乎帝帝都让外族侵略闹得心惊肉跳，国家为之破碎，人民为之受灾受难。瓦剌的大军就在长城根上，活擒明英宗，把明50万大军打得土崩瓦解，稀里哗啦。长城再高、再险、再厚、再雄壮、再巍峨，既没有挡住"五胡乱华"，也没能挡住匈奴犯境、挡往蒙古铁骑灭宋，也没能止住鞑靼、瓦剌、鲜卑、契丹族的入侵；亦没能防御住女真人灭明、日本鬼子侵略中国。

长城是历史，是古迹，记载了那个时代的社会，也代表着那个时代人民的智慧，人民的创造力。也不必再赋予它新的内容，“还我长城”长城就在，虽然秦时的长城只剩下一道又浅又矮的乱石道，但那就是真实的秦长城。残缺的长城，毁坏的长城，崩塌的长城，凄惨的长城，但那就是古老的长城，历史的长城，再修、再建、再造的长城都不再是那个时代的长城，而是这个时代的长城，赝品长城。

随笔六篇

——李白读书胜似喝酒

李白号称唐之诗仙，酒之酒仙。“李白斗酒诗百篇。”“烹羊宰牛且为乐，会须一饮三百杯。”似乎李白之所以名垂青史，皆因能饮，三百杯不足醉。其实非也。《昭明文选》是我国现存最早的一部诗文总集，选自先秦至南朝梁之间130位著名作家的各体诗、文、辞、赋等38类，共700余篇。现在认真读过《昭明文选》的人不多了，即使是大学中文系的学生，许多人连翻都没翻过，更不要说通读一遍。但李白下过功夫，远比他“练酒”下的功夫大。李白不但通读《昭明文选》，有许多篇章竟能背诵出来，引经据典，脱口而出，岂止于读？李白拿《昭明文选》苦练自己，700多篇作品，一篇一篇、一遍一遍仿写，苦练，曾三次摹写《昭明文选》，稍稍不如意，即举火而焚之。三遍仿写《昭明文选》，要写多少诗文？要下多大功夫？

且看李白的书法。

李白的《上阳台帖》拍到46亿元：“山高水长，物象万千，非有老笔，清壮何劳，十八日，上阳台书。太白。”全诗一共25个字，平均每个字1.84亿。字字如珠，字字见功夫。此帖为目前所见唯一可靠的李白真迹。帖上有97个藏章，450个字的题跋，包括宋徽宗、清乾隆的章和跋。乾隆皇帝题“青莲逸翰”。此帖是李白与杜甫同游的见证，李白是如何写下这幅《上阳台》诗的？闻一多先生考证：青天里，太阳见月亮，天宝十三载即公元754年，李白、杜甫、高适三人同游王屋山阳台宫，李白想去拜访道友司马承祯宗师，到达阳台宫时得知宗师已死，不见其人，只见其画，一时有感，挥笔写下《上阳台》。

千金散尽还复来，李太白有底气。

随笔六篇

——常玉笔下的“玉腿”

常玉是位怪痴大侠，单眼吊世界，独特的审美观，偏执的人生观，独树一帜，我行我素，当年画坛有“宝二爷”之称。《红楼梦》中贾宝玉，专爱女人的红胭脂，常玉专爱画裸女，画女人大腿，以此成名。2019年11月23日在香港苏富比艺术品拍卖会上，他的油画《五裸女》拍得了3.039亿港币，这是中国人画的裸女拍得的最高价；他的另一幅裸女代表作《曲腿裸女》实际上并未画裸女，亦不见女人，只画了两条裸露的女人腿，其余都是留白，西方油画中似乎没有这么画的。常玉有自己的观察，自己的思维，自己的审美取向，孤傲的特立，脱俗的创新。在巴黎，徐志摩是常玉最忠实的粉丝，他将常玉裸女画中肥硕的下肢盛赞为“宇宙大腿”。那张只有两条女人裸腿的《曲腿裸女》画拍得1.98亿港元，曾被称之“最贵大腿”，距常玉在巴黎画室吸煤气而死已经过去整整53年了。

常玉20岁就孤身一人去法国巴黎学习西方美术艺术，那正是“五四”运动之后，与徐悲鸿、林风眠、刘海粟、常书鸿、潘玉良等属于“留法先驱”，但常玉思想更活跃，艺术追求更前卫，他并没选择去法国巴黎美术学院，进“学院派”大门深造，而是选择“野路子”，选择更崇尚艺术自由和学术创新的“大茅屋学院”。经常和毕加索、马蒂斯、夏加尔等先锋派、前卫派的“创新流派”交流学习。他是那批从国内去巴黎学习美术的艺术家中接触自由流派最广、最多的中国画家。像现代派、立体派、朦胧派、野兽派等等，都对常玉的审美、画风、思想产生了影响，他和徐悲鸿、林风眠等同船赴法的美术家们且行且远，志不同，道亦不同。一些人看常玉，整天研究女人的腰，整天画女人的大腿，整天琢磨女人的走，女人的站，女人的蹲，女人的躺，女人的屁股往哪转。鄙视、蔑视、歧视、斜视，常玉却不为所动，不为所变，坚持自己的艺术追求，弘扬自己的艺术风格。常玉有个性，有思想，有见解，亦有创新。常玉用毛笔画速写，且一挥而就，这在“大茅屋学院”也是独树一帜的。常玉外貌英俊，最乐意和女人交谈，谈得眉飞色舞，不亦乐乎；最善于观察女性，一举一动，一颦一笑。这些人物落到他的画笔下，都会变成生动活泼的裸女。他的家庭因此破裂，他的夫人因此出走。常玉是位怪侠，会弹钢琴，拉小提琴，打网球，打台球，且都玩得挺上档次。但他不抽烟，不喝酒，不跳舞，不赌博，被喻为“翩翩佳公子”，唯喜画裸女。

1966 年 8 月 12 日，常玉 66 岁，在寂寞、孤独、贫困、无人能理解、无人肯援手中撒手而归；也有一说是其吸煤气而自杀。他死后，他的画被成捆成捆地打包出售，无人理睬，无人过问，对他画的裸女不屑一顾。其情其景真有些像凡・高。仅仅过去 50 年，常玉画的创作理念和创造风格，他的审美取向和表现手法都被艺术界和画商们争相追捧，争相收购，常玉从一无所有，名声下贱，似乎一夜走红，恐怕会惊恐九泉之下的常先生。

第三辑

黑　洞

已知质量最大的黑洞，为太阳的 170 亿倍，距离地球 2.5 亿光年。

前　言

1991 年 1 月，霍金生前在剑桥大学做过一次重要的科学演讲。这次演讲的主题是宇宙的未来，包罗万千，纵横捭阖，引领我们走进遥远陌生的宇宙之中。我们说鱼儿离不开水，瓜儿离不开秧，霍金眼光中是星球离不开宇宙，宇宙也离不开星球，星球也离不开星球；宇宙万物无时无刻不在运动，宇宙离不开能量，能量离不开燃料；宇宙行为离不开暗物质作用，离不开质量一缩一紧，一膨一胀。宇宙的总能量是固定不变的，不会创新，生成新的能量，但能量能转化、能运动、能分离、能重新组合。霍金讲：在大约 100 亿年以后，宇宙中大多数恒星就会把其燃料耗尽，大约具有太阳质量的恒星不是变成白矮星就是变成中子星，中子星比白矮星更小，只有具有更大质量的恒星才会变成黑洞。像太阳这样质量的恒星也变不成黑洞，再过 50 亿年左右，太阳将耗尽它的核燃料，它会膨胀成一颗所谓的红巨星，直到它把地球和其他更邻近的行星都吞没，太阳最后会稳定成一颗只有几千英里尺度的白矮星。白矮星和中子星都是宇宙中恒星演变的一种归宿，当宇宙间的恒星在失去大量质量以后，就会演化为白矮星；中子星在恒星核能量耗尽时，会发生坍缩，会“面目全非”，在中子的压力与引力平衡下会形成一个新的星体，称之为中子星。

在坍缩、重组、引力破坏下，一些残留的物质包括暗物质，仍然会继续围绕着银河系中心每一亿年转一圈，这些残余物质最终会逐渐在中心附近的轨道上稳定下来，不再乱跑乱窜，乱钻乱撞，最终会集中到一起，在星系中心形成一颗巨大的黑洞。这就是宇宙行为的一部分。正是这些巨大的黑洞，成为宇宙间星系或星系团中的大部分物质的最后归宿。人类所处的银河系、太阳系都有可能归宿到一个或者多个巨大的难以想象的宇宙黑洞之中，作为太阳系中的地球也可能会融入到宇宙的黑洞之中，重新变化、重新组合、重新发展、重新成立，重新运转。黑洞并不像被描绘的那样“黑”，黑洞的定义是宇宙间一种特殊的天体，属于时间—空间的一个区域，它的基本特征是有一个封闭的视界。由于黑洞内引力强大，就连光也不能从中逃逸出来。霍金讲，根据量子力学的不确定性原理，粒子的速度有可能超过光速逃出黑洞。只要有足够长的时间，巨大的黑洞也可以“寿终正寝”，被“蒸发”掉，黑洞无踪。

在一颗星系中心的巨大黑洞有几百万英里的规模，其大无比，漫无际涯，粒子要花非常长的时间才能逃离黑洞，粒子的本质决定它绝不会知难而退，知难而定，它的不确定性就决定它一定会逃离黑洞。一个星系中心的巨大黑洞可能要花 10^{90} 的时间蒸发掉，这比宇宙现在的年龄要大得多，这也是宇宙行为，它要永远膨胀下去，青春下去，蓬勃下去，就会容纳黑洞蒸发，也会促成黑洞再生。

科学界最新研究表明，宇宙间最古老、最明亮的黑洞诞生于猛烈的气体碰撞。一些超大类星体在大爆炸发生后的前 10 亿年里形成，类星体是发光的巨大黑洞，质量是太阳质量的数百万至数十亿倍。如今，类星体存在于许多星系的中心，科学家命名其为类星体，顾名思义，是类似的恒星星体，是恒星又不是恒星，是天文学家 20 世纪 60 年代的重大发现。它距地球可达 100 亿光年以上，是非常非常遥远的天体。科学家利用计算机模拟程序，对早期宇宙的恒星形成进行试验模拟，发现聚焦于两股寒冷而不稳定的气流交汇的罕见的结合结果，不是形成恒星，而是形成类恒星。冷气气流流动的云层，阻止正常恒星形成，直到云层变得非常巨大，以致不堪自身重量而发生灾难性坍塌，形成了两颗巨大的原始恒星，其中一颗的质量相当于 3 万颗太阳，另一颗相当于 4 万颗太阳。科学研究的结果也同时表明，模拟中的这两颗巨大的原始恒星可能是产生宇宙第一批类星体的“种子”。事实上，这两颗巨大的恒星很可能在瞬间内坍塌成为黑洞，然后在它们成长为超大质量类星体的过程中继续吞噬气体，开始它们的成长行为。已知质量最大的黑洞为太阳的 170 亿倍，距离地球 2.5 亿光年。

霍金的科学结论是，宇宙最终可能会坍塌，但这个时间不会比迄今已经膨胀过的 150 亿年左右长太多。霍金也提出“也许存在足够的暗物质，使宇宙坍缩”。而宇宙的暗物质，又是人类最最难解的一道难题，那就是顺着霍金的理论，先研究宇宙的黑洞吧！

一、何为“黑洞”？何为宇宙？谁是霍金？霍金何在？

何为黑洞？黑洞何在？是什么决定了黑洞的存在？是谁最早提出的黑洞理论？黑洞究竟有多“黑”？有多深？多远？多宽？多广？黑洞的进口和出口究竟在哪里？黑洞之中是真空的还是充满着万物的？黑洞是像星球一样地存在的固体，还是散布在宇宙之中的一种深远意识或数据残余？黑洞有生命规律吗？黑洞也存在生老病死吗？黑洞也拥有青春期吗？每一个人都会对着静静的夜空提出无数个问题，只有霍金在无声无息地微笑。这位伟大的天才悄悄地离开这个曾经给他巨大痛苦的世界，飘然而去，去寻找他为之思考研究半个多世纪的宇宙真空黑洞之说。霍金比太阳的光芒还亮，因为在宇宙之中，太阳不过是太平洋的一滴水，撒哈拉沙漠的一粒沙。有朝一日，太阳也可能会像比它大若干倍的其他恒星一样，被黑洞轻易地、无声响地、几乎在瞬间就完整地吞噬掉。这不是耸人听闻。黑洞神奇奥妙到难以想象。似乎只有在霍金的大脑中，才能得以演变；似乎只有霍金能在半夜子时遥望宇宙，看到黑洞在变化、在衰老、在崩溃、在爆炸、在雾化、在消失，但似乎更多、更新、更强大的黑洞又产生出来，又活跃得朝气蓬勃。

1967 年，25 岁的霍金在剑桥大学开始研究引力物理学和宇宙学。短短 3 年，他和另一位学者就证明了广义相对论中的奇性定理，在经典物理学的框架中，宇宙大爆炸和黑洞内部都存在奇点。何为奇点？通俗地讲，引起宇宙大爆炸和黑洞形成时，都存在一个物质的聚集点；所谓奇点，奇在此点体积无限小，弯曲无限大，密度无限大，引力无限大。在此之前，科学家们对奇点的形成有争论，而霍金和另一位科学家一起从理论上证明了黑洞的中心存在着奇点。这是霍金在他学术生涯中第一个举足轻重的定理：奇点定理。其实，我们所处的宇宙，曾经就是一个奇点，即所谓的“宇宙大爆炸奇点”，随着这个奇点的爆炸，才形成了星系、恒星、行星，以及所处宇宙的一切，当然也包括生长生活在地球上的人类。黑洞中存在奇点。正是在奇点，物理定律甚至因果定律崩溃了。那一年，1970 年，爱因斯坦已离我们远去 15 年，而霍金被病魔困在轮椅上已经整整 8 年。

霍金出生在 1942 年 1 月 8 日。那一天恰恰是伟大的物理学家伽利略逝世三百周年。这对霍金的一生预示着什么？少年时期的天真活泼，聪明伶俐，仿佛像英格兰春天的一阵季风，一掠而过。21 岁的如梦青春，如火如荼的生活。霍金却突然得了肌萎缩侧索硬化症，又称卢伽雷氏症。据说患病率以百万分之一计，而灾难偏偏就落在了他的头上。中国中医称之为“僵尸病”。霍金从此被禁锢在了轮椅上，轮椅似乎就是他的全部世界。这种“僵尸病”僵而不死，唯一能活动的只有两只眼睛和 3 根手指。最后，霍金连 3 根手指也不能动，只能眨眨眼皮，通过电脑语音合成器来表达意见。世上有人能想象出霍金的悲愤和痛苦吗？有人能体会到得“僵尸病”的人的无望和凄惨吗？宇宙之大，黑洞之深，恐怕也难容下霍金那个无法言表的内心世界。可能是上帝偏袒他，也可能是宇宙赐予他，那就是霍金无与伦比的天才大脑。仿佛只有霍金的大脑才能遨游宇宙，才能出入黑洞。

霍金在71岁时曾回忆起50年前他21岁被诊断患上“僵尸病”卢伽雷氏绝症后，他似乎并没有被病情击倒，也没有在病痛的折磨中过度悲伤。他仿佛更能集中思想、集中精力，调动一切思维将研究方向对准宇宙，研究太空。杨振宁先生说他30年前就认识霍金了，那时候他认为霍金快要死了，可没想到他竟然还活着，而且活得好好的。中间还生儿育女，而且他每天坐着轮椅到剑桥大学去熟悉牛顿教学的讲坛，这讲坛需要最棒的数学家和物理学家才行。

这就是霍金。

霍金在《时间简史》第一章中就开篇明义地提出：“宇宙从何而来？又将向何处去？宇宙有开端吗？如果有的话，在开端之前发生了什么？时间的本质是什么？这会有一个终结吗？”

霍金绝不是第一个思考宇宙的人，他不过是夏夜抬头观望银河星系中的一颗。宇宙的存在和起源是人类最大的谜题之一，人类文明也伴随着宇宙的谜题产生了无数的猜想、传奇、故事、说梦、鬼神。宇宙无边，人类的思考就无边；人类的文明无际涯，对宇宙的探索就无止境。

公元前5世纪，亚里士多德就曾写过《论天》，亚里士多德叩问的是宇宙，论说的是宇宙的神秘，它的外延和内核，它的存在和天；老子也论“道”，有物混成，先天地生，寂兮寥兮，独立而不改，周行而不殆。可以为天下母。无名天地之始，有名万物之母。无状之状，无生之象，是谓恍惚。老子几乎冲口而呼：此乃宇宙也。而释迦牟尼对天地之外的宇宙的寄望是：一个太阳和一个月亮就是一个世界；一千个太阳和一千个月亮就是一个小千世界；一千个小千世界就是一个中千世界；一千个中千世界就是一个大千世界；那么大千世界里究竟有多少个太阳和月亮呢？有十万万个太阳和十万万个月亮，那就够了吗？不，还有三千世界，三千世界之外也许就无言可说，无法憧憬了。

没想到释迦牟尼还是位伟大的物理学家、宇宙学家、哲学家。公元前5世纪，是世界公认的人类文明的鼎盛平台。如此看来，这个鼎盛的文明平台的一个标志，是人类对宇宙的探索，对地球物理学研究的开始。

据科学家论证，宇宙的寿命应为137亿年。人类真正获取宇宙知识，绝大部分发生在近一百年内。一百年间才让人类朦朦胧胧地看见宇宙的外形，神龙见尾不见首。再过一百年，人类才有可能认识宇宙。当然，将来的一百年间还必须有数位牛顿、爱因斯坦、伽利略、霍金式的天才。

1929年，哈勃发现了红移定律。他观察到大多数星系正飞离我们而去，其速度和与我们的距离成正比，这意味着宇宙正在膨胀。这还表明星系在相互离开，而时空是不变的，对于不具备爱因斯坦广义相对论思维的人来讲，直接且易懂。戏散台还在，大戏明天来。爱因斯坦1915年提出广义相对论后，这个场景应被正确理解成宇宙的空间在膨胀。爱因斯坦在1916年发表的第一篇相对论宇宙学的论文中，由于引力的吸引作用得不到宇宙的稳恒的分解，因而为了抗衡引力，爱因斯坦在论证中引进了宇宙常数，从广义相对论中能得到宇宙膨胀的原理。

爱因斯坦应该是叩问探索宇宙最有科学成就的伟人。1915年，他在柏林做了影响人类当然也是震惊世界的科学演讲，那个演讲推算的物理和数学公式太复杂了。他要首先输入水星的轨道参数和水星与太阳的最小距离，将光速代入方程。这还仅仅是得出来的一个数据。对一般人来说，一点不比让人把一盆水分离出具体的水分子来容易。但爱因斯坦在1915年11月18日柏林的科学演讲，向世界公开了一项走向新征程的一整套科学密码，这就是我们现在称道的广义相对论。

爱因斯坦的广义相对论之伟大，意味着几百年来牛顿所建立的经典力学大厦和整个牛顿物理体系被摧毁，轰然崩塌。现代物理学的大门被悄然打开。时间回到1684年，牛顿和他的好友哈雷，就是那位发现哈雷彗星的科学家，开始尝试用一套简洁明确的数学理论来概括宇宙间大到月球，小到苹果的任何物体的基本运动规律。这就是伟大的万有引力定律。哈雷的耀眼还在于他为牛顿的巨著《自然哲学的数学原理》写的序言，在序言中有这样一句话，深得牛顿的尊敬："我们洞悉了牢不可破的世界秩序。"难道连万有引力定律也是"牢不可破"的吗？浅显的表述就是牛顿发现了世界上只有一个宇宙，而爱因斯坦却探明推演出世界上不止有一个宇宙。爱因斯坦展示的一个全新时代，让人难以置信。谁能相信世界上还有用舌头微笑的吗？就在那次科学大会上，爱因斯坦让全世界的科学家开眼，原来舌头也能微笑。这个世界上还有什么不可能的吗？那年离霍金掌握的广义相对论只有 50 年。

二、"黑洞"太神奇了，"黑洞无毛定理"真能来去自由？

霍金对科学的最大贡献是黑洞论，何为黑洞？黑洞何在？没有爱因斯坦的相对论和广义相对论，就不可能发现黑洞。

黑洞最初是被作为广义相对论的一个数学结论而提出，它的发现本身就具有戏剧性。

当爱因斯坦提出广义相对论的引力方程时，这个非线性的方程是广义相对论的核心，但在数学上却很难解。解不开的数学题就很难证明支撑广义相对论的那个非线性的核心方程。打个简单的比方，就像费曼手拿着一杯冰水和一个橡皮圈去美国国会讲解航天飞机"挑战者号"凌空爆炸的事故一样。其实需要在国会上说明的技术问题用打印纸来说明的话，足足可以装满四辆大卡车。要把爱因斯坦面临的那个非线性的核心方程用数学来证明，其演算过程、推理过程、变换方程用 4×4 打印纸来说明的话，绝不是仅装满四辆大卡车。但理查德·费曼已经在 1988 年 12 月 15 日病逝。我们只好省略一切过程。连爱因斯坦都费解的难题，没有人会感兴趣，极可能要再等 50 年，直到等到霍金走进剑桥大学以后了。那一切都会要推后，霍金可能永远也发现不了黑洞了。就在这个关键时刻，似乎是上帝的安排，德国出现了一位天才的天体物理学家，此人名叫史瓦西，少年就让人仰望。谁言世上无天才？苍天成其才，这位史瓦西刚满 16 岁，就发表了一篇关于行星轨道的论文，让专家们刮目相看。20 岁获得博士学位，成为普鲁士科学院会员。史瓦西不幸赶上了第一次世界大战，这位天体物理学天才，居然穿上了军装，当上了德军炮兵上尉。史瓦西的天才仿佛是宇宙大爆炸，可以说是横空出世。他愣是在前线的战壕里写完一篇关于相对论的重要论文，得到了爱因斯坦为之棘手的非线性方程中引力理论方程的精确解，而这个解的对象就是关于在真空中任意质量的星体周围的空间特性。正是史瓦西的这一解，奠定了经典黑洞研究基础，在天体物理学和宇宙学中具有里程碑的意义。霍金之所以成功，是因为他“站在巨人的肩上”，而这个巨人不是一个人，至少有史瓦西。数典不能忘祖，说霍金的黑洞论，不能不讲史瓦西。能在炮火连天、枪林弹雨中“一心两用”，还能沉醉在那么繁琐复杂、庞大缜密的推理计算中，人类不会再有第二人。史瓦西的德文名字很长，我追踪过他。第一次世界大战没有结束，他就死了。准确地说，他死于 1916 年初，也就是他刚刚把他的那篇重要论文完成并寄给爱因斯坦以后，他就得了一种十分奇怪的病，无医可治，当他的论文发表时，史瓦西已经病故了。何为黑洞？他到底是宇宙中的一种什么现象？牛顿认为，在巨大的物体附近，存在一种“力场”，这种“力场”就像磁场一样，对在一定距离内的其他物质具有吸引力，犹如太阳吸引着地球，地球吸引着月球，甚至地球吸引着那个苹果。而爱因斯坦的相对论认为，引力本身是时空的一部分，当物体质量大到一定程度，其附近的空间就会扭曲，从而改变周边一切物体的运动轨道。20 世纪初的科学家们根据爱因斯坦的理论得出了一个公认的黑洞定义，那就是如果有一个质量极大的恒星，它自身的重力也无比巨大，最终恒星必定会因为不堪自身重负而坍塌萎缩成一个密度无穷大、体积无穷小的点，在这个点的周边，会创造出一片吸引力极强，质量极大、连光也无法逃脱的区域，在时空的维度上，它就像一个深凹的洞，科学界美其名曰：黑洞。

黑洞最初是被作为广义相对论的一个数学结论提出的。到史瓦西手中，经过他的研究论证，得出了经典黑洞结构。这个黑洞的结构十分简单，通俗地讲叫“画地为牢”，它仅有一个边界线，但这个边界也是“神圣不可侵犯的”。任何东西，包括光在内，一旦越过了“事件视界”即我们认为看似无形却有形的那条线，就有去无回，一去不复返；从越线那瞬间起，它们与外界就断绝了所有联系。这个“牢”的大小、深浅、薄厚都是由黑洞的质量决定的，而“牢”为线划，并无实体，绝非我们想象中的“牢”。黑洞的中心是一个密度无限大的“奇点”，任何掉进黑洞的物体都会在此消失。黑洞仿佛是宇宙中的一个“魔洞”，直到霍金的黑洞学说，才赋予黑洞以崭新的定义。

在我们的宇宙里，没有人能计算出有多少个黑洞，但天文学家已经观测到了很多各式各样的黑洞。随着人类在南极建的南极望远镜，在埃塞俄比亚的斯亚贝巴建的恩托托天文台，人类离黑洞越来越近，观察得越来越清晰。银河系的中心就是一个非常巨大的黑洞。通常当一颗质量很大的恒星将它可以用来进行核聚变的物质消耗殆尽时，就会发生由引力引起的“坍塌”。恒星的密度会变得极大而形成黑洞。

早在20世纪的60年代末70年代初，霍金和另外三名科学家证明了黑洞的“无毛定理”。霍金当初为什么把黑洞的一个内向定理定名为无毛定理？无文字可查，但这个“无毛定理”就是一切处于稳定态势运行的黑洞，都具有各自不同的质量、电荷和角动量的完全描述，每一个处在宇宙之中的黑洞，都像挂在森林中的一棵茂盛大树上的一片绿叶，谁能说那片与众不同的绿叶没有透露出植物和自然界的美？从此，黑洞被认为是宇宙间最美的天体。霍金是那个为黑洞正名的科研集团中的核心人物。黑洞应该感谢霍金。

但黑洞这个名词却不是霍金创造的，因为他在研究天体物理学方面还是“八九点钟的太阳”。黑洞的创造者是比他整整大了一辈人，年长 31 岁的美国普林斯大学著名的教授惠勒。当时，惠勒在天体、宇宙和黑洞的研究上也像太阳，照到哪里哪里亮。他的学生在黑洞研究上有了实质性突破。但那些研究，缺乏坚实的理论基础，缺乏物理和数学论证的理论和数据支撑。直到霍金坐着轮椅，扭曲着身体，怪异地翻着眼皮登场，霍金非常巧妙地将量子效应应用于黑洞的研究，得出了黑洞具有温度的重要结论，使对黑洞的研究大大前进了一步。

需要指出的是，在量子理论中，真空并不是什么都没有，从哲学上讲，没有纯粹又纯粹、笔直又笔直的现象，纯粹的真空也是不存在的。真空也是有正粒子和反粒子在不断地生成和湮灭，只是这个演变的过程极为短暂，一般观察不到，看不见就以为不存在，这是人类观察和思考问题容易产生的一个盲区，真空的错觉也就产生了。其实那些奇异诡谲的变化无时无刻不在变幻莫测中进行。

当这种正反粒子互相作用，互相影响，互相变化，互相撞击，互相追逐而碰见黑洞时，黑洞会产生一种巨大的不可思议的力量，它会优先将反粒子吸入黑洞，把正粒子推向外界。这也是黑洞会辐射正粒子现象的真相。由于反粒子带有负能量，吸入黑洞的反粒子就会使黑洞的能量减少，通过爱因斯坦最著名的公式 $E=mc^2$ 就推断出黑洞的质量会变小。通俗地讲，黑洞吸收的反粒子越多，辐射出去的正粒子越强，黑洞的能量就会减弱，吸收和辐射的能力就会减弱，黑洞的质量就会流失，黑洞就会消失。这项霍金发现并论证的结论在物理界引起极大轰动，又称“霍金轰动”，后被物理界、太空学术界、宇宙学界命名为“霍金蒸发”。以“霍金蒸发”为基础，能计算出黑洞熵与黑洞表面积之间的正确比例常数。我理解“霍金蒸发”的意义在于当我们只要得知被除数与商就可以计算出另一个除数。宇宙那么大，黑洞那么多，变化那么复杂，霍金却能看得那么明白。

但是黑洞是否会吞噬信息的问题，在霍金论黑洞之前无定论，无公认。霍金证明了黑洞“无毛定理”，让行外人难以接受的是黑洞如何用“无毛”来“定理”？“无毛”是一个物理范围的用语吗？翻译过来，霍金的“无毛定理”就是当黑洞形成以后，它的守恒量只有质量、角动量、电荷三个不能变为电磁辐射的在支持着黑洞，黑洞因此而存在。其他一切信息，包括质量、能量，都为黑洞之毛发，因而都会丧失，所谓毛发皆失。黑洞的阶级阵线分得很清楚，除留有即三个不能变为电磁辐射的物理量，其余的来去自由，既不强留，也不强送。这就是霍金证明的黑洞“无毛定理”的核心。

其实，一些极其复杂的事物从本质上讲又都极其简单。爱因斯坦只用两个字就把核试验和氢试验分开，一个是轻字，一个是重字。核试验是轻核裂变，氢核试验是重核裂变。有时候极简单的现象，却蕴含有极复杂的原理。蜣螂即屎壳郎推动滚圆的粪球，从来都是履行两点之间直线最短，绝不会出现偏差，更不会“盲人骑马”，是因为它是在利用宇宙间的银河在导航。

三、粒子无敌，“穿壁而出”，
“黑洞”生老病死，信息永恒不息

1974 年，霍金发表了他一生影响最深远的黑洞辐射的研究，他发现粒子可以从黑洞内穿透视界而蒸发出来，粒子有这种破壁而行的力量“穿墙而过”，即使是黑洞也“牢”不住它，圈不了它。粒子的逃离会使得黑洞的质量变小、变弱、变脆。关键霍金还证明了飞出黑洞的粒子，具有黑洞的热谱，带走的黑洞的性质并没有因粒子逃离黑洞而消失、减弱，其温度与黑洞的质量成反比。粒子本身从黑洞中带走的温度越高，黑洞的质量就越小、越弱，最后导致黑洞的温度越高，其质量越弱、越差，两级达到极致之点时，黑洞则以爆炸终结。在黑洞辐射的场景中，相对论、量子论和热力学得到了完美的统一，这正是霍金的高明和杰出之处。在他之前，无人能如此全面、科学、正确地去解释黑洞的“生老病死”。

关于宇宙间的粒子，它似乎是地球物理学的一个概念。何为宇宙

粒子？就如宇宙间的射线、视界、红移、奇点、波函数和熵一样，深入浅出地一点即明，非费曼也，但霍金的解释也一目了然，让人拨云见日。

霍金说宇宙中有一种粒子，1 后面有 10^{80}，这种粒子和我们想象中或者以前存留的概念截然不同。从字表上看，总觉得粒子不大、不重，说它小至细菌、粒子、中子还好理解，甚至可以解释其无限小、无限轻、无限柔，像灰尘、颗粒。而霍金说的这种宇宙的粒子，却无限大、无限重，比我们想象的要大很多，重很多，其大无边，其重无量。我们爱讲言其大，其大如天；言其重，其重如山；粒子比之有过之而无不及。霍金举例说明，让我们更好懂。他说宇宙中有些星球叫白矮星，白矮星体积不大，但是它上面的一块小石头的密度有多大？一立方英寸的石头，形象地说比北京糕点中一块绿豆糕还小的石头，重量就达到几百亿吨，超出人类的正常思维，让人不可想象。霍金太智慧了，他知道人们不相信，不敢信，无从信起，因为从未有过这样比重的概念，因此霍金又打了一个简单的比方，他说如果把这块小石块放到地球上，地球表层的石头就会像豆腐一样，这块小石块会轻而易举地从地球表面穿过去，直穿到最里面，有可能一穿而过，比利箭射穿一张纸面还轻易，这不是危言耸听，也不是故弄玄虚。这种白矮星被霍金称之为可能是上次宇宙大爆炸、大坍塌过程中遗留下的高密度的星球。就是像白矮星这样的星球，一旦进入到黑洞中，也会发生人类不可思议的变化，它可能被熔化得无踪无迹，也可能贴附在黑洞壁上，转化为其他物质，更有可能被“束之高阁”，永远被禁锢在黑洞之中。类似白矮星一类的星球，甚至比白矮星还大、密度还高的星球，也会惧怕黑洞。一旦被黑洞吸收进去，只有霍金能预测它的下场。

过去读老子的《道德经》，庄子的寓言，读魏晋的玄学、清谈，亚里士多德的《论天》，屈原的《天问》，柳宗元的《天论》，上九天揽月，下五洋捉鳖，都没有离开地球，离开这个世界。而霍金指点的是星球，放眼的是宇宙。

霍金的无边界宇宙的设想和他的黑洞论，无论在科学上、哲学上，还是美学上、数学上，都具有巨大的魅力。霍金认为，哲学为了和当代科学的成就相容，必须采纳他称为依赖型的实在论。霍金应该和老子论哲学，和黑格尔讲唯心论的哲学论。在霍金之前，对宇宙黑洞的研究已有定论，那就是在大质量恒星坍塌形成黑洞时，黑洞会形成一种无所不能的“黑牢”，把以前恒星所有的信息都永恒禁锢在黑洞之中。由于黑洞也不能永恒地存在，也面临“生老病死”，在黑洞最终消失的时候，黑洞内部“禁锢”的一切信息也会随之消逝，但这与量子物理学原理相悖。根据量子物理学原理，信息是不可能丢失的，即使它被“禁锢”在黑洞之中，但没有人能证明它。

2015 年，霍金在瑞典斯德哥尔摩皇家理工学院介绍了他关于黑洞研究的最新理论。这一理论推翻了许多已成律的定理。宇宙间没有永恒的，连宇宙都不是常态的，也不是永恒的。按照霍金关于黑洞的新理论，物质坠入黑洞并非代表终结，黑洞也非永久性的视界。信息等粒子有可能逃出黑洞，甚至可能“脱生”再行“投胎”变成另一种物质，进入另一个空间。霍金证明了黑洞可以死，但信息不死，用通俗的语言来解释就是物质不灭，信息从一种形式停滞的同时，又会以另一种态式存在。这就是宇宙物理学上的“霍金辐射”说。

科学家揭示，黑洞够黑，但不是全黑，黑洞会释放能量，这就是霍金辐射。其理论认为，会有一些粒子从黑洞的视界中散射出来，而这些被黑洞放射出来的粒子是会带有原来的信息“逃逸”出来的，这就证明黑洞的“禁锢”不是牢不可破的，很可能是黑洞机能的一部分，放信息一条生路。听听霍金是怎样解释的：“当进入黑洞的粒子所携带的信息被存储在视界内，而这些信息又被‘归还’时，是以一种混乱而无序的形式呈现。这就是说信息虽然归还，但已面目全非。”很多人都觉得这种说法显得太过晦涩，霍金又用一个生动的比喻来解释这种无用信息的归还机制，这就好比你烧掉了一本百科全书，如果你将所有的灰烬都保存在一个地方，从技术上来说，你没有损失任何信息。

但是，如果你要想再用这本书的灰烬来查询一些什么东西的话，那将变得几乎不可能。

黑洞是科学创造出来的最可怕、最莫测、最不可知的“怪物”，它是一个宇宙深渊。这个深渊就是宇宙黑洞，黑不见底，黑不见光、黑不见其内，黑不见其壁。黑洞的力量来自何方？其吸引力有多大多强？无人能解释，科学家已探明，连光也逃脱不了它的引力。

科学家曾经完整地见证了黑洞吞噬一颗大小相当于太阳的恒星的全过程。当这颗恒星受黑洞强大的吸引力作用，突然离开它自己运行的轨道，身不由己地被黑洞吸进去的瞬间，恒星立时发射出巨大的闪光，用物理学的科学语言讲应该称“近似光速移动的闪光物质”，可以推测黑洞的引力场有多么巨大的力量，这种吞噬是多么地惊心动魄！这颗像太阳一样大、比地球大 130 万倍的恒星被黑洞毁灭的过程相当复杂，据观察的科学家团队讲，他们用了几个月的时间观察到了整个过程，并且在美国每日科学网站上公布了这一景象。依我观察，图像展示的黑洞像一顶倒置的礼帽，那颗巨大的恒星已经被吸引进“礼帽”之中，留在“礼帽”之外的是一大团似烟似雾的飘然物质。据科学家披露，这样的黑洞，甚至比其大几百万倍、几千万倍的黑洞在宇宙中分布很广，数量也很多，也很恐怖；但它们又都相安无事，无时无刻不在发生黑洞坍塌毁灭，也无时无刻不在发生新的黑洞轰然生成的情况。

黑洞是爱因斯坦广义相对论最不祥的预言：过多的物质或能量集中在一处将导致空间坍塌，像魔术师的外套一样吞掉万物。这是爱因斯坦对黑洞下的定义，科学家对黑洞最直接、最直率的解释可以用一个比喻：永久的监狱。这个监狱似乎是爱因斯坦打下的基石，因此就越发显得牢不可破。

霍金认同爱因斯坦的定义，却蔑视科学家对爱因斯坦黑洞定义的诠释，才有了霍金的辐射论，霍金的黑洞“无毛定理”，霍金的思考被誉为霍金的蒸发论，也是万有引力与量子力学之间、宇宙构造与宇宙中粒子之间关联的突破。这里就有一道物理学中最吸引人关注的难题，黑洞的成长，黑洞的信息储藏，黑洞的真实属性，黑洞能否突破？假设人进入黑洞之中会是什么状态？宇宙和太空，黑洞和人类似乎都在等待霍金回答。

霍金推开“新世界的大门”，是指霍金在黑洞研究上的新跨越、新认识、新理论。所谓新旧世界，我理解，在霍金之前，是把黑洞研究得“一团漆黑”“一片黑暗”，黑洞约等于恶魔，它吞噬一切，包括光；它毁灭一切，包括信息；它嚼力极强，包括巨大无比的恒星一吞而入；它消化力极强，包括所有的物质，一旦进入黑洞就会被“消化”得无声无息，无踪无影，永不见“天日”，像太阳那样的恒星，也不过是化为一股青烟。黑洞似乎是恐龙时代的“霸王龙”，横行宇宙，称霸宇宙。而霍金却发现了黑洞的另一方面，发现了黑洞的“新世界”。看看霍金观察到的研究中的黑洞：霍金等人以量子力学为基础，对黑洞做了更缜密的考察研究，发现黑洞会像“蒸发”那样稳定地带有规律地往外发射粒子，说明黑洞绝非“无情无义”，黑洞虽黑，但非绝对黑。

霍金真幽默，他提出一个让普通人更感兴趣的大胆假设，就是人类进入黑洞之后会怎么样？在此之前，人们通常认为，人类一旦掉进黑洞就肯定会陷入“无底深渊”，无法逃脱。但是霍金有高论，根据霍金的新理论，即便人掉进黑洞也不会凭空消失，而是有可能逃离出来。黑洞会不断旋转，人很有可能会进入另一个平行宇宙，只不过，这个平行宇宙绝不是我们现在存在的宇宙，也就是说，你永远无法真正“回家”。霍金开玩笑道：“虽然我热爱太空飞行，但我也决不会做出这样的尝试。”

霍金还说，即便你死在黑洞之中，你也绝对不会消失得无影无踪，你极有可能“永生”。目前，仅在银河系中的黑洞大约有 1 亿个。吞噬比太阳大数百万倍的宇宙恒星对一些黑洞来说都易如反掌，如进餐小菜，在宇宙的真空中，瞬间可能仅仅是地球上时间的几十天，但也可能是人类生命的几十秒钟，那么大的恒星就消逝了，遑论行星？让人不但觉得恐怖，似乎也觉得绝望。当然更多的人会觉得太不可思议，共同的感觉是人类太渺小了，渺小微小得不值一提。美国 NASA 绘制的巨型黑洞在吞食巨型恒星的概念图，我的感觉像美国惊险的太空科幻探险片。但那些画面都是真实的，很可能就在此时此刻正在发生。怎么能不让人觉得毛骨悚然呢？

四、霍金享受了宇宙，他幸福吗？
他能逃离“黑洞”，却不能逃避死亡

霍金一生只活了 76 岁，76 年间对霍金来说既有星光灿烂的黎明，也有难熬受罪的阴冷寒夜。76 岁对人的一生不算长寿，但对霍金这么一位得“僵尸病”的重残疾人可谓长命百岁矣。据医学界说，得霍金那种疾病的人从未统计过能挺多少年，因为没有人能挺多少年。霍金比黑洞还神秘。

76 年在宇宙、在真空、在黑洞、在粒子、量子中间算什么呢？怎么算呢？三毛曾经说：“天上飘来一粒沙，从此形成撒哈拉。”撒哈拉的一粒沙也要比 76 年不知长多少倍，虽然它的前身不是一粒沙，三亿年前是古地中海。三亿年，对恐龙而言，从有到无，从恐龙世界到恐龙化石，似乎那么久远，那么漫长；但对宇宙，对太空，对黑洞，几乎算不上一瞬间，一刹那。霍金在和庄子探讨“庄周梦蝶”时曾说：“庄周梦蝶也许因为他是个热爱自由的人，换作我的话，我也许会梦到宇宙，困惑的是，是否宇宙也梦到了我。我们必须要孜孜不倦地探索关于存在的基本命题，只有这样，我们也许才会知道蝴蝶或宇宙是真实存在还是只存在于我们的梦中。”

霍金太精辟了！

霍金一生是痛苦的、悲惨的、无奈的，他被病魔折磨到了极限。他这匹“马”，似乎从来没有真正站起来，跑起来；地球上，以至宇宙中皆无无腿之马，只有霍金这匹马，无腿行天下，无腿也驰骋世界，

遨游太空，穿梭于星际和黑洞之间。霍金一生又是精彩的、绚丽的、无与伦比的、让世人瞩目的，也是波澜壮阔的。霍金又和地球上的凡人一样酸、甜、苦、辣、咸，五味俱全。

霍金少年才子，17 岁就考入牛津大学，攻读自然科学，19 岁就获得了自然科学一等荣誉，随后转入剑桥大学研究宇宙并获得剑桥大学博士学位，真乃“少年负壮气，奋烈自有时”。然而霍金却再无时。1963 年，霍金刚满 21 岁，正是意气风发、才气横溢、拔剑问天之时，却被确诊患上卢伽雷氏症，医生给出的诊断是活不过两年，用中国话说“司命之所属”。即使就是这两年，也要叫霍金受尽病魔的折磨，生不如死，死不如速死。霍金是怎么挺过来的？没有看过霍金的纪录片《人生之旅》，也未能见到其自传《我的简史》中文译本，因此不得而知，但霍金就是在他 21 岁被确诊的前几天开始恋爱，22 岁进入热恋，23 岁结婚，他的妻子简 · 怀尔德也是剑桥大学的学生，一位虔诚的基督教信仰者。他们婚后育有三个子女。霍金和简的婚姻维持了 25 年，这段婚姻有些像霍金的一生，染病的一生，辉煌的一生，痛快的一生，没有人能说清的一生。不少人对霍金婚后生育三个子女感兴趣，也有人半是调侃半是疑惑地说，可能宇宙人有太空人的伟力，但霍金的两个高大的儿子和他俊美的女儿都幸福地生活在英国，霍金经常在金发碧眼的女儿的陪同下出席公开活动。医学证明，孩子们的基因和血统都是霍金的。简·怀尔德曾经写过自己的回忆录《霍金：前妻回忆录》。非常遗憾，我四处碰壁，没能借到中译本。三个儿女，25 年的夫妻，霍金为何离婚？最敷衍人的是说简是一位虔诚的基督教徒，而霍金是一位无神论者，随着他对黑洞研究的深入，他对有神论的批判愈烈，是信仰导致他们各行东西，导致婚姻破裂，因为简在结婚之时的确说过，嫁给霍金是上帝的安排，上帝让她去照顾他。而霍金也由一位早期不可知论者变成了一位极端的无神论者，这叫他们彼此再也不能容忍下去。信仰高于一切。这似乎也验证了托尔斯泰那句名言：“幸福的家庭都是相似的，不幸的家庭各有各的不幸。”似乎这只是半句话，不幸的家庭也各有各的追求。离婚以后的霍金又经过多次恋爱，身残也挡不住爱情，五年以后，1995 年霍金又迎娶了新人。霍金坦率地说，他大脑中想得最多的不是黑洞，不是宇宙，也不是核子量变，他大脑中想得最多的是女人。难道是女人给了他无穷的思维，无尽的想象，无穷无尽的创造力？记得拜伦有句名言：“男人是奇怪的东西，而更奇怪的是女人。”霍金是位奇怪的男人，看来真正使霍金好奇感兴趣的是女人。女人比宇宙、比黑洞还深奥？

纵观霍金一生，霍金认为最值得他骄傲和自豪的，一是他创造和研究出的黑洞新理论，只手推开宇宙新世界的大门；二是他的著作《时间简史》。虽然霍金的著作多哉，但真正体现他学识、文化、个性、品德、自信的就是那本《时间简史》。它既是一部霍金认为通俗的、大众的、世界性的、比性感模特史更热销的科普书籍，又充分体现出霍金的黑洞论、无边界宇宙论、宇宙真空物理学论、宇宙粒子论，也真正体现了霍金的自信。正是霍金式的自信，才使霍金能战胜一切病魔，走进无边无界、无穷无尽的太空，才使霍金绝不满足于关于宇宙和黑洞的一切定律，去进一步研究、探索、证明。

20 世纪初，广义相对论和量子力学两大革命性理论撼动了以牛顿物理学为基础的近代科学体系，开创了新物理学，霍金是开拓创新的扛旗举鼎者。他直接对爱因斯坦广义相对论关于宇宙空间有限的假设提出挑战和再研究、再探索。他提出并用科学的理论论证和探索了宇宙的无限论，正是在《时间简史》中霍金说：“按照广义相对论，宇宙在过去某一时刻必须有一无限密度的状态，亦即大爆炸，这是时间的有效起始。类似地，如果整个宇宙坍缩，在和有另一个无限密度的状态，即大挤压，这是时间的终点。”

霍金提出“黑洞辐射”“无边界猜想”和“虚时间”。什么是“虚时间”？霍金的解释是实时间是有始有终的，但是还存在另外一种时间，即“虚时间”，它是和时间垂直的，宇宙在虚时间里既没有开端也没有终结。坦率地说，关于“虚时间”，我反复查找，始终没有看懂。

中国有史可查可证的是从秦始皇开始就千方百计地想活万年、万万年不老、不死，把“实时间”过成“虚时间”，让时间永远不度年华，不记春秋，难道那就是皇帝们追求的“虚时间”？霍金给的通俗解释是“虚时间是物理学的爱丽丝奇境”。估计在太空、真空、黑洞中会有“虚时间”。

霍金是爱因斯坦之后最伟大的引力物理学家和宇宙理论学家。

霍金把《时间简史》称为科普读物，是让行外、圈外、业外人士看的。但在一次公开的学术会议上，范曾先生坦率地承认，他看霍金的《时间简史》认为写得很好，但只看懂了五分之二，书中的公式一律看不懂。这的确让人费解，那为什么《时间简史》在世界发行多达一千多万册，被译成四十多国语言？要知道这一千多万册《时间简史》几乎都是读者个人掏钱购买的。数以百万计的读者把其作为经典读了不止一遍，有的人甚至把它和《圣经》放在一起。当然，也还有一种自信，比霍金年长 299 年的牛顿，堪称在科学界“横空出世”，他曾经写过一本书《自然哲学的数学原理》。牛顿曾说：我的书不是一般的科普读物，每一个字你都能认得，但你却读不懂；当你读懂了它，你才能坐下和我喝咖啡，讨论问题。当时如果你拿着一本牛顿的《自然哲学的数学原理》进教室，会有人给你让座；进咖啡馆，会有人给你买单。牛顿的这本科学力作在全世界卖出去多少本，似乎没有一个准确的统计；但在中国自费购买的，70 年没有超出 100 本。按照牛顿的说法，只有 100 位中国人可以和牛顿面对面地坐下来喝咖啡。如果说范曾先生对霍金《时间简史》中的公式一概看不懂的话，《自然哲学的数学原理》就更一头雾水了。牛顿够自信。

你不能不佩服霍金的自信。就是这么一本范曾看完都承认读起来比较困难的物理方面的书，当时坐在讲演台上的其他两位，都是中国获得诺贝尔奖的得主，看当时的表现莫言似乎是没看过，杨振宁没有评论，但从表情看，他是看过霍金的书，并且比较满意。问题是这本书尚未送进印刷厂，霍金就信心满满地向世界宣布，他的《时间简史》

将热销世界，比性感的女模特的书还要风靡。实践证明，霍金又赢了，又一言中的了。他对自己书的自信远远超过了马尔克斯甚至马克思。

诺贝尔文学奖获得者《百年孤独》的作者马尔克斯，被称为天才的、伟大的、无可比拟的。但在1966年8月，马尔克斯写完《百年孤独》时，对摆在面前1300多页的书稿，几乎丧失了所有信心，他为《百年孤独》能不能出版而愁得白了头。有朋友问他小说的前景如何？马尔克斯的回答是，要么是一本小说，要么是一公斤废纸。对自己的作品都没有信心，马尔克斯会羞于见霍金的。

1867年马克思完成了他的《资本论》，从马克思留世的资料中可以查出，马克思本人当时对《资本论》的出版发行并不看好，也不太积极，他认为即使出版成书，恐怕连他在写作时抽香烟的钱也换不回来，它不是一本热销书，绝不会畅销。那个时期，马克思十分贫穷，并且有不少欠债，他是冒着风雨赶到汉堡，去洽谈出版事宜。马克思也很苦闷，他当时对《资本论》并没有抱多大的信心，他仅仅出版了《资本论》的第一卷。《资本论》的第二卷、第三卷都是在马克思去世以后，由恩格斯负责出版的，但马克思没有料到的是现在《资本论》已是《圣经》之后最畅销的书了。

霍金能看透太空中的黑洞，也能看清他《时间简史》的销售前景。虽然连范曾都称只能看懂五分之二，但霍金却信心满满，他当时就称敢和当时最畅销的时髦书试比高，实践证明，《时间简史》紧跟着《资本论》一直畅销世界。

霍金可能能逃出黑洞，但他不能逃出死亡；霍金不可能享受虚时间的光阴，他只能在实时间中探索太空；霍金探求生命的兴衰，探寻生活的苦乐，就像他探索宇宙和黑洞，全人类恐怕没有第二位，唯他为大。像这样身残志坚，肆意恣行，只手推开宇宙“新世界大门”的科学家，唯霍金耳！他不是用只手，他的手50年前就再也不属于他。但他上天入地，几乎无所不能。他走遍除大洋洲之外的所有大洲，包括南极洲，光中国就来过三次，他还曾乘潜艇下潜到海底。如果说霍金还留有终生遗憾的话，那就是他未能如愿以偿，在71岁时想去太空旅行，但在65岁时专门做过一次特殊飞行，以体验自己身体零重力时的状态。霍金太神奇了。

我也为霍金感到遗憾，从1974年始，霍金发表了他一生影响最深远的黑洞辐射的研究，直到他的无边界设想的宇宙创生理论，40多次诺贝尔奖评选，霍金次次落选，直到2018年，让霍金带着终生的遗憾远行。霍金似乎并不介意，难道他对人类的五大预言都是真实的？

后　记

霍金的观点：宇宙不是完全光滑的，存在诸如恒星、星系、星系团，也存在无数的形态各异的黑洞，所以从不同方向来的微波必然不同，但要和我们观测到的局部无规性相协调，微波背景的变化不可能再小了，微波背景，在所有方向上能够相等到$\frac{99999}{100000}$。我的理解，宇宙方为“海纳百川”，包罗万千，方为大千世界，宗教上讲大千世界，似乎和霍金科学的论断有相似之处，无限广、无限大、无限变化。我们所处的银河系、太阳系，不过为银河中的一粒，可谓九牛一毛。霍金讲：上古时代，人们以为地球是宇宙的中心。然而从哥白尼时代开始，我们就被降为绕着一颗非常平凡的恒星公转的一颗行星，而该恒星又是围绕着我们看得见的不过是一千亿个星系中的一个典型星系的外边缘公转。

地球作为自转公转的行星，选择了太阳系，太阳这颗恒星太伟大了。不是哪颗恒星都具有收编像地球这样行星的能力。概率究竟有多少，霍金并未计算和测试过。但像太阳这类恒星的演化是需要时间的，它们必须“活得足够久”，要以万万万万万年计算。其苛刻的条件之一是质量不能太大，否则会快速燃尽自己的核燃料，早早熄灭；质量过大还会产生大量致命的紫外线辐射，从根源上杜绝了行星出现生命的可能。条件之二是行星的质量也不能太小，否则释放的能量太小，我们所处的银河系中有 95% 的恒星质量太小，小于我们的太阳，它的行星就可能“溃不成军”或“落荒而逃”，“别择贤主”。

生命需要水，因此行星应当在一定距离外围绕恒星转，既不能远，也不能近，要恰到好处，让行星表面的温度允许液态水存在。条件之三是这颗行星的宜居带系距离恒星的距离不变，一直极稳定地在那条轨道上运行而不会改变。行星也不能太小，否则就会像火星一样，无法产生足够的引力阻止大气逃逸到外太空，才能形成二氧化碳等气体形成天然温室效应，让地球的平均温度保持在 18℃。符合这三个条件的，唯有我们的地球，这就是地球的伟大。

当然，地球上的生命至少有五次濒临灭绝，最危险的一次出现在 2.5 亿年前，当时损失了 90% 的海洋生物，没有人知道发生了什么，恐怕霍金也不知道，但生命威胁一直存在，这一点霍金最清楚。地球上也曾出现过“雪球地球”现象，当时地球四季完全冻结，气温达到零下 50℃。还有一次出现在大约 7 亿年前，地球曾迎来著名的寒武纪大爆发，这是一次空前的生物多样性爆发，产生了我们今天所知的所有生命形式。

地球真伟大。黑洞也伟大，因为它是宇宙行为重要的一部分，没有黑洞，星系、星球、物质包括暗物质的转化都将会停滞或丧失。关注地球、太阳、星系、宇宙就要研究黑洞。据美国国家航空航天局发布的新闻，2010 年 11 月 16 日凌晨 1 时 30 分，科学家利用钱德拉 X 射线望远镜发现地球附近一个最年轻的黑洞。多年轻？这个黑洞才形成 30 年左右，30 年的黑洞，正在朝气蓬勃，正在兴旺时期。

啊，黑洞……

探索星空

苏轼是一位钟情于星空探索的科学幻想家。有诗为论：“明月几时有？把酒问青天，不知天上宫阙，今夕是何年？我欲乘风归去，又恐琼楼玉宇，高处不胜寒。起舞弄清影，何似在人间。”苏东坡把酒问青天，是在遥望南天，想象八万里之外的天上人间，有岁月烟尘，有琼楼玉宇，有宫阙歌舞。苏轼想一步登天，探索太空，想必此心久矣，观天观月观星久矣，苏东坡是千年之际的科学幻想家。没有科学幻想家，焉有千年之后的科学探索？在美国国家航空和航天博物馆中，保存着一张十分古老的画作：嫦娥奔月图。美国科学家直言，正是因为有嫦娥奔月的科学幻想，才有了千年之后的阿波罗号登上月球。应该考证一下，那张嫦娥奔月图是不是苏轼所画？

一、犹如太空中的一粒尘埃

苏轼所问的“青天”就是银河系中的太阳系。探索目所能及的星空，第一道主题就是太阳系的形成，恒星的形成。“不知天上宫阙，今夕是何年？”今夕当是46亿年前，那时的太阳系，像刚刚形成的种子，它开始生成一颗最伟大的恒星，生得伟大，活得不凡。但它又生得渺小，小极无限；活得规律，阴晴圆缺，这就是宇宙的哲学和哲学的宇宙。庄子有言：“一尺之棰日取其半，万世当不竭。”宇宙也有规律。银河系大约有1400亿颗恒星，太阳仅为其一，其中大约有十分之一的质量与太阳相近，科学家计算出适合生命繁衍的不大不小的恒星大约在 140 亿颗。由于银河系中心辐射强，生命不易产生，只有有幸“躲避”在银河系边缘的恒星才能避开这种扼杀——生命的辐射，科学家观察计算，这只有 1 亿颗有行星。太阳的寿命约 100 亿年，至今已活了 50 亿年，“百年岁月才过半”，没有不散的筵席，没有不终结的生命，哲学的定理同样应用在宇宙。在今后 40 亿到 60 亿年中，太阳的能量将会耗尽，但它不会达到 0 点。太阳将会膨胀成一个红巨星，将比我们现在看到的还要强烈、明亮 100 倍，其边缘将会扩散到地球，甚至会到达火星。之后会产生一种行星状的星云，太阳中心部分将会收缩，变成一种很小的量体，即白矮星。它会像宇宙中其他无数恒星演变成白矮星一样，继续以生命的节拍在宇宙中生存下去。那就是我们的太阳，一颗在宇宙中飘浮着、运动着的白矮星。白矮星是宇宙中密度最大的天体，但白矮星的温度可达 10 万摄氏度以上。而当初太阳表面的温度不过 6000 摄氏度。在太阳老化过程中，核心产生的大部分热量将被困在这颗恒星的残骸中，它需要数百亿甚至数千亿年才能冷却下来。

白矮星的残余最终会耗尽剩余的所有热能和光能，它的“生命”也将走向尽头。它在数千亿年后会变成一颗没有生命的黑矮星，当然这场演变还都是科学家在推测，在演算，因为那毕竟是数千亿年以后的变化，宇宙的现年也才 138 亿年。但把太阳与白矮星、黑矮星之间的画上生命号也不是不可能的，虽然它们中间的连接符号长达数百乃至数千亿年。当初世界并未发现太阳的第八颗行星海王星，天文学家、科学家正是在牛顿“万有引力”定律指导下，进行大胆推测和求证，认为天王星外侧的宇宙空间还有一颗体形巨大的行星，以引力干扰天王星的公转，后来科学发展了，观察到海王星，证实了海王星的存在，也证实了牛顿“万有引力”的科学性。只要有科学依据，一切都有可能。想起中国古代神话中的“后羿射日”，天上的确不是一颗太阳，而是有成百上千颗像太阳一样的恒星，后羿也是第一位敢于研究天上太阳的探险者。又经过科学家几十年的跟踪测算，这1亿颗恒星中只有5000万颗有可能有人类的兄弟，当然这仅仅是一种理论和情意，迄今尚未能找见第二个“地球”，苏轼所描绘的“天上宫阙”直到今宵今夜仍在探索，仍在付之于科学论证和计算。有一点可以肯定，苏轼把酒问青天，夜明晴空之际，能观看到那满天的繁星应为17600颗左右。今夜星光灿烂。

太阳系在宇宙一隅，银河无数，仿佛撒哈拉沙漠中的一粒沙。它是由一团巨大的分子云在宇宙中缓慢地形成，这团分子云之大超出人类的想象，中国人有句俗话，大不过天，这团分子云比我们人类目所能及的天要大得多。它的直径有4万个地球到太阳的距离。这团在宇宙中飘忽飘荡的分子云，在受到宇宙局部冷冻及引力作用，开始出现收缩，在其中心形成了一个新的质量更密集的天体——原始初期的恒星。它像初生的幼儿，在不断生长，不断发育，不断壮大，不断成熟，它和幼儿的根本不同就在于，它作用在气流、温度、引力、运动之中，在形成发育胚胎中，不停地净化、组合、淘汰、变化，宇宙中的一些运行的颗粒也在不断向其聚合、运动、生成。时间虽然极度漫长，但其“生命”的形成和成长过程和规律几乎与地球上的生命是一样的。太阳、太阳系，正是这样一步步从气体中脱颖而出，破茧化蝶。终于，太阳系以婴儿的方式迎来了它的第一次发育，这次“婴儿发育期”，科学家考证大约在500万年，它的体态也由臃肿、庞大、逐渐缩小作实，其气体盘的规模由4万个地球到太阳的距离渐渐运动成200个。太阳、太阳系也是逐渐发育成恒星、恒星系，它的外围的四大行星，木星、土星、天王星、海王星，正是在这一时期逐渐形成的。也正是在这一时期太阳系的行星群，正处在朝气蓬勃的活跃期，仿佛是中国历史上的春秋战国时期，“天下大乱，诸侯之战不断”。太阳系在尚未形成时期，有一万多个大小物态的“行星”在无规则地运动，经过一次次互相“战争”，碰撞和打磨，重组和并吞。经过漫长的1亿年之后，太阳系终于迎来了它的成熟期，在太阳的周围有8颗相对固定的行星，这就是太阳系的形成。在太阳系八大行星中，最大的是木星，木星的体积相当于1300多个地球，是“八大金刚”中的老大；而地球也有堪称老大的排列，虽就体积计算，地球排老五，但地球是八大行星中密度最大的。体积居首的木星，对地球的“保护”作用有多大？简单地说，没有木星就没有地球；地球相依于木星而生，相伴于木星而存，形成太阳系的大家庭。地球与木星的关系太微妙了，如果地球诞生时稍微靠近木星一点，或者木星的质量稍大一些，那么木星的引力或将阻止地球形成。地球形成以后，无时无刻不在“老大”的保护之下，木星是一颗巨大的气态巨行星，就是木星在为太阳系“驱逐”危险的小行星和彗星们的“不轨行为”。如果没有木星，那么直径为10公里的天体末日小行星撞击地球的次数将比现在高出1万多倍，几乎是在劫难逃。地球上的所有一切都应该衷心地感谢木星，从这个意义上讲，木星拯救了地球。地球自己的神奇造就、得天独厚也拯救了我们自己。围绕着太阳公转的行星，既不能太大，太大太近就会被“化掉”或“辐射”得毫无生命；太小太轻就会像火星，无法产生足够的引力阻止大气逃逸到外太空；还需要有一种天然的板块结构，像一个巨大的保护伞笼罩着地球，使足够厚的二氧化碳等气体使地球形成天然温室效应，使地球平均温度保持在18℃上下。否则作为太阳的八大行星之一的地球，也会和其他行星一样，焉有人哉？岂有生命？水星最高427℃，最低184℃，金星的平均气温为453℃，火星最高为20℃，最低为129℃，木星平均气温为零下163℃，土星为零下176℃，天王星为零下220℃，海王星为零下218℃。地球平均气温为15℃。地球为生命而生，生命为地球保护。但这些在宇宙的天宇中，犹如沧海一粟，九牛一毛。地球生活着全人类80亿多人口，直径为1.2万多公里，最大周长约为4万公里，所以毛泽东在观天时感慨道：“坐地日行八万里（4万公里），巡天遥看一千河。”毛泽东在这里所说的“一千河”，难道是指宇宙中的一千个类似银河的“大河”？那应该称之为宇宙观。但整个太阳系乃至银河系，也不过是宇宙星系万紫千红中的一红一紫。它拥有1万亿颗恒星。现在科学家已知的宇宙中最大的结构，起名为“武仙——北冕座长城”。它有多大？其直径超越100亿光年，按光速每秒30万公里计算，要乘以60再乘24再乘365，大约是9000万亿米再乘以100，在这座“长城”之中包括有数十亿个星系，银河星系不过是其数十亿分之一。在人类的感性世界中似乎鲜有这个感性认识。即使如此，这座“长城”也只是我们可观测宇宙的11%。“把酒问青天”，苏轼先生给我们出了一道多么难解的天文题。

二、欲善其事，必先利其器

要问青天，要观天象，要看星际，要知晓星系，要探索宇宙必须要“身临其境”，必须要“眼见为实”，这就要借助工具。人类探测宇宙的工具远古称“千里眼”，必须借助望远镜，天文望远镜可分为空间望远镜和地面大型望远镜。比如中国南京的紫金山天文台天体望远镜，就是利用这台巨大的天体望远镜，先后发现了小行星721个，其中获得永久性编号的小行星40个，近地小行星1个，彗星1个。

太空望远镜是在外太空观测天体的天文望远镜。简单地讲，就是把天文望远镜搬移至太空，且利用大型电子计算机远程操控，正应了王之涣的那两句名诗：“欲穷千里目，更上一层楼。”太空望远镜能探测到百亿光年外的宇宙空间，有的可以同时观测到大约1000个天体，而先进型号的太空望远镜可同时观测到4000个天体。让科学家打开眼界，脑洞大开。方知宇宙之大，星系之多，林林总总，万千世界，近在眼前。

不知世界上有多少人通过位于大气层之外的光学望远镜哈勃空间望远镜观测过太空，那该是怎样一幅波澜壮阔、变幻无穷的宇宙空间，很可能就像在太空中观测地球。哈勃曾经利用哈勃空间望远镜拍摄到远在几百万光年之外的“宇宙之城”，据说因为种种原因一直被美国军方严密封锁起来，至今无人知晓。宇宙的神秘就在于它的无解。

哈勃也神秘。21 岁时还立志当大律师，去牛津大学攻读法律，23 岁就获得法学学位，23 岁又攻读文学，此梦不长，25 岁攻读天文学研究生，青年时代的哈勃随爱好而航行，船上并无指南针，28 岁获得博士学位，赶上战争，他又戎装上阵，当兵 2 年。军旅的生活让他意志坚定，退伍后到威尔逊山天文台专心搞研究。哈勃绝世聪明，属于天才，对天文学的敏感就像莫扎特对音乐的天赋，有超常的创造力。仅仅两年时间，他利用天文台的 2.5 米反射望远镜拍摄了大量天文星际照片，计算出它们之间的距离，其研究结果证实了它们确实是银河系外巨大的天体系统，河外星系。这一发现在当时震惊整个世界，一个嘴上没毛的青年小伙，竟然有如此发现，随后又发表了对河外星系的形态分类法，这就是哈勃分类。1929 年哈勃 40 岁，刚到不惑之年，他对已测定距离的 20 多个星系统计分析，发现距离越远的星系，其光谱线性关系越强烈。他就提出了"哈勃定律"，认为距离我们越远的星系，正以越来越快的速度远离我们。哈勃像莫扎特一样并不长寿，但他的去世并未让哈勃望远镜终止，恰恰相反，1990 年在他去世 37 年后发射的哈勃空间望远镜，是镜面口径最大的光学望远镜，无须站得高，就能看得更远、更清晰，它几乎可以"面对面"地观察测定行星、恒星、星系、黑洞、行星状星云和原行星盘等，它发现了一些彗星周围存在数十万公里宽的"氢云"。

哈勃空间望远镜像宇宙中的行星、恒星、黑洞甚至星系一样，都是有生命的，它在太空中工作了 32 年，它把自己的青春乃至终身都无私地奉献给了人类的天文事业。它帮助天文学家确定宇宙年龄、确认存在超大质量的黑洞、捕捉宇宙深处图像、收集并提供地球太阳系中卫星和行星飞行图像，等等。但科学的进程是无止境的，美国东部时间 2022 年 7 月 11 日晚，史上最强空间望远镜——詹姆斯·韦布空间望远镜拍摄的全彩深空图像公布，引发全球轰动，也给世人带来宇宙探索的全新震撼。

韦布空间望远镜能捕捉红外信号探测到更深、更久远的光，比如距离地球非常非常遥远的天体发出的光波抵达地球可能被拉长为极弱的红外信号，精确地弥补了哈勃望远镜的波长短板。韦布的主镜比哈勃的要大很多，更大的光收集区域意味着可比哈勃追溯更远的时间。韦布更强大，更有力量，更科学，更全面。韦布镜面收集面积为 25 平方米，哈勃只有 4.5 平方米。韦布是目前发射的最大空间望远镜，其主镜口径为 6.5 米，是哈勃的 2.7 倍以上，更大的集光面积意味着可追溯更远的时间。从本身上讲，哈勃可以看到宇宙的“幼儿时期”，而韦布能够看到其“婴儿时期”。

花了 100 亿美元的韦布空间望远镜就在于它能够看到一些最古老的恒星和星系的形成，能够观察到近 140 亿年前宇宙大爆炸后不久的天体。由于韦布能观测非常遥远的深空，许多研究人员希望它能找到存在生命的系外行星，在距离地球 40 光年外的恒星系统中，有 7 颗类似地球大小的行星，科学家认为是目前最有可能发现生命的区域，或许人类并不孤独？或真有外星人？寄希望于韦布……

三、追踪流星

《列子》记载《两小儿辩日》，辩论地球与太阳的距离是永恒的，还是不定的？是早晨离太阳近，还是中午离太阳近？《列子》所记这两位儿童是中国最早的有文字记载的儿童天文科学家，他们在公元前 500 年就认真测定地球与太阳的距离，岂非不伟大？孔子弗如。

中国人观天象，观测流星最早计入史书的，当推《左传》，鲁昭公十年，应是公元前 532 年：“有星出于婺女。郑裨灶言于子产曰：‘七月戊子，晋君将死……’戊子，晋平公卒。”《左传》记得分明，公元前 532 年时，观天文之人绝非二三人，见观星之细，观星之久，已近乎天文学家；把星星的流失、明暗与人间君王的死相联，并有一套占星术，说明春秋时代中国古代天文学者的“观星术”在不断拓展。他们认为地上的人尤其是不平凡的人，都与天上的星宿相应，人死星陨，人将死而星昏暗。大凶大吉，星宿都有反映，且反映在前。三国时期的诸葛亮不但能识天象，借东风，而且能观星宿，找到天上代表自己的那颗星。当他抬头观测到代表自己的星宿“幽暗”，“其光昏暗”就认识到“其生死不久矣”，而诸葛亮的死，更是“有星赤而芒角，自东北西南流，投于诸葛军营”。流星，拖着长长亮尾的彗星，在夜空中疾驰，划破星空，在中国古代预示着必有一位地上的君王或将军、宰相、智者的生命会像流星一样瞬间消失在夜空之中。这似乎是中国古代占星术的必修课。但对流星和流星雨的观察和记载，还是客观的，也是最早的，如在《竹书纪年》中就有“夏帝癸十五年，夜中星陨如雨”的记载，《左传》:“鲁庄公七年夏四月辛卯夜，恒星不见，夜中星陨如雨。”鲁庄公七年应为公元前687年，这是世界上天琴座流星雨最早的记录。中国古籍中能查到的记载流星雨的就有180次。流星何以称雨?据现代科学定义应为每小时流星在一千颗以上的。那该是一场多么壮观的天文奇象!

行星的科学称谓为陨石。陨石又分为铁陨石和石陨石，一颗陨石的形成大约需要300万年—400万年的时间。“十月怀胎，一朝分娩。”人类从猿到人的历程为500万年，可见一颗陨石从“怀胎”到“分娩”多么曲折而艰难。陨石从本质生成上讲是“无中生有”“点气成石”，在宇宙和星系太空中，分子云形成气体盘中经过若干年的激化、运作、组合、变化，开始形成固体物质，这种自“出生”就在气体盘中的固体物质随着时间的推移会不断长大，发展，这个渐变的过程几乎和地球上的任何生命都一样。随着它的长大、强壮，它在气体盘中的运行轨道就发生了改变，它就像逐渐长大了的小鸟，它要展翅飞翔，天文学的术语称之为“轨道迁移”，不同期、不同大小的固体物质运动的速度也不一样，“轨道迁移”的方向和速度也不一样。有些像“兄弟分家，各走各的路”。当固体物质为鹅卵石般大小，由于受到的气体阻力很大，其“身轻如燕”，轨道迁移就会很随意，也非常快；当这些固体物质成长到像地球大小时，就会受到极强的引力作用，常常身不由己，但那类不大不小直径在几十至一百公里的固体物质受到的气体阻力和引力都比较弱，所以运动较慢，轨道迁移较少，运动较规范，极少碰撞、越轨、重组，而那些小的、大的固体物质都是潜在的概率最高的流星、陨石。

科学家终于找见了最古老的火星陨石，这颗珍贵的火星陨石被命名为“黑美人”，因为它表面呈黑色，且小巧玲珑，仅有300多克，命名为“黑美人”再贴切不过。“黑美人”竟然是在撒哈拉大沙漠中被发现，它藏于一片金黄色的沙粒之中。科学家经过科学检测分析，得出的结论是：“黑美人”已有45亿年的年龄。它的陨石经历可以追溯到太阳系形成初期，大约在行星开始形成后8000多万年。这颗“黑美人”陨石既然从火星上飞出，那么就必须找见它在火星上的出处，找见“她”的“娘家”。“黑美人”的“出嫁”也是很偶然的，“她”很可能是被一颗小行星直接撞上火星，导致“黑美人”被强力抛射到太空中。专家们推测，“黑美人”在火星上的“娘家”应该十分巨大，直径至少应在3公里。在火星坑洼的表面，大约有8万个直径3公里甚至更大的陨石坑。天文学家和科学家通过测量“黑美人”暴露在宇宙射线的情况，做出了科学的判断，“黑美人”在大约500万年前被迫离开了它的“娘家”。大约在15亿年前，一颗小行星猛烈地撞击火星时，“黑美人”被从地下崩出，那次的撞击在火星上形成直径达40公里的陨石坑。但它并没有成为陨石，只是静静地待在那个巨大的陨石坑边，似乎在等待着什么，一直等待了整整14亿多年，飞往太空的机会终于让它等来了，“功夫不负有心人”，另一颗天外来客小行星撞击过来，在它的不远处，撞出一个直径10公里的陨石坑，强大的爆炸力把“黑美人”抛向太空，抛向地球。科学家们这么下功夫去研究“黑美人”，是要了解行星最初形成的过程，要研究“地球是如何成为宇宙中如此特殊的一颗行星的”，这简直就是一道堪称最伟大的“天题”。

还以地球为例。科学家考证，45亿年前，地球表面有一层固态地壳，导致地球改变一切的不是源于地球内部的运动，而是来自外太空，是有相当体积和重量的陨石撞击地球，破坏了地表，导致地壳碎片熔化，水的存在使其冷却并形成一片片漂浮的陆地，这就是新大陆的核心。陨石的撞击功德无量，它就是新大陆核心诞生的“催生婆”，否则今日之地球是什么样尚难说明。地球上能不能有生命存在都是天方夜谭，很可能今日之地球就是相邻最近的火星。有时候“野气十足的坏小子”也能办出惊天动地的事情。

那么地球上的水是怎么产生的？那是生命之源，上善若水。国外专家考证，地球最初形成时几乎完全由熔岩浆构成，那它是如何被水覆盖的呢？专家认为：“从广义上讲，地球上的水和生命可能由小型天体带来。”

2020 年 12 月，执行 6 年任务的“隼鸟 2 号”携带一个太空舱，从 3 亿多公里以外的“龙宫”小行星向地球运回超过 5.4 克的小行星表面物质。“龙宫”小行星上的粒子成分与地球上的水很接近，从小行星上采集的 8 处粒子进行分析发现，几乎所有粒子中都包含有机物和水，其中的水不是液态形成，而是由一个氧原子与一个氢原子结合成的羟基，其构成类似宇宙尘埃和彗星中的水。“隼鸟 2 号”探测器是 2014 年离开地球的，用 3 年多时间围绕太阳的椭圆轨道运转了 32 亿公里后，于 2018 年 6 月到达“龙宫”的，先后两次在“龙宫”着陆，并首次采集到小行星表面的样本，其粒子中含有氨基酸，而氨基酸被认为是“生命之源”的有机化合物。由此判断，地球很可能从小行星以外的地方获得了水，难道真是不请自到的“天外来客”让地球有了“生命之源”？

四、是福不是祸，是祸躲不过

每年究竟有多少颗陨石、流星、小行星会撞击上地球？这种不速之客，不请自至、越轨而至的“流星”，概率究竟有多大？对于地球防不胜防，躲又难躲，是福是祸，一切似乎听之由之。

6600 万年前，一颗直径约为 10 公里的小行星以大约每小时 4.5

万英里的速度，直接撞向地球，引起影响整个地球的冲击波。在墨西哥尤卡坦半岛的浅水区撞击出一个直径达到100英里、深20英里的巨大撞击坑，就在撞击的瞬间，这颗小行星也开始蒸发了，将大量的小行星碎片抛射到大气中，撞击掀起高达数百英尺的巨大海啸，席卷整个沿海地区，继而又席卷到内陆。这期间，小行星撞击地球引起的大火铺天盖地，火势疯狂到了顶点，吞噬了一切，但遇到海啸卷来的巨浪以后，把这场“天火”的一部分大火彻底熄灭，另一个灾难又不期而遇，大气层中充满了小行星撞击地球所掀起的满天尘埃，又加上燃烧释放的大量烟雾，造成了气候的急剧变化，引发了巨大的气候灾难，地球开始急骤降温。由于遮天蔽日的浓厚的烟雾，阳光不再照射，植物因无法进行光合作用而死亡，幸存下来的动物也因气温骤降，又没有充足的食物，缺少足够的氧气，开始大规模地死亡，这就造成了恐龙世界的大灭绝，称霸地球的恐龙，从此变成了化石。这颗要命的小行星几乎要了地球一切生物的命。

每年究竟有多少颗流星、陨石会冲击地球?

科学家估计，每年有不到1万颗陨石会撞向地球，这与月球相比微不足道，因为月球是完全赤裸的，月球没有大气层，各种横冲直撞、毫无轨道、毫无节制的太空陨石都会像脱缰野马，疯狂地撞向月球，而不会在大气层中燃烧、熔化、变化、消失，因此月球表面皆坑坑洼洼，大坑套小坑，坑坑相连，几乎无一平地，这些都是“天外来客”撞击而成的，常常是旧坑未复，新坑又至。每天大约有11吨至1100吨的太空岩石，“不速之客”，不期而遇，其中每年要受到3.3万颗乒乓球大小的太空岩石的撞击。这种高速运行的陨石的直接撞击力是相当巨大的，可怕的，是以万吨TNT相论的。

陨石也是太阳系中最小的成员，既无组织，亦无纪律，更不循规蹈矩，按部就班，有时会蜂拥而至，形成陨石雨。当然也有行星或彗星碎片制造的“陨石”。据美国陨星学会说，有300多颗已知大陨石源自火星的碎片。这些流星体穿越地球大气层时，会因为空气摩擦而燃烧，会在天空中产生光束，尤其在夜间，燃烧的陨石会拖着长长的光芒划过夜空，让人产生无限的遐想，编撰出美丽的故事和神奇的传说。

但事实是可怕的。2013 年 2 月 15 日，美国探测到一颗陨石，当探测到它的时候，它已经出现在俄罗斯车里雅宾斯克上空，正以高速撞向地面，中途发出了巨大的轰鸣声，据跟踪测定这块陨石重达 7000 吨，进入大气层后，飞行速度达到了音速的 54 倍，一旦撞上地球，其威力至少相当于 50 颗原子弹，更糟糕的是，据测定这颗陨石的落点附近有一个大型核电站，一旦撞上核电站，人类很可能会回到恐龙时代。没想到正在人们惊慌失措之际，那颗可能给地球带来一场极大灾难的陨石，突然间凌空爆炸，变成了一场戏剧性的流星雨。从天而降的流星雨，仅使“淋雨”的 1400 人受伤，74 间房屋被“雨”淋坏，是什么力量在千钧一发之际拯救了地球？拯救了人类？拯救了万物？经科学家研究测定，那颗飞速运行的巨大陨石爆炸解体时，是被不明物体穿透，爆炸后的碎片仍然以极快的速度飞行，最终形成流星雨。这个不明物体究竟是什么？科学家放大视频发现，在陨石即将撞击地球时，的确有一个神秘物体从前面穿透了陨石，导致陨石在空中爆炸。开始科学家曾猜测是军方发射的导弹，但这个推测很快被推翻了，因为当陨石距离地球表面仅 26 公里时，速度已经达到惊人的每秒 18 公里，远远超过了世界各国最先进的导弹发射速度，何况导弹会爆炸，而那个神秘的物体在穿过陨石时并未爆炸，它只引起陨石的爆炸。那个不明物体究竟是什么？什么结构？来自何方？为什么那么巧？那么准？到底是谁在拯救地球？ 10 年过去了，全世界的科学家都在研究它，但至今仍然是个谜。

2014 年 1 月 8 日，一颗流星以每小时约 21.4 公里的速度在巴布亚新几内亚以北的太平洋上空爆炸，释放出相当于 110 吨 TNT 炸药的能量，碎片落入下方的海域中。经过科学家辨认，这是已知的第一颗起源于太阳系外的流星，堪称“天外来客”。

为研究这颗“天外来客”，科学家们前往巴布亚新几内亚的俾斯麦海，在那里把一个床垫大小的磁性“滑车”放至水下一英里处，然后用一根长长的牵引绳系住这个像床垫一样大的“磁铁”，像捕鱼的拖网一样，在俾斯麦海中拖拽，用这块“床垫”来吸取散落在海中的陨石碎片。最原始的办法可能就是最科学的办法。想起秦始皇在遭到荆轲刺杀之后，据说也是在宫门前竖一“床垫”似的巨大磁铁，称之为“磁门”“识刺之门”，避免“图穷而匕首见”，使之图未穷则匕首见。这是中国古人的智慧。

回到那道难解的问题，也是最让人关心的问题：“每年究竟有多少颗陨石能击中地球?”这似乎是道无解的难题，因为地球只有 29% 的陆地，其余都是海洋，陨石一旦落海，那真的如大海捞针，而 55% 的人口居住的城市只占陆地面积的 0.44%。绝大部分地区都是荒漠、冰川、沙漠，像南极洲，无人地带。但科学家们还是做出了这道难题，他们估计，每年大约有 6200 颗陨石坠落，直接落到陆地上的陨石大约有 1800 颗；直径约为 10 米的陨石预计每 6 到 10 年会进入地球的大气层；一块大到足以引发 1908 年俄罗斯通古斯大爆炸的陨石大约每 500 年出现一次。那一次的大爆炸是由一颗直径 65 米左右的小行星拼死相撞而引起的，它发生在俄罗斯西伯利亚森林贝加尔湖西北方的通古斯河畔，当时观察到的是一颗巨大的，直径在 50 到 100 米大的火球自东南向西北划过天空，疾速而来，数分钟后，一道极强的光芒照亮整个天空，仿佛是又一颗太阳，数分钟后，发生剧烈爆炸，巨响如雷，大地震动，仿佛地震，方圆几千公里之内，都能听到巨大的轰鸣声，感受到天摇地动，日月无光，仿佛世界之末日。甚至远在太平洋彼岸的美国，也都感到大地在颤抖，夜空中能看到白昼般的闪光，欧洲许多国家都看到橘红色的“太阳”在夜空中骤然升起。据事后统计，这次小行星的撞击摧毁了 2000 平方公里的针叶林，推倒了约 8000 棵树，形成一个直径 50 米的陨石撞击坑，周围 30 公里内满目皆是大火之后的焦土，完全是一副大爆炸之后的惨状，再往四周上千公里的树木四向起伏。科学家推测，如果那颗小行星越轨进入地球大气层的时间推后 5 小时，就可能击中俄罗斯首都莫斯科，其后果不堪设想。

科学家预测，来自一块大约 1 公里宽的陨石的重大宇宙撞击大约会在 30 万年到 50 万年发生一次，而像导致恐龙灭绝那样的小行星撞击可能会在 1 亿至 2 亿年间发生一次。

又回到苏轼的《水调歌头 · 明月几时有》："不知天上宫阙，今夕是何年？"一千年快过去了，谁人能知，天上宫阙今夕是何年？

地球的选择

一、地球别无选择

45亿年前，浩瀚无垠的宇宙间，瞬间就生成一粒针尖大的“幽灵”，飘飘曳曳，闪闪耀耀，似一颗尘埃，一颗沙粒，一颗极可能在瞬间又神奇消失的颗粒，在此之前已有成千上万颗这样的颗粒，“她悄悄地去，正如她悄悄地来”。但这颗“幽灵”，却是一颗挥之不去的“幽灵”，开始在宇宙中徘徊，在银河系中徜徉，在太阳系中旋转。经过神奇般的生长发育，它奇迹般地躲过了一次又一次的撞击和毁灭，逃避过一次又一次的辐射和吸吮，依靠自身的核力、磁力和生命力，快速地成长为一颗令人捉摸不定的行星。说其快速，是按宇宙间、银河系的时间推论，其实是以百万年、千万年论述的，它当时能够成活的概率在几百万分之一，但这个“幽灵”却活生生地诞生了，那就是地球的选择，她选择了生命。她要成为数以亿亿颗星球中的一员，要成为银河系、太阳系中的一员，要成为宇宙、银河系、太阳系中最独特、最神奇、最不可思议，也该称最伟大的一员。那是一个多么广阔的天地，银河系的直径有10万光年，中心的厚度超过1.2万光年。而太阳系是被一个奇妙的泡沫结构包裹着，在银河系中独具特色，它的直径也有一千光年。

经过3亿年的“哺乳”、发育、成长，地球已经变成了一个距离太阳大约1.5亿公里的行星，它光彩，它斑斓，它炽热，最神奇和令人难解的是，地球在3亿年间聚集起的质量，是太阳系中行星质量最重的。这3亿年的“哺乳期”“幼儿期”，地球是如何发育成长的？她的内核是怎样产生的？她的移动和自转的能量是如何生成的？

科学家们还没有一个科学的答案，难道地球也像太阳一样？50亿年前，银河系的一颗恒星发生了剧烈的燃烧，巨大的爆炸形成了巨大的冲击波，导致气体和尘埃大规模地坍缩，它们相聚、相融、相并，太阳由此诞生。那么地球呢？那个曾经的“小幽灵”，经历过怎样的“脱胎换骨”般的涅槃和重生，到42亿年前，地球和现在我们看到的规模基本一样了，最大的不同是地球是一个一无所有的“火球”，它表面是一层厚厚的火红的炽热的岩浆，温度是4000摄氏度，比炼铁炉的炉膛里的温度还高1000多摄氏度。地球在百炼成钢。

一亿年间，太阳系究竟发生了什么变化？地球经历的又何止“百炼”？最使地球升华和重生的是地球的温度在下降，从4000多摄氏度下降到160多摄氏度，它不再是一个炽热的岩浆地球，它在渐渐冷却，渐渐回归；更有希望的是地球的固态地核正逐渐形成，脱胎换骨的改造正在完成。到第38亿年，以亿年计算，当地球7岁时，地球表面的温度已经下降至41摄氏度。地球从此开始有水，生命之源，正是在水中，地球上第一个生命细菌悄然诞生，地球的新世纪竟是由细菌宣告的。地球有了水，就有了海洋，就有了生命。地球真是个“幽灵”，多少千载难逢的好机会，多少九牛一毛的概率，多少想都不敢想的变化，竟然都降落在地球之上，难道真有生命的选择？

地球在整个银河系中也是唯一的幸运儿，在太阳系中更是。它不是太阳八大行星中的老大，按“年龄”推算它应该是老二。木星和太阳几乎同时诞生，因为银河系中的那颗恒星大爆炸后形成的大量气体和物质形成的太阳，但那颗恒星太巨大了，它要比后来的太阳大几万倍，爆炸后被太阳吸收的仅是一部分，其余的气体和物质有的四处扩散而去，有的被重新吸引起来，这就是木星。从“血缘”的关系上分析，太阳和木星应为一母兄弟，但从那诞生的一刻起，太阳是恒星，木星是行星，木星是围绕太阳旋转的行星，似乎“辈分”上又要重分。

木星的“倩影”给人类留下深刻的印象，它是一个时刻转动的七彩遮阳帽，有一圈美丽的遮阳带。很多人都会想到日本电影《人证》中的“草帽歌”，那真是一顶美丽漂亮的草帽，那就是木星。对于地球，木星不但是长兄，而且还是救命恩人。有的科学家认为，地球并没有3亿年的成长期，它从诞生的那一刻起就是一颗直径为1.2万公里、重量为60万亿亿吨的行星，它也是利用形成太阳的剩余的气体和物质而形成的，因此它与木星是一胞兄弟，“兄弟”相隔6.4亿公里。木星比地球大1000倍，重300多倍，它似乎时刻都没有忘记兄弟之责，在数十亿年中，作为兄长的木星不知帮助和庇护地球度过多少次劫难，甚至是毁灭之灾。有时候甚至不惜以身赴难，木星之恩，地球50亿年不能忘记。

100年前，一颗直径4公里、重达170亿吨的小行星，它被人类命名为苏梅克·列维9号彗星，突然冲出其运行轨道，半路杀出，横冲直撞，直冲地球撞去。那像是一场毁灭性的不可避免的灾难，也将是极其惨烈的一刻。就在这生死攸关的千钧一发时刻，是木星伸出手来拯救了地球，也拯救了人类及地球上的万物。它用自身强大的引力，捕捉住这颗“愣头青”，令其改变轨道，撞向自己。这种强大的撞击，形成的爆炸力、破坏力、冲击波，相当于6万亿吨TNT，前后竟然持续了6天，把木星炸出了一个几乎能容纳地球的一个星际大坑，飞溅起比地球上核试验炸出的蘑菇云要大数十万倍的黑云，让巨大的木星“不见天日”，陷入一片长达数十天的浑浊和黑暗之中。而这为拯救地球的壮烈一幕，被人类的航天器在1944年记录下来。木星对地球来说具有救命之恩。木星对地球还有知遇之恩。地球诞生初期，太阳系的行星还都没有完全形成固定的轨道，小行星、彗星像尚未系笼头的马驹，在广阔无垠的草地上撒欢，它们时刻威胁着地球，而木星由于体积大，内核动力大，吸附能力大，撞击力更大，它把多达99.9%的乱闯乱撞乱窜的小行星和彗星全部撞碎，又几乎全部吸收归己，增强自身能量，保护了地球。让人类庆幸和感恩的是木星撞碎的许多小行星上都具有水、冰的物质，这些物质被地球吸收，融入地球，地球产生了宝贵的水，比金子还珍贵的水，带来了最初的水源，那是生命之水，生命之源。

二、多灾多难，“凤凰”涅槃

地球的历程以亿计，一万年太短，恍若瞬间。地球冷后的路会更远，更险，更神秘，更传奇。

老子论水：“智者乐水，上善若水。”但老子并未论水之伟力，水之神奇，水之扩张力、渗透力，水的自身“繁殖力”。地球在拥有水之前，先是一个炽热无比的火球，数亿年过去，地球变成了一个僵硬的毫无生气的星球，像太阳系家族中的其他兄弟一样，像月亮、火星、土星、水星，呆板、无情、冷漠、残酷，当地球有了水以后，才变得和太阳系、银河系，乃至整个宇宙中以亿计算的星球和外星不同，才变得出类拔萃，独领风骚。难道老子观望到这一切了？否则他怎么发出“上善若水”的感叹？到 32 亿年前，地球的表面已然全部是水，一片水的世界，水的天地，水的地球。水淹没了一切。32 亿年前，地球上并没有大陆，只有茫茫一片泽国世界。那么多水从何处而来？难道水会“分身”？水会“繁殖”？一滴水会变成万吨水？会涌出无尽的水？这个世界上恐怕无人能答，水太神秘了。

水统治了地球，主宰了地球。又过了 7 亿年，水中的蓝藻在太阳的光合作用下，逐渐产生了氧气，这也是地球第一次出现氧气，当时地球的温度为 16℃，正是风和日丽、波涌浪飞的好年华。但地球的历程它自己也不能做主，想起孟子所言“天将降大任于是人也”的格言，难道天还要磨砺地球？

又过了 1.5 亿年，地球的温度突然骤降至零下 24℃，这就是“休伦冰河期”，整个水世界变成冰世界，地球也变成了一个大冰球。对地球仅仅是一次小小的磨难，地球终于挺过去。经过了整整 13.5 亿年的考验，在 10 亿年前，地球的温度上升至 12℃，又是碧波荡漾的地球，又是阳光灿烂的世界。这个时候，地球发生了一件举足轻重的大事，大陆出现了！

地球太独特了，它不但在太阳系中独一无二，即使在银河系乃至宇宙中已发现的其他星系中也得天独厚，神奇到不可思议，奇妙到难以置信。地球有三大奇迹，至今无让人信服的科学论证。

第一，地球上有液态的水，且水量之大不可想象。科学家考察过银河系七千多个行星、恒星，无一颗上面有一滴液态水，而地球上的液体水淹没了整个地球，估计有 10 万亿亿吨液体水。现在已知的地球太平洋最大深度为 11034 米，平均深度 3957 米，每年在地球深海沟中，不明生物以每年 30 亿吨的速度喝掉海水，这些无穷无尽的液体水从何而来？因何无穷尽？黄河之水天上来，地球之水呢？海水却有增无减。

第二，地球上的生命。据人力所能考察过的所有行星和恒星，无一颗星球上有生命的痕迹，绝无生命的存在。为什么唯独地球在 38 亿年时就产生了生命？至少在银河系直径 10 万光年、中心厚度 1.2 万光年的空间中，17 万多颗星球当中，只有地球有幸承载生命。为什么生命会情有独钟于地球？

第三，地球有大陆，这块大陆不同于任何星球的物质，地球上形成的岩石和其他任何星球的岩石都不同，大陆的岩石形成是由花岗岩、砂岩、片麻岩、板岩、安山岩、流纹岩组成，而其他星球上几乎都是玄武岩或类似物质，地球是把其大部分玄武岩隐藏在深海之下，却把陆相岩高高托起。大陆的形成是地球三大奇迹，也是三大难题之一，可以肯定的是其他任何行星上都没有像地球上这样富含二氧化硅的大陆块体。也有专家称 40 亿年前地球上的大陆就开始形成了，但它们是怎样形成的？是怎样变大的？就像液体水是怎样变多的一样，是一个悬而未决的难题。

地球“炼狱”的日子还长哩！苦难的考验一个又一个。“路漫漫其修远兮，吾将上下而求索。”7 亿年前，不知何种原因，原来气象万千的地球仿佛像着魔一样，气温急骤下降，垂直下降，一直下降到 -46℃，地球百象凋零，陷入死寂之中。

地球的温度并非它本身所能决定，它取决于太阳的变化，取决于太阳和其他星球甚至银河系中的“黑洞”的变化，取决于它们的磁场、辐射、引力、流量的变化。比如太阳“黑子”的变化，引发太阳磁场发生剧变，曾改变了太阳系的基本规则，地球上的气候就随之而变；一个巨大的黑洞的形成，会诱发太阳发射出巨大的磁暴，那些都极大地影响地球的气候。地球气候的剧变会影响到地球上的一切物质的成长发育，甚至会影响到地球的发育。

对于人类来说，光年太遥远了，亿年太久长了。对于地球来说，那不过是它成长的春夏秋冬。

一亿年就那么过去，乌云过去是蓝天。冬天来了，春天还会远吗？

地球的气温终于上升到了 19℃，多么令人类感到温暖的春天的温度。地球上最早的动物“踏着春天的脚步”来临了，海绵出现了，它是地球之春的弄潮儿。紧跟着寒武纪生命大爆发，无数新生的动植物开始有了生命的觉醒，开始诞生在地球之上，开始生命之旅。又过了 1 亿年，最早的鱼类出现了，海洋中开始有了生命的家族，鱼类的繁衍使海洋中充满着生气。地球百花齐放，鱼翔水中，它离人类越来越近了。据科学家考证，这个时期，海洋中出现大量的、可怕的、千奇百怪的海怪、海兽、庞大的鱼类，无奇不有，没有人知道这些巨大的海洋生物是怎样产生的，是如何繁衍起来的。海里的世界可谓翻江倒海，极像后来人类想象中的科幻电影。很难想象照此发展下去，地球会成为一个怎样的水中世界。

《道德经》有句名言：“祸兮福之所倚，福兮祸之所伏。”地球的经历以亿年计其久，以光年计其远，它的“长征”路途遥远之极。

3 亿年前，地球表面的含氧量已经达到 40% 之多，超过了现在地球含氧量的一倍，地球上一切生命开始“醉氧”“迷氧”，直至死于氧。到 2.6 亿年前，地球上只有一个盘古大陆，似乎在一千万年间，这对地球来说只在瞬间，灾难重降，二叠纪大灭绝发生了，地球约 90% 的海洋生物，75% 的陆地生物竟然在地球上消失了，神秘地灭绝了，似乎一个时代就那么结束了。海洋水清无鱼，无怪无兽，无妖无魔；陆上只剩一片光秃秃的岩石，一片裸露的砾石，无植被，无颜色，无藤无蔓，无花无果，无疯长的蕨类，无参天的草木。地球又似乎裸退到 40 亿年前的地球。有科学家认为，那可能是地球自救的机制在起作用，如果让地球上的氧气继续疯长，它不但会杀死一切生物，很可能会因为太阳的辐射、地磁暴引发地球的氧气大燃烧，氧气大爆炸会引起地球大爆炸，会带来地球的毁灭。这就是地球的神奇，它似乎有一种生死存亡的预感，地球的二叠纪大灭绝极大的可能是地球断臂自救。

一波未平，一波又起。

地球上发生了惊天动地的火山大喷发，直接波及月球、火星，似乎要把整个地球喷发到宇宙之中。大量的二氧化碳和其他有毒的气体被释放到空气中，导致地球表面的气温足足升高了 3℃—6℃，甚至更高，气温的大幅度升高加快了海水的大量蒸发，导致地球下大雨、暴雨，且一下就是 200 多万年。这是一场怎样的大暴雨？是怎样一场持久不停的大暴雨？天文学称之为“卡尼洪水”。洪水暴发和持续不停的大暴雨席卷了整个地球，几乎淹没了整个盘古大陆。我们只能遥想、幻想那场狂下 200 多万年的大暴雨，随即引发的滔天大洪水是怎样一场悲壮而激烈的情景。

三、劫后余生，人类终于诞生于地球

地球在前半生的 45 亿年间，经历过 5 次大劫难、大灭绝，其中最严重的一次发生在 2.5 亿年前的二叠纪与三叠纪之间，这场浩劫使得地球上的 80% 的海洋物种和大量陆地物种全部灭亡，使地球变成“一片白茫茫大地真干净”。那些千奇百怪、横行海洋的庞然大物，那些铺天盖地长得比现代北美洲红杉树还高大还茂盛的蕨类植物，仿佛在一阵咒语之后就烟消云散了。再次就是在6600万年前，白垩纪末期，一场毁灭性的灾难从天而降，几乎毁灭了地球，直接导致了庞大的神秘的恐龙世界的彻底消失，只有极少数有羽毛的品种侥幸存活下来，那就是现在的鸟。也有因地理位置的特殊而成为恐龙世界的幸存儿，这就是科莫多龙、水中的鳄鱼。但最早发生在地球上的大灭绝究竟在什么年代？据科学家测定，地球最古老的大灭绝恰恰是在5.39亿年前，寒武纪刚刚开始，从地球生命大爆发的情况推测，极有可能生命再繁衍数千万年，地球将充满无数生命，极可能会诞生高级生命，一些高级动植物将会提前一至二亿年诞生。整个地球会因有生命而复杂起来，会多样化起来。但仅仅过了一千一百多万年，5.5亿年前，地球开始了它最古老的大灭绝，它灭绝了一切生命，灭绝了一切活力，形成了寒武纪之后的物种大灭绝。从现在科学家发现的当年大灭绝时留下的水生化石看，那一道道消逝的水母肢体竟然那么逼真，几乎和现在的别无二致。地球真神奇，一次又一次的大灭绝，仿佛是在为人类的诞生而“清场”，如果恐龙依然称霸世界，焉有哺乳动物的天地？如果地球含氧度一直保持在40%甚至更高，焉能使动物成活？如果没有地球的5次大灭绝，地球的动植物就不会进化得这样快，就不会演变得这样彻底。直到1.5亿年前，地球也开始演变，开始进化，开始更适应环境对它的需求，地球上唯一的盘古大陆开始逐渐分裂，不断漂流，在漫长岁月中，盘古大陆变成地球的七大洲。这是地球45亿年来的最巨大的变化，也可以说是“脱胎换骨”的变化。

45亿年的地球似乎已进入到中年，中年的地球历经一次次磨难，才逐渐走向正常，走到轨道正常，走到速度正常，地球围绕着太阳转，太阳围绕着银河系转。银河系，绝非人类抬头望见后想象的那条河，牛郎织女隔河相望。银河系是一个高速运转的大星系，不是呈河流状，而是像一个飞速运转的光碟，充满无限能量，无限变数，无限物质，无限功能。地球围绕太阳公转一圈为一年，而太阳率其星系围绕银河系公转一圈至少需要2亿多年，太阳系形成50亿年，仅仅围绕银河系公转了20圈。地球自身重60万亿亿吨，以每秒2400公里的速度，它除去自转，还要公转，还要围绕着太阳，穿行在银河系，公转一天就要“飞奔”257万多公里，没有科学家能计算出地球有多大能量，它凭借什么获取这么大的能量，这些能量是怎样产生的。

地球的产生是偶然的，还是必然的？地球的一次次选择，难道真是为人类的诞生而选择？为人类的生存而选择？同样都是太阳的行星，海王星的选择轨道一年约为地球的165倍，海王星上的一个冬天就相当于地球一个冬天的40倍长，而且其气温为-220℃，地球上所有的寒冷都不能与之相提并论，是见所未见，且闻所未闻，其风力每秒可达600米，人在瞬间就被吹死，吹得烟消云散。都说现在地球上撒哈拉沙漠的风暴最凶猛，能把撒哈拉的沙子吹过地中海，吹到中欧去，但海王星的那些风暴吹起一头成年的非洲雄象都比沙漠风暴吹起的一粒沙子还容易。那些不宜人类生存的星球，各有各的生死抉择，有的星球被撞碎，被吸收；有的星球被分裂，被撕裂；有的星球被吞咽，被消化；有的星球被“雷射”，被气化。即使是比地球、比木星、比太阳大若干倍的星球也在所难免。一颗距地球3亿光年的巨大恒星，比地球要大数亿倍，这么一颗庞然大物，能一口吞掉整个太阳系。但它却被一个更大质量的“黑洞”不期而遇，竟如小羔羊遇见科莫多龙，被一口吞噬。那么大一颗恒星，在“黑洞”口中，无可奈何，毫无反抗之力，被“黑洞”吞噬、撕裂、翻滚、蹂躏、骤变、气化、分解、蒸腾，最后被高温燃烧。地球正是亿万中的唯一，地球的一切选择都似乎是为了人类。地球可能是整个宇宙中最美丽，最温柔，最富有母爱的星球。

地球竟然还选择了月球作为自己的卫星。但这种近，又恰到好处，再近一步，月球就会被地球吸住，在地球上撞碎，被地球吸收。再远一步，月球就会被太阳吸走，燃烧殆尽。而地球也离不开月亮，月亮表面上的大大小小的陨石坑都是为掩护地球挺身而出的，它对潮汐的作用，使地球受益终生。真乃“鱼儿离不开水，瓜儿离不开秧”。中国有趣题，抬头见日不见洛阳，是太阳近还是洛阳近？那是月亮近还是洛阳近？月球离我们仅 38 万公里，所以我们才能看见“寂寞嫦娥舒广袖，万里长空且为忠魂舞”。如果看仙女座星系，它距离我们 254 亿光年，其嫦娥舒广袖之舞姿也是 254 亿年之前的。

地球上 80 多亿人都观望过月球，但却很少有人站在月球上观看过地球。

从月球上观看地球，地球正冉冉升起，犹如一个彩色的以蓝白为主色的小气球正缓缓升起。那真是一幅小小的儿童画，那真是一个天真烂漫的童话。

但地球是有生命的，是会生老病死的，它的确像一个小小的气球在宇宙中、在银河系中、在太阳系中缓缓上升，直到最后它也像小小的气球一样，爆炸，消失，寿终正寝，无影无踪。

地球正在逐渐远离太阳，这就意味着地球将失去温暖，寒冷将会笼罩地球。地球会成为一个冰冻的雪球，地球将会再无生命，极可能会像海王星一样。遥远得让人类不能相信，而现实又残酷得让人不能不正视。因为那是科学。

太阳诞生有 46 亿年了，从它诞生的那刻起，它就在进行核聚变反应，向外释放能量。根据爱因斯坦的质能方程，质量和能量成正比。随着太阳能量的释放，其本身的质量也在减少，没有无穷无尽。在长达 100 亿年的时间里，由于核聚变，太阳会失去 0.1% 的质量，相当于一个木星或者 318 个地球。根据牛顿万有引力定律，太阳的质量与万有引力的强弱成正比。当质量减少时，引力的强度也会降低，最终包括地球在内的太阳系中的所有天体都将会远离太阳。除太阳能量的释放，太阳系八大行星的运行轨道半径也在增大，地球离开太阳每年为 6 厘米，一个指甲盖那么远。地球离开太阳的另一个原因是潮汐力，太阳的自转周期比地球自转周期短，它对潮汐的影响就会作用在地球上。随着地球越来越远离太阳，太阳的核元素也越来越少，70亿年后太阳就会膨胀成为一颗红巨星；这时候，地球的轨道也会迅速膨胀，因为太阳那时会比现在大100倍，太阳将会吞噬水星和金星，再过1亿年后，太阳就会在行星状星云的大爆炸中彻底消亡，将其所有的物质抛向宇宙和银河系的深处。

人类第一次亲眼观看到两个星球相撞、相食，被毁、被灭，是1994年7月17日4时15分，一颗外表看上去灰蒙蒙、不规则、表面凹凸不平的彗星，直接撞向太阳系最大的行星木星，美国的哈佛科研团队目睹了这场极其壮观的天体大碰撞。由于木星巨大的质量和引力，两星相撞以后，那颗彗星被强力撕碎，四射飞溅，其中最大的一块碎片宽约4公里，以每秒60公里的速度再次撞向木星，其余20多块碎片像有魔力操纵似的排成一行，长度竟然超过16万公里，那是一种何等壮观的队列，然后像出征的战士，勇往直前，绝不后退闪躲，一块又一块，一块连一块，以重力加速度拼命撞向木星，在连续撞击130多个小时内，撞击释放的总能量相当于"二战"时期美军投向广岛的原子弹能量的10亿倍，释放约40万吨TNT高爆能量。这么大的能量，把木星炸得东倒西歪，面目全非，整个木星，像地球遇到了超级沙尘暴，似乎木星的末日来临了。而那股沙尘暴超过地球上的100万倍，仅高温气体就冲向1000公里的高空，在彗星撞击木星时，木星发出的强烈磁波，比平时强9倍，连地球都受到强烈干扰，撞击过程中，瞬间的温度竟达到数万摄氏度。撞击给木星留下无数难以抹去的巨大伤口，其中有4个直径达数十万公里的巨大陨石坑，大到足以容下几个地球。试想一下，如果没有木星的舍身相救，这颗巨大的彗星很可能会冲向地球，不敢去想，地球该如何？人类该如何？

地球太神秘了。地球可能因为人类而神秘，人类无时无刻不想破解这道已经尘封了45亿年的难题。

苏联时期，曾秘密地往地心打过一个钻地深洞，可能为破解这一宇宙难题而钻，这个地洞往地心一共打了1.3万多米，具体情况苏联并未向外界透露丝毫，但那个笔直的地心洞就在那里。后来苏联解体，做这项钻洞工作的科学家也全都离去，打造这个似乎要穿透地球的洞的目的也成了一个未解之谜。他们是要研究地球内核旋转之谜吗？他们是要破解地球能量来源之难题吗？为什么地球从它诞生的那时那刻起就有那么大能量？就能自转公转？它的旋转速度是在加快还是在减慢还是保持在原速？地球的速度与地球的寿命究竟有没有关系？有多大关系？谁才是掌握这一切的核心力量？

20 世纪 90 年代中期，科学家就发现，地球确有内核，确有核心力量，一个比月球略小的极热铁球，正在以自己的速度旋转，比地球的其他部分都略快一些。观察图像，地球很清晰地分成几层，每一层都有自己的运行规律，而每一层的运动都是互相关联的，极像一个大轴承，每个轴承都在各自转动，但核心之动，核心之力，来自内核动力轴承。在地球地表以下 4800 多公里处，有一个灼热的固态铁球漂浮在液态的外地核内部，而其内核则位于地球最中心，深到无法直接观察。推想苏联的科学家可能试图把地下隧道一直打到地球的最中心，来测定地球的内核。地质学家认为，地球内核释放的能量导致地球外核中的液体移动形成电流，进而产生了一个环绕地球的磁场。用外行的语言讲内行的术语，地球存在一个先动的内核，内核的转动带动地球其他层物质的转动，进而地球也就旋转起来。地球的内核就相当于一组轴承中最基础、最核心、最有动力的轴承。一言以蔽之："纲举目张。"更奇妙的发现是地球内核的旋转在不断减速，这对于地球来说意味着什么？这种速度的减慢会不会造成环绕地球的磁场的削弱？是否会导致这层磁屏保护地球免受最具破坏性的宇宙辐射杀伤的减弱？难道地球还会面临一场新的生死考验？这是人类、地球共同面临的一个抉择，未雨绸缪，早做准备。后经中国北京大学的科学家们研究提出，地球内核这种转速减慢是周期为六七十年的震荡模式。现在要解决的是在地球最中心的神秘金属球体究竟是什么物质？是怎样存在的？这简直像科幻小说，像谈论外星来人。

科学家采用的办法是用地震波来测定，地震波的传播，在不同的岩石和温度之间的速度是不同的，科学家根据地震波的传播记录来分析地球最中心地带究竟发生了什么，这就好比是对地球进行一次 X 射线探寻。地球内核埋藏得太深了，深到现代科学无法直接观察。地球内核的转动甚至和地球上一天长度的微小变化有关，地球一天的长度一直在以毫秒为单位在增加，这种增加用现代超精密原子钟就测量到了神秘的波动。地球太伟大了，有科学家也提出，可能再过 50 亿年，到地球寿终正寝之日，地球的奥秘依然重重。新的奥秘，新的未知还会出现，人类出现在地球之上，就是为解决地球的难题，古希腊时期的阿基米德是第一个企图解开地球难题的人类："如果给我一个支点，我会撬动地球。"此绝非"疯话"，阿基米德是想要撬动地球离开现行的轨道，阻止地球越来越远地偏离太阳，地球在亿万人中选择了阿基米德。阿基米德正在工作室中演算"撬动"地球的难题，而闯入其中的古罗马军队士兵看见他如梦如幻、如痴如呆的样子，以为他在蔑视古罗马军士。残暴的古罗马大兵乱刀将其砍死，谁还能寻找到宇宙间的支点？谁还能改变地球的运行轨道？什么才是地球的选择？

尼罗河作证

一、上善若水，尼罗河的恩赐

尼罗河神奇。从非洲的中南流向西北，撒哈拉沙漠淹没过多少河流，却独独礼让于尼罗河。尼罗河高贵，它贵族般地姗姗走出非洲埃塞俄比亚高原，一点不骄狂，一点不奔腾，仿佛迈着舞步从非洲大草原从容不迫地走过埃及南部的沙漠。从世界上最缺水的不毛之地——埃及南部的努比亚大沙漠中绅士般地流过。尊严未改，不怒不怨，不急不躁，不卑不亢，一直向北，直到注入地中海。尼罗河是世界上最长的河，也是唯一一条流经世界上最大的沙漠——撒哈拉沙漠的河。从撒哈拉大沙漠吹来的黄沙，在朝霞和夕阳中看，在风起和风停处看，尼罗河上都有一层薄薄的金色轻纱。

尼罗河对人类最大的恩惠是它赐予人类古埃及文化。被尊为“历史之父”的希罗多德由衷地感慨：“埃及是尼罗河的赠礼。”

尼罗河纵贯埃及南北，苍天厚埃及，没有尼罗河，整个埃及可能是第二个撒哈拉沙漠。只因尼罗河流经埃及这块“苦地”，才使其沿尼罗河形成了绿洲、平原，占整个埃及国土面积的不到 5%，却养活了埃及 96% 的人口。

尼罗河是怎么养活埃及人的？用中国话讲“娇生惯养”。尼罗河每年雨季都要洪水泛滥，对埃及人民来说却是福不是祸。洪水一旦退回河床，泛滥之地就会积下厚厚一层肥沃的淤泥。用希罗多德在《历史》

中的描述说，他们不需要用犁耕地，不需要面朝黄土背朝天，不需要做其他任何耕耘，他们坐等洪水自行泛滥，自行漫灌到田地，再等河水自行退回到河床，然后只把种子撒到土地上，让猪上去把种子踏进地里，他们只坐等好收成。而且要雨有雨，要风得风，就等“天上掉馅饼”。埃及农民每年都有望收三茬庄稼，一茬麦子、两茬蔬菜或其他农作物。农民种下的小麦，几个月后就收割，收获的粮食“就像海边的沙子，无法计算”。埃及农民年年“守株待兔”，年年都有兔子撞株。最可贵的是尼罗河赠予埃及人民古埃及文明。

公元前32世纪，古埃及建立了世界上最早的国家，创造了世界上最早的文字。至少在4500年前，这些文字就由圣书体和僧侣体书写成文，并保存到现在；最难得的是，这些书写的文字，是写在莎草纸上的，其中在埃及博物馆首次展出的“梅勒日志”残篇，简直让人不敢相信。它记录了一位名叫梅勒的官员和数十名水手近三个月的生活：在尼罗河上行船，将岩石从尼罗河东岸采石场运往修建金字塔的工地。古埃及的《亡灵书》最早形成经文应该在古埃及的古王国时期，他们把经文抄写在莎草纸上，慢慢卷起来，放在缠绕木乃伊的亚麻布夹层中，得以保存下来。莎草纸是尼罗河恩赐给埃及的文化经典。在尼罗河沿岸的绿洲、平原、湖泊四周，一年到头都是翠绿翠绿的，高大葳蕤的青草能长到两米多高，尼罗河两岸“风吹草低见牛羊”，那其中就有平凡而高贵的纸莎草，长长的茎秆，无叶无花，亭亭玉立，上面是一朵散开的像松枝一样的绿针叶，高傲而出众，是谁发明的把纸莎草捣碎涂在石板上形成一种天然的纸，古埃及文字中无记载，但记载着那是一种草神创造的，那的确是一种神草！

古埃及文字不仅仅书写在莎草纸上，而且还刻在石碑上，现藏于大英博物馆的罗塞塔碑，其灰黑色的石面上以三种不同文字记录了古埃及祭司为托勒密五世刻写的公告，从上到下为14行古埃及象形文字，32行古埃及世俗体文字，54行古希腊文字。这是拿破仑的发现，在拿破仑远征埃及时发现的罗塞塔碑，拿破仑深知其珍贵，把它作为国宝准备用军舰运回法国，但 1799 年 8 月，法国远征军战败，为了这块石碑，英法海军几乎进行了一场海战，最后被英国皇家海军“埃及号”运回普利茅斯，成为英国博物馆的镇馆之宝。可见这块残破的刻满古埃及文字的玄武岩之珍贵。天下有玄武岩可止万千？但被发现的刻有古埃及文字的只此一块！ 23 年后，它才被法国学者商博良破译。从此才打开了古埃及学的大门，商博良也被称之为“埃及学之父”，就像中国清末时期的王懿荣因发现甲骨文被称为“甲骨文之父”一样。8000 年前古埃及人创造了自己的神话，6500 年前古埃及建成了世界最早的神坛、神庙，创立了人世间最早的诸神。古希腊是世界上神话最多，神最多的国家，但古希腊的神话几乎都来自古埃及；古希腊的神，无论是爱神、战神、力神、水神，几乎所有的神都是从古埃及传过去的；神的源头、神的诞生在古埃及，在尼罗河畔。古神像的首创也在古埃及。公元前 6 世纪，古埃及人创造了三位一体的伊西斯神像，她可能是世界上最早的女神石雕像，古埃及最具有传奇色彩的伊西斯女神哺乳儿子荷鲁斯的雕像，现藏于大英博物馆，十分可惜，她的脸部遭到破坏，但可以想象她的雍容华贵，美丽大方；她正面端坐，左手怀抱着裸身的婴儿。伊西斯是古埃及最国际化的神祇，从神话传说到走向形象崇拜，她足足走过了两千多年的漫长历程。她是母性和妻性的代表，是女性的神祇化身，是女性、母亲和大自然的守护神，神奇和伟大的是伊西斯的生殖力是跟尼罗河的枯荣涨落深深相连的。尼罗河的洪水，使她怀孕分娩，生育出新的婴儿，哺育出尼罗河的希望。

有一具保存完好的木乃伊，它装殓的是公元前 1320 年的一位歌女，她生前是卡纳克神庙中侍奉阿蒙神的女祭司，她的职责就是为神而歌唱，被称为“歌女木乃伊”。她能走进神庙，走向神坛，为神歌唱，她戴有装饰的假发，银色耳环，黄金戒指，腹部还有圣甲虫装饰。她是被当作神一样对待，让人尊敬。泰伊是古埃及第十八王朝的王后，也是古埃及最著名的“平民王后”，泰伊王后的头像是用紫杉木雕刻而成的，装饰着蓝色玻璃珠的假发下，藏有金银发饰，头上还戴着一顶装饰有牛角、太阳圆盘和鹰羽的王冠。女性在古埃及文化中有着崇高的地位，被塑造成让人顶礼膜拜的神。

现藏于英国皮特里埃及考古博物馆的答次罕古衣，是一件有 5000 多年历史的亚麻连衣裙，在埃及南部的答次罕墓地被发现，故有此名。牛津大学用放射性碳测试显示，它的年代在公元前 3482 年至公元前 3201 年，是世界上最古老的女装。这也证明，早在 5000 年前，尼罗河畔的古埃及妇女已经穿着亚麻衣服，而且穿着的是连衣裙，软柔飘逸，长袖过腰，鸡心领，胸有紧缩，已然十分讲究美感、性感。

尼罗河岸边的埃及人，自古以来就有一种浓浓的满足感，每天都在知足中观望尼罗河的朝阳，欣赏尼罗河的落日，他们真的不富裕，有的甚至家徒四壁，连一张睡觉的床都没有，他们每天都心满意足地喝茶、抽烟、晒太阳，每天村里几乎都会传来婴儿落地的哭声，一年年，一代代；从蝎子王国的泥板文字留下的记述，到古埃及的象形文字；从罗塞塔石碑到古埃及的《亡灵书》，从来没有记述过古埃及尼罗河下流遭受过灾荒，没有过吃不饱穿不暖的日子，尼罗河恩赐给了他们一切，那硕大硕大的金色太阳，从沙漠之中冉冉升起，给尼罗河光辉，给大地光芒，给古埃及人幸福，那就是近万年来古埃及人崇信的太阳神，它正从沙漠边缘的金字塔后面渐渐升起……

二、那不是金字塔，那是天外来客

凡是见到过古埃及金字塔的人，无论是见过一百遍还是一千遍，仍然会感到那么震惊，那么感叹；仍然会有那么多疑惑，那么多不解，直到此时此刻站在那些金字塔前仍然如此。凡是见到过古埃及金字塔的埃及人，无论是他们的祖先，包括当年那些建造这些金字塔的古埃及人，还是现在的埃及人，他们不认为那就是金字塔，他们的信仰和精神在启蒙他们，那就是太阳神。当他们爬上胡夫金字塔，往西南眺望时，在撒哈拉沙漠上金色的风暴正漫卷着铺天盖地的黄沙，天幕般地展现在天地之间；没有世界，没有万物，甚至没有尼罗河，但太阳却悬挂在天幕之上，灿灿发光，忽而金光四射，忽而红霞满天，那就是古埃及人崇拜信仰的太阳神，只有古埃及的法老明白，那是落日归乡的太阳神，隐入金字塔的太阳神。古埃及人事死如事生，灵魂与肉体共存的信念可能要比远在华夏的中国古人早数千年。

从公元前 26 世纪开始，世界最伟大的胡夫金字塔拔地而起，高高矗立在撒哈拉沙漠东面，尼罗河西岸，直到公元 19 世纪末，埃菲尔铁塔建成，在 4400 多年间，换了多少次人间？经历过多少次地覆天翻？胡夫金字塔都是世界最高建筑。古埃及人在 5000 多年前是怎样把数以万计的重达几吨、十几吨，甚至几十吨的石头开采出来，又运输过来，又打磨整平，再按照一个伟大而神秘的设计一块一块垒起来，石头与石头的贴缝最紧密处竟然塞不进一张纸片。仅胡夫金字塔就使用了大约 230 万块巨石，总重量可达 590 万吨，平均每块石头重达 2.5 吨，最大的可达 160 吨，古埃及人是怎样搬动运输这些巨石的？这似乎成为千古谜团。古埃及人还是要依靠尼罗河。国人当初从北京房山为明朝皇宫搬运大块石料的办法是依靠老天，等待天寒地冻时节，每数里就挖一口井，把井水泼在地上，冻出一条冰道，用冰助人力。古埃及没有冬季，从来没有人见过冰，一年如夏，但古埃及有尼罗河。他们利用斜坡和杠杆的原理，把巨石装上巨大的木筏，顺尼罗河而下，直接流放到金字塔工地附近，再利用河水涨落，让装载巨石的大木筏靠岸，再用斜坡和杠杆的撬动，把巨石搬上岸。一千多年后，阿基米德才出生，古埃及人智慧，即使给阿基米德一个支点，他也很难在那个空间撬动 500 吨重的巨石。在胡夫金字塔中心部位的“国王间”，是用 9 块约 500 吨重的大型石材搭建而成，古埃及人手中没有任何机械工具，难道真有“天外来客”相助？在埃及共发现了 96 座金字塔，有红金字塔、黄金字塔、阶梯金字塔、弯曲金字塔，太阳只有一个，但太阳神却时时在变化，绝不止一位，可能有数十位太阳神，正像在尼罗河西岸的沙漠，沙漠之神是变幻无穷的。

最让人感到神秘莫测的是在胡夫金字塔中的“国王间”和“王后间”，即胡夫和王后的主墓室，都诡异地各留有两个通气孔，而这四个穿过金字塔与外界相通的石孔，据现在的科学预测，它们竟然直接指向天狼星、小熊星座、猎户星座、天龙星座，而这些星座的出现，往往都与尼罗河的泛滥有关。

这真的神奇到诡异，而胡夫金字塔、哈夫拉金字塔、孟卡拉金字塔的排列，竟如同天空中猎户星座腰带三星的排列方式，仿佛天地相通，这种金字塔现象该如何解释？仅用巧合来说明未免太简单了吧？神秘的金字塔真是天外来客？

在尼罗河下游的西岸，矗立着数十座金字塔，在朝霞和夕阳的照耀下，从地平线上泛起一片金光，这也是金字塔的由来吧。其实古埃及见到的金字塔是乳白色的，那是因为在金字塔的外层，覆盖着一层产自尼罗河东岸一种名唤图拉的白色石灰岩，为什么要在金字塔的外面覆盖上一层白色岩石，使其格局和风格如明月之下？这种白色在5000年前的古埃及人心目中象征什么？代表什么？洁白、缟素，在古埃及人崇拜的信仰中意味着什么？如今金字塔外层白色石灰岩几乎全部脱落，露出了黄色石灰岩，那么金字塔的命名究竟起源何时？

金字塔是古埃及法老的陵墓，在建成以后都要留下一条送法老棺椁进陵墓的墓道。从保护法老棺椁讲，墓道是整个陵墓中最致命、最薄弱的命穴。胡夫金字塔墓道距离地面20米，在塔身北侧的第13阶。这条胡夫金字塔内部的墓道长达59米，它的尽头就是法老胡夫的主墓室，位于金字塔的正中央位置，高约5.8米，宽约5.2米，整个墓室都是采用红色花岗岩建造，整间墓室就是一具冰冷冷的石棺，静得鸦雀无声，每一次呼吸，每迈动一步，都能听见清晰的回声。4500年间，此处只有灵魂的私语。它被盗得只剩下那具没有棺椁的红色花岗岩石棺。墓室口有三块巨大的封石，长长的墓道被封石塞满，盗墓贼是如何进入的？直到今天，为观光旅游修缮了墓室通道，但每一个进入金字塔的人无不感到呼吸困难，行走艰难，仿佛在向地心迈进。当年墓道中的那些巨大的塞石是怎样被搬出的？想起中国汉代徐州狮子山古墓，是在岩石山上生生凿出了一座陵墓，只留下一条窄窄的能推进棺材的墓道，然后用重达两三吨重的塞石 16 块，分上下两层把墓道堵死，但“道高一尺，魔高一丈”，盗墓贼在塞石上凿出“牛鼻栓”，用牛皮绳系在“牛鼻栓”上，再用辘轳把巨大的塞石拖开。胡夫金字塔的墓道要比狮子山楚王墓的墓道长十倍，那些数千年前的盗墓者是用一种怎样的“神力”，怎样的“神器”拉出塞石，堂而皇之地走进胡夫的墓室，觐见僵死的胡夫？

胡夫因建造天下第一金字塔而名扬青史，但胡夫的形象在古埃及历史中却极为罕见，即使在紧邻胡夫金字塔东面的祭葬神庙，那是胡夫法老葬祀的大殿，象征着胡夫不死，法老永恒，也没有留下胡夫的一尊雕像。倒是第二大金字塔哈夫拉金字塔的建造者法老哈夫拉的雕像，端庄地立在其神庙之中，那是一尊侧面的坐立像。这座与真人等身的雕像有一张几乎所有古埃及法老共有的脸，五官端正，胡须微扬，目光远视，一脸正气，没有任何表情；所不同的是在他的头顶后方盘踞着一只猎鹰，在古埃及神话中，鹰隼是神的化身，是王权的庇护神，哈夫拉雕像是在向世人昭示，他作为法老是神的化身。修建金字塔就是古埃及法老的造神运动，所以法老不惜举国之力，不惜终生之力，因为这尊神代表王权，代表法老，就是他。

人类的文化是共同的，东西方的文化是相通的，无论是造神文化还是墓葬文化。胡夫的法老地位是从他父王手中接任的，古埃及的法老继承法则也和封建时期的中国相似，在法老众多儿子中，大儿子享有优先的继承权，胡夫统治古埃及 23 年，风调雨顺，民富国强。胡夫在登基之时就开始修建自己的陵墓胡夫金字塔，常年以 10 万人的规模夜以继日地建造，按当时古埃及在公元前 2598 年人口情况看，其比例要远远大于秦始皇征集 40 万人修建骊山帝陵。胡夫把古埃及所有能动用的人力都调动起来，据记载，修建金字塔的人管理得十分科学，是按“队”分工组织，队再分为“班”“组”，各有分工，各有责任，以数万名熟练的工人为核心，配以专业的“石匠监管员”“制图工主任”等等，在当时出现这种现代化的管理形式，让人不敢相信。

历史上留下胡夫的资料极少，4500多年间几乎没有人了解这位了不起也堪称伟大的法老。胡夫不是马上天子，在公元前2589年左右，这位全名叫克努姆－胡夫的年轻人继承了法老的王位。胡夫受过良好的系统教育，实践证明，他不但是位杰出的建筑师、设计师、工程师，而且还是位高明的“风水先生”，正是他亲自选定了尼罗河西岸一处名叫“吉萨”的空旷高原，背靠沙漠大海，面朝绿洲良田，相随有古埃及的母亲河，古埃及第四王朝的金字塔时代就此拉开大幕。

胡夫在位23年，他的金字塔也整整修了23年，这项伟大的、艰巨的，也是科学的、超出历史的胡夫金字塔，终于在胡夫死之前胜利完工，终于让胡夫顺顺利利地躺进金字塔的“国王间”。在古埃及，从法老到百姓都有一个共同的信仰，法老的权威越高，威信越大，神力越大，他的金字塔就应该越高、越大、越雄伟，越与天与神齐高。东西方的墓葬文化竟然如此相似，事死如事生，甚至胜过事生。德越高，权越重，地位越荣耀，其陵墓修得就越大、越坚固，其封土就堆得越高越大。中国汉代江都王刘非的大墓，其堆起的封土竟高达200多米，比胡夫金字塔还要高几十米。

从古埃及第一王朝公元前3100年至公元前2890年始，从古埃及王朝修建第一座金字塔始，厚葬的风气日甚，一座又一座金字塔在尼罗河下游拔地而起，它不但向世人显示长眠在金字塔法老的功德，而且向世人昭示法老王朝的显贵和财富。随之便产生了盗墓文化。古埃及也与古老的中国几乎如出一辙，盗墓也分“冷盗”和“热盗”，千年古墓被盗属于“冷盗”，尸骨未寒就被盗属于“热盗”。胡夫金字塔就属于“热盗”，极可能在胡夫尸骨未寒之际，盗墓贼就找到盗墓口，拽出塞石，爬进“国王间”。要在一座高耸入云的石头山中找出那个隐藏得极深、又窄又小的墓葬口谈何容易？大海捞针，但盗墓贼却伸手捞起绣花针。就像两千年后，相隔一万多公里的中国汉朝徐州狮子山楚王大墓被盗一样，专家考证，楚王墓是在当年开凿此墓的匠人后代，或根据当时工匠留下的施工图，才在整个石头山上极精准地找到那道不足四尺宽的石缝，那条神奇的墓道。而胡夫金字塔也被证明其距离地面 20 米的墓道口，恰恰是被当年施工者或施工人员留下的地图“按图索骥”的，准确无误地直取墓道口，直取“国王间”“王后间”。中国考古界有句行话：汉墓十墓百盗。古埃及亦然。胡夫金字塔究竟进过多少拨盗墓贼已无法计算，终于连装殓胡夫尸体的木乃伊也被盗走，“国王间”被盗得徒有四壁，最后只剩下一具搬不走的空荡荡的石棺。

意大利探险家贝尔佐尼是第一个成功进入古埃及第二大金字塔哈夫拉金字塔的，当他爬进古墓室的“国王间”时，真如当头一棒，他不知该说什么，“国王间”中空空如也，徒有四壁，石墙上竟然还有阿拉伯语，这就证明早在 13 世纪前后，占领埃及的阿拉伯人曾不止一次地进入过这个墓室，并且公开在此留有感悟，真乃行不更名，坐不改姓，杀人者打虎武松也。贝尔佐尼感慨万千，也模仿前人在石壁上题下“1818.3.2 贝尔佐尼到此”。

从公元前 3100 年古埃及第一王朝纳尔迈法老开始修建金字塔，到公元前 1539 年古埃及第十八王朝阿赫摩斯一世尚未修建完的金字塔，古埃及的法老终于明白了一条真理，石头再硬，也挡不住花开花落。

三、从尼罗河驰向太阳的“太阳船”

古埃及崇拜太阳，信仰太阳神，认为世之一切都源于太阳，生命是太阳神赋予的，太阳神无与伦比地伟大，世界是太阳神的世界。当法老在修建金字塔时，他就在编织自己的太阳神之梦，他要乘坐“太阳船”去面见太阳神，这和中国传统之言“驾鹤西去”有相同的归宿，但古埃及法老绝非意念中的“羽化而登仙”，而是真正要建造一艘“太阳船”，他要登“太阳船”而“羽化”，去会太阳神，化作太阳神，完成从人到神的神化。因此，在许多金字塔旁边都会有一个甚至数个巨大的“太阳船”船坑，是专门用来停泊“太阳船”的“船坞”。权力越大，财富越多，威望越高的法老，其陪葬的“太阳船”就越大、越多，这和中国先秦时代帝王诸侯陵墓附近陪葬的“车马坑”有异曲同工之处。4500年前的古埃及法老是想乘船沿尼罗河远行，直到天上人间，直到太阳神的身边，那是车马所不及的，古埃及人的幻想是建立在信仰和崇拜之上的。

胡夫全名叫克努姆–胡夫，其意为“克努姆神保护我”，胡夫始终认为，其生为神保佑，其死必归神位；其德在神，其威在神，神无时无刻不在保护他，他有时会因神而“神游”。不知他是神乎？神即他乎？他崇拜太阳神，把太阳神看成是举世为尊的神。

在胡夫大金字塔旁，现在发现的有5处“太阳船”陪葬石坑，可见胡夫法老去见太阳神的心之诚，情之真。为什么“太阳船”会停泊在那里？因为古埃及人、法老胡夫都真诚地认为金字塔附近是一个从现实通往未来的港口，法老将在某一天登上“太阳船”驶向太阳神祇，去和太阳神一起化为一尊真正的光芒四射的金光闪耀的神。最著名的“太阳船”，也是胡夫首选的“太阳船”，埋藏在胡夫金字塔南侧18米处的一条船坞型的石坑中，石坑长31米，顶部用长约4.5米、重约16吨的41块巨石覆盖。1954年，人类才揭开胡夫“太阳船”的面纱。这条石坑中被置放着一条巨大的“太阳船”，据专家测定，这艘“太阳船”是在胡夫死后下葬时被陪葬于此的，那应该是公元前2566年。令世人震惊的是，这艘“太阳船”下葬时，是被拆解成无损的1224个部件，也就是说这艘巨大的“太阳船”建造时是采用板块拼装组合，让人不可思议。部件多由雪松制作，坚硬绝不变形，部件与部件的拼接上，古埃及工匠采用“U”型孔洞来捆合它们。4520年了，由埃及修复师穆斯塔法重新组装起来，他把所有部件用古埃及人的办法，用绳子绑合起来，准确无误地拼装起那艘神奇的“太阳船”，让当今人们能看到古埃及时期胡夫精心制作的“太阳船”。想起秦始皇陪葬的两乘铜车马，出土时已经碎成3000多片，是多位专家经过8年精心修复才复原成形的。而这艘现在“停泊”在大埃及博物馆的“太阳船”，就是胡夫时代的“太阳船”，其船首和船尾都高高翘起，呈现尼罗河畔纸莎草形，为什么要把“太阳船”建造成纸莎草形？古埃及人没有告诉任何人，胡夫把这个秘密直接带进了金字塔。

这艘“太阳船”长约43.4米，船宽5.9米，排水量为45吨，船上配备有10把木桨，每把木桨长8.5米，船尾还设有转舵桨。这是古埃及人在公元前2000多年前建造的大船，让人困惑的是，当年古埃及人是凭什么工具、用什么办法把两三个人才能合围起来的巨大雪松伐倒，又解成板材？难道他们真的有比青铜器更先进的工具？难道古埃及时期他们就有了自己的“鲁班”？

智慧怎么估量都不过分。

古埃及人信仰崇拜神，在4500多年前，他们竟然创造出有名有出处的神多达1500多位，这些神都有自己的图像，还有自己千变万化的神符，有的还有咒语、颂辞。而可贵的是这些都是有证可查的，大多散落于古墓、神庙中的镌刻铭文中，以及壁画、莎草纸文稿之中。《金字塔铭文》《棺文铭文》中都记载了不少关于诸神创世以及在人间统治助人的事迹。我们后世那些神神怪怪的幻想和传奇文学要比古埃及人的创作最少晚一千多年。

现藏于美国克利夫兰艺术博物馆的一棺彩色棺木，是公元前1918年至公元前1859年间的。神奇的是在棺木上生动、形象、逼真地绘着睁大的眼睛，原来它是要让死者每天都睁大眼睛，每天都能看见太阳的光辉；棺木横向的一排长长的铭文，则是代表死者的祈祷，而竖向的铭文则是请求数位著名的神保护死者，让死者安心。

“太阳船”是古埃及人所崇拜和向往的，他们相信那是真的，就在生活中，就在太空中，就在尼罗河上。现藏于大英博物馆的一卷莎草纸画，画的是一排乘坐“太阳船”穿越于冥界之中的埃及众神，数了数，总共有十几位，他们都是陪同太阳神于夜间穿越冥府时的相伴者，图下面的文字表明，这些神是共同帮助太阳神击败太阳神的宿敌巨蛇阿波菲斯。最让人不可理解的是这十几位神的旁边都有自己的名字，都紧握自己的权杖，双目平视，正襟危坐在一把标准的“现代坐椅”上。中国直到东西两汉还“席地”而坐，还“跽”坐，两膝着地，跪坐在脚后跟上。而在公元前20世纪，古埃及的众神们竟然有了神座，一种有短靠背的椅子。

古埃及人太神秘了。

希腊历史学家希罗多德曾说：“世界上没有任何一个国家有如此多的令人惊异的事物，没有任何一个国家有这么多的非笔墨所能形容的巨大业绩。”正是这位著名的古埃及文化研究者，他考证在胡夫金字塔的东侧还有三座小型金字塔，其中一座便是胡夫的女儿的，而胡夫这位闺女真“开放”，她要求每一个和她交媾的男人都必须为她提供一块大石头，“而这些石头便是用来修建对着胡夫大金字塔的三座小金字塔中间的那一座，即胡夫女儿的金字塔”。古埃及人信仰什么？

四、从神庙的雕像到帝王谷的苍凉

金字塔不倒。公元7世纪，阿拉伯人征服了埃及，由于文化和宗教的不同，阿拉伯人视金字塔为异教异类，为眼中钉，他们不顾一切，下令拆掉神庙、金字塔，火烧一切，再用实弹炮轰，但金字塔太坚固了，费尽周折，才在金字塔上轰开了一个小孔。阿拉伯人终于在金字塔面前低了头。金字塔的弃废是靠金钱做支点，由盗墓贼撬动的。法老们再也不相信金字塔，即使深藏于金字塔的中央，也会被折腾得尸骨无存。从古埃及阿赫摩斯法老一世，即公元前1539年始，古埃及第十八王朝再也不为法老修建金字塔了，他们把所有的巫师、法士、术士派出去，去寻找新的墓地，更安全的灵魂空间。古埃及的“风水大师”也厉害，他们沿尼罗河上行，终于在尼罗河西岸找到那片荒凉苍漠，几乎寸草不生的、鸟不拉屎的不毛之地。他们想让法老的安息之地迷惑住所有盗墓的魔鬼，让他们在金子制造的棺椁中，在黄金面具覆盖下的木乃伊中与灵魂长在。后人命之为“帝王谷”，因为它埋葬着数十位古埃及的法老、王后和贵族。

古埃及人似乎不懂这句谚语：魔高一尺，道高一丈。是谁第一个发现“帝王谷”？又是谁盗挖的第一座法老墓？已是千古之谜。等到一位西方探险家、考古专家在 18 世纪初来到“帝王谷”时，他看到的已是满目疮痍，一片凄凉，残墓空穴，一片狼藉。“帝王谷”中借山势、借坚石打造的“帝王陵”几乎无一幸免，有的还被盗墓贼光顾过多次。他身历其境的描述是：“那是一个鬼怪作祟的地方，被强盗洗劫一空之后，那里留下了洞穴似的空陵，有的陵墓入口处敞开着，成为沙狐、猫头鹰和成群蝙蝠出没的窝。”

不幸之中的万幸，图坦卡蒙的陵墓没有被盗挖。图坦卡蒙作为一名少年法老，在古埃及历史中仅仅是一颗短暂的闪耀过一丝黯淡星光的流星。他 9 岁登基，一身都是病，既有血液病，也有近亲结婚遗传病；既无兴国大业，也没有治国良策，19 岁就一命呜呼。因此他的陵墓在“帝王谷”被安置在一个十分不起眼的山沟沟的最底层，陵墓的入口十分窄小，墓室的面积不过 110 平方米，这可能和图坦卡蒙的地位有关。当图坦卡蒙的木乃伊刚刚被送进陵寝时，在它的上方，拉美西斯六世那庞大的陵墓已经开工。这个山沟沟可能是块风水宝地。于是开凿岩石的大量碎石纷纷落到图坦卡蒙陵墓的外面，渐渐成为一个乱石沟。那真是一个风水宝地，当拉美西斯六世陵墓被一次又一次地盗挖时，3000 多年，图坦卡蒙高枕无忧。

1922 年，英国考古学家卡特打开图坦卡蒙的陵墓时，被彻底震惊了，惊呆了，一时愣在那里，他怀疑眼前的一切是真的？满室生辉，珠光宝气，金光灿烂，天上人间？纯金打造的金棺，图坦卡蒙的纯金面具，图坦卡蒙的纯金交椅。令人震惊的是，绘在这张法老纯金交椅背上的彩绘：图坦卡蒙戴着高高的法老王冠，王冠上缀满珠宝金饰，正在和王后亲切交谈；王后身着华丽的披霞彩带，中间开身的落地长裙；图坦卡蒙一脸幸福，满脸放光，眼睛炯炯有神。在那间图坦卡蒙长眠的墓室中竟然有3000多件陪葬的宝物。令人费解的是，在图坦卡蒙墓葬中还发现了130多根手杖，持图坦卡蒙跛足多病观点的专家认为这证明了19岁的“羸弱法老”一时一刻也离不开手杖，才有130根手杖随他而去；另一种解释则是，根据图坦卡蒙的骨骼分析，他的双腿的长度是一样的，而那些手杖仅仅是作为法老的他殴打他人的工具，是法老地位的象征。如果图坦卡蒙真是一个年纪轻轻半瘫的病秧子，他怎么能聚起那么多陪葬品？几乎每一件重要的陪葬文物都有一段说不尽的故事。图坦卡蒙墓葬的发现，使世界吹过一阵热烈而强劲的古埃及学的热风，一时争说图坦卡蒙。1967年，在巴黎小皇宫举行了一场规模不大的图坦卡蒙展览，那几天巴黎正巧连绵秋雨，但竟然有120多万人打着雨伞排队看展，附近几个街道都成为雨伞之路。的确有不少人问，图坦卡蒙尚如此，那么在位94年，活100岁的法老佩皮二世的陵墓该是一座怎样的地下宝库！它该揭示出多么深厚，多么精彩，多么绚丽，又多么令人震惊的古埃及文化？那古埃及赫赫有名、功名威震整个埃及古国的拉美西斯二世的陵墓呢？这位在古埃及历史上堪称伟大的法老，执政66年，90岁才去世的国王，把古埃及治理得经济繁荣，国家强大，是古埃及最强盛的时期，在古埃及已近乎神。在阿布辛贝尔，拉美西斯神庙矗立着四座高达20米的他的坐像，他是神的化身，是让古埃及人顶礼膜拜的。现藏于大英博物馆的他的半身像，高2.5米，重7吨，当年运到伦敦，伦敦万人空巷，争相目睹。雕像俊美年轻，脸上无一丝皱纹，标志他永远年轻，头戴眼镜蛇造型的皇冠。威武英俊，年轻智慧，完美无瑕，完全是精心塑造的神的形象。非常可惜，拉美西斯二世的陵墓早年就被盗，后又被盗多次，被盗得一无所有，仅剩一具空荡荡的石棺。但“帝王谷”的墓道、墓室里，也为后世留下了古埃及浓厚奔放的文化壁画，成为4000多年前真实的文化写照和历史证明。在“帝王谷”一座被多次盗过的大墓的墓道中，留下一幅极不起眼的壁画，画的是麦子，即将成熟的一片麦子，画得那么真切，连麦芒都清晰可见。这雄辩地证明，至少在公元前3000年左右，古埃及人已经把小麦作为粮食作物来种植；而另一幅反映女子研磨面粉的图画，应是公元前2500年至公元前2300年前的古埃及第五王朝，古埃及人已经熟练地掌握了把小麦去麸子，磨成面粉的技术；而在另一幅彩绘壁画上，在供神桌上摆满了许多祭品，其中有许多面包，在公元前2580年，古埃及人的餐桌上已经摆上了面食食品，这可能比中国人提前至少2000多年。

古墓道中还发现许多用油质绘画的人物，至此才有结论，油质人物画像始于古埃及，它比欧洲要早大约3000年。

古埃及人太聪明、太智慧了，他们把神塑造成人神统一，雕塑成巨大的石像，把神恭敬地请进神庙，为神修建了雄伟、壮观、辉煌的一座又一座用石头建造起来的神庙，这些高高矗立在尼罗河东岸，与帝王谷遥遥相望的神庙，让4500年后的人前来观望，仍然无不肃然起敬，无不衷心称赞，无不拍案叫绝，无不看得目瞪口呆。

古埃及的神庙，至少有10个神庙群，由南至北是菲莱神庙、考姆翁布神庙、埃德富神庙、卢克索神庙等。中国人更习惯称其为神殿。许多中国人第一次见到古埃及神庙是从电影《尼罗河上的惨案》中看到的，那些石头建造的神庙高大笔直，直入云霄，见所未见，闻所未闻。巨大的圆形石柱，十人环抱，石柱上刻满了图案、文字，是祈祷？是颂诗？是记事？是史记？奇怪的是这些神庙中供奉的石雕神像，有的是鳄鱼头神像，有的是鹰隼头神像，更多的是一个个端坐直视的法老，高冠霞帔，浓眉大眼，慈祥善良，双唇紧闭，鼻子圆润，两耳靠山，留有长长的胡须，几乎所有的神庙中供奉的法老长得都一样。

无论年龄大小，都长着一张滑润的少女脸，即使是一百岁的法老图特摩斯二世，脸上也没有一丝皱纹，面皮没有一丝松弛。和19岁就死亡变神的图坦卡蒙一模一样。古埃及人把人神统一为神，信神如信法老，供神如供法老，把法老美化成神。把人美化成神是古埃及人的智慧，更是古埃及法老的智慧。古埃及的神庙建造直接影响了后世欧洲的建筑，逐渐发展到希腊建筑、罗马建筑、拜占庭建筑、巴洛克建筑、哥特式建筑，但追根溯源都是延续着古埃及的建筑。

神秘的古埃及给后世留下多少信仰、神话、传说和不解之谜，在神秘甚至诡异的斯芬克司神庙的旁边，古埃及人给后世留下一道几乎无解的难题。狮身人面像，又称斯芬克司之谜，5000年前古埃及人就提出了“人是什么？”这样一道永恒的难题，从斯芬克司神话时代一直挑战到当代贤哲智者。

夕阳下的狮身人面像，在其背后的巨大的哈夫拉金字塔几乎遮住夕阳的阳光时，从侧影看，狮身人面像像涂了一层金粉，通体金光闪闪，就在沙漠中的太阳要隐入地平线时，狮身人面像会突然变红，像离它不远的红金字塔。有人说能看到狮身人面像在月光下透明，像埃及的水晶一样。

古埃及人是怎样称呼狮身人面像的？无任何记载，它在那里沉默地守候了2000多年后，狮身人面像漂洋过海来到希腊，希腊人会杜撰神话故事，被编造成“妖人的形象”，被称为“斯芬克司”神兽。“斯芬克司”太神秘了，研究得越深入，人们发现时光赋予狮身人面像太多太难解的隐喻和秘密，直到今天想要破译“斯芬克司”之谜的人仍然趋之若鹜。

这座狮身人面像高达20米，长73.5米，它面向东方，每天从尼罗河上升起的朝阳会将第一缕金色之光沐浴在狮身人面像的人面上。那是一种恩赐也是一种荣誉，谁能知道“斯芬克司”猜想中设计原意是什么？德国考古学家认为，狮子给法老做陪葬是为了昭示君王的权力，狮子象征着法老的权力，当将人头放到狮身之上时，他就拥有了狮子的一切威力和强权，而狮子身上的人头又象征着人类的智慧和控制力，狮身人面像既是神，又是法老。法老越权威，越神圣，狮身人面像就会雕得越大。法国专家提出疑问，“斯芬克司”神兽并非狮身人面，还有狮身羊面、狮身鹰面。在卢克索埃及最大神庙卡纳克神庙门前，就伫立着两排狮身羊面像。准确地说是狮身公羊像，而公羊正是上下埃及的主神太阳神阿蒙的象征。那为什么在哈夫拉金字塔和胡夫金字塔附近安放的是狮身人面像？是哈夫拉法老的守护神还是胡夫法老的镇塔兽？

一千年过去了，又是一个一千年过去了，从撒哈拉吹来的黄沙把狮身人面像轻轻地隐埋了，只有一颗人头，痴情地在眺望。为了解开“斯芬克司”之谜，人们扒开了掩埋狮身人面像的流沙，果然在“斯芬克司”怪兽前爪之间竟有一块记梦之碑，记述的是太阳神帮助图特摩斯四世登上法老之位。石碑的上端描述了图特摩斯四世为报恩向狮身人面像敬献贡品，难道狮身人面像是太阳神的化身？但据考证，这只巨大的石狮本来并不神秘，只是因为法老之梦，才把狮头改为人面，法老的梦随之无影无踪，只留下狮身人面像。正因为人面为狮头改造而成，故人面狮身不成比例，狮头在前一千年，人面在后一千年，在后一千年，狮身人面像经历过怎样的磨难？怎样的洗礼？当人们从梦中醒来时，狮身人面的鼻子遭到了彻底破坏，从此不知下落。流传最广的说法是被拿破仑远征军的大炮击落，那当年拿破仑远征军为什么要对狮身人面像开炮呢？人面的五官都遭到野蛮地破坏，眼睛被“挖掉”，只留下空洞的眼眶，嘴被破坏，只剩小半截嘴唇，耳朵也被毁损了一半，鼻子不翼而飞。据专家研究此非拿破仑军队的大炮轰毁，因为早在16世纪狮身人面像的五官就遭到严重破坏，鼻子就已经消失，到底什么样的仇恨让人下此毒手？

古埃及人伟大的创造力和对信仰的崇高礼拜还表现在古埃及人建造的方尖碑上。

方尖碑，古埃及称之“太阳之光”，是崇拜太阳神的神器。古老的方尖碑，尖尖的碑尖是用金子镶嵌上去的，当太阳的第一束光芒照耀在高高的方尖碑碑尖时，一片金光，太阳神的神光。古埃及人会饱含热泪，双膝跪地，虔诚地接受太阳神的沐浴。让人匪夷所思的是，方尖碑是用一整块花岗岩制成的，重达几百吨，古埃及人是怎样把这块巨大的方尖碑立起来的？像“斯芬克司”之谜一样，无底之谜。古埃及人在方尖碑上雕刻了神奇的图画，记下了神秘的“私语”，他们把对太阳神的崇拜、祝福、歌颂都铭刻其上，法老也没忘记把自己的形象、名字和对太阳神的感激之情镌刻在方尖碑上。法老建造方尖碑是为向太阳神表示自己的信仰，希望太阳神永远保佑自己，古埃及人崇拜方尖碑是因为他们坚信自己的“心语”会通过方尖碑告诉太阳神。古埃及人是人类信仰崇拜的开拓者、先行者、创造者，似乎人人都是唯心主义的大师。

全世界保存有古埃及制作的方尖碑共有29座，其中最早的方尖碑是一对，它们是古埃及第十二王朝一位令古埃及骄傲的法老辛努塞尔特一世修建的，立于卢克索神庙的入口处，一左一右两座高耸云霄的方尖碑。但1831年为感谢法国人商博良成功破译了古埃及文字，埃及总统一激动，一慷慨，决定把右边那座方尖碑赠送给法国。值得注意的是，即使是在19世纪，也差点难倒法兰西，经历了整整五年，才把这座方尖碑搬运到巴黎，立在了巴黎市中心协和广场。被运到罗马圣约翰拉特兰广场上的方尖碑，是古埃及图特摩斯三世建造的，它的碑文是这样写的：“戴着王冠的法老，像太阳在天堂一样，使他的国家强大，金色的雄鹰，王冠的管理者，非常勇敢的图特摩斯三世，太阳神最满意的人，太阳神的儿子。”这位三世法老可能是世界政教合一的最古老的倡导者，他把自己和太阳神并列起来，崇拜太阳神就要崇拜他，因为他是太阳的儿子。方尖碑就是法老的政治宣言书。

在美国纽约中央公园中矗立着一座辉煌的古埃及方尖碑，很多人都去瞻仰它、崇敬它，后来方知那是美国人仿制的，真正的古埃及文化、古埃及金字塔、古埃及方尖碑、古埃及“斯芬克司之谜”都在埃及，沿着尼罗河，迎着朝阳，从地中海走向撒哈拉沙漠……

非洲十日谈

非洲一日谈：五环旗是奥林匹克运动会的会旗，五环中的首环应该是那道黑色的圆环，它是五环中的底色环。有了黑色的那道环，才有的其他颜色的环。呵，五环。

南非是非洲最南端的国家，南非共和国。再往南走一步则是天涯海角，滔滔好望角，乱石崩云，惊涛拍岸，左手一指是太平洋，右手一指是大西洋。南非共和国竟有三个首都，似乎太阳的风晕都是三环的，离约翰内斯堡大约 50 千米的地方，一片天苍苍，野茫茫，风吹草低见一排排直立远眺的狐獴。此地叫斯泰克方丹，在联合国科教文组织挂号的著名洞穴，因为在这些洞穴中发现世界已知最早起源的人类化石，距今有 280 万年至 260 万年之久。据古人类学的研究，280 万年前的古猿已经进化为能人；至 200 万年前，又进化为直立人；到 20 万年以前，则出现了早期智人和现代智人，完成了从猿到人的进化过程。而这个进化的全过程正是在非洲开始和完成的。

1924 年，正是从这个山洞中，传出了震惊世界的重大发现，出土了后来被命名为“汤恩幼儿”的南方古猿头骨化石，据科学家研究，这位“汤恩幼儿”生活在距今 200 万年以前。虽为“幼儿”，他应为人类最早最早的诞生之父。1947 年，科学家又找到了首例完整的成年南方古猿头骨化石，被命名为“普莱斯夫人头盖骨”，科学家测定，这位“夫人”生活在 280 万年至 260 万年前，这位老祖母，应为人类最老最老的老祖母。令人难以置信的是，科学家还在山洞中发现了石制工具。

这里直到现在似乎还很荒凉，很原始，成群的狐獴在尽情地捕捉那些隐蔽在草丛中的毒蛇、蝎子和硕大的草鼠，偶尔巡逡过来的鬣狗群会十分警惕地盯着属于它们领地上的一举一动。但300万年前，这里似乎并不是它们的乐园和王国，因为就在这里出土了距今330万年的南方古猿“小脚”的化石，说明这里曾经是最古老的人类祖先的活动地。相信，那个时代，在这个地区的所有野生动物都会小心翼翼，因为这些直立行走的古老人类不但是结队而行，而且很可能拿着猎杀它们的“武器”。

1978年，在非洲东南部的坦桑尼亚，发现了保存在火山灰中的原始人的脚部化石。这些被科学家命名为莱托利脚印的化石，科学家测定其年代应在370万年之前，这也说明了人类祖先起源于非洲，在370万年前，已经是直立行走了。

《圣经》描绘了夏娃由亚当的一根肋骨生出，亚当被施以神圣的麻醉术，沉睡而去，一觉醒来，夏娃已经出现。米开朗琪罗在梵蒂冈西斯廷教堂礼拜堂创作的世界名画《创世纪》就是在讲亚当和夏娃的故事，这就是《圣经》中所广布的是上帝创造了人类，人类信奉基督教，信奉上帝的数以亿计的人都相信，人类的起源是上帝，绝不是非洲，绝不可能在黑非洲。但真实是无情的，科学才是真实的，科学家经过长期的、艰苦的、细致的考证得出的科学结论就是人类的起源不是上帝，而是在非洲。曾经让数以亿计的人们相信的亚当夏娃只是个神话，在远比亚当夏娃生活得更古老的年代，大约在6000多年前，甚至在更为久远、更为久远的远古时期，人类就已经广布全球了，作为人类的一员，无论“五环”中的哪一“环”，从根本上讲，“五环”都是非洲人。我们都是非洲人。

考古学者在北非摩洛哥孔特雷班迪尔斯洞穴中发现62件古人类用来加工皮毛的骨质工具，据科学测定，这些骨质工具距今已有9万至12万年的历史，是目前发现的古人类最古老的皮革制造工具，这些工具短而深的凹槽和光泽，都是因为用它们刮擦动物皮毛而形成的，这证明古人类在非洲时，并不是把动物的皮毛直接套在身上，而是要经过多道加工手续，使其变得更加柔软，更加光滑，更加舒适。这说明了古人类的文明程度。古人类穿着有文化、有讲究，最早穿上衣服的是 17 万年前的非洲人，那是我们人类共同的祖先，我们应该为之骄傲和自豪。所有的发现都证明现代人是在非洲演化，逐渐积累了遗传多样性，完成了从猿到人的全部进化过程。在非洲南部的布隆伯斯洞窟中发现现代人用赭石、木炭、动物骨骼制造的一块细长的“砖”，可以追溯到 7 万年前，这是人类历史上第一件艺术品。人类为什么要制造这样一件“砖”的艺术品？至今仍是人类面临的一道世界级的难题。6 万年前，非洲人在非洲鸵鸟蛋壳上雕刻花纹，再一次证明人类的艺术发源于非洲，文化起源于非洲。另一道未解的世界级难题就是 10 万年前一些非洲人为什么要离开非洲大陆，离开这块广袤、肥沃、滋润，要雨得雨，要风得风，无所不有的非洲大陆；而且远行的非洲人，恰恰就是从“东非大裂谷”起程的，那是中国人最早、最生动、最具体了解非洲的地方，那里有动物世界。所不同的是，一百万年以前，东非大草原上还有着一片片茂密的金合欢树，专吃树叶的长颈鹿的紫色长舌头也没有现在这么长，这么灵活，因为金合欢树树枝上的植物刺没有现在那么多，那么长，那么坚硬，那么锋利。那时候非洲大陆能养活一亿头角马，三千万头野牛，五十万头狮子，五十万头大象，五百亿只红嘴奎利亚雀，让无数动植物无忧无虑地生长繁衍。非洲人才是“棒打羚羊手捉鱼，飞鸟落进火堆里”。食之无忧，生之无虑，那么，非洲人为什么要走向遥远的欧洲？那个时代，白令大陆桥还没有沉入白令海峡，应该在 1.5 万年前，人类走过了白令大陆桥，而到了 1.1 万年前，因为海平线升高，太平洋浪高水涌，淹没了大陆桥，从亚洲到美洲的远古迁徙才停止了。现在世界 57 亿人的 DNA 表明人类真正的祖先来自同一位母亲，这位伟大的母亲来自非洲。所有美洲原住民族的祖先都是亚洲人，追根溯源，祖先的祖先都是非洲人。那次迁徙是人类多么伟大的一次迁徙，从 370 万年一步跨越到 10 万年，从非洲跨越到欧洲、亚洲、澳洲、美洲，从“一道环”跨越到“五道环”，即使人类以后再迁徙到月亮、火星上，也比不上10万年前那么伟大的迁徙！具体到中国人种，大约在5万年前，非洲人来到中国定居下来，这是非洲人发现的“新大陆”，地肥水美，繁衍生息，逐渐取代了中国大陆的原始人的后裔，比如“北京周口店猿人”，这就是“北京周口店人”没有繁衍下来的原因，但在这片土地上的中国人却茁壮地成长起来，成为“五环”中人口最多又最古老的文明古国。一万年后，有位顶天立地的诗人屈原，他有一篇一万年后仍能放光芒的诗作《离骚》。《离骚》中有一句诗：“日月忽其不淹兮，春与秋其代序。”始信人间有先知。

非洲二日谈：亚当·斯密在《国富论》中讲“人类历史上最伟大的两件事，一是哥伦布横渡大西洋发现了美洲大陆；二是达·伽马绕过好望角发现了印度”。呵，那就是好望角。

达·伽马绕过好望角时，好望角还没有这个文质彬彬的大名，非洲人叫了它500年“风暴角”。它以其名向世界宣布，此乃人类航行之禁区，莫过风暴角，船沉人亡，魔鬼之域。当年葡萄牙人达·伽马从里斯本的罗卡角出发时，前来送行的人似乎在送殡、送葬，皆悲悲切切，痛哉惜哉，大有“风萧萧兮易水寒，壮士一去兮不复还”之感。葡萄牙的王子与达·伽马洒泪而别。达·伽马是位人物，罗卡角有他的雕像，里斯本葡萄牙王宫前有他“风萧萧兮”时的俏影。达·伽马要闯“风暴角”，要绕过这道鬼门关，去装回印度的黄金、宝石、香料，英雄无泪，达·伽马生死一搏，用《离骚》中的一句名言形容他：“虽九死其犹未悔。”当年达·伽马九死一生绕过风暴角，他都没能多看一眼那狂风巨浪中的风暴角，当回首再望时，那就是“好望角”？好望角诞生了，但达·伽马率领的170多人的探险船队在回到葡萄牙罗卡角时，只剩下45人。独揾英雄泪，达·伽马两眼湿润了。好望角应该是人类发展的一个里程碑。270万年前，非洲的古人类刚刚开始直立行走时就曾经来到过好望角，望着那强大的飓风，挟风裹浪，扬起数十米的惊涛骇浪，呼啸而来，又咆哮而去。非洲古人类默默地离开了，这一别就是200多万年，人类从未绕过好望角。绕过好望角，那就是太平洋、印度洋，就是澳洲、亚洲、印度次大陆。这犹如人类从爬行开始直立行走，绕过好望角，方知天之蓝，海之阔；方知三大洋就在眼前；方知地球之大，世界之广；方知欧洲之小，葡萄牙更小。当年无数自诩为绅士博士的葡萄牙人、欧洲人，站在罗卡角的海礁上时，都以为此乃天之尽头。

天之尽头风光无限。

绕过好望角，进入太平洋，刚才还是疾风暴雨，波凶浪险，转眼似乎春暖花开，风平浪静，达·伽马想把这片他从来没有来过的平静得绅士一般的大海命名为“太平洋”，他不知道比他早到的哥伦布已命名在前，可谓“英雄所见略同”。

好望角如此美，让达·伽马瞠目结舌。中国人追求酒醉人，茶醉人，风景也醉人，到好望角方知好望角才醉人。望天是海，望海是天，天蓝海蓝，蓝得真能醉倒人。成群的海鸥飞上掠下，忽而舞在船前，忽而冲向人上，欢歌笑语，其乐融融。再高是信天翁、军舰鸟在自由自在地盘旋，像蓝色天鹅绒上绣上的一朵朵绽开的玫瑰。有时候还能巧遇成群的鲸鱼，那可是世界上最大的蓝鲸，长30多米，重达200多吨。它们排成队，浩浩荡荡去太平洋相亲，要喜结良缘，它们会动情地甩动尾巴，几百斤重的尾巴会激起几丈高的水浪；它们又时常把头挥出水面，喷出十几米高的水柱，能把200吨重的身体高高地弹跃出海面，那情景壮观到极致。

好望角上生长着一种“帝王花”，据说是南非的国花。帝王花一开一片片，一簇簇，帝王花像向日葵开花，迎风向阳，太阳越酷，它花开越艳，开遍整个好望角的山崖。

好旺角更多的是风景。每当风暴过后，好望角下竟然是白花花一片，鳞光闪闪，那是被海浪摔死在好望角下的鱼，数百只海鸥都在拼命飞上飞下，争夺饕餮大餐。就在好望角下，还埋藏着数十艘远行和探险的航船，海浪呼啸过后，会留下一段长长的沉默。

好望角有一座缆车，其名曰“飞翔的荷兰人”，原来是为了纪念1860年在这里沉没的一艘同名帆船，每年都会有鲜花抛入海中，祭奠那些勇敢的先行者。那里立有一块黄褐色的木标，来好望角的游客都要在此拍照纪念，原来上面刻着“18° 28 ' 26" EAST，34° 21 ' 26" SOUTH”。这里就是好望角，好望角就在你的脚下。第一位英国环球航行家德雷克曾于1579年来到好望角，称好望角是世界海岸线上最好最雄伟的岬角。德雷克立在好望角上说，人是渺小的，只有站在这个岬角上，人才是伟大的。让我们也充当一回伟大的人吧。

我们不坐缆车，一直爬上高高的岩石，一直爬到那座1860年修建的古老的灯塔下。这里海拔并不高，才249米，但有脚下让人目眩的大海比衬，觉得它格外高大威风。从1860年，它一直在工作，一刻不停地工作，默默无闻地工作，150多年，锲而不舍，风雨无阻，在无言地指挥着两大洋的过往船只。每艘船只经过时，都要拉响汽笛，向这座无名而伟大的灯塔致敬。不知谁在灯塔的守护门前，挂了一枚古朴威严的勋章。

灯塔前有一根里程桩，上面有许多不同方向的箭头，后面有城市和距离的读数。我们找到了北京的标志，上面刻着：“BEIJING——12933KM”。好望角距北京12933公里，纽约12541公里，伦敦9623公里，悉尼11642公里。人的一步到底有多大？好望角的美是独一无二的，站在好望角上，能一览无余，尽览两大洋的风光，能怀抱两大洋的海风，只有在此处才能朗声读庄子的《逍遥游》：“北冥有鱼，其名为鲲，鲲之大，不知其几千里也……”据南非当地人说，一年总有几天，暴风雨过后的夜晚，海上会升起两个月亮，一个在西边照耀着大西洋，一个在东边照耀着太平洋。大西洋的脾气比太平洋大，有时候大西洋上波浪滔天，风暴不断；而太平洋上却平静安逸，一展好风光。

好望角有一种棕红色的南非大蚂蚁，阳光之下，身体是半透明的，它们是好望角最长久的生物，有1亿年之久，它们嘲笑过来到过好望角的恐龙，也见证过刚刚学会直立行走的非洲智人。它们非常聪明，用触角交流的信息有300多种，当恐龙逍遥时，成千上万只棕红色的大蚂蚁聚集在一片石崖上，像一面铺天盖地的旗帜；当直立的非洲人远行时，它们又爬满整个山坡，像迎宾送客的主人；每当暴风骤雨过去，烈日当头狂照时，它们又都纷纷爬出洞穴，似乎在远望，在聆听，似乎在望海天之间无限远，听沙石相语十亿年……

非洲三日谈：它们不是旅游者，它们是海浪过后沉淀下来的砾石。美丽漂亮的霸王花中闪闪发亮的竟是一只像鬣狗眼睛一样大的牛蜂，被它蜇一口，大象也会发疯。

南非美丽富饶。

世界最大的天然钻石就出自南非，只有上帝才能发现的一颗天然钻石，其重为3106.75克拉，换算一下，其重应为621.35克，用中国人习惯的计算法，大约为一斤二两四钱，大约相当于一个男人握紧的拳头那么大，现在世界上已经没有人能见到这颗“钻石王”了。因为它太大了，在被献给英王爱德华七世以后，被加工成9粒大钻石，最大的那颗镶嵌在英王的权杖上，当爱德华七世高高举起手中的权杖时，那颗钻石闪闪发出耀目的耀灿之光，征服所有的人。第二颗被镶嵌在英王的皇冠上，第三、第四颗被镶嵌在玛丽皇后的皇冠上，被形容为“镶嵌在皇冠上的钻石”，其实是写实，后来为什么皇后皇冠上的钻石被取下，被珍藏起来，而用一颗水晶的复制品来代替？一说是这颗钻石太耀眼了，太光辉了，只要皇后戴冠而出，所有人只看钻石，不再注意皇后；其次也有说，皇后头顶这颗钻石，时时刻刻小心翼翼，深怕有任何闪失，以至于不会走路，不会行礼。它时时刻刻在“折磨”皇后，皇后不得不把它取下来。

南非出产过多少钻石？有多少钻石矿？据说400多年前，南非有一种巨大的旱龟，它们在哪里做巢，哪里就有钻石矿，百试无一不灵，后来这种巨龟灭绝了，据说那种巨大的旱龟与加拉帕戈斯象龟是同宗同门。那种巨龟消失了，但南非钻石还在，人们还在疯狂地寻找开采。据说当年南非巨龟的灭绝与人类疯狂地寻找它们的巢有关系，终于把它们搞得巢破龟亡。钻石的光芒照四方，到南非去的所有人，当然包括中国的游客和各种代表团，几乎无人不去采购南非的钻石。中国乃至世界各大城市的新娘追求的是一颗镶嵌着南非天然钻石的结婚戒指。

钻石留给南非工人的却是苦难。

南非盛产黄金。

南非号称“黄金之国”，南非没有黄土，只有黄金，因为南非的土都是棕红色，赭褐色的。南非的黄金，纯正的金黄能把人炫耀至晕。中国人讲抓把灰都比土热，在南非抓把黄色土就是金。殖民者蜂拥而至，淘金者如南非草原上的斑鬣狗，个个疯狂，个个贪婪。荷兰人博根坦普是第一批寻找黄金梦的梦想人。他终于心灰意冷，终于梦破无路，他无助地望着金合欢树上的太阳，那是太阳神，不是黄金神。他望见十几条绿色和黄色的长腿蜥蜴，正在挺胸昂首摆动四肢，闪耀着银光闪闪的鳞甲，跳着一种趾高气昂的绅士舞步，似乎在做着一个共同的“黄金梦”，原来在不远的石缝壁上趴满了暗红色的母蜥蜴，它们正在作壁上观挑选爱郎。博根坦普并无“鸳鸯梦”，他祈祷那一群群热恋中的长腿蜥蜴给他带来好运。他现在已经和流浪的斑鬣狗一样，何处是归程？就那么糊里糊涂地睡过去了，毕竟南非的阳光和煦自然。当他再醒来时，已然月上金合欢树，满天的繁星似乎伸手可摘，令他不解和惊讶的是，那些多彩的蜥蜴还在转动着360度的眼睛看着他。那些眼神炯炯发光，真像南非的钻石。博根坦普是被硌醒的，当他准备“惩罚”那块让他“落枕”的石头时，他竟然发现那不是一块普通的石头，是一块闪着金光的石头，一大块“狗头金”，应了中国人那句话；一枕黄粱再现，黄粱梦竟然连着黄金梦。博根坦普并未抱得“美人”归。他顺藤摸瓜，寻根溯源，找到了一条十几公里长的黄金矿脉，此地有黄金，名不虚传。随之大规模的淘金、采金热风靡全世界，无数金矿开挖，无数黄金出矿，一条又一条储藏量几十吨、几百吨、几千吨、几万吨的黄金矿脉被发现，60公里的黄金带直接连着约翰内斯堡，采金矿洞从几米、几十米、几百米直至四千多米。“如果下面一直有黄金，我们将把地球挖穿。”这就是淘金者的誓言。兰德金矿区已经成为世界上最大的金矿区，至今已经150多年了，开采出的黄金多达3.5万吨，尚有1.8万吨待开采。约翰内斯堡被誉为黄金之城，高楼林立，纸醉金迷，光怪陆离。南非一年最多能出产1000多吨黄金，那就是传说和神话中的“金山”。

黄金却没有给南非人带来财富。

黄金的开采吸引了成千上万的南非黑人前来“淘金”，他们从事最肮脏、最危险、最沉重、最苦役般的劳动。几百人、几千人、几万人，用北京话讲都属于“漂族”“三无人员”：无住所，无保障、无管理，但人人都要生活、要生存、要扎根城市，要家庭子孙。于是就产生了一个近乎“伟大”的奇迹，“南非奇迹”，世界最大的城市贫民窟之一——索韦托贫民窟。说南非绕不过索韦托。

索韦托距黄金之都约翰内斯堡一箭之距24公里，城郊却有120平方公里，居住着100多万南非黑人。一位出生在南非的英国诗人曾这样描述它：“这是一个神秘的地方，它集中了南非黑人最痛苦、最悲惨、最勇敢、最荣耀、最欢乐、最暴力、最美好的一切元素，迷人又令人望而生畏。”

非洲四日谈：一位诗人形容长江水，那不是长江水，那是英雄血。刚果河水比长江水更汹涌、更奔腾、更广阔、更凶险，滚滚河水向西流，逝者如斯夫，不舍昼夜。

刚果河太遥远，太陌生，也太神秘了。

它是非洲第二长河，第一长河是尼罗河，但它却是尼罗河流量的16倍；仅次于世界第一大河亚马孙河，但它却是世界上最深的河流，最深处超过220米。它流经世界第二大雨林，非洲热带雨林区，奇观奇景满河岸，两岸猿声啼不住，西过赤道才出山。刚果河两岸是真正的猿声，河左岸是黑猩猩，河右岸是倭猩猩，以河为界，猿声相闻，老死不相往来。当银背大猩猩拍着胸脯咆哮时，热带雨林中百兽皆恐，未有敢鸣敢动者。

刚果河宽有十几公里，一望无边，水天相连，波涛汹涌。大河西去，其入海口水深竟达数百米，刚果河竟然把大西洋的海床都撕裂开，一条 15 公里宽，150 公里长，深达 1000 米的大裂谷。这是一条“魔鬼河”。河与海相连，无边无际，数十公里的大河浪飞波涌直汇大西洋。

刚果河的神奇还在于其多变的地形，从山谷中咆哮而出，从岩石上飞瀑而下，从湖泊中姗姗走来，从非洲大草原上绅士般踱步而行。当它穿越赞比亚高山峡谷时，能把 1000 多米宽的河道陡然聚缩到 100 多米的峡口，形成一道又一道的“壶口”瀑布，河水入“壶口”如千军万马掠过独木桥，其声轰隆隆震天，其势汹汹如天崩地陷。不入刚果河，焉知天下河之险？据说 16 世纪，有两位比利时探险家在刚果河上探险，竟然杳无音信，一去无回。

刚果河内有鱼虾万物，但有三大动物，活得也霸道也自在，河马海牛，大型水獭。最大的公河马体重可达 3 吨，可谓膀大腰圆，牙长过半米，无物敢匹对，老子天下第一；海牛更像海猪，皮糙肉厚，一天要吃进近一吨水草，食量大过大象；水獭群居，极像非洲草原上的斑鬣狗，一獭有难，众獭扑上，尼罗鳄也只得退避三舍。刚果河上有水上部落，依靠打鱼为生，皆以神敬水獭，礼尚往来，见有水獭，常常把自己的“口粮”投食喂之，一旦惹怒水獭，就会被水獭家族报复，非落得人走家搬不可。刚果河中有一种极凶狠的“人鱼”，数十斤重，其鳞大如碗底，据说这种叫“姆本加”的鱼曾跃起，将一位下河之人一口锁喉，10 秒拖入水内，30 秒只剩残渣碎骨。

非洲黑人遵循“靠山吃山，靠水吃水”的人类生存原则，以刚果河为生的几十个水上部落活得也滋润，也逍遥。他们选择水流湍急的地方，架起一种原始的非洲捕鱼笼，用藤条和树枝编成喇叭口状的捕鱼筐，估计非洲人用此筐捕鱼至少要有数千年历史，鱼顺急流入筐，然后拉起鱼筐，守筐待鱼，筐筐有鱼，有时有大鱼，一人抱得大鱼归。

刚果河也养人，也慷慨。再看他们“收拾”大鱼，刮鳞、去头、去尾、去鳍、开膛、去肠，一气呵成，如水泄潭底，让人看得眼花缭乱；然后切成鱼片，包上绿叶，直接上火烤。一家人团团围坐，手抓把攥，直接入口，大快朵颐，喷喷香！其乐也融融，其情也荡荡。即使凶恶的鳄鱼，也如板上之物，他们用木棍猛击其头部，将鳄鱼翻身，就在鳄鱼嘴下，一刀划到尾，剥皮如脱衣，滴血不见，整张的鳄鱼皮已搭晾在木架上；然后按头尾四肢分解，刀游如鱼，真乃以无间入有间，游刃有余，手起刀落，干净利索。想起“庖丁解牛”，传两千年而不辍，非洲无庄子。

刚果河算不算非洲的母亲河，不得而知，但刚果河是非洲的英雄河，流的也是英雄血。

20 世纪 60 年代，刚果河两岸风起云涌，革命浪潮一浪高过一浪，两岸国家纷纷骚动起来，各种颜色、各种形式的革命层出不穷，反殖民，反压迫，争取自由，争取独立；想起一句诗：“霹雳一声暴动。”从 1960 年开始，加纳、刚果、喀麦隆、扎伊尔、赞比亚、坦桑尼亚、尼日利亚、贝宁、毛里塔尼亚、科特迪瓦、塞内加尔、肯尼亚、多哥、几内亚纷纷独立，让人应接不暇。

在那个年代，许多中国人未见过非洲黑人，但许多中国人认识的第一个非洲人就是刚刚独立的刚果共和国的缔造者，国家总理卢蒙巴。

卢蒙巴是位桀骜不驯、不甘受奴役的热血黑人汉子，他生活的刚果是比利时殖民地，刚果人民受尽比利时殖民者的剥削、压迫、奴役、欺压，真正生活在水深火热之中，比如完不成殖民者的摊派任务，就要受到鞭挞、监禁，甚至被残害肢体，砍掉手足。卢蒙巴发起“刚果民族运动”，就是要推翻比利时殖民统治，建立黑人自己的国家，提出驱逐殖民者，砸碎奴隶的锁链，建立新刚果。刚果面积相当于比利时国土的 75 倍，拥有丰富的自然资源，日子过得却暗无天日。

卢蒙巴有能力，有魄力，有鼓动力，有煽动性，他让“刚果民族运动”成为整个刚果民族革命的司令部，一时间风起云涌，波澜壮阔，革命唤起的民族热情如烈焰腾空，比利时殖民者“夹着尾巴逃跑了”，比利时军人空降刚果，也扑不灭这腾腾烈焰。卢蒙巴能破坏一个旧世界，绝不等于他能建设一个新世界。比利时、英美等新老殖民势力千方百计要搞垮他；卢蒙巴驱逐了比利时人，因此各级政府无人管理，四分五裂，关门停业；企业被工人占领，工人不再生产。刚果独立才6个月，一国竟然分裂成四个政权，都有一支装备精良的武装部队，都有新老殖民国家在背后支持，要钱给钱，要枪给枪。一个国家，几十个部落，几十个种族，几十种信仰，几百种语言，几百种风俗，几十万支流入民间的枪支。卢蒙巴的革命唤起了一系列革命，卢蒙巴呼唤的自由换来无数的无政府行为。卢蒙巴终于被颠覆，被扼杀了，刚果共和国的革命被刚果河水无情地淹没了。

比卢蒙巴影响更大的是非洲加纳总统恩克鲁玛。他领导的加纳人民大会党疾风暴雨般成长，宣告加纳独立，加纳共和国成立。

恩克鲁玛与卢蒙巴不同，恩克鲁玛在英国留学，且获得伦敦大学的博士学位，又在英国最著名的四大律师学院之一的内殿法律学院取得大律师资格，出版过一本法律与宗教的专著，受到高度评价，可谓人才难得，流淌的是非洲血，喝的是“洋墨水”。加纳与刚果不同，英国殖民者把加纳建设成非洲的一块“样板田”，加纳是恩克鲁玛改的名字，其原名叫“黄金海岸”，可见其盛产黄金，肥得流油，是非洲大陆最富足、最安稳、最繁荣的国家。恩克鲁玛是天才的演说家、鼓吹家、煽动家，具有强烈的人格魅力，巨大的感召力。他造势造成非洲风暴，加纳的舆论这样赞美他：“掌握命运的伟人，非洲大陆之星斗，千百万受压迫黑人大众的希望，加纳的解放者，钢铁男儿，穷人的伟大领袖。”恩克鲁玛的确想轰轰烈烈地大干一场，他要推出他的“恩克鲁玛思想”“恩克鲁玛道路”，还花费数百万美元，以自己的名字建立了一所意识形态研究院。他不惜花费大量金钱，向全非洲、全世界大张旗鼓地宣传“恩克鲁玛主义”，到处张贴恩克鲁玛头像，把恩克鲁玛形象作为非洲形象。恩克鲁玛的疯狂折腾，终于使“黄金海岸”很快就债台高筑，物价飞涨，物品奇缺，民不聊生，怨声载道。恩克鲁玛却感觉良好，经常出席国际大会，频频出访，1966 年加纳国内却发生了军事政变，正像他 10 年前的“陈桥兵变”。恩克鲁玛的一切仿佛只在一夜之间就“泥牛入海”，他最喜欢人们吹捧他为“救世主”，当他被一掌就推翻时，才明白，此世无“救世主”。

20 世纪 60 年代初，法国代表团在非洲真是辛苦，他们常常奔波于一个又一个刚刚独立的新兴国家，忙着从旗杆上降下法国三色国旗，升起新独立国的国旗。当然英国代表团也忙得灰头土脸的，30 多个国家一瞬间换了人间，非洲人民在欢欣鼓舞，在载歌载舞，仿佛新生开始，幸福就在眼前。但仅仅一瞬间，那喜庆的欢呼犹在耳边，一切仿佛又回到从前。万里长征才迈出第一步。世界上没有救世主，也不靠神仙皇帝，要靠非洲人民。问苍茫大地，谁主沉浮？

非洲五日谈：最血腥、最肮脏、最野蛮、最卑鄙的贸易就是贩卖黑奴。但那就是非洲的历史，历史无情。1907 年，中国现代话剧的开山之作就是《黑奴吁天录》，是由后剃发为僧被尊为弘一法师的李叔同和知名作家、编剧、导演欧阳予倩搬上舞台，替黑奴呼唤的是中国人。

非洲有许多特色海岸：“黄金海岸”“象牙海岸”“钻石海岸”“香料海岸”，还有不止一处的“奴隶海岸”“奴隶城堡”“望乡堡”“不归海岸”……

达荷美，西部非洲一弹丸之地，现在在非洲的版图上已经找不见这个血淋淋的国家，它已然“焕然一新”，改名为贝宁，似乎以此来洗刷达荷美的罪恶。

达荷美开创了“奴隶海岸”，开辟了西非最活跃、最兴隆的奴隶市场，每年至少有 5 万人被送进奴隶市场交易。18 世纪后半叶，这个罪恶的“奴隶海岸”把 50 多万黑人当奴隶贩卖到大洋彼岸。美国人只计算过开通横跨美国东西部铁路的每一根枕木下，都埋葬着一名劳工的尸体，却没法计算每一个被贩卖到美洲去的黑奴背后有多少具黑人尸体被扔进太平洋的波涛里。

达荷美在非洲是一个独立的穷国、小国、内陆国，似乎是一个刚刚走出热带雨林的酋长国。达荷美的历史简单，但有许多不解之谜，国家女权至上，女人至上；男人在女人面前必须臣服、卑微、自贱、被奴役；国家军队竟然是由女人组成，且勇敢、凶猛、残酷、血腥，在与法国殖民军队血战中，2000 多“黑人娘子军”闻鼓而进，前仆后继，勇猛无比，踏着同伴的尸体冲锋，绝不犹豫徘徊。2000 多“黑人娘子军”全部阵亡，无一人退缩、求饶、投降，让人闻风丧胆。但达荷美是贩卖黑奴的凶手。达荷美把脱贫致富之路选择在贩卖黑人上！选择“为奴隶而战”，先后曾用血战征服了周围大大小小数十个酋长部落，俘虏了一串串长长的俘虏。这和中国历史上记载的战争大相径庭，中国人在战争中往往以缴获敌人首级论功，而达荷美非也，死的不要，只要活的，不论男女老少。因为贩卖黑奴，只要活的。据说达荷美的“娘子军”除去法国军队外，几乎战无不胜。为了争夺贩卖奴隶的出海口，达荷美发动了一次比一次更猛烈的进攻，终于在西非强国中争得一片海岸，建立了“奴隶海岸”。

达荷美人的残暴让人闻风丧胆。但有一个事实被很多人忽略了，被贩卖走的黑奴绝大部分是被黑人俘虏、掠夺、欺骗而来的。一些黑人部落甚至专一依靠劫掠贩卖黑人为生、致富。像达荷美那样，为了掠夺更多黑人，他们不惜发动一次又一次的战争，因为他们手中握有贩卖“黑奴”换来的枪支，把黑人的整个村庄、部落不分男女老幼统统掠走，统统贩卖，毫无人性。

“奴隶海岸”临海修筑有一排石头建筑“奴隶堡”，一排低矮厚实的石头窟洞，顺着石头通道进入石头房间，高不会超过 1.5 米，四壁冰冷，无窗无洞，不到 40 平米，却要塞进 200 多名奴隶。他们都是被反捆住双手，赤身裸体押运进来的，能不能活着出去，能活多久，全凭运气和身体素质。这也是他们在非洲的最后一夜，明天他们将登上专门运送奴隶的“奴隶船”，横渡大西洋，去美洲充当奴隶，千辛万苦，千难万险，能不能活到美洲，恐怕连上帝也不知道。

贩卖黑奴为什么这么疯狂？西方人贩子带上一些简单的日用品，布匹、劣质烧酒、简单的工具、一些老旧的枪支，根本不值几文钱的“破烂”，开着“奴隶船”来到非洲奴隶市场交易，把换来的黑人装上“奴隶船”运到急需劳动力的美洲大陆，然后再装满美洲土特产返回欧洲。有人计算过，一趟贩卖黑奴的生意其利润可达 1000 倍。马克思讲过：“当利润达到 10% 的时候，他们将蠢蠢欲动；当利润达到 50% 的时候，他们将铤而走险；当利润达到 100% 的时候，他们敢于践踏人间的一切法律；当利润达到 300% 的时候，他们敢于冒绞刑的危险。”如果利润达到 1000%，甚至还要多得多呢！

世界上最艰苦、最有拼搏性的汽车拉力赛——达喀尔汽车拉力赛，世界上著名车手皆以能参加这项拉力赛而感到自豪。达喀尔乃非洲西海岸国家塞内加尔的首都，谁能想到，200 年前这里竟是非洲最大、最活跃、最血腥的贩卖黑人的市场。这儿有个岛叫戈雷岛，200 年前是大名鼎鼎的“奴隶岛”，西非的黑人被掠至此，然后“分类”分批，被买卖后，被捆住双手，十人连成一串，押运到这座“奴隶岛”。“奴隶岛”里有地狱般的牢房，像装沙丁鱼罐头一样被塞满，从此“奴隶”们便生活在暗无天日的地牢里，当他们走出暗无天日的地牢时，身后的非洲将是他们的永不归地。这个“奴隶岛”也称“永不归岛”，曾经有多少人的眼泪？多少人的鲜血？拆散了多少人间骨肉情？毁坏了多少黑人家庭？从此生死未卜，从此杳无音讯，从此肠断一方，从此再无归期。这里有一个盐水湖，因为含盐量大，湖水呈微红色，据说是世界第二个“死海”，人可以平躺在湖面上看书看报。但 200 年前，这里的黑人称其为“血湖”，因为常有逃跑的黑人被杀害在湖里，他们的血水染红了湖水。数十万的黑人就是从这个岛上被贩卖走的，可谓一步一道血，一步一片泪。又如坦桑尼亚的桑给巴尔岛，岛上有一座庞大的城堡，桑给巴尔监狱岛也是一座血腥的贩卖黑人的“奴隶岛”，有时等待装载黑人的“奴隶船”会排队在码头等候。一船人离去，多少冤魂亡……

斗转星移，往事越千年。美国黑人作家亚历克斯·哈利出版的小说《根》轰动一时，占美国人口 14% 多的美国黑人动荡不已，心潮澎湃，掀起了一股声势浩大的寻根热，到非洲去，到森林中去，到先祖们生活过的地方去。不可否认，当年被贩卖到美洲去的“黑奴”如果百劫不死，竟然应了中国古老的一句俗语：大难不死，必有后福。有些现象真难以解释，运行的轨道似乎已经超出常规定理。仅以美国黑人为例，不但不再是“奴隶”，而且挺身昂首地走向美国社会、美国政坛、美国军界。美国黑人总统奥巴马，美国杰出的政治家马丁·路德金，美国黑人上将鲍威尔曾担任第 65 任美国国务卿，曾担任过美军参谋长联席会议主席、美国历史上第一位非洲黑人女国务卿赖斯，美军海军首位四星女上将、海军作战部副部长霍华德，还有在中国也拥有大批粉丝的黑人拳王阿里、泰森、刘易斯，篮球飞人迈克尔·乔丹、科比，一代球王贝利，被称为“世界黑色闪电”的短跑王欧文斯，数不胜数。有一点可以肯定，他们的祖先都是从非洲走出来的，而且也可以肯定，他们的祖先都是当年被作为黑奴贩卖到美洲的。他们的血统，他们的出身都是黑奴，当我们站在西非洲的“奴隶海岸”“奴隶岛”眺望波涛汹涌的大西洋时，一些历史的谜团不知该作何解释，突然想起老子所言：“祸兮福之所倚，福兮祸之所伏。”两百多年近 1 亿黑人遭遇的人生磨难和曲折，无谓的死亡和折磨，难道是一道老子讲过的哲学命题？

非洲六日谈：东非原始雨林中，有一种高大乔木堪比北美的红杉树，森林部落的黑人会准确地找到一棵几十米高的树木，用一根藤条缠住身体和树木，利用斜线拉杆原理，在笔直的树干上行走，如履平地。终于在树冠处找见像篮球筐一样大的野蜂巢，把随身携带的火种燃起浓烟，熏飞野蜂后，从容掏出一块块金黄的像新疆馕一样的野蜂蜜；树下早已围坐苦等的妻儿老小，望眼欲穿，如旱苗淋雨，饕餮大餐，吃得不亦乐乎。你站在那棵树下，抬头仰望，会目眩良久，瞬间昏倒。

在非洲旅游的中国人似乎人人都渴望看见非洲野生动物。问离开非洲的中国游客最害怕的是什么动物？回答是五花八门的，但大都集中于鳄鱼、河马、狮子、水牛、鬣狗、花豹。如果问那些披着酱红色披肩的马赛马拉人，他们最害怕什么动物？他们会告诉你，他们最最害怕的是“树皮”，是一种被称为“树皮”的蝮蛇。理由很简单，“树皮”太可怕了，一口毙命。一年死于“树皮”之口的黑人兄弟不下数千人，最多时竟会逾万人。“树皮”并不凶猛可怕，其像一片扔在草丛中的干枯树皮，但更像一摊半干的野牛粪，风干以后，连蜣螂都不愿去碰。千万不要去碰它，它是瘟神，一道土黄色的闪电会腾空跃起，一条精灵，只一口，两颗小如米粒般的毒牙孔，一分钟后，连体重超过一千公斤的大野牛都会打滚抽搐，四肢痉挛而死。“树皮”伸直了也不过像野牛的尾巴，无精打采的。马拉人放牧手执带铁矛的木棍，并非完全是防狮子、猎豹、鬣狗的，他们再饥饿都会望“红”而逃，真正防备的正是这种像干牛粪一样的蝮蛇，它是致命的。马拉人被这种蝮蛇咬了以后，会立即剖开伤口，用嘴里嚼烂的一种去毒草茎涂上，能不能救人一命，那就只能靠命了。去野生动物保护区参观，再三交代不许下游览观光车并非怕狮子、猎豹那样的大型动物，主要是害怕这种一口要人命的毒蛇。

但它也有天敌，上帝有安排。非洲大草原上有一种独有的“蜜獾”，人们俗唤之为“平头哥”，个头不大，身长不足一米，体重不超过 10 公斤，皮糙毛硬，尖牙利爪。有“平头哥”之称是因为肩头相连，没有脖子，体形如桶。有记载一只蜜獾曾落入狮子家族，四五只母狮、七八只半大狮子“围歼”蜜獾，蜜獾毫无惧色，奋战群狮乱抓乱挠乱咬乱扑，几乎把一只半大狮子的脸撕烂，把一只狮子的鼻子咬塌，而蜜獾无脖子可咬，让狮子无从下口，最后还大摇大摆地走了。据说有位欧洲考古人员在野外曾用皮靴狠狠地踢了一只蜜獾，这只蜜獾不依不饶地一直紧跟着他咬，十几里不放松，大有中国江湖上，你不弄死我，我和你没完的意思。直到最后，那人不得不脱了那只踢过它的靴子。蜜獾扑上去，拼命撕咬，最后叼起，像位得胜的将军，摇头摆尾地走了。

蜜獾不怕“树皮”的原因是它具有抗这种蛇毒的免疫力，咬得再厉害无非是深睡一场，而“树皮”却早已成为“平头哥”的腹中餐。在非洲大草原上，就是披红执矛的马赛族勇士，见了“平头哥”都要礼让三分。见到蜜獾的人，就像中国人出门枝上有喜鹊叫，必有喜事。马赛人认为蜜獾是喜神，有蜜獾在绝无“树皮”在。

非洲野生动物最难一见的是动物之间的“权力之战”“生死之战”“地盘之战”“决一死战”。据马赛马拉自然保护区的黑人管理员讲，他在保护区 8 年第一次，也是唯一一次看见狮子大战。三头流浪的雄狮要来争夺两头兄弟雄狮称王的狮群，那是一场生死决战，吼声震天，尘土飞扬，扑杀搏斗，撕咬冲撞，一会儿捉对厮杀，一会儿群咬群扑，鲜血流淌，毛飞皮裂。吓得母狮领着幼狮一次次远避，吓得周围所有的动物都躲得远远的。双方都是拼死决战，结果三只流浪的公狮一只负重伤，两只全身挂彩，步履蹒跚地一瘸一拐地逃走了。杀敌一千，自伤八百，两只坐地狮王一只一头血，满身伤，但还在监视着敌手远遁；另一只因伤势太重，只能趴伏在地上干嚎，估计活不到明天。狮王之战势同水火，胜者为王，败者流浪，非死即伤。更加残忍的是，胜者王者将把狮群中前狮王的所有幼崽全部杀死，绝不留情。

见过大象发威的人并不多，见过大象发疯、发飙、发动生死之战的更少。两只公象为争夺交配权，绝不会妥协，更不会折中，势必一战。一战决雌雄。两只体重十几吨、身高三米多的大象挺着一米多长的獠牙，像两辆战车互相冲撞厮打，互相用象牙拼刺。斗得地都在发颤，树木纷纷被折断，所有的动物都避之不及，小象常常吓得发抖，直到跪在地上。战败的一方并不会善罢甘休，它在积蓄力量；而获胜的一方更是意气冲天，为昭示力量，显示胜利，它会用力推倒大树，拔起小树，踏平周围的一切，直到最后的胜利。

在大型哺乳动物中，有两种动物的舌头是蓝色的，一种是北极熊，一种是长颈鹿。长颈鹿是非洲大草原上的原住民，战斗力极强，即使遇上狮群，谁胜谁败都是未知数。长颈鹿的四肢强壮有力，是极要命的武器，它不但能一腿踢翻一只狮子，而且还要再狠狠地踏上一脚，这一踢、一踏，再强再壮的狮子都难逃厄运。只要长颈鹿不被体形硕大的公狮子扑倒在地，它常常能“胜利”突围。最可怕的是两只被荷尔蒙激素刺激下的公长颈鹿，它们的搏斗是殊死的，下狠手的，都想着一招毙命，这就是利用甩头来要对方的命。长颈鹿的脖子长 2 米多，头上有角，头骨如铁，重力加速度，高速甩起头来犹如飞来的实心炮弹。都言头撞南墙，长颈鹿是甩头破南墙，更凶狠的是，如果争斗双方有一方摔倒，得胜的一方还会落井下石，高抬腿猛蹬猛踏，败的一方往往非死即残。长颈鹿看似温柔，实则是冷面杀手。

非洲黑猩猩之间的战争更像人类的战争。当侵犯领地的战争爆发后，两个群体之间的战争是“全民战争”，无论雌雄老幼，皆全力以赴上战场，在银背大猩猩的带领之下，从地上打到树上，又从林间打到草地，呼啸之声，恐吓之声，厮打之声，咆哮之声，震动整个森林。当战败一方扶老携幼，背着伤残的猩猩，抬着奄奄一息的银背大猩猩走时，战胜的一方并不掩杀，并不欺凌，而是默默地看着，悲悯地看着。如果银背大猩猩战死了，它的群体会抬着它走向远方，会采集来树枝、树叶掩盖在它的身上，会有猩猩们悲伤地流泪，会向着蓝天长呼长啸。

马赛马拉野生动物保护区门口，摆着一个硕大的野牛头骨。中国人形容牛大体壮用“其头大如斗”，而这个野牛头大如中国传统舞蹈耍狮子舞中的狮子头。这头野牛该有两吨多，说野牛群在奔跑时，惊天动地，如千百面大鼓同时擂响，一点都不过分。非洲野牛脾气暴躁，公牛之间的格斗在荷尔蒙的作用下格外激烈，是重量与重量的对抗，是牛角与牛角的较量，相撞之声低沉浑厚，似乎要一头撞倒南墙，撞翻三山五岳。据悉，非洲野牛的暴脾气和好斗竟然起源于缺觉。一天 24 小时，非洲野牛真正的睡眠时间仅仅有一个小时，因此非洲野牛的牛眼都是血红血红的。非洲野牛是非洲最危险的动物，每年有超过200多人惨死于它的“脾气”之下，有制造寡妇的动物的恶称。非洲男人有咒语：宁惹狮子，不惹野牛。惹得起狮子，惹不起野牛。

有人说检验非洲草原谁是老大谁是王的唯一标准就是睡觉。在非洲大草原上，狮子每天要睡足18个小时，吃饱喝足以后要睡20个小时，睡觉的唯一标准是看其睡觉的姿势和任性程度。狮子从太阳升起就开始睡，且睡得昏天黑地的，四肢朝天，肚皮朝上，睡得忘乎所以，任其自然，毫不收敛，毫无一丝一毫的警觉。除此之外，再无其他，连大象睡觉都是一夜惊醒数次，数次仰鼻采集信息，是否危险，是否再睡。花豹就是趴在高高的树上睡觉，也是睁一只眼闭一只眼。号称草原二哥的斑鬣狗，睡前要巡逻，睡时要有专门的狗放哨，一有风吹草动，立即进入逃跑或者战备状态。谁敢睡死？睡死之时危险将至，生命将逝。只有狮子，就是三五个月的幼狮也是四仰八叉，想怎么睡就怎么睡，想睡多久就睡多久，睡得忘乎所以，不饿不醒。睡时横躺竖卧，横行霸道；醒时无法无天，我行我素。森林法则出自非洲，弱肉强食，老子天下第一。

非洲七日谈：18世纪初，一个比利时商人从非洲运回半船象牙，都是两个黑人一前一后抬上船的，此非偷猎，那时并未有禁猎之说，而是一个黑人酋长发现了一个“象牙谷”，从堆积的象牙尸骨中捡出来的，其中有一颗大象头骨，这个比利时人蹲在旁边竟然和它一样高，一样大。

在马赛马拉的一家中国人称之为“爱情小夜曲”的旅馆的前厅，有一对呈拱形的大象牙，象牙足足有3米多长，像北京街头电线杆子那么粗，两只象牙拱成一个走廊的过门，人从下面从从容容地通过，让人瞠目结舌，那头象到底有多大？有资料证明，一只挺着巨牙的公象，足以令20多只健壮的非洲狮群望风而逃，不战自溃；一只成年公象暴怒，一次就曾扭断十几棵非洲栎树，其发怒期间扬起的两根长长的象牙闪耀的是阵阵寒光，让所有动物避之不及，避之远矣。虎威、狮威都不如象威。

令人痛心疾首的是，一百年前还可能看到长着这么长象牙的大象，现在再也看不见它们了。据非洲大象保护协会统计，现在册的 1178 头成年大象中，象牙没有长过 1 米的，绝大部分成年大象的象牙长度在 50 厘米左右，公象的象牙近年来还有进一步“小化”的趋势，以至于发情的母象不希望长着短小象牙的公象追逐，甚至拒绝和无牙公象交配。

悲哉、惜哉、痛哉！

2012 年 2 月，在喀麦隆“布巴恩吉达国家公园”的深处，有一片灰色的山丘，谁能想到那竟是被偷猎者屠杀的 300 多只大象，它们的象牙被齐齐地锯掉。据说，偷猎者先是杀害象群中的一只小象或一只母象，大象就会发出一种特有的呼唤，它们都高昂起鼻子，拼命忽扇起耳朵，张开大嘴发出一种悲壮的狂叫，象群的悲鸣传之甚远；这时候，象群中所有的成年公象就会挺起它们的巨牙，从四面八方冲过来，毫不犹豫，毫不惧怕。保护幼象和母象是它们等同生命的职责，它们义无反顾地要保护象群的安全，一只大象被打倒了，另一只责无旁贷地冲上来，这一只倒下来，下一只就狂叫着挺着巨牙拼上性命。这个象群的公象都被杀死了，另一个象群的公象会发疯似的冲过来，高声狂啸地冲向敌人，但这恰恰是偷猎者所希望的，他们高兴得几乎要疯了，因为每一头大象都为他们送来了以公斤计算的“白色黄金”——象牙。如山丘般的大象尸体能把专吃腐肉的斑鬣狗吓得在四周徘徊，不敢上前；天空中飞满专吃腐肉的秃鹫，但它们不敢贸然落下。300 多头成年公象就这么被屠杀，简直比当年贩卖“黑奴”更血腥、更残暴、更作孽、更惨绝人寰，罪不可赦。

这仅仅是屠杀大象的一幕，是悲剧的冰山一角。仅据香港媒体报道，2013 年 7 月 6 日，在海关大楼验货检查中，查获象牙 1120 根；7 月 19 日，香港海关再破获象牙走私案，共查获象牙 1148 根；香港《明报》21 日报道，香港破获象牙走私案，查获象牙共 1209 根。而几乎在同一个时间，马来西亚查获巨额象牙走私案。马来西亚海关宣布，查获的走私船是由非洲的多哥首都洛美开往中国的，载有 24 吨非洲象牙。

一吨象牙究竟有多少根？究竟要屠杀多少只非洲大象才能锯下一吨象牙？

肯尼亚内罗毕国家公园一次焚毁来自 6000 至 7000 头大象的 105 吨大象牙，以及 1.5 吨犀牛角。这些象牙都是从偷猎者和贩卖象牙的非法商人手中缴获的。每一根象牙都是血淋淋的生命，活生生的血肉之躯。

从 2009 年到 2014 年，超过 170 吨象牙从非洲非法出口，偷运走私，每年至少有 3 万头至 10 万头的非洲成年公象死于偷猎者手中。

人类的造孽迫使非洲大象不得不自保，它们似乎知道了一切罪孽似乎都从象牙开始的，它们能做什么呢？自己阉割自己，一代又一代非洲公象的象牙在接连退化，甚至不再长出象牙，这难道不是对人类最大的控诉？最大的仇恨？最大的报复？

中国人对象牙的崇拜，对象牙艺术品的追求，是象牙地下交易，象牙走私市场火爆、繁荣、疯狂的重要推手。中国人对象牙的巨大需求，犹如一个巨大的旋涡，吞噬着成千上万的象牙。据统计，非洲绝大部分走私象牙的非法交易的货主都在亚洲，都在中国。毋庸讳言，因对象牙的“无限”需求，且历史悠远，亚洲象已经自我“阉割”成无牙之象，即使是体重过吨的公亚洲象，在 500 年前就已经长不出一米多长、粗如马腿的象牙，充其量是一对又细又嫩又短又小的象牙。中国人的俗语，猪鼻子里插大葱——装象，再形象，再写实不过，也再悲惨，再凄凉，再痛苦不过。对着那成千上万只大象尸体，对着那一只只不长长牙的成年公象，我们只能合十祈祷，合十忏悔。

呼之不久，行之不远。中国历史上夏商之际，长江中下游一带多大鼋，鼋至商末已然灭绝，究其因，竟然是因为甲骨文刻文，商至晚，刻甲骨文之龟已开始从马来西亚“进贡”。中国至秦汉尚有独角兽，入山入林偶能相见，入河入水亦可相遇。后因其独角能入药，能壮阳，能解热祛毒，则独角兽被杀绝。春秋之际，中原上有大批犀牛，因将军虎贲之士皆需披甲上阵，而犀牛皮乃天然良甲，未到战国，犀牛因甲而亡。华南虎至唐柳宗元《黔之驴》时尚“横行乡里”，宋时在景阳冈尚有“白额吊睛大虫”为患，李逵过一不知名的土山竟然力杀四虎，因虎皮为祟，虎骨、虎鞭、虎胆皆入药，皆金贵，华南虎已绝，东北虎差点绝矣。金丝楠木，世之良树，至明亡，金丝楠木亦亡，乾隆皇帝求之不得，伐之绝矣。原始黄心柏木至汉时已绝，起因就是“黄肠题凑”的墓葬，一座皇陵要用一整片“黄肠”做成“题凑”，至东汉王朝已然“黄肠”皆无，无法“题凑”，不得不改墓葬仪式。是积福还是造孽，岂非罪过?

中国第一根非洲象牙是张骞通西域时从中亚带回来的，公元前138年，当时没有人认识象牙，不知象牙为何物，就像明成祖朱棣第一次看见郑和从非洲带回来的长颈鹿一样，明成祖认为“此乃麒麟也”。西汉时的长安人聪明，他们可能根本就不知道非洲大象长什么样，但他们知道非洲大象的象牙是件宝，长安城中很快就有了专门经营象牙的商行，一行行专门驮运象牙的驼队首尾相衔地日夜行走在通往西域的古道上。没有交易便没有杀戮，疯狂的买卖必然造成血腥的大屠杀。原来丝绸之路也是象牙之路，正像非洲的黄金海岸也是“奴隶海岸”。至少在公元前200多年以前，输入中国的非洲象牙是从刚刚猎杀的大象嘴中锯下来的。每一根象牙的后面，都躺着一具血淋淋的大象尸体。

《西京杂记》有明文记载：汉武帝曾把一件象牙制成的凉席赠给他最心爱的李夫人。这说明至少在汉武帝时，象牙制品不单单是摆饰、饰品、牙雕、牙刻等艺术品，而且已经“进化”到用象牙制成生活用品。上有所好，下必甚焉，贵族、官僚、大贾用象牙制品在西汉就已成风气。据记载，西域各国来长安“进贡”象牙是必备的贡品，且越大越好，越大越重方能越显真心诚意。像18层甚至36层的象牙球，粗如房梁的象牙雕更是宫廷、皇族、高官必备。而像汉武帝使用和赏赐过的象牙凉席，从汉武帝直至清王朝一直使用。1965年，在北京北海团城曾举办过皇室御用品展览，其中就有不止一张象牙凉席。编织一张象牙凉席需要多少根象牙无从了解，但在皇帝的御用房中，象牙凉席是成摞成摞叠放着的。有多少非洲大象的儿女失去父亲？有多少大象的妻子失去丈夫？从公元前 200 年算起，世界枉杀过多少头挺着长牙的非洲公象？那也是一本谁也没算过，谁也算不清的血泪账。还有比人类更残酷的动物吗？

许多人都曾被北京地铁站巨大的灯箱广告所震惊。一只幼稚可爱的小象在对妈妈讲："妈妈，我长牙了……"妈妈看着它，什么话也没说……小象又抬起头来说："妈妈，我长牙了，你为什么不高兴？"象妈妈依然什么话也没有说，一颗硕大的眼泪滚出眼眶……

非洲八日谈：森林法则，天国之渡。一张照片曾经震惊全世界——《饥饿的苏丹》，照片前面一个几乎马上就要饿死的苏丹幼女，只有几丝余息，眼看就要扑倒。而在她身后是一只硕大的秃鹫正要张开双翅，伸长脖子，翕动长喙，一步一步走向幼女，惨不忍睹。这张照片获得普利策新闻奖，获奖者走遍整个非洲贫困地区，终因痛苦不堪，最后自杀身亡。

东非大裂谷，鬼斧神工，景自天成，数十亿年造就这片神奇的绿洲。天苍苍，野茫茫，非洲野生动物的天堂：山清水秀，绿水青山，一望无际的碧绿，满眼青翠的塞伦盖蒂大草原。

马拉河，一条弯弯曲曲不大不小的河，何止九曲十八弯，诗情画意般流经塞伦盖蒂大草原，给整个草原带来朝气、活力、青春、美丽，草原离不开马拉河，非洲几百万只、几千种大型动物离不开这条河，鱼儿能离开水，草原离不开河，它不是东非草原的母亲河，它是非洲大陆的女儿河。

马拉河娟娟秀秀，婀娜多姿，从未有过惊涛拍岸，卷起千堆雪。枯水期河面仅有十几米宽，且多处涓涓细流，似乎挽起裤腿就能蹚过去，但马塞马拉人却敬之如神，惧之如鬼。那是鳄鱼的天下，十几条鳄鱼为争食一头死去的河马，连续地翻滚，连续地扑咬，能把平静的马拉河立时搅得浪恶水浊。两只体重超过两吨重的河马拼死搏斗，几乎能使河水倒流，5 米多长的鳄鱼都悄然而退。

许多人到塞伦盖蒂大草原，到马拉河边就是想看到那惊天动地的一刻，数百只角马、斑马铺天盖地而来，其势如天崩地裂，向马拉河发起“死亡渡河”。河面上到处都是一双双饥饿的眼睛，一条条等待大快朵颐的鳄鱼排成战斗队列，等待这幸福的时刻，已经等了整整一百多天。这一天终于来了，角马、斑马毫不动摇，绝不退缩，一往直前，前仆后继。但真正能见到那壮烈的一刻的游客寥若晨星。据说每年前来拍摄那惊险一刻的记者，夜里要防狮子、花豹、鬣狗甚至狒狒的偷袭，白天要防毒蛇、毒蜂，甚至大象、犀牛的进攻，因为它们一旦认为自己的领地被侵占，就会发起疯狂的攻击。

马拉河上有一座木桥，修得很结实，不知为什么，桥面、桥梁、桥柱都被漆成怪怪的黑色，站在桥上竟然能闻见一股股尸腐的恶臭，那是谁见了都难忘的一幕。这是马拉河一景。

马拉河里到处都是角马的尸体，一个叠压着一个，一层叠压着一层，铁灰色的角马尸体似乎已经堵住了马拉河，惨不忍睹。有的角马四蹄朝天，腹腔已被掏空；有的僵卧在水中，瞪着双眼似乎还在挣扎；有的曲身弓背地骑在别的角马的尸体上，仿佛正在想跳跃出这死亡之河；更多的角马尸体堆积在一起，数也数不清。马拉河在这座木桥下拐了道弯，河湾中堆满了角马的尸体，已经不是一个紧挨着一个，而是一堆挤压着一堆，初看竟以为是火山爆发后留下的奇形怪状的青灰色的岩石堆。能很清楚地看见有的角马肋骨上的肉已经被吃得干干净净，一片片灰白色的骨头阴森森的，泛着惨淡的白光，让人不寒而栗，这里到底经历了什么？就在这个小小的河湾处，角马和斑马的尸体至少有一百多具。更让人瘆得慌的是，几十条灰青色、灰褐色的鳄鱼一动不动地趴在那里，时不时地睁开大眼，像是在欣赏河水中的大餐；又像是在巡视周围的动静，然后又慢慢闭上那双贪婪的眼，继续甜睡。马拉河的大鳄鱼，一顿竟能吞下几乎一只角马，然后知足而退，会趴在太阳处，半是消化半是睡，但它也可以一顿顶半年，半年不进食依然能静伏在河边“守株待兔”。鳄鱼尤其是5米多长凶恶的尼罗鳄称雄称霸，它们唯一畏惧的是河马，特别是成年发情的雄河马。曾有过这样的记录，一只成年鳄鱼被一只发狂的雌河马一口咬断，一嘴毙命。但河马不沾荤腥，打扫百万角马过河后的战场，河马早已远遁，河马享受不了这道血淋淋的大餐。每年丧身河马之口的人竟然和丧命于狮口之人的数量差不多。

非洲的河马是让人谈之色变、望之远避的庞然大物，在河水中堪称“大爷”，也曾发怒一口把不断挑衅的狮子咬死，又甩得远远的。河马脾气暴躁，发起怒来不管不顾，能搅得整个河马群“大动干戈”。雄河马的獠牙又长又锐利，极像非洲黑人的长弯刀，每年丧身于河马之口的多达百余人。河马有很强的领域意识，一旦有外物闯入，哪怕是船只，它也要奋起捍卫，不惜生命。河马和鳄鱼是一河之居，但却能相容以待，各有各的领地，各有各的生活，基本上两相安，两不扰。河马唯一惧怕、唯一能要其性命的，正是这些角马的尸体。这些腐烂的尸体如不尽快清除，就会产生一种极可怕的病毒。这种病毒一旦在河马群中传播，将是致命的，不可抗拒的，河马会接二连三地病倒，直到一个接一个地死亡，其死后的惨状一点都不亚于成群角马因为要跨过马拉河，走向有绿草的彼岸而死去的情景。马拉河，一条残酷的河。

秃鹫是塞伦盖蒂草原和马拉河畔最不受欢迎又最不可缺少的“大鸟”。秃鹫是非洲大草原上的“清道夫”，假如没有秃鹫来清理大草原上的动物腐尸，整个草原可能会臭起来，会流传各种疾病，会让草原上的动物们传染瘟疫。秃鹫长得太凶猛、太残忍、太恶气了，当它落到草地上时，拱肩缩脖，架着双翅，脏乱的灰褐色羽毛附于其表。秃鹫是非洲唯一一种从不梳理自己羽毛的大型飞禽，也从不打理自己刚刚从动物尸体腹腔中钻出来的头和喙，日积月累，秃鹫的“光头”和“秃喙”上留下一层腐肉积血凝积成的斑垢，让人恶心。尤其是秃鹫一走就一突一突往前挺的“光头”，是天生为便于把头钻进动物尸体腹腔掏吃内脏而生成的。秃鹫脾气极坏，为争夺腐尸常常拼命打斗，能从地下打到天上，用喙啄，用爪抓，用翅膀抽打，用身体顶撞，直至打得羽毛乱飞，撕咬成一团。秃鹫在厮打时会发出一阵阵刺耳难听的尖叫，有时会让人毛骨悚然。秃鹫的战斗力有多强？一群秃鹫仅仅用 10 分钟就能将 100 多斤的黑斑羚啃成骨架，甚至还要把黑斑羚的头啄成白骨，一点都不亚于博物馆展出的头骨骨骼标本，这一点连狮子也自愧不如。秃鹫不愧是非洲第一大鸟，两翼展开足有 3 米多，它会借着气流的作用翅膀一动不动就能盘旋在草原之上。秃鹫的眼睛可谓“贼亮”，不但炯炯发光，而且闪闪发光，它的辨别力比美国“长曲棍球”间谍卫星还要厉害，它能在高空中看清刚刚从大象粪便滚出粪球的蜣螂触角上的颜色，没有一只小老鼠的尸体能瞒过秃鹫的眼睛，“草枯鹰眼疾”，即使在非洲茂密的大草原上，秃鹫眼依然能洞察一切。美国间谍卫星上的识别眼应改名为“秃鹫之眼”。

秃鹫有非凡的免疫能力，一具腐尸已经腐烂奇臭到连著名的食腐动物斑鬣狗都望而止步，秃鹫会毫不犹豫地冲上去，如食佳肴，大快朵颐；秃鹫不但不会得病，而且会化腐朽为神奇，当它飞回巢穴，吐出腐肉喂食小秃鹫时，腐肉竟然无臭味，无腐败之嫌。秃鹫的胃液含有高度的 PH 胃酸值，它能够分解消化一切，杀死一切病毒。秃鹫家族中有一种“胡鹫”，能直接把一根动物的大腿骨吞下去，且能很自然地消化，很舒服地吸收。如果是野牛的骨骼，它就会把骨头叼起来高飞，再从高空把骨头抛在石头上摔碎，然后像吃甜点一样十分得意地直接吞下。据说胡鹫就是吞下金属也能消化，天下无敌。

秃鹫是一种很善良的大鹰，它们把巢筑在悬崖峭壁上，筑在高树木的树冠上。当食物紧缺时，它们会把啄到嘴里的腐肉一直含着，不吞到胃里，因为饥饿会使它们迅速消化吸收，否则当回到巢中，幼鸟嗷嗷待哺，它们却怎么也吐不出食物来，直到吐出一摊摊胃液。所以它们索性不下咽，回到巢后直接哺喂雏鸟。这种宁饿死自己、舍不得雏鸟的父母情，在鸟世界甚至动物世界中也绝无仅有，秃鹫有多么伟大！

秃鹫无敌，其天敌就是人类。许多秃鹫就是因为误食了被偷猎者射杀的动物，弹丸中的铅毒迅速在动物尸体中扩散，秃鹫因铅中毒，因铅死亡，而这一死亡导致其“家破雏亡”，悲剧一再发生。谁能相信非洲的秃鹫数量近 30 年一直不断下降，比 50 年前下降了 90%？ 2013 年，它已经被联合国列入世界濒危动物，非洲草原之上将再无大鸟？非洲草原之上将再无“清道夫”？呜呼哀哉！不胜悲哉！

非洲九日谈：常玉，中国最著名的裸体绘画艺术大师，其油画《五裸女》以 3.039 亿港币拍卖。一生犹如凡·高，死后被葬在巴黎最穷困的社区墓地。谁能想到他临死之前的最后一幅画《孤独的象》，画的是一只孤零零的象，似乎是一只小象、母象。他想去非洲，他后悔临死时才想到非洲。

最丑的也可能是最美丽的，没有角马就没有塞伦盖蒂大草原。

角马在非洲大草原上不受人喜爱，道理似乎也很简单——丑。其丑的排行，稍稍好于斑鬣狗。

角马的丑是一种美丑，像沙皮狗，丑到极限，也美到极致。角马有些像中国的“四不像”。“四不像”是中国的国宝，物以稀为贵，“四不像”全中国不超过 100 头，而角马仅在塞伦盖蒂大草原就有 200 多万头，铺天盖地，无边无际。角马如神造天降的神话，前腿如野牛，后腿像羚羊，长着一对一点都不威武、一点都不漂亮、绝无一点阳刚之气的弯角，其名又称牛羚，因其头像牛头，但又没有非洲水牛头的硕大、威猛、凶悍，长得窝窝囊囊，俗里俗气。

但科学家、动物学家不那么认为，他们共同的结论是，没有角马就没有塞伦盖蒂大草原，角马是非洲大草原上最成功的大型哺乳动物。

角马那对不起眼的弯弯小角，动物学家考证，只有那样才能在长途跋涉、终生迁徙的行走、游泳、涉水过河中负担轻，才不太可能被茂密的灌木丛缠绕；角马特有的极难看的大嘴，那是经过几百万年进化生成的，只有那样才可以像割草机一样吃草。角马一生都在追逐着绿草而迁徙，除去睡觉，就是吃草。它和狮子恰恰相反，狮子是 18 小时睡觉，6 小时捕猎；角马是 6 小时休息，其余时间都在拼命吃草，仿佛每吃一口草都是“最后的晚餐”。科学家考证，正是数以百万计的角马不辞辛劳地拼命吃草，像“割草机”一样工作，才使塞伦盖蒂大草原的草变短了，火灾发生才不频繁，火势才不会那么大，才使得树木得以生长。更多的树木意味着将会有更多的昆虫，更多的鸟类，更多以树叶为食的动物，包括长颈鹿和大象。角马的“收割”极大地刺激了草类的生长，草地上长出更多、更茁壮、更茂盛的草，数百万只角马的粪便又极大地滋养了草类植物，野草丛生，野花盛开，连蝴蝶都大量繁殖，各种蛆虫空前活跃，土地不再板结，连蜣螂都忙不胜忙。似乎要感谢苍天上帝，塞伦盖蒂草原、马赛马拉草原、东非大裂谷、西非大草原，生就了大救星，那就是角马。

角马也有“神马”的地方。它奔跑时的速度每小时 80 公里，足以躲避鬣狗的追捕，足以超越狮子。鬣狗和狮子如果不是集体捕猎，如果不是埋伏隐蔽发起突然袭击，奈角马何？ 200 多公斤的成年角马，足以让猎豹望而生畏，角虽小，挑翻一只猎豹绰绰有余。最有灵气的是角马十分善于感知降雨的位置，当它们遥感到某地正在降雨时，就向雷雨处奔去，于是斑马、羚羊都相随而去，当角马群到达远方的雷雨处时，那里刚好长出嫩绿的新草。这种对天气的遥感预知，除角马外，再无其他。

角马有一种天生的智慧，50 万头角马在塞伦盖蒂大草原集中生产。每年一月份开始，大约 50 万头角马幼崽在三周内纷纷出生，而母角马生产的那一刻，几乎都在中午 12 点到下午 2 点，正是塞伦盖蒂大草原酷暑难熬的时间段，温度可达 42℃，此时此刻的大型食肉动物全部“趴窝”，都找阴凉地方睡午觉去了。在高温下狩猎几乎意味着自杀，而正是在这一刻，角马的新一代降生了。几百万年的残酷环境，让上帝替它们选择了这一幸运时间。上帝在保佑它们！满满一草原的新生生命，小角马真神奇，刚刚落地，7 分钟内就能站立，就能找准妈妈的乳头，就能吃上第一口奶，45 分钟内就可以小步行走，一个小时后就能奔跑，这种求生的本领也是角马几百万年不断进化而形成的。狮子、鬣狗、花豹等肉食动物可以饱餐一顿，饱餐一天，饱餐十顿，饱餐十天，但那毕竟是很少的一部分，几十万只新生的角马几天之内就能跟随母亲东奔西跑，汇入到角马大军的迁徙行列中。角马连生育的时间都有科学的安排，焉非“神马”？

在塞伦盖蒂大草原上，求生存、求发展的天生办法绝非仅角马，羚羊的办法也有天意。小羚羊一出生落地，母羚羊将在 5 分钟内舔干它身上的毛皮，保证那些肉食动物闻不见任何味道。10 分钟后小羚羊必须吃饱，这一生第一次吃奶，5 分钟要吸吮至少 2 公斤母亲的奶汁，如果 15 分钟后，新生的小羚羊还不能行走，母羚羊会毫不犹豫地放弃它。这种残酷的生存法，使得羚羊的生存一代胜过一代，一代更比一代强，小羚羊出生 24 小时后就能跟随母羚羊奔跑。母羚羊会把它领到一个草长莺飞的地方，示意它卧倒在草丛之中等待母羚羊下一次来喂奶，这个时刻无论发生什么都不能动，不能叫。这似乎是羚羊的天生本领，被尊称为“最镇静的动物”，最勇敢的动物。那些肉食动物，即使小到狐狼也能一口把它吞下，暴露就意味着死亡。有时鬣狗会从它身边经过，几乎迈过它的身体，但它仍然静静地蜷缩地卧着，一动不动；有时候一只花豹一口咬住小羚羊幼崽的脖子，血淋淋地把它拖走，而距离它不过两米远的另一只羚羊幼崽却淡定如初，稳稳地卧着，一动不动；有时遇到两只狮子分别从它左右走过，它声色不动，纹丝不动，视之无物，看都懒得看，它就这样生存下来了，羚羊就这样繁衍壮大起来。羚羊幼崽的隐蔽色能让近在咫尺的花豹看不见，能让饥饿的狮子看花眼，这引起了美国军方的注意。他们正是根据非洲羚羊幼崽的皮肤的隐蔽色泽，研究出美军陆军的作战军服。羚羊幼崽的镇定自如，得益于其高度科学的隐蔽肤色，可以说，羚羊幼崽是世界上最自信的动物。

欧洲有一种候鸟叫白颊黑雁，为防止其他动物的侵害，它们把巢筑在高高的悬崖绝壁上，经过 25 天孵化，雏鸟出世，残酷的选择就摆在它们面前。因为父母无法喂食，悬崖之上无任何可吃的东西，3 天以后，它们要么从 120 多米的巢中跳下去，要么活活饿死在巢中；3 天的小雁根本不会飞，连翅膀也未发育好，从相当于 40 多层高楼的悬崖上跳下去，可谓是死里逃生，但总有没有摔死的，它们就随着父母走向湖边，走向生活。它们还要勇敢地成长，因为它们长大后第一个迁徙地就是非洲，非洲的东非大裂谷，塞伦盖蒂大草原。

几只高脚花嘴鹳鹤比白颊黑雁更早地来到马拉河畔。离开马拉河，就是在西非也见不上这种美若天仙的“俊鸟”。

高脚花嘴鹳鹤鸟，高高在上，傲视整个马拉河草原，抬足昂首都有一种 18 世纪绅士淑女的派头，骄而不傲，贵而不奢，披一身五彩斑斓的羽毛，头顶上高高竖立着 3 根紫红色的翎子，迎风招展，两翅的羽毛会发光，迎着朝霞七彩闪闪。

马赛人招待贵客是端上冒着热气的鲜牛血，刚刚从活牛的脖颈上刺出的热血，兑上刚刚挤出的新鲜牛奶。喝完他们会请出一位干瘦的马赛男人，其名唤“恩加吉士”，他是整个村落的英雄，脑门上有用牛血凝成的血指印，像印度人额头上的檀香膏。他年轻时曾一只手拉着牛尾巴把一只成年公牛倒拽进祭祀的现场，一个人拿着一支长矛吓退过一只成年的雄狮，但他却“栽”在了马拉河上。恩加吉士自恃勇猛健壮，赶着他的牛群到马拉河边饮水。牛群都挤向河滩，恩加吉士也把棍子抱在胸前，弯腰在河水中洗脸。正是此时，他从水面的余波中看见一只硕大的鳄鱼正在急速地悄然无声地游向他的牛群。这种比牛还大的扁嘴鳄鱼，正是马拉河中最大的鳄——尼罗鳄，最长有 6 米多，近 1000 公斤重，真正的庞然大物。它在河中游，周围的鳄鱼都匆忙地让开；它在岸上趴，周围的鳄鱼都悄悄地远离它。没有鳄鱼敢和它争夺猎物，它是马拉河中的王者。

就在这条巨无霸的王者张开大嘴奋力一跃扑向离它最近的一头牛时，恩加吉士也一跃而起。可能就在那一刹那、一瞬间，他听见了那条鳄鱼咬碎牛头额骨的声音，牛被一股巨大的力量横摔到河里；几乎与此同时，恩加吉士一步跨到，他毫不惧怕这条马拉河中的王者，他用木棍上尖尖的矛尖直刺鳄鱼的眼睛。近一吨重的鳄鱼在河水中翻身跃起，血流满面，它的一只眼睛已经被捅瞎了，但它并未松口。它不打算放弃口中的猎物。恩加吉士扑到鳄鱼跟前，他用长矛一次又一次刺向鳄鱼的另一只眼睛。巨鳄终于松口了，它转身疯狂地扑向恩加吉士。这只马拉河的瞎眼王者，没有咬到恩加吉士的脖子，却咬掉了他的一只脚。几天后，恩加吉士的伙伴们终于在马拉河畔的一处河湾里找到了那只两只眼睛都被捅瞎已奄奄一息的尼罗巨鳄。他们把它拉到高高的岸上，让太阳惩罚它，炙烤它。这是马拉人的办法。巨鳄在非洲骄阳的暴烤之下，最终被晒成一张皮，后来，有一位美国游客要出2万美元买这条巨鳄的标本，但恩加吉士没有卖，他把它放在村落里，以此告诫人们：千万不要去马拉河……

正值北京春暖花开的季节，也正是非洲角马为追逐绿色草地长途迁徙，要强行渡过马拉河的悲壮时刻。

角马是世界上最无畏、最勇敢、最视死如归的大型哺乳动物，也是世界上最伟大的、迁徙路程最为漫长的陆上迁徙动物。它们终生都在迁徙，终生都在奔跑，从生命的起源，到生命的终结，终生要奔跑3200到3500多公里。这绝非一路平安，恰恰相反，一路艰辛，一路危险，一路死亡，一路再生。在角马大迁徙的途中，有数以千计的狮子、鬣狗、猎豹、野狗时刻跟随它们，袭击它们，捕猎它们。这些大型肉食动物倾巢而动，昼夜设伏，都在焦急而饥饿地苦苦等待着，等待角马的到来，那不但是它们生命继续的需要，也将是它们延续繁衍种族的时刻。对于角马来说，最不可思议的是几百万年以来，它们迁徙的路途竟绝不改变，一代又一代，千百万年不变，无论有多少危险，多少死亡，它们都锲而不舍，坚定不移。

当角马群到达马拉河时，不但马拉河在翻滚咆哮，成群的鳄鱼、秃鹫也都在极度兴奋中期盼着。成百万只角马到底有多少？像天边的乌云，像回春的大地；像涨潮的大海，像极目的苍山。当第一批角马跑到马拉河畔时会站在高高的河岸上稍稍犹豫，那似乎是生命的禁区，它们会焦急地在岸上巡视，用蹄子刨着河岸上的黄土，这难道真是祖祖辈辈走过的地方？但那仅仅在瞬间、弹指之间、昂首之间，成千上万只角马蜂拥而至，青黑色的角马群覆盖了马拉河东岸几乎所有的地方，一眼望不到边，一眼再无其他。这时候，会有一些最勇敢、最强壮，也是最有经验的雄角马自然从中走出来，它们不止一次地从这里渡过马拉河，不止一次地再生。它们带头冲下去，几乎是疯狂般扑向马拉河，无论河岸多么高，河床多么陡，河水多么湍急，河面多么宽，河中有多少鳄鱼，它们只管沿着祖辈遵循的路线前进。因为只有渡过马拉河，才会有雨水和青草，才会有生命和繁衍，即使那是一条魔鬼河。

几乎就在同时，所有的角马没有一只再胆怯和畏缩。在人类看来，真难理解角马这种像中魔一样的疯狂，尽管前面的角马因为坡陡水急可能刚刚跃入河中就被溺死，甚至被摔伤践踏而死，后面仍然是一只只、一群群、一片片角马前仆后继，那场面真可谓惊天地，泣鬼神。感叹：马不畏死，奈何以死惧之。

角马社会是以雌性为主导，不以血缘关系做纽带，不像非洲狮群，当一只年轻公狮战胜狮群中的狮王取而代之后，就无情地杀死不是自己骨肉的幼崽，狮群中不允许有第二个狮王，而角马却能包容一切，一百万只角马未有“角马皇帝”，未有称王称霸之争，没有领袖和头马，角马像雨水汇成小溪，又汇成汪洋大海。对角马的考验并没有结束，成群的狮子、鬣狗、猎豹仍然会一次又一次地袭击它们，这就是森林法则，它们也要成长，也要生活，也要繁衍，也要传宗接代。角马并不惧怕那些血淋淋的场面，它们会毫不犹豫地继续前进，这就是角马，只有角马才敢那样藐视那条残酷的河，死亡之河，中国人称之为“天国之渡”，还是中国人有智慧。马赛马拉的“天国之渡”……

非洲十日谈：天边飞来一粒沙，从此形成撒哈拉，三毛可能不知

道，这粒沙就是从纳米布沙漠吹来的。当纳米布沙漠已是大西洋晚霞中一片棕红色，酱赤色的“热土”时，撒哈拉正是一片青绿、翠绿的北非大草原。

纳米布沙漠北起安哥拉，南至纳米比亚，沿着大西洋，有一股浪漫劲，像一张弯曲的赭红色的中年男子汉的脸，风吹日晒，沧桑、健壮，古色而性感。它是世界上第一块沙漠，最古老的沙漠，最有故事的沙漠，也是最神奇的沙漠。它最宽的地方有160公里，最窄的地方只有10多公里，南北长有100多公里，地理形状极像南美洲的智利，也像一张刚刚断奶的毛驴脸，它是世界最干燥、最暴晒的地方，它是被太阳暴晒和“火烤”出来的，没有不怕火炼的真金。

3.5亿年前，纳米布这里是一片一望无际的大草原，茂密的原始雨林，雨露滋润，万物生长，和相邻的大西洋形成一边湛蓝一边翠绿的大自然壮观。从8000万年前开始，风水轮流转，老天再不下一滴雨，不是几年，几十年，几百年，几千年。滴雨不落，当时的纳米布已如同水星、火星表面，寸草不生，滴水不见，没有任何生命，河枯石裂，山摧谷没；烈日当空，拼命灼烤着纳米布，仿佛把它遗忘在太上老君的炼丹炉中。岩石被灼烤成石砾，碎石被炙烧成沙粒，终于被太阳修炼成地球上第一片沙漠，紧紧相邻着的大海却亿万年没变，形成一边是大海，一边是沙漠，一边是水的世界，一边是干旱的火炉。纳米布沙漠和北非的撒哈拉沙漠不同，和中国的腾格里沙漠不同，纳米布沙漠像活在这片沙漠之中的变色龙，早晨纳米布沙漠迎着大西洋上的朝霞一片棕红色、玫瑰色；中午在骄阳烈日下会呈现出酱褐色；只有傍晚，纳米布沙漠才会呈现沙漠的本来颜色，会迸发出一片片金黄色的光芒，随之就是一片苍褐色的深沉。每年都有一段时间，大西洋上的水雾会在傍晚时刻像轻纱一样神秘地笼罩上来，薄雾冥冥，似飘似浮，神奇的是这时的纳米布沙漠会沉静下来，万籁寂静，沙漠的颜色也会变成淡棕色、淡青色。纳米布连沿海也鬼神莫测，波谲云诡，有一段被称为“骷髅海岸”，有一段又被称为“魔鬼海岸”，也有“海狗滩”

“海豹海岸”之称。

但有一点，能在纳米布沙漠中安家落户的都有一套千百年“磨炼成仙”的本领。

纳米比亚变色龙为了能在纳米布沙漠中生存，练就了一身绝技。它的眼睛能转动360度，且两个眼睛可以自己转动自己的。它的感知度极高，任何沙粒的滑动它都能敏锐地感觉到。当它看到一只甲壳虫在悄悄爬动时，它能立即判断出它是爬向何方，如果是朝它而来，它就守株待兔，如果是背向而去，它就会凶猛地扑上去，它在沙漠中的速度是每小时15公里，是沙漠中爬得最快的动物。当它追到离那只甲壳虫还剩5厘米左右的距离，它会从容地张开嘴吐出长长的舌头，带有黏液的长舌头会像子弹一样准确地射中猎物，然后又神速地把猎物卷回到口中，大快朵颐。这样的动作它一天要重复一百多次，一百多只各类的甲虫才能让它果腹，才能让它满足对水的需求。为了能保证体内温度不致过高，不致脱水，在中午最热时分，它会爬到一根枯树枝上，因为趴在枯树枝上的温度要比趴在沙漠上低20℃。如果找不见枯树枝，它就会钻到沙漠中，因为沙漠中比沙漠表层温度要低15℃，沙漠表层的温度此时此刻会达到70℃。但纳米比亚的变色龙并不是无敌的，无忧无虑的，不远处会有一只蝰蛇在盯着它，无论它上天（爬上枯树枝），还是下地（钻到沙中），这只蝰蛇都会尾随它，直到一口咬死它，生生吞掉它。这种叫侏膨蝰的沙漠毒蛇十分阴险冷酷，扁粗，长不过30厘米，蛇皮会随着阳光变色，潜伏在沙漠中一动不动，只留一只眼留神四方。沙漠蝰蛇的眼是“豹眼”，又圆又亮，呈琥珀色，当它埋伏在沙子中时，它把眼睛眯成一条缝，细看会吓一跳，惊出一身白毛汗，那只留一条缝的毒蛇眼中，一道阴森森的目光正盯着你。它不慌不忙，似乎正在专心致志地欣赏着一只蜥蜴在跳“降温舞”，只见这只蜥蜴一会儿把按着沙的两只爪子抬起来，让刚刚凌空的两只爪子转换支撑热得发烫的沙漠，一会儿又把尾巴高高扬起，躲避灼烤的沙地。一直耐心地等它跳完舞，蝰蛇满意地爬过去，沙漠蝰蛇把距离计算得分毫不差，一跃而起，一口毙命，一顿大餐，有血有肉。岂止沙漠蝰蛇，纳米布沙漠中有一种毒蜘蛛，先挖一个沙坑，然后张网以待，无论是甲壳虫、蜥蜴、蚂蚁、蝎子，来者不拒，先毒死再享受。纳米布沙漠处处有陷阱，“守株待兔”“以逸待劳”“坐享其成”“自投罗网”，原来纳米布沙漠中亦有“孙子兵法”。沙漠中也逃不过森林法则。

纳米布沙漠有一种哺乳动物土豚，长相极怪，据专家称土豚数百万年“丑相”不改，因丑才得以生存，得以繁衍壮大。中国人称其“三不像”的怪物。土豚长着一个长长的猪鼻子，一对又长又宽的兔耳朵，听力极强，能听见地下白蚁爬动的声音，比兔子的耳朵还灵，拖着一根又长又粗的尾巴。土豚自身还有一个特点，为保证体内的水分不致脱水，它不出汗，没有出汗的功能。一超过45℃，土豚就会钻洞避暑，一动不动。土豚吃白蚁，白蚁体内的水分足够它生命的需要。因此这种“半猪不猪”的哺乳动物十分辛苦，只要不是过热，永远在工作，永远在刨洞，在摧毁白蚁的巢穴。它的舌头可不像猪，更像食蚁兽，又窄、又长、又黏，它可以把拱开、挖开的白蚁洞中的白蚁用它特有的长舌头“扫荡”，不吃饱决不罢休。

纳米布沙漠还有一种专以食白蚁为生的狼——土狼。土狼长得并不凶猛，像土狗似的，因为它不用去攻击其他啮齿类动物，更不用去威吓地下的白蚁。它和土豚的作息时间恰恰相反，土狼是夜晚“作业”，土豚是白天“开工”。土狼有股狼的狠劲，一旦找到白蚁的窝，扒开以后斩尽杀绝，决不手软。生物学家讲，土狼一夜能吃掉30多万只白蚁，是白蚁杀手。在白蚁这条生物链上，有十几种动物完全依靠白蚁生活。纳米布沙漠有一种大耳狐，长着一张俏丽狡猾的狐狸脸，一对诡诈智慧的大眼，它是全世界狐狸家族中唯一以白蚁为食的沙漠狐狸，以白蚁为天。其耳又大又直立，又薄又扇风，但它是“听地神”，大耳朵专门用来听白蚁的一举一动，听蚁巢中的白蚁爬动，然后顺势掏窝，饱餐而去。估计这些动物一天一夜能生吞白蚁数以万计，但白蚁是杀不绝的，吃不完的，白蚁有2600多种，它的繁殖能力、发育能力、生存能力，远远超出我们的想象。德国科学家经过测算，提出白蚁的总重量超过世界人类的总重量，让人瞠目结舌，那怎么可能？

在纳米布沙漠边缘，有一望无际的荒原，依然干旱、酷热，也是一片不毛之地。只有当大西洋上的潮雾挟着水分掠过时，才会有生气，有生命的呼唤。谁能想到，这里竟然生活着许多大型哺乳动物，沙漠大象、长颈鹿、大型长角羚羊……它们都是一群苦命的动物，真难想象，它们从出生那一刻起，就没过过一天“丰衣足食”的日子。真可以说艰苦卓绝，水深火热，艰难异常。

沙漠象是纳米布沙漠边缘最大的动物，从一出生就面临着一个终生的选择，要么渴死饿死，要么死在寻找水的路途之中。这个有 9 头大象的象群之所以停下来不再“长征”，是因为有一只母象刚刚生产，它为这个象群增加了新生力量，全体大象休整 3 天，为的是让这只小象在以后永远在路上的“长征”中能跟上象群的步伐。沙漠象的生殖率仅为草原象的 1/20，因此格外珍贵。全体大象视幼象为生命的一部分，为了保护幼象，象群能拼命而为，绝不犹豫。沙漠象都生有长牙，也是因为要保护幼象，一旦有危险发生，母象挺牙向前，挺身而出。3 天以后，这只小象就要跟随象群踏上觅水寻食之路，从此将永远走下去，直到老死、病死、渴死、饿死在路上。沙漠象活得真苦。因为水源奇缺，绿草稀少，沙漠象每天要步行几十公里甚至更长。这个象群中最老、经验最丰富的母象负责领路，沙漠象的鼻子比草原象更灵敏，它用鼻子“吻”着地，来感受地下的水气，寻找逝去的水源，当母象在干涸的河道上用脚挖出清水时，它会首先把群中的幼象招集来先喝。一只成年骆驼从沙漠中归来，一次能饮 120 升水，而一只成年母象在沙漠中找到水源，一次能痛饮 200 升水，而那次母象见水源水少，它仅仅喝了大约 20 多升水，就默默地离开了水源。

生长在这里的沙漠狮，几乎每一只都皮包骨头，瘦骨嶙峋，两只琥珀色的眼睛都变色了，时时透出饥饿的恐惧。沙漠狮常常在梦中惊醒，四处巡视，那是被饿醒的。“饿时吃糠甜如蜜。”中国俗语充满哲理，饥饿难耐的狮子连沙鼠也不放过。如果捕到一只长角羚羊，全家族的狮子皆似“穷人过年”，吃光吃尽，嚼骨吸髓，这也是此地无秃鹫的原因。这些大型动物为什么不能南下到草肥水美的南非大草原上？为什么几百万年就心甘情愿地、祖祖辈辈地生活在这片几乎寸草不生，滴雨难逢的地方？一天爬行一寸，也爬到塞伦盖蒂大草原了。想起李斯论老鼠的名言：“见吏舍厕中鼠，食不洁，近人犬，数惊恐之。斯入仓，观仓中鼠，食积粟，居大庑之下，不见人犬之忧。”呜呼，到非洲方知，何止鼠也？

每一种沙漠动物都有自己的生存之道，虽然苦难重重，艰苦异常。每当大西洋的水雾在夜间吹向沙丘时，一些甲壳虫会把硬壳高高扬起，水雾会在其甲壳上凝成水珠，小水珠汇成大水珠，然后顺势流入它的口中。甚至有一种蜥蜴会用眼睛汲水，它会逆着水雾瞪大它的双眼，这种大眼蜥蜴的眼睛上会结出一层薄薄的水雾，慢慢汇成水珠，这时候，大眼蜥蜴就会伸出自己特有的长舌头去舔食眼球上的水珠，这些水分足够它身体明天一天的消耗。沙滩再干旱，它都不缺水，活得还挺滋润。

纳米布沙滩边缘的植物活得也艰难，一年降雨量不到 20 毫米，但所有的植物都极度珍惜每一次水雾、每一点水滴。最让人感动的是有一种植物，其名叫“地下花”，在地面上看就是一小块扔在地上的瓜皮，但中间有个奇怪的眼，原来当水雾落在“瓜皮”上凝结成水珠时，会顺势流入小孔，又从小孔直接流到地下植物的枝叶和根须上；也是这个小孔，当太阳当头照时，阳光会顺着这个“光孔”射到地下，植物在地下就可以进行光合作用，就可以生长繁殖，多么奇妙的“抗旱植物”。天旱逼得植物不得不打“地道战”，走“旁门左道”。当地的达马拉人放牧时口渴了，会找到一种“厚肉植物”，用双手攥紧，一使劲，厚肉植物的块茎中就会被挤出水来，那苦涩的汁液会顺着达马拉人倒立着的大拇指流进嘴里。滴水不易，苦尽甜来。

在纳米布沙漠海岸，还有其生命超然的海滩，那里充满着勃勃生机，充满着生命的呼唤，那就是海狗海滩、海豹海滩。

每年九十月间，会有一百多万只海狗齐聚到海狗海滩上，那是一次世界罕见的海狗大聚会，没有统计过世界上究竟有多少万只海狗，就像不知道有多少万只角马，但知道每年都会有两百多万只角马要跨过马拉河一样，的确有至少 100 多万只海狗从大西洋中游到纳米布沙漠的海滩，尽情享受这儿丰富的鱼类资源，尽情享受这儿独特的阳光。就在这片平坦温柔的海滩上，将有 20 万—30 万只小海狗降生，一片新生的海狗新世界，一片婴儿啼哭打闹的幸福乐园。

是大自然的刻意安排？这时候也是狐狼生育后代的时候，小狐狼出生，正嗷嗷待哺，作为刚刚做了父母的狐狼义不容辞，立即直奔海滩上的海狗群，数十公里的海狗海滩躺满了海狗，密密麻麻，横七竖八，头尾相枕，一望无际。狐狼经验丰富，直扑刚刚出生没几天的小海狗。刚出生的小海狗，一身黝黑锃亮的皮毛，十分显眼，吃饱喝足了的小海狗依偎在母亲的身旁正享受幸福的时光。狐狼父母勇敢地冲上去，它们要叼走小海狗，但小海狗刚一出生就有十几斤重，3 天就能长到 20 斤，似乎也是上帝的安排，它从出生的那天起就生就一排尖牙利齿。要想把和自己体重差不多的小海狗从一百多公斤重的母海狗身边拖开也非易事，母海狗似乎比狮子还能睡，终日懒睡不醒，但小海狗也厉害，它会为捍卫自己的生命而拼命撕咬。狐狼也惧怕那一口狗牙。它们的选择也很简单，要么饿死一窝幼崽，要么“狗牙”夺食，掠走这只黑色的萌萌可亲的“小狗崽”。当然也有小海狗咬伤狐狼，在和狐狼撕咬拼命中惊醒酣睡的母海狗，小海狗“虎口逃生”，但它似乎并不害怕狐狼，冲着逃走的狐狼一阵嘲笑般地“狂吠”。

披着一身长毛的褐鬣狗更聪明、更狡猾。它的个头比狐狼大，就像非洲大草原的斑鬣狗一样凶狠残暴，褐鬣狗唯一惧怕的是狮子，而此处恰恰无狮子。褐鬣狗在海狗滩堪称老大，当它饱食小海狗以后，会感到口渴，老练的褐鬣狗会悄悄地选择一头刚刚吃足奶的圆滚滚的小海狗，把它拖到远离母海狗的地方以后，就会用力挤压小海狗的肚子，当小海狗被挤压得从口中往外喷奶时，褐鬣狗会惬意地伸过头去承接直喷而出的海狗奶，直到喝饱，一头不够就再找一头。褐鬣狗的做法真够绝的。

紧靠着纳米布沙漠的荒凉干旱之地，为全世界出过一道至今没有科学答案的难题。

在这片荒凉的几十平方公里的沙漠边缘，有一种神乎其神的“仙女圈”，当地达马拉人称之为“神的脚印”。在这片广袤干旱的土地上，有数不清的“神的脚印”，那是一个又一个圆圆的枯草圈起来的圆圈，圈外有杂草荆棘，圈边有草丛枯枝，而这个圆圆的直径都是 5 米左右的圆圈内却寸草皆无，“一尘不染”。怪圈一个又一个，像神有意留在这片土地上的，无一例外。曾经难倒过多少科学家、探险家？难道真是外星人所为？

据一位德国科学家多年的考证，此乃白蚁之大作，为白蚁所为。在这片广袤无垠的地下，竟然是白蚁的天堂，白蚁的世界，是白蚁的杰作，伟大而渺小的白蚁。就在这片土地下，可能生活着几十亿、几百亿只勤劳而勇敢、智慧而不凡的白蚁。

这些“仙女圈”正是白蚁制造的“天眼”，它们把直径 5 米左右的圆圈内的所有草茎、草根、草叶全部吃掉，把“仙女圈”内的沙地彻底松散，这样，每当雾气水分从这个怪圈上经过时就被松散的沙地中冒出的湿气所凝结，变成细小的水雾落在圆圈内，又很快渗入到地下；如果遇上罕见的降雨，每一滴落入“仙女圈”内的雨滴都会直接渗入地下，不会被任何草根吸收走。而这些水分一旦进入到地下，就会被白蚁创造性地利用，原来在“仙女圈”的地下是密密层层的“构架”，是一个温度 27℃、湿度为 62% 的恒温恒湿的世界。这也正是“真菌”最宜生长的温、湿度，“真菌”在此“天堂”中疯长，而这种雪白色的真菌物正是白蚁最喜爱的食物，一个幸福的循环就这样在地下形成了。这些伟大的“仙女圈”让人类也佩服。

第二大疑案、难解的世界之题是，在远离海岸线的纳米布沙漠中竟然发现了一艘巨大的沉船，这艘轮廓依然，船体尚在，甚至风韵犹存的钢铁之造竟然完完整整地“搁浅”在沙漠之中。这是一支欧洲探险队在 20 世纪 80 年代发现的。让所有探险家、科学家都难以相信，都不可思议，都难以解释。这里离大西洋 100 多公里。这艘船出场不过 100 多年，基本保持完整，所有的“破坏”，竟是当地科伊人发现后爬到沉船上“发洋财”，搬走了许多他们认为有用的东西。问题是这条沉船为什么会沉到沙漠之中？有科学家认为是 100 多年前此处曾有一条暗河，船误入河；有人认为是河流改道把沉船抛弃在这里；也有人认为是 100 多年前的海啸把船吹到此处，后来沙漠不断侵扩，大西洋不断后退，终于形成了纳米布沙漠沉船……

神秘的非洲，一言难尽的非洲。

寻宝记

一、罗马双驾与照夜白图

我不敢肯定世界上还有没有比它更小的国家，人口不足千人，面积不过 0.44 平方公里，但我敢肯定，它是世界上人均藏品最多、博物馆面积最大的国家——梵蒂冈。它的国家博物馆——梵蒂冈博物馆，每年去参观的人数竟然比去美国大都会的还多 100 多万，我是朝拜者之一。

朝拜梵蒂冈博物馆亦非易事，一步踏进，如入仙境，满目皆宝，满堂皆彩，奇珍异宝“铺天盖地”，天上、地下，堂上、堂下，脚前、身后，甚至犄角旮旯都是宝，那些宝都是世上不可多得的宝，甚至是世上唯一的珍宝，让人应接不暇，目瞪口呆。走不完的廊，进不完的厅，看不完的宝，琳琅满目，目不暇接。油画、雕塑、装饰、文物、古迹，堪称艺术的顶峰，文艺的瑰宝，不但见所未见，甚至闻所未闻。方知，大千世界尽在眼下。

迎面是一尊双马驾车欲腾空而起的大型石雕，它是公元前 1 世纪相当于中国西汉初年的石雕。但见那两匹驾战车的军马，前腿高扬，两腿筋力迸发，那么有力，又那么张扬，欲一跃而起；后腿微微后蹲，用力蹬地，马张嘴露齿正在大声嘶鸣，鼻孔张大，拼力呼吸；两眼圆瞪，直视前方；双耳直立，鬃毛奓起，一幅狂马、烈马、野马、军马的艺术再现。在东方，几乎和这两匹石马一个时代的秦始皇陵铜车马，那四匹拉车的马却是那么娴静、温驯、善良，不曾见到一分一毫的野性、烈性、反叛性。我在美国大都会博物馆见到了极其珍贵的中国大唐韩干画的《照夜白图》，堪称中国国宝，现藏于美国大都会博物馆，纸本水墨，30.8 厘米 × 34 厘米，画中仅留章就达 47 个，仅仅还只是我数的。“照夜白”是谁起的名字似无人考证，它是唐玄宗最宠爱的一匹战马，这张韩干的骏马图当推世界上一幅最神奇的骏马图，把马的神态、表情、性情、姿态、形状，那时那刻的一举一动、一嘶一鸣、一睁一看、一踏一扬都表现得惟妙惟肖，栩栩如生。这匹照夜白的马眼之神，马齿之力，马鬃之俊，马的前腿后蹄，马的短唇巨鼻，马的健伟的胸肌，肥硕的马体，被韩干看透了，想绝了，画神了。就凭这匹“照夜白”，韩干不愧中国画马之翘楚。韩干画的这匹白马还是匹神马，全身白亮，能把黑夜照白，故起名“照夜白”。这张骏马图是如何流落到美国的，恐怕后面有说不尽的历程。但我久久站在《照夜白图》前瞻仰，良久方悟，此马非战马，即使是唐玄宗之战马也上不得战场。它没有一点野性、狂性、桀骜不驯的血性，这可能是和梵蒂冈博物馆的石雕马的根本区别。欧洲文艺复兴时期几乎所有的大师，达·芬奇、拉斐尔、提香、卡拉瓦乔、凡·高、高更、马蒂斯、莫奈等等，都从未单独画过一匹马，雕过一匹马，仿佛马不入画不入雕塑，这难道是地域文化的影响？

石雕的骏马，国内名气最大的是昭陵六骏，简单地说就是唐太宗长孙皇后病逝后，葬在昭陵，唐太宗为表达自己的夫妻深情，着唐初最著名的大画家阎立本画出他最心爱的 6 匹战马，其中两匹对他还有救命之恩；然后全国选石材，选出 6 块高为 1.7 米、宽为 2 米、厚为 0.3 米的青岗石，再由阎立本的哥哥、唐初最著名的雕刻大家阎立德仿照图样刻于石上。姿态神情各异的 6 匹骏马均采取侧面像，用 15 厘米的高浮雕形式，再现了六骏之神采。

“昭陵六骏”原置于昭陵后山祭坛寝殿前的白石台基上，后世整修时移至东西两庑殿前，西侧依次是“飒露紫”“拳毛䯄”“白蹄乌”，东侧则是“特勒骠”“青骓”“什伐赤”。马名难叫，是因为来自突厥语。李世民叫起来顺口，是因为他本人就是少数民族，血统中就有突厥民族的基因。国内见过“飒露紫”和“拳毛䯄”的人不多，因为它们远在美国费城宾夕法尼亚大学考古与人类学博物馆，被置放在博物馆不很起眼的地方，默默地孤独地站立在那里已经一百多年矣。“飒露紫”是六骏中唯一有牵马军士的人马像。但无论如何，都看不出那战马的英雄、豪迈的血性气质，一点都不暴、不野、不猛、不烈，不血腥、不丈夫，没有一点杀气、霸气，让人更偏爱那站立在梵蒂冈博物馆中的两匹驾车的石雕烈马，那似乎才是真正上战场的血性马。那两匹马看上去更威武、更战斗、更野性、更暴烈、更具有血性，也更让人喜爱。那是两匹公元前 1 世纪雕刻的石马，高大威武，比人足足高出一个马头，在世界艺术宝库中应属唯一，堪称世界之宝。

二、波尔菲多鼎能让两只非洲河马自由生活

穿过被称为“烛台”的艺术长廊，仿佛是穿越时空，那是一条长长的艺术橱窗，每一步都走在艺术的脉搏上，每一眼都落在艺术的精品中。“烛台”艺术长廊分 30 个区域，展出的艺术瑰宝几乎密不透风，一件紧挨一件，绝不留一尺一寸的空白。几乎都是古希腊、古罗马时期的雕塑、绘画、工艺制品、珍贵摆设，一尊尊穿着各异、神色各异、姿态千奇百态的石雕像，面向你，正视你，仿佛要叫住你，和你探讨修建帕特农神庙中的问题；每尊石像都闪耀着时代的特色，都有一番不平常的经历，你根本分不清楚，哪是古希腊、古罗马的神话世界，哪是古希腊、古罗马的真实历史。友人看我无所谓地从一尊石雕像面前走过去，就拉住我，指给我看，那尊石像就是奥古斯都大帝，一切都令人眼花缭乱，一切都令人似懂非懂，完全被沉醉，彻底被征服。那是一座怎么样的艺术殿堂？无以言表！在圆形厅里，陈列着一个巨大的鼎，其名呼波尔菲多鼎，下有 4 根壮士柱做鼎足。言其大，是因

为它是盖世第一大鼎，它的直径为 4 米多，是古罗马皇室的用品，发出一种暗黄色的金属光芒，显示着自己的尊贵。我记得我曾在中国山西博物馆看到中国口径最大的镬鼎，高 0.93 米，直径 1.29 米，重 220 千克，为什么这么大？因为它是用来煮整只牛的。我不知道罗马皇宫中的这只波尔菲多鼎是干什么的，但它的口径足有镬鼎的 3 倍。我目测，估计放满水，可让两只非洲河马自由自在地生活。我探询了一下有多重，答复是从来没称过，估计要以吨计。让人感到这只大圆形鼎尊贵之处还在它的周围是一尊尊比人还高大的雕像，它们各执利器，怒目而视。有的甚至一脸怒容，两眼凶光，一身横肉。友人指着其中一尊最高大、最威武、最帅气的裸体男人说他就是安提诺，是一位传奇式的英雄，除暴安良，力大无穷，技高无敌，据说古罗马皇帝对他十分赏识，也非常宠爱，其英年早逝后被加封为神。周围那一尊尊摆着各种“英雄”姿势的石尊像，都是追随他东征西讨的勇士。

摆放这尊大鼎的圆厅地板上，绘满了历史图画，我看不懂，但多数是战争和行军、胜利、攻城略地的场面，想必是在记述这只大鼎和它相关的故事，那该是一本厚书。友人给我介绍，这只鼎价值连城！天下唯一，无价之宝！可谓“美哉轮焉，美哉奂焉”！

三、《拉奥孔》，古希腊裸雕艺术的经典，无与伦比

《拉奥孔》群雕也是公元前 1 世纪的古希腊原作，极其珍贵，也是绝无仅有的稀世之宝，放在希腊当为希腊的镇国之宝。其高 208 厘米，在三级石阶上，拉奥孔和他的两个儿子都裸体再现，被两条大蛇紧紧缠绕着，生死不得，痛苦万状，在拼命挣扎。拉奥孔几乎绝望了，他无奈地紧闭双眼，一条大蛇正张口咬住他的左胯，死亡的魔影已经笼罩着他。

拉奥孔在特洛伊战争中主张烧毁特洛伊木马，但最终他被女神雅典娜派来的两条巨蛇杀死。先是两条大蛇缠绕住拉奥孔的儿子，咬住

他们的身体，又把他们吞食吃掉。为了拯救儿子，拉奥孔不顾一切地与巨蛇搏斗，拼命地呼喊，但那两条巨蛇的力量是神赋的，是无敌的，是来严惩他的。痛苦，心灵的痛苦和肉体的疼痛让拉奥孔发出嘶鸣，发出可怕的悲号，震动整个天地。当时希腊罗德岛的三位杰出的艺术家用一块完整的青白岩石，把这段传奇的历史故事形象、逼真、艺术地再现出来，成为一曲古希腊雕塑艺术的绝唱。

但1500多年过去了，这件艺术的珍品却消逝得无影无踪。直到1506年2月，意大利人佛列底斯在罗马旧皇宫遗址附近的葡萄园内，发现一座大理石雕塑，这个消息很快传到教皇尤里乌斯二世那里，这位教皇是位艺术大家，更是一位艺术收藏专家。他立即察觉到这条消息的价值，那可能是古罗马皇宫中的艺术藏品。刻不容缓，他立即派正在为其修建陵墓的艺术大师米开朗琪罗和建筑大师桑加罗去一探虚实。两位大师皆金睛火眼，俱慧眼识珠，教皇才下定决心，在众多竞争者手中毅然把它买下，《拉奥孔》终于得到了妥善的保管。但在出土过程中发现，《拉奥孔》有残，拉奥孔的右臂缺失，他向后高高扬起的右臂和右手究竟在做什么？许多大师在猜测，在假想，在补救，终于被人修复成扬起的右臂向身后抓住了缠绕其身背后的巨蛇。就像中国的《红楼梦》被高鹗后续四十回，非议不少，但赞誉也不少。直到1957年，《拉奥孔》丢失了451年的右臂右手才得以找到，让多少艺术爱好者、艺术收藏家、艺术大师都兴奋得无以言表，这难道不是冥冥之中有艺术之神相助？

和《拉奥孔》陈列在一起的还有《阿波罗》雕塑，高有两米多，一位标准的美男子，它是公元前3世纪雕塑的，至今已有2300年的历史了，但它是复制品，“真身”是公元前5世纪至前4世纪的一尊青铜像，真了不得，中国应该是世界打造青铜文化的先驱，但现出土的公元前5世纪至前4世纪的青铜器中没有一件是为一个人、一个神铸造的裸体个人像。眼前这件雕塑珍贵也在此。

我亲眼观看过许多古希腊的裸体雕像，表现得最青春、最神气、最英俊，也最有魅力的裸体雕像中，《阿波罗》当推首位。阿波罗是宙斯的儿子，是古希腊神话中的太阳神，阿波罗主管光明、青春、音乐、舞蹈、祭祀等，这尊《观景殿的阿波罗》包容着一种艺术的美、人体的美、自然的美、纯真的美、风格的美。没有人说他不美，阿波罗从一诞生就是在赞美声中走向人间的，但依我看来，这尊被称为《观景殿的阿波罗》全裸像高高地站在那里，明显地感到他的阳具太小，不成比例，因此也显示不出阿波罗的阳刚气、丈夫气，倒像一位女性化的男人。但他是一尊极珍贵的不可多得的文物珍品。

四、《躯干》之美彻底征服米开朗琪罗

我在《躯干》面前震惊、战栗、感动、心悸，那仅仅是一段人的躯干，上身无头无双臂，下身自膝盖以下无脚无腿，但任何人站在它面前时，都能感到那残缺的身体里时时刻刻都有生命在涌动，它的每一块肌肉都在迸发，都在活动，都在昭示什么，都在控诉什么，仿佛它在呐喊、它在歌唱、它在冲锋、它在战斗。当米开朗琪罗站在《躯干》前时，激动万分，难以自抑。他几乎被《躯干》的艺术力量所征服，他崇拜《躯干》，赞美《躯干》，折服《躯干》，自称是其学生。米开朗琪罗还这样赞美过哪一件艺术品？他颂扬《躯干》实在太美了，那种美的力量能征服一切人。教皇尤里乌斯二世命他为《躯干》补上失去的一切，但米开朗琪罗拒绝了：“它已经美丽得无以复加，任何改变和补充都是徒劳的，画蛇添足的！”

从美学的角度看，美是永存的，击碎的美可能变成一种更新的美，涅槃之美是一种升华的美。《躯干》之美就在于它是残缺之美，按教皇尤里乌斯二世的观点办，完美了就不再是残缺的美，不会再拥有《躯干》的美。而《躯干》的美，美的魅力在想象，美在幻想，美在无限，美在唯心，是一种独特的美。

欧洲人，特别是文艺复兴之后的艺术家，欣赏《躯干》的美，残

缺的美，破碎的美，美的毁坏，毁坏的美。

我在法国巴黎卢浮宫博物馆，看其三件镇馆之宝，真乃世界公认的稀世之宝，其中两件“国宝”是残缺之宝。

《胜利女神》像高高在上，欲乘风归去，又欲凌空而降，背上双翼扇动，腾空而起，欲览人间，衣带临风，半裸半露。第一眼看时的确心中一沉，心底一跳，《胜利女神》无头无臂，是一尊残缺的女神。细看，细细看，越看越觉得她美，能看见她的身姿美、身形美、灵魂美、心灵美，美自四溢，美不胜收。在卢浮宫那么大的大厅里，似乎只有这尊残缺的《胜利女神》在神采飞扬，那的确是尊高贵的女神，一尊漂亮的女神，一尊胜利的女神，一尊再无替代的女神。

这尊《胜利女神》像是公元前2世纪的艺术品，出自何人之手，无从考证。2000年后，在爱琴海萨莫色雷斯岛出现，出土时只是一堆碎片，后经多年的修复方成今日之《胜利女神》。《胜利女神》因何而匿？因何而碎？其头、其臂何在？一直成为艺术界、考古界的难题，直到1950年才找到它的一只手臂。考古专家认为，《胜利女神》像是为迎接胜利归来的古希腊舰队而作，是坐落在临海的一块巨礁之上，企望她把胜利降福给远方的战士，因此胜利女神应该满面春风，满脸喜悦，在朝霞和海风中降临胜利之神。因此胜利女神薄衣飘带被海风吹起，能清晰地看出女神丰腴青春的肢体，线条的美直接透出一种朝气向上、活力无限的美，让胜利女神霞光满身，海风满怀，神采奕奕，活力无穷。真美！这尊无头的《胜利女神》雕像不是偶然产生的，我在美国大都会博物馆中看到过被称之为《美慧三女神》像，也让人情不自禁地陷入美的幻想之中。那也是公元前2世纪的古希腊的艺术作品，由3位裸体的女神组成，她们中间一位向后，两边两位向前，亭亭玉立，婀娜多姿，充满着青春、热情、喜悦，她们是阿弗洛狄忒女神的三位侍女：美丽、欢笑、丰盛，虽然她们都失去了头颅，失去了双臂，但丝毫没有破坏她们的美的形象，美的丰韵，美的气质，美的优雅，美的浪漫。她们的名气不如胜利女神大，其中一个原因为她们不是女神，只是女侍，她们没有登上皇皇殿堂，而是被置放在公共浴室之中。

直到近千年后，古希腊这种雕刻之法才由西域传入中国，在北魏时期逐渐成熟，留有大同云冈石窟中的飞天、菩萨，才发展到“曹衣出水，吴带当风”。

古希腊的女神像大多是裸体或半裸体的，这是古希腊雕塑艺术的风格，其中做得最完美的、最艺术的、最杰出的、最优秀的、最有品味的、最具有震慑力的，就是维纳斯像，也就是卢浮宫的第二件镇馆之宝。《米洛斯的维纳斯》堪称世界珍宝。有人把罗马时代称为维纳斯时代，足见其伟大。

1820 年 2 月，在希腊爱琴海的米洛斯岛上，有位农夫在自家葡萄园内挖土时意外地发现一尊女性大理石像，这一锄头堪称伟大的一刨，维纳斯出世，人类的一尊伟大的艺术品横空出世，世界出了维纳斯。谁能想到，维纳斯几乎引来一场战争，维纳斯战争。

维纳斯可以号称一个时代，维纳斯可以导致一场战争。为了争夺维纳斯，德国舰队随时准备行动，而土耳其也毫不示弱，准备为维纳斯而战，有一个说法，维纳斯正是在这场国与国之间的争夺中失去了双臂。断臂的维纳斯也曾经引起过数不清的争论，为了挽救维纳斯的“全美”，做出过无数个方案，为维纳斯再造一双手臂。也有一种历史的回音：也可能塑造维纳斯的那位伟大的艺术家根本就没有为她制造双臂，他认为无臂的维纳斯更美，这位艺术大师才真正懂得美。

我在卢浮宫近距离观看过两次维纳斯像。

维纳斯像高 2.04 米，丰满的乳房，光润的肌肤，柔韧的腰肢，妩媚的身姿，世人对她的评价近乎绝对，美人中的绝美，美中的完美。多一分则长，少一分则短。也只有维纳斯能够代表那个时代。

在梵蒂冈博物馆的入口处，有座石雕，世界名人半裸体的坐像，左边一位是米开朗琪罗，右边一位是拉斐尔。如果没有紧皱着眉头、似乎一脸苦相的两位，欧洲文艺复兴，乃至世界艺术史上得留下多少空白？梵蒂冈博物馆这座艺术宝库可能根本就不复存在。两位大师在看什么？愁什么？谋划什么？遗憾什么？我站在西斯廷教堂，一直抬头凝视米开朗琪罗的那幅巨画，足有800多平米，像天穹中的天幕。几百个人物，几乎无一着衫，从天上，似乎是九重天，飞来降落，在天空中，在上天的世界，尽情表演着人间的喜怒哀乐；又有数不清的人、看不明白的神，从地上、从海里、从山岩上、从波涛中怀着无穷的理念，带着生与死的感召，背负着宗教与信仰的责任，从生活中、从社会中、从战斗中演绎着各自的经历和生命，诉说着但丁赋予他们的故事，诉说着米开朗琪罗给予他们的生命。这幅让米开朗琪罗画了足足4年多的巨画，让我把脖子看酸，把眼睛看花，说实在的，这样的艺术珍品，谁有机会不想多看一眼？即使是教皇正在为30多位红衣主教作宗教圣事，因为天上的米开朗琪罗正在无声地召唤他们。

五、“吾爱吾师，吾更爱真理！”

米开朗琪罗的宗教世界、神话故事、但丁之梦，似乎离我们太遥远了，有些像《离骚》《尚书》的陈白祷告。我更愿意在拉斐尔那幅大画《雅典学院》前多站立一会儿，虽然在梵蒂冈博物馆内，时间是以分以秒计算的，因为你在梵蒂冈博物馆内目不别视，狂走一天，也看不完所有展厅，更看不尽所有展品。但我愿把有限的时间花在这里，拉斐尔的大作！

这里原来是教皇尤里乌斯二世的私人寓所，1508年委托拉斐尔进行装饰改造。大厅高大敞亮，宽阔明亮，正堂是拉斐尔不朽的杰作《雅典学院》，拉斐尔1511年创作，长5米，宽7.7米，拉斐尔要展现一幅怎样壮观辉煌的场面？几乎把公元前5世纪到前4世纪欧洲所有伟大的哲学家、理论家、思想家、艺术家都召集起来，让他们自由自在，轻松愉快地讨论世界的现在和未来，讨论哲学的今天和明天，讨论人的思维和实践的关系。那里有我敬仰和崇拜的先哲，有我渴望去学习的学院和殿堂。我从来没有这么细、这么近、这么无间隔地和他们面对面，我从来没有机会能看到他们治学的身影和探讨理论的举止动作。他们仿佛刚刚结束了一场理论演讲或哲学辩论，意犹未尽地走向广场，他们还在讲、还在议、还在辩、还在说；每个人都不拘一格，每个人都随心所欲，每个人都在专心致志，每个人都在以自己为中心，或讲、或听、或写、或读、或看、或走、或站、或说、或笑、或躺、或坐，他们当中有伊壁鸠鲁、柏拉图、亚里士多德、苏格拉底等等先哲先师。其中最核心、最抢眼、最让人久久注视的是走在中间的柏拉图和亚里士多德。

画面中可以清晰地看到，两人肩并肩走着，正在谈论着一个什么问题，亚里士多德一手拿着笔记本，一手前伸着，脸正侧向其老师柏拉图。柏拉图穿着橘红色的披肩长袍，似乎系着一条黑色的布带，左手夹着笔记，右手伸出食指，向穿着蓝色披肩长袍的亚里士多德在讲述一个观点。柏拉图原来长得这样，由拉斐尔作证，齐胸的白色胡须，披肩的灰白色头发，睿智的大脑门已经秃顶，两只眼睛能让人感到气势和神采。柏拉图欣赏和赞美他的学生，他说："我的学园可分成两部分，一般学生是它的身体，而亚里士多德则是它的头脑。"

亚里士多德学富五车，博采众长，包罗万象，善于思考，长项和爱好是哲学，哲学的分类应该始于亚里士多德。他敢于质疑传统，挑战权威，在哲学和理论上他更崇尚真理，即使是柏拉图他也绝不盲从。他不同意柏拉图的一些唯心论的观点，他认为，客观存在的物质世界，不是靠观念产生的，是先有了现实生活中的各种三角形的东西，然后在人们头脑中才有了三角形的观念。我理解，这可能就是以后发展成为的唯心论的先验论和唯物论的反映论。有人指责他背叛了老师。亚里士多德有一句青史留名的名言："吾爱吾师，吾更爱真理！"

我在美国大都会博物馆看到过伦勃朗在 1653 年画的《亚里士多德与荷马半身像》，伦勃朗的风格不同于拉斐尔。在长 143.5 厘米、宽 136.5 厘米的布面油画中，一切都显得那么沉闷、阴暗、压抑，身披黄白长袍，长着黑色大胡须的亚里士多德，正用手抚摸着伟大的盲人诗人荷马的光头颅，那是荷马的一尊半身的雕塑，荷马正瞪大眼睛看着他，而亚里士多德却似乎并没有专注于荷马，他在失神地望着荷马的身后，他想要和荷马交谈什么？但历史已经证明，亚里士多德对近代哲学和文化传统中发挥了多么大作用，亚里士多德被尊称为古希腊哲学家中的“第一人”，我还要走回去要再看看这位“第一人”。

六、罗塞塔碑，大英博物馆的“镇馆之石”

我不知道大英博物馆的镇馆之宝是什么，但我知道大英博物馆的“镇馆之石”。

那是一块极不起眼的黑褐色的大石板，似乎被什么重器击打得无边无沿，既不方也不正，可能因丑陋和无用曾经做过垫脚石，被抛弃在荒山野岭。但这块丑石的石面却平整如纸，细看正面竟然有一排排工整的神奇笔画，没有人知道是谁刻的，什么年代刻的，为什么刻的，刻的是什么。普天之下无人能识，用中国人的话说叫“天书”，就因为这块不知出处的丑石上有此“天书”，才堪称“天下第一石”。就在这部“天书”里，隐藏着一部人类文明史，它揭示了人类发展进步的密码，送给今人一把古代人类精神文明社会的钥匙。罗塞塔石碑，也可称天下第一碑。

公元 1799 年，拿破仑的埃及远征军已处在失败的下风头，英国军队的攻势正势如破竹。拿破仑的法国军队要在埃及防线挖筑一条战地防线，以阻止英国军队的进攻。在挖掘战壕时，法国军队挖出了半截“丑石”，士兵们准备把它置放在防御工事外抵抗英军的炮弹。

就在此时，法军中有位军官，名叫夏伯里，他发现这块“丑石”的两面都刻满稀奇古怪的神秘“图形”，他蹲在战壕中仔仔细细，认认真真地“细读”，发现那的确是“天书”，他从来没有见过，更无从认识任何一个“图形”，但他的直觉判断，这块“丑石”中大有文章，它有可能是古埃及人留下的，它有可能揭示出古埃及文明的秘密。夏伯里了不得，他受过法国正统教育，绝非一般的“丘八”，他相信自己的判断，他很仔细地擦去断碑上的泥土，把它上报，引起了法国军队和拿破仑的重视。罗塞塔石碑被发现。

那场英法战争不是因为罗塞塔石碑而战，但确实因为罗塞塔石碑而名，英法两国也因此而结怨。英国军队打败了拿破仑的法军，罗塞塔石碑归胜利者所有。

这块石碑因是在埃及罗塞塔发现的，故称罗塞塔石碑。但这块石碑为何立在罗塞塔？罗塞塔石碑究竟有多高？多大？上面究竟刻的是什么？刻的有几种文字？刻下多少字？罗塞塔石碑是块残碑、断碑、碎碑，谁把它毁坏的？又因为什么毁坏的？其余的残碑尚在何处？几乎无人能解答，它的出现难道是法老的旨意？难道它的解答也只有靠法老的梦传？

古埃及法老太神秘了。经过近30年的研究，罗塞塔残碑正面的文字终于得到了破译，那是古埃及法老的一段美好的祈祷：“为了你的爱，太阳每天从东方升起……”古埃及的象形文字的破译，比东方的中国破译他们最早的文字甲骨文早了整整100年。破译古埃及象形文字的最大难点是它违背了象形文字的规律，是逆规律而生的，古埃及的象形文字是既把象形文字以形表达字意和象声文字以音表达字意相结合起来，这种鬼使神差的组合不知熬白了多少科学家的头。罗塞塔石碑上的文字用凿出的横线分成三部分。一共刻有1419个古埃及的象形文字，486个古希腊的古文字。最上面刻的是古埃及象形文字的圣书体，应该是古埃及象形文字中的一种通用字体，像中国秦王朝统一中国后采用小篆体。下面是俗体文的世俗体，再下面是古希腊文。残碑上还残存着莎草纸文书32行字，因字体有残缺，至今无解。但从此打开了古埃及文字之谜，从此读懂了古埃及的历史，从此读明白了古埃及的宗教，读懂了古埃及的文明和文化。

啊，这尊残碑，镇馆之石，罗塞塔石碑。

七、看过此“牛腰”的人堪称“福翁”

见过北宋大诗人、大书法家黄庭坚真迹的人恐怕不会多，见过长达1200余字长卷的人恐怕更寥若晨星，更该自豪。

北宋书法四大家“苏、黄、米、蔡”，黄庭坚排行第二，据说那是因为黄曾被人称为“苏门学士”，苏轼为师，故苏排黄前，但后人亦把黄庭坚列为宋代第一大书法家，康有为就曾说：“宋人书以山谷为最，变化无端，深得《兰亭》三昧。至其神韵绝俗，出于《鹤铭》而加新理。”黄庭坚是被推上神坛的。

中国人评价一个人字写得如何是以价论值，所谓“字字如珠”。黄庭坚写的《砥柱铭》，全文不过600多字，2010年竟然拍出4.368亿元的天价，每个字竟价值70多万元，何止如珠？

美国大都会博物馆中国馆陈列着黄庭坚的一幅手卷，其长为1822.4厘米，行话称之为“牛腰”，意思是卷起来粗如牛腰，全卷有黄庭坚抄写的《廉颇蔺相如传》共1200余字，称其为旷世珍品、价值连城一点不为过。王羲之的《兰亭序》真迹恐怕今生今世见不上了，但黄庭坚的大作还在，就在大都会博物馆。去而不看称罪过恐怕不是错。

黄庭坚的草书，“疯”“狂”并举，奔放奇逸，驰骋恣肆，如醉如痴，无风无云，似仙似神。看黄庭坚的字，久望长观，必看晕、看错、看醉、看呆、看疯、看傻、看狂，天下还有哪位大家的书法有此魔力？有人曾戏言，凡中国馆出来行为癫狂者，必观看了黄庭坚的草书。黄庭坚的这部草书长卷，至少应该可以称作中国馆的镇馆之宝。

八、如此“怪兽”已三千多岁矣

美国大都会博物馆堪称艺术珍品的海洋，但“弱水三千，吾只取一瓢饮”。我看古埃及馆厅堂中的“人首翼狮像”就出奇地神奇，能让人看呆、看傻、看蒙了，不但能镇妖、镇邪，也能镇住世人万千。

那“怪兽”高大威武，足有3米多高，令观者无不仰视，更感到雄壮挺拔。它诞生于公元前883年至公元前859年，对应中国朝代应在周王朝，是立于当年古埃及王朝宫殿门旁的驱邪神兽，想必还有一只。这只人首翼狮石像最神奇、最不可思议的是它有5条腿，从前方看，这头凶猛怪兽是前面两足直立，一股威严、凶猛之气油然而生；从侧面看，其后还有3条腿，无论怎么看，从什么角度看，这头猛兽似乎都在行走，步履匆匆，绝无一时一刻的停滞，似乎时刻保持着高度警惕。在我看过的神话绘画中，即使是镇墓兽，长得再奇、再怪、再凶恶，也绝无5条腿的。这头人首翼狮的怪兽设计得如此巧妙，堪称大师妙作。

两翼生于胸前，六层羽毛排列得细而密，翼并不长，从正面观察两翼更像两臂，或两臂化为两翅。尤其让人稀奇的是它的头，头冠即王冠，我没觉得有什么特殊，比起周天子的十二琉冠冕，倒显得有些寒酸。关键是这头辟邪兽的人面胡子，它留的是络腮胡，胡须满脸，但都修整得不长不短，恰恰贴在脸上，又都卷曲成一绺一绺极整齐极规范的“趴地胡”，而其下巴上留的是绵羊胡，像绵羊的尾巴。给人留下深刻印象的是那胡子竟然修整成三部分，每一部分的式样、长短、形式都不一样，这太稀奇了。而它的另一个特点是嘴小眼大，嘴不但小，“樱桃小口”，且还雕刻出明显的唇线；的确，它长着一张女性的嘴，而它的眼却出奇地大，双眼皮、大眼睛，两眼有神。站在它面前怎么看都觉不出它恶、它凶、它毒、它猛，难道古埃及的亚述纳西拔二世就喜欢这样的辟邪兽？我满大厅寻找，终于找到了这位二世法老的浮雕，原来这位二世法老的长相，尤其是他的大眼睛、小嘴细唇、那满脸的络腮“趴地胡”和下巴上的绵羊胡，也被梳理修整成三部分，原来二世法老喜欢这样，估计他的臣民也得打扮成这样。但这件“人首翼狮石像”的确是件古埃及的艺术珍宝。

美国大都会博物馆的宝物太多了，真应了佛教上的那句“见山不是山，见水不是水”，也真应了《岐山斗宝》中的那句戏文：“见宝不是宝。”

大都会博物馆有罗丹一件青铜佳作《亚当或创造人类》。这尊比我还高大的青铜裸体男人塑像，具备了罗丹这位欧洲文艺复兴大师艺术造型的所有特点。罗丹的代表作是《思想者》，罗丹的伟大之处是让一个裸体的男人在长思长想。记得当年北大曾出题目“君子”考天下才子。梁启超先生对答：“天行健，君子以自强不息；地势坤，君子以厚德载物。”天下才子皆曰君子之德、之智、之为、之情，没有“跳出三界外”太出圈的，如出题为“思想者”，我敢断言，天下应试者唯罗丹敢以裸男为之。文艺复兴可能让罗丹“离经叛道”，我在巴黎罗丹馆看《思想者》时感受到思想的力量，这可能是罗丹艺术的传导。

那陌生的思想者，强壮有力富有无穷的内张力，饱满的肌体全是腱子肌肉，透出勃勃生机；他成熟而深刻，他思索而远达；那被强烈生命感撼动的身体正在一种极艰难、极痛苦的思想中剧烈地收缩着搏斗着；他紧皱着眉头，托腮沉思，仿佛身体的一切都在内心活动中变化、升腾、凝结、聚合；他不仅展示了人体的阳刚美，还孕育着一种深邃永恒的精神。罗丹的《思想者》不能久看长思，否则会感到一种压迫的力量，会产生一种恐怖感，那是思想的冲击，思想的挟制，思想的力量。

但谁也绝对想不到，罗丹会把巴尔扎克塑造成一个疯疯癫癫、神神经经、又胖又丑的一丝不挂的裸男。罗丹到底要这位文学泰斗、《人间喜剧》的大作家亮什么相？他到底要表现巴尔扎克什么？世界上有一万个艺术家要表现巴尔扎克，但绝找不出第二尊罗丹手下的巴尔扎克。我第一次见到罗丹手下的巴尔扎克，我感到惶惶然，感到茫然、困惑、感到无望甚至气愤。我想直接到罗丹面前去质问他，当我走到他面前时，我才知道我不是唯一一位，而是众多质问者之一，而得到的答复只是同样一句话，至少再读 10 遍《人间喜剧》，扪心自问，你究竟读过几遍？看不惯罗丹的巴尔扎克，就是没有读懂他的《人间喜剧》。

巴尔扎克全身赤裸，双臂环抱，挺胸昂头，高傲地远望，一脸让人难以琢磨、难以看透的表情，冷眼看世界？冷眼观望“人间喜剧”？眉宇之间那种嘲讽、讥笑、厌倦、漠然，非巴尔扎克莫有。

真是人间喜剧，这尊高 127 厘米、宽 61 厘米、重 65 公斤的裸体雕像，竟在一夜之间神秘地“消失”了，被盗走了。失去了，才感到珍贵。6 年以后，在法国社会的要求下，罗丹才又塑造了《穿斗篷的巴尔扎克》，令人难解的是，这尊穿着斗篷的巴尔扎克却遭到了社会界、舆论界、艺术界、美术界、文学界的批评和嘲讽，其中批得最狠、挖苦讥讽得最厉害的正是多年前批裸体的巴尔扎克火力最凶猛者，以致最后罗丹一言未发，绷着面皮，自己去巴黎展馆抱回《穿斗篷的巴尔扎克》。这尊《穿斗篷的巴尔扎克》一直待在罗丹的工作室里，无人过问，也无人敢问，巴尔扎克寂寞得尘灰满面。直到罗丹去世 22 年后，法国社会才顿悟过来，才理解这尊巴尔扎克雕像多么杰出，多么优秀，“如果巴尔扎克活着，他会说，我只选择他！”现在，《穿斗篷的巴尔扎克》就矗立在巴黎的拉斯帕伊大街上。当你缓步走近《穿斗篷的巴尔扎克》时，抬头仰望披着一身青铜光泽的法国胖翁，你才会明白，只有巴尔扎克懂得那个时代的法国社会，只有罗丹懂得那个时代的巴尔扎克。

而那尊被盗走的裸体的巴尔扎克青铜雕像，几经波折，几经历险，终于站立在以色列的耶路撒冷博物馆，去耶路撒冷的中国人极少有人去耶路撒冷博物馆，几乎没有人见过裸体的巴尔扎克，而罗丹却把这尊裸体的巴尔扎克认为是他艺术的顶峰，艺术的杰作。

永远走不完的路，永远看不完的宝，也正应了中国佛教界的禅语：“看山还是山，看水还是水。”看宝还是宝，要看就看稀世珍宝。

跋

冯健老前辈比我大 25 岁，新华社原副社长，曾和穆青写出《县委书记的榜样——焦裕禄》。他对我讲，写散文和写新闻不同，写新闻在导语中就要“5 个 W”俱全，看完新闻的导语就知道新闻的大概，导语是个纲，纲举目张。但散文不同，不能像柳宗元《小石潭记》中观鱼，一览无余，要讲究有层次，有悬念，有云有雾，有嚼头，有回味。我曾写过一篇小文《冯健教我做文章》，他说跋也一样，不是让你“谢幕”，看你打躬作揖道谢，你就讲个小故事让跋也有滋有味。那我就讲 3 个小女子的爱情故事权以作跋。

苏轼当年因“乌台诗案”被从湖州太守任上五花大绑拖至乌台，以莫须有的“欺君之罪”重枷锁上，138 天的苦牢大狱，最使苏轼内疚的是，因“乌台诗案”无辜株连那么多好友，其中最倒霉、株连最深的正是这位王定国，苏轼才写出《定风波·南海归赠王定国侍人寓娘》。王家世代为官，王定国是苏轼好友，“乌台诗案”，晴天霹雳，抄家贬官，发配劳改，从“红得发紫”到“黑得发青”，王定国是“乌台诗案”中处罚最重的官员，一贬到底，且被发配到当时最边远、最艰苦的岭南荒僻之地宾州。苏轼对此十分内疚，认为自己之罪，累及定国受冤。

待两人再相见，何堪之言？唯有尽酒一醉。席间，一直跟随王定国流放患难的小妾，即寓娘也称柔奴，上前敬酒，苏轼感慨万千，方有："万里归来颜愈少，微笑，笑时犹带岭梅香。试问岭南应不好，却道此心安处是吾乡。"别问苦不苦，别问难不难，只要能和王定国在一起，再苦再难也心甘。"此心安处是吾乡"，心甘情愿，这一句曾感动过多少有情人？

寓娘之所以感动后人万千，之所以感动苏轼至深，一是苏轼亦是"逆行人"，深受其苦，深有同感；二是寓娘并非王定国之妻之妾，实际上是王府中的歌伎，在那种政治迫害高压之下，王家已近"家破人亡"，妻妾自顾四散，独独有寓娘相随，无图无报，甘愿随之赴难，谁知苦海可有岸乎？何为情节高尚？何为为爱赴死？寓娘也！寓娘毅然决然地选择，至贫至暗，至苦至难，一生不悔，只求吾心安处，赢得苏轼崇敬。当时的宋朝官宦人家，皆有歌女。苏轼为官时亦然，这是历史。苏轼在西湖为官时，结识了一位绝妙少女，虽家境贫寒，沦为西湖歌女，但天生丽质，气度高雅，聪颖灵慧，能歌善舞。秦观见过，其言："美如春园，目似晨曦。"此女王朝云。

他为朝云的气质所震惊，欣赏她的才气。据说在一次宴席后，有人指着苏轼的"将军肚"笑问其中装有何物？一人云："此皆学问。"一人又云："此皆文章。"唯有朝云云："皆不合时宜。"苏轼深感此乃知心也。互相的爱慕，产生的爱情，苏轼作诗示情示爱："水光潋滟晴方好，山色空蒙雨亦奇。欲把西湖比西子，淡妆浓抹总相宜。"红颜易得，知己难寻！后苏轼为王朝云赎身。后经"乌台诗案"之变，家境败落，被免官去职，先是受冤枉入狱，继而遭贬谪放逐。朝为堂上吏，夕作阶下囚，相随相从皆作鸟兽散。该走的都走了，该散的都散了，该避的都避了，唯有朝云始终相随，布衣荆钗，相依为命，不舍不离，无怨无悔，这就是王朝云。让人敬佩。王朝云在苏轼最苦闷、最艰难、最彷徨时和他谈诗词，谈禅道，谈天之高，云之淡，风之轻，水之鸣。王朝云可称得上是苏轼最贴己的知音。他写的一首《蝶恋花·春景》："枝上柳绵吹又少，天涯何处无芳草？"每吟此词，王朝云都会潸然泪下，有时会泣不成声。

一千多年前的岭南惠州太荒蛮了，生活极其艰苦不言，且瘟疫常肆，无医无药。苏轼有一句最荒诞的“自嘲诗”流传甚广：“日啖荔枝三百颗，不辞长作岭南人。”如此是寻死，天下有日啖三百颗荔枝乎？死在岭南，长做岭南魂矣。王朝云本体弱多病，强支病体相随于苏轼，苏轼为此事内疚甚深，曾有诗：“兹行我累君，乃反得安宅。”弦外之意，君不负我，我负君耳。纵观苏轼一生，苏子瞻负过谁？唯王朝云是子瞻有负之人。岭南果然荒蛮，才 34 岁的王朝云因病死于惠州，这对苏轼的打击太大了，那年他已 61 岁。王朝云死后，苏轼专为其做了追念的佛事，又为她修了追念亭，楹联是苏轼亲题：“不合时宜，惟有朝云能识我；独弹古调，每逢暮雨倍思卿。”5 年后，66 岁的苏轼去世。“伤心一念偿前债，弹指三生断后缘。”

往前推 300 年，便有大唐，几乎无人不知大唐最伟大的诗人是李白，却几乎无人知晓大唐最了不起的女诗人叫薛涛。她可称大唐第一位“风流才女”，也是一位神似王朝云、寓娘之女情神。

薛涛出身官宦世家，自幼受到极好的教育，聪慧过人，通晓音律，擅长诗文，八九岁提笔能书画，能诗文。后父亲暴毙，家境败落，及笄之年，沦为乐籍。自此，一路坎坷，一路风尘，几度失落，几度风雨，逆行多于顺风，虽然“门前马车半诸侯”，但几人君子？几个好逑？人生着实不易。薛涛命苦，她曾有一首自比犬的小诗：“驯扰朱门四五年，毛香足净主人怜。无端咬著亲情客，不得红丝毯上眠。”随后她又写出了《笔离手》《马离厩》《鱼离池》等，世称“十离诗”，个中的苦情悲歌唯有她知晓。

正是在这种“半波烟雨半笑谁”中，她结识了到四川任剑南东川监察御史的元稹。元稹在唐犹如苏轼在宋，亦有风流才子之称。28 岁与白居易同科登第，且取第一名，文人无不识元稹，才气豪放，一表人才，两人合称“元白”，元在前。他得知薛涛之名，即召薛涛于“元大人行辕”客厅。元稹傲世凌空，自视无二，在大厅桌案上摆着文房四宝，并不出面相待。薛涛何许人物，焉能不懂？神气淡定，提笔写下《四友赞》："磨润色先生之腹，濡藏锋都尉之头。引书媒而黯黯，入文亩以休休。"将文房四宝一一描摹一番，然后将笔一抛，笑道："请赐教。"一下子将元稹傲慢之气横扫，再不敢小看薛涛一眼。其实薛涛还是一位名载史册的女书法家，北宋时期的《宣和书谱》就对薛涛的书法给予极高的评价，尤其指出她的行书颇得王羲之之法。皇帝宋徽宗就将其书法珍藏密室，成都有薛涛纪念馆，馆藏有薛涛亲笔手迹，写的是曹植的《美女篇》。

薛涛遇见几位"好官"。中晚唐时期的四川节度使，出了几位博学广识的官员，武元衡就是一位，他欣赏薛涛的文采，帮助薛涛脱了乐籍，还其自由之身。武元衡与白居易同行，排在刘禹锡之上。可见武元衡不仅仅是位军阀。他时任剑南节度使，还有股大唐文人之豪气。他奏请朝廷任命薛涛为"校书郎"。有一次一位官员相问："西川节度使李德裕其人如何？"薛涛应声答道："德高望重，将相贤才。"又说："可见薛校书不仅知诗，亦知将相。"薛涛答道："我知将相之为人，不知将相之为政。""九品校书郎"不是白当的，思维缜密，滴水不漏。说到其"诗才大气"，薛涛有一首《酬人雨后玩竹》，白居易看后惊称，从此不敢咏竹。白居易服过谁？什么"元白"？他根本就不服元稹。但薛涛看对了眼，她不但敬服元稹，而且敬爱这位字微之的风流才子，且爱得山呼海啸，地动山摇。两人在蜀天蜀地浓情缠绵，山盟海誓，难舍难分。

薛家"女校书郎"鉴人辨事，睿智冷静，却一眼看错了元稹。元稹有才无德在唐朝文人中是出名的，"始乱终弃"是他缺德的佐证，他的诗词香句艳，堪称色情文学的鼻祖。但他也曾为其妻子韦丛写下过千古传颂爱情的诗句："曾经沧海难为水，除却巫山不是云。"被誉为千古绝唱。他缺德失德的另一标志就是他对待薛涛的爱情上，他自始至终都认为薛涛不过是官府一妓女，和妓女谈何情，谈何爱？乃逢场作戏耳。被调往洛阳，这一走，从此别，再无音信，他又相继娶妻、纳妾，而薛涛却死守誓言，再不婚嫁，直至病故，让天下人唏嘘不已。她的墓碑上刻着:“西川女校书薛涛洪度之墓”,从此“独领风骚女校书”成为薛涛的代名词。

被誉为“一代文宗”的元好问,年轻时曾写下《摸鱼儿·雁丘词》,也曾引起注家蜂起,有助于理解那位“独领风骚女校书”。

我插队在忻州定襄县,农闲时节曾去元好问家乡忻州遗山故居看过。虽破旧不堪,但仍让人感叹。元好问年轻时,正是沿着村头那条小路去并州赶考。在汾河岸边偶遇一捕雁人捕杀一只大雁,不可思议的一幕出现了,死里逃生的另一只大雁却久久不肯离去,悲鸣长空,徘徊反复,最终一头栽下,撞死在那只死雁前。元好问感动至极,买下这两只死雁,就在汾河边用石块垒起一座“雁丘”,并写下这首《摸鱼儿·雁丘词》,其中有:“问世间情是何物?直教生死相许。天南地北双飞客,老翅几回寒暑。欢乐趣,离别苦,就中更有痴儿女。君应有语,渺万里层云,千山暮雪,只影向谁去?”有注家问,殉情之雁必母雁,若母雁亡,公雁离而远去,此语可真?可问薛女校书郎,可问寓娘、朝云。其实早在西汉就有痴情女如同殉情雁,如同“女校书郎”,其歌《上邪》:“山无陵,江水为竭,冬雷震震,夏雨雪,天地合,乃敢与君绝!”

故事讲完了,可惜冯健老前辈两年前病逝,他听不见了。我写过一副挽联送老先生:“百年征程欠三载;一夕陨落冷千山。”但跋还是作揖道谢的平台,由衷地感谢作家出版社,感谢这本书的责编,感谢为这本书的出版付出努力的每一位贤达友人。

2024年4月6日